폭스파이어

폭스파이어

조이스 캐롤 오츠 장편소설

최민우 옮김

차례

5부

메릴린, 로즈 앤, 진, 메리엔, 골디, 베아트리스를 기억하며

1부

1

폭스파이어: 무법의 갱단

절대, 절대 말하면 안 돼, 매디-멍키. 그들은 내게 경고했다. 저들 가운데 누구에게든 한 마디라도 벙긋했다간 **죽음**이야. 하지만 이제 세월이 꽤나 흘렀으니 난 말할 테다. 누가 날 막겠나?

어쨌거나 원래의 규칙, 바로 그 경고를 만드는 데 도움을 준 것도 나였다. 사실상 나는 폭스파이어의 공식적인 연대기 작가였다.

그러니 우리가 했던 일들을 언어로, 우리를 위한 영구적인 기록으로 옮길 자격이 있는 유일한 사람도 나뿐이다. 그래서 타자기를 두드렸다. 낱장으로 뺄 수 있는 바인더에다 날짜별로 깔끔하게 항목들을 정리했다. 이건 비밀문서다. 하지만 그럼에도 영원히 진실이 깃든 '역사적' 문서로 남길 희망한다. 그리하여 *왜곡과 오해와 명백한 거짓을 반박할 수 있길 바란다.*

이를테면 우리가 그저 못되게 굴려고, 복수나 하려고 사악한 짓을 했다는 이야기들.

　폭스파이어와 관련된 그 모든 거짓말 중에서도 단연 그게 최악이다!

　폭스파이어에서 활동했던 건 내 나이 열셋에서 열일곱 사이였고, 그 시절 폭스파이어는 신성한 존재였다. 최소한 마지막 몇 달은 그랬다.

　우리는 거기 살았다. 뉴욕 주 해먼드 시. 뉴욕 주 북부 온타리오 호수 근처. 우리 모두, 피로 맺어진 폭스파이어의 자매들 모두가 거기서 태어났고, 그 시절에는 다들 거길 떠난다는 상상 같은 건 해볼 수도 없었다. 꾸고 있는 동안에도 결코 깨어날 수 없는 아득함이 느껴지는 꿈을 꾸듯.

　폭스파이어는 절대 돌아보지 않는다!는 우리의 비밀 금언 중 하나였다. 폭스파이어는 타오르고 타오른다와 폭스파이어는 절대 미안하다고 말하지 않는대도 있었다. 나약한 사람들이나 느낄 법한 후회와 가책, 죄의식, 죄책감, 참회 따위와 관련된 금언. 추억과는 어울리지 않는 말들. 그런 금언들은, 아무래도 확실히 말을 해둬야 할 것 같은데, 1956년 5월에서 6월 사이 폭스파이어 최후의 시기에 일어났던 악몽 같은 사건 전에 나온 말들이었다. 그리고 나는 누구도 그 사건에 대해 후회하지 않았다고 믿는다.

　왜냐하면 폭스파이어는 진짜 무법의 갱단이었으니까, 그랬으니까……

　하지만 폭스파이어는 피로 맺어진 진정한 자매들이었고 충성과 헌신, 믿음과 *사랑*으로 똘똘 뭉쳤다.

　맞다. 우리는 사람들이 *범죄*라 일컫는 일들을 저질렀다. 그 짓들 대부분은 처벌받지도 않았을 뿐더러 그런 일이 있었다는 것조차 알려지지 않았다. 우리의 희생자는 모두 남자들이었고, 그들은 너무 수치스럽거나 너무 겁먹은 나머지 당당히 밖으로 나와 불평하질 못했으니까.

　그들에게 유감을 느끼기란 어렵다! 이제 왜 그런지 알게 될 거다!

그럼에도 폭스파이어가 끝까지 상처 따위 입지 않았다는, 혹은 여전히 살아 있는 우리 중 일부가 지금쯤은 그 일을 맘에서 지웠을 거라는 생각은 하지 마시길.

폭스파이어는 네 심장이다!

이것이 우리가 진실을 선언하는 방법이었다. 사람들은 결코 자기 목소리로 진실을 발설할 수 없을 것이기 때문에.

렉스 새도프스키, 그녀만이 내가 어떻게 해석해야 할지 모르는 자기만의 방식으로 *매디-멍키 너는 내 심장이야*라고 속삭일 수 있었다. 그건 진심이었을까, 아니면 진심인 척 놀리는 것이었을까, 그저 지분거리는 것이었을까, 아니면 그 모든 것이었을까? 그녀는 내게 살쾡이가 문 것 같은 키스 자국을 남겼다. 그 자국을 보면 안다. 폭스파이어의 사령관이었던 렉스 새도프스키야말로 우리 가운데 유일하게 자신이 가진 특별한 힘을 충분히 확신했던 사람이었다는 사실을. 다른 이들 또한 그녀가 우리보다 훨씬 더 거창하고 거침없는 말을 내뱉을 특권과 자격이 있는 사람임을 알아차렸다는 사실을. 사람들은 그녀를 질투할 수 없었다. 그럴 수가 없었다. 그녀가 한 모든 일들은 시간이 흐름에 따라 거대한 스크린에서 총천연색으로 증폭되는 것 같았다. 대부분의 사람들이 했던 일처럼 스러지고 죽어가지 않았다.

그럴 수 있었던 이유는 오로지 하나였다. 높은 곳을, 혹은 곤경에 빠져 허우적대는 것을, 또는 죽음 자체를 두려워하지 않는 삶의 방식 때문이었다. 렉스는 바보가 되는 위험을 무릅쓰길 거리끼지 않았다. 어쩌면 그게 전혀 중요한 일이 아니라고 생각할 수 있다. 하지만 그렇지 않다. 스스로를 바보로 만들려면, 자기 자신을 남들의 웃음거리로, 조롱거리로 제공하려면 배짱이 있어야 한다.

매디라면 신중하게 생각하느라 움츠러들었을 것들, 이를테면 자아의 노출 같은 것을, 렉스 새도프스키는 망설임 없이 해치웠다. 분명히 볼 수 있었다.

나는 예전이나 지금이나 여전히 매들린 페이스 워츠다. 그 시절 나는 때때로 매디-멍키였다. 가끔은 그냥 매디였고, 또 가끔은 (내 깡마른 체구, 이마에서부터 초승달처럼 꼬불거리며 올라가는 배배 꼬인 흑갈색 머리칼, 내 좁은 면상에 담긴 음흉하고 수줍은 유인원 같은 분위기와 한데 뭉친 눈, 코, 입 때문에) 그냥 멍키였다. 또 때로는, 빈도는 낮았지만 '킬러'라 불리기도 했는데—주로 렉스가 그랬다—사람을 잔인하게 후벼 파는 것으로 소문이 자자했던 내 칼날 같은 혓바닥 때문이었다.

옳고 그름은 차치하고라도, 매디 워츠는 말을 다루는 힘이 있다고 알려진 애였다. 그러다 보니 지적이고 교활하다고도 알려졌다. 우리 갱단은 날 자랑스러워했다. 내가 학교에서 작문 숙제로 높은 점수를 받았고, '빠르게 떠벌릴' 수도, 즉 거의 대부분의 경우 망설이거나 더듬거리지 않고 말할 수 있었기 때문이었다. 하지만 내가 결코 말할 수 없는 단어와 감정의 범주가 있었고, 그런 말을 하려면 목이 콱 막혔다. 심지어 렉스에게 *그래 너도 내 심장이야*라든가 *나도 널 사랑해*라든가 *널 위해서 죽을게*라든가, 그런 말을 속살거리는 것조차도 곤혹스러웠다. 우리 가족 중에서 그런 식으로 말하는 사람은 아무도 없었고, 집 안에는 대개 어머니와 나뿐이었는데, 우리는 좀체 대화를 나누지 않았다. 그러는 건 나약하다는 뜻이었으니까. 치부를 드러내는 것이었으니까. 우리 소녀들의 목소리는 어찌나 거칠고 조야했던지. 센추리 극장에서 보았던 번쩍거리는 영화와는 달랐다. 그 영화에서는 잡티 하나 없는 얼굴들이 높이 솟아 있었고, 그 얼굴들을 이집트풍의 회반죽 건축물이 둘러쌌으며, 신께서 당신의 특별한 창조물을 응시하면서 내는 비밀스러운 소리 같은 음악이 넘쳐흘렀다.

특별한 창조물이 있다는 걸 믿기 위해 굳이 신의 존재를 믿을 필요는 없다. 때문에 위선자와 거짓말쟁이, 아니면 업타운 해먼드에서 온 하원의원 X 같은 정치인이 아니고서야 사람들은 신 문제를 남에게 설득하려 들지 않는다. 하원의원은 내가 고등학교 1학년이던 어느 금요일 조례 시간에 초대 연사로 왔다. 뚱뚱한 물고기 같은 얼굴에 기름이 번들번들한 눈을 하고는, 행복한 척 거만 떠는 큼직한 미소를 우리에게 보여주면서 설교자처럼 연단 뒤에 서서 여러분 만나서 반가워요 여기 캡틴 올리버 해저드 페리 고등학교에 와서 참 좋네요 같은 소리를 나불거렸다. 자기가 학교 이름을 제대로 외웠는지 확인해보았으리라. 라이벌 학교에도 찾아갔을 테고, 거기서는 자기가 1933년 졸업반에서 풋볼 팀 주장으로 풀백을 맡았던 시절을 기억해냈을 것이다. 그는 영광스러운 미국적 방식이, 자유 기업이, 전쟁 중에 하느님께서 정하신 최고의 국가인 미합중국을 위해 복무한 이들이 자랑스럽다고 어쩌고저쩌고 떠들어댔다. 그는 우리의 애국자이신 스티븐 디케이터 준장이 *우리 조국이여! 조국은 언제나 옳고 항상 성공하리라. 옳건 그르건 간에!*라고 말한 바 있듯, 삶과 자유와 행복을 추구할 기회가 있는 이 나라는 모든 적들에 맞서 승리를 거두고 있는데, 이는 하느님께서 정하셨기 때문이며, 그러니 신앙만 있다면 여기 있는 누구든 간에(*"그렇습니다, 제 말은 오늘 아침 이 강당에 모인 소년 소녀 전부를 뜻하는 겁니다"*) 대통령의 지위에 오르겠다는 포부를 품을 수 있다고, 제너럴 모터스와 제너럴 밀스, AT&T와

U.S.철강의 경영자, 유명한 발명으로 노벨상을 수상하는 과학자가 되겠다는 꿈을 가질 수 있다고 했다. 근면히 일하고 열심히 공부하고 절대 낙담하지 말고 신앙을 가지세요! 연설이 진행되는 동안 우리 중 일부, 특히 사내애들과 우리 갱단 소속이었던 골디 시프리드 같은 시끌벅적한 여자애들은 눈에 띄게 초조해하면서 투덜거리고 입을 가리며 웃었다. 매디 워츠 역시 보다 교묘한 방식으로 그렇게 했다. 우리는 저 위에 서 있는 개자식이 조회 시간 내내 떠들고 떠들고 떠들고 떠드는 와중에도 여기 이곳에는 하느님의 특별한 창조물, 혹은 인간의 특별한 창조물 따위가 없다는 사실을 우리도 당연히 알 거라 그 인간이 치부한다는 사실에 분통이 터졌다. 우리는 그런 부류에 속하지 않는다고, 해먼드시 남쪽 끝자락의 이 초라한 지역에 위치한 최악의 공립학교에 그딴 건 없다고, 우리는 거기에 속하지 않을뿐더러 앞으로도 절대 그럴 일이 없다는 걸 우리도 당연히 알 거라 그 인간이 생각한다는 사실에 울화통이 터졌다.

뭐 어쩌라고. 그런 진실들, 폭스파이어가 하찮게 만들어버렸는데.

나는 그 시절부터 써온, 낱장으로 뺄 수 있는 오래되고 닳아빠진 노트를 훑어보고 있다. 이 일이 어떻게 시작되었는지 궁금해하면서.

시간의 역사에 대해 배울 때처럼 시작으로 돌아가야 하는 걸까? 하지만 시작 지점을 어떻게 정확히 짚어낼 수 있을까? 어떻게 바로 지금이라고, 지금부터 시작한다고, 이제부터 시계가 째깍거리기 시작했다고 말할 수 있는 걸까? 그러기란 무척 어렵다. 시작 지점이라는 것이 있다고 해도 논리적으로 항상 이렇게 자문하게 되기 때문이다. 좋아. 하지만 그전에는 뭐가 있었지?

어쩌면 나는 그저 다섯 명의 창립 멤버 이름을 타자기로 치기만 하면 되지 않을까? 그러면 역사의 내부를 지탱하는 골격 같은, 끝까지 버티고 서 있을 그 뼈대처럼 반박 불가능하고 확실한 사실을 기록하게 될 테니.

폭스파이어의 창립 멤버들은 다음과 같다.

렉스, 때로 '쉬나'라고 불렸다. 마거릿 앤 새도프스키. 우리의 사령관.
골디, 때로 '붐-붐'이라고 불렸다. 베티 시프리드. 우리의 중위님.
라나, 로레타 맥과이어.
리타, 때로 '레드'와 '파이어볼'이라고 불렸다. 엘리자베스 오헤이건.
매디, 때로 '멍키'와 '킬러'라고 불렸다. 매들린 페이스 워츠.

맞다. 폭스파이어는 훗날 덩치가 불었고, 조직은 느슨해졌다. 상황이 비틀거리며 통제를 벗어나는데 인원수는 너무 많았다.

예를 들면 폭스파이어에 골디 시프리드의 후배 격인 'V. V.' 혹은 '집행자'라고 불리는 애가 입회했는데, 나는 그 애의 이름을 기록에 남길 생각이 없다.

우리 대부분은 러더퍼드 헤이스 초등학교를 졸업했다. 그런 다음 페리 고등학교로 진학했지만 몇 명만 졸업을 했고 대부분은 낙제하거나 퇴학당했다. 우리는 지금도 로어타운이라 불리는, 뉴욕 주의 소도시 해먼드에 위치한 남쪽 끝 동네에서 이웃사촌으로 살았다. 로어타운은 말 그대로, 그 이름이 설명하는 바와 같이, 업타운 아래쪽 땅이란 의미였다. 업타운은 도시의 절반 정도를 나머지 절반과 가르는 길고 가파른 언덕이었다. 그래도 도시의 남북, 그러니까 업타운이라 불렸던 하이 스트리트와 로어타운의 페어팩스 애비뉴를 가로지는 33번 도로가 있긴 했는데 그 도로는 북쪽으로는 104번 도로와, 남쪽으로는 20번 도로와 교차했으며, 이 고속도로들은 뉴욕 주 전역으로 퍼져 나갔다. 소녀답게 나는 지도 보는 일을 좋아했다. 태양계 지도와 지구의 지도. 무엇보다 지역의 지도를 들여다보면서 어머니와 내가 살고 있는 페어펙스처럼 낯익은 거리가 밖으로 뻗어나가 내게는 낯선 다른 거리들과 어떻게 연결되는지, 그리고 이 거리들이 또 다른 거리와 도로, 고속도로로 연결되다가 나라 전체로, 대륙으로, 종내는 지구로 어떻게 차례차례 이어지는지 추적하기를 좋아했다. 지리학상의 지구가 있다. 인류(내 생각에 이 인류란 남자가 아닐까 싶다)가 측량하여 이름을 붙인, 정치적 명칭으로 이루어진 지구. 또한 지질학적인 지구가 있다. 역시 측량을 하긴 했지만 지리학상의 지도보다 앞서 생긴 지도로 그려낸 지구. 여기서 출발하여 결국에는 저기에 도달할 수 있다는 사실이 나를 매혹했다. 우주의 어느 지점에서 출발해도 다른 지점으로 여행할 수 있다. 능력만 있다면.

우리가 박물관에서 본 생명의 나무. 그 나무가 살아 있고 죽어 있는 모든 것들을 연결하는 땅속 뿌리처럼 사물들을 연결한 모습을 보았던 그날의 렉스 새도프스키. 그녀는 엄지손톱을 물어뜯으며 생각에 잠겨 있다가 마침내 "넌 우리 종족이 저런 꼴보다는 훨씬 중요하다고 생각하겠지."라고 말했다. 보잘것없는 호모사피엔스가 결국 세상에 출현했다는 사실에 놀라워하고 역겨워하며.

그런 진실들을, 폭스파이어가 하찮게 만들었다.

렉스가 했던 또 다른 얘기, 나는 믿지 않는 그 소리는 노트 어디에도 기록되어 있지 않다. 그저 내 기억 속에만 있다. 그녀는 높은 곳을 광적으로 사랑했다. 마치 사내들 중에서도 가장 무모한 축에 속하는 사람마냥, 카사다가 공원의 높은 강둑에서 다이빙을 해 물로 뛰어내리길 좋아했다. 아이였을 때 그녀는 어디든 올라가는 걸 좋아했다. 나무, 벽, 지붕. 그녀는 내게 자기가 하늘을 향해 똑바로 오르고, 오르고, 또 올라가는 행복한 꿈을 꿨다고 말했다. 그녀는 자기가 갈망하는 건 올라가는 게 아니라 추락할 기회라고 했다! 그녀의 꿈꾸는 듯한 말투에는 모종의 오싹한 흥분이 깃들어 있었다. "네가 추락하고 있다고 생각해봐, 매디, 내가 진지하게 말하는 건데, 무슨 소리냐면 말이지, 하늘에서 아주 오래오래 추락하다 보면, 무게를 못 느끼게 되지 않겠어? 설사 깃털이 추락한다고 해도 그 깃털이 더 이상은 자기 체중을 느낄 수 없게 될 거라는 얘기야. 아무 중력도 작용하지 않을 거라니깐."

어째서 추락이 그녀에게 그토록 커다란 의미였는지, 어째서 그녀가 추락을 꿈꿨는지, 나는 몰랐다.

심지어 지금도 내가 아는지 확신할 수 없다.

이 일을 생각하면서 매디 워츠의 노트를 넘겨 보고 일이 어쩌다 그렇게 굴러갔는지 궁금해하다가—그 많은 항목들! 그 많은 날짜들!—나는 폭스파이어 자매들 사이에는 우리가 당시에 결코 알 수 없었던, 말로 분명히 표현되지 않았던 깊은 연결 고리가 있었다는 걸 깨달았다. 우리가 지나칠 정도로 출신 성분이 비슷해서였다. 모두들 뉴욕 주 북부 특유의 새된 콧소리 억양으로 말을 했는데 우리 귀로는 그걸 들을 수 없었기 때문이었다. 매디 워츠가 자기 자신을 골디 시프리드와, 리타 오헤이건과, 라나 맥과이어와는 무척이나 다르다고 느꼈던 방식으로 각자 스스로를 그렇게 느꼈기 때문이었다.—나 자신이 특별하기를, 우월하기를 얼마나 원했던가!—우리가 마치 각자의 개성에 자부심을 갖는, 하지만 바깥의 중립적 관찰자가 보기에는 언제나 항상 그 사람이 그 사람인 양 헷갈리는 가족 구성원 같았기 때문이었다.

우리를 가장 깊은 곳에서 이어주는, 우리가 느낄 수 없는 것들이 있다.

박탈당하고 나서야 느끼는 것들.

2
렉스는 어떻게 페어팩스 애비뉴로
도망쳐 왔는가

매디? 나 들여보내 줘.

야, 매디, 나 들어간다.

밤. 단단한 뼈 같은 환한 달, 구름에 갈기갈기 찢긴 하늘. 그녀는 몇 시간을 달려왔다. 수백 마일을!

그녀는 사이렌 소리를 듣는다. 그녀를 뒤쫓는 소리.

하지만 누구도 그녀를 붙잡지 못할 것이다. 그녀는 잡히기엔 굉장히 영리하고, 무척이나 빠르다.

그녀는 18일 전, 주(州) 복지국의 명령에 따라 캐나다 국경 근처 플래츠버그 시 북쪽으로 할머니와 같이 살도록 보내졌다. 새도프스키 집안이 '미성년자에게 적합하지 않은' 곳이라고 공식적으로 지정되었으므로. 그녀는 플래츠버그에서 해먼드와 로어 페어팩스 애비뉴까지 달려왔다. 누가 그녀를 막겠는가? 심지어 누가 그녀 이름이라도 부르겠는가?

달리는 동안, 보이지 않는 강 쪽으로 나 있는 내리막길을 따라 늘어서 있는 브라운스톤*의 지붕 사이를 힘 하나 들이지 않고 뛰어다니고 날아다닐 때, 그녀는 한 마리 말이다. 네 발굽으로 뛰어다니는, 갈기와 꼬리를 휘날리며 씩씩 콧김을 내뿜는 힘이 넘치는 종마. 지붕과 지붕 사이의 공간에서도 그녀는 보폭을 늦추지 않는다. 망설이지도 않는다. 그저 단단한 근육으로 뭉친 길쭉한 다리를 팽팽하게 긴장시킬 뿐. 그녀는 자기가 떨어지지 않으리라는 걸 안다. 지붕 끝에서 다른 지붕 끝으로 건너뛸 때 그녀의 머리칼은 바람에 휘날리고, 창백하고 각진 얼굴과 이가 마치 분노를 머금은 듯 휑하니 드러나지만, 실상 그녀는 행복에 차 있다. 자유로우니까. 그곳에서 탈출했으니까. 그녀에 대한 통제력을 가진 양 굴던 자들이 그녀를 가두어둘 수 있다고 믿었던 장소에서 탈출했으니까.

매디 난 그런 행복은 때로 한입에 삼킬 수가 없어, 하늘이 통째로 입에 밀려 들어오는 것 같아서 숨이 막힐 테니까. 지붕 아래 거리에서는 구둣방 창문에서 빛나는 시계가 12시 20분을 가리키고, 시침에는 앞발을 든 나긋나긋하고 섹시한 검은 고양이가 그려져 있는데, 렉스는 너무도 빨리 날듯이 지나가느라 그걸 겨우 알아볼 뿐이다.

시계의 시간은 렉스 새도프스키, 정글을 뚫고 날듯이 내달리는 '쉬나'와 별 관계가 없다.

싸늘한 공기 속에 띄엄띄엄 서 있는 페어펙스의 가로등에서 빛이 날카로운 형상으로 떨어진다. 깨지고 금 간 인도, 가파르게 기운 거리, 1마일 떨어진 카사다가 강 쪽으로 취하고 멍한 채 나란히 늘어서 떨어지는 집들, 차오르는 강물의 냄새, 그 냄새의 매력. *매디? 야, 들여보내 줘! 겁*

---

* 갈색 사암으로 지은 집.

내지 말고, 나라니까! 착오 없는 공간 기억력을 가진 눈먼 짐승처럼, 렉스는 자기가 건너뛰는 지붕이 누구네 집인지 안다. 집집마다 세입자를 가려낼 수 있고, 페어펙스 거리의 맞은편 집들에 누가 세 들어 사는지도 안다. 이 시간이면 아래층은 컴컴하지만 위층에는 여전히 여기저기 불이 켜져 있고 블라인드가 조심스럽게 쳐져 있다. 때때로 그 안에서 은밀한 행위가 일어나는 광경이 그림자로 보이면 그녀는 즉시 고개를 돌린다. 그녀는 조신해서 그런 행동을 용납하지 않는다. 그녀가 말처럼 얼굴을 찌푸리자 이가 드러난다. *매디-멍키, 젠장 나 좀 들여보내 달라니까!* 그녀는 몸을 바짝 구부리고 있기 때문에 길에서는 보이지 않는다. 자동차 한 대가 전조등을 심하게 흔들며 덜컹덜컹 지나가고, 개조한 올즈모빌 로켓 98 모델이 그 뒤를 따라간다. 그녀는 올즈모빌을 비니 로퍼가 몰고 있다는 걸, 차의 앞뒤로 로퍼의 건달 친구들인 비스카운츠 패거리가 타고 있다는 걸 알아차린다. 그들이 렉스 새도프스키를 흘끗 보고 그녀를 알아본다면, 그녀가 그토록 가까운 곳에, 2층 높이에서 손에 잡힐 듯 감질나게 가까이 있다는 사실을 깨닫고는, 렉스를 아는 모든 사람들이 알고 있는 바대로 그렇게나 거칠고 정신 나간 모습으로 더러운 청바지와 해진 스니커즈와 얇은 캔버스 재킷 차림으로 철저하게 혼자인 채 달음박질치고 있다는 것을 깨닫고는, 포식자의 성적 흥분에 사로잡혀 하이에나 같은 울부짖음을 한꺼번에 터뜨릴 것이다. 하지만 *하느님 감사합니다 저 병신새끼들이 못 봤어. 그냥 타이어나 끽끽 긁으면서 가버려 개새끼들아 우리도 언젠가는 차를 가질 거야.* 그러다 불현듯 그녀는 추위를 느낀다. 눈 냄새가 나는, 눈보라처럼 매서운 이 11월의 강바람에 머리를 덮을 게 아무것도 없고, 세상에, 장갑은 어찌 된 거지? 노벤 잡화점의 할인 판매대에서 떨어진 걸 주워 주머니에 집어넣었던, 모피로 안을 댄 장갑. 잃어버린 게 분명했다. 페어팩스 애비뉴의 집으로 돌아오기 위해 컴컴하고 칙칙한 온타리오 호수의 동쪽 기슭을 둘러 가는 동안 히치하이킹을 해서 탔던 차들 중 하나에 두고 왔음이 틀림없다.

매디? 일어나!

나라니까! 몰라?

그녀의 손가락은 피부 밖으로 노출된 뼈처럼 뻣뻣하지만, 웃기지 마라 그래, 렉스는 목적지에 거의 다 왔다.

그녀는 스스로를 다잡고 있다. 임무 수행 중이고 네 인생이 간당간당할 때는 극한의 추위 따윈 느끼면 안 돼. 그 지긋지긋한 개자식들은 널 붙잡고 싶어 하고 지네들 계획을 *네게* 강요하려 한단 말야. 굴복할 바엔 죽는 게 나아.

'페어팩스와 타이드먼', '샘록 여인숙', '버펄로 카페', '에이시-듀시'가 있는 구역에 네온사인이 켜진 창문들이 반짝인다. 렉스는 부모가 자기를 몇 년 동안 이 맥주 가게들에 데려가곤 했다는 걸, 그러다 어머니가 죽고 나서는 아버지가 자길 데려갔다는 걸 지금껏 기억한다. 아마 이 순간에도 애브 새도프스키는 '에이시-듀시' 같은 가게의 바에서 뮤리엘의 패거리와, 그들의 친구들과 함께 술을 마시고 있겠지만 렉스는 아버지에 대해서도, 혹은 뮤리엘에 대해서도, 그 '부적합한' 환경에 대해서도 생각하지 않을 것이다. 엿이나 먹으라지. 그녀는 곧장 집으로 가기에는 너무 똑똑하다. 당장은 안 된다. 오늘 밤도 아니다. 그랬다간 그녀를 잠시나마 치워버렸다고 생각했던 늙다리에게 혼쭐이 날 것이다. 하지만 주된 이유는 복지국 사람들에게 다시 잡혀갈 경우 이번에는 어쩌면 청소년 구금 시설에 처박힐 위험이 있기 때문이다. 그녀는 예전에 거기 한 번 간 적이 있었고, 그때는 죽고 싶었다. 카운티 아동 보호시설 사람들은 그녀에게 수갑을 채워 질질 끌고 가 경찰봉으로 두드려 패 혼수상태로 만들 것이다. 이제는 도망가지 못할 거야. 다시는 못 가겠지. 그녀는 자기 관저(官儲)가 그들이 첫 번째로 찾아볼 장소라는 걸 안다. 만약 할머니가 손녀가 사라졌다고 신고한다면 그건 아마 그 늙은이가 앙심을 품고 그러는 것일 테다. 어쩌면 악의가 있어서가 아니라 렉스에게서 영원히 손을 떼고 싶어서일 수도 있다. 하지만 렉스는 지금 이 가운데 어떤 것도 생각하고 있지 않다. 그녀는 본능이 이끄는 대로 따른다. 콧김이 씩씩 나오고, 큐텍스*에서 나온 손톱 매니큐어 제거제 냄새를 맡고 있듯 심장이 빠르게 펄떡인다. 하지만 그녀에게 있어 그런 반응은 좋은 일이 온다는 징조다. 만화책 주인공 '정글 소녀 쉬나'**처럼 날렵한 근육질 몸을 우아하게 흐느적거리면서 페어펙스 388번지의 지붕 끄트머리를 타 넘어 내려오는 동안 말이다. 그녀는 녹슨 화재 대피용 비상계단을 따라 내려가고, 내려가고, 내려간 다음 이제 창문 밖에 쭈그리고 앉아 (방 안은 어두웠다) 누구도 예상치 못했던 장소에서 '짠' 하고 나타날 때 느끼는 기분만큼 짜릿한 건 없다고 생각하고, 인생을 구할 수 있는 수백만 가지 방법을 생각한다. 애브 새도프스키 말마따나 세상은 오물통이니 계속 밖으로 머리를 내미는 게 좋다. 씨발 헤엄치는 법을 배우는 게 좋다.

"매디? 나 들여보내 줘."

그녀는 이미 창문을 잡아당기면서 들어 올리느라 끙끙대는 소리를 내고 있다.

---

* 1911년에 설립된 네일 케어 업체.
** 윌 아이즈너와 제리 아이거가 만든 만화 캐릭터. 1937년부터 연재가 시작되었고, 이후 드라마와 영화로도 제작되었다.

나는 수면에 막 생겨나는 살얼음처럼 얇고 위태로운 잠에서 깨어난다. 머리맡 창유리에서 뭔가 긁히는 소리가 나다가 톡톡 두드리는 소리가 나고, 그러다 내 이름을 부르는 목소리가 잠결에 들린다. 처음에는 알아들을 수 없었다. 반쯤은 애원하고 반쯤은 협박하는 것 같은 목소리에 잠시 공포를 느끼며 잠이 퍼뜩 깬다. 방광이 요의로 꽉 조여들고, 너무 놀라 소리도 지르지 못할 정도로. 창밖에서 겨우 3 내지 4피트 떨어진 화재 대피용 비상계단에 사람 그림자가 보인다. 꾸짖고 조롱하는 것 같은 낮고 성마르고 다급한 목소리가 내 이름을 부르는 게 들리고, 내가 창문이 확 하고 들리는 걸 막으려고, 혹은 창문을 들어 올리는 걸 도우러 걸음을 옮기기도 전에 창이 열리더니 렉스 새도프스키가 내 방으로 헐떡이며 들어와 웃어젖힌다.

"매디, 우리 자기. 겁먹은 얼굴 하지 마!"

이리하여 폭스파이어가 탄생할 것이었다.

공식적으로 그날 밤, 그러니까 1952년 11월 12일 밤에 태어난 건 아니다. 하지만 렉스가 영감을 받은 건 그날 밤, 내 침대에서였다. 내가 아래층으로 살금살금 기어 내려가 음식과 마실 것을 가지고 온 다음 그녀가 특유의 꿈꾸는 듯한 저돌적인 태도로 우리가 어떻게 서로에게 늘 충실해야 할지, 우리가 어떻게 서로를 믿고 도와야 할지를 얘기했던 그 밤에 말이다. "이런 식인 거야. 우리 중 하나가 곤경에 빠지면 그 즉시 걔는 다른 사람한테 가고, 그 사람은 걔를 품어주는 거지. 알겠어? 네가 나한테 한 것처럼. 아무것도 묻지 않고. 좋지?" 나는 고개를 끄덕이며 중얼거린다. "응, 그래, 당연하지." 렉스가 *나*를 선택했다는 사실에, 그녀가 고를 수 있는 여자애가 이 동네에 반 다스는 되는데도 *나*를 선택했다는 사실에 여전히 어리벙벙하고 우쭐해하면서. 그 말인즉슨 그녀가 나를, 우리 대부분이 그녀의 가장 가까운 여자 친구로 여기는 골디 시프리드보다 나를 더 신뢰한다는 말이었으니까. 라나 맥과이어도 있었는데. 골디와 라나 모두 나보다 한 살 위였고, 더 성숙했으며, 더 튀어 보이는 데다 외모도 훨씬 나았다. 그래서 나는 너무도 우쭐한 나머지 렉스가 온 게 내가 (골디, 라나와는 달리) 혼자 방을 쓴다는 사실을 그녀가 알고 있다는 점을 생각지 않으려 했다. 또한 우리 집에는 엄마 말고는 없는데 엄마는 병들고 약 때문에 멍해 있어서 무슨 일이 벌어지는지 알지도 못하거나, 혹은 그냥 신경을 쓰지 않기 때문이라는 사실을 그녀가 알고 있다는 것도 생각하고 싶지 않았다. 그저 특권을 누리는 사람으로, 이웃과 학교에서 *너 그 얘기 들었어? 렉스가 집으로 도망쳐 왔는데 한밤중에 매디 워츠네 집 창문으로 기어서 올라갔고 아무도 걔들을 못 잡았대. 끝내준다!* 라는 식으로 계속 회자될 희한한 일을 겪은 사람으로 선택받는 것만으로도 충분했다. 나는 며칠 굶은 사람처럼 음식을 먹는 렉스를 지켜보았다. 그녀의 눈에 눈물이 글썽였다. 그녀는 내가 냉장고에서 발견한, 표면에 기름이 얇게 응고되어 있는 미트로프 덩어리에, 타파웨어 사발에 담아온 차가운 으깬 감자에, 크래프트 사의 아메리칸 치즈와 원더 브래드, 호스티스 컵케이크에 감격했다. 우리는 이 음식들을 나눠 먹었고 팹스트 블루 리본 맥주도 나눠 마셨다. 렉스가 음식을 씹어 삼킨 뒤 웃으며 말했다. "저기, 매디, 네가 만일 경찰들한테 쫓겨서 우리 집에 오면 있잖아, 응? 그땐 *내가* 널 받아줄게." 그녀가 내 팔죽지를 꽉 쥐어짜듯 잡으면서 이 말을 강조해서, 나는 얼굴을 찡그리지 않을 도리가 없었다. 나는 정말로 경찰이 네 뒤를 쫓아왔냐고 물어보았지만, 렉스는 쉽사리 흥분하지만 몽상적이기도 한 특유의 말투로 이야기를 하느라 그 말을 못 들었다. 침대 곁에 놓인 램프에서 퍼지는 엷은 빛 사이로 그녀의 뺨에 보조개처럼 패어 있는 낫 모양의 작은 흉터가 보였다. 언제나 정말 아름답다고 생각했던 그녀의 눈, 사람 속을 꿰뚫을 것처럼 빈틈없는 그 눈은 극심한 피로 때문에 좀 멍하니 풀려 있었다. 하지만 그녀는 여전히 말을 계속했다. 그녀는 자기 안에 억눌려 있던 말들을 내뱉기 위해 이 먼 길을 온 것이다. "우리 할머니 진짜 *이상해*. 무슨 말이냐면 *미친 것 같아*. 날 맨날 빤히 쳐다보면서 내가 엄마를 닮았다는 거야. 머리카락도 닮았고, 눈도 닮았다면서. 사람 황당하게 하는 소리잖아. 그래서 나는 닥치라고 한 다음에 방을 나왔어. 할머니는 호통을 치기 시작했고, 그러다가 날 붙잡고 같이 기도를 하려고 하지 뭐야. 무슨 교회 미사에서 그러자는 것도 아니고, 그것도 충분히 끔찍한데, 집에서 그러자고. 우리가 미치거나 뭐 그런 것도 아니고, 수녀나 그런 것도 아닌데, 할머니 침실 양탄자에 무릎을 꿇고는 '마거릿. 우리 같이 묵주기도를 드리자꾸나.' 그 할망구가 그랬어. 내가 그딴 거 지겨워죽겠다고 그러니까 막 충격 먹고. 난 그딴 빌어먹을 묵주기도하려고 자리에 앉을 수는 없다 그러고. 무릎 안 꿇는 거야 당연한 거고. 할망구가 나한테 이 쓰레기 같은 짓을 집안일을 하고 설거지를 하고 욕실 청소를 하면서도 시키려고 하는 거야. 이불을 깔 때도 나한테 교훈을 주려고 하더라. '마거릿, 일하는 데는 올바른 방법과 그른 방법이 있단다.' 난 할망구를 면전에서 비웃은 다음 예전에 수학 시간에 떠올랐던 생각을 말해줬어. '아니, *올바른* 방법은 딱 하나밖에 없어요. 하지만 일을 계속 조지게 되는 원인인 *글러빠진* 방법은 수백만 가지는 된다고요.' 할망구는 내가 자기를 찰싹 때리기라도 한 것처럼 쳐다보더라. 마치 내가 자길 모욕 주려고 좆까라는 단어를 발명하기라도 한 것처럼."

렉스는 말했고, 나는 들었다. 나는 늘 홀린 듯 그녀의 말에 귀를 기울였다. 언제나, 영원히. 내가 그녀를 경찰에게서 숨겨주길 원하는 듯 보였던 가? 아니, 그녀는 그저 하룻밤만 지내길 원하는 것처럼, 아침이면 떠날 것 같았다. 그녀는 플래츠버그에서 내내 걸어오기도, 혹은 한두 번 자동차를 얻어 타기도, 심지어는 수영을 해야 했을 것이다⋯⋯ 렉스 새도프스키는 분명 뛰어난 수영 선수니까. 하지만 이게 말이나 될까? 강을, 운하를 헤엄쳐 건넜다고? 주 북쪽에서부터? 사내들이 우우 소리를 지르며 그녀 뒤를 쫓아왔다고?

아마 그녀는 자기 아빠에게로 돌아갈 것이다. 방이 있다면. 아빠의 '여자 친구'(렉스는 아주 경멸하는 투로 이 단어를 내뱉었다)가 너무 많은 공간을 차지하지 않았다면.

나는 귀를 기울였다. 나는 자기에게 닥친 일을 설명하는 렉스의 말을 따져볼 의향이 없었다. 우리 사이의 초창기에는 결코 그러려 하질 않았다. 내가 매디 워츠에게 그럴 권한을 주지도 않았을 테고! 기억할 수 있는 한 오랫동안 나는 렉스 새도프스키, 날씬한 팔다리에 잿빛 감도는 금발을 한 강한 의지의 소녀이자 선생들이 끈질기게 '마거릿'이라 불렀던, 마치 그렇게 이름을 되풀이해서 부르면 그녀가 '마거릿'으로 변하기라도 할 듯 불러댔던 소녀를 지켜보기만 해왔다. 나는 그녀를 부러워하며 지켜보았지만 질투하거나 앙심을 품지는 않았다. 그저 그녀에게서 존재함에 대한 모종의 태도를 배울 수 있기를 바랄 뿐이었다.

열여섯이 되면 그녀는 아름다운 소녀가 되리라. 강인하고 냉정하고 확신에 찬 소녀. 현재 그녀의 외모는 어중되게 시원찮았다. 얼굴은 가늘고 여위었으며, 코는 좀 비뚤어졌고, 입 모양도 완성되지 않은 데다 눈은 신경이 바짝 곤두선 고양이처럼 의심에 차 씰룩댔다. 그녀의 피부는 거칠고 창백했으며 금발기가 두드러지게 감도는 머리카락은 몇 주씩 빗질을 안 한 것처럼 노상 엉켜 있었다. 뺨에는 낫 모양의 흉터가 나 있었는데 그녀는 그게 열 살 때 칼을 들고 싸움을 벌이다 생긴 거라고 주장했다(그게 아니라면 몇 년 전 그녀의 아버지가 그녀의 뺨을 후려치고 때릴 때 방을 가로질러 피하다가 날카로운 식탁 모서리에 부딪혀 생겼을 것이다). 내 눈은 자꾸만 그 흉터에 끌려서 가끔 학교에서 혼자 있거나 백일몽에 잠겨 있을 때면 내 손가락이 문득문득 그 흉터를 찾아내 그녀의 뺨을 내달리곤 했다.

렉스. 새도프스키 집안 소녀. 우리 어머니가 좋아하지 않았던 아이. 어머니는 거리에서 렉스를 흘끗 보더니 저 계집애는 문제를 일으킬 거라고, 얼굴에 못된 년이라 쓰여 있다고, *저 애와 어울리지 말라고* 했다. 철로 교각에서 12피트 아래 단단하게 다져진 먼지투성이 땅으로 뛰어내리곤 했던 렉스. 그녀와 어울리던 남자애들. 렉스더러 뛰어내리라 부추겨놓고서는 자기들은 쫄아서 눈에 다 보이게 땀을 흘리며 머뭇거리고 나서야 뛰어내려 놓고서 하나도 겁나지 않았다고 뻥이나 처대던 애들. 나는 그녀가 아스팔트 깔린 학교 뒷마당을 성큼성큼 걸어 가로지르는 걸, 거리를 달리는 걸 지켜본 적이 있다. 홀로 고독하게 달릴 때 그녀는 가장 즐겁게 뛰었다. 내 기억에 몇 년 전 그녀는 페어펙스 보도에 생긴 위험천만한 구멍들, 석탄이 트럭의 경사진 활송 장치를 따라 천둥 같은 소리를 내면서 쏟아지던 구덩이들을 훌쩍훌쩍 뛰어넘었더랬다. 배달원이 그녀에게 주먹을 흔들며 욕을 해댔고, 렉스는 귓등으로도 듣지 않았는데, 거칠고 부스스한 잿빛 머리칼만 아니었다면 그녀가 소녀고 따라서 특히나 그런 위험한 짓을 하는 건 엄격히 금지되어 있다는 사실을 알아채지 못했으리라.

렉스가 속삭였다. "무슨 소리지?" 그녀는 고양이 같은 눈을 찌푸리며 근처에서 들리는 소리에 귀를 기울였지만 그냥 집 밖 거리에 있는 차에 탄, 아마도 '에이시-듀시'에서 나오는 술꾼들이 내는 목소리가 방에까지 올라오는 것일 뿐이었다. 하지만 그녀는 침대에서 빠져나와(그 전까지 그녀는 청바지, 셔츠, 올론 천으로 만든 카디건 스웨터 차림에 발에는 스타킹을 신었고 하나뿐인 내 베개에 머리를 괴고 누워 흠칫거리며 졸고 있었다. 나는 침대 구석, 그녀를 마주 보는 위치에 앉아 있었다) 몸을 구부린 채 창가에 서서 내게 경고하듯 등 뒤로 손을 뻗었다. 손가락은 마치 진짜 위험이 있기라도 한 듯 쫙 펼치고 있었다. 소음이 사라지자 렉스는 하늘을 흘끗 올려다보았다. 달이 하도 환해서 그게 지구에 있는 돌덩이와 마찬가지로 생명 없는 바윗덩이에 불과하고, 그저 지금은 보이지 않는 태양 빛을 반사하고 있을 뿐이며 그게 자기 스스로 강력하고 생생한 빛을 뿜어낼 수 없다는 사실은 생각하지도 못할 정도였다. 렉스가 말했다. "내가 죽고 나면 있지, 뭐가 보고 싶을지 알아, 매디? 이런 밤들이 그리울 거야. 투명하고 차갑고 선명한 모든 게 그리울 거야. 저 하늘 위에 떠 있는 것들 말이야. 내 말 신경 쓰지 마. 나한테는 너뿐이야. 무슨 말인지 알지?"

새벽 1시 30분이었다. 그날 하루 동안 300마일을 걸어서 왔다고 주장하던 렉스는 피곤한 탓에 몸을 앞뒤로 흔들거렸다. 그녀는 맥주병을 집어 들고 한입 가득 꿀꺽꿀꺽 삼켰고, 나는 렉스가 맥주병을 떨어뜨리지 않도록 그녀의 손가락에서 병을 뺀 다음 다시 침대에 눕도록 도와주었다. 그녀 머리 아래 베개가 놓였고, 우리 둘은 이불 속에 꽉 끼듯 들어가 부끄러운 듯 킬킬 웃었다. 내 침대는 빌어먹을 아동용이었고 난 훌쩍 자라 있었다. 나는 방의 불을 껐고 렉스는 몸을 떨고 한숨을 쉬고 다시 킬킬거리다 속삭였다. "넌 내 심장이야, 매디, 알지? 날 이렇게 받아주잖아?" 그러고는 농담을 했다. "설마 경찰한테 이르진 않을 거지?"

그날 밤 우리 머리칼은 서로 얽혔고, 잠 못 들어 뒤척이는 와중에 발로 걷어차고 발이 걸리고 몸을 돌리며 이불을 끌어당기느라 각자 열두 번은 깼을 게 분명했다. 나는 맨발이었지만 렉스가 내 방으로 올라왔을 때 파자마 위에 헐렁한 스웨터를 입고 있었고 렉스는 여전히 옷을 입고 있었다. 청바지 주머니에 칼날이 여러 개 달린 잭나이프를 포함한 물건들을 집어넣은 채. 그녀는 자기가 언제나 재빨리 튈 준비를 하고 있다며 큰소리를 쳤다.

3

그들, 저들⋯⋯ 타인들

일단 폭스파이어가 태어나 우리의 피가 서로 섞이게 되면 그들, 저들, 타인들을 일컫는 방식이 생겨날 거고, 사람들은 그게 무엇을 의미하는지 즉시 깨닫게 될 것이었겠지만, 폭스파이어가 생겨나기 전에는 상황이 분명치 않았고, 오해가 벌어질 가능성도 있었으며, 심지어 렉스마저도 정확히 뭐가 나타날지 몰랐음에 분명했다. 다시 말해 어둠 속에서, 비록 그게 친숙한 어둠이라 해도, 자기가 길을 기억하고 있다고 믿는 장소를 더듬거리며 나아가는 식인데, 그때 사물들 사이의 거리는 어둠이라는 바로 그 사실로 인해 왜곡되며, 자신이 어디로 가고 있는지 확신하는 바로 그 순간에 길을 잃어버린다.

폭스파이어의 설립 과정과 그것이 우리에게 끼친 영향을 추적하고 있는 현재 내가 생각하는 것은, 내가 가지고 있는 원본 폭스파이어 노트에는 결코 기록하지 않았지만 지금 이 문제와 관련이 있는 일이다. 그때 우리는 시내에 있는 센추리 극장에서 나오던 길이었다. 렉스, 라나 맥과이어, 그리고 나. 렉스가 어디서 난 건지 말하지 않은("아무것도 묻지 마." 그녀가 놀리듯 말했다. "그럼 나도 니들한테 거짓말 안 할게.") 5달러짜리 새 지폐 석 장을 갖고 있어서 우리에게 한턱 거하게 낸 거였다. 그녀는 토요일 오후에 우리 집 앞에 나타나서는 야, 매디-멍키 우리 시내 나가자, 너랑 나랑 라나랑,이라고 하면서도 왜 가자는 건지 이유를 말하지도 않았고 자기가 돈이 있다는 소리도 하지 않았다. 마치 자기가 인심이후한 상태라 돈 따위에는 신경도 안 쓰고 있으며, 자기 친구들을 깜짝 놀라게 한 다음 얼굴에 기분 좋은 놀라움이 밴 미소가 떠오르는 걸 보는 것만으로도 즐겁다는 양. 우리는 센추리에서 동시 상영 영화를 봤고, 어스름이 질 무렵 바람에 몸을 떨며 6번가 다리를 건너 집으로 돌아가고 있었다. 싸늘한 눈발이 휘날렸고 왕모래가 얼굴을 때렸다. 추수감사절 직후였고 가게 앞에는 벌써 색색의 크리스마스 조명이 늘어뜨려져 있었는데, 개중 몇몇은 허접했고 심지어는 추레하기까지 했지만 그래도 명절 분위기는 났다. 우리는 6번가와 랜돌프 가 사이 골목의 공터를 지나쳤다. 평소에는 그냥 휑하니 비어 있던 공터에 크리스마스트리 고르세요라고 나붙은 채 수백 그루의 전나무와 가문비나무가, 가지에 눈이 얼어붙어 있는 키 크고 향기로운 상록수가 판매되고 있었고, 나는 우리야 당연히 집에 크리스마스트리를 들여놓을 일은 없을 거라고 생각했다. 그런 게 집에 있던 건 한참이나 오래전 일이었다. 하지만 그 문제에 대해, 혹은 엄마에 대해 진심으로 깊이 생각하고 있지는 않았다. 엄마 생각은 내가 내킨다고 해서 떠올려도 되는 게 아니었다. 이 노트에 적혀 있는 바와 같이(곧 보게 될 거다) 어른들은 폭스파이어에서 사용하는 특정 단어를 제외한다면 결코 우리 입에 오르지 않았으니까. 그런데도 나는 나무들을 빤히 쳐다보고 있었다. 마치 도시 한복판에 있는 숲 같았다. 그 나무들이 사실 벌써 톱으로 베어져 나간 것이고, 아직은 생기 있고 푸릇푸릇하지만 이미 죽어가고 있다는 사실을 제외한다면. 하지만 나무들은 여전히 정말 아름다웠다. 나는 공터 소유주로 보이는, 크게 웃고 있는 통통한 남자를 바라보았다. 불그스레한 얼굴에 배가 나왔고, 시가를 문 채 카우보이를 연상시키는 챙 넓은 모자를 쓰고 있었다. 장갑을 끼지 않은 손을 덥히느라 손뼉을 치고 있었으며, 시가 연기가 입에서 동그란 모양으로 나왔다. 공터 소유주는 멋진 낙타털 코트를 입은 채 조그만 여자애 둘과 손을 잡고 있는 다른 남자와 이야기를 나누고 있었는데, 그 여자애들이 낙타털 코트 남자의 딸이라는 건 누가 봐도 뻔했다. 한 아이는 페인트 얼룩만큼이나 선명한 빨간 코트를 입고 있었다. 열 살쯤인 게 분명했다. 다른 하나는 그보다 좀 어렸고, 노란색 격자무늬 코트 차림이었다. 둘 다 레깅스를 입고 있었다. 내 레깅스는 한참이나 오래전에 다 해졌는데. 나는 그 애들이 나를 보자 미소를 지었다. 나무를 사고 있는 다른 손님들도 있었다. 서로의 허리에 팔을 두르고 있는 젊은 커플, 은빛 모피 코트를 입고 슈 부츠*를 신은 채 점잔 빼며 눈 사이를 걸어 다니는 부유한 여인. 나는 이유도 모른 채 그 모습을 멀거니 바라보았고, 렉스와 라나는 종종거리며 걸어갔으며, 렉스는 우리가 방금 봤던 에스더 윌리엄스 주연의 뮤지컬 영화, 수십 명의 여성 육체가 합을 딱딱 맞추는 화려한 수영 장면이 반복해서 나오는 그 영화에 대해 조롱 섞인 빠른 말투로 이야기했다. 나는 뒤에서 머뭇머뭇 걸으며 크리스마스트리 공터를 흘끗거렸고, 결국 렉스가 돌아와 날 손가락으로 콕 찌르며 왜 그러냐고 물었지만 아무 말

* 발목까지 덮는 신발.

도 하지 않았다. 그러다 모르겠다고 말한 뒤 계속 명한 상태로 의문을 품은 채 돌아다녔다. 그 시절 나는 생각이 분명하게 정리되지 않을 때면 가끔 그러곤 했다. 목소리로 명확히 표현되는 경우를 제외하면. 그리고 그 목소리 대부분은 렉스 새도프스키가 내 눈앞에 있을 때 나왔다. "저 사람들에게는 뭔가가 있어, 안 그래? 너네는 저 사람들 누군지 알고 싶지 않아? 어쩌면 저들 같은 사람이 되고 싶을 수도 있잖아? 전에 한 번도 본 적 없는 저 사람들이?" 나는 흥분해서 목소리가 높아졌다. "너네랑 그렇게나 다르다는 사실이 정말 이상하잖아. 안 그래? 아니면 그니까, 만약 사람들에게 뭔가 지시할 수 있는 힘을 가진 누군가가 이렇게 말했다고 해봐. '네 옆에 보이는 사람이랑 자리 바꾸지 않을래? 방금 나타난 낯선 사람이긴 한데.' 그럼 난 이렇게 말하겠지. '당연히 좋죠.'"

내게 나타나 내 머릿속을 휩쓸고 나서, 날 나약하고 넋 나간 눈을 한 상태로 남겨놓고 사라진 그런 사나운 생각들. 일단 입을 열면 언제 닥쳐야 할지 모르는 수줍은 소녀.

그러다 나이가 들면 이런 몽상의 비행을 혼자만의 것으로 간직한다. 그래선 안 된다는 교훈을 얻었으니까.

그때 나는 그런 것에 대해 아무 생각이 없었고, 렉스는 침묵을 지켰으며, 라나는 내가 정신이 나갔다고 생각하기라도 하는 양 그저 어깨를 으쓱했다. 그러다 20분 뒤 우리가 페어팩스의 집에 거의 다 왔을 때 렉스가 별안간 아무 경고도 없이 내게로 몸을 돌렸다. 그녀의 입이 창백한 채 움직였고, 눈에는 분노와 상처가 드러나 있었다. "아까 거기서 했던 그 헛소리는 대체 뭐야, 매디? 아무하고나 자리를 바꿀 거라고? 아무하고나? *그게 아까 네가 했던 소리지?*" 그녀가 내게 공격적으로 다가왔다. 마치 우리가 아까부터 지금까지 싸우고 있기라도 했던 양, 내가 그녀에게 도

전하기라도 했던 양. 그녀는 내게 대답할 기회를 주지 않았고, 나와 라나 둘 다 그녀의 사나운 태도에 놀랐다. "친구를 배신하시겠다? 하, *네가* 어떤 사람인지 알고, *네 진짜* 친구고, 생판 모르는 좆같은 사람도 아닌 그런 사람들에게는 쥐뿔도 신경 안 쓰시겠다, 이거셔?" 그녀의 언성이 높아졌다. 나는 그녀가 하는 소리를 따라잡을 수 없었다. 그녀는 손을 쫙 편 채 나를 밀어내고 있었고, 나는 이런 일이 한두 번이 아니었음에도 불구하고 렉스의 기분이 이렇게 빨리 획획 변한다는 사실이 믿겨지질 않았다. 나는 배수구 쪽으로 비틀비틀 떠밀리며 말했다. "렉스, 하지 마, 야, 렉스, *아프다니까.*" 하지만 그녀는 계속 날 밀어젖혔다. 그녀의 얼굴에는 격한 분노가 떠올랐고 눈은 섬뜩하리만치 아름다웠다. 어두운 홍채 위로 하얀 테두리가 팽창하는 게 보였다. "배신자! *그자*들이 그렇게 좋으면 그놈들한테나 빌붙어! *내* 눈앞에서 사라져, 꺼지라고!" 나는 렉스가 팔을 휘두르는 걸 보지 못했다. 그녀의 주먹이 내 얼굴을 박살내자 코에서 피가 흘렀다. 분노에 차서 싸늘한 눈을 한 렉스는 내가 눈물을 터뜨렸는데도 누그러질 기색이 없었고, 그냥 라나를 데리고 떠나버렸다. 둘은 나를 놔두고 휑하니 가버렸고, 나는 상황 파악이 안 된 채 길에 멍하니 서 있었다. 눈부신 자동차 헤드라이트들이 위험할 정도로 가까이 내 옆을 지나갔다. 경적이 한두 번인가 경고하듯 울렸지만 나는 그게 도대체 뭘 경고하고 있는 건지 알 수가 없었다.

4
폭스파이어: 첫 승리!

　작고 뚱뚱하고 가엾은 엘리자베스 오헤이건. 집안의 차녀이자 아홉째 아이. 왜 다들 걔를 괴롭혔을까? 그녀의 형제들 역시, 시끄럽고 벅적하게 사람을 조롱하는 동네 남자애들의 놀림거리였다. 한번은 엘리자베스가 일곱 살 때 그 애들이 그녀의 팬티를 잡아 찢어서 러더포드 헤이스 학교 운동장 나뭇가지에 높이 걸어놓았다. 또 한번은 상처 입어 축 늘어진 가터 뱀을 그 애의 목에 두르는 바람에 그녀는 너무 놀라 미친 듯 소리를 지르며 달려갔고, 남자애들은 그 광경을 보며 배꼽이 빠져라 웃어댔다. 또 다른 경우에는 훨씬 더 잔인했다(이 일에 대해서는 남자애들을 막으려던 매디 워츠가 의도치 않게 목격자가 되었더랬다. 그녀는 지금까지도 그 광경을 생생히 기억하고 있다). 그들은 엘리자베스의 얼룩무늬 새끼 고양이를 공포에 질려 쳐다보는 그녀 앞에서 도랑에 빠뜨려 익사시켰다. 이 일로 인해 그녀가 흐느끼며 여자애들 특유의 히스테리를 일으킨 것 역시 정말 재밌기 그지없는 일로 여겨졌다. 그랬던 엘리자베스, 어린아이였을 때는 통통하고 귀여웠으며, 마치 누가 머리에 성냥이라도 당긴 듯한 딸기빛 구불구불한 금발 머리칼에, 영원토록 경탄과 상처로 가득 차 있을 따스하고 축축한 갈색 눈을 가진 그 아이는 열한 살이 될 때쯤, 그리고 열두 살이 되어서는 몸의 윤곽과 비율에서 확실히 여자 태가 나기 시작했다. 면 속옷에 제대로 다 들어가지 않는 주먹만 한 크기의 부드러운 가슴, 젤리 같은 엉덩이와 허벅지, 움푹 파이고 상처 입은 창백한 무릎. 그 무릎은 워낙에 어설픈 걸로 유명했던 엘리자베스, 나중에는 리타라고 불리게 된 그 애가 어린 시절 겪은 자잘한 사고들로 인한 것이었다. 그녀는 누가 밀어 쓰러뜨리지 않으면 제 풀에 넘어지곤 했다. 설사 점심 도시락이나 교과서를 누가 그녀 손에서 낚아채지 않았다 해도 자기가 그냥 떨어뜨렸을 거다. 굼벵이! 얼간이! 뚱땡이! 심지어는 반편이! 같은 외침 소리가 중학생이 된 그녀를 따라왔다. 이렇게 소리를 치는 애들이 대부분 남자이긴 했어도 순전히 남자들만 그랬던 건 아니었으며, 그 외침은 대부분 조롱기로 가득했지만 그렇다고 그저 조롱만 하려는 것도 아니었다. 그 어조에는 때로 달아오른 애정이라 할 만한 것이, 열광적인 관심이라 할 만한 것이 포함되어 있었다. 리타 오헤이건의 포동포동하고 파리한 얼굴에서는, 그녀가 품은 어린애 같은 두려움을 비롯해, 가장 성마른 눈이라 해도 알아볼 수밖에 없는 보편적이고 전형적인 어여쁨, 다시 말해 「스크린 월드」 「우먼스 데이」 「콜리어」 같은 잡지 표지와, 프록터 앤 갬블과 제네럴 푸드 사에서 제조한 가정용품 광고에 흔히 전시되는 미국적 어여쁨이 반짝거렸으니까. 게다가 리타의 눈물, 지극한 무력감과 무방비함을 담아 순식간에 흘러내리는 그 투실투실한 눈물방울은 보는 사람들에게 한결같은 흐뭇함을 안겨줬다. 그 눈물은 그녀를 괴롭힌 보상이었다.

그래서 리타가 매디 워츠에게 "나도 이런 일이 일어나는 걸 원치 않아. 걔들이 그냥 그러는 거라고."라고 속삭였을 때, 매디 워츠는 짜증 난 듯 어깨를 으쓱했다. 그런 말은 듣고 싶지 않았다. 이 지지리도 운 없는 동네 여자애와 엮이고 싶지 않았다. 사실은 자기 친구인, 아니, 그렇다기보다는 놀리는 사람이 근방에 없을 때에야 미약한 우정을 구걸하는 소녀와. "오, 매디, 그렇게 정떨어졌다는 표정 짓지 말고. 내가 이런 일이 일어나길 *바라는* 게 아니라니까. 걔들이 그냥 *하는* 거라고." 그녀는 되풀이해서 넋두리를 늘어놓았다. 마치 리타에게 일어난 당황스럽고 수치스럽고 가끔은 걱정스럽고 심지어는 고통스럽기까지 한 일들이 그녀 바깥에서, 그녀 너머에서, 마치 날씨처럼 일어났다는 양, 그녀의 육체적 특징, 그녀가 가진 여성적 본성과는 별다른 연관 없이 벌어졌다는 양.

"네가 울어서 그런 거야. 걔들은 네가 우는 꼴을 즐긴다고." 매디 워츠가 리타 오헤이건에게 말했다. 이런 말을 이번에 처음 하는 것도 아니었다. 수도 없이 했다. 소녀들이 한동네에 살았던 그 시절에. "그냥 네가 울지 않으면 될 일이라고." 그럴 때면 리타는 늘 그렇듯 매디와 보조를 맞추기 위해 걸음을 빨리하는 와중에 부드럽고 창백한 턱을 위아래로 끄덕이며 숨도 쉬지 않고 이렇게 말하곤 했다. "아, 나도 알아. 안다고. 근데 난 내가 우는지도 몰랐어. *그냥 눈물이 나는 거란 말야.*"

리타의 아이처럼 생긴 이빨은 좀 비뚤어지고 변색되어서, 그녀는 웃거나 미소를 지을 때 손으로 입을 가리는 습관이 있었다. 절대 못 버릴 습관이었는데, 더 짜증 나는 건 그녀가 마치 다른 사람들의 친밀한 시선과 다른 사람들의 관심이 벅차다는 양 귀여운 척 몸을 움츠리며 눈을 옆으로 흘기고 깜박이는 버릇이 있다는 것이었다. 리타는 사실 뚱뚱하지도 않았다. 그저 통통할 뿐이었고, 심지어 그 통통한 몸 안에는 골격이 섬세하게 자리하고 있었으며, 머리가 둔하지도 않았다. 매디는 그녀가 대다수의 반 친구들만큼이나 똑똑하다고, 어쩌면 더 똑똑할 거라고 믿었다. 이 점이 학업과 성적에서 또렷이 드러나건 아니건 간에 말이다. 보통은 드러나지 않긴 했지만. 매디는 리타에게 미안한 감정을 느꼈다. 당연히 그랬다(사실 매디는 그녀를 좀체 '리타'라 부르질 않았다. 그 이름이 불타는 듯 환한 빨강 머리를 한 영화배우 리타 헤이워드를 흉내 내면서 놀리듯 붙인 것이었기 때문에). 그녀는 한편으로 리타를 불쾌하게 여기고도 있었다. 그래, 어쩌면 리타를 경멸했을지도 모르고, 두려워했을지도 모른다. 정말 이상하게도 그녀는 리타를 두려워했다. 마치 이 소녀가 지닌, 눈에 확 뜨이는 여성적 무력함과 이 무력함이 다른 사람들에게 불러일으키는 매력 모두에 전염성이 있기라도 했던 양. 그 전염성이란 매디가 예전에 들은 바 있듯, 언니가 있고 특히나 그 언니와 한 침대를 쓸 경우 어린 나이에 생리를 시작하는 것과 같았다.

그러다 7학년으로 올라가기 전의 그 여름이 찾아왔다. 리타 오헤이건의 남동생 둘이 어떻게 그녀를 꼬드겨서 자기네를 '비스카운츠'라 일컫는 깡패 소년들이 쓰레기가 언덕처럼 쌓여 있고 커다란 기둥 위에 광고판들이 서 있는 황무지 너머, 철로 저편 어딘가에 대충 지어놓은 클럽하우스로 데려갔는지에 대한 이야기가 시작되는 그 여름. 그리고 열두 살이었던 리타 오헤이건이 어느 8월의 길고 긴 여름날 오후 내내 어쩌다 그녀 위에서, 그녀에게, 그녀와 더불어 저질러진 모종의 행위에 대한 대상이 되어버렸는지에 대한 이야기가 나왔던 여름. 풀려난 리타가 흐트러진 모습으로 훌쩍이면서, 월경 혈을 흘리면서 혼자 집으로 돌아왔을 때, 그녀의 어머니는 그녀에게 악을 쓰고 뺨을 때렸지만, 그 당시에나 그 뒤에나 그날 오후 그녀에게 무슨 일이 일어났는지는 묻지 않았다. 무언가가 정말로 벌어졌건 그렇지 않았건 상관없는 거였다. (오헤이건 부인의 가장 큰 관심사는 남편이 아무것도 알아서는 안 된다는 것이었다. 왜냐하면 기계공장 노동자인 오헤이건 씨는 자길 괴롭히는 일이 생기면 우울한 기분으로 폭음을 하고 나서 산발적인 폭력을, 대개는 집 안에서 휘두르는 경향이 있어서였다.) 리타는 매디 워츠에게도 그날 오후에 있었던 일을 결코 이야기하지 않았다. 매디는 자기 친구에게 경멸과 모욕, 심지어 혐오까지 담아 이렇게 말할 준비가 되어 있었는데 말이다. 이런 일이 그냥 일어나는 게 아냐. 네가 자초한 거라고.

리타 오헤이건의 학교 선생들이, 어쩌면 그들 중 몇몇이라도 그녀를 감싸줬을 거라는 생각이 들 테다. 그렇지 않겠나. 하지만 학교에서는 8학년 영어 선생 도니하워 부인이 멍때리는 느긋한 목소리로 이제 리타가 크게 읽을 차례라고 말하면(우리는 마저리 키넌 롤링스*의 『아기 사슴 이야기The Yearling』를 읽고 있었다. 몇 주째 그 책만 읽는 중이었다), 리타는 광적으로 정확성을 기하며 책에 인쇄된 글을 따라 집게손가락을 움직이고 있었는데도 얼굴을 붉히며 더듬더듬 읽다가 읽던 대목을 놓쳤다. 체육 시간에 그녀가 겪은 굴욕적 일화는 수도 없이 많았다. 체육 교사는 주저 없이 그녀를 수업에서 제외시켰고, 불쌍한 리타는 가슴과 엉덩이를 출렁거리며 과체중 아니면 근시 아니면 몸이 제대로 움직이지 않는, 반 애들이 좀체 관대하게 봐주질 않는 여자애들 무리에 끼었다. 개중 최악은 9학년 수학 시간으로, 수학 선생 버틴저 씨는 느릿한 비음으

---

* 미국 작가로 『아기 사슴 이야기』(1938)로 퓰리처상을 수상했다.

로 쩌렁쩌렁 이렇게 되풀이했다. "리타! 리-타! 칠판에 가서 문제를 어떻게 풀었는지 우리한테 보여주렴!" 리타가 버틴저 씨의 손가락에서 분필을 더듬더듬 받아, 아무것도 이해하지 못한 상태에서 수치스러움을 몸으로 말없이 표출하며 멍한 채 칠판으로 가기만 해도 교실에서는 기대에 차 낄낄거리는 소리가 났다. 그건 리타 오헤이건이 버틴저 씨의 수업에서 가장 둔하고 멍청한 학생이었기 때문이 아니라(사람들을 즐겁게 하려면 그리 보이도록 할 수도 있었겠지만), 그보다는 그녀가 자기 실수에 가장 초라해지고, 가장 송구스러워하며, 가장 눈물을 잘 쏟는 경향이 있는 학생이었기 때문이었다. 얼굴에 줄줄 흐르는, 큼지막한 보석 같은 그 눈물방울이라니! 그래서 버틴저 선생은 그녀가 칠판에 휘갈겨 쓰는 글씨가 아주아주 작아지는 동안 마침내 그녀를 긍휼히 여기게 된 모양인지, 설령 리타가 정답을 알고 있긴 했지만 자기를 경멸하는 수많은 시선을 앞에 두고는 다시 계산해낼 수 없었던 것이라 해도, 사실 그 또한 그녀에게 기대를 하지 않았기 때문에, 마치 개나 양을 모는 것처럼 부산스레 손을 흔들며 그녀를 자리로 돌려보낸 뒤 고개를 내젓고는 미소를 지으며 학생들에게 윙크를 하고 이렇게 말했다. "됐다, 리타. 그만하면 네 실력은 충분히 봤구나."

버틴저 선생의 눈이 안경 렌즈 뒤에서 굴oyster처럼 파리한 빛으로 그녀를 빤히 응시했다. 가까이서 자세히 보면 렌즈가 지문으로 얼룩져 있다는 걸 알 수 있었다.

그는 허구한 날—'버-얼-칙'이라고 또렷이 발음하면서—학교 수업이 끝난 뒤 리타에게 그날 틀린 문제를 칠판에 다시 풀도록 하는 벌을 줬다. 가끔은 이해가 느리거나 진도를 따라잡을 준비가 되지 않은 학생들도 그 자리에 같이 있었지만 대부분은 리타 혼자였다.

그렇게 그는 리타에게, 본인이 심술궂게 말했듯, 그녀의 무지가 자기에게 요구한 관심을 베풀어줬다.

버틴저 씨는 살집이 있는 땅딸막한 남자였다. 머리에는 희끗한 연갈색 머리칼이 삐죽했고 얼굴 살은 마치 실로 한 번에 꿰맨 양 여러 겹으로 겹쳐 있어서 자글자글 주름이 접힌 코끼리 피부 같았다. 입술은 두터웠고 노상 축축해서 '검둥이 입술'이라는 소리를 등 뒤에서 듣고 다녔다. 이름은 로이드였고, 나중에 우리가 신문에서 그의 퇴직 기사를 보고 알게 된 바에 따르면 나이는 마흔일곱이었다. 그는 모든 수학 공식과 문제와 교과서를 달달 외웠고, 그걸 우리에게 가르치는 동안 창밖 하늘을 바라보거나 반쯤 미소를 띤 채 교실 뒤쪽을 마치 지평선이라도 되는 양 쏘아보거나 또는 우리 중 한 명, 이를테면 리타 오헤이건을 빤히 쳐다보았다. 그녀가 그를 매혹시킨 게 분명했다. 아이 같은 여자, 금방이라도 피어오를 듯 무르익은 암컷이 온순하게 몸을 움츠린 채 버틴저 씨에게서 겨우 몇 발짝 앞, 교실 맨 앞줄 오른쪽 구석에 있는 첫 번째 책상에 앉아 있으니. 그 자리는 천성적으로 둔하고 무지한 학생이 현실적 이유, 즉 선생이 교사용 책상에서 일어서지 않고도 계속 학생에게 감시의 눈길을 둘 수 있다는 이점 때문에 앉는 자리였다.

비록 당시에는 어찌 말해야 할지 몰랐겠지만, 나도 버틴저 씨에게서 배웠다는 사실을 얘기해야겠다. 혹은 그를 통해, 아니면 그자였음에도 불구하고 배웠다고. 나는 그가 싫었고 그도 날 싫어했다. 내가 교실에 렉스처럼 앉아 그를 빤히 바라보면서 그가 내뱉는 추잡한 농담에 웃기를 거부하고 리타가 수업 시간에 보여주는 꼴사나운 광경을 보며 웃기를 거부했으니까. 그렇다. 우린 개가 부끄러웠다. 그건 사실이었다. 하지만 개가 우리 친구라는 것도 사실이었다. 리타는 우리 친구였고 우리는 개랑 딱 붙어 다녔다. 그래도 나는 여전히 매주 교과서로 수업을 들었고, 아마 내 성적이 늘 눈에 띄지는 않았을 거다(버틴저 씨는 다른 선생들과 마찬가지로 숙제를 지저분하다 싶게 해왔을 때는 성적을 짜게 줬다. 100점짜리 숙제가 '지저분'하다는 이유로 85점으로 깎일 수 있었다). 하지만 나는 눈에 보이지도 않고 침범당하지도 않는 숫자로 이루어진 우주가 흥미진진하다는 사실을 알았다. 그 우주는 인간 전문가들이 결코 더럽힐 수도, 심지어는 건드릴 수도 없다는 사실을 버틴저 씨 또한 알고 있었음에 분명했다. 익살스럽게 내쉬는 높은 한숨 소리, 이마를 닦느라 더러워진 손수건, 더듬거리는 학생의 말을 끊고 정답을 알려주는 수업 방식. 올바른 풀이 과정을 밟으면 정답이 나온다. 숫자의 우주에는 언제나 정답만이 있었다.

그는 자기 발에다 대고 한숨을 푹 쉬고는 거칠게 숨을 몰아쉬고 땀을 흘리며 칠판으로 가곤 했고, 그가 분필을 휘두르는 방식에는 즐거운 난폭함이 있었다. "봤지? 이렇게 푸는 거야!" 그의 입술이 침으로 번들거렸다. 그는 우리에게 화를 터뜨렸던 걸까, 아니면 우리를 비웃었던 걸까? 알 수 없었다.

버틴저 씨는 약삭빠르게도 자기가 놀리고 괴롭히는 사람을 리타 오헤이건 같은 약한 학생으로 선을 그어두었다. 그는 다른 사람들, 이를테면 보치, 리날디, 울비츠, 코레냑 같은 이름을 가진, 교실 뒷자리에 축 늘어져 앉아 있는 웃자란 소년들과 척을 지면 안 된다는 걸 알았으며, '마거릿 새도프스키'처럼 독립심이 강한 소녀들, 자기가 미소 짓게 만들 수 없고 공책을 대충 북 찢어 만든 빈 종이에 자기 이름만 찍 갈겨써서 숙제를 제출함직한 애들과 대립 관계를 야기해서는 안 된다는 걸 알았다.

(렉스는 이렇게 큰소리를 쳤다. "어디 올해 날 낙제시켜 보라지. 내가

기말시험 통과하면 자기도 날 통과시켜야지 어쩔 거야." 이건 맞는 말이었다. 버틴저 씨가 학교의 늙다리 선생들과 마찬가지로 거의 낙제를 시키지 않는 사람이라서 학생들이 뭘 배웠건 아니건 대충 통과시켜 준다는 사실을 제외한다면. 이거야말로 그가 학교를 청소하는 방법이자 은밀한 방식의 복수였다.)

그해 9학년 가을에서 겨울로 가는 동안 리타는 방과 후 받는 '벌칙' 수업을 꺼리게 되었다. 그녀 말에 따르면 버틴저 씨가 그녀를 너무 빤히 쳐다봐서라고 한다! 칠판에다 수학 문제를 풀게 해놓고는 그녀가 문제를 푸는 동안 앉아 있던 책상에서 몸을 빼서 일어나 자기 옆에 불편할 정도로 가까이 다가오는 바람에 숨소리가 들리고 그의 옷에 밴 달달하고 퀴퀴한 체취도 슬쩍 맡을 수 있을 정도라는 것이었다. 때로 그는 이 정도면 됐다는 듯, 혹은 영 아니라는 듯 투덜거리기도 했고, 때로는 자기가 아버지의 임무 내지는 허드렛일이라도 하고 있는 양 한숨을 쉬고는 꿍 하는 소리를 내며 짧은 다리 위에 붙은 몸을 일으킨 뒤 리타의 손에서 분필을 빼앗고는 문제를 어떻게 풀어야 하는지 보여주기도 했으며, 또 심지어는 그녀의 포동포동한 어깨를 꽉 쥐며 "아냐, 리타, *이렇게* 하는 거라고. 집중 좀 해. *이렇게* 하는 거라니까."라고 강조하며 눈썹을 찌푸리고 씨근대기도 했다. 만약 그때 리타가 몸을 뺐다면 그는 그녀에게 바싹 붙어 팔꿈치로 그녀를 쿡 찔렀을 테고, 심지어 가끔은 두툼하고 살 많은 손을 그녀의 가슴에 재빨리 쓱 문지른 뒤 우연인 양 굴었을 것이다. 그래서 리타는 무슨 일이 일어나고 있는지를 몰랐고, 혹은 실제로 뭔가 일이 일어나고 있다 쳐도 어찌 항의를 해야 하는지 몰랐다.

8월의 그 끔찍했던 오후에, 리타는 소년들에게서 도망가려 했다. 그놈들은 그녀를 고통으로 울부짖게 했다. 버틴저 씨는 정확히 말하자면 리타에게 결코 육체적인 상처를 주지 않았다. 위협하지도 않았다. 그래서 그녀는 한 번도 도망가지 않았다. 달아날 용기도 없었을 것이다. '벌칙' 수업이 끝나면 그냥 멍하니 집으로 걸어가면서 어머니가 자신을 보지 않기를, 그리하여 자기 얼굴에 떠올라 있는 무언가를, 당사자는 있는 줄도 몰랐던 그 무언가를 어머니가 보는 즉시 알아차리지 않길 바라며 훌쩍일 뿐이었다. 어머니가 자기를 세게 후려갈겼던 8월의 그때처럼.

다만 이런 일은 있었다. 1953년 1월 말의 어느 오후, 캡틴 올리버 해저드 페리 중학교 뒷문으로 9학년 수학 선생 버틴저가 빠져나온다. 그는 혼자고, 손에 서류 가방을 들고 있으며, 서두르는 기색이 역력하고, 동료 교사들과 마주치고 싶지 않으며 그들 눈에 띄기도 원치 않는 게 분명하다. 그는 좌우를 재빨리 두리번거린 뒤 길을 가로질러 자기 차로 다가간다. 교직원용 주차장의 늘 같은 자리에 주차되어 있는 특징 없는 포드. 그는 세게 헛기침을 하며 가래를 끌어 올린 뒤 바닥에 뱉으면서 차 문을 열고는 부자연스러운 동작으로 들어간다. 그는 땅딸막하고 퉁퉁한 남자로 얼굴은 열이 오른 듯 보이고 두 눈은 초조하지만, 사실 그는 흥분한, 심지어는 신이 난 상태다. 바지는 허리와 가랑이 사이가 지나치게 꽉 끼고 무릎은 헐겁다. 하지만 그는 바지를 생각하고 있는 게 아니다. 그는 자기로 하여금 간교하고 음탕하게, 뱀의 혓바닥만큼이나 재빨리 미소 짓도록 만드는 무언가를 생각 중이다. 그러다 그는 주차장을 빠져나온 다음 거리로 나와 어드만에서 북쪽으로 방향을 잡는다. 그런 다음 교회에서 동쪽으로 방향을 바꾸고 페어팩스에서 다시 북쪽으로 튼다. 그는 자기 집, 작은 공원 근처의 아파트가 있는 2번가까지 보통 이렇게 귀가한다. 독신 남성에게 2번가는 이상적인 곳이다. 번듯한 동네에 사는 사람들이 그를 알고, 그가 교사이며 따라서 전문직 남자라는 이유로 존경을 표한다. 존경을 받는다는 것은 로이드 버틴저에게는 무척이나 중요한 의미가 있는데, 그건 자기가 두려움과 존중을 받는 성공적인 교사이자 자기 학생 중 누구도 엇나가도록 놔두지 않는 사람이라는 뜻이기 때문이라고, 그는 생각한다. 로이드 버틴저는 사람은 존경을 받아야 하며 그렇지 않다면 위신을 잃은 것이라고, 위신만큼 중요한 건 세상에 없다고 말하고 다닌다.

6번가 근처 페어펙스에는 철도 건널목이 있고 지금 기차 한 대가 철로를 지나고 있다. 화물용 객차가 끊임없이 덜컹거리고 시간은 오후 네 시 반이며 차는 거의 거리 하나 길이만큼 막혀 있는데, 바로 그때 로이드 버틴저는 자기가 있는 쪽을 빤히 바라보는 사람들을 불편한 기분으로 의식하기 시작한다. 사람들이 그의 차를 쳐다보고 있는 걸까? 차 옆과 뒤를? 그러다가 운전대를 잡고 있는 그를? 그는 침을 꿀꺽 삼키고, 눈썹을 찌푸리고, 운전석에서 거북하게 무게중심을 옮겨보고, 딴청을 부리며 고개를 돌리다가 끝내 못 참고 뒤를 돌아본다. 마치 악몽 속에서 그리되듯. 데님 재킷을 입은 생전 처음 보는 남자가 인도에 서서 못 믿겠다는 표정으로 그의 차를 보며 눈을 깜박이고 흘끗거리고 있다. 십 대 소년 둘이 걷다가 우뚝 서서 입을 딱 벌리고 그가 있는 쪽을 멍하니 바라보더니 손으로 그를 가리키며 와락 웃음을 터뜨린다. 그는 교통 체증에서 풀려나 다시 차를 몰고 싶어 죽을 지경이지만 화물열차는 계속 덜거거리며 지나가고 있고, 멋진 모피 칼라가 달린 코트를 입은 젊은 여성이 갓돌에 주차된 그녀의 차를 타려다가 동작을 우뚝 멈추더니 눈살을 찌푸리며 버틴저의 차 뒤쪽을 빤히 보고는 못마땅하다는 듯 입술을 오므린다. 아는 여자려나? 그가 가르치는 학생 어머니? 더 나쁘게는 동료 교사의 부인?

로이드 버틴저는 차에서 내려 무슨 일인지 알아봐야 한다는 걸 알지만 자기가 뭘 보게 될지 두렵다. 그는 그저 집에 가고 싶을 뿐이다. 집에 간 다음 사태를 바로잡고 싶어, 사람들 눈에 띄지 않고 싶어 죽을 지경이다. 하지만 페어펙스를 지나며 시련을 겪는 30분은 악몽이다. 이 광경의 목격자 가운데 몇몇은 학생이다. 감히 쳐다볼 용기만 있다면 누군지 알아볼 얼굴들. 그는 자기가 엄청난 구경거리가 되고 있다는 건 알지만 사람들의 얼굴 표정이 왜 전부 제각각인지는 짐작도 가지 않는다. 놀라고 못마땅한 표정, 역겨워하는 표정, 희희낙락한 표정. 가장 신경에 거슬리는 건 무례하고 상스럽게 좋아죽겠다며 낄낄대는 표정이다. 남자들은 이빨을 훤히 드러내고 웃으면서 그에게 주먹을 흔들어대고, 사내애들은 음란한 몸짓을 하고 있다. 경적이 몇 번 울리고, 혼잡한 교차로에서 한 젊은 남자가 빠른 걸음으로 다가와서는 엔진 뚜껑을 두드리며 버틴저가 알아들을 수 없는 말을 퍼붓는다. 차창을 끝까지 올려서 무슨 말인지 들리지도 않는다. 아파트 뒤편 주차장에 차를 대고 나서도 그는 목격자 두셋을 더 감당해야 한다. 같은 건물에 사는 주민들, 로이드 버틴저의 이름과 평판을 알고 있는 사람들도 주차를 하고 있기 때문이다. 그들은 그의 차를 보고 그를 본 다음, 다시 몇 초간 그를 빤히 쳐다보다가 딱딱하게 굳은 표정으로 고개를 돌린 뒤 인사도 없이 가버린다. 이제 아무도 보는 사람이 없는 것 같다(물론 누군가 몰래 보고 있지만 않다면). 마침내 그는 차에서 내려 멍한 상태로 차 주변을 돈다. 한 번이 아니라 두 번. 두 번이 아니라 세 번. 1949년형 포드의 뭉툭한 뒷부분에 칠해진 큼지막하고 휘황찬란한 빨간 글자를 쳐다보면서. 나는 깜둥이 입술 버틴저 나는 더러운 늙은이 으으으으음 계집들!!! 나는 수학을 가르치고 젖통을 간질이지 나는 버틴저 나는 보지를 따먹지.

이 모든 것 가운데 가장 수수께끼 같은 사실은 뒷 범퍼에 적힌 폭스파이어의 복수다!라는 글귀다. 한 번도 아니고 두 번이나 적힌 폭스파이의 복수다!라는 글귀.

그렇게 로이드 버틴저는 자기 차에 칠해진 끔찍한 단어들을 빤히 바라본다. 차의 왼쪽, 그러니까 그가 차 문을 열 때 봤던 곳에는 아무것도 없다. 하지만 차 뒤쪽과 오른쪽을 따라 그 글자들이 적혀 있고, 그는 얼이 빠지고 메스꺼워서 말 그대로 귓속이 우렁우렁하여 욕지기가 나오며, 강박적으로 입술을 핥고, 누가 왜 이런 짓을 했는지 짐작하려 애쓰는 와중에 이제 자기 비밀이 탄로 난 게 아닌가 싶고, 탄로가 난 게 맞으며 이제는 결코 비밀이 될 수 없다는 생각 외에는 다른 생각이 떠오르질 않는다. 다시 한번, 이제 비밀은 폭로되었다. 폭스파이어의 복수다! 폭스파이어의 복수다!가 그의 얼룩진 안경알을 꿰뚫고 명멸하며 그를 응시한다. 심지어 어떤 남자가 역겹다는 듯 그에게 소리를 지르는 동안에도. "이봐요, 당신 그거 좀 지우지그래? 그 추잡한 글자 말이야, 아저씨!"

5
타투

렉스가 말한다. 오늘 밤 우리 다섯 사이에서 무슨 일이 있었건, 세상 사람들한테는 절대 영원히 입 딱 다물고 있어야 돼. 어기면 죽음이야.

골디가 말한다. 그래. 좋아.

라나가 말한다. 응.

리타가 말한다. 오, *쪼아*!

그리고 매디가, 잠시 뜸을 들이고는, 침을 삼키며, 말한다. 으응.

나는 열세 살이었고, 오 그렇다, 그 나이에는 뭐든 맹세할 수 있었을 테고 그런 신성한 의식을 축복하기 위해서라면 손 한 번 안 떨고 얼음송곳을 살에 깊숙이 찔러 넣기라도 했었을 테다, 1953년 새해 첫날, 폭스파이어의 탄생일에.

어스름이 일찍 찾아왔다. 화학 공장에서 카사다가를 가로질러 불어오는 바람에 시큼털털하고 매캐한 냄새가 풍기는 볕 없는 어느 날, 그런 날에 인생이 바뀐다는 사실이 믿겨지지 않으리라. 그런 날에 인생이 바뀌길 바라지도 않으리라. 그렇지 않은가? 새도프스키네 집 뒤편에 하나씩 사람들이 도착했다. 렉스는 자기 아버지와 아버지의 여자 친구가 집에 없을 거라고 확언했건만 다들 거북하고 쑥스러운 기분을 느꼈다. 새도프스키 씨는 성질을 잘 부리는 데다가 새도프스키 집안을 찾아온 사람을 기죽게 만드는 눈길로, 심지어는 렉스가 사람을 초대하는 건 자주 있는 일이 아닌데도 그런 눈길로 방문객을 쳐다보는 사람이었다. 렉스는 나는 스스로 나를 지켜라고 말하길 좋아했지만, 어쩌면 그녀 역시도 새도프스키 씨를 두려워했던 건 아닐까?

뒷문으로 은밀히 다가왔을 때 그들은 이미 흥분한 상태였다. 렉스는 검정 슬랙스에 검정 셔츠를 입고, 손으로 조각한 거무스름한 색 마호가니 나무 십자가를 목에 건 채 조용한 목소리로 그들을 반가이 맞이했다. 서둘러 사람들을 안으로 들였기 때문에 아무도 그들을 보지 못했을 것이었다(그러나 혹여 그때 누가 중고 승용차와 트럭을 파는 주차장과 창고로 이어지는 내리막길을 따라 늘어선 집들 뒤편에 있는, 잡초와 잔돌이 무성한 뒷마당 공터를 지났을 수는 있겠다). 이들이 렉스가 가장 아끼는 친구였다! 이들이 렉스의 갱단이 될 소녀들이었다! 매디는 기골이 장대한 골디 시프리드에게 힘없이 웃어 보였다. 골디는 열다섯 살에 키가 178센티미터였고, 뼈 위로 강건한 살이 튼실하게 붙어 있었으며, 비뚜름히 기울어진 차갑고 어리숙한 미소 뒤에는 자비 없는 시선이 자리하고 있었다. 골디는 학년을 꿇었다든가 학교를 늦게 다니기 시작했다든가 했던 애였는데, 그래서 반에서 가장 키가 큰 소년을 제한다면 매디네 학급 아이들 사이에서 우뚝 솟아 있었으며, 사람을 불안하게 만드는 힘을 가진 하이에나 같은 웃음으로 유명했다. 그 웃음을 들으면 같이 웃고 싶다는 생각이 들었건 아니건, 그 웃음에 논리적으로 반응한 것이건 아니건 간에 웃음이 절로 흘러나왔다. 그녀와 매디 워츠는 서로를 존중했다. 서로를 경계하긴 했지만. 매디는 골디의 다혈질이 두려웠고, 골디는 매디의 지성, 주의 깊은 갈색 눈에 담긴 사려 깊은 판단을 두려워했다. 역시 키가 큰 라나 맥파이어도 자리에 있었다. 여윈 몸매에 백금색 머리칼이 다소 거친 피부와는 어울리질 않았는데, 왼쪽 눈의 근육이 약한 탓에 화가 나거나 흥분했을 때는 홍채가 풀려 이리저리 움직였고, 그래서 그때 만약 라나와 이야기를 나누고 있었다면 때로 불현듯 기묘한 기분이 들면서 그녀의 어느 쪽 눈이 자기를 주시하고 있는지, 어느 쪽 눈이 그 홍채 너머 깊은 곳에서 *그녀의* 감정을 억제하고 있는지 알 수 없게 된다는 사실을 제한다면 매력적인 외모를 가진 아이였다. 매디와 라나는 드문드문 친구 관계를 이어왔는데, 심지어 한때는 (하지만 이건 오래전 일이었다) 서로의 어머니가 친구였던 적도 있었다. 둘의 어머니는 같은 동네 학교에 다녔고, 같은 시기에 배 속에 딸을 품고 남편은 전장으로 떠나보낸 채로 (하지만 둘 다 끝내 돌아오지 않았다) 신혼을 보냈더랬다. 그래서 라나와 매디 사이에는 자매 같은 기운이 어렴풋이 감돌았는데, 그건 거북하면서도 깔끔히 해소되지 않는 관계였기 때문이다.

그리고 리타 오헤이건이 있었다. 리타 오헤이건이 있다는 사실로 인한 실망감이 은근하면서도 고통스레 치솟고, 렉스네 집에 온 작고 뚱뚱하고 운도 없는 쬐깐한 리타를 보며 아, *얘는 왜?*라는 생각이 떠올랐지만, 매디는 렉스가 리타에게 안쓰러운 마음을 품고 있다는 걸, 리타가 동네에서 왕따를 당하고 놀림을 당하고 괴롭힘을 당하고 무엇보다 수학 시간에 고통을 받고 있다는 사실에 분노한다는 걸 알고 있었다. 매디는 렉스가 리타에게 '연민'(이 당시 렉스가 애호하던 단어 중 하나다)을 느꼈고 그래서 버틴저 선생에게 모종의 복수를 할 계획을 짰던 거라는 사실도 알고 있었다. 하지만 여전히 리타가 매디 워츠만큼이나 렉스의 방에서 환영받는 광경을 본다는 건 매디의 자존심을 콕콕 찌르는 일이었다.

그게 뭘까? 복수를 매개 삼아 더 중요하고 더 지속적이며 더 구속력이 강한 무언가로 나아가야 한다면, 그게 뭘까? 매디는 골디와 라나 사이에서 웅얼웅얼 오가는 말들 중에서 '갱단'을 조직해야 하지 않겠나 하는 얘기를 들었는데, 바로 그 단어가 내는 소리가 그녀의 피를 끓게 했다. '갱단'. 해먼드와 로어타운과 페어팩스 동네에는 갱단들이 있었다. 하지만 그건 모두 소년들 아니면 십 대 후반과 이십 대 초반의 젊은 남자들로 이루어져 있었다. 소녀들로 구성된 갱단은 없었고 '소녀 갱단'에 대한 이야기나 기억도 없었다. 오, 세상에, '소녀 갱단'이라는 소리에는 피를 끓게 하는 힘이 있었다!

렉스의 상상력은 그간 신문과 라디오에서 보도되는 첩보 활동, 여기 조국에서 암약하는 공산당 스파이에 대한 기소, 전시에 활동한 미국 스파이의 미화된 모습 등에 크게 고무되어 있었다. 돌이켜보면 그때쯤에는 '제2차 세계대전'이라는 거대한 역사적 사건이야말로 몇몇 남자들, 수억 명의 삶과 죽음에 영향력을 발휘하는 극소수 교활한 남자들의 머릿속에 있던 아이디어를 그저 밖으로 끄집어낸 결과에 불과했던 게 아니었나 하는 생각이 싹트기 시작하고 있었다. 두 가지 도덕, 즉 두 가지 삶의 방식이 있었다. 무고한 사람들이 희생당하건 말건 해도 된다는 권한을 부여받았다는 이유로 일을 저지르는 삶과, 또는 자기 행위가 범죄적이거나 벌받을 일이거나 수치스러운 행동이었기에 자기가 한 짓을 시인하는 삶. 렉스는 제시 제임스와 빌리 더 키드의 모험담을 달달 외우고 다녔으며, 또한 북부 뉴욕 주의 집 근처 지역들, 버펄로와 로체스터, 심지어 해먼드에 전해지는 마피아 이야기도 모두 외웠다. 그 지역에는 존경을 담아, 하지만 무미건조하면서도 암시적으로만 언급되는 이름들이 있었다. 현재 생존하고 있지만 알 카포네와 존 딜린저만큼이나 신격화된 마피아 조직 수장들 말이다. 렉스가 하고 다니는 이야기 중에는 '공적 제1호'라 불렸던 존 딜린저가 싸구려 영화관 앞에서 연방 요원들에게 사살당했다는 소식이 퍼졌을 때 시카고의 이스트사이드 지역에 살고 있었던 아버지의 친척에 관한 것도 있었다. 딜린저가 총에 맞은 날은 1934년 7월 22일이었는데, 렉스는 그 날짜를 정확히 알고 있었고, 세간에 일반적으로 알려지지 않은 사실이 있다며 자랑을 했다. 주장인즉, 딜린저의 시체가 옮겨진 뒤 바이오그래프 극장 앞 인도에 고여 있던 피 웅덩이에 아버지의 사촌이 담갔다 꺼낸, 뻣뻣하고 얼룩지고 더럽지만 값으로 따질 수 없는 바로 그 손수건을 자기 손에 쥐어봤더라는 것이다.

렉스는 아버지의 사촌이 그 기념품을 넘기면 돈을 주겠다는 제안을 받았다고 했다. "하지만 그런 물건을 팔 리가 없잖아."

하여간 그날 밤 렉스가 그들을 맞이하며 보인 엄숙함을 누가 예상이나 했을까? 그녀의 눈은 반짝거렸으며, 머리는 평소처럼 엉켜 있는 대신에 새로 샴푸를 했고, 브룸세지*만큼이나 가냘픈 머릿결은 빗질을 해 어깨 위로 올렸다. 그녀는 한 번에 한 명씩 가파른 계단 맨 뒤에 있는 자기 방으로 사람들을 데려갔다. 그들의 손을 꽉 쥔 그녀의 손가락은 뜨거웠다. 렉스 새도프스키가 그렇게 차분하다니, 마치 이날 저녁의 이 시간이

---

* 미국 북동부 벌판에 자라는 쇠풀속 식물로 엷은 갈색을 띠고 있다.

그들의 인생을 영원히 바꿔놓을 것이라는 양 그렇게도 경건해 뵈다니, 참으로 있을 성싶지 않은 일이었다. 매디는 가벼운 농담을 준비해 왔지만 그 농담은 순식간에 머리에서 날아갔다. 심장은 기절이라도 할 것처럼 빠르게 뛰었고 두 눈은 평범하고 꾀죄죄한 집 안 내부를 열광적으로 분주하게 둘러보았다. *여기가 렉스가 사는 곳이야!* 매디의 눈에 보이는 거라고는 자기 집과 마찬가지로 가구들이 아무렇게나 산만하게 놓여 있는 광경이었다. 하지만 그녀의 집과는 정말 근본적으로 다른 곳이었다. 왜냐하면 이 집은 렉스의 집이지 매디의 집이 아니었으니까. 신비는 바로 그두 사실 사이에 놓여 있었다. 가장 타락한 형태의 신이라면 매디로 하여금 렉스가 받아 마땅한 찬사를 바치라며 그녀를 부추겼을 수도 있었다.

그래서 그녀는 말없이 웃기만 했다. 경계심을 품은 채. 축축한 눈을 크게 뜬 채 벽지에 때가 타 흐릿한 복도를, 출입구를, 어두침침한 방을, 칠이 벗겨진 마룻바닥 위에 깔린 양탄자 자투리를, 울워스나 그랜트에서 구입해 창문에 압정으로 고정시킨 얇은 커튼 패널을 보았다. 요리용 기름 냄새가, 담배 연기 냄새가, 쥐 냄새가 났고, 집에서 나는, 그야말로 집에서만 나는 달달하면서도 불쾌한 냄새가 벽에 스며 있었다. 매디는 정돈되지 않은 침대와, 옷인지 넝마인지가 쏟아져 나오는 문 없는 벽장과, 바닥에 아무렇게나 내던져져 있는 남성용 작업화와 그 뒤에 있는 굽 높은 여성용 펌프스 슈즈를 흘끗 보았다. 새도프스키 씨와 그의 여자 친구 뮤리엘이 존재한다는 증거. 렉스는 그녀에 대해 얘기할 때 경멸을 잔뜩 담아 '그 돼지'라 했고 두 사람을 얘기할 때는 '그 돼지들'이라고 했지만 그들에 대해 더 이상은 말하지 않았고 매디도 자연스레 그들에 대해 묻지 않았다. 하얀 플라스틱과 스테인리스스틸로 만든 십자가상도 하나 있었는데, 매디는 그걸 빤히 보면서 궁금해했다. 십자가상은 징표일까?

렉스 자신을 위한? 인간이 믿지 않고, 동시에 믿어 마지않는 모든 것의 징표일까? 아니면 마치 로어타운에 있는 몇몇 명판과 작고 지저분한 기념비, 아무도 더는 의식적으로 눈여겨보지 않고 그저 장식용으로만 존재하는, 혹은 심지어 장식용조차도 아니고 그저 *거기에* 있는 것에 불과한 물건들처럼, 모두에게 잊힌 채 새도프스키 집 안에 놓여 있는 싸구려 물건에 불과한 것일까? 십자가상은 렉스의 어머니였던 여자가 애브 새도프스키의 침실과 렉스의 침실 문 사이 벽에 못으로 걸어놓은 것이었다. 그녀는 병인가 사고로 죽었는데 렉스는 둘 중 무엇인지 말하길 거부했으며 마지못해 뭐 그래 그 여자가 예전에 내 엄마였긴 했지,라고 긍정하는 차원으로라도 죽은 어머니에 대한 말을 꺼내지 않았다.

젠장. 다 고릿적 시절 얘기라니까.

뒷마당을 향해 난 작은 창문이 하나 있는 렉스의 좁은 방에 다섯 명이 꽉 들어찼다.

다섯 모두, 기묘하게 숨을 참으며, 수줍어했다.

모두 렉스가 시킨 대로 각각 목에 십자가를 걸고 있었다. 소녀들이 이유를 묻자 렉스는 이유는 신경 쓰지 마, 그냥 해, 알게 될 거야,라고 대답했고, 물론 모두 그 말에 복종했다.

리타가 건 십자가는 은 아니면 은도금이 된 변변찮은 물건이었지만 크리스마스에 새로 산 꽉 끼는 빨간색 스웨터 속 풍만한 가슴 사이에서 반짝거리며 아늑하게 자리를 잡고 있었다. 매디의 십자가는 그보다 작았고, 뭐 일종의 '은'이긴 했는데, 밤새 차고 잘 경우 피부에 얼룩이 남는 물건이었다. 골디의 십자가는 앙바틈한 크기로 반짝이는, 마치 강모처럼 머리에서 뻗어 나간 그녀의 흐릿한 놋쇠 빛깔 머리칼에서 빛을 흡수한 듯한 색을 띠었다. 그녀의 눈 역시도 호박색에 교활한 눈빛을 띠었다. 푹 꺼진 두 눈이 쉴 새 없이 움직여댔다. '붐-붐'은 농지거리를 필요로 하는 여자애였다. 엄숙함은 그녀를 불편하게 했다. 라나의 십자가는 로켓 모양의 금 십자가로 장식적인 느낌이 들었다. 검정색 카디건 스웨터를 입은 그녀는 가슴 사이에 걸린 뾰족한 원뿔 모양의 십자가를 초조하게 만지작거렸다. 렉스의 십자가가 가장 특이했는데, 매디는 태어나서 그런 십자가는 처음 봤다. 사실 그 비슷한 것조차도 본 적이 없었다. 정말로 정교하게 깎고 새긴 짙은 적갈색 나무 십자가로, 렉스가 예전에 말한 바에 따르자면 폴란드제였다. 매디는 경탄하는 마음으로 그걸 바라보면서 이 십자가 역시 렉스의 어머니와 관계가 있는 물건인지 궁금했지만 감히 묻지는 못했다.

과거에 대한 언급은 렉스를 짜증 나게 했다. 마치 그녀가 달리는 동안 그녀를 잡아당기는 손가락들처럼. 달리고, 달리고, 달릴 수밖에.

지금, 1953년 새해 첫날. 이거 말고 뭐가 중요했겠나?

매디의 방과 마찬가지로 렉스의 방에는 창이 하나뿐이었다. 하지만 천장은 한쪽으로 큰 경사를 이루며 기울어 있었고, 그녀의 침대는 그쪽으로 쑥 들어간 채 놓여 있었다.

렉스가 켜놓은 초들이 아니었다면 깜깜했을, 외풍이 들어오는 공간이었다. 다섯 개의 하얀색 초가 마치 봉헌 양초처럼 방 곳곳에 놓여 있었고, 소녀들의 맥박은 눈앞에 펼쳐진 광경 앞에서, 뜨겁게 열을 내며 녹아내리는 밀랍에서 나는 냄새와 휘황하게 빛나는 몽환적인 불꽃 앞에서 빠르게 뛰었다. *이게 렉스의 방이야! 렉스의 침대고! 렉스가 꿈을 꾸는 장소!*

골디가 방으로 맨 처음 들어와서는 초들을 보고 놀라 키득거렸다. "세상에, 교회에 들어온 것 같아!"

라나가 골디를 용감하게 팔꿈치로 쿡 찔렀다. "쉿, 늠름아."

렉스는 잠깐 사라졌다가 작은 유리잔과 위스키 병을 들고 돌아왔다. 그런 다음 성직자라도 된 것처럼 점잖게 위스키를 잔에 따르고는—매디는 그런 제대로 된 유리잔을 선술집에서나 봤었고, 그 뒤로는 좀체 본 일이 없었다—소녀들에게 한 잔씩 돌렸다. 그리고 한 사람 한 사람에게 말했다. "해피 뉴 이어."

그들은 렉스의 침대와 방바닥에 꼬깃꼬깃 모여 앉았고, 렉스는 그녀가 입고 있는 검정색 옷 속에 품고 있는 나이프의 칼날처럼 비스듬한 자세로 그들 옆에 섰다. 공단 재질의 블라우스가 윤기 있게 광택을 발했고 검은색 단추도 반짝거렸으며 아름답게 조각된 적갈색 십자가가 사슬에 걸린 채 그녀의 목을 묵직하게 두르고 있었다. 렉스가 미소를 지으며 잔을 들어 올리자 나머지 사람들도 잔을 들고는 망설임 없이 쭉 들이켰다. 매디는 독주를 삼켜본 적이 한 번도 없었고, 목을 태운 술의 화기가 마치 비강에서 뇌까지 이어진 전선을 따라 새하얗게 타오르듯 내달려가자 손을 떨었다.

술기운은 따뜻하게 꿀렁거리며 사타구니로도 내려갔다. 오, 분명했다.

렉스가 선 채로 이야기를 시작했다. 그녀의 목소리는 주술적이었고, 사람들은 그녀가 감정을 얼마나 억누르고 있는지, 느릿하면서도 조용히 말하고자 얼마나 스스로를 다스리고 있는지 느낄 수 있었다. 그 목소리 아래에서는 열띤 홍분이 일렁이고 있었다. 그녀는 얼마나 아름다웠던가. 날카로운 이목구비에서 느껴지는 아름다움이 모습을 드러내고 있었다. 참으로 기묘하게도 방의 수직선이 자리를 옮기는 동시에 빛의 평면

이 천천히 움직이며 깊어졌다. 어딘가에서 촛불에 비춘 계란처럼 은은하고 발간 불빛이 나타나 우리를 감쌌다. 마치 한 사람의 혈관이 다른 사람의 혈관으로 흐르듯. 마치 깜짝 놀라 저도 모르게 터져 나온 미소가 다른 사람의 입술 또한 잡아당기듯. 사랑스럽고 따뜻하게 유동하는 감각을 함께 나누었다.

당신은 폭스파이어의 자매들에게 헌신할 것을 엄숙히 맹세합니까 네 저는 폭스파이어의 비전에 헌신할 것을 맹세합니다 반드시 그러하겠습니다, 저는 자매들이 저를 생각하는 것만큼이나 늘 그들을 생각하겠다고 맹세합니다 반드시 그러하겠습니다, 임박한 프롤레타리아 혁명 속에서도 묵시록의 종말 속에서도 사망의 음침한 골짜기 속에서도 육체적 혹은 정신적 고문을 당하더라도 저는 그러하겠습니다 결코 폭스파이어의 자매들을 배신하지 않겠습니다 생각으로도 말로도 행동으로도 그리하지 않겠습니다 결코 폭스파이어의 비밀을 누설하지 않겠습니다 이 세상에서도 다음 세상에서도 폭스파이어를 결코 부정하지 않겠습니다 무엇보다 폭스파이어에게 모든 충심과 용기와 마음과 영혼과 모든 미래의 행복을 바칠 것을 서약합니다 네 저는 죽음을 걸고 맹세합니다 그러니 신이여 도우소서 저는 영원히 세상이 끝날 때까지 그리할 것입니다. 맹세합니다.

렉스가 자기 손재주가 기꺼워 웃는 마술사처럼 얼음송곳을 꺼낸 다음 아주아주 날카로운 끝부분을 불에 달궈 소독했다. 이 우아한 은빛 얼음송곳은 품질로나 모양으로나 나무랄 데가 없었고, 매디는 경탄과 두려움으로 눈이 흐려졌다. 그런 송곳은 본 적이 없었다.

"나 할래."

"*내가 할래!*"

"렉스, 여기!"

매디가 송곳을 바라보았다. 귀에서 우르릉거리는 소리가 났지만 두렵지 않았다. 나이아가라 폭포 소리 같았다. 지금은 죽고 없는 누군가가 오래전에 데려다줬던 곳.

분명 그녀는 두렵지 않았다. 어떻게 그녀가 렉스 새도프스키, 6주 전 자기 침대에서 나란히 잠을 잔 전무후무한 경험을 함께한 친구를 두려워할 수 있겠는가. *하느님 살려주세요.* 그러나 렉스의 두 눈이 팔랑개비처럼 둥글게 팽창하여 빙글빙글 도는 걸 보자, 그녀는 한층 더 고집스레 말했다. "응. 나도 할래." 다섯 명 중 마지막으로 그녀의 차례가 돌아왔을 때, 그녀는 자기 목소리가 애원하듯 부드럽게 말하는 걸 들었다. "렉스, 나한테 해줘." 손이 마구 떨렸고, 은빛 얼음송곳이 바닥에 떨어질까 무서워 죽을 것 같았다.

렉스가 잇몸 모양을 따라 이를 드러내며 입을 벌리더니 단호한 미소를 지었다.

승리의 미소. 마치 네 명 중 매디야말로 자기의 심장이라는 듯.

그런 다음 속삭였다. "꾹 참아, 우리 자기. 알았지?"

그래서 매디는 그렇게 했다. 나머지 사람들이 목을 길게 빼어 달콤하게 반짝이는 핏방울을 지켜보는 동안.

그렇게 해서 렉스는 폭스파이어의 문신을 새겼다. 렉스가 꿈에서 마음속에 그려낸 신성한 문장(紋章), 빨갛게 점점이 찍힌 점들이 길쭉하게 선 불꽃 형태로 스스로를 윤곽 짓는 문장.

처음에 그건 피로 이루어진 문신이었다. 핏방울이 뚝뚝 떨어지는 고통의 점들이 매디의 왼쪽 어깨를 덮은 창백하고 부드러운 살결에 바늘로 콕콕 찌르는 아픔을 안겼다. 그녀는 턱을 앙다물었다. 그래야 울거나 훌쩍이거나 심지어 골디가 얼굴에 홍조를 떠올리며 그랬던 것처럼 우습다 싶을 정도로 끙끙거리지 않을 테고, 라나가 그랬던 것처럼 몸을 움찔하며 키득거리지 않을 테고, 리타가 그랬던 것처럼 눈에 띄게 몸을 떨며 아랫입술을 깨물지 않을 테니까. 그녀는 이 의식이 고통이라는 것을, 이 의식이 그녀의 살을 절단하는 광기라는 것을 알았지만 정작 그녀가 느낀 건 달콤함이었다. *너무 행복해서 심장이 터질 듯 부풀어.*

나중에 피가 멎으면 그들은 몸에 난 작은 상처를 알코올 솜으로 문지른 다음 불꽃 문신의 형태를 잡기 위해 부활절 달걀을 꾸미는 데 사용하는 식물성 빨간 염료를 톡톡 바를 것이다. 그러나 지금 갓 피가 흐르는 동안, 그들은 서로 몸을 딱 붙인 채 렉스가 지시하는 대로 자신들의 피를, 서로 분리되어 있는 각자의 피를 열렬히 뒤섞었다. 그래야 지금 이 시간부로 그들이 피로 맺어진 폭스파이어의 자매가 되니까. 그래야 다섯 명 모두가 폭스파이어에서 하나가 되고 폭스파이어는 모두의 안에서 하나로 존재하니까.

그들은 반쯤 옷을 벗은 채 들뜨고 흥분한 채로 서로를 부여잡았다. 서로의 목에 걸린 십자가가 부딪히며 달가닥거렸다. 기절할 듯 아찔한 황홀감이 그들을 사로잡았다. 멀리서 울리는 교회의 종소리가 점점 더 크게 들렸다. 깜빡이는 촛불에 만취한 기쁨이 배어 있었다. 렉스가 집전한 기묘한 의식에 깃든 근엄함에 하도 오랫동안 눌려 있었던 '붐-붐' 골디는 이제 완전히 흐트러져서 사람들을 한 명씩 끌어안고 자기 피를 다른 사람들 피에 문지르다가 당나귀처럼 시끄럽게 웃어젖혔고, 그 웃음에는 전염성이 있어서 별안간 모두 한꺼번에 새된 소리로 숨도 안 쉬며 웃었으며, 심지어는 렉스도, 심지어는 얼굴이 새하얘진 리타도, 얼굴이 하얘지다 못해 토할 것 같은 표정을 한 매디도, 자기와 자기 친구들이 어깨에서 피를 흘리는 광경과 피 냄새 앞에서 넋이 나가 몸을 이리저리 흔들거렸는데, 그 피 냄새는 마치 머리가 잘리고 깃털도 몽땅 뽑힌 채 싱크대에 내던져졌지만 엄마가 너무 몸이 안 좋아 세척하지 못한 닭에서 나는 냄새 같았으며, 그러다 골디가 렉스를 세게 포옹하고서 렉스의 검은색 셔츠를 어깨까지 쭉 당겨 늘린 다음 아래로 잡아 내리다가 렉스의 소녀용 면 속옷 끈까지 같이 끌어 내렸고, 그러자 렉스의 작고 창백한 가슴이 드러났으며, 렉스는 화가 난 듯 헛웃음을 터뜨렸지만 골디는 단념할 생각이 전혀 없어서, 엉덩이와 어깨를 춤추듯 흔들면서 렉스의 가슴에 피를 문질렀고, 각자의 십자가가 같이 날아올라 엉켰으며, 라나가 킥킥거리면서 두 사람을 포옹하려 했는데, 라나는 다른 사람들보다 위스키를 훨씬 많이 마셔댄 뒤라 별안간 술기운이 올라서는 낄낄거리고 끽끽거리며 술을 마신 뒤 이 야단법석에 필사적으로 끼어들었고, 그래서 골디는 라나를 끌어들인 뒤 그녀에게 살쾡이가 문 것 같은 자국이 남는 키스를 선사했으며, 둘이 옷장으로 위태롭게 몸을 기대는 바람에 작은 초 하나가 공중을 날다가 중간에 불꽃이 꺼졌지만 아무도 그걸 눈치채지 못했으니, 왜냐하면 그때쯤에는 라나가 골디의 셔츠를 찢어 완전히 벗겨낸 다음 땀에 젖고 피로 얼룩진 브래지어도 잡아당기고 있던 터라, 리타와 매디는 광분하여 밀치락달치락하며 그들 쪽으로 가까이 다가오면서 거칠

게 웃고 서로를 마주 잡았기 때문인데, 그나저나 매디의 셔츠를 막무가
내로 세게 잡아끈 건 누구였을까, 바람에 단추가 떨어져 날아가고 셔츠
가 공중으로 제멋대로 치뜨려졌으며, 누군가의 머리카락이 매디의 얼굴
을 덮자 그녀는 거기서 빠져나오려고 퉤퉤 하고 웃었지만 사실 진짜로
벗어날 생각은 없어서 작고 여위어 근육만 남은 팔로 친구들 중 한 명을
꽉 끌어안았고, 그러다 몸을 돌리고, 휘청거리고, 비틀거렸고, 하마터면
땀투성이로 뒤얽힌 채 바닥에 넘어질 뻔했지만 간신히 자세를 바로잡고
는 껄껄 웃어댔고, 놀랍게도 리타가 새된 소리를 내며 자몽만 한 벗은 가
슴을 골디의 작고 팽팽한 가슴에다 밀어붙여 피를 문질러댔고, 누군가
리타의 가슴에 위스키를 뚝뚝 떨어뜨리더니 위스키와 피를 핥았고, 리
타는 열에 들떠서 머리카락과 얼굴에 불그스레한 열기와 짜릿한 흥분이
피어올랐으며 매디도 가슴을 가리지 않아 작은 유방이 헐벗어 드러나고
조그만 젖꼭지가 놀라 바짝 섰는데, 매디와 렉스의 상체는 마치 소년 같
아서 여위어 뼈가 보이고 피부 아래의 골격이 두드러졌지만 라나는 두
사람을 꽉 움켜잡고는 그들의 몸에 대고 자기 몸을 굼실굼실 문대면서
미친 듯 킬킬거렸고 그래서 매디는 자기 팔을 라나에게 둘러 레슬링이
라도 하듯 움직이는 한편으로 다른 쪽 팔은 렉스에게 둘렀고, 매디는 들
러붙었고 할퀴었고 다른 이의 목에 얼굴을 파묻었고 매디의 두 눈은 무
아지경 속에서 꽉 감긴 채 *너무 행복해서 심장이 터질 듯 부풀고 있어,
내 심장이 진짜로 터진다고.*

   그 뒤 사람들은 렉스에게 어떻게 폭스파이어라는 사랑스럽고 완벽한
이름을 생각해낸 건지 물었다. 이미 그들은 폭스파이어라는 이름을 무
척이나 자랑스럽게 생각하며 되뇌고 있었고, 렉스는 자기가 맨 처음 생

각했던 갱단 이름은 '페어펙스 애비뉴의 여우들 Foxes of Fairfax Avenue'이었는데, 그러다 꿈에서 '폭스파이어'라는 소리를 들었다고 대답했다. "그러니 폭스파이어는 다른 사람들에게는 암호로 들리는 거지. 그리고 다른 사람들은 우리에게 암호 같은 존재인 거고."

6
폭스파이어: 초창기

기억이란 것이 종내는 잊힐 운명에 처한 것들의 저장소가 아니면 무엇이겠는가? 그렇기 때문에 역사가 있어야 한다. 역사를 창조코자 애써야한다. 자신에게 일어나는 모든 일의 의미에 충실해야 하고, 날짜, 사건, 이름, 본 것들을 기록해야 한다. 그저 기억에만 의존해서는 안 된다. 기억이란 폴라로이드 사진처럼 희미하게 사라지는 것으로, 그런 사진에서는 마치 시간 그 자체가 눈앞에서 퇴각하기라도 하듯 멀어져가는 기억을 보게 될 따름이다.

우리 다섯은 바람 부는 맑은 날, 활활 타오르는 것 같은 오렌지색 스카프를 하나씩 목에 두른 채 인도를 따라 나란히 걷고 있었다. 스카프는 눈이 번쩍 뜨일 만큼 품질이 좋은 진짜 실크였는데, 렉스가 준 선물이었다. 렉스는 어딘가에서 돈이 좀 생겼다고 웃으면서 말하더니 업타운에 있는 그럴싸한 가게에서 우리에게 스카프를 사줬다. 그들이 우릴 쳐다보는 것 좀 봐. 그들이 우리를 신중하고도 정중하게 주시하면서 우리가 누군지, 왜 우리가 여기 있는지 궁금해 못 견디는 것 좀 봐. 우리가 그들을 내치면서 한데 뭉치는 것 좀 보라고.

그건 우리가 다른 어떤 조직들과도, 비스카운츠와 에이시스와 호크스처럼, 막돼먹은 남자애들이 만든 갱단과는 전혀 다른 것이었다. 우리 조직은 진정한 자매 관계로 맺어져 있었다. 단순히 사내애들의 거울상이 아니었다. 렉스는 우리로 하여금 그들을 불신하도록, 심지어는 우리가 그들에게, 혹은 전부는 아니더라도 그들 대부분에게 자연스레 품고 있던 불신의 정도를 훨씬 넘는 수준까지 불신하도록 몰아갔다.

학교에 자칭 여학생 사교 모임이라 하는 것들이 있기는 했다. 하지만 이내 세상 사람들이 깨닫게 되었듯 폭스파이어 같은 모임은 없었다.

학교에서는 '비밀' 조직을 엄금하고 있었지만 폭스파이어는 학교의 권위 같은 건 조금도 인정하지 않았으며 폭스파이어보다 더 높은 권력 따위에게 충성을 바치지도 않았다. 렉스는 이렇게 말했다. "규칙이란 이미 존재하고 있는 것에만 적용할 수 있는 거야. 막 새로 생겨나서 달랑 이름만 있는 것에는 적용될 수가 없다고." 이는 내가 거기 담긴 논리를 제대로 표현한 말로 직접 들어서 이해하기 전까지는 떠올리지도 못했을 생각이었다. 그들에게는 폭스파이어가 영원토록 비밀로 남아 있을 터였으니, 따라서 폭스파이어에 대해서도 결코 알 수 없을 터였다.

그러므로 좀체 폭스파이어를 '엄금'할 수 없었다!

나는 이제 다시는 그 시절처럼 홀로 지내지 못함을, 다시는 외롭지 않으리라는 걸 안다. 그 시절 신께서는 마치 당신께서 존재하지 않는 양 나로 하여금 홀로 외로이 지내도록 허용했고, 사실 당신은 존재하지 않는다는, 혹은 설사 존재한다 하더라도 당신 존재는 내 존재에 털끝만큼도 손을 대지 않는다는 쓰라린 진실로 나를 몰아붙였다.

　심지어 폭스파이어가 리타를 박해한 자에게 완벽한 정의의 심판을 내려 폭스파이어라는 이름이 세간에 모습을 드러내기 전부터도, 거의 손에 잡힐 듯 느낄 수 있고 심지어는 맛이라도 볼 수 있을 것 같은 감이 있었다. 사람들이 우리를 의식하기 시작했다는, 혹은 우리에게 뭔가 새로운 게 있다는 걸 알아채기 시작했다는 감. 왜냐하면 우리가 동네나 학교에서 서로 특별한 시선을 나누거나 함께 웃거나 같이 이야기를 나누다 무리에 속하지 않은 사람이 다가올 때 우리 사이에 침묵이 자리 잡으면, 또한 우리 다섯이 예전에는 안 끼던 패거리에 갑자기 등장하거나 도무지 있을 법하지 않은 짝을 지어 다니거나―이를테면 골디와 나, 라나와 리타 같은 식으로―모두 똑같은 스카프를 두르거나 같은 종류의 금색 장식이 붙은 귀걸이를 차고 다니거나 모종의 위엄과 고고함을 제법 풍기는 행동을 하는 모습이 눈에 띄면, 사람들은 그걸 알아차리거나 미심쩍어했다. 사람들은 호기심을 품었다. 어느 날 오후 내가 학교에서 돌아오는데 이웃 한 명이 큰 소리로 나를 부르며 이렇게 말했다. "매디? 네가 그 덩치 큰 시프리드 집 애하고 같이 어울리는 거 봤는데, 어머니가 그거 어떻게 생각하시니?" 나는 그 망할 년에게 뺨이라도 얻어맞은 것처럼 얼굴이 달아올랐지만 빈정거리지 않고 예의 바르게 대답하고자 노력하면서 조곤조곤 말했다. "어, 제 어머니가 제 친구를 고르지는 않아요. 제 친구는 제가 고르죠."

　그녀가 날 보고는, 눈을 깜박인다. "오!"라고 웅얼거린다.

　그게 우리가 저들로부터 받는 시선이었다. 우리는 그 시선을 의식하기 시작했으며 또한 그런 시선을 유도하고 있었는데, 그 안에는 일종의 두려움에 찬 쾌감이라고 할 만한 게 있었다. 왜냐하면 비록 우리가 비밀 엄수를 서약하긴 했어도 이 비밀이라는 것 자체가 비밀에서 배제된 사람들에게는 손에 잡힐 듯 명백한 것이었으니까. 사람들은 우리를 볼 때 자기네가 여전히 개별적인 사람을 보고 있다고 믿으면서도 폭스파이어라는 존재를 부지중 마음에 담게 되었다. 마치 우리가 예전과는 달리 더는 혼자 다니는 소녀가 아니라 우리가 새긴 문신 같은 폭스파이어의 불꽃과 함께 걷고 있기라도 하듯. 마치 세상과 우리 사이에 특수 유리가 끼어들어 우리 눈에 세상이 달라 보이고 세상 사람들 눈에 우리가 달라 보이지만 유리 자체는 눈에 보이는 게 아니듯.

그러다 1월 말 폭스파이어의 복수가 이루어졌고, 우리의 명성이 퍼지기 시작했다.

폭스파이어 결성 이전 버틴저 씨가 리타 오헤이건을 괴롭힐 때 우리 가운데 몇몇은 그녀가 안타까웠고, 몇몇은 혐오스러워하고 조롱하기도 했으며, 심지어는 야비하고 배배 꼬인 웃음, 언제나 사악함의 징표가 되는 그런 비웃음을 날리기도 했을 것이다. *하느님 감사합니다, 내가 아니라서! 내가 아니라 걔가 울어서!*라고 생각하면서. 하지만 폭스파이어가 등장한 이후 그런 문제를 어떻게 봐야 하는지가 분명해졌다.

렉스는 이렇게 말했다. "그 개새끼가 리타를 괴롭힐 때는 그놈이 널 괴롭히고 있는 거라고 스스로에게 말해야 하는 거야. 왜냐하면 그 좆같은 새끼는 할 수만 있었다면 분명 *그랬을* 거거든." 나는 그 즉시 그 말에 담긴 논리를 이해할 수 있었고, 그 분명하면서도 이론의 여지가 없는 생각에 숨이 턱 막혔다.

렉스가 우리 셋을―리타는 자리에 없었다. 그날 리타는 수학 시간에 모욕을 당했고, '벌칙' 수업을 받느라 늦게까지 학교에 남아 있었다―바라보고 있었다. 얼음처럼 싸늘하고 차분하지만 구르기는 데굴데굴 잘 굴러가는 눈동자로.

골디가 머뭇거리다 반대 의사를 표시하며 징징댔다. "*걔가 머저리라그렇지. 그놈이 미꾸라지처럼 빠져나가도록 놔두고 있잖아.*"

렉스가 말했다. "*니가 머저리인 거지. 그놈이 미꾸라지처럼 빠져나가도록 놔두고 있으니까.*"

아무도 '붐-붐'에게 그런 식으로 말하지 못했다. 누가 그랬겠나? 골디가 렉스를 빤히 보며 눈을 깜박였다. 황갈색 눈에서 생기가 빠져나가다가 다시 빛이 났다. 그녀도 이해한 것이다.

렉스에게는 타고난 재능이 있었으니까. 혹은 어쩌면 그건 힘이었을지도. 그녀의 말이 아니라 *그녀 자신에게 있는 힘.*

라나가 고개를 끄덕이고 있었다. 험상궂은 표정을 지으면서. 그녀도 근육이 약한 왼쪽 눈 때문에 전부터 학교 운동장에서 괴롭힘을 당해왔다. *짝눈이! 병신!* 라나에게는 언젠가 눈 수술을 받아 완벽한 사람이 되겠다는 꿈이 있었고, 매디-멍키와 마찬가지로 리타라는 존재가 있다는데 종종 안도감을 느꼈다. 그건 일종의 과격한 감사라고 할 수 있었다. *내가 아니라 걔가 우는 거잖아!* 하지만 지금 라나는 렉스의 말 때문에 부끄러움을 느꼈고, 렉스를 보며 렉스의 내면에 있는 강철 같은 의지를, 렉스가 줄곧 그런 확신을 가지고 있었다는 사실을 알아보았다. "렉스 말이 맞아. 만약 리타가 없었으면 그놈은 다른 사람을 괴롭혔을 거고 그 다른 사람이 없으면 또 다른 사람을 괴롭혔을 거야. 그러다가 우리 중 하나까지 내려왔겠지."

내가 말했다. "그러면 우린 그놈을 막으려 했을 거고."

골디가 씩 웃으며 말했다. "그놈을 죽여버려야지!"

그래서 렉스가 계획을 짰다. 빨간 페인트, 붓. 버틴저의 차에다 글씨를 쓸 도구들. 폭스파이어가 세상에 드러나는 것이다. 무슨 조직이나 인물이 아니라 그저 폭스파이어가 존재한다는 사실이, 따라서 모두 조심하라는 경고를 받았다는 사실이 드러나는 것이다.

렉스는 자기가 꿈에서 그 아이디어를 떠올렸다면서, 자기가 이런 생각을 하고 있었다고 했다. 그 좆같은 새끼에게 제대로 보복을 해서 사람들이 그놈을 비웃도록 하는 거다. 그래서 조롱의 대상이 이제 그놈으로 바뀔 뿐만 아니라 놈이 리타에게(혹은 다른 여자애들에게. 한 명이 아니라는 건 분명했으니까) 뜨거운 욕정을 품고 있는 게 탄로가 남으로써 세상 사람들 모두가 그 사실을 알고 있다는 걸 본인도 깨닫도록, 사람들이 그 사실을 알고 있다는 걸 본인이 모를 수가 없게 하는 거다. "그게 핵심인 거지." 렉스가 말했다. "그놈이 도망을 갈 수도 있고 숨을 수도 있지만 사람들이 안다는 사실을 자기가 모를 수는 없는 거지." 말하는 동안 그녀는 손가락 관절을 꺾었다. 그녀는 달려들 준비를 마친 새끼 뱀마냥 똬리를 똘똘 튼 채 들떠 있었다.

리타에게 우리 계획을 얘기했을 때 그녀는 개다운 반응을 보였다. 손가락을 입에다 쑤셔 넣고는 겁을 먹은, 심지어는 죄책감마저 느끼는 얼굴을 하기. 그리고 이렇게 말했다. "오, 문제가 생기면 우리 어쩌지? 쫓겨나면?" 하지만 그 말에서 진짜 핵심적인 단어는 우리였다.

렉스가 말했다. "우리가 잡혀야 그런 일이 생기지."

우린 아니었다. 우린 잡히지 않았다.

폭스파이어는 너무 똑똑했고, 지나치다 싶게 용의주도했으니까.

폭스파이어는 정의의 은총을 받고 있었으니까.

리타가 '벌칙' 수업을 받느라 방과 후에 버틴저에게 붙들린 건 그로부터 딱 이틀 뒤였다. 우리는 준비가 되어 있었다. 빨간색 페인트와 붓을 커다란 쇼핑백에 담아 내 사물함에 보관해뒀다('매들린 페이스 워츠'야말로 여하한 범죄 관련 당국이 가장 덜 의심할 성싶은 폭스파이어 멤버였으니). 라나가 학교 뒷문에서 망을 보는 동안 렉스, 골디, 나는 몸을 바짝 굽힌 채 버틴저의 낡은 암갈색 포드 자동차에다 재빨리 작업을 했고—*재빨리*가 무슨 말이냐 하면, 렉스가 우리에게 정확한 단어를 고르고 충분히 큰 글자를 쓰는 연습을 사전에 시켰다는 소리였다—그래서 작업을 마치는 데는 10분도 걸리지 않았으며 누구도 우릴 보지 못했다. 그런 다음 우리는 자리를 떴고, 버틴저가 밖으로 나와 차를 몰고 출발하길 숨이 넘어가라 웃으면서 기다렸다. 우리는 에르드만 가의 버스 정류장에 자리를 잡았다. 그가 거기를 지나가야 했으니까. 분명 30분 뒤에 그가 거기로 차를 타고 지나갈 거다. 그저 평범하게 생긴 그의 자동차가. 저도 모르게 눈이 쏠리고는 경악하여 시선이 달라붙는 충격적인 메시지가 적힌 그의 자동차가. 나는 깜둥이 입술 버틴저 나는 더러운 늙은이 으으으으음 계집들!!! 나는 수학을 가르치고 젖통을 간질이지 나는 버틴저 나는 보지를 따먹지 더불어 앞으로 며칠 동안 이어질 논란에서 가장 수수께끼 같고 가장 긍지에 넘치며 가장 도발적인 메시지도 적혀 있는 자동차가. 폭스파이어의 복수다! 폭스파이어의 복수다!

"이제 해먼드 전체가 알게 되겠지." 렉스가 말했다. "하지만 정확히 말하자면, 사람들은 알려고 들지 않을 거야."

다음 날 아침 버틴저는 평정을 가장하려 애쓰면서 택시를 타고 학교로 왔다. 그 위선자, 개새끼는 아무 일도 일어나지 않았던 양 행동할 수 있길 바라고 있었다. 페리 중학교의 모든 사람들, 학생뿐만 아니라 교사, 심지어는 구내식당 직원들과 흑인 수위들까지 모두 그자에 대해 얘기하지 않는 척하면서 누구는 웃고 누구는 조롱했으며 또 누구는 화를 내고 역겨워했는데, 그러면서도 다들 자기네 입술에 걸려 있는 폭스파이어라는 단어를 당연한 듯 부러 모르는 척했다. 그게 *뭐지? 무슨 뜻이지?*

갱단인가? 비스카운츠, 에이시스, 호크스의 새로운 라이벌 갱단? 하지만 남자들 중 누구도 자기들이 그 사건에 연루되었다는 사실을 인정하지 않았고, 누가 그랬는지 안다고 주장하는 사람도 전혀 없었다.

오전 나절에 우리 학교 교장 월 씨가 버틴저를 호출해서 이야기를 나눴다는 소식이 알려졌고, 라나 말에 따르면—라나는 4교시에 버틴저의 자습 수업을 들었다—그 뒤에 아주 정신 나간 일이 벌어졌다고 했다. "문으로 들어오는데, 세상에나, 누군지 알아볼 수가 없을 정도였다니까. 늙다리 깜둥이 입술이 꼭 취했거나 맛이 갔거나 자면서 걸어오는 것 같았어. 눈은 충혈됐고 얼굴은 토사물처럼 괴상한 색깔인데 그 와중에 홍역에 걸린 것처럼 뻘건 반점이 돋아 있고. 땀을 엄청 흘려댔어. 아주 바싹 졸아서 문으로 들어왔는데, 왜 그 자습 시간에는 적어도 50명 정도 있었거든. 3학년 남자애들도 있었는데 버틴저는 걔들 다루는 거 늘 힘들어했어. 걔들도 버틴저를 독극물처럼 싫어했고, 버틴저도 걔들을 확실히 싫어했고. 아무튼 버틴저가 안으로 들어왔는데 칠판에 나는 버틴저 나는 보지를 따먹지라고 딱 적혀 있던 거지. 다들 휘파람을 불고 야유하고 죽도록 웃고 발을 굴러대고. 버틴저가 칠판을 지우려고 용을 썼는데 그만 정신이 혼미해졌는지 지우개를 떨어뜨리니까 비스카운츠 애들 중 하나가, 왜 그 리날디 집 애 있잖아, 걔가 달려 나와서는 그걸 집어 들고 던져

75

버린 거지. 버틴저가 다른 지우개를 집으려고 하니까 감자 머리 하이네가 그걸 딱 낚아채고. 그때쯤에는 다들 미친 듯이 웃고 소리를 질러댔거든. 그러니까 자습실 밖에 있던 월 교장이 무슨 폭동이라도 났나 싶어서 안을 들여다본 거지—세상에나, 나 어찌나 웃었는지 바지에 지리겠더라—교장이 문을 열고 안으로 들어오려는데 그때 버틴저가 밖으로 뛰쳐나간 거야. 둘이 무슨 범퍼카처럼 충돌했다니까." 웃음이 왁자하게 터졌고 나머지 멤버들이 끼었으며, 그렇게 계속 웃다 보니 힘이 쭉 빠지는 느낌이 들었다.

마치 머리를 얻어맞기라도 한 것처럼.

로이드 버틴저는 다시는 페리 중학교로 돌아오지 않았다. 교편도 놓아야 했다. 그는 해먼드를 떠나 이사했다. 완전히 *가버린* 것이다.

그 학년의 나머지 시간 동안 우리는 대체 교사에게서 수학을 배웠다. 아무도 버틴저를 그리워하지 않았다. 그자에게 일어난 일을 이야기할 때는 빼고. 그 이야기를 하고, 또 하고, 또 하면서 폭스파이어의 비밀스러운 힘에 놀랄 때를 빼고는.

왜냐하면, 심지어 폭스파이어의 초창기, 그러니까 우리가 그냥 꼬맹이들이었을 때도, 우리는 우리에게 힘이 있다는 사실을 깨달았으니까. 단지 그 힘이 얼마나 큰지를 몰랐을 뿐.

"매디는 참 희한해. 무서울 정도라니까. 아무튼 있잖아, 골디가 말했던 것처럼 우리가 버틴저를 *죽여버린* 것 같아." 렉스가 말했다.

그 2월의 바람 부는 날, 우리 둘은 6번가 다리의 난간 너머로 몸을 구부린 채 오들오들 떨며 서 있었다. 머리카락이 바람에 날렸다. 우리는 서로의 얼굴을 보지 않고 있었다. 마치 별안간 서로를 보는 게 수줍기라도 한 것처럼. 서로의 눈 속에서 볼지도 모를 것이 민망하기라도 한 것처럼. 렉스는 언제나처럼 쓸려서 빨갛게 변해 있는 자기 손을 살피고 있었다. 손톱에는 진흙이 이랑지듯 묻어 있었다. 나도 그녀의 손을 바라보았고, 그러다 우리 둘 다 미소를 지었다. "그놈은 세상을 돌아다니고 있겠지만 사실 이미 죽은 몸이야." 렉스가 그렇게 말했고, 나는 조용히 속삭이듯 말했다. "물론이지." 몸이 점점 더 심하게 떨렸지만 우리는 그곳을 떠나고 싶지 않았다. 아직은.

2부

1
행복해?

타이드먼 가의 굿이어 타이어 상점 건물 위에 혼자 살던 이 늙은 전직 성직자는 '테리오'라는 프랑스식 이름이 있었지만, 렉스는 그에게 예의 를 갖추어 '신부님'이라 불러야 한다고 주의를 줬다. 안 그러면 상처를 받을 거라면서. 옛날에는 화도 벌컥벌컥 냈다는데, 그게 꼭 이빨 빠진 개 가 물려고 애쓰는 것처럼 웃겼더랬다. 작고 여위고 머리칼이 없는, 눈은 술에 절고 코에는 궤양이 난 이 남자는 숨결이 씨근대고 두 손은 풍을 맞 았지만 날씨가 좋을 때는 오후마다 공원에 나와 있곤 했다. 강 위쪽 추 모 공원 말이다. 자기가 앉는 전용 벤치가 따로 있었는데, 우리는 그가 그 자리에서 종이 봉지에 넣은 선더버드 위스키 쿼터 병을 깡마른 허벅 지 사이에 놓은 채 꼭 쥐고 앉아 있는 모습을, 그게 아니면 술병을 시계 처럼 반복적으로, 그러나 모종의 품위까지 갖춘 명상적인 동작을 구사 하며 입으로 갖다 대는 모습을 보곤 했다. 테리오 '신부'. 사람들은 그의 내면에 있는 신부의 모습을 볼 수 있었다. 신부가 앉아 있는 그 길로 다가설 때면 그는 2차 대전에 사용된 탱크, 해먼드의 전사자들을 추모하는 기념물인, 길 반대쪽을 향해 주포가 놓여 있는 커다란 몸통의 탱크에 대해 노상 골똘히 생각 중인 것처럼 보였다. 그 광경은 마치 늙은 성직자가 그나마 연옥에라도 머무르게 된 가여운 영혼들을 위해 기도하고 있는 듯했다 — 우리가 배우기를 지옥에 떨어진 영혼은 영원토록 저주받으며, 천국에 든 영혼은 당연히 산 자의 기도도, 어떤 종류의 도움도 필요치 않다고 했다 — 그러나 탱크와 신부 사이를 지나간다면 그의 눈이 지나가는 사람을 꿰뚫은 어딘가를 응시하고 있다는 것을, 고정된 사물에 시선을 두고 있지 않는 유령 같은 눈을 하고 있다는 사실을 알 수 있을 터였다. 공원에 놀러 나온 남자애들은 그를 비웃었다. 그들은 따분해져서 못되게 굴고 싶은 기분이 들면 공원에 있는 외로운 주정뱅이 술꾼 노인네들을 조롱했다. 내가 이 글을 쓰고 있는 시점에도 에이시스 갱단원 몇 명이 신문지를 덮고 자던 흑인에게 불을 붙인 끔찍한 사건이 일어났다. 그러나 테리오 신부는 두려워하지 않는 것 같았다. 그는 늘 공원에 있는 자기 벤치에 나타났고, 가끔은 춥거나 자잘한 가랑비가 내리는 날에도 거기 있었다. 렉스는 그가 자기 친구라고, 다른 누구에게도 말하지 않을 온갖 이야기들을 자기에게는 다 털어놓는다고 큰소리를 쳤다.

"무슨 얘기?" 우리가 물었다.

"비밀 얘기." 렉스가 애매모호하게 말했다. "성직자만 아는 얘기 말이야. 그니까 성체가 가끔 진짜로, 진짜가 뭐냐면 우리 다 아는 그 사람의 살과 피 있잖아. 그게 훼손을 당하면 피를 흘린대. 그리고 고해성사 같은 거. 성직자가 듣는 거. 또 어떤 교황들이 사생아 낳았다는 얘기랑, 히틀러가 바티칸에서 손님 대접 받은 얘기도 했어. 혁명 얘기도 했고." 렉스는 그렇게 말하면서 고개를 끄덕였다. "지금 진행 중인 혁명."

렉스는 테리오 신부와 이야기를 나누려고 나를 데리고 공원으로 갔다. 사실 그 사람 말을 들으러 간 거라고 해야겠다. 나는 그에게 결코 말을 하지 않았으니까. 내게는 기묘하면서도 불안한 일이었다. 망가진 얼굴에 사포처럼 목쉰 소리와 그런 눈을 한 늙은 알코올 중독자, 한때는 로마 가톨릭 신부였지만 더 이상은 성직자가 아닌 남자 앞에 서 있다는 건. 나는 그가 성직을 박탈당한 데 그친 게 아니라 교회에서 아예 파문을 당한 건지, 아니면 그가 제 발로 교회를 떠나겠노라 선택한 건지 궁금했다. (뉴욕 주 트로이에 살고 있던 먼 친척 아저씨는 본당 신부였는데 자기 집 가정부와 결혼하려고 성직을 떠났다. 하지만 아무도 아저씨에 대해 말을 꺼내지 않았다.) 나는 감히 신에게 벼락이라도 때리고 있는 것 같은, 그래서 신이 그걸 막아내는 매 순간이 보이지 않는 시계에서 똑딱, 똑딱, 똑딱, 하는 소리가 나는 것 같은 상황을 만들어내는 듯한 위험한 분위기를 풍기는 사람이 두려웠다.

테리오 신부는 나를 찬찬히 들여다보면서 내 이름을 물었고, 나는 그에게 매들린이라고 대답했다. 그가 제대로 알아듣지 못해서 렉스가 목소리를 높여 "매들린이요."라고 말해줬다. 그러자 테리오 신부는 알겠다고, 참 좋은 이름이라고, 내가 착한 소녀처럼 보인다고 말했다. 그러고는 내 존재를 까맣게 잊어버렸다.

렉스가 신부에게 뭔가를 묻자 그는 대답을 하고는 차분하면서도 과단성 있는 말투로 주절주절 계속 말을 이어갔다. 설교단이 아니라 고해소에서 쓸 법한 말투였다. 그는 가끔씩 초조한 미소를 지으며 입을 쫙 벌리기도 하고 눈을 가늘게 뜬 채 렉스를 보기도 했는데, 렉스가 그를 바라보는 눈길을 보고 있자면 둘 사이에 어떤 연관 관계가, 어떤 절박함이, 어떤 비밀이 있을 거라는 생각이 들 것이었다. 그래서 그 둘이 혈연관계에 있을지도 모른다는 생각이 거의 들 텐데, 사실 그랬을지도 몰랐다.

장난삼아 '쉬나'라는 이름을 쓰고 다녔으며 모든 신부와 수녀를 경멸한다고 말했던 렉스 새도프스키였건만 추모 공원에서는 한쪽 다리에서 다른 쪽 다리로 무게중심을 옮겨가며 오랫동안 선 채로 기묘한 열정을, 심지어는 열망이라 할 만한 감정을 드러내며 이 나이 든 알코올중독 전직 신부가 혁명에 대해 끝없이 주절거리는 소리를 들었다. 그 수많은─1848년, 1798년, 1917년, 1776년의─혁명들! 그리고 도래할 혁명들! 이야기를 하는 동안 감정과 확신이 찾아오면서 신부의 눈에 깃들어 있던 유령 같은 광채가 사라져갔다.

우리는 테리오 신부, 말을 할수록 점점 흥분하는 이 사람에게서, 교회가 충실한 신자들을 배반했다는 이야기를 들어 알게 되지 않았던가? 교회가 그리스도를 배반했다는 이야기를 들어 알게 되지 않았던가? 교회의 부에 관해, 교회의 호전성에 관해, 교회가 진실에 두려움을 품고 있다는 이야기를 들어 알게 되지 않았던가? 지금 이 날 이 시간까지도 역사를 통해 계속 이어져오는 가혹한 종교재판에 대해 들어 알게 되지 않았던가? 고대 그노시스 교도의 복음을 '이단'이라 하여 불태워버리고, '죄'라는 개념을 창안하여 공포한 일을 들어 알게 되지 않았던가? 주교와 교황의 폭정에 관하여, 그들이 살인자라는 이야기를 들어 알게 되지 않았던가?

테리오 신부가 우리에게 말하기를, 당시 24시간 내내 젊은 사마리아인으로 살던 신부는 1909년 뉴욕 시에서 개최된 사회주의 정당 대회에 참석했는데, 거기서 그는 남녀 수천 명과 형제자매와 동지들과 함께 서서 '인터내셔널가(歌)'를 불렀다고, 그리고 그 즉시 신이라는 것이 모두 한데 모여 뭉친 박동 속에 존재하는 만인의 마음이라는 사실을 알게 되었다고 했다. 그렇게 신을 이해하고 나자 완벽한 행복을 이해하게 되었다고 했다. 완벽한 행복이란 신으로부터 놓여나는 것이자, 인류가 집단으로 신의 자리에 오른 다음 신을 망각하는 것이었다. 그렇다. 그는 행복을 그렇게 얻을 수 있다는 걸 알았다. 왜냐하면 본인이 바로 그렇게 행복을 얻었으니까. 하지만 그게 과연 지속될 수 있을까? "그게 문제야! *바로 그게 문제라고!*"

그러다 테리오 신부가 쌕쌕거리는 조소를 발작하듯 터뜨리고는 기침을 마구 내뱉으며 무너지는 바람에 우리는 화들짝 놀랐고, 그가 골골대는 늙은이라는 사실을 불현듯 깨달았다. 더럽고 불운한 이빨 빠진 늙은 술꾼. 그것이야말로 신의 추방을 표현하는 이미지, 지켜보기 끔찍한 그런 이미지였으니.

"좋아. 그 사람이 미친 건 맞아. 하지만 성자이기도 하다고."

"그 할아버지 나한테 겁췄어. 그 사람 싫어."

"나한테도 겁줘. 근데 그게 뭐 어쨌다고. 그분은 *아신다고.*"

"그래? 흠? 뭘 아는데?"

"대부분의 사람이 죽어서 지옥에 가야 마땅할 일들. 그 사람들이 알아야 할 것들."

행복에 대한 이야기들. 미국에는 행복에 관한 논의가 차고 넘친다. 그런데 *행복하다, 불행하다*는 건 대체 무슨 뜻인가?

이제 와 돌아보면 결성 첫해야말로 폭스파이어의 역사에서 최고로 행복했던 시간이었지만 그때 우리는 그걸 몰랐다. 당시에는 결코 모르게 마련이다. 그때는 삶을 직접 부딪치며 살아내고, 돛을 모두 올려 전속력으로 달리며, 열에 들떠 움직인다. 모든 게 안전해지고 과거지사가 되어 사라지고 나서야 마치 꿈에서 깨어난 듯 이렇게 말하는 것이다. "그래, 난 그때 행복했어. 지금은 다 끝난 일이고, 그때 내가 행복했다는 걸 이젠 알 수 있어." 어쩌면 그런 깨달음은 죽어가는 과정에서 얻는 이득이 아닐까?

2
멍든 눈

엄마가 갑자기 욕실 문간에 나타났다. 뭐라고 중얼거리는 게 들렸는데, 그게 내가 낸 소리가 아니었다면, 그건 말이 아니라 그냥 소리, 놀라서 _흐으으으으으으!_ 하고 숨을 내뱉는 소리로 들렸을 것이다. 나는 재빠르게, 하지만 어설픈 동작으로 목욕용 수건을 낚아채 왼편 어깨 안쪽에 새겨진 폭스파이어 문신을 가렸다. 나는 그 문신을 오랫동안 쳐다보곤 했다. 그럴 때면 종종 얼마나 시간이 흘렀는지도 잊을 정도로 멍하게 있었는데, 그때 누가 봤다면 내가 좀비라도 된 듯 몽롱한 상태로 그 사랑스러운 피범벅, 불꽃 범벅 문신을 응시하고 있더라고 말했을 것이다. 이제는 거의 상처가 회복된, 렉스가 몇 달 전 내 살에 새겨 넣은 그 문신. _꾹 참아, 우리 자기. 알았지?_ 그리고 나는 꾹 참았다. 나는 열네 살이었고, 상체를 벌거벗은 채 거울 앞에 서서 작고 야무지고 지방이라고는 없이 근육만 있던 가슴이 성장하고 있다는 사실에 놀라움과 굴욕감을 느꼈다. 자라고 있는 가슴 때문에 부끄러웠고, 렉스도 자기 가슴이 자라는 것에 나만큼이나 부끄러워했으리라 믿는다. 우리는 작고 덜 자란 각자의 젖꼭지를, 그것들의 성장 의욕을 꺾고자 남들 모르게 사납게 때리고 비틀어댔다. 왜냐하면 우리의 깡마르고 단단한 소년 같은 몸이야말로 리타, 골디, 라나, 그리고 다른 수많은 사람들에 비해 우리가 우월하다 할 수 있는 확실한 척도였으니까. 하나 렉스와 내가 그런 문제에 대해 이야기를 한 적은 없었다. '쉬나'와 '킬러'는 그딴 문제에는 전혀 관심이 없었다. 그저 폭스파이어가 적에 맞서 굳건히 자리를 잡고 단합하는 것만이 유일한 관심사였다.

아침 6시 40분이었다. 초여름이었고, 태양이 변색된 원반처럼 떠오르고 있었다.

나는 엄마가 집에 있기는 했는지 확실히 몰랐다. 아니면 설사 있다 해도 녹초가 된 채 침대에 등을 대고 누워서 눈동자를 이마 쪽으로 치뜬 채 상태가 안 좋은 배수관처럼 목구멍에서 거칠게 부글거리는 소리를 내며 숨을 쉬고 있지 않겠나 싶었다.

욕실 문 자물쇠는 몇 년째 망가져 있었지만 엄마가 반라로 냅다 문을 열어젖힐 거라고 누가 예상이나 했겠는가. 우리는 서로의 영역을 침범하지 않도록 무척 조심하며 지냈다. 마치 좁은 공간에 억지로 함께 살게 된 서로 다른 종의 생물들처럼 우리는 본능적으로 서로를 피하는 법을 배웠고, 그래서 그날 아침 나는 아름다운 폭스파이어 문신을 응시하며 나 자신을 감상하느라 넋을 놓고 있었다. 원숭이처럼 못생긴 내 외모를 어느 정도 구원해주었던, 정말로 휘황하고 불꽃처럼 새빨개서 엄마 눈에 훤히 드러난 내 문신. 분명 엄마는 봤다. 어떻게 못 볼 수 있겠는가? 정확히 같은 순간에 나도 거울에 비친 엄마의 눈을 봤다. 미심쩍다는 듯

나를 보고 있는 엄마의 멍든 눈은 마치 거인의 주먹에 얼굴 오른쪽을 정통으로 얻어맞기라도 한 것처럼 자주색과 오렌지색을 띠며 커다랗게 퉁퉁 부어올라 거의 감기다시피 한 상태였고, 가늘고 여위었던 코는 물에 데친 것처럼 분홍빛이 감돌았으며, 입 오른쪽 절반은 마치 피에 젖은 스펀지 같았다. 오, 엄마. 나 그때 엄마를 곁눈질로 흘끗거렸어요. 엄마가 내 폭스파이어 반점을 봤는데도 못 본 척하면서 몸을 움츠리고는 문손잡이를 붙잡은 채 머뭇거리다가 뭔가 사과하는 것 같은 애매모호한 말을 잘 들리지도 않게 중얼거리면서 물러갔을 때, 나도 몸이 움츠러들면서 보고도 못 본 척했어요.

우리 둘 다 그랬죠. 본능적으로.

3
매디가 언더우드 타자기를 획득하게 된 사연: 그렇게 폭스파이어의 역사가 기록되기 시작했다

오. 세상에.

타자기잖아?

어느 초여름 토요일 오전, 환한 태양 빛의 열기가 쏟아지던 날, 페어펙스 바로 옆 동네인 세네카 가에 있는 '워츠 남성복' 뒤편에서 윔피 워츠 삼촌이 쓰레기를 치우고 있었다. 삼촌은 김이 날 정도로 땀을 뻘뻘 흘려가면서, 몇 년 동안 세월아 네월아 쌓아왔던 물건들을 담아놓은 마분지 상자를 운반하고 있었다. 해먼드 시 위생과 직원이 가져갈 수 있도록 갓돌에 놓아둔 쓰레기 더미 사이에서 눈에 확 띄었던 게 바로 타자기였다.

그걸 보자 매디 워츠는 정말로 깜짝 놀라 가던 길을 멈췄다.

타자기? 타자기를 쓰레기처럼 버렸네?

매디는 걸음을 멈추고 넋을 잃은 채 타자기를 살펴보았다. 타자기는 언더우드 사무용 모델이었다. 구식에 헐어빠진 외양으로, 묵직한 몸통이 똑바로 높이 솟아 있었으며, 색깔은 검정색이었지만 먼지가 안개처럼 엷게 뒤덮여 있었다. 글쇠는 오랫동안 사용한 탓에 반질반질하게 닳아 있었던지라 매디는 a, s, e, t, o, u 등을 겨우 분간할 수 있었다. 리본도 거의 투명하다시피 닳아 있었고 일부는 복잡한 기계 내부 부품들과 얽혀 있었다. 하지만 얼마나 우아하게 생겼나! 이렇게 고급스럽다니! 매디는 토요일 오전마다 보물을 찾겠다며 거리를 헤매고 다니기를 거리끼지 않는 사람이었는데도, 이런 건 살면서 한 번도 발견한 적이 없었다.

무엇보다, 매디는 진짜로 타자기가 필요했다.

폭스파이어가 생기기 한참 전부터, 폭스파이어의 연대기 작가가 되어야 한다는 엄숙한 의무를 지기 훨씬 전부터, 매디는 타자기를 갖고 싶었다.

꼬마였을 때 매디는 손으로 글을 쓰는 일에는, 그러니까 손으로 글 쓰는 법을 아는 것에는 뭔가 불가사의한 힘이 거하여 있다고 믿었다. 지금 그녀는 이런 종류의 힘이 타자기를 소유하는 것에도, 즉 *타자 치는 법을 아는 것에도* 깃들어 있을지 모른다고 믿었다.

매디가 갓돌 앞에 쪼그리고 앉아 타자기를 살펴보고 있는데 웜피 워츠가 오래되고 지저분한 신문지를 한 아름 안고 툴툴거리며 나타나더니 신문지를 인도에다 풀썩 내려놓았다. 그는 사십 대 중반의 뚱뚱한 남자로, 빳빳이 풀을 먹인 하얀 셔츠에 넥타이를 차고 주름이 살짝 접힌 바지를 입고 있었다. 남성복 가게 주인 노릇을 하다 보니, 설사 그게 '워츠'처럼 수수한 가게라고는 해도, 그는 자기 역할을 잘해야 한다는 의무감을 느꼈다. 매디가 그를 곁눈질로 올려다보며 미소를 지었다. 지으려고 애썼다. 어쩌면 그게 실수였을지도 모른다. 미소 말이다. 아니면 그녀가 낸 애원조의 목소리가 실수였을지도 모르고. "이 타자기 버리실 거죠? 그러지 말고 제가 가지면 안 될까요? 네?"

본명이 ('월튼'에서 따온) 월트 워츠인 웜피 워츠가 구겨진 손수건으로 얼굴을 닦고는 탐욕스러운 눈으로 예리하게 매디를 바라보았다. 사실 그는 그녀의 삼촌이 아니라 죽은 매디 아버지의 삼촌이었다. 매디가 기억하는 한 세네카 가에 있는 워츠 집안과, 페어펙스 애비뉴에 있는 매디와 매디 엄마의 워츠 집안 사이에는 실질적으로 아무 연결점이 없었다. 웜피 워츠가 엷고 교활한 미소를 지으며 말했다. "응? 내 타자기를 갖고 싶다고? 그럼 팔게. 5달러에."

매디가 당황하여 그를 보았다. "하지만 이거 버리는 거잖아요, 네? 쓰레기 아니었어요?"

웜피가 웃었다. "그게 쓰레기라면 넌 왜 그걸 갖고 싶은데?"

"어, 저한테는 쓰레기가 아닐 거 같아서요." 매디가 순진무구하게 대답했다. "타자를 칠 수 있을 것 같거든요."

"그럼 5달러 가치는 되는 거지."

"하지만 지금 이걸 버리시려고……."

"5달러 있어? 그럼 안 버릴게. 너한테 팔겠다니까."

"하지만……."

"난 사업가란다, 애야. 빌어먹을 구세군이 아니거든."

웜피 워츠가 배꼽을 잡으며 웃음을 터뜨렸다. 만화 같은 생김새만큼이나 만화 같은 웃음이었다. 작고 반짝이는 눈에 홍조를 띤 피부, 셔츠 앞섶까지 팽팽하게 채운 배, 매디에게 그는 포키 피그*와 게슈타포를 사악하게 뒤섞은 듯 보였다. 그녀는 웜피의 말을 어떻게 해석해야 할지 감이 안 잡혔다. 날 놀리는 걸까? 진담인가? 동네에서 웜피 워츠는 짓궂은 농담

---

* 애니메이션 '루니 툰스'의 캐릭터. 사냥꾼으로 자주 나온다.

을 잘하는 '성격파'로 명성이 자자했다. 그는 남자 중의 남자이자 시끌벅적하게 등을 두드리는 호인이었으며 친절하고 재미있는 데다가 관대했다. 하긴 그가 짠돌이로 악명 높은 싸늘한 눈을 한 개새끼라는 점을 뺐을 때 일이긴 하지만. 그는 기분이 최악일 때는 사람들 앞에서 아내를 모욕했으며, 흑인들을 '깜둥이'라 부르며 자기 가게에 들어오지 못하게 했다. 매디는 그가 두렵고 싫었지만 다른 한편으로는 그에게 기묘하게 끌렸다. 마치 스스로를 우리보다 우월하다고 믿어서 판관 자리에 앉은 듯 보이는 사람에게 우리가 끌리듯. 게다가 어쨌거나 그는 육친이었다.

하지만 매디는 면전에서 그를 '윔피 삼촌'이라 부르지 않았다. 아무 호칭으로도 부르지 않았다.

그는 지금 매디가 처한 곤경에 즐거워하면서 햄처럼 두툼한 자기 손을 그녀 어깨에 올려놓았다. 그리고 제안을 반복했다. 5달러가 있으면 언더우드 타자기를 가질 수 있다고. '현찰 박치기'라서 '진짜 남는 거래'라고. 해먼드 어디서도 이 가격으로는 언더우드 사무용 모델은커녕 그냥 중고 타자기도 살 수 없다고.

매디는 이 남자를 합리적으로 설득하려는 게 별무소용이라는 걸 알았지만 그만둘 수가 없었다. 그녀는 렉스처럼 머리를 바짝 세우고는 호전적으로 날카롭게 말했다. "딱 5달러는 없어요. 그러니까, 지금 제 손에 있는 돈이에요."

"그럼 나머지는 네 어머니한테 빌리면 되겠네."

"그, 그건 안 돼요."

"응? 왜 안 돼?"

매디가 대답하지 않자 윔피 워츠가 실실 쪼개며 말했다. "하긴 네 엄마가 그때 직장에서 잘려선 안 되는 거였는데. 그 알량한 자존심 따위 놔버렸어야 했는데 말이다."

매디의 어머니와 인척들 사이에는 악감정이 있었다. 그건 매디의 아버지가 군인이 되어 집을 비웠던 동안 매디의 어머니가 보인 행실과 관련이 있는 것이었다. 또한 그 악감정은 아마도 젊은 미망인이 된 매디의 어머니가 휴전 직후 시절에 보인 행실과도 관련이 있을 터였다.

이 문제에 대해 매디는 아무것도 몰랐다. 안다 해도 아주 조금 알 뿐이었다. 그리 궁금하지도 않았고.

매디가 재빨리 말했다. "집에 모아둔 돈이 3달러 있어요. 나머지는 일해서 벌 수 있고요. 이번 주말에 애 봐주는 일을 하기로 돼 있거든요." 그건 진짜였다. 아마 진짜일 거다. 제안이 좀 애매해서 상황에 따라 달라질 수는 있었지만. 매디 나이의 소녀가 해먼드에서 할 수 있는 일거리는 정말 적었다. "지금 3달러 가져오고, 나머지는 월요일에 드리면 안 될까요? 네?"

윔피 삼촌이 몸을 기울이자 매디의 어깨에 얹은 손에 무게가 실렸고, 그가 내뿜는 따뜻한 숨결이 매디의 얼굴에 닿았다. 측은히 여기는 척 사람을 놀리는, 담배와 고기 냄새가 풀풀 풍기는 한숨. "이런, 이런, 아가야, 윔튼 워츠는 *사업가*란다. 빌어먹을 덜떨어진 자선가가 아니란 말이다."

"오, 제발요!"

"깜둥이들이 와서 이거 들고 가버리기 전에 얼른 5달러 가져 와. 그럼 타자기는 네 거다. 내 보기엔 그게 진짜 남는 장사 같은데." 그가 하도 몸을 기대는 바람에 매디는 그의 눈을 들여다볼 수 있을 정도였다. 야비함이 보란 듯 깃들어 있는 눈. 윔피 삼촌이 덧붙였다. "아가야, 그러면 네 말대로 네가 *타자*를 칠 수 있겠지. 세상에나, 그럼 *작가* 같은 것도 될 수 있겠네!"

매디는 좀 더 애원했고, 웜피 삼촌은 마치 속기 쉬운 물고기를 수면 위로 끌어내기라도 하는 것처럼 매디를 좀 더 놀려먹다가, 마침내 선심이라도 쓰듯 양보를 했다. '성실하게' 군다면 오후까지 5달러를 가져와도 봐주겠다고.

"오, 정말 고맙습니다." 매디가 소리쳤다. "위, 월트 삼촌!"

* * *

개새끼. 이기적이고 못돼 처먹은 구두쇠 새끼.

매디는 자기 자신과 완벽한 행복 사이에 있는 단 하나의 장애물밖에 상상하지 못하는 어린아이나 가질 법한 근시안적 간절함과 절박함을 품은 채 종종걸음을 치며 내달리고 있었다. 달리는 동안 그녀는 계속해서 거리를 흘끗거리고 어깨 너머로 뒤를 돌아보았는데, 해먼드 시 위생과에서 나온 트럭, 전함 같은 회색에다 천둥 치듯 요란하게 거리를 덜컹덜컹 지나가며 쓰레기 악취와 디젤 배기가스를 내뿜는 차량이 혹여 세네카 가로 가는 걸 보게 될까 봐 두려워서였다. 그런 트럭에서는 무뚝뚝한 백인 남자가 운전대를 잡고 있고 건장한 흑인 직원들이 한여름에 셔츠도 입지 않은 채 뒤에 매달려 있다가 펄쩍 뛰어내려서 쓰레기통을 끌고 온 뒤 내용물을 트럭 안에 부려놓았다. 흑인들이 서로에게 고함을 쳐댔고, 터뜨리는 웃음에 들어차 있는 미친 듯한 기쁨이 창문과 벽과 문을 꿰뚫었는데, 백인 주민들은 이 자들이 행복해서 그러는 건지 화가 나서 그러는 건지 흉악해서 그런 건지 그저 가능한 한 효율적으로 일을 하다 보니 그러는 건지 판단할 수가 없었다. 그들이 웜피 삼촌의 타자기, 아니 그녀의 타자기를 낚아채서 쓰레기와 함께 내던질지 모른다는 생각에 매디는 현기증이 났다.

하지만 삼촌이 타자기를 가져가도록 놔두지는 않을 거야. 그녀는 생각했다.

약속했으니까. 그 개새끼가 비열하긴 해도 그렇게까지 비열한 인간은 아니니까.

매디는 지난 몇 년 동안 윔피 워츠의 영역을 대부분 피해서 다녔다. 어쩌다 그가 가게 문간에서 어슬렁거리면서 담배를 피우고 다른 남자와 이야기를 나누고 있다가 그녀가 지나가기라도 하면 잇새로 휘파람을 불곤 했는데, 그건 그녀를 알아봐서가 아니라 동네에 사는 다른 소녀나 젊은 여자들에게도 휘파람을 불곤 했기 때문이었다. 정확히 말해 희롱하듯 휘파람을 부는 건 아니었고, 사실 다소 부드럽기까지 했지만, 그렇다 해서 사람을 기분 좋게 만드는 휘파람도 아니었다. 매디는 그럴 때 윔피 삼촌이 자길 알아보지 못한 거라 추측했다. 그의 눈에 자기는 그저 여자, 여름에 팔과 다리를 내놓고 다니는 젊은 여자일 뿐이었을 게다. 하지만 그녀가 폭스파이어의 자매들과 함께 있을 경우, 특히 라나 또는 렉스, 심지어는 리타와 있을 경우 윔피 워츠는 어떤 경우건 그녀를 쳐다보느라 시간을 낭비하지 않을 터였다.

자주는 아니었지만 가끔, 세네카 가의 워츠 집안의 사람들과 페어펙스 애비뉴의 워츠 집안의 사람들이 동네에서, 예를 들면 성 안토니 교회에서 열리는 미사 때—매디와 매디의 어머니는 교회에 그리 자주 나가지는 않았지만 가끔 *나가기*는 했다. 아마 미신 때문에 나가는 거라고 매디는 짐작했다—우연찮게 조우할 때가 있었는데, 그때 윔피 워츠와 불도그 같은 얼굴을 한 윔피의 아내는 '안녕하쇼' 같은 말을 중얼거리면서 미소 짓는 데 돈이 들기라도 하는 양 웃지도 않은 채 그들을 바라보았고, 매디의 어머니는 잘 들리지도 않는 말을 냉담하게 우물거리며 대답을 하고는 뻣뻣이 고개를 돌렸다. 그래서 한번은, 몇 년 전 일이긴 한데, 매디가 어머니의 팔을 신경질적으로 잡아당기면서 대체 엄마는 왜 그러냐고, 왜 윔피 삼촌과 에드나 숙모가 자기들을 좋아하지 않는 거냐고 물었다. 그러자 매디의 어머니가 눈썹을 찌푸렸다. 그녀는 오래전부터 마치 약한 빛에도 눈이 상하는 사람인 양 눈썹을 심하게 찌푸리는 버릇이 있었다. 매디의 어머니는 딸의 손아귀에서 부드럽게 팔을 빼내며 말했다. "알고 싶어? *저 사람들한테 물어봐.*"

망할, *내가 저 사람들에게 물어볼까 봐? 당신한테도 안 물어봐. 다신 그러나 보라고.*

과거에 있었던 이딴 청승맞은 일들. 한참 옛날 일이다. 누가 뭘 했네 안 했네, 뭐라고 말 했네 안 했네, 그딴 헛소리. 그런 일들이 *그녀와* 무슨 관계가 있다고.

그녀가 직접 한 일도 아닌데 무슨 관계가 있다고.

렉스는 이렇게 말하곤 했다. "신경 *끄셔.*" 누군가 지나치게 사적인 질문을 하면 그녀는 그냥 "신경 *끄셔.*"라고 말했고, 장난이 아니란 걸 보이고자 경고하는 듯한 표정을 지으며 그 사람을 슬쩍 꼬집거나 팔을 툭 쳤다. 렉스의 어머니는 렉스가 어린 소녀였을 때 갑자기 죽었는데, 렉스의 어머니에 대한 이런저런 이야기들이 수군수군 돌았지만 이 소문 가운데 어떤 것도 렉스의 입에서 나온 건 없었고, 그래서 만약 렉스를 모르는 사람이었다면 렉스가 수치심을 느끼나 보다 싶었을 텐데, 렉스를 아는 사람에게 렉스는 폭스파이어 결성 이전에도 늘 당당한 존재였으며, 그거야말로 렉스 새도프스키라는 사람에 대한 가장 기초적인 사실이었다. *자존심*. 그리고 매디 워츠 또한 자존심이 있었다. 아무렴.

매디 아버지의 이름은 _____였다. 아니, 그건 떠올리는 걸 스스로에게 허락한 이름이 아니었다. 마치 그녀가 어머니의 이름 _____을 절대 발음 하지 않고 그냥 '어머니'라는 단어로 생각하고 마는 것처럼. (폭스파이어 가 그녀를 강하게 만든 덕에, 매디는 '엄마'라는 단어에서 멀어지고 있었 다. '엄마'라니, 멍청한 옹알이 같은 이름이었다.) 왜냐하면 죽은 사람을 궁금해해서 뭐 하겠나? 군복을 입고 입에서 위스키 냄새를 풍기고 집에 서는 싸움이나 했고 그녀가 아는 한 스냅사진 하나 남아 있지도 않은, 이 정도 사실 말고는 거의 알지도 못하는 사람에게 뭐하러 신경을 쓰냔 말 이다. 중요한 사실은 매디의 아버지가 죽었다는 것이다. 중요한 사실은 매디의 아버지였던 남자가 죽었다는 것이다. 하지만 그는 제대로 매장되 지도 않았고, 신원이 확인되지도 않았다. '유골'의 정확한 위치도 몰랐다. 밀크위드 씨앗처럼 벨기에 어딘가에, 유럽 어딘가에 퍼지고 흩어져 도로 모을 수도 없었다. 매디는 생각했다. *그 인간들 전부 다 증오해*. 그녀는 자기가 밉다는 그 인간들이 정확히 누군지 알아서 그러는 게 아니라, 빌 어먹을, 자기가 느끼는 기분이 그렇다는 것만 알고 있을 뿐이었다.

폭스파이어는 타오르고 타오른다!

폭스파이어가 현재다!

"가져왔어요! 가져왔다고요! 5달러 딱 맞춰서요!"

매디가 돈을 들고 왔다. 손에 땀내 나는 지폐와 동전을 꽉 쥐고 있었는 데, 개중 1센트짜리 동전들이 제일 냄새가 심했다. 3달러 27센트는 영리 하게도 유리 돼지 저금통을 양말 속에 넣어 박살낸 다음 꺼냈고, 1달러

73센트는 이웃에게 빌렸다. 웜피 삼촌은 그녀가 이렇게 빨리 돌아와서 애들처럼 흥분하고 있는 게 기쁜 일인지 짜증 나는 일인지 모르겠다는 듯 미소를 지은 채 그녀를 쏘아보며 서 있었다. 쓰레기 수거원, 웜피의 표현으로는 '깜둥이들'이 왔다 갔지만 웜피는 마음에서 우러나는 친절함을 발휘하여 타자기를 안에 갖다놓았고, 그래서 타자기는 뒤쪽 사무실에서 그녀를 기다리고 있었다. 매디는 감사를 표한 뒤 재빨리 뒤로 들어갔다. 웜피가 모셔야 하는 손님 한 명이 들어오는 바람에—삼촌은 그야말로 창졸간에 온후하고 크게 웃고 말 많은 남자가 되었다. 들고 온 돈을 쓸지도 모를 백인 남자가 눈앞에 출현하자마자 사람이 그렇게 변했다—그녀는 혼자 들어갔는데, 매디의 머릿속에서는 삼촌이 자기가 돌아와서 타자기를 가져가리라는 걸 알고 있었는데도 왜 그걸 그렇게 안쪽에 멀찍이 가져다 놓았는가 하는 의문이 떠나질 않았다.

'워츠 남성복'은 남자들의 장소, 남자들을 위한 장소였다. 남성용 속옷, 양말, 셔츠, 코트 판매대가 갖춰져 있었고, 옷들이 각 판매대 선반에 걸려 있거나 차곡차곡 모여 있었으며, 공기 중에는 퀴퀴한 곰팡내가 담배 연기, 땀, 매디의 코가 착오 없이 콕 집어내는 냄새인 웜피 워츠의 머릿기름 냄새와 뒤섞여 있었다. 그러나 웜피의 뒷방 사무실 구석 바닥에는 언더우드 타자기가 있었다······ *그녀의 타자기가.*

매디는 렉스가 이 일로 얼마나 놀랄까 생각했다. *이제 폭스파이어는 진정한 공식적인 연대기를 소유케 되리라. 이제 우리의 역사가 시작되는 것이다!*

타자기 앞에 쪼그려 앉아 수줍게 글쇠를 건드린다. 그녀의 심장이 마치 언더우드가 생물이기라도 한 것처럼 두근거린다.

웜피 삼촌의 사무실에는 빈민가가 건너다보이는 창 하나가 나 있었고,

창에는 반쯤 내리다 만 금간 차양이 쳐져 있었다. 닳아빠진 금속 책상에는 서류, 재떨이, 사탕 포장지가 수북이 쌓여 있는 가운데 새 타자기(윔피의 부인 로즈가 사용하는 것으로, 그녀는 그걸로 회계를 보고 송장을 보내는 등의 일을 했다)가 놓여 있었다. 언더우드보다 작고 매끈한 제품이었다. 이곳에서는 가게에 퍼져 있는 냄새가 더 독하게 풍겼는데, 매디는 앞으로 평생 동안 그 냄새를 기억하게 될 것이었다.

그녀는 타자기에 종이를 어색하게 끼우고는 손가락 두 개만으로 타자를 치기 시작했다. 물론 그녀는 타자를 칠 줄 몰랐다. 전에 한 번도 타자기를 사용해본 적이 없었으니까. 매들린 페이스 워츠. 1953년 6월 22일. 뉴욕 주 해먼드 시. 그런 다음 붉은 잉크로 폭스파이어. 폭스파이어. 폭스파이어. 라고 쳤다. 몇몇 글쇠는 눌리면 그대로 끼는 바람에 강제로 빼내야 했다. 'e'의 일부가 사라지고 없었다. 리본은 닳았는데 너무 얇아서 찢어질 정도였고, 그래서 행간 레버에 문제가 있는 건가 싶기도 했다. 하지만 언더우드는 *작동하기는 했다. 작동하게 할 수 있을 것 같았다. 그 물건에* 마법을 불어 넣어서.

몇 분 뒤 손님이 떠나자 윔피가 뒷방으로 들어왔고, 매디는 서둘러 '폭스파이어'에다 x자를 쳐 넣었다. 무슨 생각을 하고 있었담! 머저리 같으니라고! 옆집에 가서 1달러 73센트를 빌려달라고 한 건 저들에 대한 조건부 항복이자, 그녀가 저들에게 얼마나 의지하고 있는지 자인하는 일이었다. 매디에게 돈을 빌려준 이웃집 여자는 마치 매디가 뭔가 차마 말하지 못할 비밀 때문에 돈을 빌리는 건지 추측하기라도 하는 양 기묘한 표정으로 매디를 뜯어보았다. 마치 몇 달 전 매디가 골디 시프리드와 맺은 새로운 우정에 대해 얘기하길 꺼려했던 것과 같은 그런 비밀. *붐-붐 일은 당신이 상관할 문제가 아니에요. 당신이나 엄마가 참견할 문제가 아*

니라고. 여자는 매디의 얼굴에 떠오른 발간 홍조를 보면서 그녀에게 무슨 일이 있는 거냐고 물었지만 매디는 아니라고, 별일 없다고, 그냥 1달러 73센트가 필요하다고, 그것도 당장 필요하다고 대답했다.

"그래, 아가야, 타자기 가지고 놀고 있었니? 무척 맘에 들겠지, 응?"

매디가 일어섰다. 그녀는 자기가 돈을 다 마련했다는 걸 웜피가 알 수 있게 동전 하나까지 다 세 보였다.

허나 웜피는 문간에서 어슬렁대면서 작고 축축하고 돼지 같은 눈으로 그녀를 빤히 바라만 보았다. "그게 뭐냐? 5달러? 오다가 돈 잃어버렸니?"

"네? 무슨 말씀이세요?"

"난 8달러라고 했는데. 응?"

"8달러요?"

"난 그 타자기 값이 8달러라고 그랬다. 그거 빌어먹게 좋은 타자기인데, 너 달랑 5달러로 퉁을 치려는 거냐? 이게 무슨 수작이지?"

매디가 당황하여 말했다. "하지만 5달러라고 하셨잖아요. 분명히 그러셨다고요. 그래서 제가 돈을 구하러……."

"말도 안 되는 소리. 아냐. 난 8달러라고 했다. 8달러라고 말했던 게 분명해. 왜냐하면 난 8달러 받을 줄 알고 있었거든. 게다가 내가 그 망할 물건을 여기까지 끌고 와야 했단 말이다. 그거 일이라고." 웜피 삼촌이 씩 웃으면서 손수건으로 이마와 목덜미를 닦았다. 작은 눈이 명랑하게 반짝거렸다.

지금 농담하는 건가? 사람 놀리나? 매디는 침착하려고, 분노를 드러내지 않으려고 애썼다. 그녀가 말했다. "오, 위, 웜피 삼촌!"

웜피 삼촌이 날카롭게 웃었다. 마치 그녀가 손을 뻗어 자기를 건드리기라도 한 것처럼. 마치 그 바보 같은 이름을 전에는 한 번도 들어본 적 없다는 양.

"야, 너 지금 누구한테 *뭐라*고 하는 거냐?"

* * *

그 뒤 한 시간 동안, 또 다시 한 시간 동안 흥정이 이뤄졌다. 지분대고 꼬드기고 괴롭히며 흥정을 이어간 두 시간이었다. 그러고 나서야 매디는 어떤 손님도 이 상황에 끼어들지 못하리라는 사실을 깨닫게 되었다. 웜피가 약삭빠르게도 정문을 잠근 뒤 영업 종료 팻말을 창에 걸어둔 것이었다.

그는 몇 번인가 양보하려는 듯 굴다가 마음을 바꿨다. "8달러. 그게 거래 조건이다. 너도 알겠지만." 그가 말했다. "어디 이렇게 싼데 멀쩡한 타자기 있으면 찾아보든가."

"하지만 약속하셨잖아요."

"난 그런 적 없다."

"하셨어요. 약속하셨다고요."

"거 참, 안 그랬다니까! 너도 내가 그런 약속 안 한 거 알잖냐."

웜피가 어깨를 으쓱하며 바지를 추어올렸다. 그의 배는 잔뜩 부풀어 올라 있는 게 마치 제대로 밀지도 못하는 손수레에 얹어놓은 짐짝 같았다. 그가 말했다. "얘야, 너 이 타자기 갖고 싶냐, 안 갖고 싶냐?"

"아뇨."

"안 갖고 싶다고?"

"아니라고요."

"당연히 그렇겠지. '타자 칠 수 있을 것 같거든요.' 네가 그렇게 말했지."

그들은 침묵을 지켰다. 할 말도 다 떨어졌다.

매디의 머리가 재빨리 움직였지만 대체 윔피가 원하는 게 뭔지, 저 짓거리 밑에 깔려 있는 논리가 뭔지 알 수가 없었다. *어른이잖아. 아니냐고. 친척이잖아. 아니냐고.* 그녀는 짐짓 그를 지나쳐가려는 듯한 동작을 취해보았지만 그가 문간에서 길을 막고 있었다. 윔피의 불그스름한 피부가 번들거렸고, 미소에 입술이 양옆으로 벌어져 있었다. 그가 그녀를 진지한 표정으로 바라보다가 한숨을 쉬고는 낮은 목소리로 입을 열었다. 진지하게 말한다는 게 드러나는 목소리였다. "좋아. 뭐 그럼 가져 가. 그냥 농담해본 거였어."

"가져가라고요? 그래도 돼요?"

"8달러 말고 5달러에 가져가. 다만……."

"다만 뭐요?"

윔피는 대답하지 않았다. 그의 얼굴에서 뭔가가 고통스럽게 주름지고 조여드는 것 같았다.

매디가 미심쩍은 목소리로 다시 말했다. "다만…… 다만 *뭐요*?"

윔피가 매디를 빤히 바라보며 자기 입술을 핥더니 그녀의 손을 더듬거렸다. 뚱뚱하고 축축한 손가락으로 그녀의 손을 감쌌다. 악수하려고 이러나? 어른들이 악수하듯이? 하지만 왜? 왜 지금 *그녀와*? *왜?* 그녀는 얼이 빠진 채 잠자코 있었다. 두렵지는 않았다. 그저 의아했다. 그가 그녀를 자기 쪽으로 부드럽다시피 끌어당겼고, 그러자 몸의 균형이 흐트러져서 그를 향해 걸음을 뗄 수밖에 없었다. 그녀의 눈이 동그래지면서 그의 눈에 고정되었다.

"다만 네가 착한 여자애가 돼주면."

그 말은 부자연스럽게 느리고 멍했다. 그는 내내 그녀를 응시하면서, 아래쪽에는 눈길도 주지 않은 채, 마치 어쩌다 일어난 일이라는 척 그녀의 손을 자기 바지 앞섶에 가져다 댔다. 툭 튀어나온 가랑이에.

매디가 비명을 질렀다. 매디가 새된 소리를 냈다.

그녀는 공격을 받는 게 아니라 그가 간질이는 것처럼 굴었다. 조그만 아이가 그러는 것처럼 웜피를 밀고, 웃다가, 겁에 질리고, 그러고는 문을 못 나가게 가로막고 있는 뚱뚱한 남자를 조금 히스테릭하게 밀었다. 웜피도 웃고 있었다. 그는 꿀꿀대면서 매디의 양 손목을 붙들려고 했다. 마치 이게 무슨 게임이라도 되는 듯, 또는 이 상황을 게임으로 재조정하려는 듯. 매디가 머리로 웜피의 가슴을 들이받았고, 그러자 그가 헉 하고 숨을 내뱉었다.

매디는 가게 정문으로 달려갔고, 그 와중에도 정신을 똑바로 차려 자기가 세서 책상에 놔뒀던 돈을 주워 담았다. 웜피 워츠가 뒤에서 소리쳤다. "이 빌어먹을 좆같은 물건 다음 주 토요일 지나서까지 놔두진 않을 거야. 갖고 싶으면 가지러 와."

매디는 숨도 못 돌린 채 문을 열려고 했다. 코를 간질이는 소다수 거품처럼 그녀 안에서 웃음이 보글보글 끓어올랐다. 그녀가 속삭였다. "여기서 나갈 거야. 여기서 나갈 거고, 네놈이 미워. 미워. 밉다고. 망할 네가 밉다고." 그러는 동안 웜피는 바지를 추켜올리고 거칠게 숨을 쉬면서 그녀 뒤로 서둘러 살금살금 다가왔다. 그는 뚱뚱한 남자치고는 거의 우아하다 싶을 정도로 움직일 수 있었다. 그의 얼굴은 기름에 끓인 것처럼 벌겠고, 별 개성 없는 색깔의 머리 가닥이 눈에 드리워져 있었다. 땀을 잔뜩 흘리고 있어서 코를 찌르는 진짜 악취가 몸에서 풍겼지만 그는 겨우겨우 자제력을 발휘해 매디를 위해 문 자물쇠를 풀고 심지어는 그녀가 빠져나갈 수 있도록 문을 열어주기까지 했다. 그가 되풀이해 말했다. "저 타자기, 다음 주 토요일까지만 보관할 거다. 알아들었냐? 원하면 가지러 와. 가격은 8달러다. *다음번에 날 속여먹을 시도는 하지도 마.*"

"진짜로? 웜피 워츠가? 그 사람 너네 삼촌인가 뭔가 아냐?"
"집에 가서 손 씻었어. 양손 다. 오, 세상에!"
"하지만 *그거* 만지진 않았지?"
"지퍼는 안 내렸으니까. 그럴 시간이 없었거든."
"네가 *그거* 만지지만 않았다면야."
"오, 아냐. 진짜 안 그랬다고. *그거* 안 만졌어."

매디는 렉스의 얼굴을 올려다볼 수도 없었다. 그녀는 역겨움과 경멸을 볼까 봐 두려웠다. 자기 친구의 얼음송곳 같은 고상한 눈길이 두려웠다. 하지만 렉스는 그녀에게 공감하고 있었다. 거의 매디 본인만큼이나 혼란스러운 것처럼 보였다. 그 일을 다시 얘기하면서, 매디는 자기 역할을 꽤 많이 축소했다. 그녀가 얼마나 순진해 빠졌는지, 얼마나 애처럼 굴면서 사람을 믿었는지, 얼마나 *희망에 차 있었는지* 알면 안 되니까. 웜피 워츠가 뚱뚱하고 뜨끈한 손가락으로 자기 손을 감싸 쥐도록 놔둔 등신 같으니라고.

렉스가 생각에 잠겨 말했다. "그 남자는 자본가야. 그게 그 사람 본질이라고. 씹새끼!"

"자본가?"

"물건의 원래 가치보다 더 많은 돈을 받고 팔아서 이윤을 남기고 싶은 거지."

매디는 테리오 신부가 했던 말과 그 말에 깔려 있던 경멸감이 떠올랐지만 그 말들이 여기에 적용될 수 있는지는 잘 알 수 없었다.

매디가 서둘러 말했다. "어, 하지만 그 사람도 이윤은 내야 하잖아, 안 그래? 안 그러면 집세도 못 내고, 음식도 못 사잖아? 아니면……."

"너 지금 그 사람 편드는 거니? 그 색골을?"

"난……."

"너 그놈이 뭔지 알기는 해? 변태야. 버틴저 같은 변태."

매디가 당황하여 그녀를 보았다. 열기가 파도처럼 혹 밀려왔다.

"하지만…… 난 리타가 아닌걸."

렉스가 조급히 앞뒤로 서성거리며 오른 주먹으로 왼 손바닥을 때리는 내내, 남자 옷을 입은—소매가 긴 격자무늬 셔츠, 청바지, 양말 없이 신은, 발목까지 올라오는 닳아빠진 검정색 스니커즈—그녀는 그 얼마나 사나웠던가. 그 얼마나 권위에 차 열정적으로 불타올랐던가. 꼬이고 얽힌 사랑스러운 잿빛 머리칼은 어깨 위에서 곤두서 있었고, 뺨에 난 낫 모양의 흉터는 창백한 피부에서도 죽은 듯 새하얗게 더욱 도드라졌다. 렉스는 매디에게 안타깝다는 표정을 던지고, 웃음을 참기라도 하는 양 아랫입술을 깨물더니, 사람을 무시하는 듯한 동작을 취하며 말했다. "오, 매디-멍키, 썅, *우리 모두가 리타야.*"

그리하여 폭스파이어가 소집되었다.

긴급회의는 렉스의 비밀 장소 중 한 곳인 강 위쪽 피트 가의 버려진 창고 위층에서 열렸다. 골디가 손가락을 꺾으며 말했다. "그냥 가서 *가져오자고.*" 말인즉슨 매디가 그렇게 간절히 원했던 타자기를 골디는 그저 사물로, 소유물로, 폭스파이어가 괘씸하게 농락당한 원인이 된 물건으로 확정한 것이었다. 라나가 부들부들 떨고는 팔로 자기 몸을 안으며 말했다. "애들아, 난 그 남자 근처에 안 갈래. 나 윔피 워츠가 무서워. 그 사람이 날 보는 눈길이 겁난다고. 예전에 내가 꼬마였을 때 그 사람이 나한테 윙크 비슷한 걸 한 적이 있어. 나 진짜 완전 멍하니 서서 미소만 지었던 것 같아. 무슨 말인지 알겠어? 그 개새끼가 눈을 데굴데굴 굴리는데, 그게 뭐랄까, 날 갖고 노는 것 같더라고, 그 새끼가. 그 뒤로는 나 그 사람 두려워. 그니까 만약 그 사람이 너희가 자길 두려워하고 있다는 걸 알면, 자길 힐끔거리고 있다는 걸 알아차리면, 너희 둘이 자기 추잡한 마음을 간파했다는 걸 눈치 채면, 그 사람은 너희들을……" 리나는 정말 빠르게, 거의 더듬다시피 말을 쏟아냈다. 흥분하여 왼쪽 눈의 초점이 풀렸다. "*역겨운 기분을 느끼게 만들 거야*. 그니까, 영혼 깊숙한 곳까지, *내장 안쪽까지 역겹게 만들 거라는 거지*." 리타도 몸을 떨고 있었지만, 겁이 나서가 아니라 흥분해서였다. 그녀의 눈빛이 용감하게 불타올랐다. "오, 그놈한테 가서 타자기 가져오자. 그 개새끼 *죽여버리자고*!"

잠시 침묵이 흐른 뒤 렉스가 말했다. "좋아, 애, '파이어볼', 네 생각이 옳아." 다른 사람들은 조금 놀란 듯 웃었다. 리타의 입에서 나온 말이 리타 오헤이건이라는 사람에게서 나올 거라 예상했던 말이 아니었으니까.

그러나 이제 폭스파이어가 리타의 삶 속으로 들어왔고, 그녀는 변하고 있었다. 눈에 띄게 달라지는 중이었다. 여전히 씰룩이는 가슴과 엉덩이를 가진 작고 통통한 소녀였지만 *뚱뚱하지*는 않았고, 여전히 동네의 또래들보다 작았지만 *조그맣지*는 않았으며, 더 이상은 장애나 다름없는 수줍음을 타지도 않는 데다 온순하지도 않았다. 심지어 제일 막돼먹은 남자애조차도 더 이상은 그녀를 '얼간이'나 '반편이'라 부르지 않을 터였다. 갱단에서 리타의 이름은 '레드'와 '파이어볼'이었고, 그녀는 둘 중 어느 쪽 이름으로 불려도 짜릿함에 몸을 떨었다. 그 이름들은 마치 애무 같왔고, 그녀의 삶에서 새롭고도 놀라운 존재였다.

리타가 자기 자매들, 심지어는 렉스까지 놀라게 할 줄이야. 그녀가 주먹으로 무릎을 탕탕 두드리며 소리를 쳤다. "오, 그러자! 빌어먹을, 그러자고! 그놈 죽여버리자! 그놈들 다 죽여버리자고!"

사람들이 웃었다. 심지어 역겹고 수치스러운 기분을 느끼고 있던 매디조차도. 그녀가 웃었고, 폭스파이어 전부가 웃었다. 거칠면서도 눈부시게 밝은 웃음이었고, 그러자 그 일로 인해 생겨났던 비참함이, 예전에 하던 대로 그녀를 건드린 그 남자로 인해 생겨난 비참함이, 아 젠장 그녀도 그놈을 만졌잖아, 그런 일이 일어난 적도 없다는 듯 누그러졌다.

월요일 오후, 영업 종료 시간이 다 되었을 때, 세네카 가의 '워츠 남성복'에서는 윔피 워츠가 차일 아래서 빈둥거리고 있다. 그는 시가를 피우며 옆 가게인 '군터 정육점' 주인과 더위에 대해 불평을 해댄다. 둘 다 뚱뚱하고 큰 덩치에, 좀 작다 싶은 머리와 살집 많은 얼굴과 불안정한 눈빛을 가진 남자다. 그들은 오래된 동네 친구다. 정확히 친구까지는 아니라 해도 오래 알아온 사이로, 동료 상인이었지만 경쟁자는 아니다. 풀 먹인 하얀 셔츠에 넥타이에 딱 맞는 바지를 입은 윔피 워츠는 더위를 확실히 느끼고 있는지라 축축한 손수건으로 계속해서 이마와 목덜미를 닦아대면서 저주를 퍼붓는다. 그는 기분이 나빴다. 다섯 시가 거의 다 되어가는데 그날 장사가 신통찮았고, 그는 날씨 탓을 해댄다. 도시에 퍼져 있는 이 후텁지근하고 사람 늘어지게 하는 더위는 강에서 제아무리 바람이 불어와도 좀체 누그러지질 않는다며, 사실 강에서 내뿜는 거라고는 떠다니는 쓰레기, 썩어가는 생선 시체, 제대로 처리되지 않은 하수로 이뤄진 짠 내밖에 없다고 말한다. "세상에, 꼭 깜둥이 동네에 사는 것 같다니까." 윔피가 자기 견해를 밝히자, 그의 친구인 푸줏간 주인은 하품을 하고 땅에 침을 뱉으며 그에 동의를 표한다.

정육점 주인이 밤에는 가게를 닫을 생각으로 돌아가고, 윔피는 차일 아래 남아 짜증스러운 듯 시가를 태운다. 길을 지나던 사람들이 윔피가 눈썹을 찡그리고 있는 걸 보고 그가 생각에 잠겨 있나 보다 하는 인상을 받지만, 그가 발꿈치로 몸을 슬쩍슬쩍 흔들면서 눈을 깜박이고 눈살을 찌푸리고 땀을 흘리면서 *진짜로* 생각하고 있는 건 대체 뭘까? 어쩌면 해리 트루먼 영감이 원자폭탄을 일본 놈들 위에 떨어뜨리라는 명령을 어떻게 내렸을까 곰곰이 생각하다가 그거 참 끝내주는 기분이었을 게 분명하다고, *그가 그 짓을 참으로 즐겼을 거라고,* 어쩌면 자기가 직접 버튼을 눌렀거나 그게 아니라도 뭐라도, 그러니까 레버라도 당겼을 테고 그러면 마치 크고 날렵한 독수리가 알을 까는 것처럼 폭탄이 비행기에서 떨어지는 거라고, 그런 생각에 깊이 빠져 있었을지 모른다. 그래 바로 그거야. 해리 영감탱이가 전쟁을 너무 늦게 시작했고 너무 빨리 끝냈다는 것 빼곤 다 좋다고.

하지만 뭐 어쨌건 이후의 인생 동안 그 시절을 돌아볼 수 있는 거지. *그 좆같은 원자폭탄을.* 그리고 이렇게 말할 수 있는 거야. 자긴 최소한 *그건 했다고,* 누구도 그걸 되돌려놓을 수 없을 거라고.

윔피 워츠가 그렇게 시가를 피우며 한참 몽상에 젖어 있는데, 매디 워츠가 불쑥 뜬금없이 나타나 길을 건너 그가 있는 쪽으로 곧장 다가오고 있었다.

열네 살 매디. 되는 대로 걸친 여름옷들. 볼품없는 티셔츠에 낙낙한 카키색 반바지, 시내 울워스 백화점 앞 길거리 매대에 쌓인 할인 제품을 뒤져서 사온 끈 달린 고무 샌들. 깡마르고 가슴도 납작한 데다 눈빛은 어둡고 경계심에 차 있는 여자애인데, 지금은 두 눈이 순진하게 반짝이고 발걸음은 아이처럼 통통 튀며 목소리에는 윔피가 지금 당장은 전혀 해독할 수 없는 득의만만함이 차 있다. 그 애를 보자 죄책감이 찌르듯 밀려오지만 그보다 더 깊이 느끼는 건 가랑이 속에서 찌르르 밀려오는 흥분이다. 이제 시가는 검지와 엄지 사이에 쥐여 있고 이빨 사이에 꽉 물려 있다. 그는 졸음에서 깨어난다. 정신이 번쩍 든다. *주의를 바짝 세운다.*

매디가 그를 향해 잰걸음으로 다가오며 소리친다. "윔피 삼촌, 돈 가져왔어요! 8달러요!"

윔피가 그녀를 빤히 보며 말한다. 자기한테 돌아왔다는, 세상에, 전혀 예상치 못했던 사실 말고는 아무것도 파악이 안 되는 이 여자애한테. "'윔피'가 대체 뭔 소리냐? 내 이름은 월트란 말이다, 젠장."

매디가 킥킥 웃는다. "어, 그럼 '월트', '월트 삼촌'요. 됐죠?"

윔피가 그녀를 빤히 노려본다. 대체 어떻게 생각해야 할지 알 수가 없다. 둘 사이에 일어났던 일을 까맣게 잊어버린 건가? 아니면 잊어버린 게 아니라 뭔가 얻으러 돌아온 건가?

거래를 하려고 돌아온 걸까?

그가 혀로 입안을 이리저리 찌르며 방어적으로 입을 연다. "어, 애야, 내가 말했을 텐데, 그렇지? 어쩌면 타자기를 공짜로 얻을 수도 있다고 말이야. 아마도 말이지."

"8달러라고 하셨잖아요. '현금 박치기'라면서."

그녀는 손에 돈을 꼭 쥐고 있고, 손을 펴면서 그걸 자랑스럽게, 그러면서도 다소 초조하게 보여준다. 구겨진 1달러 지폐 두 장에, 나머지는 동전들이다. 1센트짜리도 몇 개 있다.

"그 말도 했지만 다른 말도 했지." 윔피가 그렇게 말하며 미소를 짓는다. 게임의 조건이 완전히 재조정되었다는 생각이 그의 머릿속에 떠오른다. 완전히 처음으로 돌아갔고, 그가 주도권을 쥐고 있는 것이다. 그가 시가를 배수로로 휙 던지면서 웅얼거린다. "음, 보자. 그 망할 고물덩어리가 내 사무실에 자리를 차지하고 있지. 누가 곧 사가는 편이 낫다 이거야. 그 사람이 네가 아닐 이유는 없지."

윔피 워츠는 매디를 가게 안으로 데리고 간다. 그는 약간 얼떨떨하지만 의심은 전혀 품지 않는다. 정신은 충분히 챙기고 있어서 자기가 살펴본 한에서는 거리에 있는 누구도 그들을 주목하지 않았다는 사실도 의식하고 있고, 문을 잠근 다음 창문에 영업 종료 팻말도 슥 걸어놓았다. 그는 바지를 추켜올리며 반쯤은 책망하듯, 마치 그들이 이 문제에 대해 논의를 해왔다는 양 말한다. "월튼 워츠는 절대 본인이 한 약속을 물리지 않아."

가게 뒤쪽 어두침침하고 작은 사무실, 바닥에 널려 있는 먼지 뭉치 사이, 토요일에 놓여 있던 바로 그 자리에 언더우드 타자기가 있다. 아무것도 바뀐 것 같지 않다.

뚱뚱한 남자치고는 기묘할 정도로 은밀하게 움직이면서, 윔피는 블라인드를 창틀 맨 밑까지 휙 잡아 내리고는 심지어 조금 더 아래로 내린다. 그는 문을 닫는다. 이로써 거리에 면한 두 곳의 문이 단단히 닫힌다.

그가 침묵을 메우기 위해 애매하게 투덜거리며 말한다. "우후, 자기가 한 말을 지키지 않은 사람들이 여전히 있긴 하지. 뭐 어쨌거나."

매디는 타자기 앞에 쪼그려 앉아 있다. *그녀의* 타자기 앞에. 마치 타자기가 사랑스러운 장난감이라도 되는 양. 그 무거운 구식 기계, *그녀의 기계*. 그녀는 윔피 워츠가 머리 위에서 자기를 굽어보며 그녀의 호리호리한 등을 보고 있다는 사실을, 얇고 하얀 재질의 티셔츠 밑에서 도드라져 있는 척추를 따라 섬세하게 골을 그리고 있는 등뼈를 응시하고 있다는 사실을, 카키색 반바지 안에서 정말 작고 정말 부드럽고 정말 완벽한 형태를 이루고 있는, 양손에 딱 잡히는 멜론만 한 엉덩이도 유심히 바라보고 있다는 사실을 모르는 듯 보인다.

윔피가 더 가까이 몸을 숙이며 말한다. "근데 너 몇 살이냐?"

매디는 리본 스풀을 가지고 난리를 피우느라 올려다보지도 않는다. "충분히요."

"응? 뭐가 충분하다는 건데?"

"타자 칠 만큼요."

"*타자 칠 만큼?*"

윔피가 신경질적으로 웃지만 매디는 같이 웃지 않는다. 그녀는 그 타자기를 살피느라 빌어먹게도 *진지한* 상태고, 윔피는 어쩌면 그녀는 머리가 좀 둔한 게 아닌가, 그러니까 살짝 정신이 빠진 게 아닌가 싶은 생각이 들기 시작한다.

그건 그에게는 잘된 거다. 그래, 잘된 거다.

그가 말한다. "얘야, 그거 가지고 용쓸 필요 없다. 확실히 작동하니까. 진짜 잘 움직이는 거야. 어쩌면 기름칠이나 새 리본이나 뭐 그런 것들이 필요할 수야 있겠다만, 그딴 건 내가 손을 봐줄게. 알았지? 우리가 서로를 이해하는 한 말이다. 좋지?"

매디가 고개를 들어 그를 흘끗 본다. 그녀의 표정은 미심쩍어하면서도 희망에 차 있다. 그가 말한다. "그러니까, 어, 네가 현금을 내거나, 아니면 공짜로 가져갈 수 있게 협상을 해볼 수도 있겠지. 왜냐하면 이게 현금으로는 10달러거든, 얘야. 하지만 공짜라면, *거저인 거지.*"

매디가 말한다. "네? 10달러요? 하지만……."

"공짜라면 *거저*일 경우에는 얘기가 다르지만 말이다."

"8달러라고 하셨잖아요. 약속하셨는데……."

"그건 토요일이었잖아. 지금은 월요일이고. 급속히 성장하는 우리 경제에서는 가격이 꾸준히 오르기 마련이다. 인플레이션도 있고. 금리도 있고. 진품 언더우드 사무용 모델 타자기가 10달러면 싼 거지." 그가 말을 멈춘다. 혀가 입술 사이에서 교활하게 쑥 나온다. "물론 한 푼도 안 내는 게 훨씬 좋은 거래지. 맞지?"

"저 8달러밖에 없어요. 저는……."

"오 제발, 얘야, 멍청한 척하지 말고. 네가 이 자리에 있는 이상 저 망할 물건을 *거저* 받는 게 낫지 않겠냐."

이런 말을 하는 내내 윔피는 매디를 자기 무릎으로 쿡쿡 찔러대고 있었다. 그는 인내심이 떨어지기 시작하지만 미소를 유지하고 있다. 얼굴로는 친절한 듯한 표정을 짓고 있다. 그는 천천히 바지를 풀고, 정말 천천히 지퍼를 내리면서 중얼거리는데, 세상에 이렇게 이성적인 사람이 또 없다. "넌 그냥 날 배려해주면 돼. 뭘 딱히 많이 할 필요는 없고, 알잖아, 배려만 해주라고. 그럼 볼일을 보게 되는 거야, 알겠니, 얘야? 내 생각엔 아무래도 우리가 서로를 이해하고 있는 것 같은데, 응?"

매디가 그의 앞에 무릎 꿇려진 채 그를 올려다보고 있다. 그녀의 창백한 입술이 이빨을 따라 팽팽하게 활 모양을 그리고 있는데 그게 마치—거의—그를 향해 미소를 짓고 있는 것처럼 보인다. 윔피는 흐느끼는 듯한 한숨을 조그맣게 내뱉으며 자기 바지에서 *벌겋게 삶은 소시지*를, *정맥이 이리저리 꼬여 있고 피가 쏠려서 부풀어 올라 있는 그 추한 물건*을 마치 자기가 자랑스레 여기는 상패를 보여주기라도 하는 양 끄집어낸다. 그의 거대한 몸뚱이가 발끝에서 부들부들 전율하고 동공이

거무스름하게 팽창한다. 그가 속삭인다. "이리 와, 애야. 바보같이 굴지 말고. 너나 나나 왜 네가 여기 있는지 알고 있잖아."

매디가 소리친다. "아, 그래? 네가 안다고?"

그녀가 발을 박차며 재빨리 움직인다. 블라인드를 풀기 위해 잡아당기자 블라인드가 천장까지 홱 올라간다. 매디가 소리를 지르자마자 골목에서 대기하고 있던 소녀들이 계획대로 공격에 착수한다. 그들은 가지고 있던 널빤지를 망치로 사용한다. 몇 초 만에 유리창이 깨지면서 유리 파편이 날아다닌다. 그것은 폭발이자 축제다. 폭스파이어의 소녀들이 살해 욕망으로 불타는 어린 개들처럼 창문을 통해 우르르 들어온다. 렉스가, 골디가, 라나가, 흉포하고 조그맣고 흥분에 찬 '파이어볼'이 들이닥친다. 매디도 그들 중 하나다. 놀라고 믿을 수 없어서 입을 딱 벌리고, 바지는 내리고, 곤봉만큼 크지만 이미 시들시들해져 졸아들기 시작한 성기를 드러낸 채 바짝 얼어버린 웜피 워츠에게 다섯 소녀가 달려든다.

그들이 그를 덮친다.

* * *

접전이 얼마나 오래 지속되었는지 매디가 정확히 알지는 못하겠지만, 그녀는 폭스파이어 노트에 가능한 한 진실하게 그 일을 기입할 것이다. 아마 3, 4분을 넘지는 않았을 것이다. 하지만 더 길게 느껴졌다. 웜피 워츠에게는 확실히 그랬을 것이다. 해변으로 밀려나온 커다란 물고기처럼 필사적으로 바닥에서 뒹구는 그에게, 그 시간은 영원 같았음에 틀림없다.

폭스파이어의 복수다!

폭스파이어는 절대 미안하다 말하지 않는다!

그들은 그를 주먹으로 두드려 팬다. 그를 잡아 뜯는다. 옷을, 살을. 그들은 그를 걷어찬다. 공격 초반에 매디 워츠, 본인도 격노에 차 숨을 헐떡이던 그녀가 다른 사람들의 손을 힘없이 잡아당긴 순간이 있다. 웜피 워츠가 심근경색이나 뇌졸중이라도 일으키면 어쩌나 싶은 걱정이 갑자기 들었기 때문이었다. 그러나 그녀의 폭스파이어 자매들은 지극히 당연하게도 그녀를 짐짓 모른 체하면서 약간 높은 음조로 소리를 지르고 울부짖는다. 거친 키들거림이 타래처럼 얽힌다. '붐-붐'이 하이에나처럼 웃는다. 억센 소녀 '붐-붐'이 바지가 홀랑 벗겨진 웜피의 쿠션 같은 배 위에 올라타 위아래로 몸을 퉁기며 뺨을 때리고 주먹질을 하고 잔인하게 쥐어 짜댄다. "뚱보야, 이랏! 이랏, 비열한 새끼야!" 희열에 도취되어 두 눈이 불타오르는 렉스는 웜피의 머리채를 쥐고 있는지라 그의 머리를 바닥에 쿵! 쿵! 쿵! 하고 리듬을 타며 내리찍을 수 있고—웜피 삼촌은 머리카락이 빠지고 있었지만, 허영심 때문에 머리를 길게 길러 정수리 위로 가지런히 빗어 넘겼고, 렉스가 붙들기에는 충분하고도 남는 길이였다—사람들 중 가장 얌전한 라나도 웜피의 셔츠를, 그다음에는 기름으로 번들거리는 그의 벌거벗은 가슴을 할퀴느라 매니큐어를 바른 손톱 여러 개를 날려먹는다. 그녀가 미소를 짓는다. 두 눈에는 완벽한 연대 속에서 느끼는 진실한 행복이 떠올라 있다. 그러나 가장 과격한 사람은 '파이어볼'이다. 얼굴은 축축하고 창백한데도 붉은 고수머리는 정전기가 올라 생동감이 넘친다. 그녀는 정말로 격렬하게 웜피의 바지를 벗기고, 사각팬티를 붙잡고는 벌거벗은 채 버둥거리고 있는 그의 허벅지, 무릎, 발을 거쳐가며 어찌어찌 내리고 나서는 분노의 일념을 담아 그를 걷어찬다. 그는 발길질을 하고, 혹은 하려고 애쓰면서 자신을 보호하려고 해보지만 폭스파이어를 방어할 방법은 전혀 없다.

가엾은 윔피 삼촌! 그는 사람들 눈에 띌까 봐 무서운 게 분명하다. 왜 냐하면 크게 고함도 치지 않고 있고, 사실상 도움을 요청하지도 않고 있으니까. 그저 꺽꺽대면서 애원하고 하소연만 할 뿐이다. "아가씨들, 그러지 마! 오, 제발! 그만! 안 돼! 아가씨들!"

렉스가 그의 머리를 바닥에 세게 내리꽂자 그의 눈에서 별이 번쩍이면서 눈앞이 흐려진다. 그녀가 야만적으로, 격노에 차 웃어댄다. "누구보고 '아가씨들'이래, 이 늙은 색골 새끼가! 더러운 색골 늙은이! 네놈이 뭘 안다고!"

라나가 밖으로 노출된 그 남자의 살결을 자기가 할 수 있는 온갖 수단과 방법을 동원해 호랑이처럼 할퀴고, 그래서 그의 몸에서 피가 줄줄 흘러내린다. 빨강 머리 '파이어볼' 오헤이건은 사악한 기분으로 그 남자의 두툼한 허벅지, 배, 성기를 빵 반죽을 치댈 때처럼 두드리고 짓누르고 있다. 가장 현란한 솜씨를 보이는 건 '붐-붐'이다. 그녀는 기쁨에 차 꽥꽥 소리를 지르면서 무릎 높이까지 펄쩍 뛰어올랐다가 그 남자의 가슴 위로 세게, 말하자면 *세게* 떨어져 내린다. 그의 몸에서 공기가 완전히 쑥 빠져나오고, 그는 "오, 오"라고 신음하더니 눈동자가 이마 쪽으로 뒤집어진다.

그가 갑자기 반항을 그만둔다. 더 이상 허우적거리지도, 몸부림치지도 않는다.

그렇다고 죽은 건 아니다. 아직 숨은 쉬고 있으니까. 마치 풀무처럼 꿀떡꿀떡 힘들게 불규칙적으로 숨은 쉰다. 습기를 머금은 쿵쿵거리는 소리가 나는 걸 보니 코가 부러졌지 싶은데 코피는 확실히 나고 있다. 피가 사방에 흩뿌려져 있다. 그의 몸 위에도, 그를 공격한 사람의 맨다리에도, 팔에도 피가 뿌려져 있고, 옷에도 피가 스며 있다. 매디는 이제 진짜로 걱정이 돼서 폭스파이어 자매들에게 그만하라고 사정한다. 어쨌거나 그들도 그가 죽길 원하는 건 아니지 않나? 그렇지 않나? 그들은 내키지 않는 듯 그에게서 일어선다. '파이어볼'이 그의 오그라든 음경에 최후의 무자비한 발길질을 날린다. 공격이 끝난다.

렉스가 얼굴을 덮고 있던 머리카락을 양손으로 빗어 넘기며 선언한다. "좋아. 이제 됐어." 그녀는 웜피 삼폰의 축 늘어진 몸뚱이 맞은편에 있는 자매들에게 미소 짓는다. "쓰러진 사람을 계속 혼내는 건 잘못된 일이야. 보다시피 이 사람은 맛이 갔고."

'붐-붐'이 자랑스레 웃고는 웜피의 찢어진 하얀 셔츠로 손에 묻은 피를 닦는다. 그녀는 폭스파이어의 전리품인 언더우드 타자기를 자매들의 도움 없이도 들고 갈 수 있는 유일한 사람이다. 매디 역시 이 순간을, 최후의 영광스러운 순간을 누린다 — 웜피 삼촌이 의식을 잃어 이 모습을 볼 수 없다는 게 유감이긴 하다 — 그녀는 책상 위에 놔뒀던 돈을 챙긴다. 달러 지폐, 동전, 8달러에서 한 푼도 빠지지 않은 액수. 그녀는 연극이라도 하는 것 같은 몸짓을 취하며 돈을 손가락 사이로 낙하시킨다. 손톱에 벅벅 긁힌 웜피의 헐벗은 가슴 위로.

"'현금 박치기'요!"

이상이 매디 워츠가 언더우드 타자기를 획득하게 된, 또한 폭스파이어의 고백을 공식적으로, 꼼꼼하고도 엄밀히 *타자를 치게* 된 사연이었다.

4
폭스파이어를 두려워하고 존경하라!

　절대, 절대 발설하면 안 돼. 저들 중 누구에게든 한 마디라도 벙긋했다 간 죽음이야. 우리는 폭스파이어의 엄숙한 서약 속에서 수도 없이 그렇 게 맹세했다. 하지만 폭스파이어가 탄생한 첫해에 해먼드에서, 업타운 과 로어타운 양쪽 모두에, 무지한 세상이라 해도 주목하지 않을 도리가 없는 모종의 수수께끼 같은 표식이 점점 더 많이 출몰하기 시작했다.

　처음에는 빨간색 크레용 또는 잉크 또는 매니큐어 에나멜로 그린 우 리의 비밀 불꽃 문신이 사물함 조금 위쪽이나 책상이나 학교 창문에 출 현했다. 그러다 인도나 문에 페인트로 그린 문신이 나타나자, 사람들은 이를 주목하면서 이게 대체 뭐고 누가 왜 이런 짓을 했는지 궁금해하기 시작했다. 그러다 어느 날 아침, 피처럼 새빨갛고 밝은색 페인트로 그린 5피트나 되는 거대한 불꽃이 다음과 같은 장소에서 목격되었다. 모호크 가 위쪽 구름다리 철교의 동쪽 면에, 6번가 다리 남쪽 방면에, 판자를 세

위 만든 튤러 브라더스의 창고에서 페어팩스 애비뉴를 면하고 있는 벽에, 페이 고등학교에서 9번가를 면하고 있는 벽돌 벽에, 북태평양 철도의 역 구내를 굽어보고 있는, 기둥 위에 높이 얹혀 있는 낡아빠진 광고판에! 그래서 아무것도 모르는 사람들은 입을 딱 벌린 채 대체 자기네가 보고 있는 게 뭔지도 모르는데도 불구하고 그것들을 봐야 했고, 그런 다음 이렇게 말했다. "저게 *대체* 뭐야? 무슨 불이나 횃불 같은데." 또한 이렇게도 말했다. "저게 뭔가 의미가 있는 건가? 뭘 뜻하는 거지?" 하지만 무엇보다, 가장 듣기 좋은 소리는 이것이었다. "대체 어떻게 *저기까지* 올라갔대?"

당시 우리 폭스파이어의 멤버들은 전혀 낌새를 채지 못하고 있는 사람들 사이에 마치 스파이처럼 이리저리 섞여 들어서 그들이 내뱉는 당혹스러운 소감을 엿들은 다음 숨도 쉬지 못할 만큼 즐거워하며 폭스파이어에 그것을 보고했다. 혹여 저들 중에 우연찮게 폭스파이어 멤버가 둘 또는 그보다 많이 끼어 있을 경우, 우리는 우리 얼굴에 빛나고 있는 의기양양함이 탄로날까 봐 서로에게 감히 눈길 한 번 슬쩍 주지 못했다.

예를 들어 폭스파이어가 고등학교 벽(밋밋한 베이지색으로, 그 벽은 자길 제발 좀 더럽혀 달라고 애원하고 있었다)에 우리의 찬란한 불꽃을 페인트로 그린 다음 날 아침, 호크스 패거리에 속해 있는 네드 설리번이라는 이름의 남학생은 그 불꽃을 찬찬히 응시하면서 자기는 이게 올드 윅 고등학교 갱단이 저지른 짓이 틀림없다고 생각하며, 이게 자기 성질을 돋우었고, 응징이 필요하다고 말했지만, 최고 학년이자 인기 있는 치어리더인 린다 피어링이라는 이름의 여학생은 이렇게 말했다. "*내 생각에* 이건 일종의 종교적 표식이야. 우리에게 경고를 주는 거지. '종말이 오고 있도다' 같은 경고. 세상이 불에 타버릴 위험에 처해 있다거나, 뭐 그런 거." 린다 피어링의 옆에 서 있던 라나 맥과이어가 내게 던진 표정이 나를 전기 충격처럼 꿰뚫었다. 꼭 라나와 매디 두 사람이 몰래 사귀는 연인이라도 된 듯했다. 라나가 내가 전에 한 번도 들어본 적 없는 기묘하고 높은 음조의 목소리로 말했다. "맞아. 저거 *바로* 그거야. '종말이 오고 있도다.' 그게 확실해. 나 그냥 *알겠어*."

그러고는 그 생각 때문에 겁이 나 죽겠다는 듯 몸을 돌려 달아나버렸고, 남은 우리는 그 자리에 선 채 경악과 공포에 찬 눈빛으로 그녀의 뒷모습을 빤히 바라보고만 있었다.

이런 주목할 만한 방식으로 폭스파이어의 자랑스러운 붉은 불꽃(이자 폭스파이어의 비밀 문신)이 세상에 알려졌고, 불안을 야기하기 시작했다.

우리가 새긴 폭스파이어 문신이 궁금할 테다. 우리가 문신을 타인들, 예를 들면 가족의 시선에서 어떻게 감출 수 있었는지, 또는 여름에 수영을 할 때 무슨 수로 문신을 숨겼는지. 음, 우리는 첫해 여름에는 어스름이 질 때나 심지어는 어두울 때 말고는 수영을 하지 않았고, 다른 사람들 앞에서는 옷을 벗지 않았다. 우리는 할 수 있는 한 최선을 다해 문신을 숨겼다.

내 문신은 천천히 아물었다. 피부가 부드러워서 몇 주 동안 염증이 지속되었지만 나는 감염에 대해서는 걱정하지 않았다. 우리 모두 그랬다. 집에서 한 문신이란 윤곽이 흐릿해질 공산이 크고, 내 문신은, 지금도 여전히 그렇지만, 피부 아래서 붉은 염색약이 배어나오고 있었다. 하지만 그게 손대면 *화상이라도* 입을 것처럼 충분히 뜨거워 보이는 불꽃 혹은 횃불이라는 건 확실히 알아볼 수 있었다.

(욕실에 갑자기 들이닥쳐 문신을 봤던 그날 이후 엄마는 그에 대해 한 마디도 하지 않았다. 내가 엄마의 멍든 눈을 보고도 누가 그랬는지 궁금해하지 않았던 것처럼, 엄마도 내 문신을 봤지만 스스로에게 나름 설명을 한 모양이었다. 이와 마찬가지로, 우리가 언더우드 타자기를 전리품으로 가져가고 나서 한참 뒤까지도, 우리 갱단 멤버가 뚱땡이 웜피 워츠를 동네에서 우연히 마주치면 휑하고 뻣뻣한 침묵이 주변을 감돌았다. 아무 일도 일어나지 않았다. 그는 우리가 누군지 모르는 것 같았고 우리도 당연히 그가 누군지 몰랐다. 심지어 나, 조금 멀찍이 얽힌 '혈연'에 의해 그 늙다리 새끼와 인척 관계에 있는 매디 워츠까지도.)

실은 체육 수업 때문에 여학생 탈의실에서 옷을 갈아입을 때 사람들이 나를 유심히 관찰한 적이 몇 번 있긴 했다. 하지만 누가 실제로 캐물었던 것은 1월에 딱 한 번 있었다. 그 애의 이름은 소니아 윌렌츠였고, 목소리가 부드럽고 달콤했다. "어깨에 그거 뭐야, 매디? 문신이야?" 그녀의 눈이 휘둥그레지는 동안 나는 서두르지 않고, 하지만 단호하게 티셔츠를 머리 위로 끌어 올린 다음 그녀의 눈을 보며 침착하게 대답했다. "점이야." 소니아가 말했다. "하지만…… 너 그런 거 없었잖아. 아냐?" 나는 당황하여 더디게 상황을 파악하며 말한다. "태어났을 때부터 그냥 있던 거라니까." 그러고는 그녀를 빤히 바라보았고, 그녀는 상처를 받은 채 눈을 깜박이며 뒤로 물러설 수밖에 없었다. 소니아는 문신에 대해 다시 묻지 않았고, 심지어 피하는 게 가능할 경우에는 내게 말도 붙이지 않았다.

몇 주 뒤에는 렉스 본인이 문신에 대해 질문을 받았다. 체육 교사가 교무실로 그녀를 불러 그게 뭔지 설명해보라고 했지만 렉스는 이렇게만 말했을 뿐이었다. "그게 뭐, 그거죠." 렉스는 우리 다섯 중 가장 비밀을 철저히 엄수하는 사람이었지만 동시에 문신을 숨기는 데 가장 부주의하게 구는 사람이기도 했다. 어쩌면 반항을 했던 건지도 모르겠다. 내가 왜 그걸 숨겨야 하는데, 라고 아름다운 렉스는 말하곤 했다. 소문이 퍼지자 딕스 선생이 심문을 하고자 했지만 그리 성공적이지는 못했다. 그녀는 이렇게 말했다.

"알다시피 학교에는 비밀 모임을 금지하는 엄격한 규정이 있단다. 알고 있지, 마거릿?" 그녀는 다른 선생들과 마찬가지로 날카로운 눈빛을 하고 빈정거리듯 말했지만 몇몇 학생들, 예를 들어 '마거릿 새도프스키' 같은 학생 앞에서는 본능적으로 조심성을 발휘했다. 이 호리호리하고 싸늘한 눈빛의 소녀가 무슨 말을 할지, 심지어 무슨 행동을 할지도 예상할 수가 없었다. 렉스가 중얼거리자 그녀의 창백한 입이 움직였고, 아무것도 드러나지 않는 표정은 싸늘했다. "그건 *저랑은* 아무 관계없는 일인데요." 딕스 선생은 잠시 동안 조용히 그녀를 보다가 이 문제를 파고들지 않기로 결정했다. 그녀는 윌 교장에게도 이 일을 보고하지 않았다. 왜냐하면 저들 중 아무것도 파악하지 못한 채 혼란스러워하는 사람들조차도 상황이 신비스러울 정도로, 마치 지그소 퍼즐 조각처럼 딱 맞아떨어진다는 걸 인식하기 시작했기 때문이었다. 문신, 새로 출현한 비밀 갱단, 마을 곳곳에 강렬하고 새빨간 핏빛 페인트로 그려놓은 불꽃들, 그리고 로이드 버틴저의 차에 역시 빨간색 페인트로 적힌 폭스파이어의 복수다! 라는 글자에 대한 소문들.

무엇보다, 로이드 버틴저가 맞닥뜨린 파멸적 운명.

라나가 말한다. "저들이 우리 두려워하고 있다는 거 느낌이 오지?" 그녀가 그렇게 말하며 입술을 핥는다. 정말 기분이 째지니까. 골디가 미소를 지으며 말한다. "훗! 그래야지." 렉스도 미소를 짓지만 진지하게 말한다. "'처음에 두려움이 오고, 다음에 존경이 오는 거다.'라고 테리오 신부님이 말씀하셨어. '이 지상의 억압받는 자들이 봉기하여 자신들의 법을 만드는 거야.'라고."

5
폭스파이어의 모험, 임무, 승리

이야깃거리. 상금은 75달러다. 이것이야말로 잔인하기 그지없는 단체 내기가 아닐까? 가늘고 녹슨 사다리를 사용하지 않고 추모공원 급수탑에 오를 만큼 날렵하거나 강하거나 용감하거나 미쳤거나 취한 사람이 여기 있을 턱이 없고, 사다리를 타는 것 자체도 이런 시간(자정이 지났고, 달도 없다)에는, 또 이런 상황(전국 자동차 노동조합 산별회의의 연례 노동절 피크닉이 한껏 흥에 겨워 떠들썩하게 풀어진 채 끝을 맞고 있다)에서는 위험하기 짝이 없을 텐데. 그러나 지붕널을 이고 가장자리를 깔쭉깔쭉하게 해놓은 면이 한쪽에 있기는 하고, 심지어 가로대 높이는 몇 피트밖에 안 되니 논리적으로는 올라갈 수 있다. 아마도. 이제 가족 단위 참가자들은 집에 돌아갔고 술꾼들만 남아 있다. 대부분 남자고, 젊은 여자와 소녀들이 약간 있다. 십 대들도 주변에서 어슬렁대고 있는데, 연령 제한 때문에 본래는 마시면 안 되는 맥주로 인해 알딸딸해 있거나,

몇몇은 자기들끼리 그늘에 숨어 담배를 피우고 악을 쓰고 킥킥거리는 과정을 거친 끝에 들떠 있다. 피크닉 분위기는 온데간데없다. 매년 이런 일이 벌어진다. 다음날에는 불평이 터질 것이고 심지어 체포도 행해질 것이며 어떤 경우는 분명 평생 동안 다툴 것이다. 하지만 누구도 지금은 그런 생각을 하지 않는다. 지금은 그럴 때가 아니다. 만약 급수탑 한쪽 면을 타고 맨 꼭대기까지 올라갈 수 있다면 75달러의 상금을 받을 수 있다. 말인즉슨 도중에 발을 헛디뎌서 30피트 아래로 추락하는 바람에 죽거나 평생 불구로 남게 될 심각한 부상을 입지 말아야 한다는 얘기다. 하지만 당연히 누구도 그에 대해서는 생각하지 않는다. 지금은 그럴 때가 아니다. 여섯 명인가 일곱 명이 상금을 따려고, 또는 자기를 과시할 기회니 한번 재미삼아 해보겠다는 이유로 열성적으로 도전에 응하여 앞으로 나선다. 그중 '감자 머리' 하이네가 셔츠를 벗어젖히는데, 그러자 속옷 밑에서 땀에 젖은 채 불끈거리는 어깨와 등 근육이 드러난다. 하지만 '감자머리'는 너무 취한 탓에 등정을 허락받지 못한다. 몇 야드* 정도 비틀거리며 올라가긴 하는 사람은 페리 고등학교에서 수많은 말썽을 일으키는 무법 갱단 비스카운츠의 두목인 비니 로퍼고, 다른 도전자는 제이크 코레냑의 형인 스티브로 미 해군에 있었다가 제대 조치를 당했다. 또 다른 도전자는 삼십 대 후반임에 틀림없는 아저씨여서 눈치는 더 있으려니 싶지만, 이 밤 노동절 피크닉 맥주 텐트 저편에서는 가지각색의 정신 나간 짓거리와 포부가 들끓고 있다.

그 남자들 사이에서 아마도 열네 살 아니면 열다섯 살 정도쯤으로 보이는 소녀 하나가 모습을 드러내는데, 그러자 그녀가 이 시합에 참여하

* 1야드는 3피트고, 1피트는 약 30센티미터다.

는 걸 '허락해야' 하는지에 대한 짧고 시끄러운 논쟁이 벌어지다가, 적어
도 잠정적으로는 '허락을 받는다.' 티셔츠, 청바지, 운동화, 잿빛이 감도
는 포니테일 금발이 등 중간까지 내려오는 이 말괄량이 소녀는 원숭이
만큼이나 날렵하게, 마치 예전에 이 탑의 옆면을 오른 적이 있다는 양 등
정을 시작하고, 사람들은 그녀가 경쟁자들을 멀찍이 따돌리는 모습을
최면에 걸린 듯 바라본다. 그동안 그들은 하나둘씩 떨어지고, 포기하고,
손을 놓치거나 용기를 잃는 바람에 기어 내려와서는 자기가 졌다는 사
실에, 무엇보다 고작 계집애한테, 애브 새도프스키의 딸로 밝혀진 어리
고 야윈 소녀에게 공개적으로 나가떨어졌다는 사실에 치를 떤다. 그런
데 애브는 어디 있지? 자기 딸이 이런 식으로, 75달러를 받겠다고 목이
부러질 위험을 무릅쓴 채 사람들 앞에 모습을 드러낸 꼴을 보면 기겁해
서 죽도록 열 받을 텐데. 그 불쌍한 새끼는 안 그래도 요즘 문제가 많거
든. 여자 문제에, 직장 문제에, 음주 문제에다 이젠 이런 문제까지 생겼
네. 누군가 애브는 조금 전까지 맥주 텐트에 있었다고, 하지만 자리를 뜬
걸 보니 집에 가버렸거나 친구들과 함께 페어펙스의 선술집으로 간 게
분명하다고 말한다. 그래서 새도프스키 집안 딸내미보고 당장 내려오라
고 할 사람이 아무도 없는 상황인데, 그 와중에 군중 속에 있던 몇몇 사
람들, 주로 여자들이 조심해, 얘야, 야, 조심해!라고 소리를 치고 있다. 그
리고 이제 마지막 남자가 포기하고 있는 중이다. 금발에 구레나룻을 기
르고 귀 뒤에다 담배를 꽂아 멋을 부리는 남자였는데, 20피트 높이의 가
로대 중 하나가 썩었거나 흰개미가 갉아먹었는지 손에서 거의 쪼개지다
시피 하자 잔뜩 쫄아서 별안간 정신이 번쩍 들어 마치 게처럼 서둘러 후
퇴하고, 그동안 그의 친구들은 야유를 퍼붓고 비웃어대고 박수를 친다.
그는 땅에 안전하게 착지한 뒤 자기가 하마터면 바지에 지릴 뻔했다는

사실을 감추고자 욕을 하고 마구 웃어댄다. 그의 속이 니글거린다. 하룻밤 치 바보짓은 할 만큼 했다.

하지만 그 소녀, 애브 새도프스키의 딸이자 사람들이 렉스라 부르는 그 소녀는 계속 올라간다. 자기 경쟁자들이 떨어지고 있다는 사실은 전혀 인식 못하고 있다. 어쩌면 그 사람들에게는 전혀 관심이 없는 건지도 모른다. 지금은 조금 천천히 올라가고 있는데, 처음 몰아쳤던 격렬한 아드레날린은 가라앉은 듯 보인다. 그녀는 위로 한 발 한 발 옮길 때마다 점점 더 영리하게 수직면을 타고 하늘을 향해 오른다. 땅에서 40피트로, 50피트로 멀어지자 주로 남자로 구성되어 있던 군중들 일부는 멍하니 입을 벌린 채 걱정에 휩싸여 조용해지고 다른 일부는 목쉰 소리로 계속 응원하고 고함치고 휘파람을 불고 있으며 그녀의 친구들로 이루어진 작은 집단은 두려움과 환희 속에서 허벅지를 주먹으로 두드려대며 *렉스! 힘내 렉스! 거의 다 왔어 렉스!*라고 소리를 지르고 있다. 그들의 얼굴은 자기 친구가 미끄러져 떨어지지 않길 바라는 간절한 마음 때문에, 자기들 눈앞에서 친구가 추락하여 죽지 않길 바라는 염원으로 인해 팽팽하게 긴장되어 뒤틀려 있다. *오 세상에, 렉스, 힘내!* 믿을 수 없게도, 이제 그녀는 지상에서 60피트 높이까지 올라갔다. 급수탑 통로 아래까지 접근하고 난 지금은 점점 더 머뭇거리며 오르고 있다. 아니, 신중한 건지도 모르겠다. 마치 그 높이의 무게가 그녀의 좁은 어깨를 묵직하게 내리누르는 듯하다. 경탄의 감정이 이제는 거의 들릴 정도다. 쟤가 급수탑 꼭대기까지 올라가서 75달러를 딸 수 있을까? 있지 않을까? 그렇게 될까? 쟤가 그럴까? 떨어져 죽으면 어째? 경찰은 어디 있지? 쟤 아버지는 어디 있고? 누구 아무라도 쟤한테 내려오라고 말 안 할 거야? 하지만 렉스는 대부분 술에 취해 있는 타인들에 불과한 군중에게는 별다른 주의를 기울이지 않은 채 계속 탑을 오르고, 폭스파이어 자매들이 그녀를 목 놓아 부르고 있는 소리를 듣고 있는 낌새조차 드러내지 않는다. 그녀는 아래쪽에서 통로 가장자리를 붙잡는 데 성공한다. 그녀는 강철처럼 단단한 손가락으로 정확하게 난간을 붙들고, 순간 아래쪽에서는 사람들이 경악하여 숨을 들이쉬는 소리가 손에 잡힐 정도로 선명하게 난다. 그녀가 믿을 수 없게도 마치 곡예사처럼 현란하고 대담하며 전적으로 불필요한 몸짓을 취하며 회전을 걸어 공중으로 휙 몸을 던진 것이다. 마치 추락할 것 같은 모양새였지만 그녀는 충분한 탄력으로 급수탑 옆면으로 안전하게 돌아오고 이제는 수영 선수가 수영장에서 빠져나오는 듯한 숙련된 자세로 통로에 조심스레 올라가고 있다.

땅 위에 있던 우리는 정신이 혼미해지면서 오! 오! 오!라고 신음 소리를 내며 서로를 꽉 붙잡았다. 라나와 골디와 무릎이 풀린 매디, 그날 밤에는 그 셋만 있었다. 리타는 집에 있어야 했다. 저 높은 곳에 있는 렉스를 올려다보는 동안, 우리는 땅에 있는 누군가가 그녀가 있는 곳으로 회중전등을 비출 때를 제외하고는 그녀의 모습을 거의 알아볼 수가 없었다. 그녀는 박수, 휘파람, 고함 소리, 술에 취해 치는 박수 따위 까맣게 잊은 채 고양이마냥 매끄럽고 우아하면서도 확신에 차서 난간을 느긋이 움직이고 있었다. 그녀가 진심으로 경멸하는, 대부분 술에 취해 있는 타인들에 불과한 군중들 위 저 높은 곳에서.

내가 이걸 왜 했게? 폭스파이어를 위해 했던 거야.

아니, 나 진짜 정말 1초도 겁 안 먹었어. 난 오르는 데 익숙하니까.

영생을 원하는 것에 대해 사람들이 갖고 있는 이기적인 생각, 그 인간들이 말하는 '불멸의 영혼'이니 하는 그딴 개소리는 나한테는 아무 해당 사항 없어. 그 인간들이 원하는 지구는 자기네들을 위한 세상이야. 다른

사람들을 위하는 게 아니라고. 나한테는 아무 해당 사항 없어.

상금 절반은 폭스파이어를 위해 쓸 거야. 입고 싶은 거나, 갖고 싶은 거나, 먹고 싶은 거나, 뭐든 아무 데나 미친 듯이 쓰자고. 나머지 절반은 플래츠버그에 계신 할머니한테 부칠래. 작년에 할머니를 그런 식으로 대한 것 때문에 좀 죄책감이 들거든.

저 위 배수탑 통로에서 팔다리를 풀면서 아래쪽은 흘끗 내려다보지도 않는 렉스를 올려다보고 있자면 진짜 상품이 75달러가 아니라는 사실을 알 수 있었다. 심지어는 타인들을 공개적으로 물리치는 일에 도전해서 사람들이 앞으로 렉스 새도프스키를 인정할 수밖에 없게 됐다는 사실조차도 아니었다. 진짜 상품은 렉스 본인이었다. 그녀는 죽음과 겨뤄 이겼다.

이야깃거리. 타인 가에 있는 〈타인 애완동물 & 애완용품점〉은 좁고 어두침침한 동굴 같은 가게로, 잉꼬와 금붕어, 강아지를 판매하는 곳이다. 신선한 공기 속에 있다가 안으로 발을 들이자마자 맨 처음 얼굴에 훅 하고 끼치는 것은 암모니아, 소독제, 상한 음식과 먼지와 동물 변 냄새고, 골디는 우리가 지금껏 봐온 것 중 가장 화가 난 모습으로 말하고 있다. "이 불쌍한 개들 좀 봐! 우리가 너무 좁아서 몸도 거의 못 움직여. 어쩌면 이러다 불구가 될지도 모른다고." 그녀는 우리 넷을 애완동물 가게 뒤쪽으로 데려간다. 수십 개의 우리가 벽에 딱 붙은 채 3층 높이로 차곡차곡 쌓여 있는데, 그중 고작 절반에만 아파 보이는 개들이 갇혀 있고, 보고 있자니 가엾다는 생각이 안 들 수가 없다. 불쌍한 것들. 골디는 흥분하여 시끄럽게 떠들어대면서 자기 나름으로 정의롭게 분개하느라 가게 소유주가 우리를 지켜보고 있으며 그 사람 표정이 영 우호적이지 않다는 사실에는 신경도 안 쓰고 있다. 아마 알아채지도 못하고 있을 것이다. "나빠! 이건 범죄라고! 나 여기 전에 왔을 때도 사람들한테 분명히 얘기했거든! 순진무구한 불쌍한 강아지가 너무 커져버리면 어떻게 되는지 말이야. 아무도 개를 사지 않고 아무도 돌봐주지 않는다고!" 눈높이에 있는 우리 하나에 금빛 털을 가진 코커스파니엘 한 마리가 철망에 맞서 아무것도 할 마음 없이 벌렁 자빠져 있다. 우리를 좀체 의식하지 않는다. 와이어 테리어는 혼수상태에 빠지기라도 한 것처럼 자기 밥그릇과 물그릇에 늘어져 있고, 뭉툭한 꼬리가 달린 닥스훈트는 꼬리를 흔들어 보려 하지만 두 눈이 풀려 있다. 은빛 털에 너구리 같은 얼굴을 한 수컷 허스키도 있는데, 골디는 그 개를 무척 마음에 들어 한다. 만약 그녀가 개를 살 수 있었다면 그 개를 샀을 것이다. 골디가 철망 사이로 손가락을 쿡 찔러 넣자 개의 두 눈이 순간 확 타오르지만 몸을 일으키려는 노력은 전혀 기울이지 않는다. 어쩌면 못 하는 건지도 모른다. 우리가 워낙에 협소하니까. 골디가 말한다. "얘는 강아지처럼 안 보이지? 이 품종이 워낙 크거든. 하지만 얘도 강아지 맞아. 겨우 4개월 된 애야."

"얼만데?" 라나가 묻는다. "너 얘 살 수 있어. 우리가 살 수 있으니까. 널 위해서."

"그게 중요한 게 아냐." 골디가 거의 절망적인 어조로 말한다. "문제는 이 똥통 같은 우리 속에 갇혀 있는 개들 모두가 자유로워져야 한다는 거라고."

그렇게 우리 다섯이 이야기하고 있는데 이윽고 가게 소유주인 남자가 다가와 싸늘하고 단조롭고 불쾌한 목소리로 말을 건다. "보기만 할 거냐, 아니면 사려는 거냐? 이 가게에서는 그냥 어슬렁거리는 건 금지야." 그와 골디는 안면이 있고, 둘 사이에는 적의가 감돌고 있다. 골디가 뭐라 말하기 전 렉스가 재빨리 선수를 친다. "이 개들 더 잘 돌보셔야 할 것 같은데요.” 그러자 주인이 어깨를 으쓱한다. 그는 오십 대쯤 되어 보이고, 키는 골디보다 작다. 머리가 거의 벗겨졌고 뿔테 안경을 썼으며 하관 주변은 마치 늙은 개에 씌운 입마개처럼 잿빛으로 보인다. 그가 신랄한 목소리로 말한다. “불쌍하면 사든가.” 그러자 골디가 말한다. “동물 학대에 대한 법이 있거든요! 문제 생길 수도 있어요, 아저씨!” 리타가 까치발로 선 채 떨리는 목소리로 말한다. “아저씨가 우리에서 얘네들 한 번도 꺼내준 적 없는 거 다 알아요. 밖에 내보내서 운동 안 시키는 거 분명하다고요!” 우리는 갑자기 주인과 말싸움을 벌이게 됐고, 주인은 우리에게 당장 나가라고 하는데, 그때 가게 앞문이 열리더니 손님 한 명이 들어왔다가 가게에서 벌어지는 시끌벅적한 언쟁을 듣고는 되돌아가 버린다. 이 때문에 주인이 진짜로 열 받아 말한다. “나가! 이 말썽쟁이들! *꺼지라고! 경찰 부르겠어!*” 렉스가 우리에게 나가는 게 낫겠다는 신호를 보내고, 우리는 가게 밖으로 나간다.

폭스파이어가 세상에 알려지기 전 초창기 시절, 우리는 문제를 피할 수 있으면 굳이 사서 고생을 하려 들지 않았다. 렉스가 말했듯 사람들로 하여금 우리가 원하는 걸 하도록 만드는 데는 늘 다른 방법이 있게 마련이었으니까.

하지만 우리가 그냥 물러설 수는 없었다. 이제 그 비참한 개들을 떠올리면서 역겹고 거북해지는 건 골디만이 아니었다(우리가 알기로는 아마 앵무새도, 심지어는 금붕어도 병이 들었을 것이었다). 우리 모두가 그랬다. 난 내가 우리에 갇힌 개들이 나오는 꿈을 꾼 게 분명하다고 믿는다. 왜냐하면 어느 날 밤, 한밤중에 나는 겁에 질려 헐떡대면서 잠에서 깼는데, 그때 나는 숨이 턱 막혔고, 내 안에서 마치 창살처럼, 혹은 참으로 깊은 인상을 받았던 에드거 앨런 포의 단편 「함정과 진자」에 나오는 것처럼 죽음 말고는 아무 데도 갈 곳이 없는 양 점점 조여드는 뭔가에 꼼짝없이 갇혀 있었으니까.

렉스가 자기도 개가 나오는 꿈을 꿨다고 했다. 혹은 개가 아니라 뭔가가 우리에 갇혀 있는 꿈. 어쩌면 *그녀 자신*일지도 모르는.

"난 애완동물을 길러본 적이 없어. 개건 고양이건 뭐건." 나는 입술을 냉소적으로 비틀면서—내 생각에 사람들은 이걸 '멍키 배배꼬기'라 정의하지 않을까 싶다—친구들에게 말했다. "우리 어머니가 '동물들은 너무 먹어. 성가시고. 사람 눈앞에서 죽고.'라고 하시거든."

내 친구들이 웃었다. 나는 언제나 그들을 믿을 수 있었다. 웃어줄 거라고.

렉스가 진지하게 말했다. "그 사람이 돈이나 벌러 다니는 쩨쩨한 자본가라는 게 문제가 아니라—그나저나 그 사람 이름은 기포드야, 내가 알아냈지—그자가 *비열하다*는 게 문제지. 사람들이 쥐뿔도 신경 안 쓰는 생명체들을 파는 거야말로 비열함 중의 비열함이라고."

골디가 말했다. "그놈은 좆같은 나치야. 폭스파이어가 본때를 보여주자."

그래서 우리는, 렉스가 말하듯 합리적이여야 하는 전략을 짜고 나서 며칠 뒤 〈타인 애완동물 & 애완용품점〉을 다시 찾는다. 해가 따스한 9월의 어느 오후고, 가게에는 손님이 있으며, 기포드의 부인도 있다. 머리망을 쓰고 있는 땅딸막하고 개구리처럼 생긴 이 여자가 기포드의 부인이라는 건 쉽게 알아볼 수 있다. 둘이 쌍둥이처럼 똑 닮았으니까. 특히 입과 눈. 기포드 부인은 마치 숨어서 우리를 기다리고 있기라도 했던 모양인 게, 우리가 안으로 들어가자마자 딱 앞을 가로막고는 날을 세우며 말한다. "그래, 뭐 필요하니?" 기포드는 화가 단단히 나서 우리를 보고 있다가 개먹이가 든 20파운드짜리 자루를 카운터 위에 거의 떨어뜨리다시피 내려놓는다. "이 사업체에서는," 그녀가 말한다. "너희가 필요치 않은데." 골디가 아랫입술을 쑥 내밀더니 밀어붙이듯 말한다. "우리 그냥 *보기만* 할 거예요, 아줌마. 본다고 뭐 상하는 것도 아니잖아요." 그렇게 해서 골디, 렉스, 라나, 리타, 매디는 가게 뒤쪽으로 곧장 전진한다. 아무것도 변한 게 없어 보인다. 우리도 예전 그대로고, 냄새는 더 독하게 풍기며, 금빛 털의 코커스파니엘과 작은 테리아와 닥스훈트와 아름다운 은빛 털의 허스키 모두 전과 마찬가지로 우리 속에 비좁게 갇혀 있다. 우리는 등 뒤에 나타난 기포드에게 개들이 정말 안됐다고, 이 애들을 더 인간적으로 대할 방법이 없냐고 조용히 묻는다. 기포드는 자기 말이 무슨 구약의 금지령이나 명언이라도 되는 것처럼 대답한다. "불쌍하면 사든가."

골디가 말한다. "이 허스키 얼만데요?"

"40달러."

"이 개들 몽땅 사면 얼마고요?"

이 멍청한 인간의 눈이 안경 뒤에서 마치 운모(雲母)처럼 기민하게 번득인다. 그가 재빨리 말한다. "합계를 내봐야겠는데." 그러다가 빈정거린다. "아가씨들께서 *본인* 돈으로 개 값을 감당할 수 있을 것처럼 보이지는 않는데."

골디가 흥분해서 신경질적으로 말한다. "*얼마냐니까요?*" 하지만 렉스가 골디의 팔에 손을 올린다. 렉스가 말한다. "우리가 이 개들을 진짜로 다 샀다고 해봐. 넌 이 사람이 개를 더 많이 들여올 거라는 사실을 알아야 해. 우리가 *쟤들을* 사면, 저 사람은 개를 *더* 가져오는 거지. 그러니 그건 적과 공모하는 일이기도 해. 저 사람이 부르는 값을 치르는 거 말야."

그리하여 이런 광경이 펼쳐진다. 기포드 부인이 별안간 나타나고, 그녀와 기포드가 우리에게 소리를 질러대기 시작한다. 우리보고 나가라고, 경찰을 부르겠다고, 우리가 무단 침입을 하고 있다고, 우리가 평화를 방해하고 있다고, 자기네 사업을 훼방 놓고 있다고 말한다. 개 몇 마리가 짖기 시작한다. 처음에는 낑 하는 소리가 들리더니 작은 테리어가 물그릇을 찰박찰박 튀기고, 허스키가 제일 시끄럽게 짖는다. 그때 매디가 말한다. 다 들릴 정도로 목소리를 높이는 바람에 기포드 부부는 안 들으려야 안 들을 수가 없다. 이때 다른 손님이 들어오고, 그녀도 매디가 하는 말을 듣는다. "개별적인 개들에 대한 문제가 아니에요. 원칙이라고요. 당신들이 살아 있는 생명을 존중하지 않으면 본인 인생도 살 자격이 없단 얘기라고요." 이 충격적인 발언이 매디의 입에서 튀어나오자 싸움이 멈추면서 분위기가 순간 싸늘해진다.

하지만 폭스파이어는 나름의 전략을 세워두었다. 단지 기포드 부부에게 먼저 기회를 한 번 줘보자고 얘길 해뒀을 뿐이다. 우리는 가게를 나온 뒤 바깥 골목에 감춰놓았던 피켓 표지판을 집어 든다. 하얀색 하드보드로 만든 피켓에는 단정한 빨간 글씨로 다음과 같이 적혀 있다. 〈타인 애완동물〉은 동물을 잔인하게 대합니다. 동물을 사랑하신다면 여기서 사지 마세요. 부끄러운 줄 알라. 두 개의 표지판에는 좁은 우리에 꽉 낀 채 코와 꼬리를 철창 밖으로 쑥 내밀고 있는 개들을 그린 그림 위에 '제발 살려주세요'와 '도와주세요'라고 적혀 있다. 그런 다음 우리는 핼러윈 가면을 쓴다. 렉스는 교활한 여우 가면, 골디는 으르렁거리는 늑대 가면, 라나는 도도한 고양이 가면, 리타는 팬더 가면, 그리고 매디는 당연히 장난꾸러기 원숭이 가면.

우리가 얼마나 빨리 결과를 봤는지 믿지 못할 거다.

심지어 렉스도 그렇게 빨리 성과를 거둘 거라고는 짐작하지 못했을 것이다.

기포드 부부는 공포에 질린다. 그들은 공개적인 폭로를 정말 죽도록 무서워하는 사람들이다. 그들은 먼저 우리에게 꺼지라고 명령한다. 안 그러면 경찰을 부르겠다며. 하지만 우리는 인도가 그들 소유는 아니지 않느냐고 대답한다. 그러자 그들은 가게 정문에 블라인드를 내리고 문을 잠근 뒤 불을 끄고는 앞으로 일어날지도 모를 일을 두려워하며 숨는다. 하지만 우리는 피케팅을 멈추지 않는다. 우린 이제야 시작했을 뿐이다. 우리는 "동물에게 정의를! 동물에게 자비를!"이라고 구호를 외치다가 가끔씩 용기를 내 작은 소리로 "폭스파이어의 복수다!"라고도 외친다. 거리에 있던 사람들이 우리를 쳐다보다가 자세히 보러 모여들어서는 질문을 한다. 우리가 얼마나 많은 관심을 얼마나 순식간에 끌어냈는지 놀라운 일일뿐더러 공감 역시 우리 쪽에 기운 듯하다. 이웃 사람들이 자기들도 기포드 부부가 애완동물을 정말 험하게 다룬다는 사실을 진작 알아챘지만 그에 대해 뭔가 할 생각은 못 해봤다고 우리에게 말한다. 우리는 지금까지 살아오면서 남자들(과 몇몇 여자들)이 피켓 라인에 서 있는 걸 쭉 봐왔다. 해먼드는 노조 도시니까. 여기 사는 대부분의 사람들은 피켓 라인을 밟지 않을 것이고 그걸 존중할 것이다. 그리고 지금 그들은 우리를 존중하고 있다. 하지만 진짜 놀라운 건 잠시 뒤 오후에 「해먼드 크로니클」의 사진기자가 우리 사진을 찍으려 들었다는 사실이다! 그리하여 다음 날 신문 3면에는 피로 맺어진 폭스파이어 자매들이 핼러윈 가면을 쓴 채로 피켓을 든 모습이 다음과 같은 캡션 위에 실린다. "어린 동물 애호가들이 지역 애완동물 가게의 '비인도적인' 조건에 항의하다."

　그 사진을 보았을 때 나는 동물 가면이 우리가 했던 일에 꽤나 섬뜩한 권위를 부여했다는 생각이 들었다. 가면이 누구 아이디어였는지는 기억할 수 없었다. 렉스 아니면 나였겠지.

* * *

우리는 여러 가지 일들이 그렇게 빨리 일어나리라고는, 혹은 그렇게 급하게 전개되리라고는 예상치 못했다. 대대적으로 보도가 되고 난 그 다음 주 화요일에, 동물보호협회 사람이 기포드 부부를 찾아와 더는 애완동물을 팔아서는 안 된다는 결정을 내린다. 그들은 개들을 처분하기 위해 싼값에 내놓는다. 그리하여 토비가 골디와 같이 살게 되고, 토비는 폭스파이어의 마스코트가 된다. 토비는 4개월 된 은빛 털의 너구리 같은 얼굴을 한 허스키다. 폭스파이어는 25달러에 그 개를 얻는다.

이 지상의 억압받는 자들이 봉기하여 자신들의 법을 만드는 거야.

이야깃거리. 핼러윈. 폭스파이어 자매들은 집시로 분장한다. 검정 롱 스커트를 입고 이국적인 스카프와 보석으로 치장한 채 검은색 도미노 가면*을 쓰고 몇 마일 떨어진 업타운 해먼드로, 그 유복한 주거 지역에서 '과자 안 주면 장난칠 거예요' 놀이를 하러 여정을 떠난다. 그들은 집주인들이 문을 열고 누가 봐도 다 큰 애들이 장난을 하러 온 걸 봤을 때—이를테면 거의 6피트나 되는 키에 늑대 가면을 쓰고 말 한마디 없이 사람을 을러대는 골디가 문간에 나타날 때—짓는 표정에 재미있어한다. 그들은 과자, 사탕, 과일, 동전에 지폐까지 풍요롭게 획득하면서 신이 나지만 사실 렉스가 구상하는 그들의 진짜 임무는 이 낯선 지역에, '유산계급 부르주아지'들의 세상에 익숙해지는 것이다.

리타가 걱정스레 묻는다. "네 말은 우리가 가끔 여기로 돌아와서 이 사

---

* 얼굴의 위쪽 반을 가리는 가면.

람들 집에 침입하게 될 거란 소리니? 강도질을 하는 거야?" 렉스가 웃으며 말한다. "세상에, 아냐. 폭스파이어는 하찮은 도둑들하고는 급이 다르지." 그러면서 리타의 팔을 벌이라도 주듯 가볍게 꼬집는다. "하지만 우리 적이 누군지는 알아야 해."

매디는 생각한다. 세상에 대해 알아갈수록 더 많은 적을 발견하고 있다고. 그녀는 조금 혼란스럽고, 어질어질하다. 해먼드의 이 먼 동네에서 '과자 안 주면 장난칠 거예요'를 하면서 보내는 저녁에, 사람을 현혹하는 할리우드 영화 세트장처럼 눈앞에서 반짝거리는 실내장식을 흘끗흘끗 보는 이 경험이 그녀에게 영원히 지울 수 없는 인상을 남긴다. 그녀가 말을 하는데 따라 나오는 것은 기묘하고 높은 웃음소리다. "'하찮은 도둑들하고 급이 다를' 이유가 뭔데? 누가 그래?"

골디, 라나, 심지어 리타까지 합세하여 웃는다. 렉스는 그냥 쳐다볼 뿐이다.

그들은 그날 밤 늦게까지 지치지도 않고 기운차게 돌아다닌다. 거추장스러운 집시 복장은 벗지만 가면은 계속 쓰고 있다. 그들은 쾌활하게, 하지만 용의주도하게 왁스, 비누, 새빨간 크레용을 사전에 점찍어 놓은 중심가 지역 사업체들의 판유리 창문에 바른다. 사탄은 살아 있다! 라나가 '반 리어 보석상' 창문에 대담하게 쓴다. 고양이 조심해! 매디가 '워싱턴 모피' 창문에 1피트짜리 활자체를 적는다. 도망칠 수도 없고 자비도 없다 $$$$는 똥이고 혐오고 죽음이다. 렉스가 '엠파이어스테이트 금융 & 대출 주식회사' 창문에 3피트짜리 글자를 적는다. 골디는 만화에 진정한 재능을 보여준다. 그녀는 이용할 수 있는 표면이라면 아무 곳에나 괴상망측한 남자 생식기를 그리는 데 도취 중이다. 곧추선 성기에다 턱수염에 실크해트를 쓰고 지팡이를 들고 성직자용 옷깃이 달린 얼굴을 그려 넣고,

사람들은 꺅꺅 웃어댄다. 철자를 틀리게 쓰는 경향이 있는 리타는 그럴 수 있는 곳이면 어디든 빨간 크레용으로 만(卍)자를 그린다.

卍

"세상에, '레드', 너 거꾸로 썼다."* 렉스가 웃으며 말하고, 다른 사람들도 합류하여 소녀들처럼 들떠 웃지만 잔인함은 전혀 없다. "딱 '레드'답네, 그렇잖아, 거꾸로 뒤집는 게."

리타가 기분 좋게 키들거린다. 그녀는 렉스가 자길 '레드'라 부르는 걸 어찌나 좋아하는지 모른다.

그러면서 항변한다. "뭐 그래도, 거꾸로 쓰는 게 아예 없는 것보다는 100퍼센트 낫지."

그 말에 다시 웃음이 터진다. 그 진술에 담긴 논리는 참이니까. 심지어 자기 아버지가 나치와의 전쟁으로 인해 죽은 매디마저도 웃는다. 번쩍번쩍한 싸구려 검정색 도미노 마스크 아래서 눈물 때문에 눈이 따갑다.

그 후 수년간, 어른의 세계로 착착 진입하는 동안, 리타의 통찰을 되새기곤 한다. 당신이 무엇을 하든 간에, 다른 사람과 같이 하건 혼자서 하건, 언제 하건 어떻게 하건 무슨 이유로 하건, 무슨 신비스러운 목적으로 하건 간에, 그건 무(無)와, 죽음과, 잊힘과 상쇄된다. 당신은 망각과 상쇄된 것이다.

렉스가 마치 지금 막 생각이 떠올랐다는 듯 말한다. "폭스파이어 불꽃

---

* 나치 문양인 하켄크로이츠는 '卍'을 뒤집어놓은 모양(卐)을 하고 있다. 리타가 나치 문양을 그리려다가 실수했다는 뜻.

을 어디에 그려 넣을지는 신중하게 선택하자. 괜찮지? 우리 불꽃에는 위엄이 있어야 해. 이딴 핼러윈 장난질이랑 섞이면 안 된다고."

그러다 아이디어가 떠오르는데, 이게 진짜 굉장한 아이디어다. 그 문장(紋章)같은 상징, 그 횃불을 단단한 벽돌 표면에 베껴 넣는 것이다. 주로 이런 곳 정면에. 제일 장로교회, 성 요한 천주교회, 올 세인츠 주교교회, 그리고 프린스 오브 피스* 루터교회.

조심해야 한다! 만약 잡히면 어쩔 것인가?

시간이 늦어질수록 바람이 인다. 거칠고 두렵고 들뜬 시간이다. 폭스파이어 자매들은 경찰차들이 천천히 지나가는 동안 몸을 숨기기 위해 재빨리 움직인다. 정말 큰 위험은 다른 핼러윈 말썽꾼들, 난리를 피우려고 나온 술 취한 젊은 남자와 소년들 떼거지의 눈에 띄는 것이다.

새벽 두 시가 다 되어가고, 이슬비가 으슬으슬 내린다. 렉스와 골디, 라나와 리타, 매디가 마침내 집으로 들어가려고 페어팩스로 향하는데 마력을 잔뜩 올린 자동차가 뒤에서 접근한다. 머플러를 제거하여 우르릉대는 그 소리는 잘못 들을 수가 없다. 그 괴상하게 밝은 샛노란 차대에 검정색 지그재그 줄무늬가 그려져 있는 모습은 도저히 잘못 볼 수가 없다. 비니 로퍼의 올즈모빌 로켓 98이 우르릉대며 지나간다. 벽돌 하나가 날아가면서 '안젤로의 피자 가게' 정면 유리창이 박살나고, 유리 조각이 매디의 얼굴 아래쪽을 때리지만, 그녀는 렉스와 골디와 리타와 같이 뛰느라 얼굴에 피가 나는 것도 의식하지 못한다. 그들은 달리고, 달리고, 달려서 골목으로 가는 동안 헐떡이고 키들거리고 두려움에 질린다. 몇 분 뒤 가로등 아래 이르러서야 그들은 매디의 얼굴에 묻은 피를 알아차

* Prince of Peace. '평강의 왕', 즉 예수 그리스도를 뜻한다.

리고, 매디는 자기 손가락에서 뭔가 반짝이는 걸 발견하고서는 얼굴을 찔러보고 더듬어보고 나서 살에 박힌 유리 조각을 빼내며 정신 나간 생각을 한다. 나 맞았어. 나 죽은 거야. 별거 아니잖아.

그래서 폭스파이어 자매들이 깜짝 놀라 경악스럽게도, 매디-멍키는 웃고 있다. 그녀는 잭 오 랜턴처럼 이빨을 드러내며 씩 웃고, 그러는 동안 렉스는 야단법석을 피운다. 그녀 셔츠 소매에 묻은 피를 정말 세심하게 닦으면서 반쯤 꾸짖듯 말한다. "세상에, 매디! 유리에 맞았다고 우리한테 얘기할 수 있었잖아!" 매디는 웃느라 숨을 고를 수가 없을 정도다. 시간은 너무 늦었고 그녀는 무척 춥고 지쳐 거의 눈물이 나올 정도고 자기 귀에 들리는 목소리는 진짜 이상하게 높다. "오, 나 신경 안 써. 아마 네 것처럼 되겠지." 그녀가 손가락으로 렉스의 뺨에 있는 흉터를 만진다. "내가 왜 신경 써야 해?"

이야깃거리. 렉스가 엄숙하게, 거의 현학적이다시피 말한다. "인간 삶의 기초는 *자선*이야. 자선이란 우리가 잘 알지 못하는 사람에게 베푸는 사랑이지." 아마도 작고 여윈 테리오 신부에게서 배운 개념 중 하나겠지만, 그녀는 이걸 진지하게 받아들인다. 렉스는 매사를 이렇게 진지하게 받아들이고, 그녀 표현에 따르면 '잔돈푼'이 수중에 있을 경우(사실 렉스는 희한할 정도로 자주 액면가 5달러, 10달러, 심지어 20달러짜리 지폐를 들고 다닌다) 렉스는 폭스파이어 자매들에게 여윳돈이 있으면 보태달라고 부탁할 것이다. 합계가 변변찮아도 좋다고, 1달러라도, 50센트라도 좋다고, 사실 50센트도 충분하다고 할 것이다. 그러면 그녀는 이 돈을 폭스파이어 자금으로 지정할 것이고, 이 자금은 오렌지색이 감도는 붉은 스카프, 온갖 소문과 수런거림이 인구에 회자되는 신비의 소녀 갱단 폭스파이어와 현재 동일시되고 있는 그 스카프에 싸인 채 '받을 만한' 사람에게 때때로 전해질 것이다. 예를 들면 일흔 살 먹은 팩스턴 부인. 그녀의 반미치광이 딸은 그녀를 때리고 그녀의 사회보장 수표를 훔쳐간다…… 열여섯 살인 윌머 런트. 임신하는 바람에 페리 고등학교를 자퇴해야 했고, 지금은 가족과 떨어져 혼자 살고 있다…… 펜스테드라는 이름의 미 육군 베테랑 상이군인. 라나가 자기 아빠에게서 그가 처해 있는 딱한 사정을 듣게 되었다…… 캐슬린, 혹은 캐서린이라는 이름의 삼십대 여성. 한때 애브 새도프스키의 여자 친구였다가(당시 렉스는 그녀를 격하게 원망했더랬다) 현재는 갱생 여부가 불확실한 알코올중독자로 최근 북쪽에 있는 밀레나 주립 정신병원에서 퇴원했다. 그리고 비공식적으로, 늙은 전직 신부. 렉스는 분명 그에게 베푼다. 현금은 아니다. 그런 습관을 가진 사람에게 현금을 줘서는 안 된다. 음식과, 따뜻한 옷을 준다. 그가 그녀의 자선을 받아들일 경우에 한해서. 하지만 이는 렉스가 결코 꺼내지 않을 이야기다. 심지어 그녀의 가장 가까운 친구인 매디 워츠에게조차.

렉스가 눈을 반짝이며 말한다. "있지, 언젠가는 누구도 자기들에게 뭔가를 주는 사람들에게 의존하지 않게 될 거야. '자선'은 멸종할 거라고."

그녀는 해진 해군 재킷에, 청바지, 닳아빠진 부츠 차림이다. 머리칼이 얼굴을 덮고 있고 코는 독감 때문에 빨갛다. 야윈 뺨은 밀랍처럼 창백하다.

골디가 생각에 잠긴 채 말한다. "되게 빡센 일이야. 그니까, *희한하다*고. 누가 1년 전에 나보고 내가 돈을 남한테 그냥 주게 될 거라고 말했다면, 심지어 한 푼이라도 말이야, 난 그 사람 면상에 대고 비웃었을걸. 근데 막상 하게 되니까, 특히 정작 자기 형편이 안 되는 경우에는 더, 그게 참 기분이, 기분이 좋은데…….” 그녀의 목소리가 잦아든다. 마치 자기가 하고픈 말을 어떻게 표현해야 할지 몰라 당황한 듯. 골디와 매디는 시프리드네 부엌에 있다. 은빛 털에 너구리상의 허스키인 토비가 리놀륨 바닥에서 신나게 뛰어다니고 있다. 하얀 눈보라가 폭풍처럼 몰아치는 1월의 아침이고, 골디와 매디는 어쩌다 보니 같이 있게 됐는데, 매디가 자기 엄마와 문제가 좀 생기는 바람에 한동안 시프리드네 집에서 지내려고 찾아왔기 때문이다. 무슨 문제인지는 친자매라 해도 이야기하지 않으리라. 매디는 몸이 부들부들 떨리고, 피부 맨 바깥이 벗겨지기라도 한 것처럼 취약한 기분을 느껴서 그저 이렇게 말할 뿐이다. “그러게.” 목소리가 하도 들릴락 말락 해서 골디는 강아지가 행복하게 짖어대는 소리 위로 그 말을 간신히 알아듣는다.

이야깃거리. 너 하고 있는 게 뭐야? 그거 비밀이니? 어떻게 해야 낄 수 있니? 껴도 좋다는 허락을 받으려면 어떡해야 해? 나 뭐든 할게…….
바이올렛 칸, 토니 르페브르, 마샤 로펜버그…… 동경에 찬 질문을 하고 희망에 찬 눈을 하면서 하나 둘씩 폭스파이어 자매들에게 접근하고 있다. *오, 제발, 응? 뭐 하면 되는 건지 말해줘, 나 내치지 말고, 오, 제발.* 처음에는 자기가 부러움의 대상이 되었다는 만족감이 폐부를 찌르고, 그다음에는 가책과 관대함이 뒤섞인 모종의 감정이 찾아온다. 폭스파이어가 결성된 다음 해인 1954년 새해 첫날, 이제 문제는 다음과 같다. 폭스파이어가 세력을 넓혀야 하는가? 새 멤버를 들여야 할 것인가? 그들이 자기 가치를 어떻게 증명토록 해야 하나?
폭스파이어는 공공연한 사실이 되었다.
폭스파이어는 *유명하다.*

6
호모사피엔스

이 고백에 옮겨 적는 모든 사실마다 수십, 수백 개의 사실들이, 아니 수천 개의 버려진 사실들이 있다.

왜냐하면 회고록을 쓴다는 건 자기 뱃속을 하나하나 천천히 끄집어내는 것과 같으니까. 글을 쓰기 시작했을 때는 이를 몰랐지만 이제는 안다.

설사 그게 온전한 진실이 아니라 해도 진실을 말할 수 있을까? 그렇다면 진실이란 *대체* 무엇인가?

어떤 일들은 이 고백에 맞춰 담을 수가 없다. 내가 얼마나 진실하게 사건을 설명할 수 있는지도 가늠이 되지 않는다. 왜냐하면 한 사건은 그 전에 일어난 사건, 혹은 그 전에 일어난 많은 사건에서부터 비롯하는데, 그건 마치 영원토록 끝없이 되짚어볼 수 있는 거대한 시간의 거미줄 같은 것이라서, 당시에 사람들이 우주의 존재 방식에 대해 믿었던 것처럼 진정한 시작도 끝에 대한 약속 같은 것도 없다. 그 시절에는 우주가 그렇다고 믿었다. 은하들과 가스로 가득한, 고정된 채 거의 변하지 않는 웅덩이 같은 곳. 거기서는 공허가 마치 어떤 방향으로도 향하지 않는 꿈처럼 이어지고 시간 또한 앞뒤가 없다. 그런 종류의 시간에서 자신이 위치한 곳을 보여주려 해도 손가락으로 딱 소리조차 낼 시간도 안 된다. 아니, 심지어 손가락으로 딱 소리를 낸다는 *생각조차* 할 시간도 안 된다.

바람 한번 지독하게 불던 어느 겨울날, 토요일이었음에 분명한데, 렉스와 매디는 업타운의 반 뷰렌 대로에 있는 자연사 박물관을 찾았다. 렉스가 왜 박물관에 가고 싶어 했는지는 기억에 없다. 어쩌면 거기 가자는 생각을 했던 건 매디였는지도 모르겠다. 과학정신이 투철한 매디 워츠는 언젠가 버틴저의 수학 시간에 얻었던 통찰 혹은 이해를 결코 잊지 않았다. 변하지 않는 숫자의 세계, 불변의 사실이자 천체(天體). 렉스와 매디는 폭스파이어가 마치 콘크리트를 뚫고 나오는 도시의 거친 잡초 같은 힘으로 뜻밖에 제 나름의 형태를 갖추게 된 후로는 각자 말줄임표 같은 시간을 보내고 있었지만, 렉스가 정작 마음에 담아두고 있던 건 폭스파이어 문제가 아니었다. 그녀는 지난 몇 달 간 일어났던 몇몇 사건들, 그러니까 우리 또는 우리가 아는 사람에게 일어난 일이 아니라 이 지역의 소녀와 여성들에게 일어난 일에 대해 무척이나 흥분했다. 그 시기는 소녀와 여성에 대한 폭력의 시기였지만 우리는 당시에 그에 대해 말할 적절한 언어를 찾지 못했다. 예를 들자면 해먼드 출신의 열아홉 살 간호학과 학생이 강간당한 후 교살당하여 시신이 도시 밖에 있는 배수로에 버려졌는데, 그 짓을 저지른 남자는, 어쩌면 한 명이 아니었을지도 모르는 그 남자들은, 결코 잡히지 않았다. 또 다른 예로는 샌더스키(샌더스키는 해먼드 시 외곽의 작은 마을로, 엄밀히 말해 교외 지역은 아니었다)에 사는 젊은 임신부가 침입자로 추측되는 사람에 의해 집에서 칼에

찔려 사망했고, 태어나지도 않은 아이 또한 살해당했는데, 알고 보니 그 '침입자'는 그녀의 남편으로 밝혀졌다! 사람들은 몇 주 동안 다른 얘기는 하지도 않았다. 지난해에는 버펄로에서 '블랙 스카프 킬러'라는 남자가 (그리 불린 까닭은 얼굴 아래쪽을 검정색 실크 스카프로 가리고 있어서였다) 15개월 동안 여덟 명의 소녀와 여성들을 살해한 혐의로 기소되었는데, 가장 나이 많은 피해자는 팔십 대 할머니였다. 또한 라나 맥과이어의 사촌들이 살고 있는 포크 오리스캐니의 한 동네에서는 작고 가여운 여섯 살짜리 소녀가 누군가에게 면도날로 난도질을 당했다. 그 애의 얼굴은 신문에 따르면 '갈기갈기 찢겼고', 배와, 심지어는 조그만 생식기까지 난도질을 당하는 바람에, 어느 자동차 운전자가 빈터에서 그 애가 기어가는 모습을 발견하지 않았다면 출혈로 죽었을 것이다. 그는 처음에는 그게 쥐인 줄 알았다고 했다…… 고백 어디에도 실릴 자리를 찾을 수 없는 이런 끔찍한 일들에 대해서는, 렉스를 제외하고서는 우리 중 누구도 이야기를 많이 하고 싶지 않았고 생각도 하고 싶지 않았다. 렉스는 이렇게 말했다. "그들은 우리를 증오하는 거야, 알겠어? 개새끼들! 이게 그들이 우리를 증오하는 증거란 말이야. 그들 대부분은 아마 그 사실을 알지도 못할 걸. 하지만 그들은 우리를 증오해. 만약 할 수만 있다면 우리 모두를 죽여버린 다음에 꿈에서 일어난 일인 양 넘어가버릴 거라고. 영화에 나오는 '지킬과 하이드'처럼 말이야!" 그녀는 흥분해 있었고, 단어는 굴러떨어지듯 튀어나왔으며, 두 눈의 홍채는 팽창되어서, 우리 중 하나가 다음과 같은 말로 그녀를 진정시키려고 했다. 이런 일들은 특수한 경우라고. 이 미치광이와 살인자들도 특수한 경우라고. 그러면 렉스는 벌컥 화를 내며 말을 끊었다. "아니, 전부 다야. 남자들 전부가 다 그렇다고. 이건 선전포고 없는 전쟁인 거야. 그들은 우릴 증오해. 남자들은 우리 나이가 몇이건 우리가 대체 어떤 사람이건 간에 싹 다 미워하고 있다고. 근데 아무도 그걸 인정하려 들지 않아. 심지어 *우리조차도.*" 그녀가 하도 길길이 뛰는 바람에 설득할 방법이 없었고, 그로 인해 우리는 불편해졌다. 왜냐하면 내가 전에 말했듯(그리고 이는 바로 지금 현재까지도 미국에서 진실이다) 만약 당신이 여성이라면 생각하고 싶지 않은 문제들이 있고, 당신이 어린 소녀이거나 여자라면 당신은 여성이며, 당신이 여성이라는 사실은 바뀌지 않을 것이기 때문이다. 그렇지 않나? 그래서 렉스와 매디는 폭스파이어가 형태를 갖추면서부터는, 하지만 매디의 어머니가 신경 쇠약(그렇게 불렸다)으로 동네 사람들이 인도에 서서 지켜보는 가운데 들것에 실려 집에서 나가면서 아이처럼 흐느끼고 훌쩍이고 자기 몸을 더럽히기 전까지는, 그 문제에 대해 암묵의 시간을 보내고 있다. 이 시기는 또한 렉스가 고등학교에서 그 유명한 싸움을 벌이는 바람에 월 교장이 그녀를 퇴학시키고, 그리하여 그녀의 인생이 영원히 바뀌기 전이기도 했다. 두 소녀는 두 손을 주머니에 찔러 넣은 채 껌을 씹으며 박물관의 휑뎅그렁한 복도를 배회하고 있다. 그 토요일에는 방문객이 몇 없고, 경비원 몇이 렉스와 매디를 물고기 같은 눈으로 자세히 관찰하고 있다. 왜냐하면 이 소녀들은 청바지와 재킷 차림에 부츠를 신고 목에는 오렌지색과 빨간색이 섞인 스카프를 짝을 맞춰 두르고 있기 때문이다. 저 색깔 아무래도 깡패 애들이 즐겨 하는 색 아닌가? 둘 다 깡마르고, 경계심을 내보이고 있으며, 전시품들을 뚫어져라 보고 있다. 먼지가 점점이 끼어 있는 가죽으로 만든 공룡 전시물, 종이 반죽으로 만든 싸구려 아메리칸 인디언 마네킹. 화석은 플라스틱 같고, 검댕과 소독제와 젖은 모직과 고무 부츠와 시간의 냄새가 난다. 소녀들은 마치 자기들을 피해 벗어나는 무언가를 사냥하고 있는 것 같은데, 그 무언가는 늘 구석을 돌아 낡은 대리석 계단을 올라가면 나타난다. 박물관의 비밀 심장부, 단순히 단어만으로, 소리가 신비스럽게 얽혀들면서 기묘한 힘을 발휘하고 있는 성숙한 지식의 핵심.

메소포타미아　소치필리　　　　　　　네스토리우스교
오스트랄로피테쿠스　　　　　　　네안데르탈
　　　　피테칸트로푸스　　　　　　　　　　갑각류
삼엽충류　　　고생대　　　　브라키오사우르스
티라노사우르스 렉스　　　중신세　　　진잔트로푸스
　　　　　라마피테쿠스

　흐리멍덩한 눈에 툭 튀어나온 턱을 가진 유인원, '아마도 인류의 조상'인 라마피테쿠스를 바라보다가 희미한 조명이 내리쬐는 유리 전시 상자 안에서 사방으로 덩굴손이 뻗어 있는 얕은 부조인 생명의 나무: 진화 앞에서 깊은 생각에 잠기는 동안, 매디는 이 나무가 그리도 복잡하다는 데에, 그리도 수많은 가지를 치고 있는데도 아마도 이 도해 자체는 무척이나 단순화된 결과물이리라는 데, 지금 존재하는 동물들보다 그 깊은 과거에 살았던 동물들이 훨씬 많다는 이야기를 듣는 것도 그렇게 무서운데 그중 가장 무서운 것은 모든 동물 종의 99퍼센트가 시간의 광대한 바다를 지나는 동안 멸종했다는 사실이라는 데 매혹된다. 무슨 이유로, 무슨 목적으로, 그런 상실이 일어났는가? 만약 한 종이 태어난다면 그것이 소멸해야 할 이유는 무엇인가? 오로지 죽기 위해서라면 왜 태어나는가? 멸종의 길을 분명 걷게 된다면 왜 생성되는가? *신의 목적은 무엇인가?*
　소녀들은 허공에 불안정하게 떠다니는 홀쭉한 가지에서 쭉 뻗어 올라 있는 덩굴손 맨 위에 작은 인간의 형상으로 묘사된 호모사피엔스를 발견한다. 덩굴손의 다른 곳과 가지에 위치한 형상들은 인간을 닮아 있고, 유인원도 닮았는데, 사실은 유인원이다. 그들은 발작적으로 터져 나오는 키들거림에 굴복하고 만다. 호모사피엔스가 별 게 아니라는 사실을 깨달은 것이다! 생명의 나무에서 인간이 점한 위치에는 딱히 논리가 있는 것 같지 않다. 호모사피엔스: *생각하는 인간*이, 인간을 닮은 신께서 자기 형상을 본떠 창조한 거라고? 그들은 조소하듯 웃고 있다. 렉스가 코를 훌쩍이고는 소매로 코를 닦는다. "젠장, 넌 우리 기똥차게 잘나신 종족이 *저런 꼴*보다는 훨씬 더 중요하다고 생각하겠지!" 냉정하기로는 둘째가라면 서러운 매디는(설사 마음을 다쳐도? 다시는 신을 진지하게 받아들이지 못해도?) 사춘기 특유의 냉소적인 소리가 배어 있는 날카로운 코웃음을 친다. "그래? 넌 안 그런가 봐?"

7
난폭 운전

이번 이야기는 옮겨 적는 동안 웃음이 난다.

어제 일처럼 생생하게 기억난다. 무엇보다 결말은 특히 더.

폭스파이어가 죽음을 거스르다!

원래의 노트에서 1954년 3월 25일자 기록은 대충 타자를 친 두 페이지 뿐이다. 그날 폭스파이어의 그 유명한 자동차 납치와 시골길 도주 사건이 벌어졌으며, 이 사건으로 인해 우리는 해먼드에서 엄청나게 입방아에 오르내렸고, 심지어 도시의 다른 쪽에 사는, 우리에 대해 몰랐던 애들도 이 사건에 대해 알게 되었다. 아마 지금까지도 기억하고 있을 것이다.

물론 사정을 전부 다 이해하기 위해서는 그 일을 직접 목격했거나 최소한 해먼드의 로어타운에 있는 우리 옛 동네에서 우리와 함께 살았어야 한다.

렉스가 납치한 자동차는 에이시 홀먼의 1954년형 신제품 듀익 디럭스

세단으로, 하얀색 월 타이어를 부착하고 번쩍거리는 청록색과 크롬 도금으로 으리으리하게 광택을 냈으며 검은 가죽으로 덮은 내부에서는 새 것 냄새가 났다. 앞 좌석과 뒷좌석은 사람들이 자동차 좌석이라 할 때 대개 떠올리는, 여름에 맨다리에 쩍쩍 달라붙거나 궁둥이 아래에 땀이 차는 싸구려 비닐과는 다른 특수 모직으로 제조되었다. 허나 에이시 홀먼은 돈이 많았다. 그는 로어타운에서 똑똑한 사업가이자 도박사로 알려진 사람이었다. 이야기는 이렇다. 그가 권투 경기에서 딴 내기 돈을 수금하기 위해 점화 스위치에 열쇠를 꽂아둔 채 뷰익에서 내려 9번가에 있는 '에디의 담배 가게'에 잠깐 들어갔다가 3분 뒤 다시 밖으로 나와 보니 *뷰익이 사라졌다*는 것이다!

어쩌다 이리 되었는지 설명하자면 두어 걸음 뒤로 돌아가 봐야겠다.

'백설공주'는 그녀의 비밀 이름이었다. 타인들에게 통하는 이름은 바이올렛 칸이었다.

1954년 1월에 폭스파이어에 가입한 사람들 가운데 '백설공주'는 *대박*이었다. 아마 다들 그렇게 말할 거다.

열다섯 살이었고, 고등학교 2학년이었으며, 성적이 좋은 학생은 아니었는데 본인 말로는 집중을 잘 못한다고 그랬다. 그녀는 라나와 친했고 맥과이어네 집 길 건너 맞은편에 살았기 때문에 우리 모두 당연히 그녀를 알고 있었다. 바이올렛은 6학년 때 남자 친구들이 많았고, 남자애들은 그녀를 두고 싸웠다. 내 말은 진짜로 주먹을 쥐고 *싸움*질을 했다는 거다. 하지만 그녀는 성격이 다정다감했고 옆에 있으면 기가 죽을 정도로 아름다웠다. 원더브레드 식빵만큼이나 새하얀 반죽 같은 피부는 손가락으로 찌르면 푹 들어갈 것 같았고, 눈은 새까만 것이 동자가 홍채 전체에 흘러넘친 듯했으며 머리카락 또한 칠흑처럼 검고 인디언마냥 허리까지 곧게 흘러내리고 있었다. 그녀도 라나처럼 밝은 심홍색 립스틱을 발랐고, 입술은 육감적이면서도 촉촉했다. 그녀를 가입시킬 때 나는 우리가 그녀를 가혹하게 대한 게 아닌가 싶었다. 적어도 우리 중 둘은 우리가 손과 무릎으로 엎드려 있는 벌거벗은 소녀를 공포에 가까운 상태로 몰아넣는 명령을 내릴 때 차갑고도 모질었다. 허나 그 와중에도 그녀는 *오 고마워 나 너희 모두 사랑해!*라고 속삭이고 있었다.

매디와 마찬가지로 바이올렛 칸도 자기 살에다 문신을 새기려 하자 너무 바들바들 떨었다. 그녀를 위해서 해야 하는 일이었다.

네 사람 중 '백설공주'만이 유일하게 기절했다. 피 때문이었는지, 고통 때문이었는지, 흥분 때문이었는지, 누가 알겠나?

울기는 참으로 길게 껙껙대며 흐느꼈지만 그녀가 흘리는 눈물에는 마치 정신 나간 청교도가 그리스도를 목격하기라도 한 것 같은 득의만면함이 담겨 있었다. 벌거벗은 그녀는 손으로 잡을 수 있는 부분이 많아 보였다. 마치 뼈 없이 흐물흐물한 살집만 있는 커다란 아기 같아서 우리는 그 애를 주물럭거리고, 쥐어짜고, 꼬집고, 찰싹 때려댔는데, 골디가 바이올렛의 뺨을 진짜로 세게 후려갈기자 입술이 고통으로 비틀리며 이빨을 따라 벌어졌고, 그런 골디를 보고 있자니 매디는 역겨워져서 순간 머리가 핑 돌고 자기혐오가 치밀어 올랐다. *내가 왜 이 짓을 하고 있지? 난 이런 사람이 아닌데 난 이렇게 잔인하지 않은데 나는 다른 사람을 상처 입히는 걸 원치 않잖아, 아냐?* 그녀는 겁을 먹고 사시나무처럼 떨고 있는 다른 가입자들에게로 관심을 돌렸지만 고통을 야기하기 위해 그들을 주물럭거리지도, 쥐어짜지도, 꼬집지도, 찰싹 때리지도 않았다. 누구도 알아채지는 못했지만, 철길들이 늘어서 있는 페어펙스 바깥의 벌판 부

근에 판자로 지은 창고 3층, 타인들의 눈을 피해 마련해놓은 폭스파이어
의 방에서 촛불을 켜놓은 채 벌어지는 이 거칠기 짝이 없는 광경 속에서
폭스파이어 자매들은 위스키와, 흑인 남자들이 '리퍼'라 부르며 한 사람
당 25센트만 있으면 눈에 띄는 곳 아무 데서나 살 수 있는, 양피지로 싼
가느다란 마리화나 궐련 덕에 점점 더 높이 치솟고 치솟아 절정에 이른
황홀경에 넋이 나가 있었다. 피를 보자 사람들은 더 열광했고 매디는 끔
찍한 생각이 들었다. *피라도 핥으면 어쩌지? 그럼 이걸 무슨 수로 멈추
지?* 하지만 사실 그들은 그러지 않았다. 그냥 각자의 피를 섞었을 뿐이
었다. 다섯 명의 최초 폭스파이어 자매들과 신입 멤버인 바이올렛, 토니,
마샤는 서로 끌어안은 채 눈물을 흘리면서 비틀거리고 몸을 흔들며 *오,
나 너 사랑해! 사랑해 사랑해 사랑해 모두 사랑해!*라고 말했다. 제일 심
하게 훌쩍이던 건 우리가 했던 거라면 뭐든 다 감사해했던 '바이올렛/백
설공주'였고, 우리는 후에 우리가 했던 짓을 하나하나 다 기억하게 될 것
이었다.

폭스파이어 멤버들 중 바이올렛 칸을 갱단에 가입시키는 게 타당한 일
인지 회의적이었던 사람은 둘이었다. 골디와 매디. 샘이 나서는 아니었
다. 났을까나? 바이올렛의 놀랄 만큼 멋진 외모를 시샘했을까? 아니면
렉스가 그 애를 무척 좋아해서 성급하게 그 애 편을 든다는 짜증스러운
사실을 경계했을까? (골디가 불평했듯 렉스는 바이올렛 칸이 *자기*에게
알랑방귀를 뀐다는 사실에 어깨가 으쓱했다. 그 이슬에 젖은 듯한 멍한
눈과 촉촉한 미소가 렉스가 있는 방향으로 드리우는데, 성자나 돼야 그
걸 무시할 수 있을 터였다. 그리고 렉스는 그 모든 허세에도 불구하고 결
코 성자는 아니었다.)

샘이 나서가 아니었다. 그들은 그저 조심하자는 의미에서 토론을 했다. 이게 말썽을 일으키지는 않을까? 칸 집안의 다른 사람들과 마찬가지로 감정적이고 불안정한 애로 알려진 바이올렛 칸이 피로 맺은 자매가 되는 게? 바이올렛은 그녀에게 관심이 있는 소년들 때문에 골치를 썩이고 있었다. 이십 대 남자들도 그녀를 쫓아다니면서 집 앞을 슬렁슬렁 지나가거나 학교 뒤편 주차장에서 휘파람을 불며 *헤이 자기야, 헤이 귀여운 바일렛, 섹시한 아가씨 드라이브 어때?*라며 그녀를 불러댔다. 가장 수줍고 조용하고 말없는 소년들을 제외하고는 바이올렛은 결코 남자들과 어울리지 않았고, 남자들 때문에 '구역질이 나고', '넌더리가 나며', '무서워죽겠다'고 주장했다. 하지만, 리즈 테일러와 데브라 패짓*을 섞은 것 같은 외모에 분가루를 뿌린 듯 하얀 얼굴, 비단결처럼 나긋나긋한 긴 생머리와 진홍색 입술의 의미를 무엇이라고 이해할 수 있을까?

골디는 바이올렛 칸을 생각만 해도 메슥거린다는 듯 손으로 입을 막는 시늉을 했다. 만약 토비가 우리가 평소 보던 대로 애정에 불타오른 채 그녀 무릎에서 꼼지락대며 주인을 핥아대고 있었다면 그녀는 토비를 자기 무릎에서 혀를 날름거리며 키스를 하는 가엾은 바이올렛이라도 되는 양 취급하다가 밀어내버렸을 것이다. "나도 개가 상냥한 애라는 건 알아. 여기 들어오고 싶어 죽을 지경이라는 것도 알고. 하지만 난 개뿔도 신경 안 써. 개는 골칫거리가 될 거야. 개 따라다니는 그 온갖 좆같은 면상들 보라고."

매디는 자기 목소리에 마음의 상처를 싣고자 노력하면서(그녀는 렉스가 바이올렛 칸과 시간을 보내는 걸 *생각조차 하려 들지* 않고 있었다. 대

---

* 1933년생 미국 배우. 관능적이면서도 이국적인 외모로 유명하다.

신 폭스파이어와, 더 낫게는 자기와 시간을 보내는 걸 생각 중이었다) 몇 년 전에 자기 엄마가 했던 삐딱한 논평을 그대로 흉내 내어 말했다. 참으로 끔찍하고, 추하며, 노골적으로 생생한 표현이라 그런지 정말 마음 깊이 꽂혔음에 분명했나 보다. "바이올렛 칸이라는 *존재*는 밖에 놔둔 벌꿀이야. 파리들 먹으라고 접시에 담아 둔 벌꿀."

골디가 엄청 웃어댔다. 골디는 그 표현이 마음에 들었다. "벌꿀! *파리들!*"

렉스의 논지는 다음과 같았다. "그렇다면 우리가 개를 도와줘야지. 폭스파이어가 바이올렛 칸의 구원이 될 거라고."

라나가 즉시 목소리를 높였다. "그래. 맞아. 바이올렛 칸은 정말 좋은 애야. 다루기도 쉽고. '구원'이 뭐건 간에, 그게 맞아."

그리고 철저한 체중 감량과 의지력과 폭스파이어의 격려로 살을 12파운드나 뺀 뒤부터 마음이 참으로 푸근해진 리타는 이제 바이올렛 칸을 질투할 필요가 없었고, 당연히 이렇게 말했다. "오, 그래, 맞아! 너희들이 나를 도와줬던 것처럼 말이야!" 그녀의 말투는 정말 열의에 차 있어서 나머지 사람들이 당황할 정도였다. "너희들이 내 *인생*을 구해준 것처럼!"

그래서 골디와 매디는 결국 두 손을 들었다.

거부권을 행사하지 않기로 결정했다.

골디와 매디와 은빛 털에 너구리상인 허스키 강아지 토비는 사랑에 굶주려 있었으니.

그들이 바이올렛 칸에게 그 소식을 전하자 그녀는 눈물을 쏟았다.

마치 필사적인 양 그들의 손을 꼭 잡고 그들을 끌어안고 만지작거리고 눈을 꼭 감은 채 대충 이렇게 들리는 말을 하며 흐느꼈다. "오, 오, 오,

날 원한다고? 세상에, 나 너희들을 위해 주, 죽을게……" 그래서 심지어 매디조차도 어쩌면 이게 딱히 실수는 아닐지 모르겠다는 쪽으로 생각이 바뀌었다.

입회 의식에서 바이올렛은 소녀들 중 가장 열성적이었고, 가장 열심이었다. 당신은 폭스파이어의 자매들에게 헌신할 것을 엄숙히 맹세합니까 네 저는 폭스파이어의 비전에 헌신할 것을 맹세합니다 반드시 그러하겠습니다, 저는 자매들이 저를 생각하는 것만큼이나 늘 그들을 생각하겠다고 맹세합니다 반드시 그러하겠습니다, 임박한 프롤레타리아 혁명 속에서도 묵시록의 종말 속에서도 사망의 음침한 골짜기 속에서도 육체적 혹은 정신적 고문을 당하더라도 저는 그러하겠습니다 결코 폭스파이어의 자매들을 배신하지 않겠습니다 생각으로도 말로도 행동으로도 그러하지 않겠습니다 결코 폭스파이어의 비밀을 누설하지 않겠습니다 이 세상에서도 다음 세상에서도 폭스파이어를 결코 부정하지 않겠습니다 무엇보다 폭스파이어에게 모든 충심과 용기와 마음과 영혼과 모든 미래의 행복을 바칠 것을 서약합니다 네 저는 죽음을 걸고 맹세합니다 그러니 신이여 도우소서 저는 영원히 세상이 끝날 때까지 그리 할 것입니다. 맹세합니다.

바이올렛 칸/'백설공주'를 회상하다 보면 이런 생각이 든다. 우스꽝스럽고 편향된 생각이라 고백의 취지에 딱 들어맞지는 않지만 그렇다고 버리고 싶지도 않다. 그녀는 십 대 초반에 이미 확 자라버린, 그래서 진정한 성숙의 기회를 빼앗겨버린, 무르익고 육감적이면서 혼란에 빠진 소녀들 중 하나였다. 사람들의 눈은 도발적인 육체에, 가슴과 골반과 엉덩이에 사로잡혔고, 심지어는 자매처럼 상냥한 시선으로 바라보아도 자기가 어느새 저 따스한 포유류의 살결 내부에 한 *인간*이, 한 *존재*가, 숨도 못 쉰 채 갇혀 있지 않을까 하는 생각을 하며 그녀를 빤히 쳐다보고 있다는 사실을 깨닫게 되었다. 마릴린 먼로를 바라볼 때와 똑같이. 그러다 그녀의 눈이 잠시 사람들의 눈과 딱 마주치기라도 하면 사람들은 알았다. 그녀도 알고 있다는 걸. 그러나 그 순간은 결코 오래 가지 않았다.

새 폭스파이어 자매들이 바로 눈앞에 있기라도 하면 골디는 매디에게 입가로 슬슬 말을 흘리며 소곤거리고 싶어 견디질 못했다. "벌꿀, *파리들.*" 그러면 두 소녀 모두 야비하게 웃곤 했다.

매디를 빼고는 누구도 골디가 무슨 소리를 하는지, 또는 '파리들'이라는 말장난에 무슨 논리가 있는 건지 몰랐다.

"헤이 비올렛, 드라이브 어때?"

"헤이 탐스런 언니! '백설공주'! 우리랑……."

"<u>ㅇㅇㅇㅇㅇㅇㅇ</u>음 '백설공주'!"

시리도록 부신 3월의 어느 날이다. 전날 밤에는 눈이 왔다. 고등학교 뒤편 포장도로에는 반질반질한 얼음 조각들이 도로 곡면을 따라 빛을 발하며, 푸르른 하늘에 뜬 태양은 반짝반짝 윤을 낸 동전 같다. 다들 기분이 좋다. 활력이 솟구치고, 뻔뻔해지고, 무모해진다. 12시 45분이지만 아무도 학교 건물로 돌아갈 준비가 되어 있지 않다. 보통 이 시간에는, 특히나 날씨가 이렇게 맑을 때는, 대여섯 정도의 학생 무리들이 말하고 웃고 서로 소리치고 야유를 퍼붓다가 말로 설명할 수 없는 강렬하고 거칠고 유쾌한 충동에 마음이 흔들려서는 이따금 금지 품목인 담배에 성냥을 당겨 얼른 한 모금 빨고 연기를 내뿜는다…… 그러나 이 페리 고등학교 학생들, 학생 식당을 벗어나 주차장으로 기어 들어가려는 열망에 불타오르는 이 학생들은 참으로 꾀죄죄한 아이들이자 '교육적 골칫거리'들이다. 대부분의 소년들뿐만 아니라 소녀들 일부도 그렇다. 학교 당국은 그들이 학교 담장을 벗어나면 학생들을 관리하려 애쓰지 않는다.

그래서 바이올렛 칸은 골디를 포함한 폭스파이어 자매 세 명과 함께 있다. 골디는 그날 아침 수업을 쨌지만 골디 시프리드, 즉 '붐-붐'이라는 존재이기에 별 이유도 없이 그냥 학교에 나와서 싸돌아다녔다. 청바지에 카우보이 부츠를 신었고 놋쇠 빛 머리는 바람에 휘날리고 있다. 허스키 강아지 토비는 그녀 뒤꿈치에서 깡충거리고 낑낑댔다. 페리 고등학교 사람들 모두가 참으로 양순하며 애정에 감사하는 이 개를 사랑한다. 다들 토비를 만지고 싶어 하는데, 그건 또한 다혈질의 '붐-붐'을 달래는 방법이기도 하다. 골디 옆에 있는 라나 맥과이어는 모자를 쓰지 않고 있어서 사람들의 시선을 끄는 백금발이 바람에 이리저리 날린다. 그녀도 친구 바이올렛처럼 매력 넘치는 몸매를 하고 있으며, 바이올렛과 담배를 나눠 피우고 있다. 둘 다 한참을 억지로 키들키들 웃으면서 비스카운츠 패거리들이 그들을 희롱하며 질러대는 천박한 고함소리를 무시하고자 최선을 다하고 있다. 작은 몸집에 여우상인 토니 르페브르도 역시 무시 중이다. 평소 정오에 주차장에서 그들과 같이 있는 렉스 새도프스키는 그날따라 자리에 없고 깡마른 매디 워츠도 보이지 않는다—그 싸움이 시작될 때 매디는 어디에 *있나?* 사람 없는 화장실에서 아첨 따위 하지 않는 거울에 비친 자기 모습을 들여다보며 자학하고 있는 것은 아닌가? 피를 나눈 폭스파이어 자매들은 자기네 무법 갱단의 표식을 다들 보란 듯이 드러내놓고 자랑스럽게 걸치고 있다. 사람들에게 익숙한, 오렌지색이 감도는 빨간색 폭스파이어 실크 스카프를 똑같은 방식으로 목에 매듭지어 두르는 것뿐만 아니라(페리 고등학교의 여자애들 누구도 감히 그 패션을 모방하려 들지 않았다. 그러면 문제가 생길 수 있었으니까), 지난 가을부터는 낙낙한 검정색 집업 코듀로이 재킷 왼쪽 가슴에다가 오렌지색이 감도는 빨간색 실로 자기들 이름의 머리글자를 우아하게 바느질해놓았고, 오른쪽 가슴에는 신비스러운 단어 내지는 약어인 'FXFR'*을 실로 새겨놓았다.

(혹시 누군가 이 소녀들 중 한 명에게 무법의 갱단 단원이냐고 천진난만하게 묻기라도 했다가는 그녀가 정말 순진무구하게 멍하니 뜬 눈을 상대방에게로 돌리며 말할 것이다. "'무법의 갱단?', 지금 '갱단'이라고 했니? 난 네가 무슨 소릴 하고 있는지 모르겠네.")

실크 스카프와 검정 코듀로이 재킷 차림에 자신감이 넘치는 폭스파이어 소녀들은 페리 고등학교의 소년들 사이에서, 특히나 갱들 사이에서 격한 감정을 불러일으킨다. 비스카운츠, 호크스, 에이시스, 듀크스…… 전원 남자로 구성되어 있는 이 갱단에는 제 나름의 '여성 보조 인력', 다시 말해 고정된 여자 친구들과, 언제든 취할 수 있는, 혹은 난잡한 소녀들로 이루어진, 계속해서 구성원이 바뀌는 무리가 있다. 하지만 폭스파이어는 결코 '보조 인력' 따위가 아니다. 폭스파이어가 그딴 데 충당될 수는 없다. 폭스파이어에게는 심지어 얼쩡거리지도 못한다.

오늘, 싸늘하고 맑은 1954년 3월 19일, 폭스파이어의 새로운 자매인 바이올렛 칸이 비스카운츠의 일원인 문 뮬러에게 며칠 전 '오해를 살 만한 신호'를 보냈다는 주장이 제기된다. 당연히 격한 의견 충돌이 뒤따른다. 바이올렛은 맹세코 *아니라*고, 자기는 문을 쳐다보지도 않았다고 한

---

* 'Foxfire'에서 모음만 제거한 약자.

다. 문은 결단코 그랬다고 확언한다. 남자들은 신이 난다. 여자들에게 지분거리며 바싹 가까이 다가온다. 그들의 미숙하고 상스러운 남성적 목소리에는 언제나처럼 어떤 분노가 흐르고 있다. 내심 곤혹스러워하고, 내심 경탄하면서, 소리 높여 웃으며 야유하고, 눈은 활활 타오른다. 마치 늑대 떼처럼, 죽일 작정으로 돌진할 태세라도 갖추는 양 날렵하게 걸음을 옮긴다. 왜 오늘따라 평소 같지 않게 행동하는 걸까? 렉스 새도프스키가 없어서? 그런데 렉스는 어디 있지? 이 소년들은 표면에 장식용 놋쇠 단추를 달고 등에는 은색 테리 천으로 V's라고 박아 넣은, 이리저리 금이 가 있는 갈색 가죽 재킷을 입고 있다. 그들은 심지어 장난을 치고, 익살을 떨고, 중얼중얼 노래를 부르고 있는 동안조차도 진지해 보인다. "헤이 비이이이올렛! 으으으으으으으음 '백설공주!'" 그들은 마치 고양이를 부르듯 말한다. "여기 봐봐, 문이 너한테 줄 게 있대!" 가엾은 바이올렛 칸은 그 말을 듣지 않으려 애쓰고, 라나의 체스터필드 코트를 잡아당기며 중얼거린다. "오 젠장, 나 콱 죽어버릴까 봐." 라나가 비니 로퍼, 문 뮬러, 버드 펫코의 귀에 들리게, 니들도 듣고 싶은 거 아니냐는 듯 목소리를 높여 말한다. "저 개새끼들 그냥 무시해. *저것밖에 안 되는 애들이야.*"

  그러자마자 소년들이 씩 웃으며 한 걸음 더 다가온다. 마치 라나가 저도 모르는 사이에 손을 뻗어 그들을 잡아당기기라도 한 것처럼.

  비니 로퍼가 라나의 스카프를 장난스럽게 홱 잡아챈다. 그는 열아홉으로, 황소만 한 몸집에 눈이 사람을 놀리는 듯 툭 튀어나와 있다. 기름을 바른 머리는 빗질을 해 뾰족한 깃털 모양으로 싹 넘겼다. 매력적인 외모다. 그건 맞다. 하지만 입에는 걸레를 물었다. 그가 휘파람을 불며 말한다. "야, 너 지금 누구보고 개새끼래냐, *씨팔년아?*" 문 뮬러가 재킷 지퍼

를 음란하게 올렸다 내리면서 가성으로 말한다. "얘, 사팔뜨기야, *씹하고*
싶니?" 버드 페코가 포복절도를 하는데 골디 시프리드가 별안간 나타나
그들을 가로막고는 분노에 차 소리친다. "*너네 좀 꺼져, 좆밥들아.*" 토비
가 미친 듯 짖기 시작하고, 그러다 별안간, 마치 성냥이 휘발유 웅덩이에
떨어진 것처럼, 비스카운츠 패거리와 폭스파이어 패거리가 서로 욕설을
주고받기 시작한다…… 언성이 높아지고…… 드잡이도 벌어지고……
바이올렛이 헐떡이며 비명을 지르고…… 학교 뒤편에 흩어져 있던 사람
들은 곧 큰일이 나리라는 걸 직감한다. 그거야말로 모두가 기다려온 바
다. 그리고 이제, 일이 *터진다.*

어디선가 갑자기 렉스 새도프스키가 나타난다. 손에 6인치짜리 스위
치블레이드를 쥐고.

렉스가 학교 건물 뒷문에서 달려 나오는 동안, 심지어 그녀가 눈에 띄
기도 전에, 이런 일이 벌어진다. 비스카운츠 두 명이 골디에게 달려들자,
그녀는 마치 수차례 연습이라도 해둔 양 곡예라도 하듯 민첩하게 움직
인다. 놋쇠 빛 머리를 한 덩치 큰 소녀가 몸을 빙글 돌리더니, 희생자인
버드 펫코가 그녀가 움직이려 든다는 사실을 알아차리기도 전에 무릎을
날래게 들어 올려 무방비한 상태로 있던 사타구니를 타격하고, 거의 동
시에 오른쪽 주먹을 경악한 얼굴에 정통으로 꽂아버린다. 펫코의 이빨
세 개가 흔들리며 피가 쏟아진다.

렉스는 허리를 숙인 채 기민하면서도 조용하게 사람들의 팔 아래에서
움직이다가 비니 로퍼의 바로 앞에 휙 나타나서는 나이프 끝을 그의 목
젖에 갖다 댄다. 가깝게, 정말 가깝게, 몸이 떨릴 정도로 가깝게.

"꼼짝 마!" 렉스가 말한다.

모든 게 멈춘다. 아주 오랫동안.

모두 별안간 조용해진다. 까치발을 하고 서로 보겠다고 몸을 밀치며 상황을 관찰한다.

문 플러와 버드 펫코는 눈 위에 멍하니 엎드려 있다. 버드 펫코는 피를 흘리고 있다. 비니 로퍼는 마치 미소처럼 반짝이는 6인치 스위치블레이드 칼날 끝 앞에 서 있다. 그는 마비된 듯 꼼짝도 못 한다. 얼굴에서 피가 방울진다. *저거 로퍼야? 비니라고? 여자애가 나이프로 비니를 잡았어?* 렉스가 종처럼 맑은 목소리로 침착하게 말한다. "골디 말 들었지, 개새 꺄. *꺼져. 너네 모두 다.*"

렉스 새도프스키! 그녀가 격렬하게 입김을 내뿜는다. 말갈기처럼 성긴 잿빛 금발이 얼굴 주위에서 바람에 휘날린다. 그녀는 검정색 코듀로이 폭스파이어 재킷, 밝은 실크 목도리, 주름이 날카롭게 접혀 있고 남자 바지처럼 끝단이 딱 조여 있는 검정색 모직 슬랙스 차림이다. 폭스파이어 멤버들 중 렉스가 가장 무모하고, 최고로 과시적인데, 지금 그녀는 자기가 학교 안에 있다가 이 광경을 본 게 참으로 빌어먹게도 운이 좋았지 싶다. 왜냐하면 만약 그녀가 너무 일찍 나타났으면 대결 따위는 일어나지 않았을 테니까. *겁쟁이 비스카운츠 놈들이 물러났을 테니까.*

렉스가 비니 로퍼에게 뒤로 물러서도 좋다고 나이프로 까닥거린다. 자기네 갱단 재킷을 입고 머리에는 기름을 매끌매끌 바른, 망신살이 뻗친 거대한 덩치의 비스카운츠 멤버. 그가 겁을 먹었다는 게, 코앞에 닥쳤던 죽음의 가능성 때문에 동물처럼 겁먹었다는 게 빤히 보인다. 그는 렉스보다 세 살 많고, 몸무게도 100파운드는 더 나가지만 유리로 뽑아낸 실처럼 나약하게 굴고 있다…… 모여든 군중들이 안도와 실망이 반반씩 섞인 숨을 한꺼번에 내뱉는다. 그런 공개적인 승리를 거뒀는데도 렉스는 통 큰 모습을 보인다. 다른 남자들이 으레 그러곤 하는 것처럼 흡족해 하지도 않고, 심지어 미소도 짓지 않는다. 나이프는 여전히 목 높이에서 빛을 발하고 있고, 그녀는 비니 로퍼에게 신중한 눈길을 오래 던지고 있다. 냉정하면서도 에로틱한 시선, 오로지 아름답고 예리하며 도도한 소녀인 렉스 새도프스키만이 그런 상황에서 지을 수 있을 지극히 에로틱한 시선.

비니 로퍼는 그녀의 눈길을 결코 기억에서 지울 수 없으리라. 결코 이 공개적인 수치를 기억에서 삭제할 수 없으리라. 그는 남은 평생 이 일을 짊어지고 살아가리라.

이 모든 일이 벌어지는 내내 토비는 짖어댔고, 목 뒷부분 깊은 곳에서 올라오는 것 같은 낑낑거리는 소리를 냈는데, 마치 공격하고 싶어 광분하는 것 같다. 이 양순한 개가 그런 상태에 있는 건 누구도 본 적이 없다. 골디와 라나 두 사람이 손가락을 고리처럼 구부려서 목걸이를 잡고 개를 말려야 할 판이다. 골디가 숨 가쁘게 웃는다. "토비, 쉿! 괜찮아, 애야. 상황이 다 통제되고 있어!"

그때 학교 뒷문에서 직업기술 담당 교사이자 남학생 풋볼 코치인 즈윅키가 나타난다. 그는 렉스와 그녀의 나이프와 비니와 입에서 흘러나온 피를 발로 슥 문질러 닦는 버드 펫코를 보고는 잠시 우뚝 멈췄다가 앞으로 바삐 걸어오면서 컵 모양으로 손을 오므려 입에 갖다 대고 외친다. "너! 너 말야! 그 나이프 바닥에 던져!" 그러자 남자들이 뒷걸음질 친다. 모두들 자기가 눈에 띄거나 찍히지 않길 바라며 뒤로 물러서지만 렉스만 미동도 없이 제자리에 서서 즈윅키를 빤히 쳐다보고 있다. 그녀를 보는 즈윅키도 렉스가 두렵기는 마찬가지다. 렉스는 그냥 나이프를 접고 주머니에 넣은 뒤 돌아서서 멀리멀리 토껴야 하는 건지, 눈 더미에 던져야 하는 건지, 주차된 차 밑에 던져야 하는지 생각 중이다. 이제는 학교 교장 모튼 월도 달려 나오며 고래고래 소리를 지른다. "무슨 일이야! 무슨 일이냐고!" 페리 고등학교 학생들이 엄청 싫어하는 그는 최근 고민에 빠져 얼굴에 당혹감을 그대로 내비치며 지낸다. 조만간 페리 고등학교에서 누군가가 심각하게 다치거나 심지어는 살해를 당하는 바람에 자기가 거기에 책임이 있다는 비난을 받고 어쩌면 개인적으로 고소까지 당할지 모른다는 것이야말로 이 남자가 품고 있는 거대한 두려움이고, 그래서 지금 그는 렉스와 다른 사람들을 보기 전부터 거의 히스테리 상태에 빠져 있다. 개가 사납게 짖어대는 소리가 들린다. 몇 달, 심지어 몇 년 동안 그는 이 무법 갱단들의 존재를 알고 있었지만 그들을 제대로 다루지도 못했을 뿐더러 심지어 그들을 다루려는 일 근처에도 가본 적이 없었다. 이제 그는 다른 남자 갱단 패거리들만큼이나 거칠고 골치 아픈 여자 갱단의 두목이라는 소문이 도는 새도프스키의 딸을 바라보고 있다. 쟤가 입에 걸레를 문 잡년이라고? 저 애가? 새도프스키가? 학교의 골칫거리 중 하나라고? 손에 들고 있는 건 뭐야? *나이프?* 스위치블레이드 나이프? 저걸 남자한테 들어 올려 겨누고 있어?

그가 부들부들 떨면서 명령한다. "그 나이프 내려놔! 너…… 마거릿이지? 새도프스키 맞지? 그 나이프 당장 내려놓으라고." 그는 공포에 질려 과호흡 상태에 빠졌음에도 목소리에서는 평소의 권위를 붙들어 매고 있다.

렉스가 냉담하게 대답한다. "갖고 싶어요? 그럼 와서 가져가든가."

"널 체포하라고 할 거다."

"오, 좆이나 까세요. 좆도 모르면서."

렉스의 폭스파이어 자매들은 이 상황을 설명하려 애쓰고 있다. 바이올렛 칸은 렉스가 그저 *자기*를 보호하고 있었던 거라고 울면서 말하지만,

모튼 월은 너무 흥분해서 그 말을 알아듣지 못한다. 토비는 짖어대고, 주변에 모여든 수많은 사람들은 멍 때리며 이 광경을 지켜보고 있다. 이 사춘기 애들이 돌발 행동이라도 하면 어쩌지? 교장에게 반항이라도 하면? 폭도가 되면? 그래서 폭동을 일으키면? 월 교장은 누구의 말에도 귀를 기울이지 않고 있다. "경찰 불러. 누가 경찰 좀 부르라고." 그가 계속 말한다. "너, 마거릿, 너는 추후 통보가 있을 때까지 정학이다." 그는 렉스에게서 6피트 떨어진 지점까지 와 있고 이제는 더 이상 접근하는 게 현명한 일일지 의심스러워하고 있지만 여전히 지시를 내린다. "나이프 내려놔! 그 나이프, 내려놓으라고! 이런 말도 안 되는 일이 있나! 이건 불법이야! 무기를 숨기고 다니다니! 중죄란 말이다! 니들 모두 체포하라고 할 거다! 퇴학이다! 넌 퇴학이야! 그리고 너, 로퍼! 너, 그리고 너, 그리고 너! 너 펫코냐? 시프리드? 그리고 너, 너 이름이⋯⋯."

그때 골디와 라나에게서 풀려난 토비가, 분명 30파운드는 됨직한 어리고 건강한 허스키가 월 교장에게 달려들더니 교장의 바짓단을 물어뜯는다. 그러자 월 교장이 애걸복걸하며 소리를 지른다. "도와줘! 얘 좀 멈추라고! 너네 개 다시 오라고 그래!" 골디는 어슬렁거리며 충분히 시간을 벌다가 토비의 목걸이를 잡아당겨 월 교장의 바지를 물고 있는 이빨을 놓게 한 다음 장난스럽게 꾸짖는다. "됐어, 우리 토비 호랑이. 저 멍청이는 그냥 놔두자. *저 사람은 전혀 위험하지 않아.*"

그때쯤 렉스는 나이프를 접어 내키지 않는 듯 주머니에 집어넣는다. 그녀는 폭스파이어 자매들과 간단히 무언가를 상의한다. 사람들은 그녀가 바이올렛 칸을 포옹하고, 바이올렛이 다시 그녀를 열렬히 포옹하는 장면을 본다. 그러고 나서 렉스가 자리를 뜬다. 군중들이 그녀를 위해 갈라진다. 그녀는 고양이처럼 나긋나긋하고 우아하게, 학교 뒤에 쌓인 눈과, 겉보기와 달리 미끄러지기 쉬운 얼음 조각들을 헤치며 달린다. 서두르는 기색은 조금도 없다. 그저 그녀의 기운찬 두 다리가 뛰자고 재촉하니까 밝고 싸늘한 햇살 아래 머릿결을 휘날리고 입김을 내뿜으며 달리고 있기라도 하는 양. 싸움에 휘말렸던 남자들도 그때쯤에는 얼른 자리에서 벗어나고픈 마음에 빠른 걸음으로 내뺀 다음이다. 골디도 손가락으로 딱딱 소리를 내며 잰걸음으로 움직이고, 토비도 그녀와 같이 달려가며, 군중들은 이번에도 역시 순순히 길을 내준다. 그 자리에 남겨진 모튼 월 교장은 좌절, 분노, 두려움으로 흐느끼고 있다시피 하고 있다. 양쪽 바지 다리는 찢어졌고, 목소리는 파르르 떨린다. "내 말 안 들려? 퇴학이다! 너희 몽땅 퇴학이야! 전부 퇴학이라고! *다시는 학교 부지에 돌아오지 마!*"

모튼 월은 평판이 나쁘다. 그는 '공금 유용' 혐의로 지난해 교육위원회 위원 세 명과 함께 조사를 받았는데, 그나 그의 동료들에 대해 공식적인 기소가 이루어지지는 않았지만, 사람들 사이에서는 그가 사기꾼이라는 인식이 퍼져 있다. 자기 관할 구역에 있는 학생들을 훈육하거나, 혹은 심지어 그냥 야단이라도 칠 수 있는 윤리적 근거가 그에게는 전혀 없다. 지금도 그의 꼬락서니를 보며 사람들이 숨죽여 웃고 있다. 축 처진 배에 얼굴에는 반점이 얼룩덜룩 나 있고, 머리는 아무렇게나 풀어헤쳐져 있으며, 넥타이는 어깨 뒤로 넘어간 오십 대 남자. 월 교장은 소녀들의 뒷모습을 빤히 바라보고 있다. 헐떡거리는 게 숨을 고르지 못하는 모양이다. 그러다 별안간 손바닥으로 가슴을 팡팡 때린다. *심근경색인가?* 우리는 정말 주의 깊게 그를 바라본다. 이번에는 우리 모두 진짜로 조심스럽게 그를 지켜본다. 매디 워츠까지 자리에 붙박인 채 모튼 월을 바라본다. 모두 같이 한꺼번에 기도하는 소리가 들리는 듯하다. *안 돼, 지금은 안 돼,*

월 씨, 지금은 아니라니까. 왜냐하면 참으로 짧은 시간 동안 정말 굉장히 멋진 일이 벌어졌으니까. 여기서 다른 일이 더 일어난다면 지금 이게 그냥 다 헛된 일이 되어버릴 테니까.

그들은 꽁지가 빠져라 달린다. 폭스파이어 재킷을 입고 스카프를 맨, 모자를 쓰지 않은 드센 두 소녀는 거리에서 깍깍 소리를 지르고 어린아이처럼 얼음 위를 미끄러지면서 엄청나게 흥분해 있다. 알코올을 마시는 것보다, 마리화나를 피우는 것보다, 매니큐어 에나멜 냄새를 맡는 것보다도 더. 이 분위기에 전염된 은빛 털에 너구리상인 허스키 강아지 토비도 미친 듯 짖으며 그들 옆을 지나쳐 쏜살같이 내달리다가, 개가 으레 그러듯 다음번에 또 경주를 하고자 도로 돌아온다. 경적 소리, 브레이크 밟는 소리가 거리에 울린다. 렉스와 골디는 광란에 사로잡혀 날뛴다. 피가 끓어오르다 보니 서로를 흘끗거리며 확인할 이유조차 없다. 그들은 홀랜드 가와 7번가의 모퉁이에서 배수로에 몸을 굽혀 얼음덩이를 집어드는데, 그걸 사용하여 도로의 차량에다 악의에 넘치는 순수한 즐거움을 추진력 있게 실천할 작정이다. 그들이 얼음을 던지면서 포복절도하며 내달리는 동안, 세련된 검정색 링컨 콘티넨털 영구차에 타고 있던 남자가 거미줄처럼 금이 간 전면 유리 저편에서 멍하니 입을 벌리고 있다. '스쿠어 가구점'의 전면 유리창에서 재채기가 터진 것처럼 유리 파편이 날아다니자 사람들이 깜짝 놀란다. 하지만 소녀들은 이미 골목으로 들어가 버렸고, 토비는 혀를 길게 빼문 채 입김을 내뿜으며 뒤에서 헐떡헐떡 달리고 있다. 페어팩스에서 그들은 오른쪽으로 방향을 튼다. 반마일 정도 아래로 내려가면 살을 발라낸 뼈처럼 싸늘하고 무자비하게 얼어붙은 카사다가 강이 나온다. 렉스가 골디의 갈비뼈를 쿡 찌르면서 '에디의 담배 가게' 앞에서 그들을 기다리며 주차되어 있는 청록색 뷰익 디럭스를 보라고 한다. 엔진이 돌아가고 있고 차 뒤에서는 배기가스가 뿜어져 나오니 당연히 열쇠는 점화장치에 꽂혀 있을 것이다. 물론 렉스는 망설이지 않는다. 그 차는 에이시 홀먼의 뷰익으로, 로어타운에서는 다들 알아보는 자동차다. 에이시가 로어타운 전역의 저명인사일 뿐만 아니라 어떤 구역에서는 존경과 두려움의 대상인 것과 마찬가지다. 하지만 렉스와 골디는 에이시 홀먼에 대해서는 생각도 않고 있다. 모튼 월 교장에 대해, 또는 렉스 새도프스키의 나이프 끝에서 잔뜩 졸아 있던 비니 로퍼에 대해, 또는 고등학교에 대해서는 개뿔도 신경 쓰지 않는 사람에게 고등학교 퇴학이란 게 무슨 의미일지 생각할 시간도 없는데 에이시 홀먼에 대해 생각할 시간이 있을 게 뭐란 말인가? "야, 타! 얼른 움직여!" 렉스가 명령한다. 그녀는 이미 뷰익 안에 올라가 있다. 자동차는 차체가 넓고 땅바닥과 가까운 게 마치 요트 같다. 골디는 생각할 틈도 없이 그 말에 복종한다. 골디는 렉스가 지시하는 건 뭐든 할 기세로 요들송을 소리 높여 부르면서 조수석에 올라탄다. 토비도 그녀를 따라 기어올라서는 눈을 밟아 차가워진 발바닥으로 소녀들을 밟아대고 축축하고 따뜻한 혀로 그녀들의 얼굴을 핥아대는 바람에 렉스가 팔꿈치로 강아지를 옆으로 밀어내야 한다. 그녀는 재빨리 이 굉장한 차의 계기판을 살펴본다. 다이너플로제(製) 자동변속장치로, 몰아보기는커녕 구경 한 번 해본 적이 없는 물건이다! 방금 막 판매소의 진열실에서 빠져나온, 하얀 월 타이어에 문 네 개가 달린 1954년형 신형 뷰익 디럭스. 개똥지빠귀 알 같은 청록색이 번들거리고, 크롬으로 도금도 엄청 해놓아서 범퍼, 트림, 주행 안전판은 전부 크롬색이 현란하게 번쩍인다. 군침이 흐를 정도인 이 검정색 가죽 인테리어까지. 이 모든 게 폭스파이어를 기다리고 있다니 정말 감미롭기 짝이 없다. 이것이야말로 꿈의 논리. *누가 우리를 막을쏘냐?*

렉스는 기어를 1단으로 옮기고 액셀러레이터 페달을 밟는다. 페달을 더 세게 밟자 자동차가 도로를 따라 속도를 올리고, 타이어는 제대로 움직이기 전에 살짝 헛돈다. 그들은 도로의 차들 속으로 들어간다. 세상에서 제일 쉬운 일이다. *누가 우리를 막을쏘냐?* 렉스의 눈은 운전을 하느라 크게 뜬 채 붙박여 있고 골디는 렉스가 주차되어 있는 차동차들 옆을 거의 스치듯 지나가는 바람에 오, 오, 오, 하는 소리를 낸다. 빨간불이 켜져 있지만 렉스는 그걸 보지도 않고 냅다 달린다. 그러다 페달을 발에서 떼고 꽉 잡았던 운전대를 놓는다. 이 꿈의 논리에서는 전혀 놀랄 일이 아니다. 홀랜드 가를 따라 영문도 모른 채 버려진 소떼처럼 질질 발을 끌며 멍하니 걷는, 폭스파이어 재킷을 입고 오렌지색이 감도는 빨간 스카프를 두른 라나, 바이올렛, 토니, 매디가 눈에 들어오는 게 말이다. 그들은 렉스와 골디를 찾아 나선 것이긴 했는데, 그게 다일까? 렉스와 골디가 이쪽 어디쯤에 있겠지 하는 것 말고는 아무 생각도 없었지만 어쨌거나 나머지 폭스파이어 멤버들도 그날 오후에는 학교에 있기 곤란한 상황이긴 했다. 그들은 사기가 지나치게 충천하여 정신없이 수다를 떨고, 소리 높여 깔깔거리고, 네 사람이 도보 위를 나란히 걸으며 서로의 진로를 방해한다. 주차장에서 일어난 그 일을 직접 목격한 사람들이 매디에게 무슨 일이 일어났는지 말해주자 매디는 오, 안 돼! 오, 안 돼!라고 외치는데, 그녀는 환희에, 환희 이상의 감정으로 인해 기분이 붕 뜬 나머지 이 일이 렉스에게 무엇을 의미하는지는 생각지 않고 있다. 스위치블레이드를 휘두르며 대놓고 저지른 사고. 그녀가 정말 비니 로퍼를 협박했나? 그녀가 진짜 월 교장을 위협했나? 그녀는 퇴학일까? 골디도 퇴학일까? 영원히? 매디는 몸을 떨면서 못 믿겠다는 듯 웃고 있다. 다들 웃고 있다.

바이올렛 칸만 빼고. 그녀는 다 자기 잘못이고 자기가 밉고 콱 죽어버렸으면 좋겠다고 징징거리면서 손톱으로 뺨을 벅벅 긁고 있다. 이 정신 나간 '백설공주'가 진짜로 자기 얼굴에다 피를 내려고 들자 라나가 바이올렛의 손을 탁 쳐서 얼굴에서 떼고는 정신 나간 소리 좀 그만하라고 쏘아붙인다. "네가 미친년처럼 떠든다고 그게 렉스한테 무슨 도움이 되겠어?" 그렇게 바람이 부는 와중에 모자도 쓰지 않은 채 홀랜드 가를 걷고 있던 네 명은 차 한 대가 자기들 쪽으로 빠르게 다가오는 걸 본다. 크롬 도금이 번쩍이는 청록색 차가 그들이 있는 방향으로 속도를 내고 있다. 터무니없게도, 환상적이게도, 그 낯선 사람의 차를 바라보고 있다 보니 전면 유리 뒤편 운전석에 앉아 있는 얼굴이 자기네 사령관의 얼굴로 탈바꿈한다. 렉스 새도프스키? 옆에 있는 건 골디잖아? 토비도 있네? 꿈처럼 나타난 얼굴 셋과 발을 질질 끌며 홀랜드 가를 걷고 있던 폭스파이어 자매들이 모두 놀라 할 말을 잃고, 렉스는 *꿈의 논리에 따르기라도 하는* 양 5번가 교차로 근처 정류장으로 잽싸게 차를 몰아 뷰익을 세우더니 문을 열고 고함친다. "얼른 타, 거기서 멍청이같이 서 있지 말고!"

그래서 그들은 그렇게 한다. 차에 탄다.

에이시 홀먼의 납치당한 차 안에 몰려 들어가 꺅꺅대고 있는 이 고등학교 여학생들은 어떤 의문도 의심도 품지 않은 채 렉스 새도프스키가 시키는 거라면 뭐든 할 채비가 돼 있다. 그녀가 가자는 곳이면 어디든 따를 준비가 돼 있다. *누구도 우리를 멈추지 못하리라.* 라나와 바이올렛과 토니와 매디는 쿠션이 깔린 뷰익 뒷좌석에 어찌나 꽉 끼어 있는지 좀체 문이 닫히지 않을 정도다. 렉스가 페달을 밟고 이들을 실어 나르자 타이어가 포장도로 위에서 뱃심으로 울부짖는데, 그 울부짖음이 피를 끓어오르게 한다. 사람들이 숨차게 소리치고 재잘거리고 토비가 난동을 부리는(뒷좌석으로 몸을 기울여 소녀들의 얼굴에 키스를 하려 든다) 와중에 누군가 라디오를 켜고 볼륨을 크게 올린다. 로즈메리 클루니*가 생각 없이 행복한 목소리로 *내 사랑하는 마음의 반만이라도 당신이 날 사랑했다면*이라 노래를 불러대는 동안 렉스는 우리를 싣고 4번가를 따라 차를 몰다가 천천히 움직이는 차량들을 우회하며 진로를 급히 변경한다. 매디는 쿵쾅거리는 가슴을 진정시키려 노력하며 좌석 끝을 꽉 붙잡고는 자기가 하마터면 이 일을 놓칠뻔했다고, 자칫했으면 이 일에서 빠질뻔했다고 생각한다. 예를 들어 그녀가 학교 건물 밖에서 일어난 소란을 무시하기라도 했다면, 그녀가 있던 화장실 바깥에서 들리던, 복도를 뛰어가는 발소리를 무시했더라면, 선생 중 한 명이 언성을 높이고 다른 선생이 어른스럽게 놀라고 걱정하며 그에 답하는 걸 무시했더라면 말이다. 근데 이거 진짜 정신 빠진 노래네. *당신은 지금보다 절반은 덜 나를 멀리했을 거예요.* 차바퀴가 철로 위를 지날 때 덜그럭거리고 빽빽이 쌓인 눈 속에 숨겨져 있던 철도용 손수레 바퀴 자국을 지나는 도중에 잠깐 헛돌자 소녀들이 마치 몸속 깊은 곳을 간지럼이라도 당하는 듯 동시에 한 목소리로 오!라고 외친다. 주차되어 있던 빵집 트럭을 피하기 위해 렉스가 운전대를 홱 돌릴 때도 오! 오!라고 소리친다. 하지만 뷰익은 힘 하나 들이지 않고 날듯이 트럭을 지나간다. 누구도 그들을 막을 수 없다. 그들은 4번가에서 머서 가를 지나, 머서 가에서 드와이어 가를 지나고, 홀랜드 시멘트 주식회사와 모호크 전력회사를 지나 페어팩스 애비뉴의 길고 구불구불한 내리막길을 거쳐 시골 지역으로 진입하여 오래된 공장, 창

---

* 미국 스탠더드 팝 가수. 「Come On-A My House」 등의 히트곡을 남겼다. 소설에서 인용되는 곡은 'Half As Much'다.

고, 급수탑을 지나친 뒤 온타리오 호수로 향하는 국도로 방향을 바꾼다. 국도변에는 거칠거칠하게 이랑이 진 얼음 조각과, 겉보기와는 달리 위험한 가루눈이 불안하게 엉킨 채 흩어져 있다. 라나는 매디 쪽으로 몸이 내던져지다시피 기울며 키들거리고, 매디는 바이올렛 쪽으로 몸이 기울고(바이올렛이 쓰는 향수가 뭐지? 이런 난리법석에서도 향이 유지되다니), 바이올렛은 꺅꺅거리면서 토니에게 기울며, 인형처럼 작은 토니는 팔걸이로 밀려나면서 숨이 막혀 헐떡인다. 그들은 지금 해먼드 시 경계 바깥으로 나와 있다. 눈부시도록 환한 태양을 향해 속도를 올리며 1마일 정도를 지나고 나니 올드웍 경마장이 나타난다. 너덜너덜한 배너가 펄럭이고, 카멜 담배와 수누코 엔진 오일과 메일 파우치 담배 광고가 실린 양철 표지판에는 22구경 라이플 총구멍이 숭숭 나 있다. 겨울 동안 버려져 퇴락한 해먼드 군 박람회장을 지나가는데, 그때 갑자기 사이렌 소리가 뒤에서 들린다. 처음에는 희미하더니 이내 높고, 긴급하고, 성이 나 있다. 잘못 들을 수가 없는 소리다. 렉스가 곁눈질로 백미러를 보더니 중얼거린다. "오, 이런, 쌍." 처음에 렉스는 순찰차를 보지 못하지만(차에 탄 사람은 주 고속도로 순찰대 소속 경관으로, 그가 속도를 재보니 납치된 뷰익은 55마일 구역에서 시속 80마일에서 85마일로 달리고 있다) 그녀는 차에 올라탔을 때나 스위치를 눌러 나이프를 꺼내 칼끝을 적의 목에 갖다 댔을 때만큼이나 무모하게도, 등을 앞으로 숙이면서 쓸려 벗겨진 작고 억센 손으로 운전대를 11시 방향과 1시 방향으로 올려 잡는다. 얼굴에는 목적의식과 결단에 찬 어른스러운 표정이 떠오른다. 그녀는 페달을 바닥 밑까지 밟고, 폭스파이어 자매들은 마치 유쾌하면서도 위험스럽게 곤두박질치는 롤러코스터에 탄 것처럼 꺅 하고 소리를 지른다. 이 난폭하기 그지없는 드라이브는 어디를 향해 돌진하는 걸까?

"렉스! 경찰을 제쳐줘!"

"씨발 놈!"

"난 절대 안 돌아갈 거야!"

"총이 필요해, 총!"

"저놈 타이어 날려버리자!"

"저놈이 우리 잡겠어!"

"못 잡아!"

"당연히 못 잡겠지!"

"폭스파이어는 절대 돌아보지 않는다!"

"오, 렉스."

"세상에!"

디젤 트럭 한 대가 교차로로 들어오고 있고, 노란 신호등이 반짝이지만, 렉스는 멈출 수 있다 해도 멈추지 않을 것이다. 그녀는 너무 빨리 차를 몬다. 경적도 죽도록 눌러댄다. 렉스가 무작정 핸들을 꺾으며 왼쪽 차선으로 들이닥치자 뷰익이 비명으로 가득 찬다. 전면에 보이는 유리 속 트럭 운전사는 놀라서 어안이 벙벙해 있고, 골디는 하이에나처럼 소리 높여 웃으며 운전사에게 가운데 손가락 욕을 날린다. 렉스가 다시 운전대를 돌려 뷰익을 오른쪽 차선으로 돌린 덕에 고물딱지 트럭에 타고 있던 나이든 머저리와 정면충돌을 하는 건 모면한다. 뷰익 타이어가 미끄덩하지만 마치 차에 탄 사람들을 놀린 듯 잠시 그럴 뿐이다. 그들은 차츰 외진 시골길로, 도시에서 자란 사람들의 눈에는 낯선 농지로 들어간다. U. S. 104 도로는 반짝이는 눈에 덮인 벌판 사이에 난 2차선 간선 도로다. 벌판에 줄줄이 늘어서 있는 생기 없는 옥수숫대 위에서는 검고 커다란 새—까마귀인가?—가 느긋하게 원을 그리며 날고 있다. 그들 뒤를 따라오던 경찰은 속력을 늦췄지만 그들 귀에는 여전히 사이렌 소리가 들린다. 뒷좌석의 소녀들 중 한 명이 몸을 앞으로 기울여 라디오를 켠 다음 볼륨을 높이 올려 사이렌 소리를 지운다. '물랭루주의 노래'*가 참으로 애절하게 무언가를 갈망하듯, 그런 갈망이 전혀 부끄럽지 않다는 양 터질 듯 울려 퍼지고, 매디는 격렬한 두려움에 사로잡힌 채 앞 좌석 등받이에 몸을 바짝 대어 웅크리고는 렉스의 모습이 보이는 쪽으로 몸을 튼다. 자고 있는 어머니의 몸 쪽으로 말없이 몸을 트는 유아처럼. 매디는 눈을 꽉 감고 있다. 눈동자는 눈꺼풀 뒤에서 씰룩거리고 있지만 눈은 꽉 감고 있다. *오 하느님, 오 하느님, 이러지 마세요.* 이건 기도가 아니다. 왜냐하면 날카롭고 기민한 위트를 갖춘 데다 타인들의 헛소리에 넘어가는 걸 단호히 거부한 덕에 '킬러'라는 별명을 얻은 매디-멍키는 신을 믿지 않기 때문이다. 그녀는 저 하늘에 계신 아버지 하느님 따위를 믿기에는 너무 현명하다. (저 하늘 대체 *어디에* 그가 있단 말인가? 그녀는 지난 몇 달간 천문학 책들을 읽었고, 복잡하면서도 매혹된 기분으로 밤하늘을 바라보았다. 하늘은 공업 도시 해먼드 위에 드리워 있어 그리 맑지는 않았지만, 그래도 *거기에* 있기는 했다) 허나 지금 그녀의 입술은 자기 느낌이나 의지와는 상관없이 제멋대로 움직이고 있고, 그녀는 엄마와 같이 잠자리에 누웠던 게 얼마나 오래전 일인지 생각하고 있다. 이제는 잃어버린 여자. 엄마였던 여자. *그녀의* 엄마. 그 온기와 그 친밀함과 그 사랑 속에서는 한 몸과 다른 몸이 어디서 시작되어 어디서 끝나는지 정할 필요가 없었다. 하지만 그러다 별안간 매디는 엉망진창이 된 엄마의 얼굴을 떠올린다. 부어오르고 넋이 나가 엉망진창이 된 얼굴. 심하게 상처

* 「The Song from Moulin Rouge」. 1952년 개봉한 뮤지컬 영화 〈Moulin Rouge〉의 수록곡.

가 난 엄마의 팔은 옆구리에 단단히 묶여 있다. 그녀를 위한 일이다. 계단에서 자해를 하는 바람에 상처가 나서 피가 흐르고 있으니까. 구급차. 들것. 엄마의 입은 무언의 고통 속에서 물고기 입처럼 부어올라 있고, 매디의 귀에는 *나는 주문을 깨뜨려야 해요 내 머리 위에 뜬 이 구름*이라는 가사가 들린다. 그러나 노랫소리 밑에서 그들 뒤를 쫓는 경찰차의 사이렌 소리가 고개를 쳐든다. 그 개새끼가 그들을 따라잡고 있다. 하지만 렉스는 굴복하지 않을 것이다. 폭스파이어는 절대 미안하다 말하지 않는다! 폭스파이어는 죽음을 거스른다! 나무들이 날듯이 지나가고, 우편함이 둑처럼 쌓인 눈 더미에서 뽑혀나갈 듯 기울어지고, 쨍하니 푸른 공기가 눈, 고드름, 서릿발을 휘감아 돈다. 윙윙거리는 바람이 차를 때리고, 흔들리는 차는 오, 오, 오!라는 외침으로 가득하다. 토비가 화급하게 깽깽거리고, 렉스처럼 몸을 웅크린 매디는 눈을 꼭 감은 채 자기가 마침내 지구의 자전을 느끼게 되었다고 믿는다. 평소 감지되지 않은 채 사람들을 앞으로 실어 나르던 그 보이지 않는 흐름의 속도를 우리의 속도가 뛰어넘게 되면 결국 중력에서 자유로워진다. 폭스파이어는 절대 안 된다는 말을 절대 하지 않는다!

납치된 청록색 크롬 도금 자동차가 타이드먼스 코너 북쪽 눈 덮인 벌판에서 뒤집히게 될—돌고, 돌고, 돌아서!—때까지, 렉스 새도프스키는 페어팩스 애비뉴의 '에디의 담배 가게'에서부터 11마일을 몰게 될 것이었고, 그들을 추적하던 고속도로 순찰대 경관과는 광란의 6마일을 영리하게 버텨낼 터이다. 고속도로는 뻥 뚫려 있고 소녀들은 흥분으로 인해 히스테리 상태에 빠져 꺅꺅거리면서 서로를 꽉 붙잡은 채 한쪽에서 다른 쪽으로 내동댕이쳐지고 있다. 렉스는 얼굴을 찡그리며 정면에 있는 다리를 보고 있다. 끔찍하기 그지없는 낡아빠진 다리들 중 하나로, 경사로는 좁고 가파른 데다 널빤지로 만든 바닥도 좁기는 매한가지다. 하지만 망설일 시간이 없다. 렉스는 브레이크를 밟지 않을 것이다. 그녀는 영리하고 합리적이다. 경찰은 속도를 늦출 수밖에 없을 것이다. 저 개새 끼는 조심할 것이다. 따라서 그녀는 몇 초를 벌 수 있다. 그렇지 않겠나? 몇 초면 이런 경쟁에서 차이를 크게 벌릴 수 있다. 뷰익이 경사로로 돌진 하여 다리에 오른다. 앞바퀴가 바닥을 치며 회전하는데, 처음에는 차가 좀 뜨는 것 같아서 오, 오! 하고 점잖게 놀라는 소리가 나오지만 놀랍게 도 차는 버텨낸다. 날 듯이 다리를 벗어난 다음 일부가 녹아 매끌매끌해 진 얼음판에 착지할 때까지는 힘이 넘치는 이 묵직한 기계가 거의 지성 이 있는 것처럼 보일 정도다. 차체가 휙 돈다. 이제는 뒷바퀴가 뜬 것 같 다. 그러다 순간 모든 노력이 헛수고로 돌아간다. 중력이 사라진다. 비명 으로 가득 찬 그릇이 되어버린 뷰익 차체가 붕 떠서 공중으로 날아오르 자 무중력 상태가 된다! 지금 매디는 눈을 크게 뜨고 있다. 그녀는 *지금,* *바로 지금* 이 순간을 제아무리 사소한 것이라 해도 평생 기억하게 될 것이 다! 자동차가 다시 땅에 떨어졌다가 여전히 무중력 상태에 있는 양 도 로 튀어 오르고, 뒤집히고, 빙글 돌더니, 살과 뼈와 소녀들의 숨결을 싣 고 있는 이 기계는 마치 딱딱한 껍질로 몸을 두른 거대한 곤충마냥 등을 바닥에 댄 채 돌진하고 미끄러지고 구르고 수면을 스치듯 날아가다가 다시 자세를 바로 하더니 또 뒤집히면서 쌓여 있던 눈을 짓눌러댄다. 박 살난 유리창을 꿰뚫고 눈이 쏟아져 들어오고 차 지붕은 거대한 손이 거 꾸로 으깬 듯 안쪽에서 우그러졌으며 엔진은 마치 여기서 벗어나고 싶 어 광분한 듯 여전히 고속으로 회전하고 있다. 그들은 푸른빛이 도는 하 얀 고치 안에 파묻혀 있다. 훌쩍이고, 헐떡이고, 흐느끼는 소리가 들린 다. 강아지가 낑낑거리고 오줌 냄새가 심하게 난다. 렉스가 반은 화가 나서, 반은 기쁨에 넘쳐 숨도 쉬지 않고 소리를 질러댄다. 그녀는 바퀴 뒤에 갇혀서 몸도 돌릴 수 없고 둘러볼 수도 없고 상황을 *파악*할 수도 없다. "누구 죽은 사람 없지? 응?"

아무도 죽지 않았다.

3부

1
레드뱅크

하나.   둘.

셋.

                              넷.   다섯.   여섯.

    일곱.   여덟.

아홉.

                        열.   열하나.

그녀가 수를 셌다. 매 열한 마리가 하늘을 천천히 돌고 있었다.

    그녀가 미소를 지으며 수를 셌다. 그날 아침에는 매 열한 마리가 있었
다. 안개로 뿌연 하늘이 백열하는 한여름, 7월의 어느 날. 이름 없는 평범
한 하루.

    교도관의 엄지손가락이 그녀의 한쪽 눈을 후벼내다시피 했는데도 그

녀는 수를 셌다. 마치 그녀의 인생이, 그녀 영혼의 삶이 거기에 달리기라도 한 듯. 열한 마리의 매가 날아오른다…… 나선을 그리며 내려온다, 저렇게 우아하다니…… 그러다 솟아오르고…… 또다시 천천히 나선을 그리며 하강한다. 암갈색 깃털, 빈틈없는 위장. 넓게 쫙 편 날개는 참으로 강해서 매들이 거의 날갯짓을 하지 않는 동안에도 새들의 무게를 감당한다.

사냥꾼. 공중의 주인.

나 끼워주지 않을래? 나 데려가 줘.

그녀는 여기, 가로 9인치에 세로 8인치인(그녀는 잘 알았다. 옛날에 재봤으니까) 룸에서 이른바 '격리'를 당한 채, 밤새 한숨도 못 자고 깨어 있으면서 날이 밝기를 갈망하고 있었다. 지금은 작고 더러운, 마치 원한에 차 부릅뜬 눈처럼 콘크리트블록 벽에 잔인하게 콕 박혀 있는 창문 밖을 내다볼 결심을 하고 발가락에 힘을 주고 있다. (렉스 새도프스키는 키가 큰 소녀다. 맨발로 서도 5피트 8인치다.) 그녀는 발끝으로 서야 했다. 종아리 근육이 떨렸다. 그녀는 필사적으로 목을 뺐다. 아침의 푸른빛을, 안개 낀 창백한 하늘을, 새매들을 똑똑히 보기 위해. 봤다고 자기를 속이지 않기 위해. 그녀의 심장이 새매를 보자 요동쳤다. 말로만 들었던 새매를, 해먼드 북서쪽으로 15마일 떨어진 이 시골 동네 레드뱅크에서 보게 되다니. 렉스는 도시 소녀였다. 세상에, 자기가 진짜 매를 보게 될 거라고는 생각도 못 해봤다. 놀랄 만한 크기에 힘이 넘치는 그런 새들이, 이 새벽에, 정말 이른 새벽에, 그리고 어스름이 질 무렵에, 뜻밖의 음악처럼 높은 상공에 별안간 나타나다니. 새들은 오로지 이 창문, 이 감방에서만 보였다. 다른 소녀들과 함께 있었던 '별장'의 그녀 방에서는 보이지 않았다. 오로지 여기서만 보였다. 마치 아무 노력도 들이지 않는 듯, 오로지 바람만 타는 듯 솟아오르는 저 모습이. 길게 펼쳐진, 근육과 깃털로 이루어진 우아하고 널찍한 날개가 그들을 소용돌이 꼭대기까지 올려 보냈다가 잠시 멈추는데…… 그걸 보니 심장이 뛰고…… 이윽고 새들이 다시 나선을 그리며 내려오면서 천천히 맴돌다가…… 급강하하더니…… 레드뱅크 주립 여성 교정시설 부지 안쪽에 서 있는 12피트짜리 콘크리트 벽, 절대 목에다 걸고 싶지 않을 사악한 목걸이처럼 생긴 가시철조망을 올려놓은 벽 너머의 공기를 타며 날았다.

나도 너희 중 하나야.

그녀는 땀으로 축축한 벽에 이마를 쾅쾅 부딪친다. 그녀의 이마에는 벌써 타박상이 생겨 욱신거리고, 한쪽 눈은 교도관의 엄지손가락 때문에 염증이 생겼다. 이번에는 얼마나 오래 여기 갇혀 있게 되는 건지 생각도 안 난다. 사람들이 그녀에게 알려는 줬는지도 기억이 안 난다.

나도 너희 패거리라니까 오 하느님 오 예수님 하느님 나 여기서 빼내달라고.

2
'정의'

이제 그들이 우리에게 보복했다. 그들 차례였다. 쌩하니 제칠 수 있다고 생각하며 경멸했던 그 타인들 차례. 그들은 결코 자기네가 친 그물로 우리를 잡지는 못했다.

폭스파이어는 타오르고 타오른다! 내 생각에 우리는 일종의 믿음의 단계에 접어든 것 같았다. 뭐가 정상이고 뭐가 비정상인지 알 수 없이 모든 게 얽혀 있는 꿈속에 있는 것처럼.

아마 당신도 그 타인들 중 한 명이리라…… 소심하고 점잖은 체하며 독선적인 사람. 이렇게 생각하고 있을 거다. *비행 청소년 — 여자 깡패 — 못된 계집애들*. 안 그런가?

뭐 좋다. 당신을 비난하지는 않는다. 우리가 저지른 짓에 대한 소식이 퍼지고, 우리 폭스파이어 소녀들이 진짜로 난처한 상황에 빠지고, 경찰에 체포되고, 몇몇은 실제 범죄로 기소되었을 때 해먼드 사람 대부분이 생각하고 있던 게 바로 그거였으니까.

우리는 구급차로 해먼드 종합병원에 실려 와 응급실로 들어갔다 나온 뒤 소년원에 구금되었다. 운 좋게도 죽거나 평생 불구가 된 사람은 없었다. 친척 일부를 제외한다면(친척들 전부가 아니라는 점은 확실했다) 모두들 렉스 새도프스키뿐만 아니라 우리 전부를 보호관찰로 끝낼 게 아니라 레드뱅크에 처넣어야 한다고 말하고 있었다.

심지어 「해먼드 크로니클」에도 공립학교의 '무법 갱단들'이 끼치는 위협에 대한 사설이 올랐다!

하지만 우리 여섯(라나, 바이올렛, 토니, 리타, 마샤, 매디)은 운 좋게도 5개월의 보호관찰 처분과 판사의 끝없는 설교를 듣는 것에 그쳤다. 그는 특히 '위험한 친구들'과의 교우에 대해 경고를 날렸다. 골디는 12개월의 보호관찰 처분을 받았다. *진짜* 운이 좋았던 게, 한동안은 골디도 렉스와 함께 레드뱅크에 갈 것 같아 보였기 때문이었다. 골디도 중절도죄(에이시 홀먼의 자동차를 강탈했다는 죄였다! 그냥 *장난*일 뿐이었는데) 항목에서 렉스의 공범으로 기소되었고, 더불어 그녀 본인도 폭행과 악의적 재물손괴로 기소되었다. 렉스는 이른바 '부정기형'을 받았다. *최단* 다섯 달이고, *최장*은 언제까지인지 말이 없어서, 수감자는 대체 그들이 일컫는 감금 상태에 얼마나 오랫동안 있어야 할지 절대 알 수 없으며, 늘 교도관들의 통제 하에 있어야 하는데, 여기서 교도관이란 교도소 직원뿐만 아니라 모범수도 뜻한다. 모범수야말로 (렉스가 훗날 깨닫게 되듯) *신뢰할** 수 없는 수감자다. 우리가 배운 것 중 하나는 뉴욕 주에서는 교정시설에 수감된 미성년자는 언제 수감되었건 간에 18세에는 석방되어야

* 원문에는 'trust'라고 되어 있다. 영어로 모범수를 'trusties'라고 하는 데서 온 말장난.

한다는 사실이었다. 그런데 부정기형을 받을 경우 18세가 될 *때까지* 석방될 수 없을지도 몰랐다. 따라서 어른이라면 절대 기소될 리 없는 하찮은 '범죄', 이를테면 *가출*이라거나, *무단결석*이라거나, *교화불능*이라거나—"그 '교화불능'이라는 게 뭐냐고." 렉스가 말했다. "네 태도에 어른들 목적을 갖다 대겠다는 것뿐이잖아."—문란하다는 죄로 기소되어 레드뱅크에 몇 년씩 갇힐 수도 있었던 것이다(오로지 여자들만이 *문란할* 수 있었다. 남자들은 절대 아니었다).

사람들은 이 혐의들을 경찰과 '청소년 당국'이 원하는 거라면 거의 모든 걸 뜻할 수 있도록 손볼 수 있다는 사실을 재빨리 깨달았다. 물론 부모들이 원하는 대로도. 자기 자녀를 치워버리고 싶은 부모는 수두룩하다. 그래서 렉스는 소년 법원 사람들과도, 판사와도 논쟁을 하려고 노력하면서, 열세 살짜리 아이가 도망을 쳤다는 이유로 레드뱅크에 수감된다는 형벌을 받는다는 게, 또한 그곳 직원들이 그녀의 태도를 맘에 들어하지 않을 경우 5년 만기로 형을 살 수 있다는 게 진짜로 정신 나간 소리고 누가 봐도 불공정하다는 사실을 지적했다. 5년은 무장 강도, 심지어는 살인자가 받는 형기 아닌가!

렉스는 실제로 올대커라는 이름의 남자 판사에게 이렇게 말했다. "이건 분명 헌법에 *위배*되는 일이에요. 어린아이를 이렇게 다루다니. 우리가 '미성년자'니까 인간도 아니라는 식이잖아요!"

올대커는 각각 다른 공판에서 우리에게 판결을 내린 남자였다. 말린 자두 같은 얼굴을 한 그 개새끼는 우리 폭스파이어 멤버들을(하지만 무엇보다 렉스 새도프스키를), 마치 우리가 세상의 쓰레기라도 되는 양, 자신에 대한 실질적인 위험으로 간주했다.

렉스는 배짱이 있었지만 그런 식으로 말하는 건 무모한 짓이었다. 그녀는 계속해서 자신의 권리를 주장했고, 자기는 그저 남자들에게 희롱을 당하고 있던 자기 여자 친구를 보호했던 거라고 수십 번씩 되풀이해 말했다. 나이프를 사용할 수밖에 없었던 건 그게 그 깡패들을 설득할 수 있는 유일한 수단이었기 때문이라고 했다. 월 교장이 자기와 자기 친구 베티 시프리드에게 변명할 기회도 주지 않고 학교에서 내쫓는 바람에 그 자리를 떠나 차를 타게 된 거라고 했다. "우린 차를 훔치고 있었던 게 아니에요." 렉스가 말했다. "그냥 안에 *타고* 있었던 거라고요. 경찰이 쫓아오지만 않았어도 금방 돌려줄 거였다고요. 그 사람이 타이어에 총을 쏴서 무서웠고요. 아마 당황했나 봐요. 그래서 계속 달린 거라고요."

기소된 우리는 모두 같은 사회복지사에게 넘겨졌다. 시스킨이라는 이름의 여성으로 법원이 지명한 사람이었다. 그녀는 렉스를 설득해서 머리를 깔끔하게 빗게 했고, 머리핀으로 딱 고정시켜 눌러놓도록 했다. 하지만 렉스가 고개를 내젓자 머리카락이 풀어지면서 곱슬머리가 배배꼬인 채 위로 솟았다. 다치고 부어오른 게 얼굴 왼쪽이었는데, 그 때문에 균형이 안 맞고 반항적으로 보였다. 렉스는 자포자기했다. 별안간 가냘프고 의심에 찬 목소리로 입을 열었다. "이 법정은 *나에 대한* 사법권이 없어요."

올대커가 높이 솟아오른 커다란 책상의 반짝이는 표면 위로 야비한 미소를 슬쩍 지으며 뻗친 머리를 한 깡패 소녀 새도프스키를 빤히 바라보았다.

"오, 그래? 없다고?"

여기 매디의 노트 안에 누렇게 변색된 메모지가 접힌 채 들어 있다. 급하게, 걱정스레, 겁먹어 휘갈긴 글씨. 나는 그걸 펼쳐 평평하게 펴고는 그게 마거릿 앤 새도프스키에게 공식적으로 제기된 혐의들을 적은 목록이라는 사실을 알아차린다. 1954년 4월 8일, 뉴욕 주, 해먼드 카운티, 소년법원.

이걸 왜 썼는지는 기억이 안 나지만 간직하고 있어야 한다. '역사적 기록'을 위해.

세상에, 그들은 렉스를 다음과 같은 혐의로 기소했다. 중절도죄. 무면허 운전. 난폭 운전. 속도위반. 생명의 위협. 경찰관의 지시에 불응. 악의적 재물손괴. 치안 문란. 무기를 숨겨서 소지. 불법 무기 소지. 치명적인 무기로 흉악한 공격 시도. 습관적 무단결석. '교육적 문제아'. '문란한 미성년자'. '문란한 미성년자'라니!

소년 법원으로 찾아와 그녀를 배신한 건 다름 아닌 렉스의 친아버지였다. 모튼 윌 교장(그는 우리 모두에 대해 거짓 증언을 했다)보다도 더 질 나쁜 거짓말과 과장된 표현을 써가며 증언을 했던 것이다. 믿어지는가?

애브 새도프스키! 못돼먹은 성질머리, 미친 듯 발끈하는 성격, 폭력 성향, 퍼마셔대는 음주 문제에다 여자 문제에 고용주들과의 문제로 로어 타운 전체에 명성이 자자한 남자. 이 남자의 특징적인 모습이라면 마치 한쪽 다리가 다른 쪽보다 짧기라도 한 것처럼 위험천만한 각도로 인도에서 몸을 홱홱 틀면서 오만상을 찌푸리고—거무스름하고 뚱뚱한 몸에도 불구하고 그는 잘생긴 남자였다. 혹은 예전에는 그랬다—돌아다닌다는 것이다. 그는 렉스와 함께 소년 법원에 나타나지만 그녀를 거의 쳐다보지 않는다. 마치 수치와 마음의 상처로 정신적 고통이라도 겪는 양. 그는 술이 말짱히 깬 채 면도도 깨끗이 하고 심지어는 양복에 넥타이까지 매고 있다. 렉스 말로는 5년 전 술친구가 죽어서 장례식에 그 양복을 입고 갔다가 그 길로 사흘간 종적을 감춘 뒤 결국 카운티 취객 보호소에서 발견되어 렉스가 그리로 가서 보석을 내고 빼내 온 뒤로, 그녀는 자기 아버지를 본 적이 없었더랬다. 그리고 지금 그는 조곤조곤한 태도로 올 대커에게 자기가 더 이상은 딸을 감당할 수 없고 이 애는 요즘 애들과 마찬가지로 통제가 되질 않으며 아마도 자기가 애 엄마가 죽고 난 다음 재혼이라도 했다면 상황이 달라졌으리라는 사실을 '시인하는' 발언을 하고 있다…… 렉스는 자기가 듣고 있는 소리를 믿을 수 없었다고, 그냥 믿기지가 않더라고 말했다. 그들은 수없이 싸웠고 할 수 있을 때마다 서로를 외면했지만, 그녀는 그가 이딴 식으로 자길 배신해서 남들에게 넘길 거라고는 생각도 못했다. "오, 매디, 가슴이 찢어질 것 같아. 난 그 인간 용서하지 않을 거야."

그들은 애브 새도프스키에게 질문을 퍼부었다. 당신 딸이 약을 하나? 갱단 멤버인가? '문란'한가? 이 반역자는 주름진 턱을 목에다 갖다 댄 채 발끝만 보며 조용히 서 있었다. 마치 자기는 차마 대답을 할 수 없다는 양.

'문란한' 렉스 새도프스키. 자기에게 그딴 식으로 상처를 입히는 남자는 누구건 죽여버렸을 렉스.

올대커가 군 검찰관, 시스킨 부인과 숙의하는 데는 약 10분 정도가 걸렸다. 그런 다음 렉스에게 우리 모두가 거기 보내지는 걸 죽도록 두려워하는 장소, 레드뱅크 주립 여성 교정 시설로 가라는 선고를 내렸다. (소년들이 수용되는 시설은 따로 있었고, 여성 시설보다 두 배는 컸으며, 레드뱅크 마을 근처에 있었다.) 로어타운 사람들 대부분은 레드뱅크에 있었던 아이들을 알고 있거나 그 아이들과 혈연관계였다. 대부분의 사람들이 메이우드(주립 남성 교도소)와 밀레나(주립 정신병원) 사정에 무척이나 밝은 것과 마찬가지였다. 그런 장소들에 대한 농담이 있었고, 사람들은 평생 그 농담을 들었다. 그게 웃긴 농담이어서는 아니었다. 왜냐하면 그 농담들은 죽음을 소재로 하는 것과 마찬가지로 재미가 없었으니까. 그리고 법정에서 실제로 그런 장소의 이름을 듣는다는 건, 그 이름들이 무슨 의미인지 전혀 모르는 개새끼들 입에서 발음되어 기입되고 현실로 변한다는 건, 상상할 수 있는 최악의 일인 것이다.

렉스가 즉시 말했다. "*최단 5개월*'이라면, *최장*은 얼마죠?" 올대커가 대답했다. "그거야 너한테 달렸지, 아가씨."

우리 폭스파이어 자매들이 금지 품목이라도 슬쩍 들이밀까 봐 여자 교도관이 주의 깊게 지켜보는 동안, 렉스는 우리를 한 명씩 끌어안았다. 골디, 라나, 리타, 바이올렛, 토니, 마샤, 그리고 매디. 우리 모두는 (렉스만 빼고) 심장이 깨지기라도 한 듯 울었다. 렉스는 특히 매디를 세게 끌어안았고, 매디는 다친 쇄골 때문에 깜짝 놀라 움찔했다. 렉스가 매디의 귀에 대고 타오르듯 달콤하게 속삭였다. "멍키 베이비, 그렇게 구슬픈 얼굴 하지 마. 다섯 달이면 돌아올 거니까." 그러더니 매디를 꽉 안고는 그녀의 귀에다 대고 몰래 중얼거렸고, 그래서 아무도 그 말을 듣지 못했다. "어쩌면 더 빨리."

무슨 뜻이었을까? 렉스가 레드뱅크를 탈출할 거라는 희망을 품었던 걸까?

3
하늘의 간략한 역사

당신은 알지 못하는 *어딘가*.

1594년 프랑스 루앙, '불타는 돌'이 텅 빈 하늘에서 언덕 중턱으로 쏟아지는 바람에 남자 노인 한 명이 죽고 구경꾼 여럿과 소들이 부상을 입는다. 의사가 죽은 남자를 열어 보니 거무튀튀한 분홍빛 돌이 가슴을, 사실은 *심장을 관통하는* 바람에 즉사했다는 사실이 밝혀진다. 1701년 잉글랜드 체스윅에서도 비슷한 돌이 부활절 예배 중이던 교회 지붕을 '눈사태'처럼 뚫고 들어와 사제를 제단으로 날려버린다. 화재가 나서 건물 대부분을 태워버리지만 신이 개입했는지 신자들은 대피하여 화를 면한다. 1889년 오하이오 주 리마에서는 여객 열차의 승무원실이 바위, 돌, 그리고 멀끔해 보이던 하늘에서 쏟아져 내려온 '바늘들'로 벌집이 된다. 비처럼 쏟아진 9000개에 달하는 이 물체는 가장 작은 것은 포도 알보다도 작았고 가장 큰 건 75파운드에 달했다. "우린 세상이 끝나는 줄 알았어요, 묵시록 말입니다!" 철도 직원은 그렇게 말했다.

그리고 1923년 코네티컷 주 살렘 폴스에서는 수백 명이 참석한 야외 결혼식 피로연 행사가 '불타는 돌이 비처럼 쏟아지는' 바람에 중단된다. 대포가 발사되는 것 같은 소리가 나서, 공황 상태에 빠진 하객들은 처음에는 피로연장이 포격을 받는 거라 믿는다. 1만 4000개 이상의 '비처럼 쏟아지는 불타는 돌'이 떨어질 것이었다.

1931년 사우스 다코타 주 웜웰에서는 시즌 마지막 소프트볼 경기가 9회까지 진행되던 중 별안간 작은 돌들이 몇 분 동안 일제히 쏟아지는 바람에 중단된다. 공포에 질린 목격자들은 사방 몇 마일에 걸친 땅이 분진 폭발로 쑥대밭이 되었다고 이야기한다. 근처 농가에는 맥나마라 가족이 살고 있었는데, 어머니와 아버지와 여섯 자녀가 막 저녁식사를 하려고 자리에 앉자 둥그런 물체 하나가 천장을 뚫고 들어와 마치 지시라도 받은 것처럼 부엌을 재빨리 굴러가더니 시끄럽게 콩콩 뛰면서 지하실 계단을 굴러 내려간다. 맥나마라 씨가 크게 외친다. "세상에, 누가 지붕에다 볼링공을 던졌어!" 그러자 다 자란 아들 중 하나가 말한다. "그거 볼링공이 아니었어요. 불공이었다고요." 불이 다 타고 나자 반짝이는 바윗덩이가 모습을 드러낸다. 거의 완벽한 구형으로, 무게는 32파운드다.

1952년 온타리오 주 푸스에서는 광란의 크리스마스 조명 같은 불빛이 어느 여름날 해 질 녘에 남쪽 하늘을 환하게 밝힌다. '날개 달린 파인애플'처럼 생긴 물체가 수직으로 떨어져 폭발하면서 깊이 30피트에 둘레 53피트짜리 분화구가 파인다. 이 분화구에서 생긴, 모래와 소금기가 섞인 검은색 먼지가 주변 몇 마일에 있는 모든 생물과 무생물 위에 내리면서 두피에, 손톱 밑에, 피부 틈에 낀다.

푸스 주민들은 미국이 러시아의 수소폭탄 공격을 받은 게 확실하다고 말한다.

아니었다. 그건 화성 저편 어딘가에서 날아온 바위의 파편이다.

운석이란 *대체* 무엇인가? 운석은 유성체가 빠르고 격렬하게 지구 대기를 통과하는 동안 살아남은 금속성 물질이다. 그럼 유성체란? 작은 유성 내지는 유성에서 떨어져 나온 바위 조각으로, 지구 대기를 통과하는 동안 백열하는 빛을 발하며, 가끔은 꼬리를 끌며 타오른다.

또한 소행성이 있고…… 혜성이 있으며…… '별똥별'과…… '지구 횡단자'가 있다.

하늘에서 떨어지는 바위. 이름 붙일 수 없는 어딘가에서 온.

이것들은 주로 해먼드 공립 도서관에서 적은 글이었다. 매디 워츠는 자기 생각에 영원히 간직되어야 한다고 믿는 것을 기억하는 법을 배우고자 필사적이었다. 그녀는 방과 후 몇 시간씩 책에 적힌 정보들을 우직하게 베꼈고, 그 책 가운데 한 권의 제목이 『하늘의 간략한 역사』였는데, 지금껏 오랫동안 잊혔던 책이었다. (나는 이 모든 걸 잊고 있었다. 깔끔하게 접힌 채 노트에 끼워져 있던 메모장을 보고서야 기억이 돌아왔다.) 사람들, 특히 어른들을 바라볼 때면, 그녀는 자기에게 (낯모르는) 눈길을 고정한 그들의 얼굴에 정보 또는 삽화나 도표의 막이 겹쳐져 있어서 거기에 넋을 빼앗기고 만 몽상가라도 된 것처럼 굴었다. 자신의 한쪽 면을 어른들에게 드러내고, 또 다른 면을 폭스파이어 자매들에게 드러내던 이 이상한 소녀는, 또 하나의 다른 면, 어쩌면 가장 깊숙한 곳에 있는 핵심일지도 모르는 측면은 혼자만 간직했다.

아무도 날 몰라. 아무도 날 상처 입힐 수 없어.

언젠가 한번은 매디가 렉스에게 책에서, 아마 『하늘의 간략한 역사』였을 텐데, 거기서 뽑은 구절을 읽어준 적이 있었다. 책에서 '지구 횡단자'라 부르는 것에 대한 구절이었는데, '지구 횡단자'는 운석 파편들을 일컫는 말로, 각양각색의 크기일 수 있으며, 지구에 충돌했을 경우 엄청난 피해를 입힐 수 있었다. 렉스는 무척 놀라 경탄과 걱정이 동시에 드러나는 농담을 했다. "그럼 그 빌어먹을 것들이 아무 때나 머리를 칠 수 있다는 거야? 머리가 떨어져 나가는 거야?" 매디가 말했다. "뭐, 실제로 그런 일은 아주 드물지. 진짜로 벌어질 일은 아냐." 하지만 렉스는 이 주제를 놓으려 들지 않았다. 그녀는 다음과 같은 생각을 떠올리고는 그걸 가지고 놀면서 마치 하드 캔디처럼 단물을 쪽쪽 빨았다. "젠장, 매디, 네가 신, 그 우라질 거 말이야, 그러니까 그 신이라는 게 저 위에 있지도 않기 때문에 널 해치지도 못할 거라는 사실을 딱 깨달았는데, 새로운 좆같은 게 사람 겁주려고 나타났다는 소리잖아!"

하긴 그렇다. 하지만 평생 동안 뭔가가 하늘에서 떨어질까 무서워하며 살 수는 없지 않겠나?

* * *

그리하여, 자기 스위치블레이드를 좀 지나치게 자랑스러워하고 과시하면서, 스스로를 위해 그걸 휘두르던 렉스 새도프스키. 열이 바짝 올라 흥분하여 거리를 달려 내려가다가 우연찮게 에이시 홀먼의 청록색 뷰익이 주차되어 있는 걸 발견한 렉스 새도프스키. 자동차 열쇠는 점화장치에 그대로 꽂혀 있었고, 에이시 홀먼은 자기가 예전에는 한 번도 그랬던 적이 없었다고 장담했다. 거리에서 렉스의 뒤를 졸졸 쫓아와 우리 넷에게 닥친 우연. 우리가 뭘 하고 있었는지는 몰랐지만 *뭔가가 벌어질 거라*

는 사실은 알고 있던 렉스.

폭스파이어는 타오르고 타오른다!

허나 슬프게도 이 우연은 레드뱅크에 갇힌 렉스로 끝이 난다. 저기 시골 황무지에서, 300명의 다른 소녀들—'비행 청소년들'—과 함께, 둘둘 말린 가시철조망이 설치된 12피트 높이의 콘크리트블록 벽 뒤에 처박힌 채로. 절대 감금되어서도, 안에 갇혀서도 안 되는 바로 그 사람이. "나 있지, 나 있잖아," 나는 골디에게 이렇게 말했다. "나도 렉스가 있는 곳에 갈 수 있으면 좋겠어." 골디가 나를 쳐다본다. 그녀는 토비를 가슴에 꼭 끌어안고 있고, 토비도 나를 쳐다본다. 그렇다. 나는 알 수 있었다. 왜 소년원에 가는 벌을 받아야 하는 사람이 매디가 아니었는지, 그래서 렉스가 자유의 몸으로 있을 수 없었는지.

4
모욕

그녀는 몽롱한 상태에서 다른 사람들과 함께 움직이며 시간을 보내고 하루를 넘겼다. 귀청이 터질 듯한 버저 소리가 새벽 5시 30분에 울리면 어둠 속에서 욕실로 무리 지어 이동해 습하고 악취 나는 샤워장으로 들어갔다. *내가 어디 있는 거지? 이게 대체 뭘까?* 그리고 나서는 식당으로 사람들과 함께 몰려갔다. *나 뭐 해야 하는 거지, 상황을 다시 바로잡으려면 어째야 하나?* 그녀는 머리를 얻어맞거나 두뇌의 산소가 결핍된 사람 같았다. 똑바로 설 수도 있고, 정상적으로 걸을 수 있으며, 심지어는 겉보기에는 멀쩡하게 맑은 정신으로 다른 사람과 대화까지 나눌 수 있다. 하지만 *이 모욕을 어떻게 갚아야 할지*는 전혀 이해하지 못한다. 모욕 그 자체를 파악하지도 못하고, 자기가 당하는 일에 모욕이라 이름도 붙이지 못한다.

레드뱅크에서 보낸 첫 달에 다른 수감자들의 비웃음을 대여섯 번 정도 알아챘는데, 그럴 때 그녀는 어리석게도 문을 열려고 해봤다. 손잡이를 돌리고 몇 번이고 잡아당겼다. 마치 문이 잠겨 있는 건 뭔가 착오가 일어난 거고, 따라서 그냥 애처럼 고집을 피우면 일이 해결되기라도 하는 양.

교도관 중 하나(보통은 로벨이었다) 또는 모범수 중 하나(보통은 '더치걸'이었다)가 다가와 그녀를 질책할 때까지 그랬다. 그녀의 어깨를 잡고, 가끔은 뺨도 때렸다. 웃자고 재미삼아 하는 짓이었지만, 깨진 유리에서 뿜어져 나오는 광채 같은 그녀의 눈빛이 두려워서이기도 했다.

어디 한번 반격해보라고 도발하기도 했다. 물론, 가끔이긴 해도, 그녀는 반격했다.

그렇게 하면 벌을 받았다. 그녀가 저지르는 규칙 위반은 적절한 절차를 따라 기록되고, 보존되어, 특수한 처벌을 적절하게 가했다는 주석이 달린 채 소장실 직원에게 전달되었다. 오락실 사용권 박탈, 샤워실 사용권 박탈, 식사량 삭감(보통은 점심을 주지 않았다), 추가 작업(부엌? 세탁실? 화장실? 샤워실? 마룻바닥? 운동장?—레드뱅크 주립 여성 교정시설은 자신이 처리해야 하는 무질서와 더러움을 자기 자신이 끝없이 만들며 굴러가는 영구기관이었다. 개중 가장 두려운 처벌은 룸에서 시간을 보내는 것이었다. 그건 격리를 뜻했다.

그들이 그녀를 붙들면 그녀는 고통으로 움츠렸지만 그걸 드러내고 싶지는 않았다. 좆같은 쇄골이 참 느리게도 회복되고 있었다.

'더치걸'이 안으로 비뚤어진 녹색 이빨을 드러내며 야비하게 미소를 짓는다. "너 진짜 난 년이더라, 응? '렉스 새도프스키. 폭스파이어.' 나 네 얘기 들은 적 있어. 너 보고 싶었다."

자존심을 지키려면 *제 발로* 걸어야 한다. 그 개새끼들이 자길 끌고 가게 놔두면 안 되는 것이다. 하지만 거기서 그녀는 흘쩍이면서, 과호흡 상태가 되어 하느님 예수님 나한테 이게 무슨 일이야 나 어떻게 되는 거야 라고 생각하며 룸으로 끌려가고 있었다. 웃기는 건 이 신참 새도프스키가 자기 감방 동료(이름은 바비 멜던으로, 한때 골칫거리였다. 느리고 뚱한 데다 지능도 낮은 농사꾼 소녀로, 자기 말로는 '다른 사람들과 똑같이' 씻는데도 불구하고 몸에서 독한 냄새가 나는 걸로 유명했다)를 끔찍이도 싫어해서 차라리 독방에 감금되는 편을 더 좋아했다는 것이다. 하지만 다리는 뻣뻣이 펴고 눈에는 눈물이 그렁그렁한 채 끌려가면서도 그녀는 자기가 처한 상황을 잘 모르는 듯 보였다. *나는 누구? 여긴 어디?* 경계심이 가득한 채 반사적으로 근육에는 날이 바짝 섰지만 상황 파악은 못하는 듯 보였다. *이게 뭐지? 문이 닫히고 잠기네? 창문엔 쇠창살이 쳐져 있잖아?* 그녀는 무릎이 풀려 넘어지면서, 혹은 교도관에게 떠밀려서 바닥에 깔려 있는 더러운 매트리스에 얼굴을 처박았다. 바퀴벌레들이 벽 안쪽으로 숨으려고 허둥지둥 움직였다. 벽에는 파이프가 어렴풋이 드러나 있었다. 거기서 렉스는 자고, 깨고, 항아리만큼이나 무거운 머리를 뉘었다. 그러다 어둠 속에서 경악과 공포에 질려 다시 눈을 떴다. 심장이 튀어나올 정도로 미친 듯이 뛰었다. 그녀는 재빨리 정신을 차리고는 곰팡내 나는 월경혈, 오래 묵은 슬픔, 토사물, 다른 사람들의 눈물로 범벅이 된 얇고 냄새나는 매트리스 위에서 옆으로 몸을 틀었다. *매디, 나 죽고 싶어. 미쳐버릴까 봐 무서워죽겠어. 아무리 소리를 지르고 질러도 여긴 아무도 없어.*

룸은 추락하고, 빠르게 추락하고, 또 추락했을 때 도달하는 막장이었다.

그녀는 뻣뻣한 걸음걸이로 휴게실에서 끌려나왔다. 그녀가 처음 이성을 잃은 때였고, 휴게실에 들어와도 좋다는 허락을 받은 지 불과 며칠 만에 일어난 일이었다. 갑자기 (잠긴) 문 앞에서 비명을 지르다가 팔꿈치로 모범수의 살집 많은 옆구리를 들이받아 순식간에 아수라장을 만들었다. 또 한번은 식당에서 끌려나왔다. 오전 여섯 시였고, 태양은 이제 막 뜨려는 참이었다. 로벨이라는 이름의 교도관이 식당에 줄을 서 있는 (새 도프스키를 포함한) 대여섯 명의 여자들에게 소리를 질러대며 그들을 밀어댔을 때 렉스는 처음에는 '조용한 경멸'을 내보였다. 하지만 그러다가 아 쌍 누가 사람 밀고 그래, 하면서 마치 산사태처럼 일이 커졌다. 겁먹은 작은 흑인 소녀 하나가(이름은 매리골드로, 로어타운 해먼드 페어팩스 애비뉴 남쪽 동네 출신이었다) 싸움에 지게 생기자 렉스가 그녀를 보호하기 위해 앞을 가로막았고, 로벨은 렉스를 줄에서 끌어냈다. 몇 분 뒤 로벨이 렉스에게 '깜둥이 애인' 같은 단어가 섞인 말을 했고, 렉스는 냉정을 잃었다. 그다음에 자기가 대체 뭘 했는지는 기억이 나지 않았다. 그저 해야 했던 일이라는 것만 기억할 뿐이었다.

폭스파이어에게 영광을!

폭스파이어에게 정의를!

얼굴이 통통하게 부어오른 론 로벨이 기쁨에 차 땀을 흘리며 말한다. "이 쪼그만 *개년*! 이 망할 *쌍년*! 너 이 일 아주 후회하게 될 거야!" 그녀는 마치 누가 뜻밖의 선물이라도 준 것처럼 씩 웃는다.

이런 일이 생기면 비상조치가 취해진다. 로벨과 다른 두 교도관은 즉시 수감자를 '격리'한다. 렉스의 두 팔을 잡아 등 뒤로 비틀어 질질 끌고 가는데, 렉스는 고통으로 구토하기 시작하고 얼굴이 창백해진다. 풀을 먹인 짙은 감색 제복에 간호사 스타킹처럼 두꺼운 질감의 스타킹을 신은 이 덩치 큰 여자들은 그래도 아무 관심을 기울이지 않는다. 이건 그들 일이고, 이러라고 고용된 것이다.

그들은 고통으로 얼굴이 하얗게 된 렉스 새도프스키를 끌고 이제는 조용해진 식당을 나온다. 열린 문이 있는 부엌을 지나 복도로 들어가자 후텁지근한 열기, 그을린 오트밀, 토할 것처럼 시어빠진 우유, 끈끈한 기름, 세제 냄새가 독하게 진동한다. 그들은 F동을 지나 G동을 지나고 H동을 지나간다(이 땅딸막한 단층 건물 중 어떤 것도 '동'이라 할 만한 건 없다. 그저 헛간이나 닭장 같은 저장 공간일 뿐이고, 콘크리트블록과 콘크리트로 지은 것이며, 철망으로 가로막힌 때 묻은 사각형 창문이 달려 있을 뿐이다. H동이 렉스 새도프스키가 있는 곳이지만 그녀는 앞으로 며칠 동안 돌아오지 못할 터였다). 그런 다음 어둑어둑하고 공기도 부족한 동굴 같은 곳을 지나는데, 그곳이 의무실이다. 침대 여섯 개로 끝까지 버티는 곳. 그리고 잠시 바깥으로 나온다. 싸늘한 아침 공기가 충격으로 다가온다. 곡선을 그리며 활짝 열린 하늘이 별안간 나타나자 마치 발밑의 땅이 확 줄어들어 버린 것처럼 방향 감각이 흐트러진다. 하지만 여기, 유지 보수 장비들을 모아놓은 헛간 옆에 있는 좁은 골방에 이르자 그런 느낌도 순식간에 사라진다. 룸은 거기에 있다.

론 로벨과 다른 교도관들에게는 다행스럽게도, 룸은 이날 아침 비어 있었다. 그들은 사전에 방이 비었는지 알아볼 생각은 미처 하지 못했다.

혹은 방이 깨끗한지, 사람이 들어갈 준비가 되어 있는지도 알아볼 생각을 안 했다. 이를테면, 변기가 또 막혀 있지는 않나, 뭐 그런 것. 방에는 바퀴벌레들이 보란 듯 사방에서 바글거리고 있었다.

"좋아, 끝내주는 깜둥이 애인씨, 도착하셨다." 그들은 그녀를 안으로 집어넣고 넘어뜨린 다음 헝겊 인형처럼 농락했다.

너무 무서워. 나 미쳐버릴 거야, 매디. 무서워. 난 내가 생각했던 것처럼 강하지 않아.

뚜껑도 없는 더러운 변기, 바닥에 깔린 납작한 매트리스. 이불도 없고 베개도 없었다. 벽 위쪽, 잔인할 정도로 높은 곳에 가로세로 12인치에 15인치 정도 되는 창 하나가 달랑 나 있었다. 창에는 지저분한 유리가 끼워져 있었고, 부착되어 있는 철망은 흔한 것이었지만 유리 안쪽에 설치되어 있었다.

그러니 유리를 깨서 손목을 그을 수도 없었다.

기나긴 하루를 보내는 동안 바닥을 따라 직사각형 모양의 인색한 빛이 조금씩 움직였다. 빛은 바닥 위에 미루나무 씨앗처럼 켜켜이 쌓인 흙, 먼지, 머리카락을 비추고 있었다.

테리오 신부가 그녀의 이름을 불렀다. 마거릿.

그는 그녀를 사랑하지 않았다. 왜냐하면 그 영감은 그녀가 누군지도 몰랐으니까. 하지만 그녀는 언제나 그가 말할 때 귀를 기울였다. 그건 운명이었다. 그녀는 알았다. 그래서 그녀는 귀 기울여 들었다.

언젠가 공원에서, 그는 죽음에 대해 되풀이해 말했다.

늘어갈수록 점점 더 많이 죽음을 연습해온 셈이다. 그래서 네가 그렇게 겁이 없는 거야. 죽음이 현존하는 상황에서는 죽음 자체가 아니라 죽음에 다가서는 게 두려운 거거든. 다름 아닌 *자기가* 죽음에 다가선다는 생각이.

렉스가 웃으며 말했다. 젠장, 그럼 나 아무래도 본래는 겁쟁이일 거예요.

테리오 신부도 웃었다. 종이봉투 속에 1파인트짜리 위스키를 소중히 숨기고 있는 작고 현명한 남자. 그가 말했다. 오, 아냐, 아냐. 아니다. 넌 겁쟁이가 아니란다, 얘야. 아냐.

렉스가 회의적인 얼굴로 말했다. 그래요? 어떻게 알아요?

테리오 신부가 말했다. 네 마음 속 순수함은 축복받은 거란다. 마거릿. 왜냐하면 너는 신을 보게 될 아이거든.

그들이 그녀를 입건하고, 심문하고, 그래서 모욕이 시작된 곳은 관할 경찰서였다. 그녀는 상황이 통제를 벗어나고 있다는 걸 감지하면서 그곳에서 처음으로 당황을 맛보았다.

분명 그녀는 고속도로 경찰이 쫓아올 때 두려움을 느꼈다. 사실 지리도록 무서웠다. 하지만 그녀를 필요로 하고 그녀를 신뢰하는 폭스파이어 자매들에게는 그 사실을 숨겼다. 그녀는 폭스파이어의 사령관이었으니까.

일단 체포되고 나자, 그녀는 자기가 거칠게 다뤄질 거라는 사실을 받아들였다. 아마 심지어는 그녀 아버지가 그랬던 것처럼 뺨도 때릴지 몰랐다. 가끔은. (그녀 생각에는) 아프라고 때리는 게 아니라 자기네가 정당하다는 걸 보여주려고. 문장에 구두점을 찍는 것처럼. 칠판에다 자기가 받게 될 형기를 그림으로 그리면서. 하지만 경찰이 그녀에게 가한 모욕은 마치 그녀가 무슨 헤픈 년이나 싸구려 창녀라도 되는 양 바라보는 것이었다. 그들은 계속해서 그녀의 남자 친구들이 누군지, 그들을 위해 무슨 일을 했는지, 그놈들이 어느 갱단 소속인지 질문했다. 비스카운츠인가? 호크스? 듀크스? 아니면 더 나이든 남자들이니?

나중에 렉스가 말하길, 그녀는 오로지 애들만 알 줄 알았던, 아니면 애들만 신경 쓸 줄 알았던 로어타운 갱단의 이름이 어른들 입에서 나오는 걸 듣고는 충격을 받았다고 했다. 하지만 이 경찰들도 그 동네 출신이었으니 아마도 그래서 알았을 것이다. 경찰들 중 가장 무례했던 사람은 맥거핸이라는 자로, 그녀를 위아래로 재빠르게 훑어보면서 '렉스'나 '렉스 자기야'라고 불렀다. 그는 렉스와 렉스 아버지 집에서 바로 위쪽 거리에 살았다.

그들에게 그럴 권리가 있었건 없었건, 또는 청소년으로서 렉스의 권리가, 그녀가 무척 심각한 범죄를 저지르는 바람에—그들 말에 따르면 그랬다. 아마 그녀를 겁주려 했던 소리였겠지—일시적으로 보류되었건 아니건 간에, 그들은 그녀를 4번가의 관할 경찰서에 밤까지 다섯 시간 동안 구금시키고는, 그녀와 그녀의 여자 친구들이 '같이 달아난' 갱단이 어느 패거리였는지 반복하여 질문했다. 놈들이 무기를 숨겼나? 물건을 훔쳤나? 그럴 때마다 렉스는 말했다. "내 여자 친구들과 나뿐이었어요. 우리끼리였다고요." 그럼 경찰들은 듣지도 않은 채 고개를 끄덕이거나 자기들은 다 알고 있다는 듯 엷은 미소를 띠며 다시 물었다. 어떤 갱단이냐니까? 어떤 놈들이냐고? 아니면 어른이냐? 에이시 홀먼 같은?

경찰들이 환하게 조명이 내리쬐는 공기도 잘 안 통하는 방에 들락거렸다. 언제나 여성 경찰관이 그 자리에 있는 건 아니었다. 그녀에 대한 심문이 길어질수록 심문도 점점 더 불쾌해졌다. 렉스는 거의 비명을 지르다시피 하며 이의를 제기했다. "내가 말했잖아요. 당신들이 듣지를 않는 거라고요. 폭스파이어는 우리뿐이에요. 고등학생 깡패 새끼들을 보조하는 그런 사람이 아니란 말이에요." 그러면 그들은 그녀를 자세히 뜯어보면서 자기들이 그녀를 발끈하게 해서 아무 말이나 해대는 광경을 즐겼다. 마치 그녀가 그렇게 함으로써, 자기들도 분별없이 굴어도 된다는 신호를 그녀가 주기라도 한 듯.

그들은 우연인 척하면서 고의적으로 그녀를 슬쩍 스치고, 그녀의 팔과 가슴을 만지며 말했다. "우리 자기, *그것보다*는 더 그럴싸한 이야기를 해줄 수 있을 텐데." 이렇게도 말했다. "우리 자기가 무리해서 감싸는 게 '깡패 새끼들' 중 누구냐니까? 아니면 개네 전부 다냐?"

그러다 보니 렉스는 두려움을, 막막함을 느꼈다. *경찰관*이라는 작자들이 그녀에게 이게 자기네 본모습인 양 추파를 던져댔다. 직설적이고 능글맞은 단어들, 그러니까 '관계를 맺다'나, 심지어는 '성교', 더 심지어는 '썹' 같은 말들을 써대는데, 그녀는 완전히 혼자였다. 그녀는 경찰에게 자기 집 전화번호를 알려줬지만 그들은 애브 새도프스키와 연락이 닿지 않았고 딱히 열심히 노력하지도 않았다. 그녀는 자기가 이 개새끼들에게 그들이 원하는 대답, 그러니까 갱단의 이름과 특정한 갱 멤버 이름을 주지 못하고 있다는 걸 알 수 있었다. 그들은 폭스파이어에게는 쥐뿔도 관심이 없었다. 그들이 신경 쓰는 건 오로지 남자 갱단이었다. 남성들.

그거야말로 깊고 심대한 모욕이었다. 그 모욕이 너무 마음 깊이 박혀서, 그녀는 그걸 모욕이라고 제대로 생각할 수도 없을 터였다.

마침내 4번가 관할서 경찰들은 렉스에 대한 흥미를 잃었다. 아무래도 그녀에게는 쓸 만한 정보가 없는 모양이었다. 그저 몹시 겁먹은, 자기가 지금 무슨 문제에 휘말렸는지도 모르는 불쌍한 열다섯 살짜리 소녀일 뿐이었다. 그래서 그들은 그녀를 바로 길 건너 청소년 구금 시설 사람들에게 넘기는 데 서명했다. 나중에 시스킨 부인이 그 경찰들이 여성 경찰관이 없을 때 심문 말고 다른 짓을 했냐고 물었을 때, 렉스는 거의 버럭화를 내다시피 하면서 두 눈을 이글거리며 대답했다. "하! 어떤 새끼건 나한테 손댔다가는 죽여버렸을걸요."

아마 그 짓을 한 놈들은 벌써 다 잊어버렸을 거다.

그때부터 꿈속에 있는 것 같은 상태가 시작되었다. 깨어 있으면서도 몽롱한 상태에 있다가 별안간 분노, 좌절, 폭력이 발작적으로 일어났다. *여긴 어디? 왜 내가 저 문으로 못 나가는 건데?* 그러면서 그녀 마음의 일부는 자기가 구금되어 있는 이유를 깨닫고 그 운명을 받아들였지만, 그럼에도 그녀는 자기가 페리 고등학교 체육관 바닥에 깔린 매트리스 같은 패드를 벽에다 수직으로 덧댄 관찰실에 갇혀 있다는 사실을 받아들이지 않았는데, 그녀가 거기 갇히게 된 건, 렉스는 기억도 못하고 믿기도 거부했지만, 그녀가 '호전적'으로 행동했기 때문이었다.

증거는? 보고서에 기록돼 있단다.

그녀는 자기가 '마취 수색' 때문에 강제로 옷이 벗겨져 있다는 사실을 깨닫고는 굴욕감에 훌쩍인다. 그녀는 절대 이 모욕을 극복하지 못할 것이다. 고무장갑을 낀 번들거리는 손가락이 그녀의 몸을 찌르며 가장 비밀스럽게 숨겨진 신체 부위로 들어간다. 그들은 그녀의 문신도 조사한다. *정말 어설프게 새겼네. 집에서 했나 보다, 얘야. 그렇지? 네 남자 친구가 해준 거지? 응? 그래도 감염은 안 돼서 진짜 다행이네.* 그들은 아무렇게나 뻗치고 엉켜 있는 그녀의 머리카락을 하나하나 만져본다. 작은 손전등으로 두피, 귀, 심지어 콧구멍과 입속까지 들여다본다. 지금 렉스 새도프스키는 그들에게는 그저 몸뚱이일 뿐이다. 반항하기에는 기력이 다 빠져버린, 그저 이름일 뿐이고 그저 숫자일 뿐이다.

처음에 목욕과 샤워를 얼마나 많이 했는지 모른다. 동행한 여성 경관이 그녀를 꼼꼼히 살폈다. *내가 왜 여기 있는 거지? 대체 어쩌다 내가 이렇게 된 거지?* 그녀는 마치 이해가 더딘 어린아이처럼 어떻게 몸을 씻고 어떻게 비누를 문지르는지 지시를 받았다. *발가락 사이 씻는 거 잊지 마, 얘야. 저기, 너 아직 최선을 다해 씻지 않았어. 씻을 데가 더 있다고.* 그녀는 잿물만큼이나 독한 '퀵 클린 샴푸'로 머리를 감았고, 그녀의 감독자들은 렉스가 자기 몸을 부끄러워하는 걸 보면서 때로는 재미있어하고 때로는 조롱하며 비웃었다. 너만 젖통이랑 엉덩이 달고 태어난 게 아니거든? 어떤 태도로 나올지는 그들이 그녀에게 동정심을 품었는지 아닌지에 달린 것이었다. 만약 그날 너무 많은 비행 소녀들이 시설을 거친 경우에는, 남아 있는 안타까움이 그리 많지 않았다.

구금 시설에서 렉스는 먼저 목욕을 하고 나서 욕조를 문질러 닦아야 했다. 갈고리발이 달린 낡고 얼룩지고 엄청나게 큰 하얀 욕조로, 그녀는 벌거벗은 채 욕조 청소를 해야 했다. 숨이 차 헐떡이고 흐느끼면서 청소를 하는데 지쳐 죽을 것 같고 벌거벗은 것도 부끄러웠다. 모욕감이 목구멍에 가래처럼 박혔다. 청소가 끝나면 그들은 소독제를 마치 동물에게 뿌리듯 그녀에게 분사했다. 호스와 분사 노즐이 달린 10갤런짜리 통에 담긴 '퀵 클린 로션'에 들어 있는, 코를 찌르는 냄새가 나는 액체를 겨드랑이, 가슴 아래, 음부에 뿌렸다. 이를 잡기 위해서였다.

렉스가 말했다. "내가 *말했잖아요.* 나 이 없다고. 이 없는 거 안 보여요?" 그러면 그들은 이렇게 말했다. "당연히 그러시겠지. 다들 하나같이 그렇게 말해." 그들 중 한 명이 렉스가 그녀에게는 너무 큰 속옷과 면 작업복을 다시 입는 걸 보며 덧붙였다. "네가 가는 곳에는 말이지, 너랑 같이 있게 될 애들한테 이가 있어. 이렇게 조심을 해도 그렇다고."

레드뱅크에서 처음에는 다른 사람들과 거리를 두고 뻣뻣이 있었다. 그들은 타인들이었다. 교도관과 모범수뿐만 아니라 다른 수감자들도 못 믿기는 매한가지였다. 렉스 새도프스키는 자존심과 당혹감, 상처, 분노, 격정으로 성말라 있었다. 그녀의 근육은 달리고, 달리고, 달리고 싶어 죽을 지경이었고, 근육이 땅기고, 씰룩이고, 심지어는 위험을 감지하는 물고기 떼처럼 두피까지 바들바들 떨렸다. 달아나고픈 욕구가, 긴장이 멈추질 않았다. 특히나 노동으로 녹초가 되지 않을 때는 더 그랬다. 얕고 불안한 잠에서 몇 번씩 깨어나 이빨을 가는 바람에 뒤쪽 어금니에 진짜로 열이 올랐다.

그래서 유일한 행복이 먹고 자는 것, 그중에서도 특히 수면을 꼽는 감방 동료 바비 멜던이 절망 섞인 목소리로 어린애처럼 애원했다. *대체 왜 우릴 그냥 자게 놔두질 않아? 넌 대체 왜 그렇게……* 그러다 적절한 단어를 떠올리려고 머뭇거리더니 잠에 취해 혼미한 정신으로 말을 이었다. *사람이 미움으로 꽉 차 있니?*

존 딜린저가 총알로 벌집이 된 채 쓰러져 피를 흘리며 죽어가고 있다. 겁쟁이들이 등 뒤에서 그가 고깃덩이로 변할 때까지 총을 쏴댄다. 렉스가 그의 앞에 몸을 웅크리고 앉아 그를 만진다. 그가 흘린 피에 손가락을 대자 양 손바닥이 피에 젖는다.

위험한 것은 *그녀가* 다음 차례일지 모른다는 사실이다. 빗발치는 총탄을 맞고는 포석이 깔린 도로 위에서 몸부림치며 죽어갈지 모른다.

그녀는 똑바로, 결의에 차 서 있다. 기다리고 있는 것일까?

또 다른 꿈에서 그녀는 페리 고등학교 주차장으로 돌아가 손에 스위치 블레이드를 들고 달리고 있다. 칼날이 태양 아래 대담하게 번쩍이고 폭스 스파이어 자매들이 그녀를 기다리고 있다. 그녀는 나이프를 비니 로퍼의 목에 꽂아 넣는다. 이번엔 그를 봐주지 않는다. 왜냐하면 아무도 그녀를 봐주지 않으니까.

H동에는 '더치걸'이라는 이름의 모범수가 있었다. 우람한 덩치의 소녀로 렉스는 그녀를 보면 골디가 떠올랐다. 다만 이 '더치걸'은 그녀에게 복종할 의향이 전혀 없었다.

'더치걸'은 일찍부터 렉스를 찍었다. 샤워나 배식 줄에서 그녀를 밀어붙이면서 "아, 좀 움직이지."라고 중얼거렸는데, 그러면 렉스는 멍한 상태에서 깨어나서는 화가 났다기보다는 놀란 얼굴로 '더치걸'을 보며 말했다. "뭐래. 내가 쟤네들 밟고 갈 수 있는 것도 아니고. 그렇잖아." '쟤들'은 그녀 앞에 줄을 선 소녀들을 뜻했다. 그러면 '더치걸'은 그녀에게 교활한 미소를 미끄러지듯 지으며 말했다. "건방지게 말하지 마, 애기야. 뭐가 너한테 좋은지 알아야지."

'더치걸'은 열일곱 살로, 다음 해 생일인 1955년 1월에 출소할 예정이었으며, 교도관들의 사랑을 듬뿍 받았는데, 그건 그녀가 교도관들이 재소자들을 괴롭히고 의심하는 방식을 제 나름으로 연마했기 때문이었다. 눈에는 말썽을 향한 열정이 번쩍였다. 그리하여 그녀는 자기 권위를 세울 수 있었고, 약한 소녀들은 괴롭혔으며, 강한 애들에게는 도전하고 공모 관계를 쌓았다. 그녀는 2년 전 레드뱅크에 들어왔다. 스물아홉 살 남자친구를 도와 주유소를 털고 남자 친구가 사람을 쏘자 총을 숨겼다. 그녀의 얼굴은 장화로 걷어찬 것처럼 살벌했다. 얼굴이 움푹 들어가 있었으며, 딱지가 앉아 있고, 흉터가 나 있었다. 검고 두꺼운 눈썹이 미간에서 연결되어 있었다. 격심한 허기에 찬 음식을 씹으면 구운 치즈 토스트 따위에 편자처럼 생긴 이빨 모양이 날카롭게 푹 파였다. '더치걸'은 식사를 할 때는 접시 위로 고개를 푹 숙였는데, 그럴 때면 마치 자기와 사랑에 빠진 듯 두 눈이 꿈꾸듯 멍해지면서 희부옇게 바뀌었다.

'더치걸'의 문신은 진짜였다. 오른팔 이두박근 쪽 퉁퉁한 살에 새겨져 있었는데, 올콧 비치에 있는 문신 가게에서 해온 것이었다. 발렌타인데이 카드에 그려져 있을 법한 심장 모양의 보라색 문신으로, 밝은 녹색의 뱀 한 마리가 심장 둘레를 휘감고 있었으며, 뱀의 머리 위쪽에는 마치 전단처럼 빨간색 글씨로 영원히 사랑해 드레이크라고 구불구불하게 적혀 있었다. 드레이크는 메이우드에서 복역 중이었고 둘은 헤어진 상태였지만―'더치걸'은 그를 '그 쌍놈'이라 불렀다―그녀는 여전히 문신을 자랑스러워하는 듯 보였다. 그녀는 자기 문신과 렉스의 문신을 적어도 한 번 이상 비교하면서 자기 게 정말 진짜 문신 아니냐고, 집에서 새긴 거랑은 다르다고 말했다. 하지만 그러면서도 렉스의 문신이 정확히 무슨 뜻인지 궁금해했다. "무슨 갱단 같은 거야? '폭스파이어'? 무슨 비밀 조직이냐?" 그녀는 그렇게 묻곤 했다. "아니면 네 남친네 갱단 문신이냐?"

렉스는 어깨를 으쓱하며 그녀를 무시했다. 그녀는 '더치걸'을 조심해야 한다는 걸 알았지만 그냥 무시해버렸다.

렉스 새도프스키의 눈은 강렬하게 사람을 빨아들여서 떨쳐낼 수 없었고, 베벨 글라스처럼 아무 색깔도 없었다.

렉스가 룸에 들어갔다 나온 뒤 어느 한여름 아침, 시설에서 '열대'(위험을 뜻하는 말이었다)로 통하는 모종의 분위기가 감도는 가운데, '더치걸'이 렉스의 감방 동료인 바비를 괴롭히면서 렉스에게 싸움을 걸었다. 세 소녀는 배식 당번이었고, 렉스가 조용히 말했다. "왜 쟤를 밀치고 그래? 쟤도 어쩔 수 없다고. 원래 좀 느리단 말이야." '더치걸'이 말했다. "쟨 병신이거든." 렉스가 말했다. "입조심해." '더치걸'이 바짝 다가왔다. "저능아. 암소 같은 년." 렉스가 움찔했다. '더치걸'이 너무 큰 소리로 말을 해서였다. 렉스가 말했다. "좋아, 그만해. 바비를 그냥 놔두라고." '더치걸'이 실실 쪼개며 말했다. "네가 쟤 애인이냐, 렉스? 너 그러고 다니는 거야?" 그러자 렉스가 '더치걸'의 가슴뼈를 찌르며 말했다. "그럼 어쩔 건데?"

이 말에 불의의 습격을 당한 '더치걸'이 놀라 너털웃음을 짓더니 체중을 뒤꿈치에 실었다. 그러고는 단단한 손가락으로 렉스의 가슴뼈를 쿡 찌르면서 웃었다. "집어치워, 새도프스키. *쟤는 네 타입이 아냐.*"

8주, 11주…… 15주. 12피트 높이 콘크리트블록 너머는 봄이다. 때 이른 여름. 파리하고 끈적거리는 열기가 하늘에서 떨어져 빌딩 안에 갇힌다. 시간은 흐르지 않는다. 여기는 영원히 똑같은 날이니까. 그녀는 달력도 없다. 그녀는 달력 하나 없는 가엾고 불쌍한 쌍년들 중 하나일 뿐이다. 그녀는 문이, 어떤 문이건 간에, 자기 앞에서 잠겨 있다는 사실에 심대한 충격을 받은 사람들 중 하나일 뿐이다.

그런고로, 무심코 손가락으로 손잡이를 돌릴 때, 그녀는 죽음만큼이나 완강한 저항에 부딪힐 수밖에 없는 것이다.

소등 이후 또는 점호 중에는 대화 금지. 줄을 섰을 때 대화 금지. 샤워 시 대화 금지. 별채에서 식당, 작업장, 휴게실, 면회실, 의무실로 이동 시 대화 금지. 빈둥거림 상시 금지. 휴게실 밖에서는 흡연 금지. 개인 속옷 세탁실에서 세탁 금지. 지정된 시간 외 샤워 금지. 침대에 신발을 신은 채 눕는 행위 금지. 방에 수건, 옷, 세탁물을 걸어두는 행위 금지. 식사 시간에 지각 금지. 잔반 남기는 행위 금지. 대오에서 적색 선을 넘는 행위 금지. 벽에 기대는 행동 금지. 신호(버저)가 울리기 전에 방, 식당, 복도 등을 벗어나는 행동 금지. 의복, 신발, 세면도구, 돈, 잡지와 같은 개인 물품을 빌리거나 대여하는 행위 일체 금지. 식당에서 음식을 들고 나가는 행동 금지. 면회객에게 허가받지 않은 돈, 물품, 선물 등을 받는 행위 금지. 별채에서 취식 금지. 다섯 (5) 벌 이상의 내복 소유 금지. 한 (1) 번 이상의 바느질 또는 뜨개질거리 담당 금지. 다른 수감자를 위해 바느질이나 뜨개질을 하는 행위 금지. 다섯 (5) 종 이상의 화장품 소유 금지. 방을 지저분하게 두는 행위 금지. 침대는 기상 즉시 정돈하고 일과 시간 동안 깔끔하고 단정하게 유지해야 함. 일과 시간에 머리 스카프 또는 핀 컬 착용 금지. 스타킹을 신은 발이나 맨발로 걷는 행동 금지. 개인 쓰레기통 사용 금지. 주당 두 (2) 명 이상의 방문객의 삼십 (30) 분 이상 면회 금지. 열여덟 (18) 살 이하 청소년의 면회 금지. 전 수감자 또는 보호관찰에 처해진 자의 방문 금지. 수감자 사이의 의사소통 금지. 소포 금지. 편지 한 편당 네 (4) 페이지 이상의 규격 편지지 사용 금지. 직원 우체국을 통하지 않은 편지 발송 금지. 시설 직원의 조사를 거치지 않은 편지의 발신 혹은 수신 금지. 다섯 (5) 종 이상의 스냅사진 또는 사진 등의 수감자 소유 금지. 취침 구역에 세 (3) 종 이상의 사진 진열 금지. 다른 수감자와 스냅사진 또는 사진 등을 교환하는 행위 금지. 수감자 사이의 개인적인 접촉, 놀이, 싸움, 레슬링, 춤, 마사지, 빗질, 머리 땋기 등의 행위와 옷 입히기, 세탁 등을 보조하는 행위 금지. 직원의 감독 없는 휴게실에서의 게임 금지. 크게 말하기, 소리치기 등의 행위 상시 금지. 시설 규칙에 대한 불복종 금지. 규칙 위반 시 즉시 처벌되며 형기 연장의 대상이 됨.

* * *

매디, 나 진짜 무서워. 폭스파이어가 꿈이었던 것만 같아.

그녀는 룸에 있었다. 더러운 매트리스보다는 바닥에 눕는 편이 나았다. 벽에다 머리를 규칙적으로, 거의 나긋나긋하다 할 정도의 세기로 부딪치고 있었지만, 그녀는 지금 팔굽혀펴기와 윗몸일으키기를 하는 중이었다. 문틀 위로 턱걸이를 하려 애쓰는 동안 얼굴과 목덜미 아래 머리카락에서 열기가 날름거렸다. 손이 미끄러지며 손톱이 부러졌고, 그녀는 옆으로 기울어 바닥에 세게 떨어졌으며, 싸구려 찰흙 인형처럼 산산이 부서졌다.

그녀는 의무실에서 가래 섞인 기침을 해댔고, 폐에서 뜨겁고 끈적이는 동전 크기의 핏덩이가 나왔다. 간호사는 기관지 감염이라면서 애매하게 눈썹을 찌푸리며 걱정을 하더니 아스피린을 주면서 할 수 있는 일이라고는 치명적인 상황이 아니길 기다리는 것밖에 없다고 말했다.

깡마르고 뱀처럼 날렵한 그녀가 건물 사이에 난 좁은 틈으로 몸을 밀고 들어간다. 아무도 렉스 새도프스키가 그렇게 비좁은 공간으로 미끄러져 들어갔으리라고는 믿지 않으리라. 그녀는 A동을 뒤로 하고 밖으로 나와 어둠 속에서 내리는 달콤하고 부드러운 여름비 속을 달린다. 그녀는 등 뒤에서, 머리 위에서 시선이 느껴지는 것 같아서 뒤를 흘끗 본다. 탈옥 영화에서처럼 빗발치듯 사격을 해댈까 마음을 단단히 먹는다. 그러나 아무 일도 없다. 아무도 그녀에게 경고를 날리지 않는다. 경보도 울리지 않는다. 벽―그렇다. 벽!―앞에서 그녀는 망설이지 않는다. 펄쩍 뛰어오르며 거칠고 무디고 특색 없는 콘크리트블록 벽을 붙잡는다. 심장에 총을 맞은 암사슴처럼 펄쩍 뛰어오른다. 뛰고, 뛰면서, 붙들고, 붙잡다가, 도로 미끄러진다. 그녀가 아랫입술을 깨문다. 곧 피가 날 것이다. 렉스는 매디 워츠가 이 시간에 자기 방으로 그녀가 기어 올라가면 얼마나 놀라 자지러질까 생각하며 미소를 짓는다. 그녀는 폭스파이어는 타오르고 타오른대!라고, 폭스파이어는 절대 돌아보지 않는대!라고 생각한다. 결국 붙잡힐 때까지. 사람들이 고함을 질러대고, 그녀는 반쯤은 짐짝처럼 끌려가듯 걸어가면서 꿈틀거리고 툭탁거린다. 교도관 중 하나는 우리가 여기서 널 잡은 게 제대로 다행인 줄 알라고, 만약 담을 넘어갔으면 6개월은 더 살았을 거라고 차갑게 말한다.

매디. 이 편지는 보낼 수 없어 놈들이 검열을 하거든 하지만 정말 보고 싶어, 폭스파이어 자매들도 모두 보고 싶어 사랑해 널 위해서라면 죽을 수도 있어. 너도 알지 그렇지? 편지 고마워 그리고 제발 용서해 줘 내가 편지 답장 못 보내는 거 똥구멍만 한 쪽지 말고는 보내질 못해 왜냐하면 놈들이 우리가 쓴 걸 다 읽거든 못 참겠어, 진짜. 만약 내가 '나쁜 태도'를 보이면 놈들 나한테 벌점 매길 거야, 나 벌써 벌점 엄청 받았어, 하느님 예수님 나 여기 열여덟 살까지 있을 거야(농담이야 걱정 마).

광기가 왔다가 가고 막 그래. 지금 겁이 나는데 왜냐하면 여자애 하나가 여기서 밀레나로 보내졌거든. 걔 진짜 미쳐가지고는 자살하려고 했어. 화장실 청소에 쓰는 거 삼켜가지고. 나 바싹 졸았어 놈들이 나도 보내버릴까 봐 하지만 내가 말하듯이 왔다가 가는 거야 늘 겁먹고 있는 건 아닌 거지. 풍선이 떠올라서 천장에 통통 부딪히는 거랑 같은 건데 있잖아 바람에 흔들리긴 하는데 바람을 예상할 수는 없는 거야. 내가 오랜만에 정신이 들어서 화가 엄청 나는데 이빨을 박박 가느라 말이 안 나와 그리고 나 온통 땀에 젖어서 냄새 더럽게 나지만 머릿속에서 목소리가 들려 되게 차분해 거의 내 목소리 같은데 하지만 어른 목소리야 그 목소리가 뭐라고 하냐면 *하지만 넌 살아 있잖아* 그런다. 그래서 나도 생각하지. 맙소사 맞아. *나 살아 있어.*

화장실에서 플런저* 쓰고 있어. 변기 다 막혔거든 너 이 오물들 못 믿을 걸 한번은 심장이랑 근육이 막 뛰는 기분이 들면서 정신을 차렸어. *난 살아 있어. 그게 중요한 거야.*

테리오 신부가 그게 기적이래. 예수 그리스도가 부활한 게 기적이 아니야. *기적은 살아 있다는 거야.*

맙소사, 세상에 살아 있지 않은 게 정말 많이 있다고 생각하면 막 약해져. 지구가 얼마나 많이 죽은 자들로 채워져 있나 몰라 그들은 서로 안에서 길을 잃었어, 있는 건 그저 지구뿐이지. 우리 박물관에서 생명의 나무 봤던 거 기억하니 진짜 수많은 동물 종들이 멸종했는데 그게 좀 무서웠잖아 왜냐하면 그럼 그 동물들의 목적이 뭔가 궁금하니까 하지만 사실 시간의 시작이나 등등 그런 건 중요하지 않아, 그게 얼마나 오래전에 일어난 일이건 간에. 중요한 건 오직 *살아 있는 존재가 지금 바로 살아 있다는 거야.*

놈들이 나한테 한 추잡한 짓이 뭐냐면, 진짜 최악의 모욕인데, 날

* 펌프질하여 막힌 배관을 뚫는 청소 도구. 한국에서는 '뚫어뻥'이라고도 부른다.

'문란한' 년으로 취급한 거야. 내 아버지가 지껄인 거짓말 때문에. 놈들이 날 가지고 검사를 했는데 그건 내 뜻이 아니었다고. 골반이란 데를 검사한다고 날 끈으로 묶었다니까. 어떤 놈도 너한테 골반 검사 하도록 놔두지 마. 내 피를 뽑아갔는데 성병이나 그런 병 같은 건 찾지도 못했어(아마 내가 임신도 했다고 생각했나 봐). 하지만 내가 빈혈기가 있다는 사실은 알아냈지. 제대로 못 먹어서 피에서 뭐가 좀 부족했나 봐. 그래서 놈들이 나한테 철분제를 줬어. *그러고 나니까 실제로 내가 튼튼해지더라. 느끼겠더라고.*

잠에서 깨면 전에 말했던 것처럼 광기가 치밀어 올라. 해가 뜰 때는 강을 태워버리는 안개 같아. 내가 여기서 하고 있는 짓 때문에 내가 막 놀라. 한번은 아버지의 전 여친인 캐슬린 코너라는 여자가 날 보러 방문했어. 정말 좋은 사람이야. 속옷 몇 벌하고 양말이랑 폰즈 콜드크림을 사줬어. 내 손이 너무 엉망이거든. 나 울기 시작했어. 나답지 않지. 우니까 날 꼭 안아주는데 너 빼고 나한테 이렇게 가까이 다가온 사람이 없었어. 나는 설명을 하려고 애썼어. 내가 지금 기분 나빠서 우는 게 아니고 기뻐서 우는 거라고. 근데 못했어. 주방이나 작업장에서 일할 때 우리는 말도 많이 하고 웃기도 많이 해. 특히 모범수가 나쁜 년들이 아닐 때는. 가끔은 노래도 부르는데 그럼 기분도 좋아지고 의문도 사라지지.

늘 미칠 것 같은 기분이 들고 죽고 싶고 그런 건 아냐. 절대 자살 안해. 빌어먹을, 당연하지. 어제는 휴게실에 있는데 초조해지면서 가만히 앉아 있질 못하겠더라. 둘러보니까 주변에 낯모르는 애들이 앉아 있는 거지. 내가 생각을 했어. *너희는 개들이 너희의 자매이기도 하다는 사실을 아마 모르겠지.* 몇몇은 우울하고 안색도 나쁘고 땅만 바라보고 있었어. 꼭 마음에 상처라도 입은 사람들처럼. 여기는 음식 때문에 피부도 나쁘고 머리카락도 축 처져. 트리스라고 탈주자가 하나 있는데, 여기서는 '탈주자'라고 부르는데, 눈물을 뚝뚝 흘리네. 위탁 가정에서 도망쳐 나온 애야. 걔 말로는 그 집 아저씨가 자기를 못살게 굴었대. 그래서 진짜 부모가 있는 집으로 가려다가 여기 잡혀온 거지. 그게 처음도 아니라서 여기 여덟 달 동안 있어. 놈들은 애를 나처럼 '교정 불능'으로 취급해. 기록에도 남겨놨어. 메리골드라는 애도 있는데 되게 수줍어해. 속삭이는 것보다 작게 말해. 지네 엄마 남자 친구 귀에 드라노*를 부어버렸어. 그놈이 걔랑 개 엄마를 계속 두드려 팼거든. 미안하다더라. 걔 말로는 그 남자가 죽지는 않았지만 진짜 크게 다쳤대. 니키라는 애도 있어. 매디랑 좀 닮았는데, 똑똑한 애야. 안경을 썼고. 걔는 가게 물건을 슬쩍하고 가출한 걸로 여기 들어왔어. 가끔 뭐가 걔한테 확 달려들면 걔는 비명을 지르기 시작하고, 우리는 걔를 달래야 해. 내가 지금 보고 있는 애는 코니, 진저, 로리, 내 감방 동료 바비야. 바비는 어떤 남자를 위해서 훔친 물건을 숨겼다가 경찰에 잡혔는데, 걔는 그 남자가 지 남자 친구라고 생각하고 싶어 해. 불쌍한 바비. 애가 좀 둔하기도 하고 사람도 너무 잘 믿고 의심도 안 품어. 지금도 내가 했거나 하지도 않은 말 때문에 상처받고는 날 수줍게 힐끔거리면서 손가락을 빨고 있어. 리타처럼. 그러니까 우리와 피로 맺어진 자매가 되기 전 리타처럼 말야. '더치걸'이 하품을 하네. 네가 그거 보면 턱

* 배수구 세정제.

이 찢어지겠다 싶을 걸. 쟤 안에는 뱀처럼 단단히 배배 꼬인 게 있어. 쟤는 내 적인데, 나는 왜 쟤가 교도관들한테 고자질을 하면서 모두의 적이 되는지 모르겠어. 가끔 쟤는 내 친구가 되고 싶은 눈치지만 나는 신경도 안 써. 그럴 때는 나를 빤히 쳐다봐. 그리고 입을 헤 벌린 채 혼자 앉아 있는 애는 '버나뎃'이라고 하는데 다들 쟤를 피해. 사연이 있어. 애를 뱄었는데 기차역 여자 화장실 바닥에다 낳은 다음에 죽게 놔뒀거든. 내가 휴게실에서 보고 있는 게 이런 애들이야. 바닥에는 갈색과 녹색이 섞인 더럽고 보풀투성이 깔개가 깔려 있고, 누가 기증한 「라이프」와 「레이디스 홈 저널」과 「리더스 다이제스트」 잡지가 이리저리 널려 있어. 나만이 가졌던 생각을 잊어버리고 있다는 사실이 떠오르면 정신이 번쩍 들어. 얼굴에 뺨을 맞는 기분이야. *애들도 내 자매야. 나처럼. 우리 폭스파이어 자매들과 똑같은 사람들이라고.*

여기서 알게 된 게 하나 있어. 모두 가난한 애들이었다는 거. 백인 여자애나 흑인 여자애나 레드뱅크에서는 다 그래.

어느 덥고 텁텁한 날 그녀에게 방문객이 찾아왔다는 전갈이 왔다. "네 아버지다."

렉스가 웃었다. *"그가? 그 사람이 원하는 게 뭐래요?"*

그럼에도 면회실로 가면서 그녀는 몸을 떨었다. 목구멍 뒤쪽에서 차가운 기운이 느껴졌다.

거기 그가 있었다. 애브 새도프스키. 얼굴은 창틀용 안료 같은 색깔을 띠고 있고 눈가에는 세파에 찌든 표정이 배어 있었다. 엷고 교활한 미소를 지은 채 입술을 핥고 있는 꼴이 아마 한잔 걸치고 온 모양이었다. 차

안, 잠겨 있는 글러브박스 속, 종이 봉지에, 포 로지스 위스키 한 병이 들어 있을 거다. 확실했다.

그들은 서로를 바라보았다. 각자의 두 눈이 마치 기름칠이라도 한 것처럼 재빠르게 비스듬히 미끄러졌다.

"어, 안녕, 얘야."

"안녕."

왜 온 거지. 그는 그녀를 사랑하지도, 그녀에게 쥐뿔 관심도 없었다. 그녀는 그걸 알고 있었다. 모르는 게 불가능했다. 4개월 반 동안 코빼기도 안 비쳤다. 편지는 당연히 안 썼고.

예전에 본인 입으로 말한 대로, 그는 편지를 쓰고 그러는 사람이 아니었다.

그가 헛기침을 하고는 좁은 엉덩이를 의자에서 움찔거리며 미소를 지으려 애썼다. 그런 다음 담배 때문에 까끌해진 목소리로 말했다. "어, 마거릿, 좋아 보이네. 기분 어떠냐?"

렉스가 좀 수줍은 듯 뚱하게 웅얼거렸다.

"응? 안 들려."

"괜찮다고요."

"그래? 괜찮아 보인다. 좋아 보여." 침묵. 그가 다시 미소를 지으려 했다. 잘 보이려 하는 게 뻔히 보였다. 이 눅눅한 7월 오후에 진짜로 스포츠코트를 걸치고, 축축한 머리는 이마 뒤로 말끔하게 빗어 넘겼다. "잠은 잘 자고? 음식은 어때?"

"괜찮대두요."

렉스가 내뱉듯 말했다. 이 지극히 평범한 표현, *괜찮대두요*가 그녀 입술에서 미묘한 아이러니를 띤 채, 거의 알아채지 못할 만큼 희미한 능글

맞은 미소로 비틀렸다.

　순간 두 사람 모두 기묘하고도 갑작스러운 분노에 사로잡혔다. 아버지
와 딸 모두. 그러고 나면 둘 다 기운이 쭉 빠지곤 했다.

　여기까지 운전도 했고, 나름 노력도 했으니, 애브 새도프스키는 계속
이 만남을 밀고 나갔다. 비난의 말이 혀끝까지 올라오지만 그가 애를 쓰
고 있다는 게 보였다. 그는 렉스가 딱히 관심이 없을 이야기들을 천천히
두서없이 늘어놓으며 자기가 품고 있는 죄의식에 저항했다. 이웃 소식,
로어타운 소식, 안면은 있지만 애매모호한 관계인 친지들 소식, 노조 활
동 소식, 그가 일하는 공장 소식. 아버지와 딸은 비버우드로 상판을 올린
끈끈한 테이블을 사이에 두고 앉아 예의 바르게 서로를 마주했다. 머리
위 높이 시계가 걸려 있었다. 2시 25분. 빨간 초침이 꿈이라도 꾸듯 몽롱
하게 돌고 있었다. 입을 헤 벌리고 있는 교도관 둘이 근무를 서고 있었
다. 풀 먹인 하얀 블라우스에 파란색 스커트 차림이었다. 수감자 대여섯
명이 비버보드 칸막이 널빤지를 따라 앉아 방문객을 맞이하고 있었다.
조용히 대화를 나누다가 가끔 웃기도 하고, 아마 눈물도 좀 흘리는 것 같
았다. 면회실에는 곳곳에서 눈물이 터지니 곁눈질을 해서는 안 된다. 사
생활을 존중해야 한다. 동물처럼 빼곡히 들어찬 채 살다 보면 사생활 존
중이 정말로 소중하다는 사실을 배운다. 렉스와 아버지 옆에는 흑인 가
족이 있었다. 렉스가 이름을 모르는 소녀였다. 소녀의 어머니와 언니가
그녀에게 진지한 말투로 이야기를 하고 있었고, 소녀는 낮은 목소리로
성심껏 그들을 안심시키고 있었는데, 가족 사이에 흐르는 그 감정이 애
브 새도프스키와 그의 딸이 실체가 분명치 않고 뭐라 정의할 수도 없는
분노에 휩싸여 뻣뻣이 앉아 있던 30분 동안 그들 쪽으로 밀려들어왔다.
둘은 메마른 눈을 깜박이며 몇 초 간격으로 어색한 침묵에 빠져들었다.

렉스는 지금 자기 아버지에게 대놓고 주의를 기울이고 있었다. 두 눈을 가늘게 뜨면서 그를 쟀다. 그 개새끼에게, 감히 엄두가 나면 자기 생각을 한번 읽어보라고 하고 있었다.

어떻게 그럴 수 있어. 날 그딴 식으로 배신하다니. 공개적으로 나에 대해 더러운 거짓말을 해대면서.

마치 그녀의 마음을 읽은 듯, 또는 그녀의 표정을 해석한 듯, 애브 새도프스키가 좀 더 공격적으로 입을 열기 시작했다. 평소 하는 말에 비해 발음도 훨씬 뭉개졌다. 그가 말했다. 이름이 잘 생각 안 나는 사회복지사에게 듣기로는 그녀가 레드뱅크에서 '행실에 문제가 있'고, '벌점'을 많이 받는 바람에 형기가 늘어나고 있다면서, 자기는 그런 말을 들어서 유감인데, 정말로 빌어먹게 유감인데, 왜냐하면 경찰에 체포된 것으로는 충분치 않았으니까. 그딴 식으로 무모하게 행동하는 게, 그따위로 구는 게, 정말이지 뭐하자는 수작인지 모르겠는데, 그러다가는 인생이 완전히 끝장나지 않겠나? 그녀의 인생뿐 아니라 자기 인생까지. 그리고……

렉스가 별안간 그의 말을 끊었다. 마치 지금까지 듣지도 않고 있었다는 양. "어머니 얘기 해줘요. 어머니에게 진짜 무슨 일이 일어났던 건지."

"뭐라고?"

"어머니가 어떻게 죽었는지요. 그 일 아버지와 관계가 있죠, 그렇죠?"

"*뭐가 어째?*"

긴 침묵. 이제 그들은 전혀 주춤대지 않은 채 서로를 똑바로 쳐다보고 있었다. 렉스가 자세를 똑바로 하며 앉아 두 손을 무릎 위에서 맞잡았다. 발은 바닥에 딱 붙었다. 그녀는 최근 자기를 진짜로 잘 제어해왔다. 지난 몇 주간은 한 번도 격리되지 않았다. 사실 직원들을 보조하며 시설의 소녀들에게 읽기와 쓰기를 가르치고, 또는 가르치려 노력하고 있었다. 잘 먹어서 살도 붙고 있었고 점점 힘도 세졌으며, 그런 힘을 가지고 살아가게 될 인생을 내다보기 시작했다. 공기처럼 안정되고 저항 없이 자연스레 호흡을 했다. 이 남자, 이 거짓말쟁이, 이 배반자, 그녀의 아버지라는 이놈이 협박이라도 하듯 자리에서 일어서지만 않았다면.

렉스는 애브 새도프스키에게는 들릴 정도로, 하지만 다른 사람에게는 안 들릴 정도로 목소리를 높여 말했다. "예전에도 물어봤는데 대답을 안 해주셨죠. 어떻게 그냥 죽어버릴 수 있죠. 어떻게 내 어머니가 그냥 죽어버릴 수 있냐고요. 서른 살 먹은 여자는 그냥 죽어버리지 않아요. 동네에서 들은 이야기가 있는데 믿고 싶질 않았어요. 아버지도 사람들이 어떤지는 아시겠죠." 렉스가 말을 멈추고 아버지를 보았다. 그녀는 그의 내부에서 본능이, 자리에서 일어나 뒤도 안 돌아보고 문 밖으로 걸어 나가 달아나려는 충동이 꿈틀거리는 걸 느낄 수 있었다. "당신이 시켰어, 그렇죠? 어머니가 수술을 받게 시켰죠?"

애브 새도프스키가 힘없이 말했다. "수술?"

"낙태 수술이요. 아니에요?"

화가 나서, 죄의식에 휩싸여서, 애브 새도프스키가 웅얼거렸다. "'낙태'라고? 대체 네가 '낙태'에 대해 뭘 아는 거냐! 넌 애야!" 그는 더듬거리며 크리넥스를 찾아 입과 땀을 흘리는 두툼한 턱을 닦았다. "*네가 대체 뭘 안다고!*"

여전히 차분하게, 흔들림 없는 싸늘한 시선으로 애브 새도프스키를 똑바로 보며, 렉스가 말했다. "말해줘요, 아빠."

렉스의 입에서 나온 '아빠'라는 단어는 외국어만큼이나 생경했다. 그게 경멸하는 건지, 애달파하는 건지 판단이 서질 않았다.

애브 새도프스키는 오랫동안 망설이다가, 렉스에게 이 이야기를, 이

독백을 시작했다. 그녀가 듣고 싶어 한다고 생각하는 이야기를. 그녀와 눈을 마주치지 않고, 눈을 깜박이며, 코를 킁킁거리며, 의자에 앉은 채 무게중심을 이리저리 옮기며, 자기 의지에 반해 억지로 진실을 말하게 된 남자가 품은 분하고 원통한 기색을 내비치며, 그에게서 진실을 끄집 어내려는 사람을 비난하는 분위기를 풍기며. 신께 맹세하는데, 만약 그녀가 알고 싶다면, 그녀는 알게 될 것이었다.

렉스는 활처럼 팽팽하게 긴장한 채 몸을 앞으로 기울이고는 온 정신을 집중하여 귀를 기울였다.

"……이게 아주 오래전 일이라는 걸 알아야 한다…… 네 어미가 죽었 을 때가 아니라, 그 이전부터 일어난 일이란 말이다. 넌 그 여자가 *실제* 어떤 사람이었는지 절대 모르겠지. 그녀와 내가, 그러니까 우리가…… 처음 사귈 때 말이다. 맞아. 그녀는 변했어. 확실해. 변했지. 하지만 처음 에 글로리아는 그 뭐냐, 내가 본 사람 중 가장 아름다운 여자였다. 나는 그녀에게 미쳤고 그녀도 내게 넋이 나갔지. 나중에 상황이 변했지만, 하 지만…… 변한 건 없어. 무슨 말이냐 하면, 그때의 기억은 안 변했다는 거다. 너 같은 애는 말이다, 마거릿, 봐라, 얘야, 넌 겨우 열네 살이야, 그 렇지? 아니, 열다섯인가…… 그래. 열다섯. 중요한 건 말이지, 넌 그냥 애 기일 뿐인데 마치 지가 영원히 살 줄 아는 것처럼 인생을 낭비하고 있다 는 거다. 아니, 절대 *아냐*." 그가 화가 난 채 웃었다. "*아니라고.* 네 애비 가 여기서 말해줄 테니 잘 들어라. 네가 태어나기 전에 말이다, 마거릿, 네 어머니와 나는 서로 미친 듯이 사랑했다. 진짜로 깊이깊이 사랑했다 는 거다. 너 같은 요즘 헛똑똑이는 그게 뭔지 개뿔도 모르지. 니들 중 누 구도 모른다고. 아무튼 좋아. 글로리아는 남자 친구가 많았다. 왜냐하면 진짜 외모가 끝내줬거든. 그 머리카락이며 얼굴이며, 길거리에서 차들이 멈출 정도였다. 과장하는 거 아니다. 진짜야. 진짜 끝내주는 외모였고, 여자라면 당연히 그래야 하듯 자기 몸 챙기는 법도 알았다. 헤픈 년들하고는 달랐다. 아니면 그보다 더 나쁘게, 진짜 거의 그보다 더 나쁘게 자기를 막 굴리는 년들하고도 달랐다. 아니면 지가 어떻게 생겼는지는 개뿔도 신경 안 쓰면서 외모 낭비하는 여자들하고도 달랐다 이거다. *너 같은 여자 말이다.* 진짜 죽여주는 여자가 될 수 있었는데, *보라고,* 빌어먹을 남자애같이 하고 다니고 옷도 남자처럼 입고 다니고. 너 틈만 나면 그러고 다니는데, 대체 어떻게 남자가 너처럼 거칠게 사는 애한테 관심을 가질 거라고 생각하는 거냐? 진짜 어처구니가 없어서 웃음이 나와. 어떻게 글로리아 메이슨의 딸이 *너처럼* 사는 거냐고? 좆같은 사내놈처럼 지 이름을 '렉스'라고 하질 않나, 나이프를 들고 다니질 않나, 차를 훔치질 않나, 세상에, 글로리아가 부끄러워 죽을 거다. *나도 수치스럽다.* 난 남자인데 수치스럽단 말이다. 뭐 좋아. 내가 무슨 말을 하고 있었더라…… 어, 그래, 글로리아와 나는 미친 듯이 사랑을 했지만…… 결혼은 안 했다. 왜냐하면 그녀에게 환장한 다른 남자들이 있었고, 그중 하나는 돈도 제법 있었거든. 그녀가 그렇게 말하더라고. 그 씨발 놈이 돈이 얼마나 많았는지는 나도 몰라. 왜냐하면 네 어머니가 언제나 성경에 맹세코 엄격히 진실만을 말하고 그러지는 않았거든. 그녀는 남자가 계속 추측하게 하는 걸 좋아했어. 하지만 그녀가 기본적으로 사랑하는 단 한 사람은 나였다. 그녀도 그건 인정했어. 딴 놈이 그녀를 집까지 데려다주면 그녀는 그놈을 치워버린 다음에 나랑 같이 나가서 코가 비뚤어지게 마셨어. 이런 식으로 어, 한동안 계속됐지…… 오랫동안 그렇게 지냈던 것 같지만 사실 겨우 몇 달 정도 그랬을 거야…… 그 나이 땐 말이다, 사랑에 빠지면 거의 참을 수가 없게 돼. 그녀를 가지지 못하면 죽을 거라고 생각하지. 일주일도 길어. 하루도 못 참는다고! 그러다 글로리아가 넘어갔지. 뭐 그래, 인정사정없이 굴 거 없잖아. 아무튼 좋아. 우린 결혼은 안 했지만 홀리 가에서 함께 살았어. '다이아몬드'라는 레스토랑 위층이었지. 지금은 없지만. 아마 건물 자체도 사라져버렸을 거야. 뭐 난 괜찮았어. 쓰레기장 같은 곳이었지만 어쨌거나, 네 어머니랑 나는…… 내가 당시에 트럭을 몰았어. 그러다 그 개새끼들이 사람을 아주 골치 아프게 만들어버렸지. 내 면허를 뺏어간 거야…… 트럭 운전면허 말이야. 다른 것도 아니고…… 그러다 보니 밖에 많이 돌아다녔지. 사흘에 이틀 정도는 계속 나갔어. 가끔 경마장에서 피츠버그를 달리게 하고 나서 돌아오면 네 어머니가 이렇게 말했어. '내가 집에 앉아서 뜨개질이나 할 거라고 생각하는 건 아니겠죠.' 이렇게도 말했어. '나도 외롭단 말이에요.' 그래서 그녀도 밖에 나가곤 했지. 내 생각엔 몇 번 정도 그랬던 것 같은데 나는 못 참겠더라 이거지. 언제 한번 불시에 돌아와야겠다, 뭔 말인지 알겠지, 영화 같은 데서 남자들이 그러는 것처럼 말이다. 내가 네 어머니를 그녀의 화끈한 남자 친구, 삼류 사기꾼에 도박꾼 새끼, 실제 직업은 마권업자인 새끼랑 동시에 딱 붙잡는 거란 말이다…… 이러다 한번은, 그래, 내가 집에 있는데, 길바닥에 있는 게 아니라 *집에* 있는데, 우리가 싸웠던가 뭐 그랬다. 정확히 기억은 안 나지만 난 집에 있었고, 자려고 애쓰고 있었고, 네 어머니는 어디로 나가버렸고. 나중에 지 말로는 여자 친구랑 같이 있었다고 그랬지…… 싸움이 왜 벌어졌냐면, 네 엄마가 애비가 누군지도 모르는 애를 배서 그랬다. 내가 이렇게 말했어. 좋다, 이 쌍년아, 이 창녀야, *내가* 같이 살아줄 수 있다, 내가 이렇게 사는 첫 번째 남자가 될 것도 아니고 말이다, 이렇게 말했는데…… 왜냐하면 속으로 나는 아버지가 나라는 걸 알고 있었거든. 나 말고 누가 되겠냐고. 내가 네 어머니보다 훨씬 날짜를 잘 셌다. 왜냐하면 나는 대부분의 시간을 맑은 정신으로 안 취하고 보냈는데 그녀는 안 그랬거든. 그런데 그녀가 나가서 나한테는 말도 안 하고 의사인가 싶은 놈팡이에게 예약을 한 거다. 뭐 진짜 의사였는지는 잘 모르겠다. *그랬겠지 뭐.* 세상엔 별별 의사가 다 있으니까! 그래서 그녀가 그 사람 병원에 나타난 거지. 나는 까맣게 몰랐고. 그녀는 술을 마시고 갔지만 정신은 아주 말짱했지. 죽도록 무서워하고 있었고. 무슨 말이냐면, 그녀는 그래 봤자 애라는 거다. 스무 살 먹은 애. 열여섯 살 이후로는 남자가 없으면 늘 혼자였고. 그녀가 계단을 올라 이곳으로 가는 거다. 6번가 위쪽에 있는. 그녀 말로는 초라하고 딱히 깨끗하지도 않고 그 뭐라고 그러냐, 대기실 따위도 없다는 점만 빼면 진짜 의사 진료실 같은 장소에 말이다. 곧장 안으로 들어가니까 의사가 옷을 벗으라고 하지. 그녀는 그놈의 입 냄새를 맡을 수 있어. 눈은 충혈되어 있고 너무 겁을 먹고 있는 데다 취해서 몸을 비틀거리다시피 하고 있지. 하지만 그녀는 지 말에 따르면 최면에 걸렸는지 마비가 되었는지 아니면 똑바로 생각할 상황이 아니였는지 아무튼 놈이 시키는 대로 했지. 아래쪽 옷을 벗고 테이블에 누워. 이제 의사가 시작할 거야. 수술 말이야. 그래, 뭐 돌려말할 거 있나. 낙태 말이다. 그가 낙태수술을 할 거야. 마취용 에테르나 뭐 그런 것도 없이. 그러니까 네 어머니가 자기는 준비됐다고 말해. 다른 선택의 여지도 없다고, 준비가 됐다고. 거기 누운 채 정신은 말짱한데 몸은 부들부들 떨면서. 그러니까 그놈, 네 어머니 말로는 거의 대머리인데 양옆에 백발이 나 있고, 산타클로스도 좀 닮았고, 토실토실하고, 뚱뚱하고, 뭐 그런데, 너는 그놈이 기뻐했을 거라 생각하겠지만, 네 어머니 말로는 아주 죽도록 겁을 먹어서 밖에서 차문 닫히는 소리나 누가 소리를 지르는 것만 같거나 해도 펄쩍 뛰었다더라. 그놈한테 도구가, 수술 도구가 있었지. 커다란 펜치 같은 거, 허, 사람 몸을 여는 뭐 그런 것도 있고, 아주 똑바로 뻗은 면도칼 같은 것도 있고, 그거 있잖아, 메스라고 하나? 그걸로 긁어내는 거지. 근데 그녀가 보니 그 씨발 놈은 손을 부들부들 떨고 있고 말을 나불나불 하다가 지 말에 지가 처웃고 소매로 얼굴을 닦더니 그 펜치를 네 엄마 안에 억지로 쑤셔 넣는 거지. 그녀는 누운 채 땀을 흘리면서 기도를 해. 이 상태가 영원히 갈리는 없다며. 뭐 좋아. 글로리아가 최상의 판단력을 발휘하는 건 아니지. 하지만 그 돌팔이를 추천한 건 그녀의 여자 친구였다고. 진료실이 있으니 그 사람은 진짜 의사라고 주장했던 거지. 아니면 의사였거나. 그놈이 뾰족한 도구를 그녀 몸 안에 집어넣자 그녀가 아파죽겠다며 비명을 지르기 시작해. 의사는 그녀에게 조용하라고, 경찰이 오면 어쩔 거냐고 하지. 하지만 그녀는 겁을 잔뜩 먹고는 테이블에서 뒤로 기어가고, 그러니까 의사 놈이 다가오는데, 그녀의 둥그런 눈에 놈이 꼭 자기를 죽일 것처럼 보이는 거지. 놈이 들고 있는 펜치와 하얀 가운에는 이미 피가 묻어 있고, 그래서 그녀는 과격해지지. 그 개새끼의 불알을 걷어차는 거야. 비명을 지르고 훌쩍이면서 여기서 나가고 싶다고 그래. 그다음에 그녀가 기억하고 있는 건 자기가 계단을 달려 내려가고 있다는 거야. 아랫도리에 스커트나 슬립도 안 입은 채로…… 그녀는 피를 뚝뚝 흘리면서 인도로 나와 달려. 밖에는 그녀를 병원에 데려다준 남자가 차 안에서 기다리고 있지. 남자 친구는 아냐(그녀가 맹세했어). 남자인데 그냥 친구인 거지. 네 어머니는 친구가 많았다. 열여섯 살 이후로는 마치 혼자 살아온 양 굴었는데, 또 진짜 그랬던 것처럼 보이기도 하더란 말이지. 무슨 말이냐 하면, 글로리아가 사람 눈을 쳐다보면, 사람들은 그녀가 말하는 게 뭐든 믿었다. 입을 벌리기도 전에 사람들이 믿어줄 준비가 된 여자였다고. 내가 아주 뼈저리게 알아서 하는 소리다. 아무튼, 난 집에 있었다. 뭔 일이 벌어지고 있는지 쥐뿔도 몰랐다고. 그녀가 나한테 비밀로 했으니까. 그녀가 집으로 올라와서 안으로 걸어 들어왔다. 열쇠가 있었거든. 나는 침대에 누워 있었고, 그녀는 울면서 나한테 곧장 오는데 난 그런 모습을 본 적이 없었다. 취해 있지도 않았는데 말이야. 그녀가 말했어. '오, 자기야, 안아줘요, 안아줘요.' 그러면서 이렇게 말했지. '오, 나 *당신* 사랑해요. 오로지 *당신*만 사랑한다고요.' 나는 놀랐지만 그때 나는 세상에서 제일 행복한 남자였다. 우린 결혼했어. 일주일 뒤에 결혼했지. 그녀는 아이를 낳았지만 애 아버지가 누구냐 이딴 소리는 더 이상 안 나왔어. 왜냐하면 애브 새도프스키가 아버지였으니까. 그리고 그 애기, 마거릿이 바로 *너*였다."

가엾은 렉스! 그녀는 애기 내내 엄청난 집중력을 발휘하며 열심히 귀를 기울이고 들었지만, 말이 끝난 다음 처음에는 듣는 것처럼 보이지 않았다. 혹은 자기가 들은 말을 이해하지 못한 모양이었다. 애브 새도프스키는 혀로 핥아 반질거리는 입술에 미소를 띤 채 그녀를 쳐다보고 있었다. 눈에는 더러운 유리 뒤에서 반짝이는 빛 같은 심술궂은 활기를 띠고 있었다. 잠시 뒤 그녀는 의자에서 말없이 비틀비틀 더듬거리며 일어났다. 한쪽 발이 의자 가로대에 걸렸다. 애브 새도프스키는 헛기침을 하고는 마치 공격할 각도를 잡는 뱀처럼 목을 쭉 빼면서 목소리를 조금 키웠다. "이제 네 어머니 *죽어가던* 거 말인데, 그게 젠장 그 뒤로 10년도 안 돼서 일어난 일이다. 그땐 진짜 병원에 있었지. 신장은 술 때문에 아작이 났고. 근데 뭐 그건 지금 *당장* 할 이야기는 아니니까."

렉스가 고개를 흔들며 거의 속삭이듯 말했다. "아냐. 오, *아니야*."

그녀는 자기 발을 내려다보고 있었다. 얼굴은 차마 이름도 못 부를 무서운 걸 억지로 보게 된 아이 같은 표정이었다. 교도관이 심상찮은 기색을 알아채고 렉스에게 다가오는데 바로 그 순간 렉스가 비명을 지르기 시작했다. "아냐, 아냐, *절대 아니라고*, 난 당신 말 못 믿어. 거짓말쟁이! *살인자!*" 그녀가 두 주먹으로 테이블을 내리쳤다. 교도관들은 그녀를 붙잡아 제압할 준비를 하고 있었다. 그들은 수감자가 미친 듯이 휘두르는 주먹에 맞거나 물리지 않고 수감자를 제압하는 요령을 알았다. 그들은 강하고 거칠고 젊은 여자들이었고, 이런 난폭한 상황에 대한 풍부한 실전 경험이 있었다.

레드뱅크 주립 여성 교정 시설을 찾은 애브 새도프스키의 두 번째이자 마지막 방문은 이런 식으로 갑작스레 중단되었다.

5

폭풍의 바다. 고요의 바다. 꿈의 호수. 죽음의 호수.*

이 이름들. 난 이 이름들이 좋았다. 달의 지명들. 이 이름들을 폭스파이어 노트에다 몇 번씩 쓰면서 늘 렉스를 생각했다. 어쩌면 그녀는 달에 있는 게 아닐까? 레드뱅크를 벗어나 달에 가버린 건 아닐까? 해먼드에서 15마일 떨어져 있는 게 아니라?

렉스가 없는 몇 달은 길었다. 그녀의 나쁜 행실과 그로 인해 받은 온갖 벌점 때문에 형기가 5개월 이상으로 늘어나고 있었고, 그녀가 다시 우리에게 돌아오지 못하리라는 공포가 우리, 렉스의 폭스파이어 자매들 모두에게 퍼졌다. 사람들이 렉스는 잘 있냐고, 레드뱅크에서 어떻게 지내고 있는지 물으면 우리는 거짓말을 했다. 아주 잘 지낸다고 대답했다. 우리는 진짜 상황이 어떤지 알려줌으로써 폭스파이어의 적들에게 만족감

* 모두 달의 지명이다.

을 선사할 생각이 없었다.

가장 사랑하는 사람과는 세상을 공유하게 마련이다. 그 사람이 사라져도 세상은 남지만 전과 같지는 않다. 세상과 거리가 생긴다.

실제로 세상은 예전과 똑같지 않다. 세상을 붙들고 있던 힘이 약해진다. 그럼 떠나가 버리게 될 수도 있다. 달까지라든가.

나는 렉스에게 폭풍의 바다, 고요의 바다, 꿈의 호수, 죽음의 호수에 대해서 보내고 싶었지만 그들이 편지를 검열할 게 뻔했다. 내가 렉스의 편지를 친구들에게 보여주거나, 편지지에 담긴 이상할 정도로 생기 없고 밋밋한 목소리를 큰 소리로 읽어주면("여기는 다 좋아. 나 여기서 친구도 생겼어. 글쓰기랑 헤어스타일링이랑 '미용술'이라는 걸 배워. 나 기분 괜찮아. 우리한테 먹을 거 줘서 좋아. 일을 아주 많이 시켜서 배가 고파졌어."), 골디가 편지를 잡아채다시피 빼앗은 다음 찢어버렸다. 그녀는 속이 상해 화를 내며 웃음을 터뜨렸다. "쌍! 들었냐! 이건 렉스가 아냐! 꼭 레드뱅크 소년원에 있었던 내 사촌 미키 같다고! 개새끼들이 편지를 검열한단 말이야."

보호관찰 중이고, 열여덟 살 미만이다 보니, 우리는 아무도 렉스를 면회하러 레드뱅크로 갈 수가 없었다. 그게 제일 잔인한 대목이었다. 우리가 렉스의 소식을 직접 듣는 유일한 창구는 캐슬린 코너였는데, 그녀는 한 달에 한 번 정도 렉스를 만났고, 우리가 렉스에게 주려는 물건을 기꺼이 전달해줬다. 이모와 사촌 등 렉스의 친척도 면회를 했지만, 우리는 그 사람들과 접촉하기가 껄끄러웠다. 물론 아무도, 심지어는 골디조차도, 애브 새도프스키에게는 말도 붙일 생각이 없었다. 그는 가끔 거리에서 우리를 볼 때면 침을 뱉는 시늉을 했고, 우리더러 제 딸처럼 소년원에 간혀 마땅한 사고뭉치이자 잡년들이라고 했다.

캐슬린 코너는 렉스를 무척 좋아했다. 그녀는 렉스가 교도소에 갇혀 있는 걸 보면 마음이 아프다고, 렉스가 잘 지낸다고, 밥도 잘 먹고 잠도 잘 자며 친구도 생겼다고 말하는 걸 들으면 가슴이 찢어진다고 했다. 그 말은 당연히 다 거짓이었다. 적어도 일부는 분명 거짓이었다. 왜냐하면 렉스는 벌점을 *계속* 받았고, 독방에 갇혔으며, 형기는 늘어났으니까. 적어도 한동안은. 렉스가 실제 겪고 있는 비참과 고통에 대해, 나는 그녀가 풀려나 내게 직접 말할 때까지 알 도리가 없었다. 하지만 당시 (심지어 지금도!) 나는 뭔가를 꾸며내야 했다. 어쩔 수 없다. 나는 상상해야 한다. 나 자신을 렉스 새도프스키의 내면에 침잠시켜 상상해야 한다. 왜냐하면 그녀는 자신의 내면에서 벌어지는 수많은 일들을 결코 본인 입으로는 발설하지 않을, 그런 소녀였으니까.

당혹스럽게 웃으며 말하곤 하던 그녀의 모습. "내 얘기 너무 부풀리지 않는 게 좋을 것 같아, 매디. 그래야 하는 건 다른 여자들이야. 정말 *옴짝 달싹도 못 하는 것 같은* 여자들."

* * *

아무도 죽지 않았다. 우리 모두 죽음을 모면했다.

렉스가 에이시 홀먼의 뷰익에 우리를 태우고 거의 가본 적 없던 시골길을 달렸던 그 거칠고 난폭한 드라이브. 앞으로 절대 잊지 못하리라. 우리가 살아 있는 한은.

나는 여전히 가끔 그때 일을 꿈꾼다. 그러다 겁에 질려 잠에서 깨지만, 그러면서도 미소를 짓는다. 왜냐하면 그때 나는 죽음을 속여 넘겼으니까. 그건 아무나 그랬다고 주장할 수가 없는 일이다.

우리 대부분이 부상을 피하지 못한 건 사실이다. 내가 전에 말했듯 렉스도 다쳤다. 머리와 얼굴에 난 수많은 상처에서 피가 흘렀다. 골디는 앞니를 잃었고, 라나는 손가락 두 개가 부러졌으며, 매디와 토니 르페브르는 머리를 심하게 부딪쳐서 각자 몇 주 동안 이마에 난 혹이 사라지질 않았다. 가엾은 토비는 공포에 질려 미친 듯 깽깽거렸고, 다시는 정상적으로 짖지 못하게 됐다. 애를 써보아도 귀에 거슬리는 목쉰 소리만 났다. (그럼에도 토비는 우리를 탓하지 않는 것 같았다. 폭스파이어 멤버들 중 누구도. 특히 골디와 렉스는. 토비는 둘을 미친 듯이, 아무 의심 없이 사랑했다. 개건 여자애건, 그것이 자기 인생을 구해준 사람과 함께 살아가는 방법이다.)

아이러니한 것은, 우리 중 거의 다치지 않은 유일한 사람이 바로 바이올렛 칸이라는 사실이다.

뷰익이 다리에서 미끄러질 때 그녀가 가장 큰 소리로 비명을 질러댔는데도, 나중에 보니 얼굴에는 긁힌 상처 하나 없다.

애초에 우리를 추적하는 바람에 이 모든 난리를 야기한 고속도로 경찰이 눈밭을 쿵쿵 헤치며 뒤집힌 채 폐차가 된 자동차로 다가와 소리를 지른다. "누구 살아 있는 사람? 누구 살아 있는 사람 있어요?" 그런 뒤 뒷문 하나를 연 다음에 맨 처음 끌어낸 소녀는 아름다운 흑발에 눈은 커다랗고 피부는 너무 새하얘서 물에 데친 듯하다. 경찰이 그녀를 보자 놀라고, 소녀는 거의 그의 품에 쓰러지다시피 하면서 훌쩍인다. "오, 경찰 아저씨! 오, 우릴 체포하지 마세요! 오, 아무도 잘못 없어요! 맹세할게요! 렉스 잘못이 아니었다고요! 이 똥차가 그냥 달린 거예요! 점점 더 빨리 달리는데 멈추질 않았다고요! 그냥 계속 *가더라니까요!*"

* * *

당연히 우리는 체포되었다. 로어타운 여자애들이, 특히나 페어팩스 애비뉴 주변, 강 아래쪽에 살았으니, 당연히 체포되었다. 신문에서는 우리를 '갱단의 소녀들'이라 했다. 마치 우리가 자동차 절도 등의 진짜 범죄를 저지르는 성인 남자 갱단 소속인 것처럼.

보호관찰 처분을 받았던 몇 달 동안 학교에서 정학 처분도 같이 받았다. 잠을 이루기 힘들었다. 심지어는 오래 앉아 책을 읽거나, 타자를 치거나, 생각하는 일도 힘들었다. 폭스파이어의 명성은 부지불식중에 손쓸 수 없이 타오르는 불길처럼 퍼져갔다. 모두가 우리 이름을 알고 우리가 한 일에 대해 이야기하는 것은 짜릿했지만, 어떤 이야기들은 지나치게 과장되어 우리 귀에 다시 들어오기도 했다. 이를테면 렉스가 주차장에서 비니 로퍼의 목에 진짜로 칼을 그어 피를 흘리게 했더랬다! 다른 비스카운츠 멤버 중 하나가 무릎을 꿇고 죽이지 말라고 애원했더랬다! 렉스 새도프스키가 에이시 홀먼의 여자 친구였고, 그녀가 자기가 아는 최고의 방법으로 복수를 감행한 것이라고도 했다.

그것이 내가, 렉스의 지령에 따라, 있었던 일을 그대로 기록해야 했던 이유였다.

"너는 그렇게 하면 안 돼. 우리는 꼼꼼한 성격이 아니라서, 폭스파이어는 결국 우리 손을 빠져나가 사라져버릴 거야."

내 생각에 그것이야말로 사람들이 무엇에 대해서 쓰든 진정한 동기가 되지 않나 싶다.

그렇게 해서 렉스는 레드뱅크로 보내졌다. 그리고 우리는 찾아갈 수 없었다. 진심 어린 편지도 쓸 수 없었고, 편지를 받을 수도 없었다. 그저 렉스가 쓴 이상한 편지, 그것도 겨우 세 장만이, 여기 낡은 노트에 고이 접혀 있을 뿐이다. (지금 막 그 편지들을 다시 읽어보려고 했다. 하지만 눈물이 차올라 도로 치워야 했다.)

바깥에서의 내 삶도 감옥 속 렉스의 삶만큼이나 악몽에 단단히 갇혀 있었다. 학교에는 출입이 금지되었고, 나는 그 기나긴 여름 내내 고모할머니인 로즈 패커와 같이 지냈다. 무서울 정도로 헐렁하게 축 처져 늘어지는 생활이었다. 마치 초점 나간 필름이 제멋대로 돌아가는 영화 같았다. 그러다 나는 만약 폭스파이어가 아니었다면, 렉스를 그리워하지 않았다면, 내 일(화이트 이글 호텔의 주방이 내 일터였는데, 고모할머니가 여기에서 하녀로 일했다)이 아니었다면, 별에 대해 읽고 「타임」을 탐독하는 등의 몇몇 관심사가 없었다면, 그리고 짐작건대 내가 사랑해 마지않는 낡은 언더우드 타자기를 치지 않았더라면, 나는 내 자신이 과연 누군지 결코 알 수 없었으리라는 점을 깨달았다. 심지어, 아마, 내가 *존재하는지 아닌지*조차도.

(안다. 엄마가 어디 있었는지, 엄마에게 무슨 일이 일어났고, 왜 그런 일이 벌어졌는지 설명해야 한다는 거. 내가 왜 한동안 골디네 집에 있다가, 그다음에는 이웃집들을 오랫동안 전전하다가, 나중에는 페이예트 가에 있는 로즈 고모할머니의 집 뒷방으로 이사를 했는지도 설명해야 한다는 거 안다. 아무래도 나는 내가 어떤 사실들을 회피한다는 사실을 알고 있는 것 같은데, 참으로 유감이다. 애초에 결코 알고 싶지 않았던 사실들을 구구절절 늘어놓는 건 진절머리 나는 일이니까! 이렇게만 말해두겠다. 이 일이 벌어졌을 당시 엄마는 해먼드에 살지 않았고, 나건 다른 사람이건 신경 쓸 처지가 전혀 아니었다. 나는 그녀가 보고 싶지 않았다. 나는 거짓말을 하고 있는 게 아니다. 그저 죽은 아버지가 그리울 뿐

이었다. 어떻게 알지도 못했던 사람을 그리워할 수 있는 걸까?)

수감 초기에 한 번, 우리는 레드뱅크가 있는 시골까지 차를 타고 간 적이 있다. 어쩌면 렉스를 볼 수 있지 않으려나, 소리치면 들릴 거리까지는 갈 수 있지 않을까 생각하면서. 우리가 타고 간 차는 낡고 녹슬고 덜컹거리는 1947년형 쉐비였는데, 차 주인인 남자는 바이올렛의 사촌으로 그녀와 자주 어울렸으며, 가끔은 라나와도 놀아서 폭스파이어와 가까운 사이가 된 사람이었다. 그런 식으로 남자들이, 적어도 몇몇 남자들이, 우리와 어울리기 시작했다. (그들이 매력을 느꼈던 건 그저 예쁜 여자애들이 아니었다. 폭스파이어 자체에 있는 무언가였다. 그들이 *친구*인 한, 그러니까 남자 *친구*가 아닌 한, 폭스파이어는 이의를 제기하지 않았다.) 그래서 그날 믹이 우리를 태워줬다. 바이올렛과 골디와 라나와 리타, 그리고 물론 매디는 맥주를 마시고 담배를 피우며 파티 하는 기분을 냈고, 그러는 동안 들뜨면서도 두려워했다.

주립 교도소가 재소자 면회객들이 방문하지 못하도록 일부러 시골에 지어졌다는 건 잘 알려진 사실이었다. 예를 들면 너무 가난해서 차도 없는 사람들은 못 오게 말이다. 당연히 직행버스 노선도 없었다. 레드뱅크는 무(無)와 허허벌판 사이에 있는 곳이었다. 마을이라기에는 너무 작았다. 셔터쿼 산맥 기슭에 있는 정착지 정도에 불과했다. 주변의 땅은 버려져 있다는 인상을 대놓고 풍겼다. 시골 하면 생각나는 모습은 아니었다. 농가 몇 채가 있었고, 점토질의 적색토는 말라붙은 피 색깔이었으며, 버려진 차들이 엄청 많았다. 폐기된 채석장이 마치 꿈처럼 기묘하고 갑작스럽게 우뚝 모습을 드러냈다. 길을 따라 사냥 금지 낚시 금지 덫 설치 금지 무단 투기 금지라고 적힌 너덜너덜한 경고판들이 서 있었다. 마침내 우리는 자갈이 깔린 좁은 길로 들어섰다. 이 길을 따라 관목이 우거진 숲을 통과하여 교도소에 이르던 중 총알구멍으로 얽은 자국이 나 있는 표지판과 마주쳤다. 표지판에는 다음과 같이 적혀 있었다.

레드뱅크 주립 여성 교정 시설
무단 침입 시 법에 의해 처벌받습니다
관계자와 방문객 외 출입 금지
신분증 지참 필수

정말 갑작스럽고 정신이 번쩍 드는 광경인지라, 우리는 모두 그냥 좌석에 멍하니 앉아만 있었다. 심지어 믹조차도. 그가 표지판을 빤히 바라보았다. 매디는 손가락을 입에 쑤셔 넣었고, 골디는 "쌍"이라고 속삭였다.

사실 그때까지 우리는 교도소가 정말 있는지 긴가민가했었으니까.

우리가 있는 곳에서는 건물들이 보이지 않았다. 벽밖에 안 보였다. 벽은 멀리 있었고, 우리는 더 이상 차를 몰고 가지 않는 편이 낫겠다고 결정했다. 특히나 일행 중에 보호관찰 중인 사람이 있는 마당에는. 믹이 차를 돌렸다. 우리는 대체 어디로 가고 있는지도 모르는 채 곁길로 차를 몰고 가는 와중에도 시끄럽게 떠들고 웃고 맥주를 다 비웠다.

해가 거의 지고 있었다. 우리는 텅 빈 벌판을, 관목 숲을, 그림자로 가득한 골짜기를 지났다. 내가 입을 열었다. 그 문제에 대해 지금 생각하고 있는 건 나뿐이었을 테니까. "그 사람들은 누가 탈출을 해도 갈 곳이 없는 장소에다 시설을 지은 거야."

바이올렛이 마치 우리가 지금까지 말다툼이라도 했던 듯 말했다. 못된 계집애. "오, 아냐, 그거야 걔가 *친구*가 없을 때 얘기지!"

우리는 주차를 한 뒤 차에서 내려 삼삼오오 숲을 통과한 뒤 다시 아까의 그 벽에 도착했다. 벽은 정말 높았고, 맨 위에는 철조망이 쳐져 있었는데, 맨손으로 잡고 올라가기라도 했다가는 손이 너덜너덜 찢어질 것 같았다. 우리 눈에 보이는 감시탑에는 교도관이 없었다. 그곳은 마치 버려진 건물처럼 보였다. 골디가 손을 컵 모양으로 오므려 입에 갖다 댄 뒤 목소리를 부드럽게 만들어 소리를 쳤다. "쉬-나! 쉬-나!" 나머지 우리도 할 수 있는 한 길게 이름을 뽑아가며 외쳤다. "쉬이이-나! 쉬이이-나!" 우리는 '렉스'라 부르면 안 된다는 걸 알았다. 누군가 듣기라도 하면 그녀가 곤경에 빠질 테니까. 우리는 그냥 벽 아래를 따라 계속 걸었다. 혹여 교도관이 나타날까 봐 벽에서 한 20피트 정도 떨어진 채 걸었지 싶다. 믹을 제외한 우리 전부가 낮고 부드럽게 영창을 부르는 듯 목소리를 한데 모아 "쉬이이-나!"라고 그녀를 불렀다. (믹은 우리 뒤쪽 숲에 남아 있었다. 손에는 맥주병을 들고 있었다. 그는 설사 자기가 우리와 같이 움직일 용기가 있다손 치더라도 환영받지 못하리라는 사실을 이해했다.)

하늘이 어두워졌다. 우리는 더 크게 소리를 질렀다. 우리의 목소리가 서서히 커지면서 더 과감해지고 더 간절해졌다. "쉬이이이-나! 오, 쉬이이이-나!" 그러다 별안간 투광 조명등이 우리 쪽으로 방향을 틀었다. 누군가 소리를 질렀다. 우리는 흩어져 잔뜩 겁먹은 채 숲으로 달렸다. 우리는 뿔뿔이 헤어져 뭘 하고 있는지도 모르는 채 내달렸다. 정말 무서웠지만 재미있기도 했다. 나는 달리며 웃느라 숨이 막혔다. 반은 훌쩍이고 반은 웃으며 뛰다가 발목이 꼬여 엎어졌고, 넘어질 때 이미 몸을 움직이며 허둥지둥 일어났다. 바로 앞에 내 폭스파이어 자매들 중 하나가 있었고, 우리는 손을 꽉 잡았다. 매디와 리타. 우리는 다른 사람들과 한 시간 정도 떨어진 채로 헤맸고, 라나도 그랬다. 도대체 우리가 어떻게 믹의 차를 발견하여 재회했는지는 신만이 아실 일이다.

믹은 잠시 라이트를 끈 채 운전을 했다. 우리는 도로에 설치된 바리케이드 내지는 분무기 내지는 총알 때문에 차가 멈추지는 않을까 생각하며 몸을 잔뜩 웅크린 채 차에 앉았다. 그러면서 이런 이야기들을 나눴다. "렉스가 우리 소리 들었을까? 걔가 그게 우리라는 거 알았다고 생각해?" "당연히 우리 목소리 들었지. 당연히 우리라는 것도 알고. 아니면 누구겠냐고?" 해먼드로 돌아가는 동안 우리는 다음번에 밖으로 나와 레드뱅크로 갈 계획을 짰다. 어떻게 벽을 올라갈지, 어떻게 사다리를 가져갈지, 어떻게 밧줄을 마련할지. 우리는 캐슬린 코너를 이용하여 탈출할 계획을 세웠다. 렉스를 위해, 미키의 낡고 털털거리는 쉐비를 타고 돌아오면서 이런 계획들을 짰다. 그러나 우리는 결코 그곳으로 다시 돌아가지 못했다. 한 번도.

그게 1954년 5월이었다. 우리는 1955년 6월까지 렉스를 만나지 못할 것이었다.

6
매

그것들은 그녀가 깨기 전부터 그녀의 잠으로 들어왔다. 그녀가 잠에서 깨어 창문으로 비틀거리며 나아가 그것들을 보고자 몸을 곧추세우기 전부터, 그렇다, 그녀가 룸에서 또 다른 밤을 견디어내어, 이제는 희망에 차, 기도하는 심정이 되기 전부터.

하나.

둘.   셋.

넷.

다섯.

여섯.   일곱.

여덟.   아홉.

열.

열하나.

　아침의 푸른빛 속에서 공기를 타고 날아가는 새매들. 그녀는 자기가 그것들을 다시 보게 될지 궁금했더랬다. 그녀는 상태가 괜찮은 한쪽 눈으로 매들을 보고 있었다. 다른 쪽 눈은 교도관의 야비한 엄지손가락 때문에 부어오르고 욱신거렸다. 하지만 그녀는 그 점에 대해서는 생각지 않으려 했다. 그녀의 자매 수감자들이 지켜보는 가운데 반은 끌려가고 반은 운반되다시피 하면서 룸에 처박힌 굴욕에 대해서도 생각지 않으려 했다. 그녀는 애브 새도프스키의 이야기에 대해서도 생각하지 않을 것이었다. 그 이야기가 진실인지, 독약 같은 거짓으로 수놓인 것인지 생각지 않을 것이었다. 그 자에 대해 신경 쓸 게 뭐지? 그딴 남자, 놈팡이. 그는 네게 아무것도 아냐. 네가 그에게 아무것도 아닌 것처럼. 사랑으로도, 동정으로도, 상식적인 예절로도, 그리고 어쩌면 심지어는 (네가 직접 들었잖아!) 혈연으로도 묶여 있지 않잖아. 그는 어쩌면 네 진짜 아버지가 아닐 수도 있어. 그러니 내버려 둬. *그냥 뒈지라고 해.* 그녀는 매들을 바라보았다. 실은 매들을, 오로지 이 수치스러운 장소에서만 보이는 저 포식자들을 보며 눈물을 흘리고 있었다. 그녀는 그것들의 강인함, 그것들의 아름다움, 공기를 타고 날아가는 모습, 교묘하게 바람을 이용하는 모습을 보며 기쁨으로 심장이 벅차올랐다. 매들은 겉으로 보기에는 서두르지 않는 듯 보였지만, 심지어는 우아하게 곡선을 그리며 움직여서는 눈에 보이지 않는 나선 꼭대기까지, 렉스가 볼 수 없을 정도로 하늘 높이 솟아오르는 지금 이 와중에도 께느른해 보였지만, 실상 늘 주의를 게을리하지 않았다. 매들이 이 쩨쩨한 창틀 너머 높이 날아올랐기 때문에 렉스는 그것들을 볼 수 없었다. 목을 길게 빼고 멀쩡한 오른쪽 눈을 가늘게 떠도 보이지 않았다. 그러다 활짝 날개를 편 이 생명체들이 다시 나타나자 그녀의 심장이 세차게, 꾸준히 뛰었고, 그녀는 마치 묵주의 알을 세며 말하듯 매들의 숫자를 세었다. 다만 매들은 살아 있는 존재였다. 그것들은 진짜였다. 매들은 그녀에게 자유를, 교묘함을, 그녀의 적 앞에서 끊임없이 경계를 늦추지 말 것을 가르치고 있었다. *그들을 미안하게 만들어라. 그들이 너와 네 자매들에게 저지른 모든 짓을 후회하게 만들어라. 하지만 결코 그들이 그게 너라는 사실을 알게 하지 마라. 네 안에 있는 힘을 알게 놔두지 마라. 힘 자체가 실은 너임을 알게 하지 마라.* 별안간 그녀는 매들 사이에서 날고 있었다. 등 뒤로 비틀리는 바람에 고통스러웠던 두 팔이 날개로 변했다. 검은 깃털과 강인한 근육을 가진 날개로. 그녀는 창공을 날아올랐다. 콘크리트블록 벽이 밑으로 떨어져 내려갔다. 비바람에 상한 땅딸막한 건물의 지붕도, 땅 그 자체도 조용히 아래로 멀어져갔다. 하지만 하늘! 하늘은 광대했다! 그녀는 그녀와 다른 매들, 다시 말해 창공을 환희에 찬 동작으로 날아올랐다 아래로 곤두박질쳤다 다시 날아오르는 이 나긋나긋한 피조물들 위로 하늘이 무한히 솟아올라 있다는 사실을 알아차리고는 거의 공황 상태에 빠져 하늘을 응시했다. 그녀는 자신의 비밀스러운 힘을 알아차렸고, 그럼으로써 자신이 결코 예전의 삶으로 돌아가서는 안 된다는 걸, 결코 예전의 자아로 되돌아가서는 안 된다는 걸, 그녀가 줄곧 이 피조물들의 일원이었음을 깨닫도록 허락받았다.

창공의 주인. 나도 너희들 중 하나야.

7
'개심'

1955년 새해 첫날이 되었을 때, 렉스 새도프스키는 레드뱅크의 모범수가 되어 있었다.

1955년 4월이 되자 그녀는 정말 모범적인 죄수가 되어서, 시설 소장이 형기를 7주 깎아줄 정도였다. 그리하여 석방 날짜는 6월 1일로 조정되었다. 이 조치에 대해 렉스 새도프스키는 당연히 고마워했다. 뛸 듯이 감격했지만 간신히 위엄을 유지하며 중얼거리듯 고마움을 표했다. 오, 감사합니다. 눈물이 그녀의 두 눈에 그렁그렁했다.

그녀는 *진짜로* 감사해했다. 그녀는 열여섯의 나이에 권력이 어떻게 결코 자기 힘을 한 치도 포기하지 않는지를 알았다. 우리의 운명을 통제하는 사람들이, 변덕과 우유부단함과 안팎이 뒤집힌 잔인성이 아니라 진실한 고결함이 자기 행동을 이끄는 것이라 믿게끔 놔둬야 한다는 사실을 알았다.

그녀는 소장에게 감사를 표하며 생기 있게 미소를 지었다. "이 은혜 절대 잊지 않겠습니다, 플레처 소장님! 소장님도 절대 잊지 않겠어요!"

여자가 음울한 표정으로 그녀를 빤히 바라본다. 얼굴에는 최소한의 자기만족을 표현하는 미소가 떠 있고, 검버섯이 나 있는 중년 여인의 건조한 피부와 이목구비는 마치 바이스로 죄어서 꽉 짠 것처럼 보인다. "그래, 나도 그랬으면 좋겠구나, 마거릿."

* * *

그날 아침, 교도관 중 가장 악질인 론 로벨이 렉스 새도프스키를 48시간 동안의 감금에서 풀어주러 룸으로 왔다. 그녀는 렉스의 얼굴을 한 번 쳐다보고는 자기가 알고 싶은 건 딱 하나라고 했다. 그 거칠거칠한 피부, 염증으로 부어오른 왼쪽 눈, 후회와 체념과 고요가 드러나 있는 그 표정에서 변화의 징조가 드러났는지.

직원들은 그걸 '개심'이라 불렀다. 예측할 수는 없지만 언제나 알아챌 수는 있는 것.

로벨 교도관은 놋쇠빛 머리에 넓적한 엉덩이, 단단한 근육을 가진 여성으로, 이십 대 후반, 어쩌면 삼십 대 초반일 수도 있었다. 그녀는 사람들이 '알고 보면 사실 그리 나쁜 사람은 아니'라 말하는 그런 사람으로, 가여운 렉스의, 자신의 오랜 적대자의 몰골을 보자 놀라고 거의 후회하는 심정이 들었다. 그녀는 몸을 숙여 뼈밖에 없는 소녀가 일어설 수 있도록 돕고, 손가락 끝으로 소녀의 부어오른 눈을 쓰다듬으며 말한다. "좋아. 얘야. 이만하면 좆나 잘 놀았지, 응?"

렉스는 비틀거리며 햇살로 걸어 나온다. 아찔할 정도로 눈부신 아침인데 그녀는 몇 월인지도, 심지어는 서기 몇 년인지도 알 수가 없었다. 그녀는 그 더러운 매트리스 위에서 마치 죽은 듯이 잠을 잤다. 뭐 어쩌면 48시간 내내 잔 건 아닐지도 모르지만.

그녀는 왼쪽 눈에서 흐르는 진물을 닦는다. 후회에 찬 미소를 짓자 입술이 점점이 갈라지며 따끔거린다. 렉스가 입을 연다. 마치 농담거리가 있다는 듯, 로벨이 그녀를 이겼고 로벨 또한 그 사실을 알고 있지 않느냐는 듯. "그러게요. 이제 좆나 잘 노는 것도 끝이네요."

레드뱅크는 며칠 동안 그 이야기로 시끌벅적하다. 심지어 그녀를 잘 몰랐던, 하지만 먼발치에서 그녀를 존경하고 그녀에게 경탄했던 사람들 사이에서조차도. 언제나 직원들에게 맞섰던 렉스 새도프스키, 때로는 거의 미친 것처럼 행동하고 반항기로 똘똘 뭉쳐 막돼먹게 굴고 자기보다 약한 소녀들을 보호했던 그녀가 변해버렸다고. '개심'했다고.

그렇게 돼버렸다. 흔한 일은 아니었지만 그렇다고 전례 없는 일도 아니었다. 특히나 가족과 강한 유대가 없는 어리고 감정적인 소녀의 경우에는. 겉보기에 다루기 어렵고 후회 따위 모르고 사회 복귀와도 인연이 없어 뵈는 수감자가 하룻밤 만에 갑자기 달라졌다. 보통은 단계적으로 빠르게 악화되는 일련의 반항과 처벌 이후에, 다루기 쉽고 합리적이고 순종적이며 착한 아이로 탈바꿈한다.

그래서 이미 18개월 전에 똑같은 개심 과정을 거친 바 있는 '더치걸'은 렉스를 꼼꼼히 뜯어보며 갈비뼈를 쿡 찌르고, 렉스의 목에 키스 마크라도 남길세라 몸을 기울여 바짝 기댄다. 그녀가 윙크를 하며 말한다. "시간 문제였다니까, 자기."

누구도 무엇도 내게 손 못 대. 다시는. 만약 누군가 살인을 해야 한다면 그 누군가는 내가 될 거야.

당연히 렉스 새도프스키는 '더치걸'과는 전혀 다르다. 렉스는 인기 있는 모범수 중 하나가 된다. 그녀는 거의 문맹인 자매들에게 읽기와 쓰기를 가르치는 걸 돕는다. 소프트볼, 배구, 야구 경기를 개최하는 걸 돕는다. '개인위생'과 '미용술' 수업 조교로 활약한다. 위급한 일이 생기면 언제나 그녀가 있다. 결코 그녀의 자매들에게서 정보를 캐지는 않지만 그렇다고 그녀들 편에 서서 거짓말을 하지도 않을 것이다. 그녀에게 신앙심이 있나? 그녀는 일요일에 합창단에서 노래를 부른다. 그녀의 목쉰 알토 음성은 반음 정도 아래로 떨어지지만 우렁차고, 낙관적이며, 단호하다.

매디, 난 배우고 있어. 하루하루 힘을 얻고 있어. 누구도 다시는 내 목 뒤를 발로 밟지 못할 거야. 누구도 다시는 날 함부로 대하지 못하게 할 거야.

바람이 세게 불던 쌀쌀한 4월 초의 어느 아침, 종려 주일 오후이자 부활 주일 한 주 전, 해먼드 연합 교회 부녀회에서 나온 몹시 거북해하는 소녀 여덟이, 또는 젊은 여성, 젊은 숙녀들이, '기독교 여성 자매결연 프로그램'의 발족식에 참석코자 임대 차량을 타고 레드뱅크를 찾아온다.

그게 렉스가 메리앤 켈로그와 우연히 만나게 된 경위다.

열여섯 살 렉스는 '동생'이고, 열아홉 살 메리앤 켈로그는 '언니'다. 하지만 무척 어리고 경험도 부족한 열아홉 살이다.

수감자들이 휴게실(눈에 익던 황량한 실내가 달라졌다. 혹은 적어도 거의 그랬다. 부녀회가 이번 행사를 위해 기부한, 톡 쏘는 향이 이는 아름다운 부활절 장식용 백합 덕이었다)로 안내되어 들어온다. 그들은 자신을 바라보는 시선을 의식하면서, 멋진 주일용 옷과 스타킹과 에나멜 가죽 펌프스 차림으로 놀란 얼굴을 하고 있는 여덟 방문객과 겸연쩍게 마주 선다. 이 프로그램이 기분 전환이자 시간 때우기라고 생각했던 렉스는 별안간 부끄러워지고 뻣뻣해지고 당혹스러워지면서 참가하겠다고 하지 말걸 그랬다고 생각한다. 자기는 여기 어울리는 사람이 아니라고 고백해야 하는 게 아닐까? *기독교인도 아닌데?*

부녀회 멤버 중 한 명이 서둘러 렉스에게 다가온다. 이 자리에서 그녀와 짝지어진 여자로, 가냘픈 머릿결에 깨끗한 피부를 가졌으며, 빨간색 격자무늬 모직 드레스를 입고 분홍색 플라스틱 뿔테 안경을 쓰고 있다. 그녀가 달콤하면서도 불안한 듯한 미소를 지으며 렉스에게 손을 뻗는다. "안녕! 내 이름은 메리언 켈로그야. 네가…… 마거릿이니?"

렉스가 거의 들리지 않는 목소리로 중얼거린다. "네, 네. '마거릿'이에요." 그 이름을 입에 담자 정말 이상하다. 마치 지금껏 한 번도 그 이름을 발음해보지 않은 것 같다.

렉스는 누구와 악수를 해본 기억이 없다. 악수란 순전히 남자들이 하는 것이고, 영화에 나오는 신사들이나 하는 일이다. 참 희한한 관습이다! 렉스가 묵묵히 무작정 손을 내밀어 메리언 켈로그의 차갑고 축축한 손가락을 감싸고는 즉시 손을 뺀다. 매리언이 숨소리가 섞인 짧은 웃음을 내뱉는데, 누가 봐도 어색함을 숨기고자 하는 행동이다. 그녀가 계속 말한다. "우연의 일치네. 우리 이름 거의 비슷하잖아. 그니까, 어, *진짜*로 거의 닮았다고."

거의 마비 상태나 다름없이 수줍어하면서 머리를 한 대 얻어맞은 것만큼이나 강렬한 비현실감에 사로잡혀 있는 렉스는 이 말에 무슨 적절한 대답을 해야 할지 생각이 나지 않는다.

그들은 비닐로 덮은 소파에 앉는다. 그런 뒤 서로에게 애매한 미소를 짓는다. 메리앤이 헛기침을 하고 안경을 코 위로 점잔 빼며 밀어 올린 뒤 말한다. "좀 어색하다, 그지. 우린 그냥 우리 소개를 하려고 온 거야. 잠깐 찾아와서. 그러니까……." 그녀가 밝고 희망차게 말한다. "얘기나 좀 하려고."

렉스가 부지불식중에 자기 뺨에 난 작은 흉터를 만진다. 메리앤 켈로그의 앞에 있으니 자기가 진짜 홀랑 발가벗고 있는 기분이 든다.

방문 시간은 45분 정도지만 그보다 훨씬, 훨씬 길게 느껴진다. 렉스가 곁눈질로 다른 수감자들을 흘끗 본다. 각자 '언니'들과 함께 기독교에 대한 대화를 나누고 있는 듯 보인다. 커피, 핫 초콜릿, 초콜릿 칩 쿠키가 제공되는데도, 평소 늘 먹성 좋았던 레드뱅크 소녀들이 조금씩만 먹고 마시고 있다. '언니'들은 냅킨으로 깔끔을 떨고 있지만 거의 식욕이 없어 뵌다. 메리앤 켈로그가 이 사람들 중 제일 괜찮다고 렉스는 생각한다. 부드럽게 빛나는 머릿결, 눈부신 하얀 미소, 매니큐어는 전혀 칠하지 않은, 깔끔하게 손질된 손톱. 메리앤은 자기가 다니는 교회 부설 활동에 대해 나긋나긋하게 이야기하고 있다. 자기는 어릴 때 중국에서 선교 활동을 하고 싶었는데, 지금은 확신이 들지 않는다고. "위험할 수도 있을 것 같아서. 그니까, 원치 않는 곳에 하느님 말씀을 전하는 게."

렉스는 메리앤 켈로그의 친밀한 접근 때문에, 그녀의 집요한 수다 때문에('언니'들은 전부 집요하다. 그들은 부끄러워하거나 뚱해 있거나 우물거리는 '동생'들에게 사실상 쉬지 않고 질문을 퍼부어대고 있다) 불안해서 정신을 집중할 수가 없었다. 이 여자가 뭐라고 했는지 확실치가 않다. 그러다 렉스는 사람 넋을 뺄 정도로 쉴 새 없이 움직이는 뱀의 혀만큼이나 재빠르게, 저 어색한 모습에도 불구하고 메리앤 켈로그가 분명 있는 집 사람일 거라는 생각을 한다. 폭스파이어가 어느 핼러윈 밤에 침공했던 해먼드 북쪽 부르주아 주택가에 있는 집 중 하나일 거라고.

렉스가 돌연, 메리앤 켈로그가 결코 그 의미를 해석할 수 없을 미소를 지으며 말한다. "그래요? 그거 *위험해요*?"

4부

1
축하

매디 워츠는 어떤 사람인가? 혹은, 어떤 사람이었나? 우리가 왜 *그녀를 믿어야 하는가?*

그녀가 어른에 가까워질수록, 다시 말해 모호성, 아이러니, 자기 회의에 대해 향상된 감각을 갖추고 증언을 할수록, 그녀의 기억은 점점 덜 명확해진다. (노트에 적힌 사항들도 점점 더 혼란스러워진다.) 거울이 하나 있다고 해보자. 세상을 비추는 단단하고 흠 하나 없는 표면을 갖고 있었기에 신뢰해 마지않았던 거울. 그러다 갑자기 이 거울이 박살나 흩어지면서 수많은 표면들, 세상을 보는 수없이 많은 작은 관점들이 드러난다. 이 표면들, 관점들은 그간 거울의 매끈한 표면 속에 내내 감춰져 있었음에 틀림없지만, *그동안은 있는 줄도 몰랐던 것들이다.*

어떤 사람인가. 어떤 사람이었나.

누가 이 글을 읽고 있건 간에, 누군가 이걸 읽고 있기는 한다면, 묻고 싶다. 우리의 옛 자아가, 과거가 상실된 것만큼이나 분명하게 우리에게서 상실되었다는 사실이 정말로 중요한 것일까? 우리가 당시 그 시절을 살았다는 걸, 그리고 지금도 살아가고 있다는 걸, 그리고 과거와 현재의 우리가 마치 수원지와 강어귀 양쪽에서 동시에 존재하고 있는 수백 마일 길이의 강처럼 확실히 연결되어 있다는 사실을 아는 것으로 충분한가?

내가 배운 게 한 가지 있다면, 이 고백을 옮겨 적으면서 깨닫게 된 사실인데, 우리 모두는 어린 시절에 많은 걸 알았다는 사실이다. 훗날 우리가 그 시절에 알고 있었다고 기억하는 것보다 훨씬 더. 그러니 모종의 망각이 시작되었음에 틀림없다. 스스로를 재발명했음에 틀림없다. 어쩌면 그건 우리가 알았던 것의 상당 부분을 군이 알고 싶지 않아서 의도적으로 잊어버렸기 때문인지도 모른다. 그러니 일기나 그와 같은 것을 꾸준히 적어두지 않았다면(요즘은 아무도 그러지 않는다), 불가사의하면서도 사람 마음을 심란케 했던 일들을 성공적으로 잊어버리게 될 것이다.

이를테면 렉스가 레드뱅크에서 집으로 돌아왔을 때 폭스파이어 멤버들이 그녀를 위해 마련했던 축하 파티에서 취해 있던 모습. 그때 렉스는 매디에게 자기가 레드뱅크에서 사무치게 깨달은 진실이 있다고 말했다. 우리가 적으로 둘러싸여 있다는 사실. 물론 남자들은 적이다. 하지만 남자들만이 적은 아니다. 충격적인 건 소녀들과 여자들도 때로는 우리의 적이 될 수 있다는 점이다. 그들은 우리처럼 충분히 자매가 되고도 남지만, 할 수만 있다면 테리오 신부가 말해줬던 것보다 훨씬 더 사악하게 우리의 고혈을 빨아먹을 터이다. 네가 미워서 그러는 게 아니다. 그냥 그들이 *그렇게* 살기 때문이다.

축하 파티는 즐거운 시간이었고, 매디 역시 취해 있어서(나중에는 훨씬 더 취했다) 사실 딱히 그런 말을 듣고 싶지는 않았다. 게다가 그녀는 사랑에 현혹되어 있었다. 그렇다, 사랑이다. 사랑이 아니면 뭐란 말인가. 그리도 어렸던 그녀는 그 사랑이 지하 깊은 곳까지 뚫려 있는 우물이라서 무한히 솟아오르고 영원토록 지속되리라 믿었다. 오, 세상에, 그 우물에 빠져 익사하지만 않았으면 좋겠다는 것 말고 무슨 희망이 있었겠나. 그거면 충분하지 않은가.

2
경악

　자기가 했다고 믿었던 일이 실은 본인이 알지도 못했던 일로 뒤바뀌는 게 놀랄 일이 아니라면, 도대체 뭐가 놀라운 일이겠는가. 그런데 실은 자신이 그걸 알고 있을 뿐 아니라 그 일이 예상치 못했던 방식으로 지금껏 영향을 끼치고 있다는 게 경악할 일이 아니라면, 도대체 뭐가 *경악할* 일이겠는가.

　우선 렉스를 집으로 데려오기 위해 레드뱅크로 차를 몰고 간 사람이 누군지, 그리고 차를 몰고 간 그녀와 동행하도록 초대된 사람이 누군지에 대한 실제 사실부터 얘기하자.

　1955년 6월 1일. 우리 모두 그 날을 달력에 표시해두었다. 여기 노트에도 여섯 페이지에 걸쳐 맨 위에 빨갛고 길쭉한 활자체로 그 날짜가 적혀 있다. 매디는 렉스의 석방 날짜가 공식적으로 결정되자 7주 전부터 날짜를 세기 시작했다. 그녀는 각 주를 7일로 나누고 날짜 위에다 하나씩 엄숙하게 X표를 하곤 했다. 그러면서 자기가 일종의 감방에 있다고, 고독 속에 갇혀 있다고 상상했다. (그녀가 실제 교도소에 있었다고 주장할 수도 있겠다. 로즈 이모의 집에 있던 그녀의 방은 옷장만 한 크기로, 위층 맨 뒤쪽 석탄 창고 위에 있어서 난방도 들어오지 않았으니까. 로즈 패커는 노상 심술궂게 굴고, 빈정대고, 억울해하는 게, '나쁜 엄마'를 둔 열다섯 소녀에게 앙심이라도 품은 것 같았다.) 마침내 렉스가 집으로 돌아오고, 폭스파이어가 힘을 회복하면, 매디 역시 자유로워질 것이었다.

(왜냐하면, 지금 말을 해두는 편이 낫겠는데, 피를 나눈 폭스파이어의 자매들이 진짜 집에서 모두 함께 살게 될 거라는 희망이 있었기 때문이었다. 레드뱅크에서 보낸 마지막 편지에서, 렉스가 이 이야기를 했다. 우리가 어쩌면 언젠가는 시골에 집을 한 채 빌리거나, 어쩌면 심지어 구입할 수도 있을지 모르겠다고. '진짜 한 가족의 자매들처럼' 살 수 있는 집을.)

그렇지만 첫 번째로 사람들을 경악케 한 것은 렉스를 집으로 데려온 인물이었다! 당연히 애브 새도프스키는 아니었다. 사실 그 반역자는 더 이상 해먼드에 살고 있지도 않았다. 렉스를 정기적으로 방문했고, 우리와 그녀 사이를 왔다 갔다 하며 소식을 전해주던 캐슬린 코너도 아니었다.

말도 안 돼. 렉스를 데려온 사람은 뮤리엘 오비스였다.

렉스 아버지의 여자 친구 뮤리엘 말이다! 렉스가 언제나 싫어했던, 혹은 그렇다고 노상 말했던 사람.

그러니 뮤리엘 오비스가 우리와의 연락 담당이라는 사실은 우리 모두에게 정말 놀라운 일일 수밖에 없다. 렉스가 그녀에게 누굴 오라고 초대하면 되는지 알려줬고, 뮤리엘은 지령을 내리는 사람 노릇을 했다. 마치 렉스의 친자매 같았다. 모든 걸 다 아는 언니 같았다.

뮤리엘 오비스는 우리 인생에서 정말 비중 없는 존재였고, 나는 렉스의 인생에서도 당연히 그러려니 생각했었다. 심지어 지금까지 나는 그녀 이야기를 꺼낸 적도 없었다. 하지만 우리가 몰랐다 뿐이지 뮤리엘은 그동안 레드뱅크를 방문했었고, 자기가 '어머니가 없는 소녀'에게 애틋함을 느낀다고 주장했다. 그러다 애브 새도프스키와 깨지고, *자기가 임신했다는 걸 알게 되자*, 뮤리엘은 어째서인지는 신만이 아시겠지만 아무튼 자신이 렉스와 강한 혈연관계의 정을 느낀다는 사실을 확신하게 되고, 그녀를 자기편으로 끌어들이는 데 성공한다.

(최소한 매디는 그렇게 믿었다. 그것 말고 다른 이유는 잘 믿기질 않았다. 이를테면 렉스가 뮤리엘에 대한 감정을 뒤집었을 수도 있었다. 어느 날 불현듯 그 여자가 이름으로만 언급되는 걸 참을 수 없어서 별안간 *가까워졌다거나* 하는 식으로 말이다.)

그리하여 6월 1일 아침 일찍, 우리는 뮤리엘 오비스의 포드 스테이션 웨건을 타고 레드뱅크로 향하고 있다. 정확히 말하자면 포드는 그녀 것이 아니라 빌린 것이었다. 심지어 임신 4개월이었는데도, 뮤리엘은 자기에게 차를 빌려줄 (남자) 친구가 결코 부족하지 않은 그런 여자 중 하나다. 차에는 무릎에 토비를 앉힌 골디, 라나, 리타, 바이올렛이 타고 있다. 매디는 뮤리엘이 콧소리 섞인 새되고 높은 목소리로 불평을 늘어놓는 걸 듣고 있다. 자기는 남자 운이 늘 어쩌나 없는지 모르겠다며, 예를 들어 첫 남편은 자기를 때리곤 했고, 애브 새도프스키의 경우는 '악독'하고 '사악'한 인간이라는 걸 내놓고 드러냈는데도 당시 그녀는 지금껏 사랑한 그 어떤 남자보다도 그를 사랑했고, 그 보답으로 그가 해준 거라고는 그녀를 먼지 취급한 것밖에 없는데, 설상가상으로 노상 하던 대로 술을 마시고는 자기를 두들겨 패곤 했으며, 그러더니 그런 놈 아니랄까 봐 임신한 그녀를 놔두고는 튀어버렸다. 작별 인사도 없이 해먼드를 떠나버렸는데, 두 달 치 집세를 체납한 건 말할 것도 없고 십수 명쯤 되는 사람들에게 돈까지 뀄다. 값나갈 만한 건 몽땅 쓸어가는 바람에 남은 거라고는 쓰레기와, 그의 불쌍한 딸의 옷가지와 소지품 말고는 하나도 없었다. 뮤리엘이 아는 바에 따르면 애브는 차를 몰고 그냥 가버렸다. 그게 지난 3월의 일이었다. 새 여자 친구쯤 되는 인간과 함께 남쪽으로, 플로리다 템파 방향으로 갔는데, 그 인간 말에 따르면 거기 가면 일자리를 얻기로 약속이 되어 있더랬다. 정유 공장 일로, 해먼드에서보다 두 배는 벌 수 있다며. "뭐 다들 애브 새도프스키가 해먼드를 떠난 이유를 알지만 말야. 그 인간은 수치스러웠던 거야. 자기랑 세상에서 제일 가까운 사람이자 당연히 본인에게 중요한 의미가 있어야 했던 딱 두 사람에게 그딴 식으로 행동한 게. 그니까, 세상에나, 자길 *신뢰했던* 딱 두 사람에게 보인 행실이 부끄러워서 그런 거라고. 그 인간의 유일한 딸과, 나 말이지."

뮤리엘의 말을 듣고 있는 사람들이 공감, 놀람, 온화하고 예의 바른 궁금증이 담겨 있는 소리를 중얼거린다. 리나가 임신이 괴롭지 않느냐고 수줍게 묻자, 뮤리엘은 콧바람이 조금 섞인 웃음을 터뜨리며 이렇게 말해서 사람들을 놀라게 한다. "사실은 기분이 좋아. 그 개새끼가 날 배신해서 내 가슴을 찢어놓지만 않았어도 최고로 행복했을 걸! 지난번에 마거릿을 찾아갔을 때 내가 말했나? 내가 아주 정신 나간 꿈을 꿨는데, 글쎄 예수 그리스도처럼 보이는 분께서 나한테 이 아기가 무척 특별한 아이가 될 거라고 알려주시는 꿈이었지 뭐니. 앞으로 태어날 이 귀여운 딸이 말이지."

이 놀랄 만한 진술에 대해, 폭스파이어 멤버 중 한 명도 대꾸를 할 수가 없다.

뮤리엘 오비스가 빌린 스테이션 웨건을 몰고 시골 도로를 달린다. 그녀는 마치 시골에 원한이라도 있는 것처럼 운전을 한다. 아니면 도로에 원한이 있거나. 그녀는 자기 독백에 너무 몰입하고 있어서 바깥에 거의 주의를 기울이지 않는다. 자동차에도, 트럭에도, 우측 도로를 따라 천천히 움직이고 있는, 농장에서 쓰는 벌목 장비에도. 매디는 뒷좌석에 앉아 뮤리엘의 뒤에 바싹 몸을 기대고 있다. 그녀는 자기 앞의 여자에 대해 이상하고도 강렬한 질투심에 사로잡혀 있는데, 이유를 정확히 알 수가 없다. 그렇다. 렉스 때문이다. 저 여자가 렉스와 비밀스러운 관계를 맺어서다. 하지만 그게 전부는 아니다. (매디는 또한 바이올렛 칸에 대해서도 격렬한 질투심을 느낀다. 인정하지 못할 건 뭔가. 매디의 사고방식으로 보자면, 칸에게는 오늘 아침 이 스테이션 웨건에 탈 권리가 조금도 없다. 렉스를 집으로 데려가기 위해 레드뱅크로 초대받은 폭스파이어 자매들의 특별 파견단에 낄 권리가 하나도 없단 말이다. 렉스가 그녀에게서 무슨 좋은 점을 찾겠나.) 그래서 렉스는 뮤리엘을 백미러로 자세히 뜯어보고 있다. 달달한 냄새를 풍기는, 딸기색이 감도는 뮤리엘의 창백한 금발 가닥이 바람에 날려 얼굴을 간질이는 것 따위는 신경 쓰이지 않는다. 뮤리엘 오비스는 풍만한 몸을 가진 서른다섯 살 정도의 여성으로, 피부는 불그스름하고 건강하며 두 눈은 솔직한 분노와 의지로 빛난다. 입술은 잘 익은 진홍색 과일 같다. 그녀는 자동차에 마지막으로 씌운 코팅처럼 얼굴에서 번쩍거리는 섬광을 발하는, 완전히 무르익은 미국 여인이다. 렉스는 뮤리엘이 자기 아버지와 같이 자고 있을 때 그녀에 대해 이렇게 말하곤 했다. 그년은 돼지 코에다 궁둥이로 몸의 균형을 잡고 있으며, 최소한 얼굴만 봐도 입과 들창코가 쑥 튀어나와 있다는 걸 알 수 있을 거라고. 하지만 어쨌거나 그녀의 외모는 괜찮고, 그런 척 행동도 한다. 지금 현재는 페리스 플라스틱 공장 일을 그만둬야 했지만 (거기서 나는 냄새를 맡으면 그녀는 욕지기가 치밀어 올랐다) 몇 년 전만 해도 동네 미용실에서 일종의 동업자로 일을 했다. 그래서인지 그녀는 자신을 '여성 사업가'로 칭하는 걸 좋아한다. 그녀의 목표는 '자기 사업을 하는 것'이다.

옳아 보이지 않는다. 몇 년 동안, 분명 3년인가 4년 동안일 텐데, 그녀는 애브 새도프스키와 함께 거친 삶을 살면서 늦게 자고 늦게 일어나고 술을 마시고 담배를 피워댔는데도, 그런 삶이 뮤리엘 오비스의 기를 심각하게 죽인 것 같지가 않을뿐더러, 슬쩍 부풀어 있는 그녀의 배, 여름용 니트 스커트에 꽉 긴 채 밀려 나온 배도 그녀를 훼방 놓지 않는 것처럼 보이니 말이다. 매디는 입술을 깨물며 생각한다. *이 여자는 임신했다고! 결혼도 안 했는데! 그런데도 뻔뻔하게, 심지어는 자랑스럽게, 사람들 앞에 나타나고!*

레드뱅크에서도 렉스를 데리러 안으로 들어간 사람은 당연히 뮤리엘이다. 그동안 나머지 사람들은 바깥에서 초조하게 기다리고 있다. 그러다 뮤리엘이 다시 렉스와 함께 나타날 때, 그 둘은 눈물로 얼룩진 얼굴을 하고 서로의 허리에 팔을 두르고 있다. 매디가 숨을 힘껏 들이쉬고는 큰소리로 말한다. "오, 저거 뮤리엘이 렉스의 여동생 내지는 남동생을 임신해서 그런 거야. 그래서 렉스가 지금 저렇게 저 여자한테 붙어 있는 거라고." 다들 앞으로 달려 나가는 통에 바이올렛 칸만 그 말을 들은 모양이다. 그녀가 반박하는 게 아니라 부연하고자 말한다. "맞아, 매디. 하지만 아마 그게 *전부는* 아닐 거야."

그다음에 사람들을 놀라게 한 건 렉스 새도프스키다.

경악까지는 아니지만, 분명 놀랄 노 자다.

렉스가 폭스파이어 자매들을 향해 달려오자, 아파서 나오는 것 같은 비명과 신음 소리로 공기가 터져 나간다. 그러다 갑자기 모두 한꺼번에 훌쩍이면서 끌어안고 키스를 퍼부으며 *세상에, 맙소사,*라 외치고, 은빛 털에 잘생긴 허스키 토비가 렉스에게 뛰어오르자 렉스는 자갈이 깔린 도로에 바로 무릎을 꿇어 *녀석*을 끌어안는다. 토비가 축 늘어진 축축한 분홍빛 혀로 렉스의 얼굴을 핥고, 다들 웃음을 터뜨리는 동시에 렉스를 만지려 들며, 렉스도 그들을 만지고 더 많이 끌어안으려 한다. 렉스가 매디에게 세게 키스를 하자 매디는 숨이 막힐 지경이다. 뮤리엘 오비스의 둥글고 혈색 좋은 얼굴은 눈물이 흘러내린 자국으로 범벅이 되어 있다. 그녀는 뒤로 물러서서 브라우니제 박스 카메라로 사진을 찍고 있다.

머리 위로 레몬처럼 샛노란 태양이 떠 있다. 초여름이고, 너무 덥지는 않다. 어젯밤에 쏟아졌던 폭우의 축축한 냄새가 공기 중에 남아 있다.

정말 충격적인 건, 렉스의 머리카락이 싹둑 잘려 나갔다는 것이다.

그보다 더한 충격은, 렉스가 *나이* 들어 보인다는 것이다.

이 사람이 렉스라고? 매디는 살짝 멍한 기분이 든다. 그 나이 든 소녀의 격렬한 포옹으로 인해 갈비뼈가 기분 좋게 아프다. 집으로 돌아가는 길에, 꽉 차서 미어터지는 스테이션 웨건 뒷좌석에서, 매디는 앞 좌석에 앉은 렉스(그녀는 뮤리엘과 골디 사이에 사이 좋게 끼어 앉아 있다. 토비는 골디의 무릎 위에 겨우겨우, 그러면서도 감사하는 기분으로 앉아 있다)를 관찰하며 생각한다. *정말? 정말 그녀가 맞나?* 왜냐하면 렉스가 정말 변한 듯 보여서다. 열여섯이 아니라 스무 살, 스물한 살 같다. 아름답고 자신감에 차 있다. 짧게 친 머리 덕에 얼굴에서 평평한 부분과 각진 부분의 윤곽이 또렷이 나뉘어 보인다. 특히나 광대가 날카롭게 두드러진다. 눈은 더 커졌다. 심지어 왼쪽 눈에는 기묘한 사시가 생겼는데, 홍

채에 못 보던 핏빛 반점이 나 있고, 눈동자는 방향이 어긋나 있다. 매디는 렉스가 눈에 부상을 입은 건지, 그 일이 시력에 영향을 끼친 건 아닌지 궁금하다.

자동차 피크닉이다! 미적지근한 콜라와 세븐업, 미적지근한 맥주, 짜고 기름진 포테이토 칩 봉지, 렉스를 위해 준비한 카멜 담배, 소녀들의 목소리와 시끌벅적한 웃음으로 가득한 스테이션 웨건. 해먼드 지역 방송국에 맞춰진 라디오에서는 유행가가 크게 흘러나오고 있다. 매디는 감격한 채 "믿을 수가 없어. 렉스가 *나오다니*."라고 대여섯 번은 더 중얼거린다. 아무도 믿을 수가 없다. 렉스 본인도 믿을 수가 없다. 그녀는 몇 번씩 울음을 터뜨리며 사람들을 끌어안고는 자기가 운 걸 가지고 짓궂은 농담을 한다. 그러다 앞 좌석 너머로 몸을 기울여서는 리타의, 라나의, 바이올렛의, 매디의 손을 마구 쥐어대고, 손가락으로 사진 찍는 모양을 만들어 그들의 얼굴을 담고, 마치 자기가 하는 질문이 대답을 들을 수 있기는커녕 제대로 전달도 안 되리라는 걸 알고 있다는 듯 계속해서 물어댄다. "대체 어떻게 지내고 있어? 오, 진짜 보고 싶었어. 다들 잘 *지내고 있는 거지*?" 그때쯤 그들은 1차로 취한 상태로 카사다가 강을 건너 해먼드로 돌아온다. 공장 굴뚝, 교회 첨탑, 마치 중력이 끌어당기는 것처럼 언덕에 세워진 공장의 탑들, 로어타운 페어팩스 애비뉴로 이어지는 길고 가파르게 내려가는 경사로 이루어진 도시. 그들이 아는 고향. 운전대를 잡은 뮤리엘 오비스는 거의 취해 있다. 폭스파이어에 대한 기억 속에서 이렇게 *행복하고* 이렇게 *온화했던* 날이 또 있었던가?

돌아오는 내내 매디는 자신의 진짜 감정(그녀는 그 감정이 야비하고, 쪼잔하고, 재수 없는 감정이라는 걸 인식하고 있다)을 숨긴 채 렉스 새도프스키를 꼼꼼히 관찰했다. 거의 이방인이나 다름없는 이 사람, 14개월 동안 편지 한 번 제대로 보내지 못하고 교도소에 갇혀 있던 친구에 대해 어떻게 생각해야 할지 알 수가 없다. (청소년 교정 시설을 '교도소'라고 생각해서는 안 되겠지만 그곳의 본질이 그렇다.) 14개월. 거의 인생의 길이나 다름없다. 공유할 수 없는 기억으로 인해 그들 사이에 생긴 불안정한 심연. 매디가 렉스의 목덜미에 나 있는 머리카락을 익살을 떨면서 잡고는 묻는다. "왜 놈들이 *이런 짓*을 하게 놔뒀어? 나 예전 머리 좋아했는데." 렉스가 억지로 미소를 짓듯 이빨을 드러내고는 매디의 손가락을 느슨하게 비틀면서 말한다. 마치 자신의 존엄이 헝클어지기라도 한 듯. "이유가 다 있어." 매디는 그 대답이 자기 질문을 묵살한 것으로밖에는 받아들일 수가 없다.

바로 그때 바이올렛 칸이 재빨리 몸을 기울여 렉스의 머리를 만진다. 렉스의 머리를 이마 뒤로 부드럽게 쓸어 넘기고 자기 입술을 오므리며 비둘기가 구구거리듯 달콤하게 속삭인다. "난 이 새 헤어스타일 좋아. 렉스, 네가 뭘 하건 그게 *너야*."

매디는 생각한다. 바이올렛은 내가 모르는 것들을 알고 있어.

그것들은 얼마나 정확한가. 얼마나 잔인하고 얼마나 모질고 얼마나 친밀하고 얼마나 육욕적인가. 매디는 깊이 생각하고 싶지 않다.

놀랄 일이 또 하나 있다. 렉스는 누구에게도 이야기를 하지 않고 폭스파이어의 환영 파티에 손님 여럿을 초대한다. 이 손님들은 폭스파이어 멤버도 아니고, 그리 오래 머물러 있지도 않는데, 본인들도 자신들이 환영받지 못한다는 걸 알았을 테다. 이 일은 렉스와 피를 나눈 자매들이 예상했던 일이 아니다.

손님 중 하나는 뮤리엘 오비스고, 이건 그리 나쁘지 않다. 소녀들은 뮤리엘을 충분히 좋아하게 되었고, 심지어 성인 여성들에게 무척이나 비판적이며 임신한 여성 앞에서는 과민할 정도로 불편해하는 매디조차도 그렇다. 어쨌거나 렉스가 뮤리엘과 같이 지낸다는 구실도 있으니까. (렉스가 자기 거처를 찾을 때까지 당분간 그리하기로 했다.) 따라서 뮤리엘을 초대한다는 건 논리가 선다. 폭스파이어에게 정말로 우호적이었던 캐슬린 코너도 있고, 소녀들은 이에 대해서도 정말로 이의를 제기할 수 없다. 마실 술이 엄청 쌓여 있고 소란스러운 즐거움이 가득한 이런 파티에서나 가능한 참으로 웃기면서도 대담무쌍한 일은, 애브 새도프스키의 전 여자 친구 둘이 드디어 만나 서로를 평가하고, 웃고, 끌어안고, 이야기를 나누며 같이 돌아다닌다는 사실이다.

애브 새도프스키, 그 개새끼! 누구 그놈이 어디 있는지 정확히 아는 사람?

하지만 다른 두 명의 손님은 경악스러운 사건이 된다. 최소한 폭스파이어 멤버들에게는 그렇게 느껴진다.

렉스는 그 둘 중 한 명은 레드뱅크에서 만난 믿을 수 있는 좋은 친구라면서, 몇 주 전에 출소했다고 했다. 렉스가 이 낯선 인물 메리골드 뎀스터에 대해 워낙 따뜻하게 얘기를 해놓아서 우리는 별수 없이 그녀를 만나기로 했다. 오후 아홉 시가 되자 누군가—수줍어하면서, 당장이라도 되돌아갈 준비가 된 듯 움찔대며—문으로 들어왔는데, 두 명의 흑인 소녀였다. 낯선 사람일뿐 아니라 니그로였던 것이다.

축음기가 높은 볼륨으로 재생되고 있지 않았다면 방 전체가 조용해졌을 것이다.

골디만 입을 다물지 않았다. 그녀는 두 눈이 휘둥그래지다시피 해서는 그들을 쳐다보았고, 너무 놀라 맥주를 무릎에다 쏟으며 큰 소리로 외쳤다. *"깜둥이들이잖아!"* 매디가 골디 옆에 가까이 다가가서는 흑인 소녀들이 그 말을 듣지 않았길 바라며 꾸짖듯 말했다. "흑인이야." 골디는 말을 할 수 있을 정도로 정신을 다시 챙기고는 매디의 귀에 대고 낮은 목소리로 말했다. "니가 재들을 뭐라고 부르건 간에, *백인*은 아니라고."

메리골드와 타마는 오래 머물지 않는다. 길어야 한 시간이었을 것이다.

자기네가 환영받지 못한다는 느낌을 그들에게 주진 않았다. 아주 엄밀히 따지고 들어야 그렇다는 것이긴 하지만.

뎀스터 자매도 로어타운 소녀들이지만 흑인 지역 출신이다. 페리 고등학교에 다니고 있다던가 다녔다던가 하는데, 아무도 그들을 기억하지 못한다. 리타와 매디, 그리고 당연하게도 렉스를 제외하면 폭스파이어 멤버 중 누구도 굳이 친하게 다가서려 하지 않는다. 상처를 입었다는 감정이, 어린애 같은 분개가 손에 잡힐 듯 떠돌고 있다. 렉스가 어떻게 이렇게 생각 없는 짓을 할 수 있지! 이런 특별한 때에! 알고 보니 타마는 렉스도 전혀 모르던 애였고, 그래서 이 초대가 더욱더 별나게 다가온다. 메리골드는 고통스러울 정도로 수줍어하고 있다. 그녀는 학교의 대다수를 차지하는 백인 학생들 사이에서 인기 있는, 넉살 좋고 따뜻하게 웃는 그런 소녀가 아니다. 사람은 다정해 보이지만 외모는 평범하며, 피부는 무척 어둡고, 코는 납작하다. 작고 푹 파인 눈은 내내 풀 죽고 불안하다. 렉스가 팔을 그녀에게 걸치고 속사포처럼 질문을 퍼붓지만 메리골드는 렉스를 *밖에서* 봐서 얼마나 기쁜지 모르겠다는 얘기만 되풀이할 뿐 별말을 하지 않는다. *바깥*에 있는 것보다 더 중요한 일은 없다고 한다. 메리골드는 매일 매 순간 자기가 *밖*에 있는 데 대해 예수님께 감사하고 다시는 *안*에 돌아가지 않을 거라 한다.

렉스가 메리골드를 꼭 끌어안는다. 잿빛 금발 머리를 흑인 소녀의 뒤에 가까이 대고는 말한다. "애, 너 그렇게 말했잖아. 그놈들이 날 완전히 때려눕혀야 할 거라고. 놈들이 날 다시는 안에 들이고 싶지 않아 한다고."

렉스가 하도 열정적으로, 정말로 반항적으로 말하는 바람에 모두들 살짝 당황한다. 폭스파이어 멤버도, 뎀스터 자매도.

다들 어디로 눈을 돌려야 할지를 모르고 있다.

밤이 늦었다. 흑인 소녀들은 갔다. 캐슬린 코너와 뮤리엘 오비스도 갔다. 이제 파티에는 폭스파이어 말고는 아무도 없고 렉스 새도프스키 주변에도 폭스파이어 말고는 아무도 없다. 마음 상할 이유도, 오해도, 분노도, 혼란도 없다. 너희들 왜 메리골드를 좋아하지 않았니, 우린 메리골드 좋아했는데, 아냐 너희는 메리골드를 좋아하지 않았어, 백인 똥명청이에 잘나빠진 쌍년인 너희들은 그랬다고, 어떻게 감히 그럴 수 있어, 니들 피부색은 그저 타고난 것일 뿐이야, 근데 어떻게 그러냐고. 하지만 실제로는 의견 충돌이 일어나지 않는다. 이런 끔찍한 말들은 입 밖으로 나오지 않는다.

이제 촛불이 켜져 있는 폭스파이어의 비밀 장소에는 폭스파이어 멤버들 말고는 아무도 남아 있지 않다. 영원토록 결속을 맹세했던, 피로 맺어진 여덟 자매들. 렉스, 골디, 라나, 리타, 매디, 바이올렛, 토니, 마샤. 이들만 있는 비밀 축하연은 밤새도록 계속된다. 마실 건 넘쳐난다. 맥주는 얼음 통에 담겨 있고, 샌드위치도 수십 개다. 리타/'레드'가 굽고 매디/'멍키'가 설탕을 뿌린, 자랑스러운 세 겹짜리 초콜릿 케이크도 있다. 바닐라를 섞은 진한 퍼지 초콜릿으로 돌아온 걸 환영해 렉스!라고 적어놓기도 했다. 렉스는 자기가 먹어본 것 중 가장 맛있는 케이크라고 선언한다.

대마초도 피운다. 골디가 조달해 온 것으로, 렉스가 예전에 알던 마약 상과 접촉해서 가져왔다. 렉스는 몇 분 만에 취해서 익살을 떨고 웃음을 터뜨린다. 오랫동안 빌어먹게도 *박탈당했던* 것.

매디는 여전히 술을 마시는 게 익숙하지 않다. 대마초는 더더욱 그렇고. 그녀는 마룻바닥에 누워 잠이 들었다가 깨었다가 다시 잠들었다가 다시 깬다. 한밤중인가?―새벽 두 시가 넘었나?―폭스파이어 축하연은 계속되고 있는데, 아무도 이걸 끝내고 싶지 않기 때문이다. 한 명이 잠들면 잠시 뒤 일어나고, 두 명이 잠들어도 다른 사람들은 깨어 있다. 축음기는 소리 높여 울리고 촛불은 최면에 빠지게 한다. 매디가 마음 가는 대로 거칠게 춤을 추자 다른 사람들이 그녀를 보며 감탄하면서 포복절도한다. 매디는 자기가 정말 어리고 육체적으로도 정말 덜 *자랐다*는 사실을 깨닫는다. 다른 사람들, 심지어는 학교에서 자기보다 한 학년 아래인 바이올렛, 토니, 마샤 같은 신참들과 비교해봐도 그렇다. 매디는 다들 보라며 춤을 추고, 렉스도 그녀와 같이 춤을 춘다. 렉스가 깔깔 웃다가 그녀를 '킬러'라 부르고, 누구보다도 더 보고 싶었다고 말한다. "그거 알아, 매디? 넌 내 *심장*이야!"

그러다 렉스가 매디를 잡아당긴다. 다들 조용해지더니 비밀스레 킬킬거리며 계단을 올라 지붕으로 간다. 렉스가 초를 높이 들어 올리고, 이제는 훨씬 심각한 어조로 말한다. 메리골드 뎀스터와 그녀의 자매를 괴물이 아니라 인간처럼 제대로 대접한 유일한 사람은 매디뿐이라고. 매디는 힘없이 반항하며 다른 사람들을 감싸려 들지만 렉스는 듣고 있지 않다. "알겠지만 난 폭스파이어가 거의 창피할 정도였어. 그 애들에게 푸대접받는다는 느낌을 안겨준 게. 난 이 일을 잊지 않을 거야. 두고 봐." 하지만 그들은 불현듯 지붕 위로 올라온 상황이고, 그 주제는 밤공기가 그들의 달아오른 피부에 밀려오면서 잊힌다. 하늘 전체가, 바닥을 알 수 없는 바다처럼 깊은 밤하늘이 끝없이 펼쳐지는데 그 모습이 정말로 아름답고 정말로 강력하여 매디의 심장이 아릿하다. 그녀는 지붕 가장자리에서 몸을 흔들며 고개를 뒤로 쭉 젖히고는 말한다. "고대 사람들은 있잖아, 하늘이 무척 낮다고 생각했어. 그래서 지금 우리처럼 이만큼 높이 올라가면 진짜로 하늘에 *가까워진다*고 생각했어."

렉스가 양피지로 싼 대마초 담배에 불을 붙이다가 태평하게 말한다. "그래? 뭐 우리가 *그렇긴* 하지."

4분의 3 정도 차오른 달. 빛나는 뼈. 멍들고, 시달리고, 흉터를 입은 흔적이 보인다. 달은 사람들이 아는 것보다 훨씬 더 인내해왔다.

별들. 정말로 많은 별들. 성능 좋은 망원경이 있다면 더 많이 보일 것이다. 더, *더 많이.* 매디는 웃다가 몸을 떨다가 하면서 별들에 대해 생각한다. 아무래도 그 문제가 진심으로 와닿지는 않지만 말이다. 강물의 소금기를 머금은 불길한 냄새를 풍기는 축축하고 싸늘한 밤공기가 그녀를 위무해주어야 할 텐데, 그럴 성싶지가 않다. 왜 이렇게 흥분하고 있을까? 한 시간 전만 해도 취해서 뻗어 있었는데 왜 지금은 멀쩡히 서 있고, 피부는 불타는 듯 뜨겁고, 심장은 달음박질을 치고 있을까? 새로워서 그렇다고, 매디는 생각한다. 렉스가 새로운 인간이 되어서 그렇다고. 그녀는 무미건조한 목소리로 그녀에게 말을 하는 렉스가 무섭다. 렉스는 레드뱅크에서 오랫동안 열심히 생각한 끝에 인생에 대한 '완벽한' 결론을 얻었다고 말한다. 매디는 자기를 겁줄 이야기는 아무것도 듣고 싶지 않다. 지금은 말이다.

렉스 새도프스키는 쑥 자랐다. 최소한 5피트 9인치고, 얼굴은 아름답다. 분명 그렇다. 하지만 그녀는 자기 자신에 대해서는 무심하고, 그녀의 아름다움도 영원히 지속되지는 않을 것이다. 그 날카롭게 여윈 얼굴, 철저하고, 굶주려 있고, 성급한 표정. 매디는 그녀를 바라보다 둘 사이를 잇고 있는 게 무엇인지, 앞으로는 무엇이 될지 궁금해진다. 매디 워츠와, 거의 젊은 남자의 몸을 가진, 정말 호리호리하고 단단한 근육을 갖고 있으며 짧게 친 머리가 새의 볏처럼 이마 위로 격렬히 비쭉 서 있는 이 젊은 여성을 이어주는 것이. 렉스는 소매 없는 연둣빛 면 저지 상의를 입고 있는데, 옷이 몸에 아주 딱 맞아서 등뼈의 윤곽과 뾰족한 젖꼭지가 달린 작고 단단한 가슴 선이 선명히 드러나 보인다. 검정색 로 슬렁 바지를 입고, 레드뱅크의 누군가가(교도관 중 하나일까?) 귀향 선물로 준, 메달 모양의 은빛 장식이 달린 벨트를 찬 채로 서 있는 렉스의 모습에는 공격적이면서도 성적인 분위기가 감돈다. 엉덩이뼈와 골반은 삐딱하게 기울어 있고, 배는 거의 옴폭 들어가 있다 싶을 정도로 평평해서 다리 사이의 둔덕이 미묘하게 두드러진다. 새까만 동공이 눈을 덮을 정도로 확장되어 있다. *그들이 옳다. 그녀는 위험하다.*

젠장. 아무려면 어때.

지붕 위에서, 렉스는 매디에게 폭스파이어의 적들에 대해 진지하게 말해주고자 한다. 적들은 그저 남자만이 아니라고, 때로는 소녀도, 여자도 적이라고. 이를테면 레드뱅크의 교도관 같은 사람들. "세상에, 매디, 난 *네가* 절대 직접 깨닫지 못했으면 좋겠어. 가끔은 진짜 사악한 악이 있다는 거."

매디가 말한다. 그녀는 정말 기분이 좋다. 무모하리만치. "나도 내 방식이 있어, 렉스. 너랑 같이 쭉 있어온 가락이 있다고. 내내."

렉스가 그녀의 말을 듣지 않은 것처럼, 또는 듣고 싶은 마음이 없었던 것처럼 말한다. "이 악은, *거기 있다는* 사실을 아는 것만으로도 충분해.

테리오 신부님은 악이 생겨난 건 사회 때문이라고 생각하셔. 우리가 형제자매가 될 수 없는 건 자본주의 때문이라고 생각하시고. 우리가 스스로를 팔기 때문이라는 거야. 나는 그 말이 옳다고 믿지만, 다른 무언가가 더 있어. 이를테면, 한 소녀가 네 눈에다 엄지손가락을 찔러 넣어야 할 이유가 뭐가 있을까? 너랑 정말 닮아서, 얼굴만 아니었다면 쌍둥이라고 할 수도 있을 누군가가 말이야." 렉스는 명상이라도 하듯 왼쪽 눈을 문지른다. 우울해 보이지는 않는다. 그녀는 슬픈 듯 웃고 있으며, 이야기를 하길 원하고 이야기를 할 필요가 있다. 매디는 그 이야기를 듣고 싶으면서도 듣는 게 두렵다. 그녀는 레드뱅크를 질투한다. 심지어 레드뱅크의 추악함을, 자신이 겪지도 않았고 상상할 수도 없는 경험을 질투한다. 렉스는 지붕 가장자리에 쪼그려 앉아 있고 매디는 렉스가 있는 자리로 합류한다. 그녀는 몸을 슬쩍 흔들면서, 치과에서 아산화질소를 마신 것 같은 기분으로 웃고 있다. 렉스가 계속 말한다. "이제 나는 남자를, 남자라는 존재를 적으로 받아들일 수 있어. 그래, 받아들일 수 있다고. 예를 들면 박물관에 있던 *호모사피엔스* 있잖아. 그가 생각하는 건, 그러니까 그가 처음 생각하는 좆같은 일들 중 하나는 말이지, *살인하*는 거야. 내 말은, 좋아, 우리 다 알잖아. 만약 그렇지 않았다면 전쟁도 없었을 거라는 거. 근데 전쟁은 늘 벌어지고 있으니, 남자가 전쟁을 사랑하지 않았다면 전쟁을 벌이지도 않았겠지. 난 그 사실을 인정할 수 있다고. 하지만 우리 종족 중 다른 한쪽, 여성은, 예상외의 존재야."

매디가 머뭇거리며 말한다. "그 사람들이 널 다치게 했니, 렉스? 네 눈 말인데……."

렉스가 말한다. "절대. 누구도 날 다치게 못 해. 난 걔들에겐 너무 똑똑했거든. 위기의 순간이 닥치면 난 달아났어. 매로 변해서." 그녀가 웃으면서 팔을 퍼드덕거리자, 매디는 그녀가 날아가 버릴까 봐, 또는 지붕 가장자리에서 추락할까 봐 걱정스러워진다. "아름다운 새야. 좆같이 아름다운 새."

아마도 지붕 가장자리에 이렇게 가까이 접근해 쪼그려 앉는 건 위험한 일이겠지만 매디는 자신감에 찬 채 눈부신 행복에 빠져 대마초 담배를 빨아댄다. 지금 이 밤은 레드뱅크에서 집으로 돌아온 렉스를 축하하는 폭스파이어의 밤이고, 그녀와 렉스는 다른 사람들과 거리를 둔 채 숨어 있으며, 아마 사람들이 눈치를 채기 시작할 테니 남은 시간이 얼마 없을 것이다. 그러니 지금 이 순간은 정말로 소중하다. 그리 멀리 떨어져 있지 않은 카사다가 강은 마치 생물 같다. 싸늘한 잔물결이 힘없이 물결치고, 달빛은 살이 떨리듯 출렁인다. 더 멀리 떨어진 강가는 빛으로, 가로등과 집 안의 불빛으로 깜박인다. 작은 별들이 언덕의 어둠 속에서 솟아오르지만 실제 언덕의 모양은 윤곽으로도 알아볼 수가 없다. 밤이니까. 밤. 밤은 우주의 진실한 하늘과 같다. 유일한 실체인 우주의 본질은 낮이 아니라 오로지 밤에 의해(그건 낮의 빛이 본질을 깨뜨리기 때문일까? 눈멀게 하여 보지 못하게 하기 때문일까? 마치 깨진 거울처럼 수많은 부분으로 분해시키기 때문일까?) 드러난다.

렉스는 매디가 담배를 피우는 모습을 가만히 관찰하다가, 웃으면서 언니라도 된 것처럼 분통을 터뜨린다. "야, 세상에, 너 대마를 무슨 덜떨어진 꼬맹이처럼 피우고 있냐?"

그러더니 매디의 손에서 가느다란 담배를 빼앗고는 어떻게 피우는지 시범을 보인다. 만화책에서 키스하듯 입술을 오므리고는 담배를 입술 정중앙에 놓고 깊이 빨면서 두 눈을 감고, 그런 다음 더 깊이 연기를 빨면서 서두르지 않고 10초 정도 그 상태를 유지하다가(만약 이 폭스파이어 축하 파티가 경찰의 습격을 받기라도 한다면 어쩐다? 렉스 새도프스키가 레드뱅크 교정 시설에서 풀려난 그 날 대마초를 소지한 게 발견되면 어떻게 되는 거지?) 이만한 호사가 없다는 듯 연기를 내뿜는다. 비록 사실은, 참 이상하게도, 정말 가느다란 연기만 뿜어져 나올 뿐이지만. "시간을 충분히 들여야 해. 그래야 연기가 폐에, 그리고 내 생각이긴 하지만, 피까지 흡수될 수 있거든." 렉스가 그렇게 말하며 매디에게 담배를 주고, 매디는 렉스가 가르쳐준 대로 똑같이 하지만 뭔가 잘못됐는지 입과 목구멍이 타오르듯 따끔거리는 바람에 기침을 한다. 거의 숨이 막힐 지경이다. 눈물이 순식간에 뺨을 따라 흐른다. 렉스는 웃지도 놀리지도 않는다. 발작이 지나가기를 기다리다가 이렇게 말한다. "괜찮아. 천천히 해. 밤새 있을 건데 뭐. 천천히 부드럽게 다시 해봐." 매디는 또 기침이 발작하듯 터질까 봐 무서워하며 다시 시도한다. 렉스는 매디의 오므린 입술 중간에 담배를 물려주고 그대로 잡고 있기까지 한다. 매디는 숨을 들이쉬고, 한 번 더 들이쉬며 눈을 감는다. 그러자 강도 사라지고 밤도 물러가고 정신을 산란케 하는 친구의 얼굴도 없어진다. 그렇다, 그녀는 타오르는 연기를 폐 속 깊이 들이마시고, 그러자 갑자기, 뜻밖에, 작고 단단한 두개골 뚜껑이 확 열린다! 달빛이 제멋대로 쏟아져 들어온다! 매디의 두 눈이 번쩍 뜨이고 그러면서 매디는 둥둥 떠다니고 매디는 하늘에 떠 있고 매디-멍키는 웃고 있다. 그녀는 중력을 극복했다. *이런 거구나! 정말 쉽네!*

렉스가 아주 멀리 떨어져 있는 것 같다. 하지만 아니다. 그녀는 가까이 있다. 자기 머리로 매디의 머리를 살살 밀어 받치면서, 여원 근육질의 팔을 매디의 어깨에 둘러 꼭 끌어안아 그녀를 보호하고 있다. "이제 왜 이걸 '붕 뜬다'고 하는지 알겠지, 자기야, 응?"

3
연대기의 역설/난쟁이 여인

맙소사. 오늘 아침에는 우리 폭스파이어의 꿈/폭스파이어 농가에 대해 쓸 것이라 확신했다. 비록 씁쓸하고 슬프게 끝나기는 했지만 그럼에도 몇 달 동안은 우리에게 기쁨의 가능성이었던 곳…… 하지만 내가 실제 연대기에 충실해야 한다면, 내가 기억하는 대로가 아니라 정말 일어났던 사건들을 적는다는 임무에 성실해야 한다면, 나는 이 지점에서 1955년 한여름에 일어났던 난쟁이 여인에 대한 기묘한 이야기를 기록해야만 한다.

이 이야기는, 내게는 완벽하게 수수께끼처럼 비치는 지저분하고 추잡한 일화다(왜 렉스가 이 일에 엮였던 걸까? 본인이 주장한 대로 사실 자기가 *자발적으로* 거기 말려들었건 아니었건 간에 말이다). 나는 이 이야기를 까맣게 잊고 있다가 노트를 들여다보던 중 갑자기 기억이 났다. 기억을 피할 도리가 없었다. 그리고 이 이야기의 지저분함과 추잡함보다 더 불편한 사실은, 역사적 정확성에 따라 사건들을 기록하려 들 때 연대

*기의 역설*이 야기되게 마련이라는 점이다. 이 노트와 같은 문서를 글로 옮길 때 발생하는 문제가 있다. 회고록 또는 고백록에서 필자는 일화, 인물, 장소, '플롯' 등등을 발명할 권한이 없고, 모든 걸 일어난 대로 적어야 한다. 상상력이 아니라 기억력이 동인(動因)이 된다. 하지만 어떤 경우건 언어가 도구로 쓰이는데, 언어라는 게 믿을 수 있는 것인가?

언어가 없다면, 우리가 거짓말을 할 수 있었을까?

(내가 거짓말을 하고 있다는 소리가 아니다. 폭스파이어의 과거를 헤집고 있는 이 고통스러운 수개월 동안 내가 한 번이라도 거짓말을 했다고는 믿지 않는다. 하지만 진실이라는 것이 언제나 유효하지 않다면, 그러니까 늘 진실이 정확히 기억나는 게 아니라면, 혹은 심지어 진실을 알아채지도 못한다면, 이는 특별한 종류의 *거짓*말이 아닐까? 마치 가톨릭 교회에서 *태만죄*를, 실제 있는 존재가 결여되기 때문에 우리가 파악할 수 있는 죄 중 가장 무겁게 취급하는 교리가 있듯이 말이다!)

*연대기의 역설*은 가증스럽다. 늘 당면하고 있는 것보다 이전의 원인을 어쩔 수 없이 찾아야만 하기 때문이다. 따라서 나는 이 화창하고 싸늘하며 햇살이 내리쬐는 겨울 아침을, 매디 워츠의 눈에는 띄었던 적도 없는, 침대에 묶인 채 남자들에게 학대당했던 난쟁이 여인에 대한 회상으로 더럽혀야 할 판이다. 폭스파이어가 그리도 자기 것으로 만들길 원했던 금방이라도 무너질 것 같은 낡은 농가, 폭스파이어의 꿈/폭스파이어 농가에 대한 기억 속에서 행복을 그려내고 기억하여 획득하길 희망했던 이 날 아침에. 그 여름의 어느 날, 렉스가 공원 관리소 트럭을 타고 가다가 올드윅 로드에 있던 이 빈 농가를 발견했다. 관리소 일은 레드뱅크의 소장 플레처가 주선한 임시직으로, 그 얘기를 하려면 다시 뒤로 돌아가야 하는데(이게 내가 뜻하는 '가증스러운 연대기'다. 어떤 일도 그에 선행하는

다른 일이 없이는 일어나지 않는데, 그렇게 거슬러 올라가다 보면 시간의 시작까지 이르게 되는 것이다!), 렉스가 어안이 벙벙하여 냉소적으로 말한 바에 따르면 이 플레처가 자길 대단히 높게 쳐주었는지 공식 기록에다가 '마거릿 새도프스키'가 레드뱅크 주립 소녀 교정 시설에서 수년을 보낸 끝에 가장 믿을 만하고 가장 신뢰할 만하며 근면하고 지적이며 정직한 데다 완전히 갱생한 수감자 중 하나가 되었다고 떡하니 선언을 해놓았다는 것이다. 당연히 렉스는 그녀에게 감사했다. 감사해 *마지않*을 일이었다. 그녀의 아버지가 떠나버렸기 때문에 자립하기 위해서는, 또한 그녀가 몇 년 동안 꿈꾸어왔던, 어른들의 간섭이 전혀 없는 독립적인 삶을 누리기 위해서는 직업이 진짜 빌어먹게도 필요했으니까. 하지만 렉스가 말했듯 이런 상황은, 그러니까 남이 자기에 대해 하는 헛소리를 듣게 되어 민망하고 부끄럽고 초조한 기분을 느끼게 되는 이런 상황은, 나중에는 분명 자기를 위해 '공식적으로 기록을 남긴' 은인을 확실히 실망시키게 될 게 빤할 터이다. 그러니 바로 이 행위, 그러니까 '공식적으로 기록을 남기는' 기독교적 행위는 어쩐지 실망과, 환멸과, 배반의 시간이 오기를 기대하고 있는 것 같지 않느냐 이거다!

또한 렉스와 같이 트럭을 타는 조장, 이십 대 때는 막 나가는 놈이었지만 최소한 그녀에게는 진실을 털어놓은 사내가 그녀에게 말해준 바에 따르면, 렉스가 공원 관리소에서 얻은 일(별나게도 여자애가 직원이 된 유일한 업무였는데, 바깥에서 상당한 육체노동을 해야 하는 일이기 때문이었다)은 사람들이 좀체 선망하는 자리가 아니었다. 딱 당시의 최저임금, 그러니까 시간당 1달러를 지급했는데, 그것도 *세전*이었다.

나중에 렉스는 여자로 살게 되면 자기가 아무리 다른 남자들이 하는 것만큼 일을 많이 해도, 혹은 더 해도, 돈은 덜 받는다는 사실을 배우게 될 것이었다.

난쟁이 여인 이야기에서 너무 멀리 샌 것 같다. 미안하다.

내가 그리 훈련된 작가가 아니라는 걸 알 수 있을 것이다. 소재를 끌고 가는 게 아니라 거기에 끌려가고 있으니. 가끔 *내가 어디로 흘러갈지 신만이 아신다는 게 참 부끄럽고 슬프다는* 생각을 하면 내 마음은 아득해지곤 한다.

렉스는 '난쟁이 여인'이 절대 진짜 난쟁이는 아니라고 말했다. 성장이 늦고, 좀 기형이고, 지능이 떨어져서 사람들이 그렇게 부를 뿐이었다. "사람들은 자기랑 다른 존재에 이름을 안 붙이고는 못 견뎌." 렉스가 넌더리를 내며 말했다. 예타라는 이름을 가진 그 여자를 렉스가 만나게 된 건 순전히 우연이었다. 직원 렉스는 카사다가 공원 최북단 구석 숲에서 덤불을 치우고 있었다. 덤불투성이 전원 지대밖에 없는 시골 근방으로, 진짜 농장 같은 건 더 이상 존재하지 않는 곳이었다. 아스팔트로 벽을 세운 방갈로, 콘크리트블록 위에 얹은 트레일러와 불법 쓰레기 처리장이 있었고―그 지역 거주민들은 '가난한 백인 쓰레기'라 불렀다―집 한 채가 나란히 붙어 있는 폐업한 선술집이 있었다. 렉스는 목이 말라 죽을 지경이어서, 물 한 잔 청할 생각으로 종종걸음으로 도로를 건너 그 집으로 갔다. 남자 직원들 중 아무도 같이 가려 하지 않았지만 그녀는 그 점을 이상하게 생각하지 않았다. 정문을 두드렸지만 안에서는 아무 대답도 없다. (낡은 농가다. 손질도 잘되어 있지 않고, 뒷마당에는 허접쓰레기가 가득한 걸 보면 아무도 이 장소에 대한 긍지가 없는 듯하다.) 그러자 렉스에게 그녀다운 아이디어가 떠오른다. 집 뒤로 가서 우물이 있을 경우 직접 물을 떠 마시겠다는. 그렇게 뒤로 돌아 들어갔을 때 그녀는 이 사람을 본다. 처음 눈에 띄었을 때는 남자인지 여자인지도 분간이 안 갔지만, 이제는 여자라는 걸 알겠다. 젊지 않다는 것 외에는 나이를 가늠할 수 없다. 여인은 난쟁이나 꼬마처럼 작다. 4피트 5 내지 6인치 정도쯤 되어 보인다. 어린아이 정도의 몸집이지만 몸매는 아이가 아니다. 상체는 길고 등은 기형이며 얼굴은, 정확히 말해 못생긴 건 아니지만 이상한 느낌이 든다. 얼굴이 그녀의 척추와 마찬가지로 휘어 있는 듯하다. 남자 옷을 입고 있다. 그녀가 몸을 돌려 곁눈질로 렉스를 바라보지만, 이미 얼굴에는 미소가 떠올라 있다. 마치 렉스가 그녀가 알고 좋아하는 사람이기라도 한 듯. 정말 충격적인 건, 진짜 공포스러운 건, 렉스는 자기가 아마 1분은 꼬박 넋이 나갔을 거라고 말했는데, 이 여인의 목에 개 목걸이가 채워져 있다는 사실이다. 개 목걸이는 가벼운 사슬에 연결되어 있고 사슬은 마당을 가로질러 걸려 있는 빨랫줄에 연결되어 있어서, 여인은 사슬이 허락하는 범위 안에서는 자유롭게 움직일 수 있다⋯⋯. 렉스는 그 자리에 선 채 눈을 깜박거린다. 티셔츠와 청바지는 땀투성이고 빨간 체크무늬 머릿수건을 머리에 두르고 있다. 여인이 안녕,이라고, 자기 이름이 예타라고 말한다. 여인이 모종의 희망 섞인 미소를 렉스에게 짓는데, 렉스는 그 미소를 보고 여인이 정신지체가 분명하다고 생각한다.

난쟁이 여인이 *그녀에게* *그녀가* 가진 무언가를 기대하며 미소를 짓는다. 마치 그들이 이미 서로 아는 사이라는 듯.

여인이 다시 자기 이름은 예타라고 말한다. 그녀의 목소리는 새된 고음이다. 한쪽 눈은 희부옇다. 렉스는 마치 어깨에 정체 모를 무게가 내리눌린 듯 서 있다가 마침내 안녕,이라고 말한 뒤 물을 한 잔 얻어 마실 수 있는지 묻고—마치 렉스 새도프스키의 본체가 충격과 당혹으로 인해 한쪽으로 비켜나 있는 동안 그녀의 뇌만이 원래 의도했던 대로 돌아가는 것 같았다—난쟁이 여인은 그녀를 집 뒤편의 우물로 이끈다. 우물 펌프에 양철 컵 하나가 달려 있고, 렉스는 컵을 든다. 난쟁이 여인 예타가 펌프질을 시작한다. 손잡이를 들어 올리고 내리며 그녀는 아이처럼 웃고, 차가운 물이 땅 위로 솟아오르도록 펌프를 준비시킨 뒤 렉스에게 튀어 올랐다 떨어지는 물에 컵을 곧바로 갖다 대지 말라고, 물이 맑고 시원해질 때까지 기다리라고 손짓한다. 렉스는 그대로 따른다.

그래서 그녀는 정말 믿을 수 없을 정도로 맛있는 물 한 컵을 마신다. 도시의 물과는 전혀 달랐다고 그녀는 말했다. 렉스는 한 컵이 아니라 두 컵을 마시고는 손으로 입을 닦으며 고맙다고 말한다. 렉스는 이제 난쟁이 여인과 무척 가까이 있어서 그녀의 목이 개 목걸이 때문에 껍질이 벗겨진 채 벌겋게 되어 있다는 걸 관찰할 수 있다. 하지만 여인은 힘겨워 보이지 않는다. 그녀는 렉스에게 미소를 지은 채 자리에 서서 기다리고 있고, 렉스도 미소를 지으려 노력한다. 렉스는 충격을 받았지만, 또한 당황스럽다. 인간이지만 자신이 아는 그런 *인간*은 아닌 사람을 보면서 느끼는 당황스러움. 그래서 그녀는 이 집의 다른 사람과 말을 하지 않고서는 자리를 떠날 수 없겠다는 판단이 드는데, 하지만 집에는 아무도 없는 것 같고, 차도에 널브러진 폐차 몇 대를 제외하고는 눈에 띄는 자동차도 없다. 그래서 렉스는 난쟁이 여인에게 지금 해가 내리쬐는 바깥에 나와 있어서 굉장히 덥지 않느냐고 묻는다. *집에 아무도 없나요? 누가 이렇게 묶어놓았나요?*

난쟁이 여인은 그저 키들거리면서 손가락 사이로 렉스를 뚫어지게 바라볼 뿐이다. 마치 렉스의 말을 이해하지도 못하는 것 같다. 남자 직원들에게 돌아온 렉스가 저 여자에 대해 뭔가 알고 있는 게 있는지 묻는다. *저 가엾은 여자 말이에요.* 남자 직원 중 누구도 그녀에 대해 아는 게 없다고 하면서도 서로 묘한 미소를 희미하게 주고받고 있다. 렉스는 그 미소가 그들이 여인에 대해 알고 있지만 벙어리처럼 입을 다물 것이라는 신호라는 사실을 파악한다. 렉스에게는 계속 비밀로 하리라는 사실을.

그날 밤 렉스는 시내를 돌아다니며 탐문을 한다. 아무도 맨트리 로드에 사는 '난쟁이 여인' 예타에 대해 아는 바가 없다. 혹은 말하려 들지 않는다.

하지만 렉스는 자기가 봤던 것에 대한 생각을 떨칠 수가 없다. 개 목걸이, 벌겋게 벗겨진 목. 난쟁이 여인의 눈이 *그녀의* 눈에 붙박여 있었다.

금요일 저녁 렉스와 골디는 렉스가 아는 어떤 남자와 함께 차를 타고 맨트리로 간다. 렉스가 그냥 가라고 우기는 바람에 남자는 그들을 내려놓은 뒤 떠난다. 선술집 문은 닫혀 있지만 렉스와 골디는 집 주변에서 뭔가 일어나고 있다는 사실을 알아차린다. 자동차와 픽업트럭 몇 대가 진입로에 주차되어 있다. 그래서 렉스와 골디는 집을 따라 나 있는 덤불에 몸을 숨기고 집을 관찰한다. 그리고 훗날 차라리 절대 보지 말았으면, 보게 되리라는 생각도 안 했으면 좋았을 거라고 바라게 될 광경을 목격한다. 집 뒤쪽에 있는 방에 난쟁이 여인이 갇혀 있다. 천장에 전구 하나가 달랑 걸려 있고, 가구라고는 기둥이 네 개 달린 침대뿐이다. 난쟁이 여인이 침대 위에 벌거벗은 채 누워 있다. 사지를 큰대 자로 벌린 채. 보고 있기 끔찍한 모습이다. 팔목과 발목이 침대 기둥에 묶여 있어서 그녀의 일그러진 육체가 완전히 노출된 채 남김없이 공개되어 있다…… 남자들이 한 명씩 그 방으로 들어간다. 그리고 등 뒤에서 문이 닫힌다.

폭스파이어의 두 소녀는 경악과 역겨움에 휩싸여 서로의 손을 꽉 쥔채 그 광경을 지켜본다. 약 45분 동안 한 번도, 두 번도 아니고, 세 번이나 그런 과정이 되풀이된다. 남자가 술에 취해 몸을 흔들거리며 뒷문으로 들어가면 침대에 묶인 난쟁이 여인은 구슬프게 훌쩍이며 신음 소리를 낸다. 남자는 바지를 벗고 그녀 위에 올라탄다. 그들은 한데 얽혀 버둥거린다. 마치 익사하는 것처럼 함께 몸부림을 친다. 난쟁이 여인이 높은 음조로 어린아이처럼 울부짖지만 고통 때문에 울부짖는 것 같지는 않다…… 골디가 여기서 당장 나가는 게 좋을 것 같다고 하고, 렉스는 자기들이 *뭔가 해야 한다*고 말한다.

렉스는 당장 정문으로 쳐들어가고 남을 정도로 꼭지가 돌아 무모해진 상태다. 골디가 그녀를 설득해서 말리려 한다. 그들은 해먼드에서 5마일이나 떨어져 있고, 자동차도 없다. 여자 둘뿐이란 말이다. 저 가게 안에 남자가 얼마나 많겠나? 하지만 렉스는 잔뜩 흥분해 있어서 그만두려 들지 않는다. 렉스를 알잖나. 그녀가 문을 두드리자 남자 하나가 문을 연다. 곰처럼 커다란 덩치에 작고 반짝이는 추잡한 눈을 하고 얼굴은 덜 익은 자두색이다. 렉스가 그 자리에서 바로 입을 연다. 이 집에서 무슨 일이 벌어지고 있는지 다 알고 있다고, 예타에 대해서도 알고 있으며, 당장 이 짓을 멈춰야 한다고. 이런 일, 그러니까 학대와 강제적 매춘을 금지하는 법이 있으며, 자기가 해먼드 경찰에 신고할 거라고, 카운티 복지국에도 아는 사람들이 있고 그들에게도 신고할 거라고. 사내는 렉스를 향해 느릿느릿 눈을 껌벅이며 이 말을 다 듣지만, 그는 입이 건 개새끼이고, 렉스에게 당장 집으로 꺼지라고 말한다. 사람들이 자기 집에서 사적으로 뭘 하건 너와는 좆도 상관없는 일이라고, 자기 여동생 예타라도 이게 너와는 아무 상관없는 일이라 말했을 거라고 한다. 이때쯤 다른 남자 두셋이 문간에 나와 렉스와 골디를 빤히 바라본다. 자기네가 보고 있는 걸 믿을 수 없다는 눈치다. 난데없이 여기 나타난 어린 여자애 둘이라니.

그렇게 렉스와, 자기 말로는 예타의 오빠라는 남자가 말싸움을 한다.

5분 정도쯤, 흥분하여 서로 말을 마구 끊으며.

골디가 즉시 렉스의 팔을 잡아당기며 그녀를 데리고 빠져나가려 한다. 이건 그들이 겪었던 것 중 가장 위험한 상황이다. 둘뿐이고, 차도 없고, 남자는 무지 많은데, 그 남자들이란 작자는 아주 간단히 표현하자면 '빈곤층 쓰레기'라 불러야 할 사람들이다. 하지만 렉스는 문 앞에 버티고 서 있는 남자에게, 그리고 그 자리에 있던 모든 사람들에게 입을 딱 벌린 채 씩 웃으며 말한다. "돼지새끼들! 당신들 모두 더러운 돼지새끼들이야!"

골디가 "야! 좀!"이라 중얼거리며 렉스를 끌어내어 길로 나간다. 하지만 렉스는 여전히 예타의 오빠에게 소리를 질러대고 있고, 그도 밖으로 나와 그들을 따라오며 소리를 질러댄다. 사십 대로 보이는 통나무처럼 거대한 몸집의 남자가, 어안이 벙벙한 채 험상궂은 표정을 지으며, 두 손을 맞잡아 문지르다가, 배와 가랑이에 손을 비벼대는데, 렉스를 잡으려고 환장한 것 같다. 렉스가 그를 계속 조롱하며 말한다. "그 여자 풀어줘야 할 걸! 내가 경찰에 신고할 거야! 그 여자 풀어주는 게 좋을 거라고!" 사내가 말한다. "그래? 걔를? 어디로 풀어줄까?" 렉스가 말한다. "자유를 주란 말이야." 사내가 말한다. "넌 걔에 대해 아무것도 몰라. 개뿔도 모른다고." 그러면서 콧방귀를 뀌며 주먹을 휘두른다. "걔가 어디로 갈 수 있을 것 같냐? 걔는 여기서 행복하단 말이다."

사내가 렉스와 골디에게 다가오며 씩 웃는다. 비뚤비뚤하고 변색된 앞니 사이에 채워진 도금 충전재가 마치 한순간 희미하게 반짝이는 남자의 사고 능력 같다. "그렇단 말이다." 그가 말한다. "넌 좆도 몰라. 내 여동생은 여기서 행복하다고."

다음 날인 토요일 밤, 렉스는 혼자 그 장소로 돌아온다 — 골디가 같이 가지 않겠다고 거절해서는 아니었다. 렉스는 갈 거냐고 묻지도 않았다—뭘 어째야 할지도 모르는 채 렉스는 다시 집 밖에 숨는다. 이번에는 집 가까이에 있는 버드나무 관목에 숨어서, 눈에 띌 위험은 없다고 생각한다. 오늘 밤에는 진입로에 자동차와 픽업트럭이 더 많다. 그중 한 대는 (확실한가? 어쩌면 아닐지도 모르겠다) 경찰 순찰차처럼 보이는데, 10분 정도 거기 있다가 자갈이 팅기며 내는 불꽃과 함께 떠난다. 렉스는 예타의 방에서 벌어지는 일을 알아볼 수 있다. 예타가 황홀경에 빠진 채 내는 높은 울부짖음을, 훌쩍이는 울음소리를, 동물 같은 신음 소리를, 이루 말할 수 없는 고통을, 슬픔을, 감사의 마음을 들을 수 있다. 렉스는 그것들을 듣고 싶지 않지만 그럼에도 불구하고 소리가 들린다. 심지어 화가 잔뜩 난 손으로 귀를 막아도 들린다. 지난 24시간 동안 한숨도 못 자고 그 악몽의 방을 떠올렸던 것처럼. 그 침대, 기둥이 네 개인 그 침대, 기형이고 몸부림을 치고 있고 완전히 노출되어 있는 여성의 몸, 묶여 있는 팔목과 발목. 그녀는 완전히 벌거벗은 채고, 그래서 털이 수북한 음모뿐만 아니라 펼쳐진 입술 같은 질과 음문도 드러나 있다. 그 모습이 음문을 드러낸 암컷 염소 같다. 그녀의 입 또한 'O' 자 모양으로 벌어진 채 신음하고 있다. 보기에도 끔찍한 광경. 짐승 같은 남자들이 하나씩 방으로 들어간다. 벌거벗은 채 사타구니가 부풀어 오른 남자들이 페니스를 막대처럼 빳빳이 세우고 차례차례 난쟁이 여인에게 올라탄다. 그저 몸뚱이에 불과한 여인에게 자기 생명력을 쏟아 붓고, 그로 인해 울부짖는다. 렉스는 자기가 뭘 해야 할지도, 뭔가를 하기는 해야 하는지도 알 수 없다. 카운티 복지국이나 경찰에 신고하겠다고 협박한 건 그냥 뻥이었다. 왜냐하면 렉스 새도프스키는 그런 사람들이 두렵고, 독처럼 혐오스러운데다, 특히나 경찰이 그렇다. 그녀는 더 이상은 폭스파이어가 불필요한 관심을 끌어서는 안 된다는 사실을 안다. 그녀는 지금으로부터 오래전 한 때, 늙은 테리오 신부가, 사제직을 박탈당한 알코올중독 부랑자가, 다리 가 짧아서 발이 땅에 닿는 걸 느끼지도 못한 채 공원 벤치에 앉아서, 그 의 얘기를 듣고파 초조하게 허리를 숙이고 있던 렉스 새도프스키에게 이렇게 말했던 걸 생각하고 있다. 개개인은 결코 불의를 개선할 수 없다 고. 우리가 걷고 있는 이 지구는 고통을 겪은 사람뿐만 아니라 침묵 속에 서 고통받은 사람들의 곱게 갈린 뼈로 이루어져 있다고. 우리는 고통받 는 인간과 동물에 대해 생각하는 걸 좀체 견디질 못하지만 그들에 대해 생각을 해야 한다고. 그러자 렉스가 중얼거렸다. 하지만 우리가 뭘 할 수 있는데요. 노인은 렉스의 말을 못 들은 듯 자본주의사회에서 인간 존재 에게 내려진 저주, 서로를 상품으로 파악하는 저주에 대해 이야기한다. 진정한 비극은 남자와 여자가 서로를 물건으로 이용하는 것뿐만이 아니 라, 자기 자신을 물건으로 사용하고 전시하고 파는 것이라고.

하지만 어쩌나요. 우리가 뭘 할 수 있나요. 말해주세요. 우리가 뭘 할 수 있는지.

렉스는 밤이 깊었다는 걸 깨닫는다. 달이 자리를 바꿨다. 오늘 밤 일어 난 일은 그녀가 있는 데서 일어난 일이고 되돌릴 수 없는 일이다. 자동 차들은 한 대를 제외하고는 모두 진입로에서 사라졌고 낡은 농가의 불 도 지금은 꺼졌다. 집은 잠들어 있다. 잠든 집에 평화가, 심지어는 모종 의 아름다움마저 깃들어 있는 게 보인다. 그러나 렉스 새도프스키는 분 노로 몸을 떨며 몸을 숨기고 있던 곳을 벗어나 비탈 아래로 미끄러지며 내려간다. 그녀는 교묘하게 집 뒤의 작은 헛간으로 들어가고, 등유 냄새 를 맡으며 정신을 바짝 차린다. 그녀는 5갤런들이 등유 통을 들고 나와 집으로 운반한 뒤 코를 찌르는 냄새가 나는 그 액체를 집 주변에 길게 자란 풀에다 뿌린다. 그녀는 차근차근, 망설임 없이 행동하지만, 그 동작은 결코 눈에 띄는 행동을 하면 안 된다는 지시를 받은 몽유병자 같다. 그녀는 잠에서 깨면 안 된다. 지금 깨어나야 하는 건 죽음이기 때문이다. 등유를 다 부어 통이 텅 비자 렉스는 통을 땅에 조심스럽게 내려놓고는 주머니에서 성냥 한 갑을 꺼내 불을 붙인다. 꿈꾸듯, 하지만 신중하게 불을 붙인다. 그리고 불붙은 성냥을 땅에 떨어뜨리는데, 그러는 와중에 그녀는 이미 고양이처럼 나긋나긋하게 몸을 돌리고 있다. 그녀가 미소를 지으며 몸을 돌리고는 망설임 없이, 심지어는 흥분하지도 않고 달리는 동안 첫 번째 불꽃이 튀어 오른다. 이빨처럼 생긴 작은 불꽃들이 목걸이마냥 둥글게 낡은 농가와 선술집을 둘러싼다. 렉스 새도프스키는 이 광경 앞에서 황급히 달아남으로써 자기가 사실은 두려움을 좇는 사람이란 사실을 용납하지 않지만, 다음에는 마음이 바뀔 것이다.

4
폭스파이어의 꿈/폭스파이어 농가

내가 이 고백 집필에 착수하며 진술했듯, 폭스파이어가 무법의 갱단이었고 시간이 지날수록 더 그렇게 되었다는 건 진실이다. 그리고 우리는 후회하지 않겠노라 서약을 했다. 폭스파이어는 절대 돌아보지 않는다!

우리 중 일부가 두려워했던 건 분명하다. 우리는 렉스가 우릴 어디로 이끌지 두려웠고, 우리 앞에 무엇이 기다리고 있을지 두려웠다. 매디-멍키가 개중 가장 두려워했을 것이다.

무법 행위의 결과가 어찌 될 것인지 추측하면서. 소녀 갱단원이 된다는 것이 어떤 결과를 불러오게 될지 생각하면서.

나는 여전히 우리가 성공할 수도 있었다고 믿는다. 내 말은, 우리가 품었던 으뜸가는 희망이 이루어질 수도 있었다는 말이다. 집을 소유하고, 그 집에서 진짜 피를 나눈 자매처럼 살고, 타인들에게 전혀 매여 있지 않고(단, 뮤리엘 오비스가 우리와 살러 왔을 경우, 그러니까 뮤리엘과, 예정일에서 5주 먼저 태어나 심장이 약한 작고 가여운 아기인 딸이 올 경우는 예외였다), 렉스가 바랐던 대로 각자가 할 수 있는 만큼 지불하고 필요로 하는 걸 받아들이는 삶. 성공할 수도 있었다. 누가 알겠나? 너무 많은 위험을 감수하지만 않았다면 그랬을 테다.

후회하지 않겠노라 서약을 했는데. 폭스파이어는 타오르고 타오른다!

* * *

우리의 집, 확실히 우리 소유임을 뜻했던 그 집은 올드윅 로드의 중간 시골 동네에 있었다. 해먼드 남쪽에서 3마일 떨어져 있었고 카운티 박람회장에서는 1마일 정도 거리에 있었을 것이다. 오래된 나무로 틀을 짠 아름다운 농가로, 정말 오래된 집이었다. 주춧돌에 새겨진 연도는 1891년이었고, 길고 폭이 좁은 돌기둥은 바스러져 있었다. 위층에는 천장이 낮은 침실이 세 개 있었는데, 벽지는 너덜너덜했다. 아래층에는 주방을 포함하여 작은 방 네 개가 있었으며, 주방에는 장작을 사용하는 구식 스토브와 망가진 냉장고가 구비되어 있었다. 주방 뒤쪽 벽감에는 조잡한 변기와, 긁힌 자국이 나 있고 심하게 얼룩져 있는 욕조가 있었다. (뒷마당에는 30피트쯤 떨어진 곳에 옥외 변소가 하나 있었다. 변기가 망가질 경우를 대비한 비상수단이었다.) 집 정면에 설치된 베란다에는 흰개미가 들끓었고 들장미와 능소화가 무성했다. 썩은 지붕널이 비스듬히 걸쳐져 있었고, 아스팔트로 포장한 벽널은 비바람에 심하게 상해 있었다. 다수의 깨진 창문이 합판으로 '수선되어' 있었다. 하지만, *아름답지 않니?* 렉스가 힘주어 말했다. 매디가 따스하고 눈부신 9월의 태양 아래 서 있던 그 집을 처음 보았을 때, 그녀는 울음을 터뜨렸다. 집이 정말로

아름다웠다. 마치 파도를 타다 난파된 연식 있고 우아한 스쿠너선* 같았다. 사방에 웃자라 있는 무성한 풀밭은 미역취, 작고 하얀 과꽃, 연자주색 우엉 꽃과 더불어 불타올랐다. 장수말벌과 꿀벌이 사방에서 웅웅거리며 비밀스럽고 생기 넘치는 삶을 누리고 있었다!

원래 28에이커였던 땅 중 겨우 2와 2분의 1에이커만이 남아 있었고, 그 땅에 농가와 반쯤 무너진 헛간, 창고 몇 개가 있었다. 농기구는 녹이 슬어 있었고, 울타리는 취한 듯 기울어 있었다. 오랫동안 아무도 그 땅에서 농사를 짓지 않았다. 가장 최근에 살았던 세입자는 아이 여덟이 딸린 생활보호 대상 가족이었는데 어느 날 밤 몇 달치 집세를 체납한 채 야반도주했고, 집 안은 돼지들이 살았던 것 같은 꼬락서니였다.

그런고로 집세는 저렴했다. 한 달에 45달러.

부동산 매매가도 낮았다. 3200달러였고, 협상 가능했다.

라나가 흥분해서 말했다. 안 될 게 뭐야. 세상에, 안 될 게 뭐냐고. 리타의 따스한 갈색 눈이 빛났다. 그녀가 멍하니 말했다. 맞아. 안 될 게 뭐야. 골디는 늘 그랬듯 열성적이었다. 매디는 훌쩍이는 바람에 사람들을 당황케 했다. 그리고 나머지, 폭스파이어 신입 단원들이 말했다. 우리도 돈 보탤 수 있어. 여기서 모두 같이 사는 거야. 모두 같이 행복하게 지내는 거라고. 세상에나. 안 될 게 뭐야.

은빛 털의 잘생긴 허스키 토비, 더 이상 강아지가 아니라 50파운드는 나감직한 성견으로 자란 토비는 높이 자란 풀 속에서 농장 땅을 기어오르고, 헛간에 들어갔다 나오고, 새들을 내쫓고, 보이지 않는 설치류들을 쫓았다. 짖어대지는 않았지만 폭스파이어가 마침내 자기를 집으로 데려

---

* 두세 개의 돛을 가진 범선.

오기라도 한 것처럼 황홀해했다.

렉스가 올드윅 로드에 있는 그 집과 집 정면에 있는 빛바랜 '팝니다' 표지판을 처음 본 것은 노동절 다음 날 공원 관리소 트럭을 타고 가던 중이었다. 그녀의 '나쁜'—왼쪽—눈에는 안개가 낀 듯 뿌옇게 보였기 때문에, 그 농가는 처음에는 마치 물질로 완전히 구현되지 않은 환상처럼 흐릿하게 보였다. 아니면 렉스가 소리 없이 울면서 분노의 눈물을 흘리고 있어서 그 집, *우리의* 집을 제대로 보기 위해 눈을 깜박이면서 응시해야 했던 건지도 몰랐다. 렉스는 집을 본 순간 유리 조각이 심장에 들어와 박히는 것 같았다고 말했다. "거기가 폭스파이어가 살 수 있는 장소라는 걸 알아버린 거야."

그래서 렉스는 트럭 운전사에게 차를 멈춰달라고 했다. 그녀는 차에서 내리고 싶었고(그녀는 지붕 없는 뒤칸에 타고 있었다), 운전사가 멈추지 않고 브레이크만 슬쩍 밟았을 때 이미 도롯가로 뛰어내려 농가를 향해 달려가고 있었다. 등 뒤에서 직원들이 소리를 질러댔다. 그 애증의 머저리들이 그녀에게 지분거리는 건 여름 내내 충분히 겪은지라 더는 관심도 없었다.

"야, 렉스! 그렇게 뛰어내리다가는 찌찌 다친다!"

"우리 자기 렉스야! 안 기다려줄 거다!"

"대체 어딜 그렇게 *가*는 건데!"

렉스는 그냥 계속 달렸다. 벌판을 지나다 발을 헛디뎌 거의 넘어질 뻔했지만 다시 균형을 잡았다. 이렇게 달리고 있자니 작업용 부츠가 영 걸리적거렸고, 축축한 티셔츠가 등에 착 달라붙었으며 몇 시간 동안 힘쓰는 일을 하고 난지라 근육이 쑤셨지만 농가 방향으로 계속 달렸다. 이미 그 집은 그녀에게는 성소(聖所)와도 같은 곳이 되어 있었다. 이미 그녀는 좆같은 타인들이 자기를 따라올 수 없음을 알았다.

* * *

(렉스는 왜 트럭에서 울고 있었건 걸까? 나는 몇몇 사내들이 아주 저속하게 굴었기 때문이라고 믿는다. 그녀 생각에 같이 다닐 수 있겠다고 봤던 사내들이 진짜로 야비한 수준까지 그녀를 괴롭혀댔기 때문이라고 말이다. 여름이 시작되었을 때는 상황이 대부분 좋았다. 직원들은 렉스 새도프스키를 존중했다. 그녀를 거의 자기네 패거리 중 하나로 받아들일 수 있었기 때문이었다. 여자라고 특혜를 요구하지도 않았으며, 일도 정말 열심히 했다. 어쩌면 그들 중 누구보다도 더 열심히. 그러다 차츰 두세 명 정도가 그녀의 관심을 끌기 위해 다른 직원들과 경쟁하기 시작했다. 의미심장한 농담을 던지고, 심지어는 팔꿈치로 슬쩍 찌르기까지 했는데, 렉스가 경멸적으로 묘사한 바에 따르면 똥같이 추근거렸다. "이 인간들 내가 누군지 모르는 척하는 것 같다니까. 난 렉스 새도프스키야. 폭스파이어 멤버고, *사내놈들하고 시시덕거리지 않는 사람이라고*.")

렉스는 부동산 중개업자에게 전화를 걸면서 시간을 낭비하지 않았다. 우리에게 집을 보여주려고 바로 약속을 잡았다. 노동절 뒤 첫 번째 일요일에 뮤리엘 오비스가 우리, 폭스파이어 멤버 전부를 태우고 나왔다. 폭스파이어 농가를 처음으로 훑어보기 위해.

나는 그 광경을 평생 기억할 것이다. 그 광경이 눈에 들어오자마자 눈물이 차올랐다.

중개소에서 나온 직원과 거기서 만났다. 손에 열쇠를 들고 있었다. 직원은 창백한 안색에 안경을 쓴 조금 뚱뚱한 남자로, 과하게 쾌활히 구는 사람은 아니었으며, 자기 팀에서 가장 말단 영업 사원이라서 이 부동산 건에 배정되었다는 표정을 하고 있었다. 렉스는 우리가 진지하다는 사실을 별문제 없이 직원에게 납득시켰다.

"아마 우리가 지금 당장 이 집을 살 수는 없을 거예요." 렉스가 말했다. "하지만 세는 들 수 있을 거고요."

다들 그때의 렉스가 최소 스물한 살은 돼 보인다고 장담했으리라. 그녀는 법적 계약을 맺는 데 정말로 능숙했다.

계획은 이랬다. 뮤리엘 오비스가 우리 쪽 중개인 역할을 할 것이었다.

그래서 렉스와 뮤리엘은 부동산 중개업소 직원이 집을 보여주는 동안 내내 이야기를 하고 온갖 질문을 했다. 직원은 죄송하다는 듯 더듬더듬 대답했다. 집은 관리가 정말로 안 된 상태였다. 뮤리엘이 계속 말했다. "꼭 돼지새끼들이 여기 살았던 것 같네요!"

나머지 폭스파이어 멤버들은 제 나름대로 부지를 배회했다. 처음에는 마치 바닥, 창문, 망가진 보일러(석탄으로 때는 것이었다)를 꼼꼼히 점검할 필요가 있는 양 진지하게 행동하다가 그다음에는 장난을 치기 시작하더니 나중에는 서로를, 그리고 토비를 쫓아 뛰어다녔다. 계단이 발 아래서 마구 흔들렸고 위층 방은 웃음소리로 가득 찼다. 그러고는 축축한 흙바닥에서 지독한 냄새가 나는 지하 저장고로 내려갔다. "여기 사람 묻힌 것 같지 않아?" 라나가 새된 소리로 웃음을 터뜨렸다. "확실히 냄새가 그런 것 같다, 야!" 그런 다음 우리는 밖으로 나왔다. 뜨거운 햇살이 아찔하게 작렬했다. 피부를 간질이는 길쭉하게 자란 풀, 말벌, 나비, 꿀벌. 낡은 헛간에서는 퇴비와 썩은 건초, 새똥 냄새가 났고, 십 년은 묵은 듯 부패한 여름의 열기가 엄습하자 우리는 정신이 혼미해졌다. 정말 행복했다! 우리는 정말로 행복했다! 렉스가 우리를 안전하게 여기 데려다줄 것임을 알았다. *이곳이 폭스파이어의 운명이라는 사실을 알았다.*

왜냐하면 우리 중에 자기 가족과, 혹은 인생에서 '가족'이라 칠 수 있는 이들과 사이가 좋았던 사람은, 또한 잠시나마 불화했던 경험이 없었던 사람은 단 한 명도 없었으니까.

전에 나는 굳이 말할 필요가 없으면 어른들에 대해서는 얘기하지 않았다고 말했었다. 설사 필요하다 해도 말하지 않긴 매한가지였고. 따라서 앞으로도 얘기하지 않겠다. 그래서 사실 이 노트에도 어른들에 대한 증언은 거의 포함되어 있지 않다.

하지만 이건 기억난다. 매디 워츠의 이모인 로즈 패커가 불쾌하게 점잔 빼는 말투로 '하숙비'라면서 그녀에게서 한 푼도 남김없이 다 쥐어짰던 일. 곤궁한 소녀는 화이트 이글 호텔의 김이 풀풀 나는 더운 주방에서, 그다음에는 호텔 하녀로 노예처럼 일하며 번 돈을 '하숙비'로 매주 한 푼도 남김없이 꼬박꼬박 갖다 바쳤다. 왜냐하면 매디의 어머니는 난잡한 여자니까(로즈 이모는 수많은 난잡한 년들과 안면이 있다). 어떤 남자가 그녀를 원하는지 궁금해 마지않긴 하지만. 그녀의 멋진 외모는 시들었고 이빨 절반은 썩어서 빠졌으며 갚을 의향이라고는 눈곱만큼도 없이 수치도 모르고 돈을 꿔댔다. 로즈 패커를 면전에서 비웃어댔고 로즈 패커의 귀에다 수화기를 쾅 하고 내려놓았으며 자기 딸에 대해 책임을 지는 것도 거부했다. 로즈 패커의 조카는 축 처진 어깨를 한 채 부루퉁해 있는 데다 소녀 *갱단원*이라는 소문이 거리에 파다했다. 악명 높은 쌍년들 창녀들 비행 청소년들과 어울려 다닌다고. 이미 갱 생활을 한다는 표식을 달고 다닌다고. 뺨에는 거미집 같은 흉터가 있는데, 보면 딱 지워버리고 싶은 충동이 들지만 진짜 흉터라서 절대 지울 수 없으며 성질이 어찌나 독한지 신을 인정하지 않는다고. 로즈 패커는 성모 마리아에게 기도하고 또 기도하며 탄원했지만 성공을 거두지 못하자 보다 더 모진 수단을 동원해야 했다. 로즈 패커는 이 못된 소녀에게 경고하기를, 어디 한번 학교에서 더 큰 사고를 쳐보라면서, 만약 퇴학이나 심지어 정학만 받아도 '선도 불가능'한 아이로 청소년 법원에 넘길 수밖에 없다고 했다. 어디 두고 보자고! 그 끔찍한 새도프스키네 딸처럼 레드뱅크 철창에 몇 달만 갇혀 있으면 로즈 패커의 조카는 태어난 걸 후회하게 될 테다.

하지만 폭스파이어에서 '멍키'이자 (가끔은!) '킬러'라는 이름으로도 통하는 매디 워츠는 태어난 걸 후회하지 않는다. 행복이 마치 뱀처럼 그녀의 심장에 단단하고 비밀스럽게 휘감겨 있는 이 소녀. 소녀는 자리에서 자기 이모가 따발총처럼 쏘아대는 말을 조용히 듣고 있다. 소녀는 그녀의 목소리에서 차갑게 끓어오르는 분노가, 마치 속눈썹이 거의 없는 눈에 담긴 분노와 마찬가지로, 딱히 그녀에게 도전하고 그녀를 자극하지 않을 경우 제 풀에 잦아들리라는 사실을 안다. 머리를 숙이고, 눈을 깔고, 저항하지 않은 채 순종적으로 서 있으면. 그러면서 소녀는 생각한다. 좋아 하지만 폭스파이어는 내 심장이야 좋아하지만 당신은 내가 누군지 몰라 앞으로도 절대 모를 거고 당신은 날 상처 입힐 힘이 없어 나는 여기 서서 *때를 기다리고 있는 거라고.*

그리고 매디의 확신은 진실로 밝혀졌다. 어느 정도는. 나는 이 점을 분명히 밝혀두고 싶다. 그러니 당신들 중 누구도 나를 동정할 필요가 없다. 그러고 싶어지더라도 말이다. *나는 탈출하고야 말았으니.*

"진심이야?"

"당연히 진심이죠."

"하지만, 이렇게 빨리? 너무 충동적인 거 아냐?"

"누가 '충동적'이에요? 그게 대체 뭔데?"

"너무 급하다고!"

"오, 젠장, 그냥 놔둬요."

"어떻게 내가 그냥 놔둬. 계약서에 사인할 사람은 *나*라고. 아냐? 나도 내 의견을 밝힐 권리가 있어."

"봐요, 뮤리엘. 당신 뇌는 지금 온통 배에 쏠려 있잖아요. 내가……."

"뭐? 무슨 말이 그래!"

"*……좆같아도 내가 결정하게 그냥 처놔두라고요.*"

뮤리엘 오비스가 격분하여 렉스 새도프스키를 빤히 본다. 두 사람은 낡은 농가의 복도에 서 있고, 부동산 중개업소 직원에게 들리지 않는 지점에서 조용히 말싸움을 벌인다. 뮤리엘이 원하는 것이라고는 렉스가 이 문제에 대해 조금만 생각을 해보는 것뿐이다. 최소한 하룻밤만이라도. 그녀는 우리 나머지에게 이 문제를 호소한다. 여길 사람 살 만한 곳으로 만들려면 수리해야 할 게 한두 군데가 아니다. 확실히 자기가 봐도 매력적인 부동산이다. 최소한 여기 산다는 생각만으로도 꿈만 같다. 하지만 세상에, 이사 오기 전에 당장 누군가 해야 할 일들만 해도 좀 봐라! 너희 여자애들이 망할 놈의 살림을 유지하고 집세를 지불하고 공과금을 내는 일에 무슨 경험이 있니. 쓰레기는 버려봤어? 여기 밖에 쓰레기 수거장이, 없는 것 같긴 한데, 있다고 해도 말이야. 장을 보고 식사를 제 손으로 차려 먹어본 경험은 있고? 배관은 엉망진창이고 냉장고는 망가졌으며, 아마 보일러도 그럴 것이다. 창문 절반은 수리를 해야 하며 마룻널

290

도 썩은 부분들은 새로 깔아야 한다. 추운 날씨는 어쩌고? 따뜻한 가을 날 말고 눈보라가 몰아치는 날에는 어쩔 거냐니깐? 뮤리엘의 목소리가 소프라노처럼 높이 올라가며 호소를 하지만 우리 중 누구도 그 말을 듣고 있지 않다. 들을 상태가 아니다.

"너희도 쟤가 성격 급한 거 알잖아, 안 그러니? 너희들 전부 다, 너무, 너무…… *극단적인* 거 아냐?"

뮤리엘이 얼굴을 붉히며 숨을 가쁘게 쉰다. 우리 전부에게 화가 나 있다. 임신이 진행되면서 그녀는 행동이 서툴러졌고, 아마 후회도 하는 듯싶으며, 겁을 먹기 시작하고 있다. 배는 수박처럼 부풀어 올라서 몸의 중심을 잡으려면 뒤꿈치를 바닥에 딱 붙이고 서 있어야 한다. 어깨도 뒤로 젖혀져 있으며, 심지어는 고개도 뻣뻣하다. 마치 불시에 앞으로 나동그라질까 봐 두려워하기라도 하듯. 아기는 11월 초에 나올 예정이지만 그렇게 오래 기다릴 수 있을까? 가엾은 뮤리엘이 그렇게 오래 기다릴 수가 있을까? (뮤리엘 오비스의 임신은 렉스가 무척이나 열렬한 관심을 가져온 일이었는데, 뮤리엘이 예상했던 것만큼 그렇게 행복한 경험이 아니었다. 어쩌면 서른여섯이라는 나이는 첫아이를 갖기에는 너무 늦은 게 아닐까? 어쩌면 아기 아버지인 애브 새도프스키가 충고했듯 아기를 지워버리는 편이 더 낫지 않았을까?) 이제 뮤리엘의 분노는 눈물을 흘리는 수준으로까지 치닫는다. "너희! 너희 여자애들! 니들이 뭘 알아! 집이라는 건, 설사 그냥 세 들어 사는 거라도 결혼하는 것과 같은 거라고. 들*어가고* 싶다가도 갑자기 *나가고* 싶은 거란 말이야."

렉스가 짜증 내듯 웃으며 말한다. "고마워요, 뮤리엘. 하지만 우리도 스스로 결정할 수 있어요." 그녀가 지갑을 요란스레 흔든다. 지갑에는 돈이 꽉 차 있다! 주로 액면 금액이 1달러, 5달러로 낮은 지폐긴 하지만 어쨌거나 돈이 두둑하게 들어 있다. 렉스가 돈을 꺼내 세어보니 90달러—두 달 치 집세잖아요, 그죠?—가 나오고, 폭스파이어 자매들뿐 아니라 뮤리엘 오비스와 중개업소 직원도 놀란다. 렉스의 왼쪽 눈은 빨갛고 축축하지만 턱선은 거칠고 단호하다. 그녀가 자신이 원하는 걸 정확히 알고 있고, 그걸 해내리라는 사실을 누구도 의심치 못한다. 렉스가 뮤리엘에게 말한다. "좋은 분이라서 저희 걱정하시는 거 알아요. 하지만 믿어주세요. 저 아주 오랫동안 이 문제를 생각해왔거든요."

"오, 생각해왔다? 생각해오셨다 이거지?" 뮤리엘이 허리에 손을 얹고 힐난하듯 묻는다. "언제부터? 똑똑씨?"

렉스가 쾌활하게 대답한다. "좆같은 인생 내내요. 알고 싶으시다면야."

5
탈출

미국의 이 도시. 해먼드 시. 업타운과 로어타운이 노골적으로 분리되어 있는 도시. 우리는 사랑하는 폭스파이어 농가가 우리 손에 떨어지기 전까지, 이 도시를 진실하게 파악하지 못한 채 이 안에서 살았다.

왜 떠나고 싶은 건데? 우리는 그런 질문을 받았다.

그런 일을 허락할 줄 알았니? 매디의 이모인 로즈 패커가 명령하듯 말했다.

(하지만 그녀는 자기가 협박했던 것처럼 매디를 청소년 관계 당국에 고발하지 않았다. 자기 조카가 레드뱅크는 고사하고 구금만 당해도 본인에게는 수치스러운 일이 될 테니까.)

업타운 해먼드가 최근 몇 년간 번영하고 있었다는 건 사실이다. 새 다층 건물들이 메인 스트리트에 들어섰고, 시청과 카운티 법정도 보수했다. 거리와 인도도 다시 포장했다. 우리는 살림 용품을 사야 했고, 현재

따로 나와 살고 있었기 때문에, 백화점, 가구점, 커튼과 드레이프*와 천과 '각종 용품들'을 파는 전문 상점에 우리끼리 들어갔다. 우리는 희귀한 물건들, 사물로 이루어진 세계를 관찰했다. 우리는 하도 머리를 써서 두통이 올 때까지, 하도 갈아대서 어금니가 욱신거릴 때까지 흥정을 했다. 올드윅 로드의 집은 빛나는 구덩이, 밑 빠진 독이었다. 아무리 노력해도 끝도 없이 비워졌다. 뭔가 안에 던지면 떨어지고, 떨어지고, *계속 떨어질* 것 같은 구덩이.

우리 사이에 자금이라는 단어가 새로 출현했다. 폭스파이어의 자금.

아마 그게 렉스 입에서 처음 나온 표현이었을 것이다. 다른 사람일 수도 있고. 어쩌면 매디가 처음 꺼낸 소리였는지도 모르겠다. 여기 노트를 보면 한 페이지 전체에 세로로 길게 숫자가 적혀 있고, 커다란 달러 표시가 어렴풋이 보이며, 페이지 위쪽에는 폭스파이어 자금 폭스파이어 자금 폭스파이어 자금이라 적혀 있으니.

내 생각에, 외부 지원을 전혀 받지 않고 자기 살림살이를 꾸려 살게 되기 전에는, 자금이란 게 무엇을 뜻하는지 모른다.

하지만 우리는 행복했다. 우리는 페어팩스 애비뉴를 탈출했다. 우리 여우들이!

로어타운 해먼드는 망해가는 듯 보였다. 사방에서 쇠락의 징조를 볼 수 있었다. 덜컹거리는 시내버스가 배기가스를 트림하듯 내뿜고 다녔는데 업타운에서는 그러지 않을 것 같았다. 최소한 그렇게 지독하게는. 디젤 트럭이 자갈이 깔린 길을 엄청난 소리를 내며 지나가다 보니 길은 엉망진창으로 깨졌다. 금이 간 보도에서는 잡초와 묘목이 솟구쳤다. 해먼

* 커튼 위에 치는 얇은 커튼.

드 최대의 고용주(라고 늘 큰소리를 쳐댔던)인 휴런 라디에이터 사는 작년에 직원 5분의 1을 해고했다. 비조합원 노동자를 고용할 수 있는 웨스트버지니아로 사업의 일부를 재배치하려는 뻔뻔한 의도에서였다. 한때 뮤리엘이 다녔던 직장 페리스 플라스틱에서는 길고 격렬하며 드문드문 폭력도 사용하는 파업이 벌어지고 있었다. 우리는 파업 노동자들이 빨간 글씨로 미국 노동총연맹 파업이라고 적힌 팻말을 들고 행진하는 광경을 보았다. 그들의 찡그린 얼굴과, 걱정과 분노에 찬 눈을 보았다. 자기 미래를 감당할 수 없게 된 남자들과 여자들의 눈. 지금이야말로 우리 문명의 벌레 먹은 핵심이라는 사실을 알게 된 눈. 그런 진실을 깨달았는데 존엄을 지키며 살아갈 수 있을까?

화학물질로 가득한 엷은 잿빛 하늘이 늘 낮게 깔려 있었지만 해가 저물 때는 화려하기 그지없는 감귤색이 타올랐다. 내 생각에는 오염된 공기 때문이었을 것이다. 강을 따라 늘어선 도살장들(이 도살장들은 1949년 이후 폐업했다!)에서 흘러나오는 오래 묵어 역한 피 냄새가 눅눅한 날의 공기에 스며들었다. 혼란스러운 타격이 보이지 않는 거대한 심장이 뛰고, 뛰고, 뛰는 것처럼 피 냄새가 퍼져 있는 공기 중에 울렸다.

매디와 그녀의 어머니가 한때 살았던 페어팩스 남쪽에 있는 콜리어 제지 공장은 '의심스러운' 화재 사고를 겪고 폐업한 뒤 6년째 임대되지 않은 채 그대로 남아 있었다. 우리 폭스파이어 소녀들이 모두 떠난, 4번가 러더포드 헤이스 초등학교의 아스팔트 운동장은 잡초와 허접쓰레기로 어지럽혀져 있었다. 추모 공원에서 테리오 신부가 앉아 있던 벤치 맞은편에 있는 2차 세계대전에 사용된 탱크는(이 전직 신부는 어디 있을까? 레드뱅크에서 나온 뒤 렉스는 그를 다시 만나지 못했다) 비둘기 똥과 낙서로 뒤덮여 있었다. 사실 벽에도 인도에도, 심지어는 나무까지, 사방에

좆까 썅 좆이나 빨아 깜둥이 새끼야 같은 추잡하고 끔찍한 단어들과 노골적인 낙서들이 적히고 그려져 있었다. 동네 소년들의 이 작품들이 우리 폭스파이어의 금언들과 횃불들을 거의 완전히 지워버렸다. 우리가 그 짓을 실행한 뒤 참으로 긴 시간이 흘렀다는 생각이 들었다.

그렇다. 정말 긴 시간이 흐른 것 같았다. 참으로 멀리 왔다.

렉스와 함께 레드뱅크를 통과하면서, 더 강해지고 더 많이 알게 되면서.

이 불안한 광경들 중 어떤 것도, 우리가 자라왔던 곳을 떠날 준비를 하고 있는 폭스파이어 멤버들에게는 진심으로 놀랄 일이 아니었다. 로어타운 역시 우리가 그곳을 떠나려 하는 동시에 우리를 떠나고 있는 것처럼 보였으니까.

테리오 신부처럼. 그는 어디로 갔을까? 렉스는 신부를 찾을 수 없었다.

(매디는 그 노인이 죽었다는 소문을 듣긴 했다. 인도에서 의식을 잃은 채 발견되어 강제로 병원에 실려 간 뒤 '그에게 좋은' 어딘가에 수용되었다는 이야기도 있었다. 매디는 소문에 대해서는 렉스에게 한 마디도 하지 않는 게 제일 현명하고 친절한 일이라 생각했다.)

렉스는 혁명이 도래하면, 만약 그게 분명히 혁명이라면, 사람이 어디서 사는지는 중요하지 않게 되리라 믿었다. "모든 장소가 평등해질 거야. '부자 동네'와 '가난한 동네'가 없는 거지. 하지만 그렇게 되려면 갈 길이 멀어. 난 이제야 그걸 보기 시작했고."

폭스파이어가 초창기부터 품어왔던 오랜 환상 중 하나는 동물 가면 같은 것으로 변장을 한 채 한낮에 메인 스트리트를 따라 달리며 사치스러운 손님을 받는 가게와 보석상과 값비싼 옷 가게와 저축은행과 대부 업체와 보험회사와 은행의 창문을 박살내는 것이었다. 막대기처럼 가는 몸매에 매끄러운 머리와 완벽하게 침착한 채색된 얼굴을 가진 마네킹 위에 실크와 부드러운 양모와 모피와 얇은 섬유를 걸쳐놓은 뒤 전시해서 사람의 마음을 사악하게 사로잡는 창문들을 부수는 것이었다. 폭스파이어의 정의 폭스파이어의 분노. 그렇게 박살난 유리창에서 파편이 날아올라 떨어지면서 인간의 살에 소리 없이 반짝반짝 콕콕 박히는 모습…….

10월의 어느 날 렉스와 매디는 페어팩스에 멈춰 서서 새도프스키 가족이 살았던 초라한 연립주택을 찬찬히 뜯어보고 있었다. 지금 그 집에는 렉스가 이름을 모르는 흑인 가족이 살고 있었다. 두 사람은 말없이 심란한 기분을 느꼈다…… 그러다 매디가 도랑 속 쓰레기를 보고는 거북한 농담을, 혹은 제 딴에는 농담으로 의도했던 말을 던졌다. 거기에는 보통 있게 마련인 깨진 유리와 썩은 신문과 낙엽뿐만 아니라 다람쥐 내지는 쥐로 보이는 동물의 납작해진 시체도 있었다. 그 가엾은 것은 차에 치이고 나서 며칠 몇 주 동안 다른 차에 연이어 치인 게 분명했다. 한때 살아 있었던 그 몸뚱이는 짓눌리고 짓눌려서 종내는 마분지만큼이나 얇아질 때까지 도로에서 짓눌렸을 것이었다. 매디가 이걸 보고는 몸을 떨며 한마디 했다. "저게 바로 현실로 시작했다가 관념으로 끝나고 마는 과정이지. 근처에 누구 그렇게 생각하는 사람 없으려나!"

렉스는 허리에 손을 올리고 눈썹을 찌푸린 채 자기 옛집, 마치 오르막과 내리막을 비틀비틀 오르내리는 듯 비뚤비뚤한 연립주택 정면을 바라보며 몽상에 잠겨 서 있었다. 어쩌면 그녀는 아버지 애브가 자기가 알던 것보다 더 많이 자기를 사랑했을지 모른다는 생각을 하고 있는지도 몰랐다. 어쩌면 그녀가 한 번도 이름을 밝힌 적 없던, 오래전 죽은 그녀의 어머니를 생각하고 있는지도 몰랐다. 어쩌면 저 지붕을 날듯이 뛰어넘던 그날 밤을 생각하고 있지는 않을까? 그러다 그녀는 억지로 정신을 차린 듯 매디에게로 몸을 돌리더니 미소를 짓다가 이빨을 드러내며 오만하면서도 쾌활하게 씩 웃었다. 그리고 매디의 어깨에 팔을 쑥 두르고는 단단히 끌어안으며 말했다. "야, 모든 게 다 그렇게 끝나는 거야. 관념으로. 안 그러면 멸종으로 끝나는 거고."

* * *

그날 저녁 로어타운에서 폭스파이어는 차 한 대를 얻었다. 라이트닝 볼트라 명명한 자동차. 우린 그걸 집으로 가져온 다음 페인트칠을 했다. 일곱 빛깔 총천연색으로 칠한 다음 차체 양옆에다가 청동색과 금색이 섞인 번개 모양의 지그재그를 그려 넣었다.

"누구라도 도로에서 우리 차 안 보고는 못 배길 걸." 렉스가 말했다.

라이트닝 볼트는 상태가 '좋은' 1952년형 닷지 모델로 (하고 많은 사람 중) 에이시 홀먼에게 225달러를 주고 산 차였다. 차대가 좀 흔들거렸고 휘어진 것처럼 보였는데, 아무래도 충돌 사고를 당해서였지 싶었다(비록 에이시는 충돌 사고 따위 절대 없었다고 맹세하긴 했지만). 펜더와 범퍼는 레이스 무늬 모양으로 녹이 슬었고 배기관은 원자폭탄 구름이라도 토할 것처럼 우렁찬 소리를 내뿜었지만 그래도 차였고, 바퀴가 달려 있었으니, 폭스파이어를 밤새 해먼드 거리의, 사람들의 시선을 끄는 그 수많은 차들 사이에서 딱 어울리는 위치에 데려다놓았다. 거리의 그 차들은 오로지 사내들만 몰고 다녔다. 각 갱단마다 본인들 표현으로는 '색깔'이 있어서 멀리서 봐도 다른 차로 착각할 수가 없었지만, 사내들의 차는 드래그 레이스*용으로 과하게 만져놓은 엔진을 달아놓았다. 그런 유치한 짓에 비하자면 우리 라이트닝 볼트는 훨씬 우아하고, 위엄 있고, 아름다웠다.

또한 라이트닝 볼트는 시속 63마일 이상으로는 좀체 속력이 나질 않았다. 어느 날 밤 호크스 패거리와 완전히 시동을 껐다가 출발하는 경주를 했는데, 남자들은 머플러를 떼서 으르렁거리는 낡은 포드를 타고 있었다. 후드 아래 꽤 멋진 엔진이 달려 있었고, 바퀴도 컸다. 라이트닝 볼트가 차체를 부르르 떨며 씨근덕대더니 배기관에서 딱총 같은 불꽃을 뱉기 시작했다! 그리고 그게 다였다.

우리는 패배를 받아들였다. 호크스가 출발하도록 놔뒀다. 패배를 인정할 수밖에 없는 상황에 다다르면, 어떤 패배는 중요하지 않다는 걸 알게된다.

* 개조된 자동차로 짧은 거리를 달리는 경주.

5½
거래

이 장(章)은 독립된 장이 아니라, 이전 장에 딸려 있는 느슨한 글 타래다.

그냥 렉스가 에이시 홀먼에게서 어떻게 라이트닝 볼트를 손에 넣었는지 몇 마디 보태려는 것뿐이다. 다들 그가 진짜 적 중 하나라고 생각하잖나. 당황스러운 자동차 납치 사건 때문에 폭스파이어의 배짱을 미워하는 사내이기도 하지 않나. 동네 사람들이 여전히 그 얘기를 하며 비웃는데 말이다.

그렇다. 우리 모두 놀랐지만 누구도 매디보다 더 놀라지는 않았다(그날 하루 종일 렉스와 돌아다녔는데 낌새도 못 챘다). 렉스 새도프스키와 에이시 홀먼은 우호적 관계나 사업상 관계는커녕 말도 붙이는 사이가 아니라고 생각했으니까. 그런데 갑자기 렉스가 페어펙스와 타이드먼 사이에 있는 엠파이어스테이트 신차 & 중고차 매장에서 저녁 7시에 만나자고, 놀랄 일이 있을 거라고 말하는 것이다! 그리고 우리는 진짜로 놀란다.

로어타운에서 백인과 흑인을 막론하고 *뚜쟁이*보다 더 지저분한 용어는 없고, 이 *뚜쟁이*라는 단어는 가끔 에이시 홀먼에게 딱 달라붙는다. 농담일 수도 있고 아닐 수도 있다. 렉스 역시도 그를 그렇게 언급하는 데 익숙하다. 그래서 우리는 렉스가 그를 싫어한다고 생각했는데, 지금 이렇게 말하고 있는 거다. "오, 에이시가 나쁜 사람은 아냐. 에이시는 거래하기에는 괜찮은 사람이라고."

그자가 하는 사업이 정확히 뭔지 온전히 아는 사람은 아무도 없었다. 지금 와서 생각해보면 그는 협잡꾼들과 연이 닿아 있는 삼류 사기꾼이었던 것 같다. 돈은 있었지만 거물처럼 많지는 않았고, 몇 년 뒤 뒤통수에 처형당하듯 총을 맞았다. 시체는 카사다가 강에 버려졌다. 불쌍한 에이시. 당시 그는 해먼드에서 한때의 반짝이는 명성을 누리고 있었다. 그는 교활한 사람이었고, 사람들에게 꿔준 도박 빚 덕에 꽤 많은 지역 사업에 숟가락을 올리고 있었으며, 그 사업 중에 이 엠파이어스테이트 신차&중고차 판매점이 포함되어 있었다. 여기서 우리는, 아니 우리라기보다는 렉스라고 해야 할 것 같은데, 라이트닝 볼트로 명명하게 될 1952년형 닷지 세단을 매입했다.

옥외 주차장에 들어서니 비닐 끈으로 만든 빨간색 현수막이 머리 위에서 산들바람에 날리며 탁탁 하는 소리를 낸다. 에이시 홀먼은 골이 진 번들번들한 검은 머리에 영화배우 딘 마틴처럼 께느른한 눈을 한 으스대는 사내다. 비싼 옷을 입고 있는데도 그가 걸치고 있으니 싸구려로 보인다. 에이시와 렉스가 흥정을 시작한다. 그는 닷지 가격으로 299달러를 받고 싶어 한다. '거의 새것처럼 상태가 좋기' 때문이다. 렉스는 '최고가'로 225달러를 제안하고, 우리는 그들 주위에 둘러선 채 대화를 들으며 마치 테니스 게임을 보듯 두 사람을 번갈아 바라본다. 에이시는 말을 할 때 사람 몸에 손을 대며 말하는 종류의 사내고, 아니나 다를까 지금도 렉스에게 손을 얹고 있지만 렉스는 괜찮다며 침착하게 대처한다. 그녀는 본인이 원할 경우 무척이나 매력적으로 변할 수 있는 사람이었다. 내 말은, 남자들에게 말이다.

무슨 뜻이냐 하면, 렉스는 소녀와 성인 여자들에게는 *언제나* 매력적이었다. 타고나길 그랬다. 반면 남자들에게는 모종의 역할극을 수행하곤 했다. 외모가 멋지다는 점과 동네 한가운데서 사내의 시선을 끄는 머리 모양도 도움이 되긴 했다. 하지만 렉스는 남자들과 거래를 하는 법을 알았다. 그녀는 마치 에이시와 대등한 것처럼 거칠게 말하고 신랄한 대화를 주고받았지만 그러면서도 '여성적'이었다. 영화에 나오는 여자처럼.

또한 매디는 알아차린다. 바이올렛 칸도 여기에 있다는 사실을.

우둔하고 아름다운 바이올렛 칸이 오늘 밤 우리—즉 골디, 라나, 리타, 그리고 매디—와 함께 있을 이유라고는 눈에 *띄기* 위한 것 말고는 없다. 바이올렛은 입술을 섹시하게 불룩 내민 채 미소를 지으며 그 큰 눈으로 에이시 홀먼을 바라보고 있다. 촉촉한 빵 반죽 같은, 하얀 분을 뿌린 듯한 피부. 입고 있는 폭스파이어 재킷은 우연찮게 지퍼가 열려 있어서 보라색 면 니트 스웨터에 딱 붙어 있는 D컵 가슴이 드러나 보인다.

에이시 홀먼의 의뭉스럽게 반짝이는 눈이 렉스 새도프스키의 얼굴에서 슬슬 멀어지더니 지켜볼 보람이 있는 어딘가에 턱 걸린다.

의도적인 전략이건 아니건 간에, 그게 먹힌다.

40분쯤 뒤, 느물느물 농담을 주고받으며 흥정하던 에이시 홀먼이 말한다. "좋아, 얘야. 네가 이겼다. 225달러로 하자. 공짜 휘발유 한 통하고 새거나 다름없는 스페어타이어도 추가해주지." 그는 렉스의 몸 전체를 마치 혀로 핥기라도 한 듯 위아래로 훑어본다. 자제가 안 되는 사람인 것이다. "네가 신식 여자라는 거 알겠다. 너 같은 여자는 말하고 행동할 때 *사업*을 한다니까."

렉스가 행복하게 웃는다. 그녀 위에서 광채가 반짝인다.

당연히 우리 모두 행복하다. 만세를 부른다. 이제 우리 것이 된 차에 올라탄다.

우리 다리에 얽혀 있는 토비가 짖으려고 한다. 미친 듯 짖어보려 하는데 목쉰 소리만 나오는 광경이 익살스럽다. 골디가 토비를 들어 올려 뒷좌석에 내던지듯 갖다놓고 사방에서 웃음소리가 터져 나온다.

검은 재킷에 심홍색 스카프 차림의 피로 맺어진 폭스파이어 자매들은 크리스마스의 꼬마처럼 들떠 있다. 우리에게 차가 생겼다. 마침내 차가 생긴 것이다. 렉스가 어디서 현금을 구했는지 (에이시 홀먼은 현금을 요구한다) 아무도 모르고 누구도 묻지 않는다. 우리에게 차가 생겼으니까.

잠시 뒤 우리를 배웅하러 나오면서, 에이시 홀먼은 렉스가 앉아 있는 쪽 창문에 몸을 기대고는 우리 모두에게 미소를 짓더니 윙크를 던진다. 그는 기분이 좋아 보인다. 감이 날카롭다면 슬쩍 능글맞게 히죽거리고 있다는 걸 알아챌 수도 있을 것이다. "글쎄 너희들 모두 *신식* 여자들이라니까. 사업이라고 말하면 진짜로 *사업*을 뜻하니 말이야."

나중에, 우리 중 몇몇은 에이시 홀먼이 렉스가 제시한 액수보다 닷지 가격을 더 받을 생각이 전혀 없었다는 것을 알게 될 것이었다. 정말로 빌어먹게 많은 것들이 잘못돼 있었다는 사실을 깨달으면서.

하지만, 어쨌거나, 그건 나중 일이었다.

6
폭스파이어의 자금/폭스파이어의 '낚시'

그게 어떻게 시작되었나…….

우리의 지극한 행복, 우리 폭스파이어 농가와 더불어 시작되었다고 말해야 할 것이다. 집 때문에 정말로 갑자기, 또한 정말로 가차 없이, 자금이 필요하게 되었으니까. 언제나 자금이 문제였다. 우리는 주방에 밤늦도록 몸을 떨며 앉아, 나무로 때는 난로에서 연기 섞인 열기가 벌컥벌컥 들이닥치는 와중에 자금에 대해 이야기하고 자금을 걱정하고 자금을 만들 궁리를 하고 필요한 자금을 계산했다. 그러다가 싸늘한 방바닥에 이리저리 흩어져 있는 침대(정확히 말해 침대가 아니라 방바닥에 놓아둔 납작한 매트리스였다. 냄새 나고 얼룩진 중고 매트리스로, 메인 스트리트의 '굿윌 상점'에서 개당 4달러씩 주고 사 온 물건이었다)로 드는 첫 새벽빛에 잠에서 깨어나면 긴 하루 내내 멀리서 들리는 천둥소리 같은 불길한 기운이 이어졌다. 허나 우리 폭스파이어 멤버들은 책임감 있게 각자의 일정에 임했다(렉스, 골디, 라나는 시내에 일자리를 얻었고 매디, 리타, 바이올렛은 계속 학교에 다녔다. 우리 모두 놋쇠 장식을 단 무지개색 라이트닝 볼트를 타고 매일 아침 해먼드로 갔다). 우리는 그저 피를 나눈 자매애로 이루어진 유대감뿐 아니라, 내가 썼듯(그리고 뮤리엘 오비스가 경고했듯) 폭스파이어의 자금으로도 연결되어 있었다. 진짜 자매들처럼 같이 살려고 임대했던 이 낡은 농가, 우리가 점점 더 사랑하게 된 이 폭스파이어 농가는 동시에 우리 노력을 각자이건 함께이건 끝도 없이 부어대고도 채워지지 않는 빛나는 구덩이이기도 했다…… 매디가 꿈속에서 보았던, 그녀와 다른 사람들이 떨어지고, 떨어지고, *끝없이 떨어지는* 진짜 구덩이.

매디는 궁금해졌다. 어른들의 간섭과 폭정에서 완벽하게 벗어나는 자유를 누린 그 7, 8개월은 그저 *어른이 되었다는* 단순한 사실에 불과했던 게 아닐까. 그녀 어머니를 일상생활에 부적합하게, 그리하여 삶 자체에 부적합하게 만들어버린, 사람을 무력하게 만드는 어른의 부담이었던 건 아닐까. 자금이라는 관점에서 미래를 계산하는 이 강박, 집 안에 들어오는 돈을 밖으로 *나가는* 돈이라는 관점에서 계산하는 이 강박. 달이 지나고 계절이 바뀔 때마다 별의별 이유로 기가 꺾이고, 이제 폭스파이어 노트에는 자금 자금 자금이라는 글자가 페이지를 점령하고 있었으며, 매시간 대화의 주제도 매달 나가는 집세에, *더하여* 공공요금에, 음식은 계속 필요하니 장도 봐야 하고, 등유에 신발에 새 중고 냉장고에 카펫에 접시에 수세미에 소파에 단열재에 배관 점검에 쥐약에 틈을 메우는 풀에 소독제에 담배에 맥주에 붕 뜨려면 마리화나도 필요하니 이를 걱정하고 계획하고 계산하는 이야기뿐이었다. *이제 왜 이걸 '붕 뜬다'고 하는지 알겠지, 응?*

우리에게 닥친 일, 렉스를 절망에 빠뜨려 그렇게 무모한 짓을 하게 만든, 그럼으로써 그녀를 잔인한, 혹은 잔인해 보이는 사람으로 만들어버린 그 일을 설명하는 또 다른 방법은…… 일단 깨친 눈으로 바라보는 법을 알게 되면, 다시는 세계를 영원히 변치 않는 크기를 소유한, 손에 잡힐 듯 구체적인 덩어리나 형상으로 볼 수 없게 된다. 세계의 날렵하고 어렴풋한 움직임만을 볼 수 있을 뿐이다. 왜냐하면 모든 물질은, 우리가 20세기에 배운 바에 따르면, 그저 보이지 않는 힘의 장(場)의 작용에 불과하기 때문이다.

따라서 눈에 보이는 것은 결과이지 원인이 아니다.

그러므로 사람들은 사실 눈앞에 있는 것이 아니라 그 눈앞에 있는 것을 통제하는 무엇에 홀리는 셈이다. 이런 이치로 우리 폭스파이어는 우리의 천국이자 우리의 연옥인 폭스파이어 농가에 사로잡히게 된 것이며, 이 외에는 다른 생각을 거의 할 수가 없었던 것이다.

어느 날 밤 렉스가 입을 헤 벌린 채 상한 쪽 눈을 문지르며—당시 그녀는 본인 표현에 따르면 똥 같은 일자리인 '모히건 정육점'에서 잠깐 일하고 있었다—미심쩍은 듯 말했다. "있잖아, 집이라는 건 *기억*이 태어난 장소잖아. 근데 나는 이게 우리한테 너무 늦은 건 아닌가 싶기도 하거든? 어떻게 하면 우리가 옛날 기억을 파내 버린 다음에 *새 기억*을 집어넣을 수 있게 될까?"

종종 염증이 생기고 쑤시며 홍채에는 작은 핏방울이 맺혀 있는 렉스의 상한 눈 문제. 당연히 우리는 렉스를 설득했다. 특히 매디는 의사한테 눈을 보이라고 강력히 주장했다. 제발 좀. 대체 뭘 기다리는 건데? 눈이 멀기라도 기다리는 거야? 렉스는 꼬박꼬박 대답을 했다. 미소를 지으면서 비용만 감당할 수 있게 되면 당연히 당장 병원에 갈 거라고도 했고, 또는 무뚝뚝하고 반항적으로 말하기도 했다. "왜? 봐봐. *실제로는 하나도 이상이 없거든. 난 이걸 내 의지로 통제하고 있다고.*"

나중에 우리가 심문을 받게 되었을 때에도 집에 정확히 누구누구가 살았는지 말하는 게 불가능했다. 상황이 하도 많이 바뀌어서였다. 시내로 같이 차를 타고 가는 폭스파이어 자매들 이름을 내가 언급해놓긴 했지만, 종종 다른 멤버들도 있었고 가끔은 바이올렛이 해먼드에 있는 제 집마냥 편하게 살다 가기도 했으며, 폭스파이어의 정식 멤버가 아닌 소녀들과 여자들이, 또는 소녀들끼리, 또는 여자들끼리 꽤나 여러 번 초대를 받아 (상상이 가겠지만 이때마다 날선 논쟁이 벌어지곤 했다) 하룻밤 아니면 며칠 동안 머무르기도 했다. 이를테면 아그네스 다이어의 언니 같은 경우가 있었는데(아그네스 다이어는 1955년 11월에 새로 가입한 신참 폭스파이어 멤버였다), 그녀는 빌어먹을 주정뱅이 남편에게 두드려 맞고 생명을 위협당했는데도 해먼드 경찰에서는 그녀를 보호하기 위해 손끝 하나 까딱하지 않았다. 당연히 그녀는 우리의 환대를 받았고, 결국 우리는 필요한 만큼 오랫동안 그녀를 숨겨주었다. *이것은 사느냐 죽느냐 하는 문제였고, 그런 극단적인 상황에서 모든 여자들은 자매였으니까.*

(아그네스의 형부가 어찌어찌해서 자기 아내가 숨어 있는 곳을 발견했고, 그래서 어느 날 밤 우람한 덩치의 젊은 사내가 나타나 진입로로 들어오다 급브레이크를 밟는다. 그는 취해 비틀거리며 아내 이름을 고래고래 외쳐댄다. "니콜! 망할 년, 씨발, 니콜!" 그는 당장 거기서 엉덩이 떼고 나와서 자기랑 집으로 안 돌아가면 죽여버리겠다고 위협한다.

이딴 똥 같은 꼴은 당할 만큼 당했다면서, 사람들 눈이 부끄러워죽겠단다. 그는 참을 수가 없게 되자 자물쇠와 걸쇠로 확실히 잠가놓은 정문을 마구 두드리다가, 집 뒤로 돌아가 역시 자물쇠와 걸쇠로 잠가놓은 뒷문을 쾅쾅 두드린다. 우리는 이미 집 안 불을 꺼둔 상태로 그를 지켜보고 있으며, 그는 우리를 볼 수 없다. 와이셔츠 바람의 이 사내는 집 주변을 돌면서 집에다 불을 놓겠다고 으름장을 놓아댄다. 급기야 그가 주방 창문으로 돌을 던지자 우리는 마침내 그동안 초조하게 낑낑거리고 있던 토비를 풀어놓는다. 토비가 밖으로 달려 나가 펄쩍 뛰어올라 그 개새끼에게 공격을 가하자 그는 눈 속에 나자빠지고, 이제 그는 제발 이 개 좀 물러나게 해달라고 애원하고 있다. 제명을 재촉하기 싫어 애원하고 있는 것이다. 폭스파이어는 우리의 허스키 파수견이 얼마나 자랑스러운지 모른다. 토비는 비록 짖을 수는 없는 몸이지만 살의에 넘치는 야수처럼 목구멍 깊숙이 으르렁대고 있다. 그를 감싸고 있는 아름다운 코트에 달린, 끝부분이 은빛으로 덮인 털이 빳빳이 곤두서 있는 저 모습을 보라! 날카롭고 강한 이빨이 마치 웃는 것처럼 훤히 드러난 저 모습을 보라!)

그리고 물론 뮤리엘 오비스도 있었다. 가여운 뮤리엘은 집세를 못 내는 바람에 시내의 자기 거처에서 쫓겨났다. 미숙아로 태어난 그녀의 어린 딸은 병원에 있었다. 심장 판막 수술을 한 번도 아니고 두 번 받아야 하는, 보통 '청색아'*로 불리는 아기였다. 해먼드 종합병원에 있는 아기 침상 곁을 지키지 않을 때는 우리와 함께 머물렀다. 비참한 상태에 있는 그녀가 달리 어디에 머물 수 있겠나? (그 몇 달 동안 뮤리엘 오비스라는

---

* 심장 기형으로 피부가 푸른빛을 띠기 때문에 이런 이름이 붙었다.

여자는 가히 처참한 몰골이었다. 렉스 역시 그 상황에 깊이 얽혀 있었다. 그녀의 조그마한 친동생이, 렉스는 그 아이를 친동생으로 여겼는데, 태어나자마자 몇 주 동안 죽음에 그리도 가까이 다가가 있었으니까. 어쩌면 결코 '정상'으로 회복될 수 없을지 몰랐으니까. 게다가 세상에, 병원비는 몇 천 달러씩이나 했다…… 페리스 플라스틱 일을 어쩔 수 없이 그만둬야 했던 탓에 뮤리엘에게 병원 보장성 보험이나 의료보험이 없었기 때문이었다. 그 망할 놈의 애브 새도프스키는 당연히 그녀에게 땡전 한 푼 안 보냈다.)

흑인 소녀로는 아이린이라는 이름의 애가 딱 하나 있었다. 렉스가 일하던 곳에서 사귄 친구로, 렉스는 걔를 폭스파이어에 넣고 싶어 했지만 거부당했다…… 말하기 부끄러운 일이다.

일주일 정도쯤 토론, 언쟁, 말싸움, 그리고 엄청난 괴로움을 겪으면서, 렉스는 세 명의 동맹군(그중 한 명은 매디 워츠였다)과 함께 폭스파이어는 보호가 필요한, 혹은 힘든 때 자매애가 필요한 모든 소녀와 여성에게 열려 있어야 한다는 입장을 견지했고, 폭스파이어의 나머지 멤버들은 비밀투표에서 반대, 반대, 반대에 표를 던졌다. 흑인에 대해 진짜로 어떤 편견이건 갖고 있어서가 아니고(그렇게 말했다), 자비나 관대함이 없어서도 아니다(그렇게 말했다). *사람은 같은 종류의 사람과 어울리는 게 최선 아닐까? 그게 그들에게 더 행복한 길 아닐까?*

(이 회고록에서 나는 폭스파이어에 대해서만큼이나 매디 워츠에 대해서도 진실을 이야기하겠다고 맹세했고, 따라서 이 자리에서 밝히건대, 매디는 렉스가 다른 사람들에게 터뜨리는 분노 앞에서 유치하고 비밀스러운 기쁨을 느끼며 히죽이 웃었다. 특히나 렉스와 골디 사이의 불화

를 보면서. 폭스파이어의 대부분은 뭐랄까, 좀 내키지 않는 기분으로 렉스에게 반발했지만, 골디는 '붐-붐'이었기에 자기 속마음을 다 말하지 않고는 못 배겼고, 렉스는 렉스였기에 자기 차례가 오면 속마음을 다 말했다. 그래서 언제나 팽팽한 관계였던 이 두 친구 사이에서는 금세 거친 말이 오갔고, 그러다 보니 둘 사이에 비밀이라고는 좀체 존재하질 않았다.) 갑자기 렉스가 입을 연다. "누가 너한테 아이린이건, 아니면 다른 누구건 거부할 권리를 주지? 네 생각에 니 엉덩이는 백합처럼 *새하얀가* 보다? 니가 흑인들보다 어느 *면에서건* 우월하다 이거 아냐?" 그러자 골디가 소리를 지르며 받아친다. "그래, 그렇다 왜! 생각해보니 *그러네!* 그러니까 좆까, 새도프스키!" 렉스가 웃는다. 그녀는 정말 화가 나 있다. "너나 좆까!" 그녀가 문을 쾅 닫으며 집 밖으로 나가자마자 집 안은 무덤처럼 조용해진다…… 렉스는 라이트닝 볼트의 엔진을 한껏 돌리며 떠나고, 새벽 4시까지 집에 돌아오지 않는다. 그때까지 폭스파이어 자매들은 (골디를 빼고는) 모두 그녀에게 뭔가 끔찍한 일이라도 일어났을까 봐 노심초사한다.

그 일이 어떻게 시작되었더라.

렉스의 흑인 친구 문제로 대폭발이 벌어지고 나서 며칠 뒤(렉스는 폭스파이어를 위해 그 문제를 잊기로 한다. 아무래도 용서는 할 수 없으니까), 렉스는 우리 중 누구에게도 말하지 않고 경솔한 짓을 저지른다. 부드럽게 바꾼 알토 음성으로 전화를 걸어, 19세에서 26세 사이의 지적이고, 진취적이며, '마음을 끄는' 성격과 시장 잠재력을 지닌 젊은 남자'를 찾고 있다는 광고를 신문에다 낸 'B. J. 뤼크 박사'라는 이름의 남자와 시내에서 만나기로 약속을 잡은 것이다. 공원 관리소 이후 렉스는 여러 직업을 전전했는데, 하나같이 낮은 만족도에다 형편없는 급료가 나오는, 그녀 말을 빌자면 똥 같은 일자리다. 그녀는 점점 필사적이 되어가고 있다.

그녀를 갉아먹고 있는 건 폭스파이어의 자금이다. 자금, 자금, 자금. 그녀도 책임자고, 어쨌거나 가장 책임이 큰 사람이다. 게다가 가엾은 뮤리엘과, 뮤리엘의 아기 에반젤린도 있다. 출생 시 몸무게가 겨우 4파운드였고 살아남을 가망이 거의 없는 에반젤린…… 뮤리엘 오비스의 아이가 보통보다 작으리라고 누가 생각이나 했단 말인가. 상황을 바로잡는 데 그렇게 돈이 많이 들 거라고 누군들 꿈에서라도 생각해봤을까. 늘 돈이 문제였다. 돈이.

렉스는 새삼 아버지 애브에 대해 하얗게 타오르는 분노를 느낀다. 뮤리엘과 제 딸인 아기를 버리다니, 씨발 새끼. 뮤리엘은 이미 치료비로 2천 달러가 넘는 돈을 빌렸지만 끝이 보이지 않는다. (에반젤린은 여전히 병원에 있다.)

렉스가 친구들에게 말하듯, 그녀는 머리가 종 안에 갇혀버린 기분이다. 어쩌면 그녀의 머리가 *바로* 종일 수도 있겠고.

귀먹을 정도로 큰 소리가 뎅뎅거린다. 자금, 자금, 자금.

그래서 렉스는 'B. J. 뤼크 박사'에게 면접을 보러 간다. 젊은 남자는 아니지만, 그녀는 해먼드에서 자기 같은 자격을 가진 젊은 여자가 구할 수 있는 직업에 넌더리가 나 있다.

어쨌거나 가끔은 남자로 오해받기도 하니까. 번드르르하게 잘생긴 젊은 금발 청년으로. 남자 옷을 입고, 머리는 올백으로 이마에서부터 쫙 빗어 넘기고, 가짜 구레나룻도 붙이고, 당연히 화장은 안 하고, 목소리를 거슬릴 정도로 깔면, 렉스야말로 사내다. 어떤 의미에서는.

*　*　*

렉스는 라이트닝 볼트를 타고 면접 장소로 가지만, 그녀는 무척 용의 주도하기 때문에 남의 눈길을 끄는 그 차를 메릿 대로에 있는 뤼크 씨의 베이지색 벽돌 주택에서 좀 떨어진 곳에 주차해놓는다. 그녀는 자기가 사무용 건물이 아니라 고급 거주 지역 가장자리에 자리한 단단하고 멋지고 비싸 보이는 오래된 집에 불려 나왔다는 사실을 깨닫고는 별안간 들떠서 희망에 찬다. 그 핼러윈 밤에 남의 말을 순순히 듣는 폭스파이어 자매들을 이런 동네로 데리고 가서 '과자 안 주면 장난칠 거예요' 놀이를 했다…… 세상에, 전쟁에 벌어진 일 같아.

하지만 뤼크의 집은 시내버스 노선을 따라 있다. 대로를 따라 쭉 뻗어 있던 오래되고 세련된 집들 중 일부는 아파트와 사무용 건물로 바뀌었다.

렉스의 면접은 저녁 6시 30분으로 잡혀 있다. 면접을 하기는 기묘한 시간이다. 밤이고, 눅눅하니 쌀쌀하다. 그녀는 돌계단을 올라 초인종을 누르고 희미하게 조명이 켜져 있는 현관을 들여다본다. 12월 겨울인데도 렉스는 코트를 입고 있지 않다. 꾀죄죄한 옷을 입기는 자만심이 강한데 그녀가 현재 가지고 있는 거라고는 꾀죄죄한 옷뿐이니까. 그녀는 단추를 모두 잠그면 길고 여윈 상체에 딱 붙는 고동색 코듀로이 재킷과, 주름이 날카롭게 잡히고 앞 덮개로 지퍼 부분을 감싼 크림색의 얇은 모직 바지를 입고 있다. 또한 하얀색 셔츠에 리타가 킬킬대며 매준 녹색 줄무늬 넥타이를 걸치고, 계란형 머리에는 크림색 스웨이드 페도라를 (로어타운의 흑인들이 유달리 좋아하는 난봉꾼처럼 삐딱하고 화려한 스타일로) 썼다. 그 차림으로 집을 떠날 때는 당황스러웠고, 약간은 우쭐하기도 했다. 리타와 라나와 다른 사람들이 등 뒤에서 휘파람을 불어댔기 때문이었다. "거기서 얼쩡대지들 마셔." 렉스가 웃긴다. "이거 *진지한* 일이라고."

우리가 평생 궁금해하는 게 그거다. 이것이, 지금 내게 일어나고 있는 이 일이, *진지한* 것일까? 어쩌면 아닐 수도 있지 않을까?

만약 *아니라면*, 그럼 어쩌지……?

렉스가 현관 계단에서 기다리는 동안 피부에 뾰루지가 있고 뿔테 안경을 쓴 젊은 남자 하나가 눈을 내리깐 채 집을 서둘러 나간다. 하마터면 렉스와 부딪칠 뻔했는데도 한 마디도 하지 않자 렉스가 말한다. "좀 *보고 다녀*, 형씨."

렉스는 점점 더 사내가 된 듯한 기분을 느낀다. 사내 노릇이 자기가 입고 있는 멋진 옷만큼이나 피부에 딱 붙은 듯 편하다. 그녀는 자기 외모가 괜찮다는 걸 알고, 그 사실이 그녀를 미소 짓게 한다. 소녀 같은 미소가 아니라(아마 그녀는 그런 미소를 지을 의향도 없을 테니까), 지금 현재의 모습, 그러니까 메릿 대로의 고풍스러운 장소에 취업 면접을 보러 나타난 젊은 남자 같은 미소 말이다.

문가에 오십 대 정도로 보이는 토실토실하고 물렁한 느낌의 머리 큰 남자가 나타나 렉스를 안으로 들인다. "안녕하시오. B. J. 뤼크요." 그가 손을 뻗으며 말하자, 렉스가 차분히 대답한다. "안녕하십니까. 마이크 새도프스키입니다." 이름이 하도 매끄럽게 입에서 굴러 나와서, B. J. 뤼크는 그녀를 보고 진짜 남자 맞나? 하며 놀랐음에도 별 망설임 없이 그 말을 믿는다. 그는 팔꿈치에 천을 덧댄 갈색 트위드 스포츠 코트와 주름 없는 바지를 입은, 초조한 분위기를 풍기는 사내다. 그는 축축한 손으로 빠르게, 머뭇거리며 악수한다.

렉스는 B. J. 뤼크를 따라 그림이 걸려 있는 복도를 지나 멋진 가구에 따스한 조명이 켜져 있는 방으로 들어간다. 그녀 눈에는 사무실이 문제가 아니라 주거 공간으로도 보이지 않는다. 뚜껑이 달린 구식 책상과 태피* 색깔 가죽을 씌운 의자가 놓여 있다. 바닥에 딸린 붉은 와인색 카펫이 절로 시선을 끈다. 정말 아름다운 카펫이다.

렉스가 생각한다. 돈.

그가 그녀에게 튼튼하고 하얀 이를 드러내며 웃는다. 슬쩍 자신감을 과시하는 세일즈맨의 태도가 드러나는 게, 영업 일에는 *적격인* 남자다.

B. J. 뤼크가 지체 없이 빠른 말투로 이야기를 시작한다. 그가 파는 제품은 『메릿 백과사전』으로, 영업 방식은 방문 판매다. '마이크 새도프스키' 씨는 그런 쪽 일—일반 대중의 눈높이에 맞춰 하는 일—에 경험이 있는지? 렉스는 입에 침도 안 바르고 거짓말을 늘어놓는다. '판매 쪽 일'에 다년간의 경험이 있고, 가장 최근에는 유명 자동차 판매상 에이시 홀먼의 엠파이어스테이트 신차&중고차에 고용되어 일하기도 했다고 자신 있게 말한다. "홀먼 씨께서 A+ 등급 추천서를 써주시겠다고 약속하셨습니다." 렉스가 활기차게 말한다.

뤼크 씨의 책상에는 『메릿 백과사전』이 여러 권 쌓여 있다. 금박 도장이 찍힌 묵직한 책이다. 렉스는 책을 살펴보라는 말에 따라 백과사전을 뒤적이면서 짐짓 관심 있는 척한다. 그녀는 뤼크가 자기를 보면서 눈을 깜박이고 입술을 핥고 있다는 사실을 알아차린다…… 아무래도 모자를 왼쪽으로 비뚜름하게 쓴 게 무례한 짓인가?

B. J. 뤼크 박사. 푸딩처럼 생긴 얼굴, 가까이 붙어 있는 작은 눈, 삐져나온 코털과 귀 털. 머리카락은 침침한 잿빛으로 변해가는 갈색이고, 고르지 않게 빠지고 있다. 천식에라도 걸린 것처럼 귀에 다 들리게 숨소리를

---

* 설탕, 버터, 땅콩 등을 섞어 만든 말랑말랑하고 끈적한 캔디.

낸다. 책상에 얹은 팔꿈치 옆에는 눈에 띄게 큰 섬광 전구가 부착되어 있는, 엄청 비싸 보이는 카메라가 놓여 있다.

건조하게, 사무적으로 말하려 노력하면서, 뤼크는 마이크 새도프스키의 배경을 캐묻는다. 학교는? 해먼드 어디에 살지? 가족과 가까이 사나? 그는 마이크가 그냥 '잡담'을 하도록 유도한다. 그래야 '인성'을 볼 수 있으니까. 그래서 렉스는 자기가 지을 수 있는 최고의 영업용 미소를 머금은 채 이 별난 사람에게 시선을 고정하면서 날씨, 해먼드 소식, 미국에서 좋은 교육이 갖는 가치, 학문의 가치, 평생 계속해야 하는 '자기 계발' 등의 이야기를 붙임성 있게 떠들어댄다.

그녀는 뤼크의 시선이, 비록 그런 느낌을 내비치지 않으려 조심하고는 있지만, 불편해지기 시작한다. 그의 눈길이 마치 부지불식중에 그런 양 그녀의 발(길고 가는 발로, 대놓고 여자 발처럼 보이지는 않는다)로 떨어졌다가, 거의 어루만지고 있다고 말할 수 있을 정도로 천천히 얼굴로 올라간다.

뤼크가 몇 가지 질문을 더 한다. 그는 그녀를, 혹은 붙임성 좋은 마이크 새도프스키를 존중하는 듯 보인다. 그는 한쪽 눈을 찌푸린 채 그녀에게 딱딱하게 미소를 짓다가 마침내 용기를 내기라도 하듯 헛기침을 하고는 말한다. "네 모자 말인데, 실내에서도 늘 모자를 쓰나, 마이크? 그거 좀 벗을 수 없을까?"

"그럼요." 렉스가 말한다. 그녀는 향기로운 헤어로션을 바른, 올백으로 파도치듯 넘긴 잿빛 금발을 흐트러뜨리지 않으려고 조심하면서 크림색 페도라를 벗고 차분히 무릎 위에 올려놓는다. 그러는 동안 그녀의 귀에 뤼크가 날카롭게 숨을 들이쉬는 소리가 들린다.

뤼크가 조심스레 말한다. "몇 살이니, 마이크?"

렉스의 두 눈이 조용히 뤼크의 눈으로 올라간다. 그녀는 꽤 오래 대답하지 않은 채 생각한다. 이 병신은 뭐지? 나한테 일자리 주겠다는 거야 뭐야? 그녀가 말한다. "스물다섯이라고 말씀드렸는데요."

"하지만…… 그보다 어려 보이는데."

렉스가 그의 시선을 의식하며 어깨를 으쓱한다. 얼굴이 달아오르는 게 느껴진다. 그녀는 루크가 그런 식으로 자기를 보면서, 심지어 자기 쪽으로 가까이 끌어당기는 게 마음에 들지 않는다. (그는 롤러가 달린 회전의자에 앉아 있다.)

그가 말한다. "면도는 하니?"

"면도요? 그럼요."

"얼굴이 말이다…… 너무 매끄러워서."

렉스가 어깨를 으쓱한다. 짜증이 난다. 그녀는 『메릿 백과사전』 1권, A부터 E 항목이 수록되어 있는 책으로 관심을 돌려 책장을 천천히 넘긴다. 렉스 새도프스키는 인생 대부분을 신경을 바짝 곤두세우며 쉼 없이 보내왔던지라 가만히 앉아 독서나 하는 게 힘들다. 그녀가 집중하는 데 어려움을 느끼지 않는 건 육체적이고, 힘든 것들이다. 이를테면 벽이나 지붕 꼭대기에서 걸을 때 필요한 균형 감각, 벽을 오를 때 필요한 근육의 조화로운 사용, 재킷 안주머니에서 스위치블레이드를 꺼내 날을 열고 들어 올려 사용할 때…… 혹은 정확히 말해 '사용'한다기보다는 자기가 진지하다는 걸 '보여줄' 때 필요한, 번개처럼 재빠른 손재주 같은 것들.

그때 갑자기 초인종이 울린다. 까마귀가 깍깍거리듯 날카롭게. 처음에는 뤼크는 렉스에게 넋을 잃기라도 한 양 초인종 소리를 못 들은 듯 보인다. 그러다가 심란한 표정으로 천천히 엉거주춤 의자에서 일어난다. "다른 면접자야! 금방 돌아오마! 걱정 마라, 마이크. 돌려보낼 테니까!" 그가 렉스의 어깨를 우연인 양 살짝 건드리면서 지나가고, 렉스는 자기가 맡는 줄도 모르고 맡고 있던 냄새의 정체를 돌연 깨닫는다. 리스테린*으로 싹 가리고 있던 위스키 냄새.

뤼크가 자리를 비운 건 겨우 1분 정도다. 렉스가 방을 조사하기에 충분한 시간은 아니다. 그녀는 책상 서랍들을 열어보지만 특별히 흥미를 끄는 걸 발견하지는 못한다. 종이, 서류. 몽당연필이 될 때까지 뾰족하게 깎인 채 서랍에서 덜거덕거리는 연필들. 가운데 서랍에는 오래 사용한 가죽 주소록이 있는데 주소록은 종잇조각으로 꽉 채워져 있고, 심지어는 종이 냅킨 조각까지 들어 있으며, 그 위에는 이름과 전화번호가 꼼꼼히 기록되어 있다.

다시 방으로 돌아온 뤼크는 곧바로 자리에 앉지 않고 의미심장한 표정으로 렉스 주위를 맴돈다. 저 표정은…… 후회인가? 그는 한숨을 쉬고 미소를 지으려 노력한다. 마치 스스로를 위해 반강제로 마음을 바꾼 남자처럼 보인다.

그가 말한다. "내가, 음, 며칠 동안 면접을 봤던 것 같은데, 그런데……."

렉스가 말한다. "제게 일을 주신다는 말씀인가요?"

"어, 내가……."

"무슨 문제라도 있나요?"

"오, 아냐, 아무 문제도 없다. 그런데 내가, 내가……." 뤼크의 눈이 카메라로 향한다. 그가 재빨리 말한다. "내가 너 사진 좀 찍어도 되겠니? 이게 사람 얼굴을 기억하는 가장 실용적인 방법이라는 걸 발견했거든. 파일에 붙여두는 거지. 알겠지만."

* 구강 청결제.

렉스가 자세를 뻣뻣이 한다. "좋아요. 뭐, 여기 그냥 앉아 있으면 돼요?"

"그래! 바로 그거야! 그냥…… 앉아 있어."

뤼크가 카메라를 들고 야단법석을 떨더니 플래시를 팡팡 터뜨리며 사진 대여섯 장을 찍는 바람에 렉스는 눈을 피하며 몸을 움츠릴 수밖에 없다. 뤼크가 가까이에서 얼쩡거리며 거의 노래를 부르듯 혼잣말을 한다. "…… 정말 대단해. 진짜로…… 아름다워."

렉스의 콘트랄토 음성이 날카롭게 높아진다. "저기요. 내가 취직을 한 거예요, 아니에요?"

"……내가 가져본 것 중 가장 특별한 천상의 *젊음*이야…… 마치 그리스 조각상 같은 두상에다가……."

이거 믿을 수가 없네. 렉스가 자기 무릎에 올라온 뤼크의 손을 빤히 보며 생각한다. 그녀는 거의 평온하다시피 한 기분으로 이 남자의 술기운이 섞인 따뜻한 입 냄새를 맡고, 남자의 눈 속에 있는 설익은 희망과, 거리끼는 마음과, 자포자기한 심정을 본다. 마치 다름아닌 뤼크의 영혼이 본인의 의지에 반해 구부러져 있는 듯하다. 그녀는 그의 고뇌를 느낄 수 있다. 하지만 그녀는 자비를 베풀 생각이 없다. 남자가 그녀를 만지다니! 감히 *그녀*를! 그녀는 진짜로 열받아 있어서 그 남자의 손이 처음에는 수줍게, 이제는 활기차고 탐욕스럽게 허벅지 위로 슬슬 올라오는데도 겁이 안 난다.

렉스는 뱀처럼 날쌔게 뤼크의 손아귀에서 빠져나가 펄쩍 뛰어 물러선 뒤, 재킷 주머니에 있던 스위치블레이드를 예전에 수없이 연습해본 동작인 양 꺼내 든다. 뤼크가 놀라서 그녀를 빤히 보는 동안 렉스는 스위치블레이드를 면도날이라도 되는 듯 휘두르면서 칼끝으로 남자의 얼굴을 왼쪽에서 오른쪽으로 홱 그어버린다.

"오! 오, 세상에!"

뤼크가 자리에 선 채 비틀거린다. 손가락 사이에서 피가 뚝뚝 듣는다.

"무슨 짓을 한 거야! 너, 너 날 다치게 했어!"

뤼크가 비틀비틀 물러서더니 반쯤 떨어지다시피 의자에 앉는다. 몹시 화가 나 있는, 심장이 거의 기쁨에 겨워 갈비뼈를 두드리고 있는 렉스에게는 이 혼란스런 순간 그에게 진짜로 나이프를 꽂아버릴 수 있는 기회가 있다…… 하지만 세상에, 아니다. 이 남자는 지금 무해하다. 이 남자는 지금 애처롭다. 남자는 수치심에 휩싸인 채 손으로 얼굴을 가리고 훌쩍이면서 만질 생각은 없었다고, 그냥 바라만 보며 감탄만 할 생각이었다고 말하고 있다. "제발 용서해줘! 신고하지 말아달라고! 내가 원했던 건 그저……."

렉스가 교활한 말투로 말한다. "그래, 신고할 거다! 경찰 부를 거라고!"

"안 돼, 제발! 잔인하게 굴지 마. 불필요하게 잔인한 짓을 할 필요는 없잖아……."

B. J. 뤼크는 패배하여 회전의자에 앉아 있다. 손가락 사이로 피가 흘러나온다. 그는 울고 있다. 렉스는 어른 남자가 우는 걸 본 적이 없었고, 자기가 이 광경을 마음에 들어 한다는 사실을 깨닫는다. 참으로 *신나는* 광경이다. 폭스파이어 자매들이 이걸 볼 수 있었다면. 피, 그리고 눈물. *신난다.*

뤼크는 자기가 자제력을 잃었다고 중얼거린다. 한순간 자제력을 잃었다고, 만질 생각은 없었다고. 그저 한순간이었다고. 하지만 이제 그 한순간은 영원이 되었다. 그녀가 그를 용서할 수 있을까? 그러니까, '마이크 새도프스키'가 그를 용서할 수 있을까? "얘야, 잘생긴 소년아, 잔인하게 굴지 말아줘! 이미 날 겁줬잖아! 그거면 충분하지 않느냐고! 아무도 알아서는 안 돼. 가족이 알게 되면 충격받을 거야! 맹세해, 전에는 한 번도…… 이런 식으로……."

뤼크가 겁에 질린 채, 하지만 흥분하여, 그녀를 빤히 바라본다. 그의 눈이 커지며 동공이 팽창된다. 얼굴에는 핏자국이 거미줄처럼 갈라져 있다. 나이프로 그은 자국이 왼쪽 아래에서 오른쪽 위 방향으로, 왼뺨을 지나 윗입술을 거쳐 오른쪽 뺨에 1인치 정도 길이로 나 있다. 유쾌하게 하품이라도 하고 있는 것 같은 상처다. 피가 사방으로 흐르고 있지만 핏자국이 가는 걸 보니 상처는 깊지 않다. 렉스가 깊이 긋고 싶었다면 깊이 그었을 것이다. 그녀가 경멸조로 말한다. "흉터는 안 남을 거야. 뭐 내말 너무 믿진 말고."

뤼크가 지갑에 손을 뻗어 훌쩍거리며 지갑을 만지작거린다. 지갑이 바닥에 떨어진다. 그는 렉스에게 자기 돈을 다 가져가라고, 시계도 가져가고 반지도 가져가고 카메라도 가져가고 다 가져가라고 사정한다. 돈 더 있다고, 전부 다해서 얼만지는 확실히 모르겠지만 저기 난로 위 서가에 꽂힌 책 중 한 권에, 특대 사이즈로 장정한 오듀본의 『북미의 새들』 속에 돈이 더 있다고 애걸한다…….

렉스가 레드 와인색 카펫에 몸을 숙여 피로 얼룩진 스위치블레이드를 능숙하게 닦는다. 그러고는 꼬마 남자애 같은 목소리로 놀리듯 말한다. "아저씨, 꼭 절 *매수하시겠다*는 소리로 들리네요?"

* * *

오후 9시, 렉스는 사랑스러운 폭스파이어 농가로 돌아와 우리와 함께한다. 몇 명이 주방을 치우고 있는데 진입로에서 라이트닝 볼트가 들어오는 소리가 들리고, 잠시 뒤 렉스가 주방으로 씩씩하게 들어온다. 큰 키와 여윈 몸매에 딱 맞는 코듀로이 재킷을 입은 모습이 눈부시게 아름답고, 다리는 길쭉하기로 소문이 자자하다. 모자는 한쪽 눈을 가릴 정도로 기울여 익살맞게 쓰고 있다. 우리는 렉스를 빤히 바라보며 도대체 그녀가 플래시까지 달린 전문가용처럼 보이는 커다란 카메라를 뭐하러 들고 있는 건지 궁금해한다. 그녀는 주방 테이블 위에 도금한 남성용 손목시계와, 마노 주변에 자잘한 다이아몬드로 테를 두른 묵직한 금반지와, 특징 없는 종이 봉지를 내려놓는다. 종이 봉지 속에 향을 폴폴 풍기며 꽉 들어차 있는 것은 알고 보니 대마초다(말인즉슨 렉스가 집으로 돌아오는 길에 로어타운에 들렀다는 소리다). 이제 그녀는 모두의 관심이 자기에게 몰렸다는 사실을 안다. 놀라 꺅꺅거리는 소리와 웃음소리와 왁자지껄한 소리를 듣고 주방에 없었던 사람들까지 달려온다. 그녀가 주로 20달러와 50달러로 이루어진 돈다발을 떨어뜨린다. 합계를 내보니 일천 하고도 일백 하고도 십육 달러다.

우리는 숨이 다 빠져나간 것처럼 놀라 꿀 먹은 벙어리가 되어 돈다발을 멍하니 본다.

그러다 마침내, 골디가 정말로 경악하고, 진심으로 경외심을 품는다. 렉스와 다투고 나서 렉스를 미워하겠노라고 남몰래 했던 결심이 눈 녹듯 사라진다. 그녀가 렉스를 보며 말한다. "세상에! 너 *이거* 어디서 난 거야?"

렉스가 태연히 미소를 지으며 말한다. "그냥 뭐가 내 *낚싯바늘*을 물었어."

그리하여, 폭스파이어 낚시가 탄생하였다.

7
폭스파이어 낚시:
잡다한 이야기들, 1955년에서 1956년 사이 겨울

이야깃거리. 새로 개조한 뉴욕 주 해먼드 시 사우스 메인 스트리트 철도역의 환한 조명이 내리쬐는 대합실에서, 다닥다닥 붙은 비닐 의자에 줄줄이 앉아 있는 수많은 크리스마스 여행객들 사이에, 대략 열일곱 살쯤 되고 외로워 보이는 소녀가 있다. 주근깨가 있는 예쁘장한 얼굴에 빨간 고수머리를 하고, 풍만한 몸매지만 뚱뚱한 게 아니라 육감적이고, 튼튼하며, 사랑스럽게 포동포동하다. 소녀가 손가방에서 콤팩트를 꺼낸다. 작은 거울에 비친 얼굴을 걱정스러운 표정으로 빤히 바라본다. 그러다 싼 티 나게 화려한 엷은 분홍색 립스틱을 더 바른다. 이게 도움이 되리라는 희망을 품고. 이게 그녀가 하는 일의 전부다. 외로움과 빨간 고수머리를 티 내며 기다리는 것. 그녀가 기다리고 있는 게 어떤 기차인지는 불확실한데, 왜냐하면 그녀가 역으로 들어와 대합실 구석에 자리를 잡은 게 오후 7시이기 때문이다. 그리고 7시 40분이 될 때까지 그녀는 같은 대합실에 있는 한 여행객의 감탄 어린 관심을 끈다. 겉으로 보기에는 이 신사도 크리스마스 여행객이지 싶다. 나이는 사십 대 중반이고, 다부진 몸에, 황갈색 머리카락이 주름진 이마에서부터 빠지기 시작하고 있다. 아버지같고 삼촌 같은 표정이 얼굴에 떠올라 있는데, 옷은 낙타털 코트로 잘 차려입고 있다. 우리는 그가 빨간 머리의 소녀에게 접근하는 걸 본다. 그녀가 그제야 고개를 들어 놀란 표정으로 그를 올려다보지만, 그는 친근하게 군다. 미소를 짓는다. 두려워할 건 아무것도 없다. 경계할 것도 전혀 없다. 그는 소녀 옆에 앉고, 이내 소녀를 안심시키고 웃게 한다. 소녀가 손으로 입을 가리고 키득거린다. 우리는 어쩌면 그 소녀가 좀 지나치게 이 낯선 사람을 믿고 있을지도 모른다는 사실을 깨닫는다. 어쩌면 그녀는 자신을 믿지 못하고 자신에게 비판적인 소녀라서 남자가 관심을 보이는 몸짓을 취하면 우쭐해지는 건지도 모른다. 어리숙하달 수밖에. 어쩌면 절망적으로 외로운 건지도 모른다. 그러니까 남자가 자기랑 같이 어디 가서 차나 한잔 하자고, 술 한잔 하자고 꼬드기자 넙죽 받아들이는 것이다. 그가 소녀를 데리고 대합실을 빠져나온다. 소녀를 옆으로 힐끗거리는 게 자기에게 굴러떨어진 행운을 믿지 못하겠다는 눈치다. 얼굴에 순식간에 굶주리고 탐욕스러운 표정이 떠오르지만 소녀는 알아채지 못한다. 그들은 밖으로, 바람 부는 어둠 속으로 나온다. 남자가 소녀를 이끌고 주차장을 지나간다. 자기 차로 데려가는 걸까? 소녀는 그 남자와 함께 차를 탈 정도로 어리숙할까?

우리가 기다리고 있는 곳이 바로 주차장인데.

이야깃거리. 우리 여섯 혹은 일곱 명은 라이트닝 볼트를 타고 40마일을 달려 엔디콧으로 간다. 엔디콧은 뉴욕 주 고속도로에 위치한 로체스터의 교외 지역인데, 거기에는 비싼 숙박비에 크리스마스트리처럼 환하게 빛나는 고층 건물인 디케이터 호텔이 있다. 우리 중 한 명, 창백한 피부에 뇌쇄적인 입술, 큰 자두 같은 눈망울, 얼굴 양옆으로 커튼처럼 떨어지는 매끄러운 흑발, 그렇다, 바로 그녀다. 여러분도 알아볼 그 사람. 그녀는 화려한 검은색 스웨이드 의상과 무릎까지 올라오는 가죽 부츠 차림으로 호텔 로비에 서서 핸드백을 뒤지고 있다. 걱정스러운 표정을 하고 있는 이 아름다운 소녀의 나이를 짐작하기는 어렵다. 열아홉? 스물둘? 열일곱? 마침내 괜찮은 남자가 접근한다. 그녀는 처음 두 남자를 예의 바르게 거절한다. 세 번째는 딱 알맞아 보이고, 먹기 좋게 잘 여물어 있다. 그가 작은 돈지갑 같은 우쭐거리는 입으로 낚싯바늘을 문다. 두 눈에 간절함과 희망이 가득하다.

그 후 쌩하게 집으로 돌아가는 동안, 라이트닝 볼트는 웃음소리로 가득하다. 몇몇은 잔뜩 취했고, 몇 번씩 되풀이해 켜지는 성냥처럼 흥분해 있다. 바이올렛 칸이 이런 얘기로 우리를 크게 웃긴다. "……내가 뭘 했냐면 말이지, *아무것도 안 했다*? 무슨 말이냐면, 있잖아, 내가 지난번에 한 것처럼 그 개새끼 옷을 벗겨주거나, 있잖아, 아니면 셔츠 단추를 풀어줄 준비를 하고 있는데, 알고 보니 내가 진짜 운이 좋았던 게 그럴 필요조차도 없었던 거야. 그 새끼 겁먹었거든. *내 말은 진짜로 순식간에 팍 쫄았다고.* 봐봐, 그니까, 벨보이가 술병 들고 방으로 오니까 걔가 날 재빨리 욕실에 숨긴 거지. 그래서 내가 시간을 재고 있다가 벨보이가 딱 떠나려는 순간에 딱 밖으로 나온 거야, 응, 막 도움이 필요한 사람처럼. 근데 걔가 날 못 봤어. 그니까 *벨보이*가 날 못 본 거라고. 내가 너무 시간 딱 맞춰 나와버린 거지. 그래서 이 불쌍한 개새끼가, 아무래도 걔 나한테 가짜 이름 말한 것 같은데, 아무튼 자기 이름이 '브래들리'랬는데, 이 불쌍한 브래들리가 날 빤히 보는 거지. 왜냐하면 내 모습이 아주 *변했거든*. 화장실에서 내가 머리를 막 헝클었으니까. 재킷도 벗어젖혀서 어깨에서 흘러내리기 직전이고, 그러면서 크게 울고. 막 우는데 한번 시작하니까 울음이 멈추질 않더라. 꼭 비탈길 달려 내려가는 것처럼, 응? 일단 시작하니까 쉬운 거지. 아무튼 브래들리가 말하는 거야. '세상에, 베로니카, 무슨 일이야?' 나는 막 비명을 지르면서 뒤로 물러서는 거지. 그러면서 이렇게 말하는 거야. 제발 해치지 마세요 오 제발 나 겨우 열다섯 살이라고요 여기 있기 싫어요 내가 말했잖아요 나 오늘 아침에 집에서 도망쳐 나왔는데 경찰이 아마 찾고 있을 거예요 아빠가 경찰에 신고하고도 남을 사람이거든요 육군 대위세요. 그니까 브래들리가 잔뜩 겁을 먹는데 걔가 기절하거나 심장마비 걸리는 줄 알았다니까. 삽시간에 상황이 다 변했으니까. 그니까, 나는 1분 전만 해도 그 개새끼를 따라서 호텔 방으로 올라가고, 날 욕실에 처넣어도 가만히 있던 얼간이 계집애였는데 바로 다음 순간에는 막 미친 듯이 울고 있고. 이게 심각한 상황인 거지. 미성년자랑 같이 있는 것 같으니까. 그렇잖아? 그니까 이제 걔가 나한테 돈을 먹이려는 거야. 자기 입으로 그렇게 말은 안 하지만. 자긴 절대 날 건드릴 생각이 아니었다면서 이렇게 말하는 거지. '네 머리카락 하나 건드릴 생각 없었단다, 베로니카. 날 믿어줬으면 좋겠어. 나도 딸이 있거든.' 그래서 아무튼 그놈이 지갑에서 손을 바들바들 떨면서 이 돈을 꺼내 세는 거지. 나는 엉엉 우느라 거기서는 얼마 줬는지 잘 몰랐고, 엘리베이터를 타고 내려오면서 돈을 세보는 거야. *이백하고도 칠십칠 달러. 좆같은 소득세도 없어!*"

* * *

　이야깃거리. 그녀 이름은 로리다. 어쩌면 루이즈인지도 모르겠다. 가끔은 재미있고 사랑스러운 룰루다. 시선을 잡아끄는 백금색 머리칼이 메릴린 먼로처럼 구불구불 물결치는 맵시 있는 소녀로, 입술도 메릴린 먼로처럼 삐죽 내밀 수 있고, 스파이크 힐을 댄 구두를 신은 메릴린 먼로처럼 탱탱한 오리걸음을 걸을 수도 있다. 나이치고는 성숙하지만 나이가 몇일까? 그녀는 고등학교 1학년 때 자퇴했다. 지금은 '라스럽 약국'에서 일하고 있다. 남자들이 들어오는 곳. 기혼남이건, 이혼남이건, 사내들의 눈동자는 이리저리 흔들린다. 포식자의 눈. 약국 문을 닫을 시간이 가까워지자 한 남자가 그녀에게 말을 붙인다. 서투른 농담도 던진다. 하지만 그녀는 그를 부추기지 않는다. 왜냐하면 그런 여자가 아니니까. 백금색 머리칼과 빨간 립스틱과 맵시 있는 몸매에도 불구하고 그녀는 아마 신실한 가톨릭 신자인 듯하고, 이 사내도 아마 신실한 남편이자 아버지일 것이다. 장담해도 좋다. 잠시 뒤 그녀가 약국을 나설 때 그 남자는 연석에 주차해둔 자기 차에서 기다리고 있다. 진짜 놀랄 만큼 좋은 자동차다. 마치 탱크처럼 제작된 번쩍거리는 검정색 링컨. 남자가 미소를 지으면서 자기랑 같이 놀러 갔으면 좋겠다고 말한다. 드라이브 어때? 그냥 대화나 계속 하게.

　그래서 그들은 해먼드 북쪽에 있는 태너스빌이라는 마을로 간다. 그런 다음 태너스빌 선술집으로 들어가는데 바텐더는 신분증을 제대로 검사하지 않는다. 술집에는 주크박스가 있다. 에디 피셔*가 「러브 송」을 부

---

* 1950년대에 전성기를 누린 미국 가수 겸 영화배우.

326

르고 있다. 스티브는 취한다. 그는 마치 계단에서 굴러떨어지듯 아무 경고 없이 갑자기 술에 취해버리는 아일랜드인이다. 그가 룰루의 손을 꼭 잡는다. 반은 울고 있다. 그는 마흔일곱 살이고, 그게 믿겨지냐고 말한다. 자기는 못 믿겠단다. 아내도 있고, 애도 다섯인데, 이게 믿어지냐고. 룰루는 집에 가고 싶다고 부드러운 말투로 얘기하지만 스티브는 안 듣고 있다. 그는 정말 슬프고, 그래서 그녀의 팔을 만진다. 자기 팔로 그녀의 가슴 앞부분을 문지른다. 어찌나 외로운지. 그는 자기가 3년 동안 술을 안 마시려고, 말짱한 정신으로 지내보려고 노력을 했지만, 자기가 살아야 하는 인생이 그런 거라면, 그게 인정받는 삶이라면, 세상에, 차라리 죽는 게 나아서 다시 술을 마시고 있지만 딱 이번 주말만 마실 거라고 말한다. 집에 있는 사람들은 그 사실을 모른다. 모르고 있으니 상처 입을 일도 없다. 어쨌거나 아무도 상관할 바 아니라 이거다. 차가 주차된 주차장에서 스티브는 룰루에게 키스를 하려 하지만 그녀는 몸을 뺀다. 그녀는 지금 겁을 먹었고, 어려 보인다. 그가 차에 타자 그녀는 제발 집까지 자길 태워달라고 한다. 제발요. 그래서 그는 알겠다고 한 다음 간선도로를 타고 몇 마일 달리다가 작은 도로로 차를 돌린다. 그는 울다시피 하고 있다. 말을 알아듣기 힘들다. 그는 그녀가 자기를 모른다고, 자기가 그녀를 얼마나 존중하는지 모른다고 말한다. 자기도 그녀 나이일 때가 있었다고, 그리 오래전 일도 아니라고 말한다. 눈 얘기 하면 기분 나쁠 게 분명하겠지만 그녀의 한쪽 눈은 초점이 나가 있거나 뭐 그런 상태인데, 장담컨대 젊은 남자들은 그런 문제에 대해 잔인하게 굴고, 그 친구들은 무례한 인간들이지만, *자기* 생각에 그녀는 진짜 예쁘다고 말한다. *자기*는 그녀가 아름답다고 생각한다 이거다.

　그날 밤은 그렇게 지나간다. 또 다른 밤이 지나고, 또 다른 밤이 지나고, 마침내 룰루는 그가 자기에게 키스하도록 놔둔다. 하지만 그가 자길 만지고 싶어 한다고 해서 그냥 만지게 놔두지는 않는다. 그는 사과한다. 무척 미안해한다. 그는 자기 집에서 떨어진 곳에다 방을 마련할 생각을 하고 있지만 자기 말로는 두렵단다. 한 번도 혼자 살아본 적 없는 거 알아? 평생 한 번도 혼자 살아본 적 없다는 거? 아내와 결혼한 건 둘이 고등학교에 다니던 꼬맹이 시절이고, 그러고 나자 아이들이 태어나기 시작했다. 그러니 혼자 살아본 적이 있을 리가 있나? 그게 사실이다.

오! 그렇군요! 룰루가 비둘기처럼 구구거린다.

룰루는 참으로 공감이 넘친다. 미끼이자 낚싯바늘.

룰루는 참으로 교활하다. 낚싯바늘이자 미끼.

스티브는 업타운 해먼드의 엘름우드 가에 방을 하나 빌린다. 자기 이름으로 빌린 건 아니지만 이번에 룰루는 그의 이름과 성을 모두 알게 된다. 그렇다. 그녀는 그의 집 주소와 직장 주소도 안다(오도넬 & 선즈 장례회관. 스티브 집안 '아들' 중 하나다). 그녀는 희망에 차 있는 자기 애인의 인생과 관련된 다른 사실들에 대해서도, 그가 술에 취해 훌쩍이면서 넋두리를 늘어놓은 만큼은 잘 안다. 이제 돈 주인이 바뀔 때가 왔다. 새로이 주조된 폭스파이어의 원칙. 돈이란 주인이 바뀌게 마련!

당연한 말씀.

이야깃거리. 그때 '킬러'는 시간이 어떻게 흐르는지도 모르는 채 행복하고 정말 행복하고 제일로 행복하다. 어른들의 간섭과 폭정에서 완전히 벗어나 폭스파이어 자매들과 같이 살고 있으니. 혹은 언제나 겁이 난다 자기들이 하는 일 때문에 겁이 나고 경찰이 겁나고 앞으로 벌어질 일 때문에 겁이 난다. '킬러'는 싸구려지만 스타일이 살아 있는, 짧은 길이의 가짜 모피 코트를 입고 있다. 렉스가 크리스마스가 지난 뒤 왕창 쇼핑을 할 때 사준 옷이다. 피부에 딱 붙는 검정 슬랙스를 걸치고, 바이올렛이 신던 무릎까지 올라오는 섹시한 가죽 부츠까지 신고 있다. 그녀는 피를 나눈 자매들에게 자기가 그들만큼이나 당차고, 집에 현금을 들고 올 기회를 즉석에서 만들어내려는 의욕에 차 있다는 사실을 입증하겠다는 열의에 불타고 있다. 솔직히 말하자면 그녀는 흥분한 상태이기도 하다. 교활함과 야비함에는, 그렇다, 타인들에게, 특히 주적인 남자들에게 상처를 주는 일에는 진정한 쾌락이 있으니 말이다. 그래서 어느 날 밤 '킬러' 워츠가 해먼드 시 마운트 가 트레일웨이즈 역의 북적이는 대합실에 눈에 띄게 수줍은 모습으로 앉아 있는 것이다. 앞으로 벌어질 일을 기다리면서.

돈이란 주인이 바뀌게 마련!

폭스파이어는 타오르고 타오른다!

라이트닝 볼트에서는 자매들이 맥주를 마시고 있고, 매디는 기분이 좋다. 사실 그녀는 기분이 무척 좋다. 담배를 피우며 연기를 폐까지 깊숙이 빨아들이니 좋다. 비가 오는 쌀쌀한 4월의 밤이다. 주 중반이니 다음 날 학교도 가야 하지만, 뭐 어때. 매디는 최근에 수업을 상당히 빼먹었고, 진도도 많이 밀려 있다. 그러니 또 수업을 빼먹든 아예 학교를 관둬버리든 별 차이도 없다. 그녀는 자기를 통제할 권한을 상황에 넘기는 일만 없으면 문제 될 게 아무것도 없다는 사실을 불현듯 깨달은 행복한 평정 상태에 빠져 있다.

심지어 최근에는 폭스파이어 자금에 대한 부담도 좀 덜었다. 언젠가는 집과 토지를 구입할 수 있으리라는 희망도 생겼다. 매월 청구서에 찍힌 돈도 지불하고, 빚도 갚아야 하지만. 그들은 수천 달러를 손에 넣길 바라고 있다. 그래야 뮤리엘 오비스의 병원비를 댈 수 있으니까. 렉스는 이 문제에 열심이다. 그 생각 계속할 거야. 렉스가 말한다. 그 좆같은 병원비 낼 거라고. 너희들도 어떻게든 최선을 다해 *도와줘*.

각자 능력에 따라 벌고, 각자 필요에 따라 나누는 거야. 렉스가 말한다.

그녀가 늙은 테리오 신부에게서 배운 원칙이다. 렉스는 그가 죽었음에 틀림없다고 믿었다. 신부는 해먼드에서 종적을 감췄고, 아무도 그가 어디로 갔는지 모르는 듯했다.

도와줘. 렉스가 말한다.

그래서 '킬러'는 기분이 한껏 고양된 채 트레일웨이즈 역에 앉아, 옆자리에 버려져 있던 신문을 집어 들고 신문 너머로 주변을 흘끗거린다. 그녀는 기다리고 있다. 그녀는 미끼이자 낚싯바늘이고, 낚싯바늘이자 미끼다. 다만 혼자는 아니다. 그녀의 자매 여러 명이 근처 바깥에 있다. 그녀는 지금 열여섯 살이지만 나이보다 어려 보이고, 다소 영양실조에 걸린 것처럼 보이기도 한다. 성실해 보이는 갈색 눈, 짧게 친 구불구불한 갈색 고수머리, 여위고, 앙상하고, 경계심 많고, 의구심 많은 소녀. 그녀는 그들이 자신에 대해, 자신이 성공할 가망에 대해 말하는 걸 우연찮게 들었다. 라나가 우월감에 넘치는 태도로 점잔 빼며 느릿하게 말한다. 라나는 낚시에는 도가 튼 애다. 오, 매디야 귀여운 애지. 하지만 걔가 아주 예쁘다고는 생각하지 않아. 알잖아? 그러자 리타가 열성적으로 말한다. 뭐래. 매디는 어디로 보나 *나만큼* 예쁘거든. 그리고 난 잘했잖아, 아냐? 골디는 최근 점점 더 초조해지고 있다. 아마 그녀가 결코 미끼가 될 수 없기 때문에, 따라서 낚싯바늘도 될 수 없기 때문에, 그러다 보니 자기 혼자만 급료 아니면 명백한 절도로 폭스파이어 자금에 기여하기 때문일 것이다. 그녀가 야비하게 말한다. 내가 워츠에 대해 우려하는 건 말이지, 막상 일이 닥치면 걔는 겁쟁이가 된다는 거야. 걔는 뭐랄까, 우리 쪽 사람 같지가 않아. 알잖아?

뭐랄까, 우리 쪽 사람 같지가 않아. 알잖아?

매디는 심장에 칼이 박힌 채 살금살금 물러났다. 오, 정말 아파! 정말로 믿을 수가 없어! 다른 사람들이 그녀를 편들어 주는 것까지 몰래 엿듣고 싶지는 않았다. 편을 들어주기는 한다면 말이지만.

매디는 노트에 자기 자신에 대한 의심이나 폭스파이어에 대한 의심을 결코 기록하지 않는다. 1956년 봄, 그녀는 어떻게 해서 감지하게 되었을까. 상황이…… 상궤를 벗어나면서…… 끝을 향하고 있다는 사실을. 마치 한계 속도까지 몰고 가다가 살짝 선을 넘는 바람에 차대가 흔들리고 떨리기 시작한 라이트닝 볼트처럼. 폭스파이어에 새로 가입한 아그네스, 'V. V.', 매리언, 기니, 토이는 매디가 진정으로 신뢰하는 소녀들이 아니고, 그렇다고 딱히 잘 아는 사람들도 아니다. 폭스파이어의 옛 자매들도 더 이상은 진심으로 신뢰할 수 없고, 심지어는 잘 안다고도 못하겠다. 당연히 렉스 새도프스키는 제외다. 늘 렉스는 예외다. 렉스는 인생을 걸고라도 신뢰할 만한 사람이다. *깡패 계집애들, 공공연한 범죄자들, 난잡한 년들. 로즈 패커는 그들을 싸잡아 그렇게 부른다. 매디도 그중 하나다. 그녀도 여기 있으니.*

우리는 삶을 통과하는 도중 왜 들어갔는지, 심지어 어쩌다 들어가게 됐는지도 설명할 수 없는 그런 공간들 속에서 우리 자신을 발견한다. *난 여기 있어. 여기 있는 사람이 바로 나야. 다른 곳이 아니라 여기.*

그래서, '킬러'가, 1956년 4월 8일에, 트레일웨이즈 역에 있는 것이다.

30분 정도 지나자 누군가 그녀에게 다가온다. 그녀는 몇 분 전에 그의 존재를 의식했지만 고개를 들어 올려다보고 싶지는 않다. 남자는 우연인 듯 무심한 척 그녀 옆에 앉더니 역시 무심한 척 말을 붙이며 질문하기 시작한다. 어디 가고 있는 건지, 학교는 다니는지, 혼자인지, 혼자 이런 곳에 있기에는 좀 늦은 시간 아닌지. 그녀는 그만 렉스가 지시했던 걸 잊어버린다. 렉스는 그녀에게 아무에게나, 그녀에게 말을 붙인다고 아무 남자에게나 대꾸를 하지 말라고 했다. 그들의 전략은 남자를 보고 그가 꼬드길 가망이 있는 사람인지, 돈이 있음직한지 즉시 판단을 내리는 것이다. 빈털터리나 부랑자에게 시간을 낭비해서는 안 된다. 하지만 경험 미숙과 혼란으로 인해 그녀는 그걸 다 잊어버린다. 이 상황에 어떻게 대처해야 할지 전혀 알 수가 없다. 보트에 앉아는 있는데 노도 키도 없고, 자기를 실은 보트가 빠르게 하류로 내려가는데도 어디로 가고 있는지조차 알 수 없는 것 같다.

오, 하느님. 무서워죽겠어.

남자는 대략 사십 대 후반이다. 겉으로 언뜻 보기에 매디가 고등학교에서 맘에 들어 했던 선생들 중 한 명과 닮았다. 그녀가 걱정된다고 말해주던 선생 중 한 명과. 그래서 더 심란하다. 잿빛으로 변해가는 상고머리에 곁눈질하며 짓는 미소, 주름이 자글자글하지만 지적으로 보이는 눈. 햇볕에 탄 피부는 주름지고 갈라져 있다. 일면식도 없던 남자가 그녀 옆에 앉았을 뿐만 아니라 대화를 하려 들면서 미주알고주알 자기 얘기를 털어놓고 있다. 얼마 전에 플로리다에서 돌아왔는데, 플로리다와 태양은 육체적, 정신적, 영적 건강에 정말 필수적이라고.

'킬러'가 그를 빤히 보며 눈을 깜박인다. 다음엔 무슨 소리를 하려고?

그녀는 폭스파이어 자매들이 창문으로 자기를 지켜보고 있을지 궁금하다. 그녀는 창문 쪽으로 흘끗 시선을 돌리지만 제대로 보이지 않는다.

그녀가 몸을 부르르 떤다. 대합실은 난방이 과한 상태인데도. 그녀는 미소를 짓고, 고개를 끄덕이고, 애써 눈가에 웃음을 짓는다. 그냥 웃어.

분위기도 좀 맞춰주고. 아무 말이나 해도 괜찮아. 그 인간들 실제로는 안 듣거든. 렉스는 그렇게 가르쳤다. 그들이 생각하는 거라고는 너만 따로 어딘가에 데려가는 것뿐이야. 그래야 자기 자지를 너한테 찔러 넣거나 아니면 그런 종류의 온갖 짓거리를 할 수 있으니까. 그러니 *걱정하지 마*.

몇 분 뒤, 플로리다에서 방금 돌아왔다는 햇볕에 그을린 남자가 가짜 모피 코트를 걸친 소녀에게 뭐 좀 간단히 먹지 않겠냐고 묻는다. 배고파 보여서. 그가 그렇게 말하며 아버지처럼 허랑한 미소를 짓는다.

그녀가 천천히 말한다. 괜찮을 것 같아요. 배 속이 꽉 조여들지만 그녀는 이미 자리에서 일어나 역 구내 간이식당으로 걸음을 옮기고 있다. 하지만 남자가 거기 말고,라고 말하며 그녀의 팔을 잡는다. 다른 데 가자. *더 괜찮은 데*.

그래서 그들은 거리로 나온다. 축축하고 싸늘한 공기 속으로. 소녀가 주변을 흘끗 둘러보지만 아는 사람은 아무도 보이지 않는다. 라이트닝 볼트가 어디 있지? 눈에 닿는 곳에는 주차되어 있지 않다.

남자는 트렌치코트를 입고 있다. 질은 좋지만 새건 아니고, 코트를 두른 채 잠이라도 자는 듯 구겨져 있다. 그는 흥분해 있다. 손수건으로 코를 푸는 자세를 보니 표가 난다.

그는 그녀가 어디 사는지, 몇 살인지 묻는다. 담배 피울 나이는 됨직싶은데. 혼자 여행할 나이도 돼 보이고. 그는 그녀 부모가 지금 그녀가 어디 있는지 알고 있냐고 묻는다. 이 질문에 '킬러'가 대답한다. 깜짝 놀랄 정도로 경멸을 담아, 재채기라도 하듯 격렬하게. 아뇨, 그 사람들은 몰라요!

거 참 완벽한 대답이네.

그들은 인도를 따라 걷는다. 축축하게 반짝이는 인도. 그녀는 균형을 잡으려 한다. 그녀의 동행은 그녀가 예쁜 소녀라고 말한다. 남자 친구가 분명 많을 거라고. 그렇지?

아뇨, *하나*도 없어요!

이렇게 말하니까 좀 우습고 재미있어서 두 사람은 웃기 시작한다.

그러다 그녀는 웃음을 삼키고 호흡을 가다듬는다. 지금 뭐하고 있는지 홀랑 까먹고 있는 건가? 이렇게 금방? 무릎까지 오는 '킬러'의 섹시한 부츠가 발가락을 꽉 조인다. 종이 쪼가리와 모래 먼지가 바람에 휙 날리자 그녀가 눈을 깜박인다. 머리 위에 그녀의 동반자인 달이 떠 있다. 오늘 밤은 전구처럼 환하고 매끈하다. 손 닿지 않는 곳에 멀리도 있다.

농가에서 매디와 매트리스를 나눠 쓰는 폭스파이어 멤버 하나가 그녀에게 왜 천문학 책을 읽느냐고 물은 적이 있었다. 정확히 말하면 '천문학' 책이라고 한 건 아니었고, 학교에서 배우지도 않는 책을 읽는 목적이 뭐냐고 물었다. 매디가 잠시 생각하다가 말했다. 이게 자기 인생을 통틀어 해줄 수 있는 가장 진지한 대답인데, 하늘이 늘 *저기* 있기 때문이라고.

손은 닿지 않지만, *저기* 있다고.

'킬러'가 웃으면서 배고프다고 말한다. 정말이다. 그녀는 배가 고프고, 스테이크를 먹고 싶다. 디저트로는 프렌치프라이와 아이스크림이 먹고 싶다. 그리고 술도 한잔 하고 싶다.

구릿빛 피부의 남자는 자기도 술이 한잔 당긴다고 말한다. 그러면서 그녀에게 호의와 걱정이 섞인 관심 어린 시선을 보낸다.

마치 그녀가 까불거리고 예측 불가한 새끼 동물, 이제 막 뛰쳐나가려는 암망아지인 양.

그는 그녀를 자기가 알고 있다는 식당으로 데려간다. 강가에 있는데, 그가 말한다. 거기 스테이크 끝내줘. 멋진 곳이지. 좋아할 거다, 아가씨.

내 약속하지.

저 *배고파요*.

당연히 그렇겠지. 나도 그래.

그들은 마운트 가를 내려가고 상업 지구를 지나쳐 벗어난다. 불 꺼진 '로렐라이 란제리'에는 거의 벌거벗다시피 한 마네킹들이 뻣뻣하고 익살맞은 자세로 서 있고, 불 꺼진 주류 가게의 정면 유리창에는 튼튼한 쇠살대가 창을 가로지르며 단단히 잠겨 있다. 알고 보니 구릿빛 피부의 사내는 파인트 위스키 병을 하나 갖고 있고, 그 병을 홀짝이다가 신사답고 점잖은 태도로 소녀에게도 한 잔 권하는데, 소녀는 역겨워하며 술병뿐 아니라 남자의 손도 밀쳐버리고 싶지만, 자기 귀에 이렇게 말하는 자신의 목소리가 들린다. 오, 좋아요, 네, 감사합니다.

그녀는 그 타는 듯한 음료로 입술과 혀를 적신다. 그거면 충분하다.

난 칙 맬릭이야. 구릿빛 피부의 남자가 말한다. 넌 이름이 뭐지?

마그릿*이요.

응? 못 들었는데.

마그릿.

음, 마그릿이라. 넌 참 예쁜 소녀야. 정말 예뻐.

오, 그래요?

내가 그렇다면 그런 거다.

그래요?

그녀는 겁먹은 채 어깨 너머를 재빨리 흘끗 돌아본다.

그래. 차가 있다. 그 차인지는 모르겠지만 어쨌든 차 헤드라이트가 보

---

* 매디는 여기서 렉스의 본명인 'Margaret' 대신 'Marg'ret'을 쓰고 있다.

인다. 반 블록 떨어진 거리에서 천천히 그들 뒤를 따르고 있다.

그래. 라이트닝 볼트가 틀림없다. 렉스가 약속했다. 매디를 자기들 시야에서 놓치지 않겠다고. 낚시는 위험하니까. 이건 전쟁이니까.

그리고 저 차가 라이트닝 볼트라면, 렉스가 운전대를 잡고 있을 것이다. 그녀가 남자를 낚을 때 쓰는 행운의 부적인 크림색 페도라를 머리에 멋지게 쓴 채. 그 옆에는 오늘 밤 '붐-붐'이 된 골디가 장담컨대 험상궂은 얼굴로 자세를 똑바로 한 채 행동 대기 중일 것이다. 차 뒷좌석에는 폭스파이어의 신입 멤버 둘이 앉아 있을 것이다. 골디의 후배인, 강철처럼 차가운 눈을 한 'V.V.'와 토이. 매디는 그들에 대해서는 거의 아는 바가 없다. 다만 모든 신입들이 폭스파이어에 대한 자기네들의 열정을 보여주고 싶어 몸이 달아 있다는 건 안다.

칙 맬릭이 트림을 참으려 애쓴다. 그가 마그릿의 가짜 모피 코트를 만지며 말한다. 코트 진짜 예쁘구나, 얘야. 무슨 여우로 만든 거니?

마그릿은 그에게서 몸을 피하지 않으려 노력한다. 그녀는 그가 자기를 낮잡아 보고 있다는 사실을 안다. 그녀가 둘만 알아듣는 농담을 들기라도 한 듯 웃으며 말한다. 하, 여우래!

칙 맬릭도 기분 좋게 웃는다. 그런 식으로 명랑하게 구는 척하는 와중에, 그가 마그릿의 손을 포로라도 되듯 꽉 쥔다. 커다란 손가락이 그녀의 손가락 사이로 단단히 얽힌다. 정말로 터무니없는 생각이, 절대로 받아들일 수 없는 생각이 뇌를 꿰뚫고 휙 지나간다. *아빠.*

그녀는 울분에 차 숨이 막힌다.

그녀는 칙 맬릭의 배에 팔꿈치를 쑤셔 박은 다음 도망가지 않으려고 용을 쓴다.

이제 칙 맬릭은 혼자 키들거리며 말한다. 정말 귀엽구나. 정말 사랑스러워, 마그릿. 다만, 네가 가출 소녀라는 사실만 빼면 말이다.

뭐라고요? 아뇨. 난 *가출 소녀* 아니에요.

마그릿은 '가출 소녀'라는 단어가 마치 희한한 음담패설이라도 되는 것처럼 새침하게 업신여기며 그 단어를 발음한다.

그래? 확실해? 왜냐하면 만약 네가 그런 애라면…….

그들은 마운트 가를 벗어나 좁은 골목길을 내려가고 있다. 라이트닝 볼트가 따라올 수 있을까? 렉스가 봤을까? 바람이 그들에게 불어오고, 강의 냄새가 풍겨 온다. 강의 쓰레기, 강의 죽음과 부패의 냄새. 정육점의 갈고리가 다음 날 들어올 도살된 짐승의 사체를 기다리며 텅 빈 채 걸려 있다. 고기, 피, 내장, 톱밥의 악취가 지독하다.

칙 맬릭이 한숨을 쉰다. 인간의 삶에서 참으로 슬픈 것 중 하나는 말이지, 우리가 *고깃덩어리*에 불과하다는 사실이야. 그런데 살아가는 동안에는 고기에 의존한단 말이지.

마그릿이 몸을 떤다. 목을 쭉 빼서 골목 입구에 헤드라이트가 있는지 둘러보고 싶지만 감히 그럴 엄두가 안 난다.

칙 맬릭이 말을 덧붙인다. 마치 지금 하는 말이 조금 전 한 말에서 논리적으로 이어지는 진술이기라도 한 것처럼. 저기, 난 옛날에 목사가 되고 싶었어. 펜실베이니아 베저스빌에 있는 신학교에서 수업도 들었다고. 하지만 때도 장소도 나하고는 맞질 않았어.

마그릿이 별안간 활기차게 킥킥 웃는다. 저 아저씨가 사주겠다고 약속하셨던 스테이크 먹고 싶은데요.

오, 그럼! 당연하지. 스테이크 먹게 될 거야. 지금 우리가 거기로 가고 있잖니.

그의 손가락이 그녀의 손가락을 단단하고 딱 맞게, 아버지라도 되는 양 잡는다. 그의 팔이 은밀하게 미끄러지며 그녀의 허리를 감싼다. 그러자 별안간 엉거주춤 엉덩이를 부딪치며 걷는 꼴이 된다. 그의 숨소리가 들린다. 입에서 희미하게 김이 나온다. 그의 입에서 위스키 냄새와, 뭔가 농익을 대로 농익어 부패한 듯 달달한 냄새가 난다.

이제 그들은 한 번 더 골목을 돌아든다. 골목이라기보다는 건물 사이에 난 통로나 다름없는 길이 나온다. 마그릿은 정말 기이할 정도로, 설명이 안 될 정도로 고분고분 따른다. 뻣뻣하지만 유순하다. 그녀는 예전에 자기를 격렬히 끌어안아 주곤 했던 어머니를 생각하고 있다. 마치 숨을 못 쉬게 하려는 듯 키스해주고, 키스해주고, 키스해주던 어머니. 오래전 일이다. 그들이 어머니와 무척이나 조그만 딸이었던 시절. 말이 필요 없던 시절. 그녀는 아마도 머리 위 달에 있을 아버지를 생각한다. 달은 거미줄처럼 얇고 고운 구름에 가려져 있다.

칙 맬릭이 약간 화라도 난 것 같은 표정으로 그녀를 관찰한다. 몇 년만 있으면, 마그릿, 너 정말 미인이 될 거다. 세상에!

아래 카사다가 강이 보인다. 100피트 정도 떨어져 있는 것 같다. 이게 선술집으로 가는 길일까? 지름길이라도 되나? 마그릿은 소심해서 캐묻지 못한다. 두 사람은 마치 사이좋은 술꾼처럼 비틀거리며, 한때 건물이 서 있었지만 이제는 돌무더기들이 이리저리 널려 있는 땅을 걷는다.

칙 맬릭이 별안간 거칠게 입을 연다. 네 정체를 알아. 장담하지. 넌 가출한 애야.

아니에요.

너 가출했지. 그래서 경찰이 널 쫓고 있고. 왜냐하면 넌 못된 계집애니까. 안 그래?

아니에요.

아주아주 못된 계집애지. 아니냐고.

아니라고 했잖아요.

경찰이 널 잡으면 놈들은 너한테 뭔가 할 거다. 꼬마 아가씨. 칙 맬릭이 흥분해서 헐떡이며 말한다. 네 마음에 들지 않을 짓 말이야. 너도 그거 알지, 안 그래?

날 그냥 놔주는 게 좋을…….

너도 그거 알지, 안 그래?

그들이 지금 있는 곳에는 길이 없다. 소리쳐도 들어줄 사람도 없다. 좀 떨어진 다리 위에 헤드라이트들이 보인다. 차량들이 간헐적으로 흘러간다.

갑자기 마그릿이 운다. 울어도 이제는 너무 늦었다.

칙 맬릭이 부드럽게 말한다. 너처럼 못돼먹은 계집애는 말이다, 아주 틀려먹은 계집애란 말이다. 그게 너란 말이다. 아니냐? 응?

그는 강하다. 커다란 손이 그녀의 어깨를 꽉 움켜쥔다. 몸을 숙인 채 헐떡이며 그녀에게 키스하려 하고, 자기 입을 그녀 입에 문대려 든다. 혀를 써서 강제로 그녀 입을 벌리려 들자 그녀는 경악하며 저항하기 시작한다. 싸우기 시작한다. 그는 강하다. 그는 *화가 나* 있다. 몸집으로만, 몸무게로만 해도 그녀를 압도한다. 그는 그녀와 몸싸움을 벌이고 있다. 마치 이게 무슨 좀 거친 장난이라도 되는 것처럼, 그녀가 그 사실을 안다면 저항하지 않으리라는 양. 틀려먹은 계집애. 그가 말한다. 신음한다. 부드럽게. 애무하듯. 이 틀려먹은 계집애가. 그러다 목이 멘 듯한 이상한 소리를 낸다. *하아, 하아, 하아!* 그가 그녀에게 세게 몸을 기울이자 그녀는 균형을 잃고 넘어진다. 그녀는 비명을 지르려 하지만 그의 손이 그녀의 입을 막는다. *하아, 하아, 하아!* 그가 끙끙대면서 그녀의 코트를, 슬랙스를 잡아 벗긴다. 그녀는 그를 밀어내려 하지만 그는 너무 무겁다. 그의 무릎이 그녀의 허벅지 사이에 있고, 그 때문에 다리 사이가 아프다. 그가 그녀를 위에서 내려다보며 쌀쌀맞게 투덜거린다. 이럴 거야? 응? 이럴 거냐고? 대가리를 떼버릴까 보다! 네 보지 확 찢어버린다고! 그의 몸무게 때문에 그녀는 질식할 것 같다. 그의 팔뚝이 점점 더 강하게 그녀의 목을 누른다. 오 엄마 도와줘 엄마 어디 있어 도와줘. 그녀는 숨이 막힌 채 훌쩍인다. 코피가 흐른다. 피가 입으로 흘러 들어가서 넘어간다. 칙 맬릭이 그녀의 어깨까지 코트를 벗겨 내렸다. 폭스파이어 사람들 사이에서는 멋진 물건으로 간주되었던 애처로운 가짜 모피 코트. 바로 지금 그 코트 덕에 그녀의 두 팔은 구속복을 입은 것처럼 코트 소매 안에 꼼짝없이 잡혀 있다. 그는 그녀의 슬랙스도 반쯤 벗기고, 하얀 면 속옷도 끌어 내린 다음 바지를 벗는다. 그가 몸을 움직인다. 뚱뚱한 좆을 그녀에게 찔러 댄다. 마치 익사하고 있는 것처럼 마구 몸을 움직이며 꿀꿀거린다. *하아, 하아, 하아!* 그러다가…….

갑자기 그의 등 뒤에, 그의 머리 위에, 분노로 얼굴이 일그러진 렉스 새도프스키가 조용히 나타나서는, 까닥거리고 있는 그의 머리에다 뭔가를 내리친다. 정말로 세게. 두개골이 골절될 정도로 정확하게. 그는 비명 한 번 못 지른다. 그저 *한숨만* 한 번 쉰다. 그의 몸이 마그릿에게서 흘러내린다. 모래처럼 무해하게.

그렇다. 그건 예측이 불가능한 일이었다. 그렇다. 그건 위험했다.

그렇다. 우리는 재빨리 그것을 사랑했다. 내 말은, 대부분이 그랬다는 거다.

아니다. 우리는 우리의 낚시가 어떤 식으로 보도되고 있는지 알아보려고, 혹은 그 일의 특별한 성격을 고려할 때, 보도가 되고는 있는지 알아볼 요량으로 지역 신문을 읽거나 그러지는 않았다. 렉스가 뉴스를 자세히 살펴보기로 하고는 우리가 알아야 할 필요가 있는 건 전부 다 말해줬다.

그렇다. 우리는 우리 행동을 정당하다고 인식했다. 왜냐하면 정당했으니까.

그렇다. 우리는 우리가 선전포고 없는 전쟁을 하는 상태였다고 인식했다.

남자는 적이다!

폭스파이어는 타오르고 타오른다!

문제가 있었던 건 사실이다. 하지만 그건 대부분 낚시와는 상관없는 문제들이었다. 겨울에서 봄 사이에 차들이 몇 번 우리 진입로로 들어왔고, 화난 남자들이 우리 집에다, 또는 우리 집을 향해 총을 쏘기도 했다. 이를테면 아그네스 다이어의 형부 같은 남자들. 폭스파이어가 자기네 여자를 몰래 데리고 갔다고 확신했던 남자들. 카운티 보안관 부서 경관들이 조사를 하려고 두 번 찾아왔다. 자기들 미성년자 딸이 '범죄자 공동체'에서 살려고 도망간, 혹은 다시 한번, 몰래 사라지는 바람에 화가 난 부모들의 항의를 받고서. (경찰이 왔을 때 그 소녀들은 우리 부지 어디에서도 발견되지 않았다. 참 안된 일이다!)

그렇다. 우리는 얼마 지나지 않아 진짜로 매달 동시에 생리를 하게 되었다. 농가에서 같이 살았던 폭스파이어 자매들 말이다. 우리는 위층 침실 바닥에 흩어져 있는 납작한 매트리스에서 잤다. 하지만 일단 돈이 생기자 좋은 시트에 진짜 모직 담요도 장만했다. 심지어 침대보까지.

8
폭스파이어의 '최종 해결책'

폭스파이어 낚시 활동으로 보낸 그 몇 달은 전반적으로는 이판사판으로 흘러갔지만 그래도 대체로 짭짤한 수익을 거둔 시기였다. 렉스는 골똘히 생각에 잠긴 채 다음과 같이 말하곤 했는데, 진지하게 하는 소린지 아닌지 가늠을 할 수가 없었다. "알겠지만, 우리에게 필요한 건 큰 낚시 한 번이야. 최종 해결책 말이야. 이를테면 백만 달러짜리. 그러면 이 좆같은 빚을 다 갚을 수 있어. 청구서도 영원히 해결할 수 있고. 이 집을 산 다음 여기서 영원히 살 수도 있는 거야."

영원히는 렉스가 좋아했던 단어였다. 그녀의 혀에서 시원한 물처럼 흘러나오던 소리.

그러면 우리 중 하나가 이렇게 말할 테다. "오, 좋지. 백만 달러! 어떻게 할까, 백만장자라도 유괴할까?"

그러면 렉스는 크고 늘씬한 고양이처럼 몸을 쭉 펴면서, 그녀 특유의 께느른한 방식으로 웃음을 터뜨릴 것이다. "안될 거 있어?"

5부

1

"……이 세상에서도 다음 세상에서도
폭스파이어를 결코 부정하지 않겠으며……"

이제 우리는 폭스파이어의 고백 끝부분으로 다가가고 있고, 나는 이야 기를 계속 이어가기가 무척 힘들다는 사실을 깨닫는다.

끝이기 때문만은 아니다.

내가 렉스 새도프스키를 영원히 잃게 될 것이기 때문만은 아니다.

폭스파이어가 내 심장이었는데 내가 내 심장을 넘겨줘야 했기 때문만은 아니다.

매디 워츠가 자신의 피를 봉헌하여 맺었던 폭스파이어에 대한 신성한 맹세를 위반함으로써, 최고의 신의와 충성이 그녀에게 요구되었을 때 신의 있고 충성스럽게 행동하는 데 실패했기 때문이다. 그녀의 소문난 '언어 능력'이 필요했을 때, 즉 1956년 5월, 몸값을 요구하는 편지를 쓸 때, 유괴 전반을 조직하고 계획할 때, 매디 워츠가 협력을 거부했기 때문이다.

'거부'가 적절한 단어이긴 한 걸까? 어쩌면 그저 움츠리며 꽁무니를 뺀 건 아닐까?

렉스가 하는 말의 의미가 핵심을 찔렀을 때에야, 그녀는 렉스가 무슨 소리를 하고 있는 건지 깨달았다. "……린드버그 유괴 사건*은 재앙이었어. 그 유괴범, 이름이 뭐였더라, 걔는 머저리야. 그 불쌍한 애기를 죽인 거 봐. 바로 죽여버렸잖아! 목숨을 걸고 린드버그 아기를 보호해야 했을 판에! 내 이론은 말이지, 진정한 유괴범은 고결한 인간이어야 한다는 거야. 인질을 잡고 있다가 몸값을 받으면 인질은 상처 하나 없이 풀어줘야 한다고. 하지만 만약 가족이 돈을 안 낸다거나, 또는 낼 수 없어도, 어쨌든 상처 하나 없이 풀어줘야 해. 그러면 사람들에게 보여줄 수 있는 거지." 렉스가 과장된 몸짓을 하며 말했다. "의도가 선하다는 걸 말이야. *악의가 없다는 걸!*"

매디는 그녀를 빤히 바라만 보았다. 놀라서 말문이 막혔다.

"왜 그래? 너 나 보는 게 꼭…… '뭐라고?' 하는 것 같네." 렉스가 말했다. "너 이렇게 생각하고 있지? 몸값을 받건 안 받건 유괴한 사람이 풀려나다니, 그런 전략이 통할 리가 없다고. 하지만 요점은 뭐냐 하면, 당연한 건데, 이런 전략은 *딱 한 번만* 제대로 먹히기만 하면 된다는 거야. 첫 번째에만. 왜냐하면 우리가 일단 백만 달러를 손에 넣으면 두 번 그럴 일이 없을 거니까."

매디는 손끝으로 눈을 누르며 멍하니 그 말을 받아넘겼다. 한 마디도 하지 않았다.

---

* 최초의 대서양 횡단 비행으로 유명한 조종사 찰스 린드버그의 두 살 난 아들 찰스 린드버그 주니어가 1932년에 유괴되어 살해당한 사건. 독일계 미국인 목수 리처드 하우프먼이 범인으로 체포되어 사형당했지만 그는 끝까지 결백을 주장했다.

렉스가 계속 말했다. 이제 그녀는 초조해지기 시작하고 있었다. "봐봐. 아무도 *다칠* 일 없어. 아무도 죽지 않을 거고. 하지만 우리끼리만 아는 일이 될 거야. 가족이 돈을 내건, 돈을 내지 않건, 인질은 풀려날 거라니까."

그렇게 렉스는 말했다. 나를 부추겼다. 새벽 3시가 지난 시각이었고, 다른 사람들은 위층에서 자고 있었다. 렉스와 매디만 지하 저장고 구석, 바닥이 흙으로 된 동굴 같은 공간에 같이 있었다. 폭스파이어가 회의를 할 때 쓰는 장소였다.

"……마지막 단계를 미리 알고 있지 않으면, 매디, 첫 단계도 진행하지 않을 거야. 젠장, 모든 걸 다 통제할 거라고. 내내, 한 발 앞서서 미리, 알겠어? 높은 탑에서 아래를 내려다보면 다른 사람은 아무도 못 보는 걸 볼 수 있는 거랑 같은 거잖아? 알잖아?"

저장고 구석 자리는 따뜻했다. 석탄 보일러와 가까워서였다. 구세군에서 얻어 온 가구 몇 개와, 조잡하나마 돌로 된 벽이 서 있어서이기도 했다. 벽에는 밝게 빛나는 불꽃이 걸려 있었다. 빨간색 천 쪼가리들, 새틴, 실크, 심지어는 골동품이나 다름없는 구겨진 벨벳 끈까지 모아 만든 것으로, 흙이 좀 묻기는 했지만 여전히 아름다웠다. 낡은 등유 램프의 불꽃이 이 비밀스러운 공간을 비췄고, 매디는 처음으로 이 공간이, 분명 폭스파이어 자매들 모두에게도 그랬음에 틀림없었을 텐데, 그들의 비밀 장소 중 가장 귀중한 곳으로 보였다.

정말로 심장 속 심실 같아.

다만, 지금 이 순간, 매디 워츠가 자기 친구가 한 말 때문에 놀라고 실망해 있었다면, 그런 생각을 할 수가 없었을 것이다. 그녀는 평정을 유지하려 애쓰고 있었다. 등이 뻣뻣했다. 마치 얼음 조각이 척추뼈 사이에 콱 박힌 것 같았다.

349

렉스가 계속 말했다. "……넌 유괴 자체에는 참여하지 않을 거야. 나도 그럴 생각은 없어. 그 남자를 자기 집에서 데리고 나오거나, 뭐 그런 거. 여기로 데려오는 거. 총을 사용하는 거. 너는 안 해. 내 생각에 너는 그냥 계획을 짜는 것만 도와주면 돼. 너랑 내가 모든 걸 다 계산하는 거지. 몸 값 편지도 완벽하게 쓰고, 아니 어쩌면 몇 장 더 필요할지도 모르겠다. 미리 다 준비해두는 거야. 그지? 그래야 막판에 당황해서 좆될 일이 없지."

매디는 여전히 입을 열지 않았다. 말을 할 수가 없었다. *싫어,*라고 생각하고 있고 *싫어,*라고 생각하고 싶지만 감히 *오 렉스 싫어, 절대 안 돼!*라는 생각을 할 수가 없었다.

"……야, '킬러', 싫어?"

그녀가 매디의 어깨에 부드럽게 손을 얹었다. 평소처럼 거칠고 장난스러운 태도가 아니었다.

'칙 맬릭' 이후야. 그 끔찍한 밤 이후야. 나 널 두려워했던 것 같아. 네가 내 생명을 구해줬지만 난 네가 두려웠어. 네가 그놈을 어떻게 때렸는지 봤거든.

다른 사람들도 무서웠어. 내 자매들. 정말 거칠고, 광기 어린. 주먹으로, 부츠로, 놈을 때려댔어. 쇠파이프만 한 길이의 물건으로 마구 내리쳤어. 땅에서 손에 잡히는 건 아무거나 잡아채서 두드려 팼어.

오래전 웜피 삼촌 때처럼. 하지만 이번에는 훨씬 심각해.

환희에 찬 격렬한 불길이 너희들, 내 자매들을 뚫고 퍼져갔어. 하지만 날 관통하지는 못했지.

며칠 뒤 그날 너, 렉스는 내가 한 바보짓을 용서해줬지. 맞아. '칙 맬릭' (진짜 이름이 아니었어. 지갑에 있던 신분증을 보고 알았지)이 네가 날

놓칠 뻔했던 길로 데려가게 놔둔 건 치명적인 실수가 될 수 있었어. 며칠 뒤 그날, 너는 내 안에서 나도 볼 수 없었던 모습이 나오는 걸 봤어. 너는 봤어. 내가 울고 있으면서도 너, 렉스에게 감사하던 모습을. 날 용서해주고, 언제나처럼 사랑해주는 데 감사하는 모습을.

너는 옛날처럼 날 쿡 찌르며, 집적대며, 장난스러우면서도 아프게 주먹으로 내 어깨를 치며 말했지. "괜찮아, 야. 네가 폭스파이어를 떠나고 싶고, 관두고 싶다 해도, 나 이해해. 다른 사람들에게도 괜찮다고 설득할 수 있어."

하지만 참으로 가엾고도 겁먹은 매디-멍키는 그때 이렇게 말했지. 가슴이 찢어진 듯 울면서 말이야. "하지만 그럼 난 어디로 가라고?"

2
작전 I

그녀에게는 늘 과묵하고 비밀스러운 면이 있었다. 마치 부분적으로 식(蝕)이 일어난 행성 같아서, 사람들로 하여금 눈앞에 보이는 일부를 *전체*라고 믿게끔 했다. 그러니 렉스 새도프스키의 '죽음'(나는 그냥 죽음이 아니라 '죽음'이라고 한다. 왜냐하면 그녀의 시신을 강에서 건져 올린 것도 아니기 때문이다) 이후 그녀에 관해 우리가 몰랐던 사실들이, 그녀와 가장 가까운 폭스파이어 자매라고 믿었던 우리도 전혀 몰랐던 것들이 드러난 게 놀랄 일이기나 했겠나.

그러니까, 살아남은 우리 말이다. 오, 그렇다!

이를테면 오래전, 심지어 폭스파이어가 생기기도 전 시절을 회상해보면, 렉스가 소소한 선물과 향응으로 우리를 얼마나 놀라게 했는지 모른다. 우리는 그녀를 따라 영화관에도 갔고, 롤러스케이트도 여러 번 탔으며, 버스 '유람'(렉스 표현에 따르자면)을 하며 롤러코스터를 타러 갔다.

그것들은 마술사의 속임수 같은 놀라움을 안겨주었다. *아무것도 기대하지 않았던,* 게다가 지불할 것이라고는 *아무것도* 들고 가지 않은 곳에서 뭔가가 짠 나타났으니. 하지만 언제나 렉스의 비밀주의가 이 깜짝 마술과 관대함에 연관되어 있었고…… 우리는 그 관대함의 출처를 캐묻지 않았다.

"훔치는 것 같지 않냐?" 한번은 리타가 매디와 라나에게 물어본 적이 있었다. 불안함도, 심지어 가벼운 반감조차 없는, 순전히 애 같은 호기심이 어린 말투였다. 매디와 라나가 웃음을 터뜨리고는 말했다. "알고 싶으면 물어봐." 하지만 리타는 묻지 않았다. 라나와 매디도 묻지 않았다. 결코.

훗날 렉스를 알았던 사람들의 증언으로 진상이 밝혀졌다. 그들은 폭스파이어와는 하등의 관계가 없는, 그저 페어팩스 애비뉴와 옛 동네에서 렉스를 알던 사람들이었다. 그녀는 오랜 기간 동안 그들의 삶에 엮여 있었다. 쭉 같이 지내지는 않았지만, 신의를 다했다. 렉스는 번개처럼 나타났다 사라졌다 나타나곤 했다. 이를테면 그녀는 페어팩스의 한동네에 살았던, 누군가의 여동생의 시어머니였다가 이제는 미망인이 된 나이든 여성을 가끔씩 방문하러 들르곤 했다. 렉스는 그 여성에게 플라스틱 라디오를 갖다주기도 했고, 사치스러운 과일 바구니나 커다란 장미꽃 다발(공원에서 렉스가 직접 딴 게 아니었을까?)을 안겨주기도 했으며, 또는 그냥 현금으로 선물을 주기도 했다. 20달러 네 장을, 빳빳한 새 지폐로, 부엌 조리대 뒤에 눈에 안 띄게 놓아두었다. 렉스가 알고 지낸 사람들 중에는 아이들도 있었고, 젊은 부인들도 있었고, '종교인'도 있었다. 우리는 성직을 박탈당한 테리오 신부에 대해서는 알고 있었지만 생 뱅상 드 폴 초등학교에 배속되어 있던 육십 대 수녀에 대해서는 몰랐다. 수녀는 애브 새도프스키의 6촌이었고, 따라서 렉스와 '피가 섞인' 친척이었으며, 렉스는 아마도 '영적인 문제에서 그녀의 인도를 받은'(무슨 의미일까?) 듯했다. 또 다른 수녀인 자비의 성모 동정회(童貞會) 소속 메리 조셉 수녀는 몇 년 전 같이 시내버스를 탔을 때 렉스를 만난 모양이었다. 조셉 수녀 역시 자신을 렉스의 '영적인 언니'로 믿고 있었다. 비록 그녀가 렉스를 '마거릿 앤 메이슨'으로 알고 있긴 했지만.

로어타운 사람 모두가, 흑인이건 백인이건 렉스를 알았던, 혹은 얘기를 들어 알고 있었던 듯했다. 폭스파이어 갱단 소녀들의 부모들처럼 반감을 갖고 있건, 그녀가 친절하고, 관대하며, 고상한 영혼을 갖고 있었다고 옹호하건 간에 말이다. 심지어는 에이시 홀먼까지 그랬다! 하지만 렉스와 *그자* 사이에 어떤 관계가 있었는지에 대해 매디 워츠는 결코 파헤치려 들지 않았다.

(라이트닝 볼트를 구입한 뒤, 당연하게도 차에서 온갖 문제가 터져 나오기 시작했다. 몇몇 사람들은, 특히 골디가 제일 강경했는데, 자동차 값 일부를 돌려달라고 해야 하는 거 아니냐고 생각했다. 하지만 렉스가 재빨리 말했다. "안 돼. 거래는 거래야. 에이시는 환불 따위 해줄 사람이 아니라고. 이렇게 말할 걸? 누가 물건 사라면서 다른 사람 머리에 총을 겨누는 게 아니지 않느냐고. 그게 사람들이 받아들여야 하는 좆같은 자본주의 원칙 아니냐고.")

렉스 새도프스키의 인간관계 중 가장 뜻밖이었던 건, 부자 아버지를 둔 메리앤 켈로그와 맺은 우정이었다. '우정'이 잘못 쓴 단어가 아니라면 말이지만.

이 일에 대해서 진짜 아무도 몰랐다. 그러다 1955년 11월 어느 날, 우리가 올드윅의 집에서 살기 시작한 지 일주일인가 되었을 때, 렉스가 부억으로 휭하니 들어오더니 사회면이 펼쳐진 해먼드 지역신문을 탁 내려 놓으며 말한다. 목소리에 장난기가 배어 있어서 그녀가 진지한 건지 아닌지 알 수가 없다. "이 기사 보이니? '그리스 부흥 양식의 저택'. 너희들의 친애하는 벗께서 여기 손님이셨어요."

신문에 찍힌 사진은 어느 백만장자의 저택이다. 기둥이 무슨 신전 같다. 사진 설명에는 그 집이 오래된 지역 가문 켈로그 집안의 거주지라고 되어 있다. 해먼드 사람 모두가 켈로그라는 이름을 안다. 이유는 모르지만 늘 알아왔다. 알고 보니 렉스는 휘트니 켈로그 2세의 딸과 아는 사이다. 레드뱅크에서 만났던 것이다!

수감자 사이로 만난 건 아니다. 나중에 밝혀진 바에 따르면 (비록 렉스가 그래서 만난 것인 양 우리를 잠시 놀려먹기는 하지만) 켈로그의 딸이 기독교적 자비라는 사명을 띠고 *면회자*로 왔을 때 안면을 트게 된 것이다.

렉스가 우리에게 기독교 여성 자매결연 프로그램에 대해 말해준다. 교정 시설을 찾아온 면회자 여섯 명은 전부 해먼드 연합 교회 부녀회에서 나온 품위 있는 숙녀들이다. 이 면회자들께서 얼마나 순식간에 마음이 짜게 식으셨는지 모른다. 왜냐하면 레드뱅크에서 가장 괜찮은 소녀들, 렉스는 거기에 자기는 포함 안 시켰지만, 이 소녀들조차도 자기네 방문객들께서 지들은 예수 그리스도의 사랑과 그분에 대한 참된 앎으로 축복받은 반면 가엾은 레드뱅크 소녀들은 그렇지 않다고 밑도 끝도 없는 확신에 차 있는 바람에 골이 났으니 말이다.

하지만 렉스와 부자 소녀 메리앤은 오랜 친구처럼 어울렸다. 렉스가 *그렇게 되도록* 신경을 썼다.

메리앤이 그 대단한 켈로그 가문의 *구성원*이라는 사실을 알아차려서는 아니었다. 그건 나중에 알게 되었다.

이유는 이랬다. "그녀가 다른 곳에서, 마치 다른 차원에서 온 사람이란 사실을 알 수 있었거든. 나랑은 다른 세계에서. 마치 낮과 밤처럼 말이야. 쳐다만 봐도, *냄새*만 맡아도 알 수 있었다고! 말하는 방식이 사랑스럽긴 한데 참 특이했어. 그래서 알 수 있었지. 그녀가 영혼은 참 맑은 좋은 사람이란 걸. 지능도 높고. 하지만 똑똑하진 않다는 걸. 나는 절대 직설적으로 질문하지 않았어. 슬쩍 찔러보는 식으로, 권투 선수가 잽을 먹이는 것처럼 시작했지. 그녀의 말투가 부자들이 부지불식중에 내뱉는 말투임에 틀림없다는 사실을 깨달았거든. 제 손으로 돈을 번 게 아니라 그저 돈을 물려받아 성장한 부자들 있잖아. 그녀를 보니까 꼭 태평양 무슨 섬에서 탐험가들이 발견한 새 같은 거야. 날지 못하는 새. 그런 새들의 날개는 짧고 덜 자라 있어. 섬에 포유류 포식자가 있어 본 적이 없다 보니, 어, 한 수천 년 동안은 그랬겠지? 아무튼 그래서 새들이 날개가 필요 없어진 거야. 날개를 잃어버린 거지. 그러다가 새를 먹는 포유류가 나타나기라도 하면……."

렉스가 미소를 지으며 손가락을 딱딱 꺾는다.

렉스가 레드뱅크에서 풀려나고 나서, 메리앤 켈로그가 그녀를 자기 집에 방문해달라고 초대했다. 그러고는 렉스에게 메리앤 가족이 다니는 교회인 그레이스 성공회 교회 예배에 참석해보지 않겠느냐고 물었다. 렉스는 첫 번째 초대는 받아들였지만 두 번째 권유는 정중히 사양했다. 사실 렉스는 폭스파이어 자매들에게는 입도 벙긋 않고 켈로그 가문이 소유한 '그리스 부흥 양식 저택'을 여러 번 방문했다. 켈로그 부인은 만나봤지만, 강철 가공 처리 사업인가로 수백만 달러를 번 휘트니 켈로그 2세는 만나지 못했다.

다들 그 저택과 켈로그 집안에 대해 렉스에게 묻고 싶은 게 산더미 같지만 렉스는 갑자기 그 주제에 흥미를 잃는다. 그게 그녀 방식이다. 말을 중간에 뚝 끊더니 신문을 낚아채서 장작 난로에 휙 던진다. 신문이 확 타 올라 불꽃이 된다.

그러고는 공기 중에 나쁜 냄새가 나기라도 하듯 얼굴을 찌푸린다.

다음에 '켈로그'라는 이름을 우리가 듣게 된 건 6개월 뒤다.

렉스가 어느 날 밤 저녁을 먹다가 휘트니 켈로그가 우리 목표라고 알려준다. 그녀는 계산을 다 끝낸 상태다.

우리 중 누군가가, 자기가 정확히 뭘 들은 건지 확신하지 못한 채 묻는다. "'우리 목표?'"

렉스가 말한다. "우리 작전의 '미지수 엑스'지."

다른 누군가가 당황해서 묻는다. "'작전?'"

렉스가 말한다. "폭스파이어의 '최종 해결책' 말이야. 그러면 우리는 이 집을 살 수 있고, 아무도 우리더러 떠나라고 못 해. 여기서 *영원히* 살 수 있는 거라고."

그 순간, 테이블에 둘러앉아 있던 우리 모두는, 매디 워츠까지 포함하여, 그게 무슨 작전인지 알게 된다.

3
'윈드워드'

렉스 새도프스키가 처음 켈로그 저택에 손님으로 방문했을 때, 그녀는 자기가 무척 어려진 것 같은, 마치 실제 크기로 쪼그라든 것 같은 기분이 들었다. 섬뜩했다!

오감이 예민해졌고, 온몸의 신경이 고통스러울 정도로 떨리고, 곤두서며, 긴장되었다.

그렇다. 그녀는 저택에 오고 싶었고, 온갖 수를 써서 여기 왔건만, 저택에 들어가는 게 두려웠고 여길 지나치게 좋아하게 될까 겁이 났다. 하지만 분명한 건, 그녀가 이보다 더 열렬히 바랐던 일은 없었다는 사실이었다. 열한 살인가 열두 살 소녀였을 때의 그녀가 밤거리로 풀려나와(애브 새도프스키는 밖에 나갔거나, 혹은 더 나쁘게는 집에 죽치고 앉아 술을 마시고 있을 것이었다) 몇 시간이고 몇 마일이고 헤매고 다니지 않았더라면…… 그러다 마치 괴팍한 힘이 작용하기라도 한 듯 업타운의 거

358

리로 이끌려가 휘트처치 거리, 펨브록 거리, 메릿 대로의 위풍당당한 사유 저택들을 찬찬히 들여다보지 않았더라면…… 그러면서 언젠가는 신비스러운 힘을 보유한 채, 심지어는 눈에도 보이지 않는 상태로 저 집들에 들어가, 그녀가 소망했던 대로 엄청난 피해를 입히는, 혹은 그녀가 바랄 경우에는 아무런 피해도 끼치지 않는 환상에 젖지만 않았더라면, 그런 바람도 없었을 텐데.

그럼에도 그녀는 그 집에 초대를 받아 들어간다는 공상은 해본 적이 없었다. 초대를 받자 렉스는 어설픈 모습을 보이며 말이 없어졌다. 마치 영화에서 남자가 문을 두드리자 아름다운 소녀가 대답을 하는데, 남자는 그녀에게 사랑한다 말하려고 거기 나타난 것 같은 상황이었다.

하지만 메리앤 켈로그 역시 긴장하기는 마찬가지였다. 검지로 머리카락을 꼬아대고 혀로 입술을 계속 핥아댔으니. 그걸 보고 있자니 도움이 되었다. 둘 중 오직 한 사람만, 뭘 걱정하건 간에, 걱정하면 된다는 게 렉스의 생각이었다.

그러면 침입자/포식자가 유리한 거지.

그 집, 휘트니 켈로그 주니어 부부 소유의 '그리스 부흥 양식 저택'은 젤리프 플레이스 8번지, 카사다가 강이 내려다보이는 나무가 우거진 절벽 위에 지어져 있었다. 엷은 분홍빛 석회암에, 대리석, 하얗게 칠한 벽돌, 다른 세상에 속한 듯 경건한 느낌을 주는 도리아 양식의 커다란 기둥 네 개로 지은 이 집은 렉스 새도프스키가 그간 가봤던 어떤 집과도 달랐다. 그건 그저 까다롭게 다듬어진 널찍한 잔디 때문만도, 저택 주변을 완벽하게 둘러싸고 있는 10피트 높이의 연철 울타리 때문만도, 혹은 신(新) 그리스 양식의 가구와 장식들이 매와 같은 렉스의 눈을 부시게 했다는 사실 때문만도 아니었다. 참으로 기묘하게도, 그건 저택의 이름 때문이었다.

6인치짜리 황동 글자로 대문 기둥 중 하나에 자랑스레 선언하듯 붙어 있던 이름. '윈드워드'*.

첫 방문에서 렉스는 기독교적 신앙심과 관련이 없는 화젯거리를 찾고자, 또한 당혹스럽게 레드뱅크를 들먹이는 사태를 피하고자 애쓰면서, 저택 이름에 대해 물어봤다. 저택 이름이 궁금하다니, 얼마나 순진하고 얼마나 아이 같은가! 메리앤 켈로그의 상냥한 눈에는 이 소년원 출신 소녀가 진심으로 *교화되길* 바라고 있는 듯 보였다. (렉스는 방문을 위해 옷을 잘 차려 입었다. 폭스파이어 자매 중 하나가 평소에는 때가 끼고 울퉁불퉁했던 그녀의 손톱을 다듬어주었다. 목에는 가느다란 금 목걸이를 둘렀는데, 목걸이에는 출처가 불분명한 작은 금 십자가가 걸려 있었다.) 메리앤 켈로그는 기분 좋게 질문에 대답하면서 자기 가문에 전해 내려오는 이야기를 들려주었다. 전수받은, 따라서 참으로 편안한 이야기인지라, 그녀는 이 얘기를 하는 걸 심지어 즐기기까지 했고, 이야기 중에 미국 부유층이 갖고 있는 적당히 용서해줄 만한 허세를 슬쩍 비웃고 놀려먹는 법도 알았다.

"……그래서 '윈드워드'는 에딘버러 근처에 있는 그 성 이름에서 따 온 거야. 사실 이름이야 그냥 이름이지 뭐. 아빠 쪽 가계 때문에 붙인 거라는데 내 생각엔 그렇게 가깝지도 않거든. 하지만 사람들이 이 집을 보통 '바람방향'이라고 불렀어. 왜냐하면 여기가 진짜 바람이 많이 불어와서 겨울에는 무지 춥거든. 오, 넌 상상도 안 될 거야, 마거릿. 여기 얼마나 추운지. 가끔은 있잖아……."

* windward. 바람이 불어오는 방향.

메리앤 켈로그가 몸을 부르르 떨었다. 마치 바람이 지금 이 순간 그녀에게 들이닥쳐 불고 있기라도 하듯.

이거 무슨 암호 같은 건가? 부잣집 딸께서는 따뜻하게 차려입고 있었다. 하얀색 예쁜 캐시미어 스웨터에 작은 끈과 버클로 장식된 주름 잡힌 격자무늬 타탄 스커트를 입고 하얀 리본이 달린 니삭스를 신고 있었는데도 몸을 떨어댔고, 그제야 렉스 새도프스키는 이해가 갔다. 인생 대부분을 슬럼 같은 로어타운 해먼드에서 살아온 여자는, 누군가의 아버지가 그 누군가의 아버지의 아버지에게서 카사다가 강 위 언덕 높은 곳, 온타리오 호수와 온타리오 호수 넘어 캐나다에서 불어오는 바람이 어떤 방해물도 없이 휘몰아칠 수 있는 탁 트인 장소에 서 있는 대저택을 물려받았다는 사실에 대해 소녀다운 안타까움을 재깍재깍 드러내어 보여주어야 한다는 것을.

좆까. 렉스가 생각했다.

"오, 상상이 갈 것 같아요!" 마거릿이 눈을 휘둥그레 뜨고 목에 걸린 십자가를 손으로 꼭 쥐며 외쳤다.

지금껏 켈로그 저택 1층 정면 거실에, 이렇게 눈에 띄게, 이렇게 애처로울 정도로 *교화된* 레드뱅크 출신 소녀가 앉았던 적이 있었을까?

메리앤 켈로그는 계속 재잘거렸다. 사람들 말로는 자매결연 프로그램이 대단한 성공이었다고 하더라며 신나게 이야기했다. 교회 모임과 자기 여자 친구들에 대해서도 신나게 떠들어댔다. 카사다가 여대에서 라틴어와 프랑스어를 공부한다고 신나게 이야기했다. 자기 어머니와 아버지는 소녀들, 그러니까 여성들이 받을 교육이 있다고 믿는다며 신나게 이야기했다. 간접적으로라도 레드뱅크 이야기를 피하는 게 정말 까다로운 일인데도 메리앤은 *시설*이라는 단어를 사용함으로써 곤란한 상황을 모면했다. "있잖아, 마거릿, 시설에서 만난 애들 중에 누구하고든 계속 연락하고 있니?" 마거릿은 놀라고 힐난하는 기색을 아주 살짝 드러내면서 조용히 대답했다. "오! 그 사람들 우리가 연락하는 걸 원치 않아요. 특히 언니는 *그 안에* 있는 애들에게 면회도 편지도 하면 안 되고요."

"오, 미안해. 난 몰랐어." 메리앤은 그렇게 말하며 얼굴이 빨개지더니 코에 걸린 분홍색 플라스틱 안경의 위치를 조정했다.

이 대화가 있고 난 직후 켈로그 부인이 방으로 들어왔고, 그녀는 '마거릿' 얘기를 정말 많이 들었다며 꼭 만나고 싶었다고 힘주어 말했다. 그래서 어색한 순간이 지나갔다.

켈로그 부인은 서양 배 같은 몸매를 한, 안절부절못하는 사십 대 중반의 여성이었다. 자기 딸처럼 피부가 희었지만 보다 진하게, 심지어는 조잡하다고 할 정도로 화장을 했고, 은빛이 감도는 갈색 머리는 공들여 만져 놓았다. 집에서 보내는 평일이었는데도, 그녀는 아주 인상적인 검정색 울 차림에 햇살 모양의 금 귀걸이를 포함한 보석들을 주렁주렁 걸치고 있었다. 그날 방문 시간의 나머지는 켈로그 부인의 상냥하고 활기찬 잡담으로 이루어졌고, 가장 성공적으로 *교화된* 소년원 출신 소녀 마거릿은 부인의 말을 진지하고 공손하게 경청했으며, 소녀다운 관심, 감탄, 호기심, 놀라움, 동의를 담은 적절한 단어를 중얼거렸다. 오, 그런가요? 오, 정말요? 어머나! 마거릿은 허리를 편 채 새침하게 앉아 있었다. 좁은 어깨를 뒤로 빼고 턱은 들어 올렸지만 너무 높이 들지는 않았다. 입술은 꼭 다문 채 경청하듯 희미한 미소를 지었다. 딱 맞는 깔끔한 회색 스커트, 흰색과 회색 줄무늬가 그려진 블라우스와 스타킹, 굽 낮은 에나멜가죽 구두 차림이었다. 마치 주일에 입는 것처럼.

켈로그 부인이 재잘거리는 동안 렉스는 어머니에서 딸로, 딸에서 어머니로 시선을 옮겼다. 그들이 부러운 걸까? 오, 하지만 왜? 그녀는 그런 수선스럽고 정 많은 늙은 여자가 *자기*를 이리저리 살펴보는 것 따위 신경도 안 쓸 터였다.

부자 남자의 부인, 부자 남자의 딸. 계급의 적. 그게 그들이었다. 자기들이 그런 존재라는 걸 다들 아무것도 몰랐다. 짐작도 못 했다.

세 사람은 가파른 경사를 이루는 지대가 보이는 아름다운 팔각형 방에 앉아 있었다. 참으로 조용했다. 지나치게 조용해서 *속마음이 들리는 바람에 환장할 정도였다.* 물건 보는 훈련이 안 돼 있는 렉스의 눈에 가구는 굴곡이 많고 투박해 보였다. 저걸 골동품이라 하는가 보다고 렉스는 짐작했다. 말인즉슨, 오래되고 비싼 것. 무척이나 구불구불 깎인 나무. 벨벳, 실크, 양단. 테이블 위의 꽃병과 작은 조각상. 물건이 차고 넘쳤다. 의자들 위에는 익살맞게 새긴 발 모양 조각들이 놓여 있었다. 부채꼴 모양 발, 소용돌이무늬 발, 집게발, 발톱 달린 발, 심지어는 *갈라진 굽이 달린 발까지.* 켈로그 부인 옆에 놓인 대리석 상판을 댄 테이블에는 섬세한 빨강과 파랑, 보라색으로 채색된, 마치 진짜 햇살처럼 사방으로 쫙 퍼져 있는 커다란 스테인드글라스 갓을 올린 세라믹 램프가 놓여 있었는데, 켈로그 부인이 마거릿에게 자랑스럽게 알려준 바에 따르면 '진품' 티파니 램프였다. 바로 옆에 있는 건 납작하고 넓은 장식용 상자로, 대리석과 반질반질한 나무 재질에 지그재그로 선이 그어져 있고 작은 두상 조각이 붙어 있었다. 켈로그 부인이 알려준 바에 따르면 이집트 부흥 양식의 물건으로 올버니에 있는 중고 가구점에서 발견했는데, 물건의 가치에 비하면 정말 싸게 샀다고 했다.

물론, 이 물건들은 정말로 아름다웠다. 설사 이것들이 싫어도, 이 물건들에 담긴 사상이 싫어도, 아름다운 물건들이었다.

하지만 가구 광택제와 마룻바닥용 왁스의 강한 냄새가 모든 것에 배어 있었다. 렉스는 쪽모이 세공을 한 마룻바닥의 은은한 광택을 바라보면서 바닥을 저런 상태로 만들기 위해 누군가가 무릎을 꿇은 채 엎드려서 얼마나 왁스칠을 해야 했을지 생각했다.

레드뱅크에서는 소녀들을 늘 쉴 새 없이 닦달했다. 특히 바닥 청소를 자주 시켰다. 광택제가 필요한 곳을 쓸고, 닦고, 문지르고, 윤을 냈다. 먼지가 앉을 틈도 없이 청소를 해놓자는 생각이었다.

켈로그 부인이 말을 멈추고는 반지를 낀 손을 목에 갖다 댔다. 그녀는 해먼드 연합 교회 부녀회 이야기를 하던 중이었다. 그녀는 겸손한 말투로 자기가 부녀회 임원이라고 말했고, 켈로그 씨―'휘트니'―와, 그가 지역 청년 봉사단체와 함께 하는 일에 대해서도 이야기했다. 그녀는 마거릿에게 미래를 위해 마거릿이 세운 계획이 무엇인지 물었는데, 그 '미래를 위한 계획'이라는 표현을 마치 무척 심각하지만 존중할 만한 가치가 있는 질병이라도 되는 양 또박또박 발음했다. 마거릿은 두 손은 손가락 마디를 맞물려 잡은 채 무릎에 올려놓고 두 눈은 신중하게 내리깐 채, 자기가 생각했던, 아니 생각하고 있는 건 일을 하면서 언젠가 충분한 돈이 모이면 실업학교에 가는 거라고 조용조용 대답했다.

"지금 무슨 일을 하지, 마거릿?" 켈로그 부인이 물었다.

"판매원 일을 해요. '크레스기'에서요."

"아, 메인 스트리트에 있는 거기? 우리 거기 단골인데, 그렇지, 메리 앤? 우리가 '크레스기'에서 파는 물건들, 그러니까, 어, 실하고…… 단추하고, *좋아하거든.*"

"제가 다니는 데는 울워스 백화점에 있는 '크레스기' 매장이에요. 마운트 가 아래요."

"일은 만족스럽니, 마거릿? 아니면 그냥 일이니까 하는 거니?"

마거릿은 마치 일에 대한 그런 개념이 자기에게는 새로운 것인 양 눈썹을 찌푸리며 생각에 잠겼다.

그녀가 대답하지 않자 켈로그 부인이 감정에 북받쳐 입을 열었다. 뺨이 그녀의 딸 뺨처럼 발그레하게 달아올랐고 눈에는 선한 의도가 빛났다. "저기, 마거릿, 애야, 우리 제안을 승낙해주면 좋겠는데, 그러니까, 휘트니와 내가, 네 진학을 도와주면 어떨까 싶어. 하나 아니면 두 개 정도, 그러니까, 과정을 밟는 거지. 유용한 직업 과정 말이야. 실업학교는 정말 좋은 생각이야! 여기 해먼드에도 정말 좋은 학교가 있거든. 내가 알기로 휘트니가 그 학교에서 몇 년 동안 사람을 많이 고용했단다. 비서, 문서 계원, 속기사, 어, 내가 다는 모르긴 하는데, 경리였나? 그이가 거기 좋은 학교래."

자기 집 손님의 얼굴에 떠오른 알 수 없는 표정을 보자 켈로그 부인이 잠시 말을 멈추고는 머뭇머뭇 덧붙였다. "좋은 생각일 텐데, 마거릿, 그렇지 않니? 네 미래를 위해?"

마거릿이 예의 바르고 신중한 미소를 지으며 말했다. "음, 자선이 아니라면요. 그러니까 제 말은, 대출을 해주시는 거라면요." 그 말을 한 게 렉스가 아니었다면 켈로그 부인과 딸은 화들짝 놀랐을 것이다.

자기들을 모욕하지 않으면서도 한 방 먹인 셈이었으니까.

윈드워드 저택을 떠나기 전 렉스는 손님용 화장실 한 곳을 사용했다. 화장실 표면에는 바둑판 모양으로 녹색을 띤 노란색 타일을 붙여놓았고, 비품은 흠 하나 없이 반짝거렸으며, 티크 목재 틀에 들어간 변기는 물이 하도 조용히 내려가고 정말 부드럽게 휘휘 돌아서, 렉스는 처음에는 변기 물이 하나도 안 내려간 줄 알고 걱정했을 정도였다. 자개로 틀을 짠 거울에 둥실 떠 있는 그녀의 얼굴은 짜증 날 정도로 창백하고 공허했다. 왼쪽 눈의 작은 핏빛 반점이 눈물처럼 반짝였다. 그녀는 찾아올 때와 마찬가지로 소녀 같은 스타일로 머리를 빗었다. 이마를 가로질러 비스듬히 머리를 넘겨 귀를 덮었다. 그러자 그리 억세 보이지도, 딱히 남자처럼 보이지도 않았다. 하지만 그녀의 시선은 강철처럼 싸늘했고, 눈에는 조롱기가 희미하게 깃들어 있었다. 높고 평평하고 각진 광대뼈. "음, 좆까, *너희들.*" 그녀가 속삭였다.

그렇다. 그녀는 실망했다. 부자의 아내와 부자의 딸이 어쨌거나 그녀를 제압해버렸다.

그날 그녀는 켈로그 가문 사람들에게 돈을 뜯어낼 생각이 전혀 없었다. 진짜였다. 그들에게 자선 따위 원하지도 않았다. 그들뿐 아니라 누구에게도. 심지어 해먼드 실업학교에 입학하기 위해 대출을 받고 싶지는 더더욱 않았다. *해먼드 실업학교라고! 렉스 새도프스키가!*

켈로그 가문 사람을 납치해 몸값을 받아낼 가능성에 대해서는, 부재중인 휘트니 켈로그 2세는 고사하고라도, 아무 생각도 떠오르지 않았다. 뭔가 떠올랐더라도 정신 나간 생각이라며 퇴짜를 놓았을 것이었다.

그녀는 가리비 모양의 조그만 금 제품을 슬쩍 챙겼다. 재떨이인가?—아니면 사탕 접시?—그녀의 손이 복도에 놓인 테이블 위를 슥 스쳤다. 그녀는 미소를 지으면서 이 기독교인들이 자기를 최소한 한 번은 더 초대해야 한다는 의무감을 느낄지 생각해보았다. 그녀를 의심하지 않는다는 걸 보여주고자 말이다.

한 달 뒤 두 번째 방문했을 때 켈로그 부인은 집에 없었다. "엄마는 병원 자원봉사 모임에 나가셨어." 메리앤 켈로그가 달콤하면서도 불안한 미소를 지으며 기대에 찬 눈빛으로 말했다. 렉스는 그녀가 근본이 착한 사람이라는 사실을 알아차렸다. 그녀 아버지가 노조를 싫어하기로 유명한 부유한 자본주의자라는 게 그녀 잘못은 아닐 테다. 어쩌면 언젠가 메리앤이 자기 배경을 거부하고 폭스파이어와 같이 살려고 찾아올지도 모를 일이다.

참으로 굉장한 쿠데타겠지. 렉스는 꿈꾸듯 생각했다. 부잣집 딸을 갱단에 데려오다!

하지만 켈로그 저택에서 정문 현관으로 들어가며 집 안 공기를 호흡하자, 렉스 새도프스키는 어려진 느낌이 들었다. 다른 어떤 곳에서도 못 느끼는 기분이었다. 육체적으로 작아지고, 근육도 약해진 듯했다. 팔과 다리가 소아마비 환자처럼 위축되었다.

그녀는 방문용 복장으로 폭스파이어 자매 중 하나가 정성 들여 세탁하고 다려준 면 블라우스를 입었다. 그래, 신발은 빌어먹을 똑같은 걸 신었다. 스타킹도. 렉스가 스타킹을 얼마나 혐오했는지 모른다! 가터벨트도! 그딴 여성스러운 용품들! 포니테일로 묶은 머리가 대롱대롱 흔들리고 있는 메리앤 켈로그는 버뮤다식 반바지에 풀오버 셔츠, 하얀 발목 양말과 스니커즈 차림이었다.

두 번째 윈드워드 방문은 첫 번째와는 분위기가 사뭇 달랐다. 마치 중간에 두 소녀 사이에 무언가가 일어난 것 같았다. 메리앤은 명랑하게 키들거리면서도 수줍어했고, 한편으로는 뭔가 자극을 받은 것 같았다. 그녀는 자기 친구 마거릿을 데리고 저택 구내를 구경시켜주면서 엄마의 장미 정원을, 엄마의 '하얀 꽃으로만 꾸민' 정원을, 엄마의 클레마티스 덩굴 정원을 자랑스럽게 보여주었다. (장미 정원에서는 등 굽은 반백의 흑인이 흙을 갈고 있다가 고개를 들어 미소를 지으며 "안녕하세요, 켈로그 양."이라고 웅얼거렸다. 그래, 대체 장미 정원에 엄마만의 노력은 얼마나 들어간 것이었을까?) 마구간이 있던 자리 뒤편 언덕에는 메리앤의 정원, 그녀의 표현에 따르면 '승리의 정원'이 있었는데, 정원은 가로세로 20피트와 25피트짜리 땅뙈기로 토마토 묘목이 말뚝을 휘감아 오르며 자라고 있었고, 줄줄이 심어진 당근, 칸탈루프, 그린빈은 마치 그물망 모양으로 퍼진 포도 덩굴처럼 풍성했다. "아빠가 제일 좋아하는 채소는 그린빈이야." 메리앤이 마치 친구에게 비밀 얘기라도 하듯 말했다. "생으로 드시는 거 좋아하셔서. 가끔 여기 오셔서는 시가를 피우면서 줄기를 뽑아 드신다니까."

마거릿이 말했다. "우리 아버지도 그러셨어요. 그러니까, 생전에요."

메리앤이 말했다. "아버지께서 전사하셨다고 그랬지?"

"그랬을 거예요. 시신은 찾지 못했고요."

"그리고…… 어머니께서는…… 네 말로는……."

마거릿이 뭔가 애매한 말을 슬픈 듯 웅얼거렸다.

메리앤이 그 주제를 피하며 머뭇머뭇 말했다. "정말…… 힘들었겠다. 예수님께서는 우리에게 시험을 주셔. 그분에 대한 우리 믿음을 보이기 위한 시험인 거지."

마거릿은 손가락으로 머리를 이마 뒤로 휙 빗어 넘겼다. 머리가 귀 뒤로 넘어갔다. 그녀가 불꽃처럼 환한 미소를 지으며 하얀 이빨을 드러내고 눈웃음을 생긋 치자 부잣집 딸이 놀랐다. "아니에요. 힘들긴요. 그분께서 늘 마음속에 계시다면 *쉬운 일이죠.*"

정원 다음에 메리앤은 마거릿에게 저택 2층에 있는 자기 방을 보여주었다. 분홍색, 진홍색, 캔디 케인* 줄무늬로 가득한, 머릿속에서 상상할 수 있는 가장 예쁜 방이었다. 기둥 네 개에 둘러싸인 덮개 달린 침대에는 자수를 놓은 베갯잇으로 감싼 구식 베개들이 쌓여 있었는데, 베갯잇의 자수는 로어타운에 사는 나이 든 여자들, 여전히 영어보다는 체코어, 폴란드어, 헝가리어, 독일어를 선호하는 이민 여성들이 종종 수놓는 무늬였다. 렉스는 순간 혼란스러워지면서 설명할 수 없는 분노에 사로잡혔다. *가난한 사람들이 만든 섬세한 수공예품이, 소모되고 고갈된 그들의 영혼이, 노예 노동이, 노예나 다름없는 저임금 노동이, 결국 부자들의 소유물이라는 피할 수 없는 귀결로 끝이 나고야 말다니.* 그건 그녀 내부에서 말하는 테리오 신부의 목소리이자 렉스 자신의 목소리이기도 했다. 그렇다. 그녀도 그게 이치에 닿지 않는 목소리라는 건 알았다. 왜냐하면 이 아름다운 수제품은 한가로운 부잣집 숙녀들께서 본인들의 즐거움을 위해 직접 만든 것일 공산이 컸으니까. 그렇다면 뭐 어쩌겠는가?

노동자가 기꺼이, 심지어는 열성적으로 자기 노동력을 판다면, 수없이 많은 천년이 지나도 인간의 탐욕스러운 영혼을 바꾸기 위해 아무것도 행해지지 않는다면, 뭐 어쩌겠는가?

하얀 침실용 장롱 맨 위에는 금박을 입힌 액자에 넣은 사진이 무척 많이 있었는데, 렉스의 눈에는 충격적인 모습이었다. 켈로그 가문 사람들이 이렇게 많을 수 있단 말인가? 이게 다 친척들이라고? 이 사람들 모두가 메리앤 켈로그의 마음에 소중하게 자리 잡은 남자, 여자, 어린이들이라고? 메리앤이 자기 엄마, 아빠, 그리고 꼬마 시절 자기 모습이 찍힌 사진을 자랑스레 가리켰다. 그런 다음 할머니 켈로그와 할아버지 켈로그를 가리켰다. 그다음에는 크룸 할머니와 크룸 할아버지, 그다음에는 마틸다 이모와 사이먼 삼촌, 그다음에는 에피 이모와 스티븐 삼촌, 그다음

* 빨강과 하양 줄무늬가 나 있는 지팡이 모양의 막대사탕. 크리스마스의 상징이다.

에는 사촌인 질, 에단, 메이슨, 보의 사진을 가리켰다. 여기에는 열 살 때의 메리앤과 엄마를 찍은 인물사진도 있었고, 또 저기에는—이 사진에는 렉스가 진심으로 관심을 보였다—아빠의 인물사진이 있었다. 사진 속 남자는 정력이 넘쳐 보이는 두상에 머리가 거의 다 벗겨진 남자로, 보조개가 파인 묘한 미소를 활짝 짓고 있었으며, 단추처럼 반짝이는 원기 왕성한 눈빛은 사진 표면을 뚫고 나올 것 같았다. 휘트니 켈로그 2세! "아빠가 잘생기지는 않았지?" 메리앤이 물었다. "그러니까, 자기 나름으론 멋지다고."

마거릿, 가장 성공적으로 교화된 이 소년원 출신 소녀는 사진관에서 보기 좋게 매만진 그 인물사진을 오랫동안 감탄하는 눈길로 엄숙하게 바라보았다. 그러고는 부드럽게 말했다. "오, 정말 그래요! 영혼이 들어 있는 사진이에요. 눈에 광채가 도는 걸 봐요."

"내가 생각이 하나 있는데, 마거릿." 메리앤이 신이 난 듯 말했다. 스무 살 여자라기보다는 열 살짜리 소녀 같았다. "다음 일요일에 우리 교회에 같이 가지 않을래? 아빠가 널 만나보고 싶어 하실 게 분명해."

"다음 일요일요? 그날은 플래츠버그에 계신 할머니를 뵈어야 해서요." 렉스가 본능적으로 재빨리 말했다. 그녀는 자기가 휘트니 켈로그 2세를 만나기는 해야 할 거라고 생각했다. 적을 알아야 하니까. 하지만 또 한편으로는 만나고 싶지 않았다. 꽤 많이. 하긴 그 부자의 사진을 찬찬히 뜯어보고 있는 동안에도, 그날 그녀는 그에게서 직접, 또는 그를 이용하여 돈을 뜯어내겠다는 과격한 생각이 전혀 들지 않았을 뿐더러 그 남자를 만나고 싶다는 소망도 생기질 않았다.

"그럼 그다음 일요일은 괜찮을까?" 메리앤이 물었다.

마거릿이 확신할 수 없다는 듯 대답했다. "아마도요."

그다음에 메리앤이 보여준 곳은 옛 시대의 골동품을 사치스럽게 비치하고 있는 손님방이었다. 그다음에는 엄마의 '재봉실'을 보여주었고, 그러고 나서는 발코니를 보여주었다. 프렌치 도어*가 달린 발코니 너머로 잔디밭 가장자리와, 상록수 관목 사이로 뚫린, 강까지 이어져 내려가는 탁 트인 길 모양의 땅이 보였다. 어리석고 가난한 소녀인 마거릿이 순진하게 말했다. "숲이 저런 모양으로 자라다니 정말 운이 좋지 않나요? 강물이 바로 보이잖아요." 그러자 메리앤은 당황하여 어쩔 수 없이 설명을 했다. "오, 아냐. 아빠가 나무를 저렇게 베어내서 다듬으신 거야. '경치' 때문에."

긴 복도 맨 끝에, 메리앤의 표현을 빌자면 켈로그 집안 어른들의 구역이 있었다. "엄마와 아빠의 개인 별실이서. 내가 안 들어왔으면 좋겠다고 하시는 곳이야." 마거릿이 호기심 어린 표정으로 말했다. "그러니까 부모님 침실을 볼 수 없다는 건가요?" 메리앤이 말했다. "그분들 별실이니까. 나야 수 백 번도 더 봤지. 그래도 알겠지만 그분들 사적인 공간이잖아. 내 방이 사적인 공간인 거랑 같지."

마거릿은 메리앤의 지극히 합리적인 설명이 전혀 귀에 안 들어온 듯 계속 걸었다.

바람처럼 경쾌하게, 긴 다리로, 짧게 친 잿빛 금발을 귀 뒤로 넘긴 채.

메리앤이 그녀 뒤를 따라왔다. "마거릿? 어디 가니?"

"그냥 여기서 좀 더 가보려고요."

"오, 하지만, 내가 말했잖니. 여기는 엄마와 아빠의 사적인 별실이고, 그분들께서는……."

---

* 경첩에 의해 좌우로 열리는 두 짝 유리문.

"하지만 지금 집에 안 계시잖아요, 그렇죠?"

"그렇지. 하지만······."

"집에 *계신가요?*"

"하지만······."

마거릿 새도프스키가 대담하게 문을 열고 안으로 들어갔다.

정말로 갑작스럽게, 진짜 완전히 그녀의 분위기가 바뀌는 바람에 메리앤 켈로그는 이 상황에 대해 대응은커녕 제대로 파악도 할 수가 없었다. 곱게 자란 소녀가 어떻게 이런 상황에서 손님을 강제로 멈추게 할 수 있단 말인가? 도와달라고 소리라도 지르라고?

그때 메리앤의 머릿속에는 가리비 모양의 금 접시를 잃어버린 일이 떠올랐을지도 몰랐다. 수수께끼처럼 사라진 접시.

켈로그 집안 어른들의 별실은 숙녀용 드레싱 룸이 딸린 일종의 곁방과 욕실, 공기를 불어 넣은 커다란 침대를 포함하여 그리스 부흥 양식 시기의 물건들이 우아한 균형을 이루며 비치되어 있는 침실, 신사용 드레싱 룸으로 구성되어 있었다. 한쪽 벽 전체가 벽장이었고, 벽장에 달린 여러 개의 문이 반쯤 열려 있는 게 마치 하녀가 정리를 하다 만 것 같았다.

메리앤은 감히 침입자의 팔을 잡을 엄두는 내지도 못한 채 애걸하듯 말하고 있었다. "오, 얘, 오, 마거릿, 우리 나가는 게 좋겠어. 엄마가 아시면 진짜 화내실 거야······."

켈로그 씨의 벽장을 뒤지고 있는 마거릿의 귀에는 그 말이 안 들리는 모양이었다. 그녀는 벽장 중 하나에 어두운 색조의 모직 정장과 트위드가 가득 찬 걸 발견하고는 감탄을 금치 못했다. 다른 벽장에는 그보다 밝은 색조의 정장과 트위드로 꽉 차 있었다. 또 다른 벽장은 깔끔하게 갠 스웨터와 셔츠를 투명한 비닐봉투에 집어넣어 정리한 선반으로 구성되어 있었고, 또 다른 벽장에는 신발—예복용 구두, 스포츠용 신발, 슬리퍼—이 짝을 맞춰 줄지어 정리되어 있었다. 또 다른 벽장에는 넥타이가 있었는데, 밝은색에서 어두운색까지 아우르는 다양한 넥타이가 걸려 있었다. 이렇게 많다니! 게다가 품질은 또 어떻고!

"오, 마거릿, *제발.*"

벽장 중 하나에 높이 설치된 선반 맨 위에 유행이 지난 듯 보이는 모자 십수 개가 놓여 있었다. 골프 모자, 페도라, 딱딱한 밀짚모자, 검정색 중절모. 마거릿이 검지로 중절모를 낚아챈 뒤 한 번 뱅그르르 돌리고는 미소를 지으며 매끈한 금발머리 위에 씌운 뒤 거울로 가 거기 비친 모습을 자세히 보았다. 모자는 그녀 머리에 컸지만 맵시는 있었다. 그래, 멋지네.

거울은 전신거울이었고, 방 저편에 있는 프렌치 도어 한 쌍에서 들어오는 빛을 붙잡아 마거릿의 얼굴에 흩뿌리고 있었다. 높고 평평한 광대뼈와, 두 눈에도. 그 눈이 거울 속에서 메리앤 켈로그의 눈을 찾고 있었다.

메리앤이 아이 같은 두려움과 즐거움에 차 두 손으로 입을 막았다. 그녀가 작게 비명을 질렀다. "오, 마거릿! 어머나!"

마거릿이 장난스럽게 몸을 돌려 그녀에게 껑충 뛰어왔다. 겁을 주려고 손뼉을 치면서. "아빠가 널 잡을 거란다, 얘야, 조심해, 아빠가 널 잡을 거란다!"

메리앤이 뒤로 비틀거리며 물러서다가 큰 뱀처럼 침대를 가로질러 장식해 놓은 길쭉한 깃털 쿠션에 발 한쪽이 빠지면서 걸음이 꼬였다. 그녀는 간지럼이라도 탄 듯 깍깍거리며 크게 웃음을 터뜨리고는 옆방으로 달아났고, 검정색 중절모를 한쪽 눈을 가리도록 비딱하고 익살맞게 쓴 마거릿이 그녀를 쫓아가다가 고풍스러운 체리나무 의자에 걸리는 바람에 술 취한 것처럼 비틀거렸다. 가족사진을 올려놓았던 테이블이 뒤집혀 넘어졌고, 하녀의 경악에 찬 둥그런 얼굴이 문간에 풍선처럼 떠올랐지만, 소녀들 중 누구도 거기에 손톱만큼도 주의를 기울이지 않았으며, 둘 다 하녀의 얼굴은 보지도 못했다. 한편 메리앤은 도망가면서 계속 깩깩거리고 있었고, 무자비한 마거릿은 그녀를 쫓으며 씩 웃고 있었다. 그들은 옷을 갈아입고 화장을 하는 용도로 만든 벽감에서 시끄럽게 뛰어다녔는데, 거기는 다른 곳으로 빠져나갈 길이 없었다. 장밋빛 색조가 감도는 거울들이 앞을 딱 막아서고 있는, 안에 가득한 여성스러운 향기 — 텔컴파우더, 향수, 핸드로션, 헤어스프레이, 탈취제 — 로 인해 공기가 모두 빠져나간 주머니 같은 곳이었다. 중절모를 쓴 마거릿이 포니테일 머리를 한 메리앤을 과감히 붙잡은 뒤 허리를 거칠게 껴안고 키스를 하는 시늉을 하며 웃다가 균형을 잃고 발을 헛디디는 바람에 *진짜로* 키스를 해 버렸고, 그래서 아무튼 마거릿의 입술과 그 입술 뒤에 있는 딱딱하고 축축한 이빨이 저항하는 메리앤의 입을 강제로 짓찧게 되어버렸다.

　"내가 말했지, 응? 아빠가 널 잡을 거라고!"

4
교란 전술

시간의 기묘함. 시간의 기묘함은 시간이 흐른다는 사실에, 마치 끝도 보이지 않고 시작점도 잊어버린 터널처럼 영원해 보일 수 있는 그런 흐름이 이어진다는 데 있지 않다. 시간의 기묘함은 돌연한 깨달음 속에 존재한다. 무언가 유한한 것, 시간의 한 조각이 지나가 *버렸고*, 그건 결코 돌이킬 수 없다는 깨달음.

노트. 고백. 1956년 봄의 일은 파편 같은 글 쪼가리와 괴발개발 끼적인 낙서뿐이다. 시작은 하고 있는데 작가가 중간에 의욕을 잃거나 방해라도 받은 것처럼 갑자기 중단되는 항목들…… 그리고 편지들. 렉스 *너와 폭스파이어를 실망시킨 걸 제발 용서해줘*로 시작해서 *렉스 제발 그건 하지 마. 난 네가 용감하다는 것도 알고 우리에게 제일 좋은 것만을 원한다는 사실도 알아. 하지만 유괴는 장난이 아니야 그건 사형당할 수도 있*

는 중범죄라고로 끝나는 편지들. 당연히 우편으로 부친 적도 없고, 심지어는 다 쓰지도 않은 편지들.

무엇이 일어났고 그 뒤에 숨은 동기는 무엇인지에 대한 연대기에 관해. 매디 워츠, 올드윅의 집에서 쫓겨나는 바람에 (만약 멤버들이 그녀 문제로 투표를 했다면 '추방'이 폭스파이어의 규약으로 자리를 잡았겠지만, 렉스가 절대 공식적인 투표가 행해지지 않도록 일을 처리했다. 매디는 사령관 렉스에게서 떠나달라는 권유를 받았을 뿐이었다) 멀리 떨어진 곳에 살고 있었던 이 소녀는 지금 내가 알고 있는 것의 일부만 알았을 뿐이었다. 나는 그걸 신문이나 법정 증언 등을 통해 알았다. 그 비극이 일어나고 오랜 세월이 지난 후 나만의 (어른스러운) 추론을 통해 알았다.

앞에서 내가 연대기에 대해 말했다시피, 연대기의 역설이라는 게 있다. 사건들이 벌어지는데 그게 딱 들어맞지가 않는다. 사건들이 실제로 일어났으니 그 사건들에 대해 말해야 한다는 건 안다. 그것들은 역사의 일부니까. 그런데 딱 들어맞질 않는다! 마치 벽을 칠하는 것과 같다. 벽에 온갖 갈라진 금과 돌출부와 구멍이 나 있고, 페인트를 칠하면 이것들이 당연히 덮여야 하는데 그게 안 되는 것이다.

그래서 나는 매디 워츠가 노트에 만들어둔 이 항목에 따라 목록을 짤 것이다. 그 사건과는 별개의, 관계없는 주제들에 관한 항목들로 말이다. 유괴가 벌어진 바로 그날 밤(1956년 5월 29일)이 오기 직전까지, 매디가 치명적 운명의 방향을 다른 곳으로 돌릴 수 있었던 그 시기에 폭스파이어에게 일어나고 있던 다른 많은 사건들에 충실하기라도 하듯.

이야깃거리. 뮤리엘의 아기.

뮤리엘 오비스와 그녀의 어린 딸 에반젤린. 그 가엾은 아기는 그해 겨울 버펄로에 있는 병원에서 세 번째 심장 수술을 받아야 했다. 수술 결과는 괜찮았다. 의사들이 꽤나 신중하게 말을 해서 의사들의 말이 무슨 뜻인지, 심지어 의사 본인들도 자기네가 하는 말을 알고 있기는 한 건지도 알 수 없긴 했어도. 하지만 뮤리엘은 너무 긴장한 탓에 망가져버렸다. 몸무게도 늘어서 통통 불어 보였고, 머리가 군데군데 빠지는 바람에 본래 나이보다 스무 살은 더 먹은 것 같았다…… 하느님이 자기에게 등을 돌렸다고, 예수님이 자기에게 등을 돌렸다고, 자기를 조롱하고 있다고, 특별한 사람이 되고 싶었던 꿈과 자기 아기가 특별한 사람이 되길 바랐던 소망을 조롱하고 있다고 말하고 다녔다. 그녀는 카운티에서 제공하는 복지 정책으로 생활을 유지했다. 병원 근처 마을에 방을 하나 빌려 살았는데, 당연하게도 술을 다시 심각하게 마시기 시작했다. 렉스는 그녀가 걱정돼서 병이 날 지경이었지만, 아기는 더 걱정되었다. 렉스가 계속 자기 동생이라 말하는 아기.

그리고 뮤리엘이 빚진 그 돈! 렉스는 결국 아예 그 얘긴 꺼내지도 않게 됐다. 라나가 짐작하기로는 한 5000달러 정도 되는 모양이었다.

매디도 아기를 몇 번 봤다. 정말 작다는 것만 제외하면, 그리고 다른 아기들처럼 크게 울지 못한다는 것만 제한다면, 렉스의 여동생, 엄밀히 말해 렉스의 *배다른* 자매는, 괜찮아 보였다. 우리 중 누구도 몰랐던 건 에반젤린 오비스가 살아남아 성장하여 계속 살아가게 되리라는 사실이었다. 폭스파이어가 파괴되고 렉스 새도프스키가 죽은, 혹은 영원히 사라진 뒤에도 오래도록! *그녀는 폭스파이어 또는 렉스에 대해서는 아무것도 모르고 살게 될 것이었다.* 뮤리엘이 그렇게 조치했으니까. 뮤리엘은 경찰 조사가 끝나자마자 이사를 가버렸다. 해먼드에서 가능한 한 멀리 떨어진 곳으로. 누구 말로는 네바다 주 리노의 카지노에서 일한다고 했다. 또 누구 말로는 알래스카 주 앵커리지로 간 뒤 에반젤린에게 아버지를 만들어주기 위해 서둘러 결혼했고, 결국 모든 게 다 잘됐다고도 했다.

하지만 말이다, 내가 바라는 게 뭔지 아나? 렉스 새도프스키의 배다른 동생을 만나면 좋겠다는 거다. 그녀에게, 나보다 열여섯 살 어린 그 여자에게 말해주고 싶은 거다. 렉스가 그녀를 정말로 사랑했다고. 그저 무작정 *사랑했다고*. 또한 그녀의 얼굴을, 그녀의 눈을 들여다볼 수 있다면 좋겠다. 렉스의 모습이 있는 부분을 보고 싶으니까.

이야깃거리. 토비의 죽음.

1956년 5월 8일로 기록되어 있는 이 항목은 정말 슬픈 이야기라서 눈물 없이 읽을 수가 없다. 이렇게 세월이 흘렀는데도.

오후 11시 경이었고, 그날 밤 우리 대부분은 깨어 있었다. 골디와 마샤와 'V. V.'가 주방에 있었는데 집 정면 쪽 바깥에서 시끄러운 소리가 났다. 가끔 베란다에서 잠을 자던, 그날 밤도 거기 있던 토비가 흥분했는지 기침에 숨이 막히는 것 같은 기묘한 목쉰 소리를 냈다. 그러다 총소리가 들렸다. 또 한 번 들렸다. 또 한 번. 토비가 울부짖었고, 골디는 이미 "토비! 세상에, 안 돼!" 하며 달려 나가고 있었다. 우리 중 하나가 그녀를 붙들지 않았다면 그녀는 곧장 밖으로 뛰쳐나갔을 것이고, 어쩌면 그녀도 총에 맞았을 것이다. 우리 모두, 어느 방에 있었건 간에, 1층으로 나와 있다. 사격이 두 번 더 가해진다. 총알 두 개가 정면 유리창을 뚫고 들어오면서 유리가 깨져 거실에 사방으로 날린다. 타이어가 길 위에서 끼익 하더니 차가 멀어지는 소리가 들린다. 우리 모두 밖으로 달려 나간다. 토비가 있다. 우리가 사랑했던 가엾은 토비. 죽음의 순간까지 폭스파이어에 충성했던, 아름답고 용감한 은빛 털의 허스키. 토비가 몸을 질질 끌며 진입로를 따라 우리에게 오고 있었다. 뒷다리 쪽은 마비된 상태였고, 피를 심하게 흘리고 있었다. 가슴에도 총을 맞았지만 고개를 똑바로 들고 있었고, 불안에 찬 두 눈은 황갈색으로 빛났으며 정말 불규칙하고 심하게 숨을 헐떡이고 있어서 우리는 그가 죽어가고 있다는 걸 알았다. 세상에, 우리 모두 얼마나 울었는지 모른다…… 골디가 무릎을 꿇고 훌쩍이며 억센 팔로 토비를 세게 끌어안자 그녀 몸 전체에 피가 번졌다. 그녀가 개를 꼭 끌어안은 채 중얼거렸다. "괜찮아, 토비. 괜찮아, 토비. 이제 안전해. 괜찮을 거야, 토비. 골디가 왔잖아." 개는 몸을 떨고 처량하게 낑낑거리면서 그녀의 얼굴을 핥았다. 토비는 그런 식으로 10분 남짓 살아 있었고 우리가 할 수 있는 건 아무것도 없었다. 그러고는 죽었다.

골디는 슬픔으로 난폭해졌고, 술에 잔뜩 취해서는 "누가 죽였는지 알아야겠어, 도와줘, 누가 죽였는지 알아야겠다고."라는 말을 되풀이하다가 정신을 잃었다. 우리가 그녀를 침대로 옮겼다.

다음날 우리는 뒷마당에서 가장 예쁜 곳, 커다란 사과나무 옆에 토비를 묻었다. 렉스가 토비를 위해 묘비를 만든 뒤 그 위에 '토비'라고 간단히 이름만 적었다. 위엄 있고 슬픈 묘비였지만, 나는 우리 다음에 이 농장을 임대할 사람은, 혹은 소유주 본인이, 그걸 발로 차 부순 뒤 치워버릴 거라고 생각했다.

물론 우리는 복수를 원했다. 우리 모두. 골디만 그런 게 아니었다. 하지만 결코 복수하지 못했다. 분한 마음을 꿀꺽 삼켜 넘겨야 했다.

토비가 죽었을 즈음 폭스파이어에게는 적이 정말 많았고, 다들 누가 총을 쐈는지 각자 생각이 달랐다. 우리와 반목하던 소년 갱단들이 있었

고—비스카운츠는 물론이고 에이시스와 듀크스와도 그랬다—이들과
의 싸움은 (폭스파이어가 먼저 도발한 적이 전혀 없다고는 못하겠다) 가
끔씩 확 타올랐다가 소강상태로 접어들었다가 다시 타올랐다. 그러는
이유야 누가 알겠나. 갱단 차원의 이유가 아니라 개인적인 이유로 우리
를 증오하는 남자들이 있었고, 우리가 죽길 원하고 그 사실을 우리 귀에
다 들리게 떠들고 다니는 남자들도 있었다. 이를테면 내가 전에 언급했
던 아그네스 다이어의 처형 같은 남자. 하지만 다른 경우도 있었다. 토니
르페브르의 아버지, 토이 보치의 전 남자 친구 같은 남자들. 혼자 움직이
는 이런 남자들은 어찌 보자면 가장 위험한 적이었다. 본인들을 제외한
누구도 그들이 언제 다음 공격을 감행할지 알 수 없었으니까.

토비의 죽음. 매디 워츠가 폭스파이어 농가를 영원히 떠나기 전 노트에
마지막으로 기입했던 항목.

이야깃거리. 리타/'레드' 오혜이건의 '추방'
이 일은 켈로그 유괴 사건과는 아무 관련이 없다. 토비가 죽고 난 그다
음 주, 폭스파이어 멤버들 모두가 분노하여 복수심에 불타 길길이 뛰던
때 일어난 일이었다. 당시 리타는 한동안 의심을 받고 있었다. 전에는 농
가에서 종일 지내더니 이제는 주말이나 밤에 가끔 외출을 했고, 여전히
(매디 워츠와 마찬가지로, 공식적으로 학교에 '소속은' 되어 있지만 성적
은 낮고 수업은 빼먹고 선생들과는 문제를 일으키며) 등교하고 있는 페
리 고등학교에서 타인들과 웃고 떠드는 광경이 종종 눈에 띄었으며, 심
지어 가끔은 구내식당 같은 장소에서 피로 맺어진 폭스파이어 자매들을
피하기까지 했다. 그러다 매디 워츠가 농가를 떠나 친척과(로즈 패커는
아니었다) 살게 된 다음에도 리타가 그녀와 이야기를 나누는 모습이 목

격되었는데, 이게 체제 전복적 행동으로 여겨지게 된 것이었다.

그렇다. 폭스파이어는 첩자를 두고 있었다. 어리고 새파란 신입들. 그들은 아직 학교에 다니고 있었고, 갱단 남자애들은 과거에 렉스 새도프스키와 골디 시프리드를 두려워했던 것처럼 그 거친 여자애들을 두려워했다.

그 새파란 신입들 중에 '집행자'라는 별명으로도 알려진 'V.V.'가 있었다. 밀랍처럼 하얀 얼굴에 깡마른 몸('V.V.'에게 문신을 새길 때, 우리는 눈을 동그랗게 떴다. 피부를 통해 골격 형태가 다 비칠 정도였고, 유방은 *아예* 없었다. 작은 조약돌처럼 생긴 젖꼭지가 살에 콕 박혀 있었을 뿐이었다)을 가졌고, 웃을 때는 섬뜩하게 씩 하고 이를 드러내며 웃었으며, 눈은 길게 째져 있었다. 골디의 특별한 후배였던 'V.V.'는 폭스파이어의 모든 규율과 규칙이 반드시 지켜져야 한다는 점을 믿어 마지않았고, 사소한 위반 사항에도 난리를 피워대는 바람에 당장 처벌이 내려지지는 않더라도 선배 멤버들에게서 한소리 정도는 나오게 만들었다. 'V.V.'는 페리 고등학교 2학년에 열다섯 살이었고, 자퇴 가능한 나이인 열여섯이 되기 전까지 시간만 축내고 있었던 터라, 자연스럽게 최선을 다해 리타 오헤이건을 염탐하는 일을 업으로 삼게 되었다.

'V.V.'가 리타를 싫어한 건 아니었다. 매디에게 리타를—그리고 매디도—많이 좋아한다고 말한 적도 있었다. 그렇다. 그녀는 우릴 *좋아했다*. 하지만 폭스파이어는 *사랑했다*. "언제든 폭스파이어를 위해 죽을 거예요. *그럴 거라고요*."

그녀가 씩 하고 웃자 입술이 사실상 사라진 거나 다름없을 정도로 얇아졌고 두 눈이 양옆으로 쫙 째졌다.

그러던 중 'V.V.'는 리타가 그저 적들과 어울리는 정도가 아니라 실제로 *사내와 데이트를 하고 있다*는 사실을 잡아냈다. 그건 금지된 일이었다. 왜냐하면 폭스파이어에서 피를 나눈 모든 자매들의 충성심은 당연히 폭스파이어에게 향해야 하니까. 다른 자들이 아니라.

그 사내의 이름은 콜리스 코너였고(캐슬린과는 관계가 없었다), 리타가 방과 후 가끔 찾는 학교 근처의 유제품 상점에서 일했다. 콜리스는 리타처럼 빨간 머리였고, 얼굴에 주근깨가 나 있었다. 뚱뚱하지도, 심지어는 통통하지도 않았지만, 덩치가 크고 근육질에 곰 같은 몸을 하고 있었는데도 목소리는 *부드럽고 조용해서* 뭐라고 말하는지 잘 들리지 않을 정도였다. 그는 이십 대 초반이었고, 고등학교는 졸업하지 못했다. 매디는 그가 괜찮은 남자인 건 분명하지만 딱히 똑똑한 사람은 아니라고 생각했다. 하지만 그가 리타에게 홀딱 반했다는 건 알 수 있었다. '코손 유제품'에서 죽은 듯 빳빳이 서 있다가도 리타가 들어오면 정신이 번쩍 들고 신경을 바짝 쓰면서 얼굴이 빨개졌으니까. 리타는 절대로 가게 안에 들어오자마자 그를 쳐다보지 않았다. 하지만 잠시 뒤, 콜라를 한 잔 마시고, 담배에 불을 붙이고 나면, 그녀의 시선이 우연인 양 카운터 뒤, 하얀 제복과 앞치마를 입은 콜리스가 서 있는 곳으로 흘러가고, 그러면 그의 얼굴은 더 빨개지곤 했으며, 리타의 얼굴에도 역시 홍조가 돌곤 했다. 콜리스 코너는 절대 공개적으로 리타 오헤이건에게 접근하지는 않았다. 그도 폭스파이어에 대해 알고 있었으니까. (그때쯤에는 모두가 폭스파이어에 대해 알았다. 엉터리 소문도 많이 돌았지만 정확한 이야기도 많았다.) 하지만 그 둘은 리타의 절친 매디 워츠도 모르게, 심지어 그녀가 눈치도 못 채게 어찌어찌 의사소통을 해냈고, 리타와 콜리스는 걸리기 전까지 총 세 번 데이트를 했다. 세 번 다 센추리 극장으로 갔고, 평일 밤에는 'V.V.'가 그들을 미행했다. 극장에서는 도리스 데이와 록 허드슨이 나오는 감상적인 코미디 로맨스물이 상영 중이었는데, 그들은 발코니 맨 뒷좌석, 그 크고 낡은 극장 맨 왼쪽 구석에 구부정하게 앉아 있었다. 둘은 손을 꼭 잡고 있었고, 리타의 머리는 콜리스의 어깨에 얹혀 있었으며, 그 자세로 *키스를 했다.*

'V. V.'가 이 사실을 보고했고, 리타는 부정하지 않았다. 그녀는 죄책감과 후회로 아파했고 다시는 그러지 않겠다고, 콜리스 코너건 다른 어떤 남자건 쳐다보지도 않겠노라고 울면서 맹세했다. 자기가 *나약해져 있었* 던 탓에 콜리스가 데이트 신청을 했을 때 좋다고 대답했노라면서 자기는 확실히 그를 사랑하지 않는다고, 자기가 사랑하는 건 폭스파이어 자매들이라고, 자길 믿지 않는 거냐고 했다. "날 내치지 마." 리타가 애걸했다. "다시는 안 그럴게."

하지만 폭스파이어는 '추방'에 표를 던졌다. 무기명 투표였다.

렉스가 모질면서도 유감스러워하며 말한 것처럼, 리타는 자기가 뭘 하고 있는지 알았고 그건 정말 위험한 것이었다. 지금은 절대 노닥거릴 때가 아니었으니까.

'추방'이 공식적으로 뜻하는 바는 최소 3주간 폭스파이어 멤버 자격이 중지된다는 것이었다. 그 후 리타의 문제가 다시 검토될 것이었다. 이 3주 동안 리타는 폭스파이어 자매들에게 투명인간이 되었다. 혹여 멤버들과 우연히 마주칠 일이 생겨도, 지속적이거나 눈에 띄는 태도로 그들에게 접근하거나 말을 거는 것이, 심지어 쳐다보는 것조차도 금지되었다. 폭스파이어의 상징적인 색깔을 걸치는 것도 금지되었다. 재킷, 스카프, 등등. 다른 사람에게 폭스파이어에 대해 이야기하거나 자기가 지금 처벌을 받고 있다는 사실을 시인하는 것도 금지되었다. 무엇보다, 매디워츠와 어울리는 게 금지되었다…… 매디는 자신 역시, 공식적으로는 아니지만 사실상 투명인간이긴 마찬가지라는 사실을 깨달았다.

림보 같은 상태였다. 가톨릭교회에서 가르치듯, 림보란 교회에서 세례를 받지 못하고 죽은, 하지만 조금도 죄를 짓지 않은 유아나 어린아이의 영혼이 천국과 예수 그리스도의 사랑을 빼앗긴 채 시간의 종말이 올 때까지 영원히 머물러야 하는 장소다. 즉 림보란 사람을 숨 막히게 하는 보복과 삶에 대한 증오로 점철된 정책이다. 그렇지만 그게 가톨릭의 교리다. 마치 '추방'이 종말을 향해 질주하던 폭스파이어 최후의 나날에 존재한 교리였듯.

훗날 리타는 계속해서 말하곤 했다. 오, 그녀는 거의 모든 사람에게 그 얘기를 했다. 제 감정에 넋이 나가서 분별없이 말하고 다녔다. "세상에, 걔들이 나한테 반대표 안 던졌으면 난 지금쯤 죽어 있었을 거야! 죽었을 거라고!"

5
작전 Ⅱ

"두 정? *하나는* 어디다 쓰려고 그러는데?"

"호신용이요. 나랑 내 친구들."

"아, 그래? 그렇다 이거지? 호신용?"

"그렇다 이거죠."

참으로 멋진 금발 계집이었다. 이 렉스 새도프스키라는 애. 입이 딱 벌어지는 모습으로 그를 사로잡고 있었다. 남자용 크림색 페도라를 갸름한 머리에 비스듬히 썼고, 두 손은 좁은 골반에 올려놓은 것이 그와 단둘이 있는 게 전혀 긴장되지 않는다는 태도여서, 에이시 홀먼은 그녀에게 감탄할 수밖에 없었다. 웃음을 터뜨리고 어깨를 으쓱하고는 그녀를 믿기로 했다. 뭐 어쩌겠나. 에이시 또한 자기 지역에 만들어둔 인맥에 자랑스러움을 느끼는 남자였다. 헤먼드에 있는 수많은 사내들이 자기에게 신세를 졌고, 에이시는 그 사실을 즐겼다. 소녀가 귀를 열심히 기울이며 곁눈질로 그를 관찰하는 동안, 에이시는 전화를 걸어 수화기에 대고 조용히 말을 하고는 그녀를 위한 거래가 몇 시간 뒤, 바로 그날 밤 이뤄질 수 있도록―"아무것도 물어보면 안 된다, 얘야."―조치해주었다.

그렇게 해서 렉스는 총 두 정을 산다. 1956년 5월 11일에.

그녀는 9번가와 홀랜드 가 사이에 있는 '피트먼 스포츠 용품점' 뒤편에서 총을 구입한다. 거의 똑같이 생긴 경찰용 38구경 리볼버 두 정. 등록도 안 돼 있고 추적도 불가능하다고, 보증한다고, 판매자가 그렇게 말하며 총 쓰는 시범을 보여준다. 총 가격은 각각 75달러고, 거기에 총알 한 상자 가격 15달러가 추가된다.

렉스 새도프스키는 이 총을 메리앤 켈로그가 몇 달 전 제안한 대로 그녀 가족과 함께 교회에 가기 위해 날짜를 확실히 잡기 *전에* 구입한다. 그건 렉스 새도프스키가 확신에 차 있기 때문이다. 자기 계획이 자기가 구상한 대로 돌아가리라는 점을 그냥 알고 있기 때문이다. 그녀는 알고 있다!

그건 희열이다. 높이 나는 듯한 희열. 실은 그보다 더 좋다. 왜냐하면 이건 약 먹고 보는 환각이 아니라 현실이니까.

언젠가 그녀가 매디 워츠에게 말했듯, "행운은 운명과 욕망의 조합일 뿐이야. 나쁜 일을 원하면 그게 너한테 오게 돼 있다니까."

1956년 5월 11일 저녁에 렉스 새도프스키에게 판매된 38구경 경찰용 리볼버 두 정. 이 중 하나는 '치명적인' 무기가 될 것이다.

마거릿 새도프스키는 메리앤 켈로그에게 자기들 교제 관계를 재개했으면 좋겠다는 내용의 수줍은 쪽지를 써서 보냈고, 혹시 전화를 걸고 싶으면 연락을 달라면서 전화번호도 적어놓았다(올드윅 농가 번호는 아니었다). 다음날 메리앤이 진짜로 전화를 걸어서는 자기는 마거릿을 정말로 다시 봤으면 좋겠다고, 다음 주 일요일에 자기와 자기 부모와 함께 교회 예배에 참석하지 않겠느냐고 물었다. 마거릿은 감사와 기쁨을 표하며 자기도 예배에 같이 가고 싶다고, 정말로 그러고 싶다고 말했다. 그런데 친구랑 같이 가도 될까요? 제 여자 친구들 중 한 명인데 (레드뱅크 출신은 *아니에요. 그냥 동네친구요.*) 신에게 마음이 끌리고 있지만 정말 불행하고 외로워요. 어머니가 암으로 작년에 돌아가셨고 아버지는……

더 계속할 필요도 없었다. 메리앤 켈로그가 이미 말을 하고 있었으니까.

"오, 그럼, 당연하지. 데려와, 마거릿. 엄마 아빠도 *기뻐하실 거야.*"

렉스 새도프스키는 생각하고 있었다. 부자들이란 정말, 후할 때는 사치스럽다 못해 무모하기까지 하다고. 일단 방법만 알려주면 말이지.

비결은 이렇다. 당신은 적에 대해 알지만 적은 당신에 대해 몰라야 한다.

폭스파이어 멤버들이 한 사람씩 번갈아 애걸복걸한다. "나 데려가줘. 렉스."라고, "나 데려가줘, 렉스, 제발, 응?"이라고. 하지만 시샘하고 분개해서 귀에 들리지 않는 곳으로 가 꿍얼거릴 문제가 아니다. 왜냐하면 이번 일요일에 부유한 기독교도인 켈로그 집안과 어울리게 될 그 '친구'는 아름다운 바이올렛 칸이 될 것이니까.

"이것만 기억해. 네 이름은 '베로니카 메이슨'이야. 어머니는 죽었고, 아버지는 그냥 떠나버렸어."

"오, 알았어!"

"그리고 나는 '마거릿'이야. 렉스가 아니고. 절대 렉스라 하면 안 돼. 알았지?"

"알았어, 렉스, 아니, *그니까, 마거릿!*"

바이올렛은 잔뜩 들떠 있다. 렉스가 그녀를 아프게 쿡 찌르고 머리카락을 잡아당긴다.

그러고는 작고 장난스러운 살쾡이마냥 쪽 키스를 한다. 목에다.

그리하여, 1956년 5월 16일, 마거릿 새도프스키와, 눈을 확 잡아끌지만 다소 조용한 그녀의 친구 베로니카 메이슨이 그레이스 성공회 교회의 11시 예배에 휘트니 켈로그 2세와 그의 부인과 그의 딸과 함께 참석하게 되고, 예배 후 켈로그 저택으로 같이 돌아가서 점심 식사를 대접받는다. 이렇게 고상하다니! 이렇게 통이 클 수가! 이런 온정을 베풀다니, 이런 게 기독교적 자비구나! 그날의 방문은 조금 긴장된 분위기가 흐르기는 하지만 전반적으로는 즐겁고 만족스럽고, 켈로그 씨는 누구보다도 즐겁고 활기가 넘친다. 그의 시선이 베로니카 메이슨에게 계속해서 머무는데, 아무래도 본인은 모르고 있을 공산이 커 보인다.

왜냐하면 마거릿 새도프스키의 친구 베로니카는 빤히 쳐다보는 게 당연하다 싶게 매력적이니까. 마치 사랑스럽게 웃자란 어린아이 같다. 매끄러운 흑발이 얼굴 양옆에 폭포수처럼 떨어지며 드리우고 있고, 하얀 피부는 부드럽고 촉촉한 게 마치 꽃잎 같다. 예쁘지만 어쩐지 서글퍼 보이는 입은 부드러운 분홍색이다. 어린 소녀의 입술 같은 분홍색. 메리앤 켈로그가 쓰는 바로 그 립스틱 색조다. 크고 육감적인 가슴과 널찍한 엉덩이가 달린 몸이 짙은 감색의 '박스' 슈트와 주름이 잡힌 스커트와 헐겁게 맨 하얀색 나비 매듭으로 부분부분 가려져 있다. 떨이로 산 옷이지만 취향은 괜찮다. 딱 가난한 소녀가 교회에 입고 나갈 만한 복장이다. (거기에 하얀색 장갑과 베일이 달린 작은 모자까지.) "잘 기억해야 돼. 넌 아주 큰 슬픔을 겪은 애야." 렉스가 켈로그 저택으로 가는 중에 그녀를 가르쳤다. "너무 많이 웃지 말고, *그 사람한테 웃을 때는 그 사람이 네 심장에 불을 댕겼거나 뭐 그런 것처럼 미소 짓고. 무엇보다 빵 하고 폭소를 터뜨리는 건 안 돼.*"

"야, 렉스, 나 *그* 정도로 멍청하진 않다." 바이올렛이 마음에 상처를 받아 말했다.

긴 예배 시간 동안, 또한 켈로그 저택의 식탁—스무 명 이상 앉을 수 있는 커다란 만찬용 식탁이 *아니라*, 집 뒤편의 작은 식당에 있는 중간 크기의 식탁이다—에서 장애물을 통과하듯 식사를 하는 동안, 베로니카 메이슨은 아주 이상적으로 행동한다. 이런 고상한 사람들과 함께 있다 보니 *진짜로* 겸연쩍어하고 있다. 은 식기, 냅킨, 컷글라스 유리잔을 만지작거리는데, 유리잔은 지금껏 손에 잡아봤던 어떤 것과도 다른 잔이다. 두터운 속눈썹이 달린, 크고 사랑스럽고 감초 같은 빨간 색조가 감돌며 뭐라 설명할 수 없는 촉촉한 기운으로 반짝이는 두 눈이 휘트니 켈로그 2세를 응시하고, 그는 자주 *그녀에게* 미소를 짓는다.

켈로그 씨는 마거릿과 베로니카 모두에게 꽤 놀라운 존재다. 말인즉슨, 렉스와 바이올렛이 예상했던 것과는 다른 사람이라는 소리다. 백만장자라면, 어쩌면 억만장자일 텐데, 그런 사람이라면 자신들을 비판적으로, 냉혹한 눈으로, 퉁명스레, 심지어는 증오심 내지는 깊은 의심을 품은 채 판단하지 않겠는가? 우리가 적을 이렇게 가까운 거리에서 인식하고 있는데, 적이 우리 정체를 몰라보리라 상상하긴 어려운 것이다…… 하지만 켈로그 씨는 따뜻하고, 개방적이고, 사교적이며, 의심이라고는 눈곱 만치도 품고 있지 않다. 그는 단단한 체격에 목이 굵은 사십 대 후반의 남자로, 대머리가 반짝이며, 사진보다 훨씬 젊다. 피부는 분홍빛이

도는 갈색을 띠고 있다. 눈은 작고, 재빨리 움직이며, 생기에 차 있다. 거의 습관처럼 웃는데 하도 활짝 웃어서 눈부시게 하얀 이빨, 혹은 틀니가 하관 대부분을 차지하고 있는 듯 보일 정도다. 그의 웃음은 크고 전염성이 강하다. 마치 숲을 가르며 타닥타닥 타오르는 불길 같다. 자기 농담에 박장대소하는 그런 남자다. 가장 놀라운 건, 켈로그 씨가 진짜로 *자애로운 아버지 같다*는 점이다. 딸 메리앤이 스무 살인 데다 대학생인데, 그는 딸을 마치 어린 소녀처럼 대한다. 그가 지극한 애정을 담아 딸을 짓궂게 놀려대는 바람에 메리앤은 결국 좋아서 얼굴이 홍당무가 되어서는 냅킨으로 얼굴 아래를 가리며 소리를 지른다. "*아빠, 그만 좀 해요!*" 그리고 잠시 기묘하게 붕 뜬 순간이 찾아온다. 마거릿 새도프스키와 베로니카 메이슨 둘 다 당황하고 시샘하여 입술을 깨문다. 당연하다. 둘 다 아버지가 없으니.

식사가 끝나고 커피와 디저트가 나올 무렵, 켈로그 씨가 진지하고 철학적으로 바뀐다. 하지만 여전히 힘이 넘친다. "……인간이란 정해져 있는 존재야. 즉 우리는 태어나는 순간부터 축복받았다는 거지. 창조의 여명에서부터. 만약 우리가 직접 선택한다면. 우리가 그리스도를 위해 결정을 내린다면. 우리가 삶에 관해 있는 그대로 사실을 털어놓는다면. 우리가 책임을 회피하지 않는다면. 우리가 우리 자신의 잘못과 죄를 다른 이들의 탓으로 돌리며 흐느끼고 질질 짜지 않는다면. 깨달음이 와." 켈로그 씨가 재빨리, 거의 서두르다시피 말을 잇는다. 마치 식탁에 앉아 있는 누군가 끼어들기라도 할까 의심하듯. "아담과 이브와 뱀과 에덴동산에서의 추방이 *진실이라는* 걸, 또 나는 이걸 깨닫는 거지. 자, 봐, 그 뒤 세월이 지나 지금 이날이 올 때까지 누구는 *정상에 오르고* 누구는 *그러지 못해.* 이 사실을 부정할 수 있나? 이 사실을 설명할 수 있나? 응? '하늘은 스스로 돕는 자에게 돕는다.' 어, 내 말은 '자에게(he)'가 아니라 '자를 (him)'이라는 뜻인데, 그러면 '스스로 돕는 자를'인 거지. 뭐 아무튼. 이 건 수수께끼야, 아가씨들, 안 그래? 어째서 누구는 *하는데* 누구는 *하지 못할까*? 혹은, 왜 *하려고* 안 할까? 오, 그래, 참 수수께끼지! 모든 인간이 신이 보시기에 평등한데도, 모두가 예수 그리스도의 사랑을 평등하게 받을 자격이 있는데도, 왜 배 아파서 투덜거릴까, 응?"

이 냉혹하게 튀어나온 갑작스러운 질문에, 그리고 동석자들에게 흔드는 손가락에, 마거릿과 베로니카는 깜짝 놀란다. 그들은 지금껏 착한 소녀들답게, 켈로그 씨의 부인과 딸들처럼 경청하는 자세로, 켈로그 씨의 열정적인 짧은 연설이 이어지는 동안 엄숙하게 고개를 끄덕이고 있었다. 비록 그가 하는 말이 다 이해가 가는 건 아니었지만 말이다. 무슨 일이지? 왜 갑자기 저러는 거지? 따뜻하고 온화하고 아버지처럼 자애롭던 켈로그 씨가 화난 듯 눈살을 찌푸리고 있다. 두 눈이 머리 안으로 쑥 들어간 것 같다.

다행스럽게도, 켈로그 씨는 자기 질문에 대한 대답을 기대하지 않는다. 그가 대답을 알고 있으니까. "공산주의자들 때문이야! 간악한 공산당 놈들한테 물들어서 그렇다고! 사회주의자들, 빨갱이들, 뭐건 간에! 썩은 나무 같은 놈들! 암 덩어리들! 우리 사회의 근간을 갉아먹고 있어! 유태인 애호가인 'F. D. R.'*―그는 극도의 경멸을 담아 그 이름을 내뱉는다―그 자가 다 시작한 거야. 무능력자와 나태한 자들에게 문을 열어줬더니, 지금 꼴을 보라고! 병신 같은 정신머리가 돼서는! 그자와 늙은 멍

---

* 미국 32대 대통령 프랭클린 델라노 루즈벨트를 가리킨다. 소설의 시간적 배경인 1956년 당시의 대통령은 드와이트 아이젠하워다.

청이 스탈린! 그자는 스탈린의 봉이었어! 이제 봐! 사방에 공산당 사주를 받은 노조들이 활동하고 있잖아! 밤에 돌아다니는 뱀들처럼! 탐욕스런 거대한 비단뱀처럼! 제 배들이나 채우고! 병가를 달래! 병가 중에 급여를 달래고! 지들이 아픈 건데 돈을 달래! 믿겨지나? 응? 지들이 술에 취해서 기계에 떨어져서는 돈을 달래! 이건 우리를 짓밟으려는 음모야! 우리 고혈을 빨아먹는 거라고! 누가 그놈들 봉인지 알아? 응? 사상 최고의 얼간이가 누군지 아냐고? *아이젠하워야!* 그 '아이크'* 영감탱이라고!"

그렇게 켈로그 씨가 연설하는 몇 분 동안 팽팽한 긴장이 흐른다. 그의 얼굴이 시뻘개지고 떡 벌어진 가슴이 부풀면서 빳빳이 풀을 먹인 하얀 셔츠와 비단 넥타이와 단추를 꽉 채운 조끼가 팽팽하게 늘어난다. 심지어 켈로그 씨는 연설을 하는 동안에도 자기 디저트, 쐐기 모양의 파인애플이 위아래가 뒤집힌 채 꽂혀 있는 케이크를 게걸스레 먹고 있다. 자기 몫의 케이크 조각을 다 먹고는, 켈로그 부인이 조심스럽게 내민 부인의 케이크 접시를 말없이 받아 또 절반을 먹어치운다. 식탁에 앉아 있는 메리앤이 평소 습관대로 초조하게 법석을 떤다. 깔끔하게 안으로 돌돌 말려 있는 자기 머리칼을 배배 꼬며 괴롭히고 코에 걸친 안경을 썼다 벗었다 한다. 켈로그 씨가 그녀에게 눈썹을 찌푸리며 한마디 한다. "메리앤, 좀." 메리앤이 이러는 게 한두 번이 아니라서 짜증이 나는 듯하다. 하지만 켈로그 씨는 젊은 손님들에게 계속 연설을 한다. 그들은 눈을 동그랗게 뜨고 자기를 존경스럽게, 조금은 두려운 듯 바라보고 있는데, 이런 상황에서 딱 나올 반응이다. 부자 남자의 식탁에 앉아 있는 가난한 소녀들. 그래, 사실 기분이 붕 뜬다. 길이에도, 주제에도 구애받지 않은 채 말을

* 아이젠하워의 애칭.

해도, 혹은 자기가 말하는 주제를 구실 삼아 앞뒤가 딱히 맞지 않는 감정을 마음껏 떠들어도, 사람들이 자기 말을 존중하며 들어주는 데 익숙한 남자에게조차도 이건 기분이 붕 뜬다고 밖에는 달리 말할 수 없는 상황 아닌가. 참으로 기분 째진다고 밖에는 할 수 없는 상황 아닌가 말이다. 똘똘해 뵈는 눈, 날카로운 이목구비에 턱을 치켜들고 있는 잿빛 금발의 마거릿 새도프스키와, 마치 최면이라도 걸린 듯 왕방울만한 눈을 자기에게 딱 고정하고 있는 매력적인 베로니카 메이슨…… 베로니카는 살면서 휘트니 켈로그 2세 같은 사람은 본 적도 없고 들은 적도 없는 모양이다. 어쩌면 그가 하고 있는 말도 태어나서 처음 들었을지 모른다. 그날 아침 성공회 목사의 설교보다도 더 열정적이고 더 강력한 힘을 지닌 이 말들, *어쩌면 이 말들이 이 소녀의 인생을 영원히 바꿀 힘을 갖고 있는 건 아닐는지?*

마치 휘트니 켈로그 2세가 예수 그리스도를 대신하여 말하는 게 아니라 그 자신이 *바로* 예수 그리스도인 것 같은, 그런 상황일까?

소녀들의 미래가 대화 주제로 떠오른다. 마거릿의 경우 과거에 좀 곤혹스러운 일이 있었지만 과거는 과거일 뿐, 바꿀 수 없는 건 잊는 편이 낫다. 현명한 켈로그 씨 또한 분명 그렇게 충고했을 것이다. 켈로그 부인이 말한다. "마거릿은 실업학교에 가고 싶대요. 그렇지, 얘야?" 그러자 켈로그 씨가 말한다. "여기 해먼드에서? 나도 해먼드 실업학교에서 우수한 성적으로 졸업한 소녀들을 많이 고용했어. 재정적으로 도움이 필요한 소녀들을 위한 장학 기금에도 기부를 했고. 메리앤이 얘기해줬니?" 그들은 잠시 해먼드 실업학교에 대해 이야기를 나눈다. 당연히 베로니카도 학교에 관심이 있지만, 아쉽게도 그들은 지금 당장 일자리가 필요하다. 개인적인 이유와 가족과 관련된 이유들 때문에 지금 당장 일자리가 필요한 처지다. 물론, 당연히, 해먼드 실업학교에도 관심이 있지만 말이다. 둘 다. 마거릿은 언젠가 혼자 힘으로 학교에 가고 싶다고 말한다. "그게 앞서갈 수 있는 유일한 방법이에요. 자기 사업을 직접 꾸리는 것." 켈로그 씨는 이 말에 끌렸는지, 젠체하지 않고 상냥하게 마거릿이 하고 싶은 사업이 무엇인지 묻는다. 마거릿이 대답한다. "미용 일이요. 미용실. 멋진 미용실을 하고 싶어요." 그녀가 말을 멈추고 수줍게, 하지만 품위 있게 미소를 짓는다. 자기 나이보다 열 살은 더 들어보이는, 껑충한 키와 여윈 몸매의 인상적인 소녀다. 눈빛은 형형하고, 이마는 생각이 많은 듯 살짝 주름이 져 있으며, 오늘 방문을 위해 예쁘게 차려입었다. 자기 친구와 거의 비슷하게 검정과 하얀색 체크무늬가 새겨진 '박스' 수트를 입고 있는데, 친구와 마찬가지로 비싸지는 않지만 안목은 있어 보이는 에나멜가죽 구두와 솔기가 일직선으로 나 있는 깔끔한 스타킹을 신고 있다. 그녀가 마치 비밀을 고백하듯 말한다. "머리 하는 법이랑 화장법도 배웠어요, 약간이지만. 레드뱅크에서요. 아시겠지만. 레드뱅크 교정 시설."

잠시 당혹스러운 순간이 찾아오지만 켈로그 씨는 힘차게 고개를 끄덕인다. 그는 이 소녀가 마음에 든다. 그는 이런 소녀가 좋다. 솔직하고, 똑 부러지고, 믿을 만하다. "시간을 최고로 잘 썼구나." 그가 말한다. "납세자들이 내는 돈 값을 하는 교육 프로그램이지. 너는 어떠냐, 베로니카? 하고 싶은 일이 있니? 그러니까, 지금부터…… 결혼하기 전까지 말이다."

켈로그 씨가 어깨를 불편하게 튼다. 마치 베로니카 메이슨에 대한 전망은 결혼을 제외하고는, 즉 남성에게 육체적으로 소유된다는 것 말고는 생각해보기 힘들다는 듯.

베로니카가 부드럽게 말한다. "오, 여쭤봐 주셔서 감사합니다, 켈로그 씨! 저는 할 수 있다면 마거릿을 위해 일하고 싶어요."

"아, 그래. 마거릿의 미용실에서 말이지. 제일 설득력 넘치는 광고가 되겠구나, 얘야."

"하지만 그 전에 일자리가 필요해요. 정말로요. 우리 둘 다요. 판매원이건 사무원이건 어떤 일이건 괜찮아요, 그렇지, 마거릿?"

'마거릿'이라는 이름이 베로니카의 혀에서 정말로 매끄럽게 굴러 나온다. 그 말을 몇 년은 연습했을 거라고 믿겨질 정도다.

마거릿이 말한다. "그래, 맞아."

켈로그 씨는 그 자리에서는 더 이상 일자리 문제에 대해 이야기하지 않는다. 하지만 소녀들이 떠날 준비를 하는 동안, 그는 두 손을 꽉 맞잡아 쥐며 마치 근심하는 아버지 같은 자세를 취하고 있다. 키가 비교적 작은 남자인데도—신장이 하이힐을 신은 베로니카 정도고, 마거릿보다는 1인치 정도 작다—켈로그 씨에게서는 인상적인, 심지어는 위풍당당한 분위기마저 풍긴다. 그는 어깨를 떡 벌린 채 서 있고, 그의 머리는 생각에 잠긴 좁은 눈을 통해 들어오는 세상만사를 숙고하고 있다. 그가 켈로그 부인과 메리앤이 듣지 못할 정도로 거리를 둔 다음 말한다. "음, 얘들아. 일자리 얘기 말이다. 너희 둘 다 좀 어리지, 그렇지? 경험도 없고 말이야."

베로니카가 숨을 죽이며 말한다. "오, 아니에요, 전혀 아니에요!"

마거릿이 말한다. "저희 둘 다 온갖 경험을 다 해봤어요, 켈로그 씨."

켈로그 씨가 베로니카에게 의심스러운 듯 묻는다. "타자 칠 줄 아니, 얘야?"

베로니카가 말한다. "오, 제가 타자 치는 거 얼마나 좋아하는데요, 그지, 마거릿?"

켈로그 씨가 여전히 미심쩍은 어조로 목소리를 낮춰 말한다. "브랜치가 사무실에 빈자리가 하나 있다. 어쩌면 두 개일지도 모르겠고. 속기사 일인 것 같긴 하던데."

베로니카가 켈로그 씨의 코트 소매를 손가락으로 잡으며 나직한 목소리로 말한다. 그녀의 사랑스러운 두 눈이 커지고 깊어지면서 눈가가 촉촉해진다. "오, 켈로그 씨, 저 속기하는 거 엄청 좋아해요!"

그렇게 해서 5월 16일 이루어진 젤리프 플레이스의 켈로그 저택 방문은 유쾌하고 희망차게 쪽지를 건네는 것으로 마무리된다. 조만간 마거릿 새도프스키와 베로니카 메이슨에게 전화하겠다는 휘트니 켈로그의 약속과 함께.

바이올렛의 눈은 우느라 부어 있었다. 그녀가 말했다. 나 해낼 수 있을지 진짜 모르겠어. 네 말처럼 이게 정당하다는 건 알겠는데 해낼 수 있을지 모르겠다고. 그러니까, 나 아무래도 그 집 사람들 맘에 드는 것 같아. 특히 그 사람. 나 그 사람 악인이라는 거 안다? 그 사람은 부자에다 자본가에다 사람들 착취하니까. 나도 다 알아, 렉스. 근데 나 정말 슬프고 걱정돼. 우리가 잡힐까 봐 그래서가 아니라 나 그 사람들 좀 좋거든. 메리 앤하고 켈로그 부인하고. 그 사람들 나한테 정말 잘해줬다? 꼭 내가 자기네랑 동등한 사람인 것처럼. 렉스, 알지? 내가 무슨 말 하는지 알지? 렉스가 말했다. 닥쳐.

6
작전 Ⅲ

매디 워츠의 노트에는 기록되지 않은 사실이지만, 그 뒤로 희열과 두려움이 오락가락하는 나날이 하루/이틀/사흘/나흘/닷새/엿새 좆같이 흘렀고, 'WKJ'(켈로그를 뜻하는 암호명이었다) 그 개새끼는 전화를 걸지 않았으며, 렉스 새도프스키는 의혹의 안개에 갇힌 채 움직였다. 분명히 놈을 낚았다고 확신했는데, 씨발 놈, 바이올렛을 빤히 보면서 눈으로 그녀를 게걸스럽게 처먹고 있었는데! 걸쭉한 입술을 핥아댔는데! 심지어 렉스를 볼 때도 마치 그녀를 벌써 자기가 고용한 '여자애들' 중 하나이기라도 한 듯 쳐다봤고, 약속을 하고 헤어질 때도 그들의 손을 꽉 쥐지 않았나! 그래서 그녀는 매일 매시간을 우리에 갇힌 커다란 고양이처럼 돌아다니면서 담배를 피우고 손가락으로 머리카락을 초조하게 쓸어넘겼다. 그녀는 그 남자가 미웠다. 해먼드의 공장 주인들이 노동자들에게, 그녀의 아버지와 할아버지에게, 그렇다, 페어팩스의 이웃에게 사용한 파업 분쇄 전술에 대해 그녀가 알고 있는 것과 입으로 전해들은 이야기들을 떠올리면 더 그랬다. 렉스가 태어나기 전, 심지어 렉스의 아버지가 태어나기 전인 수십 년 전부터 일어났던 일이었고, 'WKJ'는 그 더러운 혈통에 속한 인간이었다. 그녀는 그가 자기에게 미소 짓던 모습을 떠올렸다. 자기가 보낸 미소를 돌려줌으로써 그녀를 얼마나 놀라게 했는지 떠올렸다. 그가 그녀에게 정말로 친절하면서도 정말로 낮잡아보듯 말을 걸어서 그녀의 자존심이 마치 성냥 한 개만 닿아도 확 타버리는 물건이 된 것 같은 느낌이 들었다는 것을, 작별 인사를 하며 그가 그녀의 손을 꽉 잡는 바람에 그의 손힘을 어쩔 수 없이 느껴야 했던 사실을 떠올렸다. 친절에서 흘러나온 불의한 힘. 그녀는 부자 남자의 우월함과 권력을, 아무런 장점 하나 없는 장삼이사들 사이에서 유리한 위치를 점해 인생을 통과하는 사람이 누리는 특별한 기쁨에 찬 부자 남자의 뜨거운 살결을 느껴야 했다. 그를 대하는 그녀의 심장이 딱딱해질 수밖에 없었다. 그녀는 그 씨발 새끼가 렉스 새도프스키에게 초래한 굴욕의 대가를 어떻게 치르게 될지 생각하며 웃었다. 이건 그저 백만 달러에 국한된 문제가 아니었다. 자존심 문제였다.

렉스가 뮤리엘 오비스에게 "우리 적들에게 얻어내야 하는 건 놈들의 심장이야."라고 말했을 때, 그녀는 자기 생각에 푹 빠져 있어서 뮤리엘 오비스는 그녀가 무슨 얘길 하고 있는 건지, 뭘 그리 흡족해하고 있는 건지 전혀 몰랐다는 사실에 별 관심을 두지 않았다. 뮤리엘은 감도 못 잡았다.

경찰은 마거릿 새도프스키가 휘트니 켈로그 2세와 그의 딸 메리앤에게 남긴 전화번호를 추적하여 뮤리엘 오비스가 임대한 4번가의 초라한 방 세 개짜리 아파트에 이르게 될 것이었다. 가엾은 뮤리엘은 무슨 계획이 꾸며지고 있었던 건지 문자 그대로 하나도 몰랐다. 렉스가 마음속에 그린 '최종 해결책'과 관련된 정교한 계획에 대해서도 전혀 몰랐을 뿐 아니라 폭스파이어의 피로 맺어진 자매들이 지난 몇 달간 벌인, 해먼드를 넘어 동쪽으로는 올버니, 서쪽으로는 버펄로에 이르기까지 적당히 운전이 가능한 거리 안에 있는 마을과 도시로 약삭빠르게, 또한 필요에 의해 영역을 확장해가던 원정 낚시에 대해서도 까맣게 몰랐다. 진짜에요. 뮤리엘은 경찰에 그렇게 증언할 것이었다. 사실 그녀는 그 소녀들이 남자들과, 온갖 연령대의 수많은 남자들과 신비스럽게 얽혀 있었다는 사실을 알고 있었다. 이 남자들 중 하나를 먼발치에서라도 흘끗 본 적이 있어서가 아니라(그런 적은 없었다), 그녀들이 자기 앞에서 부주의하게 웃고 떠들며 하던 얘기를 엿듣다가 생긴 막연한 인상이 있었기 때문이었다. 그렇다. 그들은 남자에 대한 진정한 불신을 공유했다. 아마 사람들은 그걸 남자에 대한 적극적인 반감이라 일컬으리라. 그 불신은 이념이 아니라 경험에 근거를 둔 것이었다. 남자는 적이다,라는 생각은 어쨌거나 비밀도 아니니까.

하지만 거의 서른일곱이 다 된 뮤리엘 오비스는 폭스파이어의 멤버가 아니었고, 따라서 소녀 갱단은 자기네들의 비밀을 털어놓지 않았을 뿐더러 그녀도 그런 사람이 되고픈 욕망이 전혀 없었다. 뮤리엘은 그들이 착하고 심지 곧고 선의를 가진 신뢰할 만한 소녀들이라 믿었다. 아무튼 그들 대부분은 그럴 거라 믿었다. 하지만 그들은 소녀였고, 뮤리엘은 성인 여성이자 어머니였다.

태어난 뒤로 세 번의 심장 수술을 견뎌야 했고, 버펄로와 해먼드 양쪽에서 집중치료실에 오랫동안 머물러 있었던 6개월 된 예쁜 아기의 어머니. 즉 뮤리엘 오비스는 자기 문제만으로도 벅찬 사람이었다.

그렇다. 그녀는 렉스 새도프스키와 갱단 소녀 몇몇이 시내에 거처가 필요할 때 자기 아파트를 쓰는 게 조금 신경이 쓰였다. 하지만 그녀는 절대, 절대 그들이 못 들어오게 문을 잠근 적이 없었다. 한 번도.

그렇다. 그녀는 돈을 받았다. 돈과, 선물. 주로 렉스가 줬다.

아니다. 그녀는 그 돈과 선물이 어디서 난 건지 정확히 몰랐다. 몇 번 묻긴 했지만 제대로 된 대답을 듣지 못해서 그만뒀다. 묻는 것 말이다.

그렇다. 그녀는 렉스 새도프스키를 신뢰했다. 아니다. 그녀는 결코 렉스에게 진지하게 캐묻지 않았다. 그렇다. 심지어 렉스를 딱 잘라 믿지 않았을 때조차도 그랬다.

그렇다. 그녀는 어쩌면 렉스가 뭔가 생각해낸 건지도 모른다고 생각했다. 허무맹랑한 걸 꿈꿨을지도 모른다고 생각했다. 미래에 대한 계획. 모두 함께 살기. 그건 믿고는 싶었지만 실제로는 믿겨지지 않았던 것이었다. 현실성이 없었다.

그러다 다시 한 번, 렉스는 꿈꾸던 일을 결국 현실로 만들어서 사람들을 놀라게 하는 수완을 발휘했다. 이를테면 자기들 집을 빌리고, 그 집을 자기들 나름으로 훌륭하게 꾸며놓는 일 같은 것들. 그리고 그 정신 나간 자동차 라이트닝 볼트도.

아니다. 뮤리엘은 전화 통화에 대해서는 아무것도 몰랐다. 다시 한 번 반복하지만, 뮤리엘은 휘트니 켈로그 2세가 그녀 아파트로 건 것으로 추정되는 전화에 대해서는 전혀 몰랐다. 언제 전화가 왔는지도, 심지어는 전화가 왔다는 사실조차도 몰랐다. 그녀는 그녀의 어린 친구들이 전화로 이런저런 파티에서 만나자고 전화로 약속을 잡을 때 절대 엿듣지 않았다. 뮤리엘 오비스는 심지어 자기 집에서라 해도 남의 말을 엿듣는 사람이 아니기 때문이다.

게다가, 그녀가 말했듯, 그녀는 렉스 새도프스키를 신뢰했다. *자기 아기의 배다른 자매를.*

시험을 해보니 리볼버는 잘 작동했다. 최소한 방아쇠를 당기면 발사는 되었다. 진짜로 총알이 나갔는지 아닌지는 확실히 말하기 어려웠다.

사격에서 가장 기본적인 사실은 총소리가 너무 커서 귀가 먹을 정도고, 숨이 딱 멈춘다는 것이다!

그들은 사격 연습을 했다. 과녁을 쏘는 훈련을 하려고 주거지에서 몇 마일은 떨어진 숲속으로 원정을 떠났다. (올드윅 농가 주변 이웃들은 폭스파이어 농가에서 난 총소리 때문에 몇 번씩 경찰을 불렀고, 그래서 그들은 더 이상의 주목을 끄는 위험을 감수할 수가 없었다.) 폭스파이어 자매들 전부가 총기를 다루는 연습에 선정되지는 않았는데, 그건 (렉스가 소녀들을 하나하나 불러 설명했듯) 렉스가 자매들을 다 못 믿어서가 아니라 솔직히 말해 몇몇은 마음이 너무 여린 나머지 총이 있다는 사실에 겁을 먹을 것 같아 걱정이 되어서였다.

폭스파이어 멤버들은 전부 다 (그렇다. 심지어는 리타도, 심지어 가끔은 매디도) 나이프를 들고 다녔다. 하지만 나이프는 총과는 다른 물건이고, 총도 나이프와는 다른 물건이다.

그래서 그들은 시골로 나가 숲속 깊은 곳으로 들어갔다. 사냥꾼들이 사슴, 꿩, 토끼, 그 외 움직이는 거라면 뭐든 쏘는 '스포츠'가 한창인 곳이었다. 렉스와 골디가 멤버들 중 예닐곱 명을 골랐다. "우리가 'WKJ'를 산 채로 잡아서 데려갈 때 실제로 총을 쏘려는 건 아냐." 렉스가 반복해서 말했다. "하지만 우린 총이 필요해. 그냥 총을 갖고 있다는 사실이 필요한 거야. 그래야 우리가 진지하다는 걸 보여줄 수 있으니까."

골디가 험악한 표정으로, 하지만 엷은 미소를 띠며, 권총을 어깨 높이까지 들어 올린 뒤 왼손으로 오른 손목을 딱 잡아 고정시키고는 8인치짜리 총열을 따라 조준을 하면서 왼눈을 반쯤 감고 방아쇠를 당긴다. 찰칵!
"*나는 진지해.*"

* * *

5월 28일 저녁, 반드시 전화가 올 거라는 사실을 렉스가 알았던 그날 저녁, 'WKJ'에게서 진짜로 마침내 전화가 걸려왔다. 'WKJ'의 목소리에서 그가 낚였다는 낌새가 드러났다. 아마도. 혹은 그게 아니라면 본인이 주장했던 대로, 그는 진심으로 마거릿 새도프스키와 베로니카 메이슨을 자기 사무실에 고용하고 싶었던 것일까?

하지만 렉스는 여전히 의심스러웠다. 왜 이 남자는 해가 지고 난 뒤인 오후 9시 30분에 브랜치 가 2883번지 뒤에서 만나자고 약속을 잡은 걸까? 낮에, 업무 시간에 보는 게 아니라?

"괜찮아." 렉스가 흥분해서 말했다. "지금 진행되는 대로 가면 우리 계획에 속도가 붙어. 그 자를 더 *빨리* 잡게 될 거야."

바이올렛이 한숨을 쉬며 말했다. "그래, 빠른 게 늦는 것보다는 낫겠지, 렉스. 나 진짜 이거 빨리 해치우고 싶어!"

그렇게 해서 마거릿 새도프스키와 베로니카 메이슨, 미래의 사무직 노동자이자 굽 높은 펌프스를 신고 하얀 장갑까지 껴서 멋지게 차려입은 젊은 두 여성이, 다음날 밤 지정된 장소로 나가 장래의 고용주 휘트니 켈로그 주니어 2세를 만난다. 그는 하얀색 캐딜락 임페리얼에 앉아 초조하게 시가를 피우며 그들을 기다리고 있고, 폭스파이어의 두 소녀 모두 그

어느 때보다도 흥분해 있다. 렉스는 높은 탑에 올라갔을 때나 깊은 물속으로 흠 하나 없이 무모한 다이빙을 감행할 준비를 했을 때만큼이나 아찔한 기분을 느끼며 침착함을 유지하고 있고, 바이올렛은 꼬마 여자애처럼 키들거리면서도 겁에 질린 채 하이힐을 신은 몸을 흔들거리고 껌을 씹으며 은밀한 걸음을 바삐 옮긴다. 그래서 켈로그 씨가 그녀를 반기며 손을 잡을 때 바이올렛의 입에서는 달콤한 껌 냄새가 흘러나오고, 켈로그 씨는 바이올렛의 친구보다 바이올렛의 손을 더 세게 잡으며 기쁜 듯 말한다. "안녕! 드디어 왔구나! 안녀엉, 아가씨들!" 켈로그 씨는 그들이 정말 여기 있다는 사실을 믿을 수 없다는 듯 그들을 바라보고, 바이올렛, 즉 베로니카는 쉰 목소리로 속삭인다. "안냐세요, 켈로그 씨!"

그다음 일어나는 일은 이렇다. 켈로그 씨가 평지붕이 달린 작은 건물 정문을 열쇠로 연다. 안에는 사무용 공간이 있는데 책상 일고여덟 개 정도가 있고, 공간 뒤편에 안쪽으로 난 사무실이 또 있는데, 어두컴컴하지만 유리 칸막이인지 창문을 통해 안이 보이기는 한다. 구석에는 앙상한 관상용 고무나무가 기대어 서 있고, 머리 위에서는 형광등이 노르스름하고도 울적한 빛을 공간에 드리우고 있다. 금속제 파일 캐비닛, 전화기, 책상 위에 쌓인 서류들, 뒤에서 희끄무레하게 빛나는 냉수기. 아메리칸 툴 & 어소시에이츠 주식회사의 소유주라는 점을 자랑스레 여기는 켈로그 씨가 방문객들에게 '운영 방침'과 관련된 사항들을, ―이 사무실에서는 자동차용으로 제작된 소형 공구 판매를 취급하고 있다― 또 '노동력'과 관련된 사항들을, ―접수계원과 매니저를 포함하여 총 열 명의 사무직이 일하고 있다― 그리고 마거릿과 베로니카가 여기에 '서명을 할' 경우 그들이 하게 될 일의 성격에 대해 재잘재잘 떠들며 알려준다.

그가 시가 끄트머리를 톡톡 두드려 재를 털면서 말한다. "사무실이 깨끗하고 조용할 때 아가씨들에게 보여줘야 우리가 정신이 딴 데 안 팔릴 거라고 생각했거든. 그래야 너희들을 질투에 차 바라보면서 시끄럽게 떠드는 아줌마들 없이 안을 볼 수 있으니까."

마거릿이 말한다. "정말 사려 깊으세요, 켈로그 씨."

베로니카가 말한다. "지인짜 사려 깊으세요!"

마거릿은 켈로그 씨가 베로니카, 그가 확실히 선호하는 쪽인 그녀에게 제강 기술에 관련된 수많은 공정에 대해 얘기하면서 아메리칸 툴 & 어소시에이츠가 이 분야 선두라는 자랑을 하는 동안 사무실 안을 이리저리 돌아다닌다. 베로니카는 오!라고 외치고 오 진짜요?라고 외치다가 오 설마!라고 외치는데, 그런 흥분한 태도가 그녀에게 예리하게 날이 선 에로틱한 분위기를 부여한다. 한편 마거릿은 줄줄이 늘어선 책상을 보며 생각에 잠겨 있다. 구식 사무용 책상으로, 상태가 썩 좋지는 않다. 이리저리 긁힌 자국에 흠집도 나 있다. 사람들이 여기로 출퇴근을 하며 살아진다. 이 책상들 중 하나가 그녀의 것이 될 수도 있었던 걸까? '마거릿 새도프스키'도 여기 고용된 '여자애들' 중 한 명으로 살다가 '아줌마' 중 하나가 되는 걸까? 그녀는 비닐로 된 타자기 덮개를 들어 올려 아래를 흘끗본다. 크고 네모진 사무용 타자기를 보자 매디가 잠깐 생각난다. 그녀를 버리고 간 매디. 그녀는 단순히 발신음을 들어볼 요량으로 수화기를 들어 올린다. 큰 키에 등이 꼿꼿한, 뺨에 흉터가 나 있고 왼쪽 눈동자에는 기묘한 핏빛 반점이 박혀 있는 금발 소녀. 길쭉한 골격 위로 벨트를 꽉 조여 맨 검정색 레이온 드레스를 입고 하얀 장갑을 끼고 있다. 어쩌면 이 장갑은 휘트니 켈로그가 고용주인 직장에 일자리를 얻기를 희망하는 숙녀의 외양을 닮고자 하는 가난한 소녀의 전략일 수도 있겠고, 혹은 아무 지문도 남기고 싶지 않아서일 수도 있겠다.

마거릿이 휘트니 켈로그 2세가 있는 방향으로 은밀한 시선을 던진다. 그는 베로니카와 얘기하느라 좋아죽는다. 발그레한 구릿빛 피부가 오늘 따라 환하다. 환하게 웃느라 눈가에 주름이 자글자글하고, 벗겨진 머리는 참으로 단단해 뵌다. 마거릿은 자기가 소외당한다는, 무시당한다는 느낌을 조금이라도 받고 있을까? 어쨌거나 본인도 딸이 있는 켈로그 씨가 마거릿을 향해 점잖게 씩 웃으며 손짓을 한다.

"베로니카와 내가 방금 얘기 중이었는데……."

켈로그 씨의 시가에서 나는 고약한 냄새 너머에 알코올 냄새가 깔려 있다. 좋은 징조다.

그건 이런 뜻이다. 이 남자는 들킬까 두려워하고 있다. 이 남자는 마거릿과 베로니카를 남들 몰래 만나고 있다. 이 남자는 분명 아무에게도 자기 행선지를 말하지 않았다.

따라서 *사라져도 될* 상황이다.

시가 냄새를 제외하면, 내일 아침에 사무실 문을 열었을 때 이 남자의 흔적은 하나도 안 남아 있지 않을까?

오후 9시 50분이 되자 켈로그 씨가 건물의 형광등을 끄고 연신 감탄하는 손님들을 밖으로 내보낸 뒤 문을 잠근다. 문을 잠글 때 시끄러운 소리가 난다. 이곳 브랜치 가 2883번지는 어둡다. 달랑 주차장 조명 하나만 켜져 있고, 근처에는 가로등도 없으며, 달도 떠 있지 않다. 5월 29일 밤은 축축한 흙냄새와 눅눅한 시멘트 냄새, 공장 매연 냄새가 풍기는 서늘한 밤이다. (브랜치 가는 업타운 해먼드에 있지만 동쪽 맨 끝에 위치한지라 바로 옆에 작은 공장들과 폐기물 처리장이 있다.) 켈로그 씨가 활기차게 두 손을 비비며 두 소녀를 한 명씩 번갈아 보고는 말한다. "우리 드라이브나 좀 하면 어떨까 싶은데? 강변으로, 어때? 모건스타운 방향으로 가는 거야. 거기 작고 괜찮은 여관이 하나 있어. 혹시 모건스타운 여관이라고 알아? 내 생각에는 아무래도 우리가 서로를 좀 더 알아야 하지 않나 싶거든. 그냥 쉬면서, 얘기나 하는 거지. 어때?"

마거릿의 다소 싸늘한 눈이 켈로그 씨의 얼굴에 단호하게 머무른다.

"정말 멋진 생각이에요, 켈로그 씨!"

잉크처럼 까만 베로니카의 눈도 켈로그 씨의 얼굴에 고정되어 있다. 마치 다른 곳을 쳐다보길 거부하기라도 하듯. 숨소리 섞인 낮은 목소리로, 달콤한 껌 냄새를 풍기며, 그녀가 속삭인다. "네! *지인짜* 멋진 생각이에요, 켈로그 씨!"

그 뒤, 한 시간 남짓한 시간 사이에, 휘트니 켈로그 2세는 종적을 감춘다.

7
작전 IV

폭스파이어는 부자 남자인 'WKJ'를 닷새 동안 소유했고, 아무도 그의 소재를 몰랐으며, 누가 그를 데려갔는지도 몰랐다.

어쩌면 실은 'WKJ'가 폭스파이어를 소유했던 건 아니었을까?

납치 둘째 날인가 셋째 날인가에, 총부리 앞에서 유괴당한 뒤 포박되고 재갈이 물리고 눈가리개가 씌워져서 올드윅의 농가에 끌려와 지하실 기둥에 묶인 채 자기를 풀어줄 몸값 백만 달러를 기다리던 그를 살펴보고 온 다음 렉스가 말했다. "누가 생각이나 했겠어? 이 새끼가 *진짜 악질*이라는 걸?"

렉스가 짠 계획의 초반부는 성공적이었다. WKJ를 아메리칸 툴&어소시에이츠 주식회사 주차장에서 유괴하는 것.

WKJ가 캐딜락 문을 열어 베로니카가 조수석으로 미끄러지듯 들어갔을 때, 그늘 속에서 가면을 쓴 키 크고 건장한 형체가 나타났다. 사실 가면 쓴 형체는 셋이었지만, WKJ는 너무 놀라는 바람에 나머지 둘은 처음에는 보지도 못했다. 가면을 쓴 자의 오른손에 권총이 들려 있었고, 그자는 오른 손목을 왼손으로 딱 잡아 고정시킨 채 총열을 치켜들어 WKJ의 경악한 얼굴에다 겨누었다.

"좋아. 그 자리에 그대로 멈춰."

낮고 걸걸한 목쉰 소리다. 남자 목소리? 분명 그렇다.

처음에 WKJ의 눈에는 총만 보인다. 총, 그리고 만화처럼 현란한 가면. 가면에 뚫린 눈구멍을 통해 눈이 보이는 것 같긴 한데 그가 아는 눈이 아니다.

당연히 그는 멈춘다. 얼어붙는다. 팔을 힘없이 치켜든다. 시가가 땅에 떨어지는 줄도 까맣게 모른다.

"쏘지 마시오, 제발. 지갑 가져가요. 가진 돈 다 드릴 테니. 자동차 열쇠는……."

WKJ의 얼굴에서 핏기가 싹 가신다. 그의 목소리가 갈라지고 흔들린다. 무릎이 달달 떨린다. 애원하는 두 눈이 촉촉해진다.

이제 그의 눈에 자기를 향해 재빨리 다가오는 나머지 두 형체가 들어온다. 하나는 총을 들고 있고, 다른 하나는 팔에 뭔가를 끼고 있다.

한 놈이 뱅 돌아 WKJ의 왼쪽으로, 다른 하나가 오른쪽으로 다가온다. 내장이 꼬인다. 그는 거의 마비된다.

그는 공황 상태에서 멍하니 눈을 깜박인다. 땀이 온몸에서 순식간에 쏟아져 나온다. 자기 얼굴을 겨누고 있는 총구를 빤히 바라본다(흔들리고 있나? 꽤 눈에 띌 정도인데?). 이 정체 모를 놈의 목소리도, WKJ 본인의 목소리도 모두 까끌까끌하다. 그는 목쉰 소리로 내 지갑 가져가요, 제

발 쏘지 마시오, 차도 가져가요, 다 가져가라고, 오, 제발 *쏘지 말아요*,라
고 애원한다. 그 와중에 그는 뒷걸음질을 치고 있는 마거릿 새도프스키
와 베로니카 메이슨이 아무 죄도 없이 몹쓸 짓을 당한 거라는 사실을 어
렴풋이 인식하고 있다. 소녀들은 오! 오! *오!*라고, *제발 쏘지 말아요!*라
고 중얼거리면서 그늘 속으로 뒷걸음질 치고, 그들의 동행은 더 취약한
상태로 낯선 자들에게 노출된다.

몇 초가 더 느릿느릿 흐르고 나서야 WKJ는 자기가 처한 상황의 진실을
깨닫는다. 이 무장한 공격자들은 몸을 요구하고 있다는 사실을.

그들이 원하는 게 지갑에 있는 돈이 아니라 *그 자신*이라는 사실을.

그는 자갈 바닥에 강제로 무릎을 꿇은 채 지시에 따라 주머니를 비운
다. 눈을 찡그리며 셋 중 가장 키가 큰 공격자를 올려다본다. 셋 중 말을
하는 유일한 사람인데, 마치 자기는 휘트니 켈로그 2세를 알고 있고 그
를 대수롭잖게 생각한다는 듯 조롱기 가득하나 정중한 목소리로 말한
다. "좋아요, 아저씨. 움직이시죠. 협조하면 다칠 일 없을 거니까." 공격
자가 쓴 가면은 고무로 만든 핼러윈 가면으로, 무시무시하게 씩 웃고 있
는 사신의 머리 모양을 하고 있다. 보는 각도에 따라 색깔이 달라지는 하
얀 뼈가 검정색 배경에 조잡하게 그려져 있다. 키는 대략 6피트 정도고,
몸은 튼실하며, 옷을 두툼하게 껴입고 있다. 장갑을 착용했고, 스카프를
둘레에 동여맨 남성용 모자를 쓰고 있으며, 머리카락은 꼭꼭 감춰놓았
다. "아저씨, 말했잖아, 엉덩이 떼고 움직이시라고."

놈들은 그를 두 발이 아니라 두 손과 무릎으로 캐딜락 뒤까지 수치스
럽게 기어가도록 한다. 왜지. 영문을 모르겠다. 그는 반항하기에는 너무
겁에 질려 있다. 총을 든 두 명의 공격자가 그를 걷어차고 찔러대면서 가
축처럼 몰아간다. 능숙하고, 효율적이며, 쉽게 흥분하는 자들이다. 아마

젊을 것이다.

어쩌면, WKJ가 생각한다, *유색인일지도 몰라.*

그는 그놈들의 계획이 그를 자기 차 트렁크에 밀어 넣는 것이라는 사실을 뒤늦게 깨닫는다. 그렇게 그를 데리고 밤의 어둠 속으로 차를 몰고 가는 것이다. 유괴다. 납치다. 그의 목숨에 몸값이 걸릴 것이다. 지금은 살해당하지 않겠지만 나중에는 살해당할지 모른다. "제발," 그가 애원한다. "자비를 베풀어주시오. 예수 그리스도의 이름으로 자비를 베풀어주시오." 그가 말한다. 목소리가 갈라지며 힘이 빠진다. 눈에 눈물이 차오른다. "지금 놓아주면 절대 경찰에 신고하지 않을 거요. 아무에게도 말 안 할 거요. 약속하지. 절대 안 그럴 거요. 돈 다 가져가요. 차도 가져가고. 그러니 제발……."

"아저씨, 입 좀 닥치세요. 안 그러면 날려버린다!"

"내 아내는, 내 가족은……."

"진정하시라니까, '켈로그 씨.' 손 내미시고."

"그 소녀들! 해치지 말아요……."

WKJ의 손목과 발목이 철사로 둘둘 말려 묶인다. 하도 꽉 묶어서 아플 정도다. 헝겊 뭉치가 입에 쑤셔 넣어지고 기다란 천이 마치 붕대처럼 얼굴 아래쪽에 둘둘 감긴다. 재갈을 뱉을 수도 없고, 끙끙대고 낑낑대는 소리 말고는 낼 수도 없다. 그는 눈가리개가 씌워진 뒤─그가 바깥에서 마지막으로 보는 광경은 값싸게 번쩍거리는 죽음의 신의 새하얀 머리와, 조롱하는 웃음과, 가면 구멍 안쪽에 있는 싸늘하고 성별 없는 두 눈이다─상한 감자 냄새가 나는 캔버스 천으로 된 자루가 머리 위로 뒤집어 씌워 지고, 그러고 나서 목을 묶인다. 그런 다음 트렁크에 처박힌다. 트렁크는 넓고 깊고 넉넉하다. 스페어타이어를 꺼내 치워버렸기 때문이다. 어디 숨긴 거지? 타이어는 나중에 건물 뒤 지하 배수로에서 발견될 것이었다. 며칠 뒤에.

WKJ는 자기와 동행했던 두 소녀를 뒤늦게 떠올렸지만, 충격에 빠진 상황에서조차도 확실히 그들이 기억났다. 그들이 빠져나갔다는 사실은 그에게 유리한 점이라 할 수 있다. 하지만 그는 트렁크가 쾅 하고 닫히기 전 그 소리를 듣고야 만다. 그들이 얻어맞고 있는, 아마도 살해당하고 있는, 절대 오해할 수 없는 신호를. 소녀들 중 한 명이 *안 돼요, 오, 안 돼, 제발!* 이라 훌쩍이고 다른 소녀는 *제발 우릴 죽이지 마세요!*라면서 흐느낀다. 그러다 그들의 울부짖음이 잦아들면서 금속이 살을 때리고 개머리판이 살을 후려치는 역겨운 소리가 들리더니, 목멘 울음이 마지막으로 터지며 몸뚱이들이 자갈 바닥에 털썩 쓰러지는 소리가 들린다. 그리고 침묵이 찾아온다.

그는 앞으로 닥칠 시련의 와중에 소녀들을 까맣게 잊어버릴 것이다.

그 여자애들—그는 벌써 그 애들 이름도 잊어버렸다!—아니, 그는 그 애들을 생각하는 게 감당이 안 된다. 그 소녀들이 (아마도? 거의 확실히?) 당한 운명이 당연히 의미하는 바를 어림하는 것도 버겁다. 앞으로의 일은 본인하기 나름에 달린 것이다.

렉스가 폭스파이어 자매들을 끌어안고, 자매들은 렉스를 끌어안는다. 그들 다섯은 브랜치 가 2883번지 주차장에, 아찔한 기분으로, 미친 듯 의기양양하게, 반쯤은 못 믿겠다는 듯 서 있다. 렉스가 속삭이듯 말한다. "우리가 놈을 잡았어. 나머지는 *쉬울 거야.*"

8
작전 V

우리가 놈을 잡았어. 나머지는 쉬울 거야.
오, 렉스! 네가 알았더라면.

폭스파이어가 알 수도 없었고 알 리도 없었을 사건이 있었다. 나중에
신문 등에서 밝혀진 일이었다. 철사로 꽉 묶이고 재갈이 단단히 물려진
채 자기 차 트렁크에 갇혀 있던 휘트니 켈로그 2세가 구토를 시작했다.
숨이 막혔다. 그는 도움이 없으면 자기가 틀림없이 죽는다는 걸 알았다.
그는 필사적으로 기도했다. 지금껏 (나중에 그가 직접 인정한 바에 따르
면) 살면서 한 번도 그런 식으로 간절하게 기도한 적이 없었다. 그리고
그 자리에서, 그는 예수 그리스도에게 가 닿았다. 그분께서 그의 호소에
귀기울여주셨고, 그를 구해주겠노라 약속하셨다. 만약 네가 나를 진심
으로 영접할 거라면 말이다. 그리하여 이 기적으로 인해 욕지기가 잦아

들고 끔찍한 구토가 멈추었으며, 휘트니 켈로그 2세에게 초인적인 기독교적 권능이 스며들었다. 그는 구원자 예수 그리스도께서 그의 앞에 놓인 시련을 통과하는 자신을 지켜보실 것임을, 당신의 사랑받는 자를 상처 하나 없이 풀어주실 것임을 알았다.

이걸 폭스파이어가 조금이라도 알 수 있었을 리가 없었다.

한편, 렉스는 트렁크에 갇힌 유괴된 남자를 혼란스럽게 만들기로 작정하고 해먼드 카운티를 동서남북 지그재그로 내달렸다. 다리를 건너고! 터널을 통과하고! 급히 커브를 틀고! 어지럽게 빙빙 돌다가 재빨리 직각으로 꺾었다! 마른 포장도로를 달리고, 자갈길에서 미끄러지고, 바퀴 자국이 난 시골 도로를 달렸다! 그렇게 45분 정도 신중히 움직이다가 올드윅 타운십으로 들어가는 도로로 돌아간 뒤로는 정상 속도를 유지하며 폭스파이어 본부로 향했다. 거기서 그는 **몸값** 백만 달러로 풀려나고 폭스파이어의 팔자를 영원히 바꿔놓을 그런 시간이 올 때까지 포로로 잡혀 있을 예정이었다.

그렇게 생각하자 처음으로 아드레날린이, 성공으로 인한 황홀감이 끓어오르며 아찔하고 흡족해졌다. 이제 무엇도 우릴 멈출 수 없어!

"그 사람 잡았어? 진짜로?"

"당연히 잡았지. 무슨 생각을 했던 건데?"

캐딜락 트렁크를 열자, 모두의 눈이 대경실색하고 망연자실하여 휘둥그레 튀어나왔다.

5월 29일 오후 11시 15분, 첫 번째 전화가 페어팩스의 공중전화에서 경악한 켈로그 부인에게 걸려왔다. "경찰과 접촉하지 마, 사모님. 당신 남편은 안전해. 하지만 경찰에 연락하면 남편은 죽을 거야. 알겠지?" 그리고 몸값을 요구하는 첫 번째 편지가 다음날 정오, 유괴범들이 통고한 시각에 거의 딱 맞춰서 젤리프 플레이스 8번지로 배달되었다.

폭스파이어는 몰랐지만, 편지가 배달되었을 때쯤 켈로그 부인은 히스테리 상태에 빠져 이미 연락을 한 뒤였다. 해먼드 경찰이 아니라, 어찌하다 보니 켈로그 집안의 가까운 벗이 된 해먼드 카운티 지방검사에게. 사실 그는 메리앤의 대부였다.

하지만 그때 예상치 못했던 첫 번째 장애물이 나타났다. 유괴된 남자가 납치범들에게 협력하기를 거부한 것이었다.

렉스는 이럴 줄은 예상 못했었다! "씨발 놈!"

휘트니 켈로그 2세는 자기 부인과 전화 통화를 하려 들지 않았다. 심지어 총구 앞에서도. 눈가리개를 씌운 다음 수화기를 머리 왼쪽에 대고 총구를 머리 오른쪽에 갖다 대자 이 개새끼는 두려워 벌벌 떠는데도 입을 열려고 *들지를 않고*, 켈로그 부인이 "휘트니? 당신 거기 있어요? 휘트니? 여보세요? 괜찮은 거예요? 휘트니?"라며 애절하게 부르짖는데도 대답하려 *들지를 않았으며*, 그녀를 안심시키기 위해 자기는 잘 지내고 있으니 *그냥 시키는 대로만 해요. 그럼 당신에게 돌아가게 될 거요.*라는 편지를 쓰려 들지도 않는 데다, 그를 대신해 타자로 신중하게 친 편지에 서명을 하는 것조차도 마다했다. 하나도 말을 듣지 않았다!

골디가 골이 잔뜩 나 얼굴이 하얘져서 말했다. "그럼 그냥 굶기자고. 고문을 하든가. 손가락 하나 잘라서 마누라한테 보내자. 그래야 우리가 진심인 거 알지!"

렉스가 천천히, 좀 지나치다시피 천천히 말했다. "아니. 생각이 바뀔 거야. 기다리자. 내가 설득해볼게."

 그래서 그녀는 설득을 했다. 노력을 했다. 남자는 올드윅 농가의 흙바
닥 지하실에 묶여 있었다. 전과 마찬가지로 여전히 눈가리개를 한 채였
고, 머리에 씌운 자루는 가끔씩 벗겨줬다. 앞에 나타나는 형체들이 가면
을 쓴 채 덩치가 커 보이는 옷을 입은 상태라, 그는 여전히 그들을 젊은
남자들이라고, 심지어는 유색인 남자라 믿고 있을지 몰랐다. 렉스는 목
소리를 부드럽게 바꾸어 말했다. 낮고, 설득력 있고, 친근하게, 그가 협
력하는 게 모두에게 이익이 된다는 점을 지적했다. 그렇잖아? 왜냐하면
그는 집에서 아주 멀리 떨어져 있고, 그러니까 백 마일도 넘게 떨어져 있
고, 그의 부인은 그가 걱정돼 미칠 지경인 게 분명하며, 그의 아들과 딸
들도—이렇게 말함으로써, 렉스는 그를 유괴한 사람이 누구건 간에 그
자는 켈로그 가족의 세부 사정에 어두운 사람이라는 암시를 줬다. 왜냐
하면 메리앤이 켈로그 집안의 유일한 자식이었으니까—걱정하고 있을
게 뻔하다. 게다가 백만 달러 정도의 돈이 엄청나게 부유한 사람에게 무
슨 의미가 있나? "당신 같은 부자 말이야, '클로그' 씨! 돈 낼 바엔 차라리
죽겠다는 거야? 그런 거냐고!"

 하지만 죽는다는 단어도 그를 겁주지는 못한 것 같았다. 아무 효과도
없었다.

 희한했다. 렉스는 이해가 가질 않았다. 당황스럽지는 않았지만 이해는
가지 않았다. 휘트니 켈로그 2세는, 젠장, 사업가 아니었나. 돈과 사람을
다루는 사업가. 그런데 지금 그녀와 협상을 거부하고 있는 것이다. 제대
로 반응도 보이지 않는 게 거의 무슨 좀비 같았다. 주차장에서는 똥줄이
타도록 겁을 먹었는데 지금은 그들 손이 닿지 못하는 어딘가로 가버렸
다. 렉스와 바이올렛은 그가 집과 교회에서 악수를 하고 크게 웃어젖히

며 활기차고 열정 넘치고 정력적으로 행동하는 걸 똑똑히 봤다. 그런데 폭스파이어에 붙잡힌 지금, 그는 마치 내면 깊숙한 곳으로 후퇴해버린 것 같았다.

"그냥 몸 쪽 *자아*뿐인 거야, 우리가 소유한 건!"

그리고 이 몸 쪽 *자아*를, 그들은 확실히 돌봐야 했다. 밥도 먹여야 했고, 그게 아니더라도 먹이려 노력을 해야 했다(이 망할 놈이 먹지도 않으려 들었다). 오줌도, 찔끔 나오는 묽은 똥도 치워야 했다.

감시도 계속해야 했다. 지하실에서 밤낮으로 등유 랜턴 두 개가 타올랐다. 밤이건 낮이건 둘 이상의 무장 경비가 붙었다.

물론 렉스는 거의 대부분의 시간을 아래 내려가 있었다. 다시 룸에 들어온 것 같다고, 우리 둘 다 안에 있구나, 생각하면서.

첫째 날, 그러니까 5월 30일, 토이 보치가 라이트닝 볼트를 타고 편지를 부치러 갔다. 시 경계 안쪽에 있는 평범한 우체통에 담겨 있던 깔끔하게 포장된 작은 소포가 뉴욕 주 해먼드 시 젤리프 플레이스 8번지 켈로그 부인에게 전달되었다. 소포에는 'WKJ'라는 이니셜이 새겨져 있는 하얀 린넨 손수건, 금과 마노로 만든 묵직한 돌세공 반지, 운전면허증이 들어 있었다. 그리고 렉스가 타자기로 친 다음과 같은 편지가 동봉되어 있었다.

당신 남편은 살아 있고 무사하다. 풀려나려면
몸값으로 백만 달러를 지불해라.
지시를 기다려라!
경찰과 접선하지 마라!

충동적으로, 렉스는 자기 스위치블레이드로 손바닥을 베어 종이에다 피를 마구 발랐다. 적에게 확실히 해줘야 한다는 생각에 넋이 나갔다. *우린 장난이 아니라고.*

하지만 켈로그 부인과 연락하는 건 렉스가 예상했던 것만큼 쉽지 않았다.

전화를 거는 거야 쉬웠다. 첫 번째 벨이 울리기도 전에 즉각 전화를 받았으니. 하지만 통화를 하면서 켈로그 부인은 정말 *감정적으로* 굴었다. 이 일을 사업 거래라고는 조금도 생각하질 않았다. 뭐 당연하다면 당연했다. 자기 남편이 협상이 어찌 되건 간에 돌아오긴 할 거라는 사실은 전혀 몰랐으니.

그래서 이 가엾은 여자는 내내 우느라 말을 조리 있게 하질 못했고, 그녀와 합리적으로 협상을 하고 싶었던 렉스는 (영화에서 봤던 것처럼) 수화기에 천 조각을 덮어 놓은 채 얘기를 하는 와중에 켈로그 부인이 늘어놓는 말 사이에 끼어드는 것도 힘들어지자 짜증이 나기 시작하고, 진땀이 날 정도로 초조해진다. 켈로그 부인이 시간을 질질 끌고 있다 보니 통화가 추적될 수도 있다. 그래서 렉스는 수화기를 마치 그게 뱀이라도 되는 양 탁 내려놓는다.

이는 그녀가 다시 전화를 걸어야 한다는 소리다. 다른 때에. 그리고 똑같은 일이 또 벌어진다는 소리고.

문제는 WKJ가 협조를 하려 들지 않는다는 사실이다. 자기 부인과 말을 안 하려 한다.

이 불쌍한 여자가 훌쩍이고, 호소하고, 애원하는 걸 보면 그녀가 진심이라는 사실을 믿지 않을 도리가 없다. "내가 어떻게 돈을 낼 수 있냐고요, 네? 휘트니가 살아 있는지 아닌지도 모르는데? 내가 어떻게 그러냐고요, 그이가 살아 있다고 내가 생각하게 해줘야죠, 오, 제발, 사람 좀 살려줘요, 제발 그이랑 얘기 좀 하게 해달라고요." 렉스가 질렸다는 듯 말한다. "그 인간이 당신이랑 말하기 싫대요, 아줌마!"

둘째 날, 셋째 날, 넷째 날…… 아무도 제대로 기록을 해놓지 않는다. 노트 정리를 위해 항목들을 타자 치던 매디-멍키는 이제 없다…… 시간이 경과할수록 분위기가 이상해진다. 거의 불길하다시피 할 정도다. 매시간은 마치 저항력이 강한 뻑뻑한 물질을 쭉 잡아 늘리기라도 하듯 천천히 흐르지만, 실제 하루는, 그러니까 24시간 단위로는, 휙휙 넘어간다. 미친 듯이! 높이 날듯이! 매일매일 켈로그 부인과 거래에 실패하고, 돈도 손에 못 쥔다. 매일매일 포로가 여기 이 집에 버티고 앉아 있다. 뒷부분이 우람한 캐딜락도 건초 창고에 숨겨져 있다. 매일매일 거의 생각도 하고 싶지 않은 끔찍한 위험을 끌어안고 지낸다.

렉스의 심장이었던 매디 워츠, 렉스의 마음을 찢어 놓은 매디 워츠, 그녀가 뭐라고 했더라. 유괴는 사형까지 당할 수 있는 중범죄야.

그때 렉스는 비웃듯 대답했더랬다. 하지만 우리가 그 자를 죽일 것도 아닌데 뭐. 우린 잡히지 않을 거고.

* * *

해먼드 지역 신문에는 실종된 백만장자에 대한 기사가 실리지 않았다. 지역 라디오 방송에서도 나오지 않았다.

좋은 징조일까? 경찰과 접촉하지 말라는 명령에 켈로그 부인이 복종

했다는 뜻일까?

젤리프 플레이스의 켈로그 저택으로 총 열한 번의 전화통화가 걸려왔다. 대부분은 해먼드 시내 아니면 해먼드를 둘러싸고 있는 교외 지역 마을의 공중전화 부스에서 건 전화였다. 한 번인가 두 번 정도는 온타리오 호수에 위치한 샌드허스트처럼 멀리 떨어진 시골 동네 주유소에서 전화가 왔다. 렉스는 전화가 추적당할까 두려웠다. 심지어 켈로그 부인이 아주 착하게 굴고 있다는, 그녀가 사랑하는 남편 휘트니가 살해당하길 원치는 않을 거라는, 그렇지 않겠느냐는, 전적으로 논리적인 판단을 내렸는데도 그녀 마음의 일부에는 두려움이 존재했다.

렉스가 이내 달달 외우게 된 켈로그 저택의 전화번호를 다이얼로 돌리면, 늘 첫 번째 벨이 울리자마자 누군가 전화를 받았다. 대부분은 켈로그 부인이었지만 메리앤인 적도 여러 번이었다. (그럴 때 렉스는 죄책감과 후회와 수치에 시달리며 켈로그 부인을 바꿔달라고만 했다. 그녀는 메리앤이 납치와 협박에 대해 알아야 한다고, 그녀 아버지가 실종 상태라는 걸 알아야 한다는 생각을 하고 싶지 않았다. 아니, 그런 생각을 하지 않았다.) (또 렉스는 많은 사람들이 결국 휘트니 켈로그 2세, 그처럼 대단한 사업가의 부재를 지금쯤 인식하고 있을 게 틀림없다는 생각도 하고 싶지 않았다!) 하지만 설사 켈로그 부인이 늘, 혹은 거의 늘 재깍 전화를 받았다 해도, 대화가 어긋나고 앞뒤가 안 맞고 불만족스러워서, 렉스는 식은땀에 젖은 싸늘한 미소를 지은 채 이렇게 소리를 질렀을지 몰랐다. "끊겠어! 망할, 당신 남편이 죽길 바라는 걸로 알겠다고!"

폭스파이어가 소유하고 있는 거라곤 이 씨발 놈의 몸 쪽 *자아*뿐이었다.

다시 말해, 그들이 돌보는 부분 말이다. 그들 책임인 부분.

아무 불평 없이 가만히 있는 그가 참 안타까울 수밖에 없었다. 분명 겁에 질렸을 게 분명했는데, 그는 *겁에 질린 듯 굴지 않았다.* 마치 돈을 전달받지 못해도 일주일 정도 지나면 폭스파이어가 자길 풀어줄 계획이었다는 사실을 알고 있었다는 듯. (하지만 그가 그걸 어떻게 알 수 있었겠나? 독심술사라도 됐단 말인가? 무의식을 알아차리기라도 한단 말인가?)

그들은 그에게 밥을 먹이려 할 때 얼굴 아래쪽을 묶은 끈을 제거해야 했다. 침에 푹 젖은 재갈을 잡아당겨 빼내야 했다. 눈가리개는 그냥 놔뒀다. 손목과 발목에 묶은 끈도 당연히 그냥 놔뒀다. 하지만 그는 먹는 걸 거부했다. 거대한 아기처럼 턱을 앙다문 채 음식을 죄다 거부하자 사람들이 놀랐다. 이런 걸 예상했던 게 아닌데. 그는 별로 마시지도 않았다. 다만 가끔 본인도 어쩔 수 없을 정도로 근육에 멋대로 경련이 일어나면, 그 불쌍한 새끼는 입에다 컵을 댄 채 마시고, 마시고, 마셔댔다. 마치 갈증으로 죽어가고 있는데 그 사실을 부정하기라도 하는 것 같았다.

"봐요, 아저씨, '클로그' 씨." 렉스가 라나와 시선을 주고받으며 구슬리듯 말했다. "*살아남고 싶지 않은 거예요?*"

라나가 짐짓 짜증이 잔뜩 난 듯 목소리를 꾸몄지만 딱히 성공적이지는 않았다. "*의사소통을 할 생각이 없는 거냐고?*"

하지만 반응이 없었다. 그는 반응하지 않았다. 멍들고 부푼 입술을 핥자 백태가 낀 것 같은 혀가 보였다. 혀는 그의 입에는 너무 커 보였다. 하지만 그는 한 마디도 하려 들지 않았다. 입을 콘크리트처럼 딱 다물었다.

잿빛으로 반짝이는 수염이 턱에서 돋아나고 있었다. 늙은 주정꾼 같왔다.

썩은 양파 같은 냄새가 겨드랑이에서 피어오르고 있었다.

풀 먹인 셔츠는 진즉에 얼룩지고, 더러워지고, 찢어졌다. 아마 최신 유행에 품질도 고급이었겠지만 지금은 아니었다.

남자가 들을 수 있는 곳에서 골디가 말했다. "우리 이딴 개수작 그만둬야 돼. 그냥 전화기에 대고 손가락 자르는 거 어때, 응? 그럼 마누라가 저놈 목소리를 들을 테고, 저놈도 뭔가 말해야 되지 않겠어?"

렉스는 분노로 얼굴이 하얘진 채 대답하지 않았다. 하지만 위층에서 그녀는 골디에게 달려들며 말했다. "세상에, 너 멍청이지. 그딴 얘길 하다니. 이 계획의 핵심은 우리가 저 자를 다치게 해서는 안 된다는 거야. 우리 그러기로 약속했잖아. 손가락은 못 잘라. 그다음에 무슨 일이 일어나겠어?"

기묘하고 경직된 순간이었다. 골디는 담배를 뻑뻑 빨면서 발만 내려다보았다. 그 모습을 보면 그녀가 실제 계획, 렉스가 정교하게 짜놓은 작전을 잊어버렸다는 생각이 들었다. 그렇다. 그들은 작전에 따르기로 맹세했다. 하지만 어쩌면 지금 골디는 그걸 일부러 잊어버리고 있는 게 아닐까? 그리고 다른 폭스파이어 자매 몇몇도 마찬가지 아닐까?

라나가 충동적으로 말했다. "골디 말은, 그냥 겁 좀 주자는 거야. 우리가 지금 당장 손가락을 몽땅 다 잘라야 한다는 게 아니잖아."

늦은 밤, 렉스는 경비를 서고 있다. V.V.가 말없이 그녀 옆에 앉아 있다. 등유 램프 빛이 마치 기묘한 핼러윈 조명처럼 WKJ에게 떨어진다. WKJ는 자는 듯 보인다. 어쩌면 그냥 의식이 없는 건지도 모른다. 그 모습을 보자, 렉스는 어째서인지 교회에서 그 남자를 봤을 때가 떠오른다.

가족석에, *전용 자리*에 앉아 기도하고, 고개를 숙이고, 눈을 꼭 감던 모습. 어쩌면, 정말 어쩌면, 완벽한 모양의 바윗덩이처럼 수상쩍고 완고한 이 행동은 이 망할 새끼의 종교와 관련이 있는 건지도 모른다.

다시 말해, 이자의 특수한 기독교 신앙 말이다. 성공회. 이 부자 남자의 종교.

마치 공장과 저택을 소유하는 것으로는 부족하다는 듯, 수천 명의 인간들을 고용하고 있는 걸로는 충분치 않다는 듯, 이 새끼는 하느님도 소유하고 있는 것이다. 천국이 무슨 또 다른 부동산이라도 되는 것처럼, 본인이 껴 들어갈 자리가 있다는 사실을 아는 것이다!

실수한 걸까. 되돌리긴 너무 늦은 걸까. 내가 다 망친 걸까.

그녀는 이렇게 생각하지 않는다. 그건 렉스가 아니다. 폭스파이어는 절대 미안하다 말하지 않는다!

지붕 사이를 건너뛰며 달아다는 소녀. 길쭉한 다리가 날아가고, 바람에 머리칼이 흩날린다. 누구도 그녀를 붙잡을 수 없다. 절대. 시도조차도 못한다.

* * *

6월 3일 일요일. 폭스파이어의 종말이 찾아온다.

어쩌면 그들은 그리 될 줄 알았는지도 모른다. 그들 중 몇몇은 말이다. 어린 소녀들은 위층의 어둠 속에 잠들어 있었다. 혹은 잠들려 노력하고 있었다. 이빨을 갈며. 피부에 닭살이 돋은 채. 이제 어떻게 될까. 이제 어쩌면 좋지. 나 집에 가고 싶어. 멀리 떨어져 있는 매디. 그녀의 심장이 마치 주먹을 쥐듯 조여들었다. *렉스? 왜 내 말 안 들었어?*

렉스, 용서해줘.

6월 3일. 화물열차처럼 덜컹거리며 지나간 긴 하루. 오후 6시가 되자, 그들은 필사적이지는 않지만 심각해져 있다. "그놈 일으켜서 계단으로 올려 보낸 다음 부엌으로 데려오자. 그래야 전화기에 대고 말할 수 있으니까. 알았지?"

"하지만 말하려 하지 않는걸."

"*할 거야.* 해야 돼."

"하지만 싫다고 하면?"

그들은 아래로 내려간다. 발을 들이기 싫어진 장소로. 렉스가 괴물 같은 형상의 덩치 큰 남자 옆에 쪼그려 앉아 말한다. 다들 싫어하게 된 남자에게. 아니, 애원하는 투는 아니다. "봐봐. *왜* 말을 안 하는 건데? *왜* 말을 안 하는 거냐고. *왜* 협조하지 않는 건데? 니 불쌍한 마누라가 걱정하느라 병이 났어. 계속 너 괜찮으냐고 묻는다고. 네 입에서 한 마디라도 들으려고 기다리고 있단 말이야. 야, 이 새끼야, 그러니까 협조하라고!"

반응이 없다. 아니, 어쩌면 이 망할 놈이 고개를 흔든 것 같기도 한데…… 거의 알아차릴 수 없을 정도로 *싫다는* 의사표시를 한다.

"이제 우리가 니 마누라한테 전화할 거다. 마누라한테 말 하는 게 좋을 거야. 일어나!"

골디와 V. V.가 그를 잡아당기며 일어나는 걸 돕는다. 렉스가 총구로 그의 배를 쿡 찌르지만, 그는 꼭 무거운 화물 같다. 몸으로도 협조를 하려 들지 않는다.

심지어 운동 좀 하라는 건데도.

그래서 그들은 헐떡이다가, 그가 뒤로 나자빠지게 그냥 놔둔다. 그는 먼지 깔린 바닥에 반쯤 눕다시피 한다. 숨을 몰아쉬고, 땀을 흘린다. 철사가 둘둘 감긴 손목과 발목 상태가 너무 안 좋다. 철사가 살을 파고들다시피 하고 있으니. 하지만 필요한 조치다. 눈가리개도 여전히 머리에 묶여 있다. 이 불쌍한 쌍놈의 새끼는 마치 시체라도 된 양 별나게 나자빠져 있다. 하지만 설사 렉스가 찌를 듯한 연민을 느낀다 해도, 지금 더 혹독하게 그녀의 가슴을 찌르는 감정은 노여움, 분노다. *이건 네가 자초한 거야, 망할 새끼! 네가 원하는 아무 때나 풀려날 수 있는데!*

가능한 일이다. 심지어 지금도. 렉스는 믿는다.

지금은 WKJ를 제 발로 일으켜 세워 계단을 올라가게 하는 게 문제다. 렉스에게는, 골디와 V.V.와 마찬가지로, 세상 전체가 지금 당면한 문제로 축소된다. 한 시간 뒤, 그다음 한 시간 뒤의 일에 대해 생각할 겨를이 없다. 당연히 내일 아침도, 그 내일 아침 뒤도.

그래서 렉스는 벌러덩 누워 있는 남자 앞에 쪼그리고 앉는다. 손에는 리볼버를 들고 있다. 그녀는 개머리로 그를 쿡쿡 찌르고 있다. 말썽쟁이 애를 앞에 둔 어머니처럼 짜증스럽고 초조하다. 무릎을 개머리로 쿡쿡 찌르자 그에게 느낌이 오고(그의 몸에 고통이 전해지는 걸 *그녀가 느낀다*. 하지만 보통 때처럼 그는 아무 낌새도 비치지 않는다), 골디가 렉스의 머리 위에서 어슬렁거리며 손에 든 총의 총구를 WKJ의 얼굴에 겨누고 있다. 눈가리개를 해서 볼 수도 없는데. V.V.는 렉스의 뒤편 오른쪽에서 몸을 웅크리고 앉아 있다. 무기는 없지만 늘 그렇듯 경계심에 잔뜩 차 있다. 이 바짝 마르고 뱀처럼 날렵한 소녀는 열다섯 살이지만 열한 살이나 열두 살 소녀들보다도 발육이 더디다. 폭스파이어 자매들에게조차도 V.V.에 대해 알려진 게 그리 많지가 않다. 알려져 있는 거라고는 그녀가 도시 쓰레기 처리장 근처에 사는 가족의 일곱 자녀 중 막내고, 아버지는 이따금씩 일을 나가며, 오빠 둘이 레드뱅크에 있고, 어머니가 오래전에 그녀를 포기했다는, 그래서 소녀 갱단이 그녀를 데려가도록 그냥 놔둘 뿐더러 오히려 갱단들에게 행운을 빈다는 사실이다. 난 이 쬐깐한 년 잘 다루질 못하겠어. 하지만 V.V.는 지독히도 충성스러운 애야. V.V.는 용감무쌍한 애라고. 신경이 강철 같애. 골디는 그녀에 대해 그렇게 말하며 그녀를 폭스파이어에 받아들여야 한다고 주장했다. 그녀는 헌신적이다. 기꺼이 자기 잠을 포기한 덕에 렉스, 골디, 라나가 잠을 잘 수 있고, 헌옷(그녀가 입고 있는 헐렁한 청바지, 넝마 같은 스웨터, 끝동에 분홍 코끼리 자수를 놓은 깜찍한 하얀색 발목양말)을 줘도 어린아이처럼 감사한다. 사람들을 끌어안고, 손을 잡아채 키스를 하고, 키득거리고 더듬거리면서, 편하게 들어줄 수 있는 정도 이상으로 고맙다고 인사하는 바람에 렉스는 그녀를 악의 없이 놀리다가도 다독이며 진정시킬 수밖에 없게 된다. 저기, 폭스파이어는 네 가족이야. 각자 줄 수 있는 만큼 주고 필요한 만큼 받으면 돼. 그리고 이제, 납치와 감금 다섯째 날이 저물 때, 렉스가 WKJ를 설득하려 애쓴다. "좋아, 지금 장난하는 거 아냐, 빌어먹을, 듣고 있는 거야?" 렉스는 지쳐서 퀭한 눈으로 이 망할 새끼의 무릎을 개머리로 쿡쿡 찌르고, 그러자 마치 척수반사라도 일어난 듯, 혹은 더는 참을 수가 없게 된 듯, WKJ가 두 다리로 렉스를 걷어차서 리볼버를 그녀의 손에서 날려 보내버린다. 렉스가 휘청거리며 넘어지고, V.V.가 리볼버를 낚아 채 부들부들 떨리는 손으로 WKJ를 겨누며 비명을 지른다. "씨발 새꺄! 그분한테 손대지 마!" 이제부터 벌어질 일이 눈앞에 보인다. 렉스가 V.V.를 밀치고, 그와 동시에 총이 발사된다. 귀가 먹을 듯한 폭발음이 터져 나오면서, 38구경 총알이 WKJ의 가슴을 쾅 때리자, 피가 왈칵 솟구쳐 나온다.

9
난폭 운전

V.V., 집행자. 헛간 구석에 숨어 쥐털 같은 머리카락을 한 움큼씩 쥐어뜯으며 훌쩍이고 있다.

그럴 뜻은 없었다. 진짜다. 그럴 생각은 아니었다. 제발 렉스 내가 저놈 완전히 죽이게 그냥 놔둬요, 이젠 늦었잖아요, 렉스, 하게 해줘요! 하게 해달라고요!

렉스는 분필처럼 새하얗게 질린 채 넋이 나가 있다. 폭스파이어 자매들은 그녀의 안색이 그렇게 안 좋은 모습을 처음 본다.

렉스의 두 눈이 커지며 촛불처럼 반짝인다. 폭스파이어는 끝났다는 깨달음이 천천히 그녀의 몸속을 흐른다. 렉스는 의식을 잃은 남자 옆에 쪼그려 앉는다. 건드리기 두렵지만 만질 수밖에 없다. "이봐요, 아저씨, 저기요, 당신 안 죽을 거죠? 그렇죠? 이봐요……." 그녀가 손을 떼는데 손가락이 피로 끈적인다.

심장에 맞지는 않았다. 어쩌면 살만 다친 게 아닐까? 총알은 남자의 뚱뚱한 가슴 오른쪽 위 구석에 맞았다. 거무죽죽한 피가 흘러나와 셔츠를 적신다. 렉스가 끈처럼 찢어 WKJ의 겨드랑이에서 어깨 위로 둘러 묶어 서툴게 상처를 덮어 놓았던 천에도 피가 배어든다. 똥을 지린 바람에 나는 악취와 동물적 공포가 그의 몸 위로 피어오른다. 심지어 지금도 이 남자는, 메리앤의 아버지라는 사실을 렉스가 머릿속에 떠올리고 싶지 않은 이 남자는, 마치 꿈에서 깨어나기라도 하듯 뜨문뜨문 의식이 돌아오는 와중에도, 축축한 침으로 범벅이 된 채 죽은 사람처럼 푸르딩딩한 빛깔로 훤히 드러난 입술을 달싹이면서 고통을 의연하게 견딘다. 납치범들에게 애걸도 하려 들지 않고 부탁할 생각도 않고 그저 이렇게만 중얼거린다. *오, 그리스도여, 오, 그리스도여, 도와주세요, 그리스도여.*

렉스가 소리친다. "당신 도와줄 사람은 좆같은 그리스도가 아냐. *우리*라고!"

렉스는 지금 여기서 할 수 있는 일이 없다는 걸 깨닫는다. "구급차를 불러야겠어."

"쌍, 이놈 딴 데로 끌어내자!" 골디가 소리친다. "길에다 버리자고!"

"그런 *다음에* 구급차를 부르면 되잖아, 렉스, 응?" 라나가 묻는다.

하지만 렉스는 마음을 이미 정한 뒤다. 여전히 얼굴은 분필처럼 하얗게 질려 있고 두 눈은 멍하긴 하지만. "그럼 이 자가 죽을지 몰라. 우린 이 사람을 *도와줘야* 해. 나머지 사람들 준비시켜, 알았지?"

총소리를 들은 다른 소녀들이 겁에 질려 울고 있다. 그들이 위에서 지하실을 내려다보고 있다.

어쨌거나 어린 소녀들이다. "렉스? 렉스? 우리 어쩌면 좋아?"

"렉스? 그 사람 죽었어요?"

지하실의 남자는 죽지는 않았지만 신음하고 있다. 호흡이 떨린다. 총알의 힘 때문에 팔다리를 벌렁 뻗고 누워 있다. 마치 광풍에 날아간 듯한 모양새다. 렉스는 경악을, 혹은 심지어는 두려움마저 넘어선 초연함을 느끼며 그를 가만히 바라보다 깨닫는다. 적도 결국은 한 인간에 불과하다는 것을…… 등을 바닥에 댄 채, 피를 흘리는 인간.

렉스가 쓸쓸히 툭 내뱉는다. "이봐요, 당신 죽지 않을 거야. 우리가 도와줄게. 그러니까 버티고 있어."

위층에서 그녀는 이리저리 돌아다니며 소녀들을 꽉 붙들고, 그들을 끌어안고, 그들이 자기를 끌어안도록 놔둔다. "괜찮아. 아무도 안 죽었어. 우리가 사고를 치는 바람에 계획이 바뀌었어. 일을 망쳐버렸거든. 그러니 다 나가야 해, 알았지? 나갈 수 있는 사람은 다 *나가*."

그녀의 말은 이런 뜻이다. 집이 있는 사람은 *집으로 간다*.

그녀의 말은 이런 뜻이다. 유괴에 참여하지 않은 사람, 총이 발사될 때 자리에 없었던 사람, 상세한 정황을 *목격하지* 않은 사람, 그 사람들은 *책임이 없다*. 안전하다. 내가 할 수 있는 한 보호해주겠다.

그녀의 말은 이런 뜻이다. 폭스파이어는 끝났다.

소녀들이 울면서 달아난다. 숲을 통과하고, 들판을 지난다. 장미 가시에 다리가 긁히고 피가 흐른다.

올드윅 로드로 나온 한 소녀. 무모하고 필사적이며, 아마도 너무 어리석은 탓에 자기가 도로 위에 훤히 노출되어 있다는 사실도 모르나 보다. 그저 아무 데로나 도망치고 싶은 생각만 간절한가 보다. 세상에! 저렇게 아름답고 아기처럼 귀여운 얼굴에 눈물 자국이 나 있다. 칠흑 같은 머리칼이 허리까지 구불구불 내려와 있다. 도로로 나온 지 6분 만에 지나가던 차 한 대가 끽 하고 브레이크를 밟으며 멈춘다. 운전자가 입을 헤 벌리고 그녀를 보다가 마치 자기 인생이 이 일에 달려 있는 양 차를 후진시킨다. 한쪽 팔은 구부린 채 운전대를 잡고 있고 다른 한쪽 팔은 뒷좌석으로 쫙 뻗었다. 남자는 이미 사랑에 빠졌다. 고개를 쭉 빼고 이 믿을 수 없이 아름답고 새하얀 피부를 가진 소녀를 빤히 바라본다. 낙낙하고 부스스해 보이는 옷조차도 그녀의 몸매를 가리지 못한다. 그녀가 눈을 가리던 머리를 손으로 걷어 넘기고 눈부신 희망을 담아 남자를 빤히 바라본다. 이제 그들은 같이 사는 내내 마음껏 자랑하리라. 그건 첫눈에 반한 사랑이었노라고. 그건 *진짜*였다고.

렉스는 소녀들이 농장을 탈출하는 데 10분을 준다. 더 이상은 없다. 그녀는 지하실 계단 꼭대기에 앉아 부상당한 남자가 의식을 잃은 채 등을 대고 누워 몸을 떨고 신음하는 걸 지켜본다. 마치 아직도 그를 감시하고 있는 양 38구경 리볼버를 무릎 위에 놓고 있다.

등유 랜턴은 한 개만 타오르고 있다. 심지에서 연기가 나기 시작한다.

렉스로 살아온 인생이 밀려온다. 파도 위에 다시 파도를 치며. 정확히 기억할 수 없는 꿈처럼 실체가 없는 삶.

골디가 그녀 옆에 쪼그려 앉자 거대한 허벅지가 닿는다. "저 새끼가 뒈져버린다면 어떨까?" 그녀가 렉스의 귀에 속삭인다. "있잖아, 난 쟤가 그랬으면 좋겠어."

"*저도* 그랬으면 좋겠어요!" 숨어 있다 기어 나온 V.V.가 말한다. 똥개처럼 렉스에게 쭈뼛쭈뼛 다가선다. 굽실거리고, 알랑거리는데, 도전적이기도 하다. 감히 렉스가 자기를 쫓아버릴 수 있겠냐는 듯. 렉스가 그녀를 본다. 병들고 돌아버린 소녀, 정신이 나가버린 소녀를 바라본다. 왜 알지 못했던 걸까? V.V.가 입을 비틀며 씩 웃자 깡마른 얼굴이 뒤틀린다. 킥킥대는 웃음소리가 터져 나올 수밖에 없는 웃음. "그런 다음에 이 좆같은 집을 태워버릴 수 있겠죠, 응? 렉스? 안 그래요?"

렉스가 V.V.를 민다. 세게 밀지는 않지만 리볼버 개머리로 밀어낸다. "그냥 가, *가라고*." 렉스가 말한다. "나랑 있지 마."

"난 아무 데도 안 가요, 언니 없이는!" V.V.가 화를 내며 말한다.

"나도 그래." 골디가 말한다. "알잖아."

"나도야." 라나가 말한다. 그녀가 옷으로 꽉 찬 더플 백을 질질 끌면서 부엌 바닥을 가로질러 온다. 그 난리법석에도 원체 병자처럼 창백했던 입술에다 화려한 립스틱을 바를 시간을 냈다. 그 입이 미소 짓고 있다. "그치, 렉스?"

렉스 새도프스키가 그래, 라는 말 말고 무슨 대답을 하겠나?

렉스가 수화기를 쥐고 숨소리가 섞인 낮은 목소리로 빠르게 말한다. "……총상이에요, 네! 말했잖아요!…… 남자가 어깨에 총을 맞았는데 피를 많이 흘려요. 구급차를 보내야 돼요…… 사고였어요, 총이 발사돼서…… 올드윅 로드에요, 해먼드 남쪽으로 3마일…… 박람회장에서 1마일 더 내려가면…… 옛날 농가가 나와요. 녹슨 우편함이 있는데 이름은 안 적혀 있고…… 내가 누군지는 신경 쓰지 말고 와서 그 남자 데려가요. 알았죠? *알았냐고요?*"

골디가 렉스의 손에서 수화기를 빼앗고는 전화기에다 쾅 하고 내려놓는다. "얼른 여기 뜨자고!" 그들은 '마타와 여관' 주차장에 있는 공중전화에서 전화를 걸지만, 그래도 전화가 추적당할지 모른다.

라이트닝 볼트가 근처에서 공회전 중이다. 모터가 소란스레 돌아가면서 차체가 흔들린다. 배기구에서 푸른 매연이 뿜어져 나온다. 헤드라이트가 광기어린 노란 눈처럼 빛난다.

렉스와 골디가 차로 뛰어 돌아가서는 마치 누가 간지럽히기라도 한 듯 깔깔 웃으며 차에 올라탄다. 선술집으로 막 들어가고 있던 남자 몇이 그들을 본다. 이쁘장한 여자애들이 이른 저녁부터 취했나? 라이트닝 볼트는 알록달록한 색깔에 지그재그 모양 번개 장식까지 붙어 있어서 그게 그냥 1952년형 닷지라는 걸 알아볼 수가 없을 정도다.

저기 뒷좌석에 앉아 있는 두 사람도 여자앤가? 남자는 없는 거야?

다음날 신문에 뉴스가 실리면 그들은 그 여자애들을 떠올리게 될 것이다. 폭스파이어를.

20분 뒤, 렉스는 라이트닝 볼트를 몰고 마지막으로 카사다가 강을 건너고 있다.

그녀는 똑똑하다. 어쨌거나 처음엔 그랬다. 그녀는 경찰의 눈에 띄지 않으려 차를 적정속력으로 유지한다. *유괴는 사형까지 받을 수 있는 중범죄야. 그들이 너를 전기의자로 보낼 수도 있어.*

자동차는 페리 가의 바람 부는 높은 다리를 건넌다. 오래된 악몽 같은 다리 아래 물결이 일며 반짝이는 카사다가 강이 있다. 그들이 자라는 동안 보이기도, 보이지 않기도 했던 강. 강은 때로 눈에 띄지 않게 해먼드를 통과하여 흐르고, 그들의 삶도 통과하여 흐른다. 그들은 마지막으로 강을 내려다본다. 뒷좌석에 앉아 있던 V.V.가 별안간 몸을 반쯤 창밖으로 내민다. 그녀의 머리칼이 바람을 맞아 채찍처럼 휘날린다. 손가락을 질질 끌듯 늘어뜨리는 모양이 마치 안녕! 안녕! 이라며 손을 흔드는 것 같다. 그때 불필요한 부분은 다 제거해버린 쉐비 자동차를 탄 남자 고등학생들을 본 V.V.가 그들에게 소리를 질러대며 손가락으로 욕을 하고, 쉐비는 그에 대한 보복으로 마치 총알이라도 퍼붓듯 경적을 빵빵 울려댄다. 하지만 쉐비는 시내 방향으로 달리는 중이고 라이트닝 볼트는 도시를 벗어나 북쪽으로 달리는 중이니 경주할 시간 따위는 없다. 허나 이 장면이 다음날 뉴스가 터졌을 때 해먼드 사람들이 라이트닝 볼트를 목격했다고 신고하게 될 마지막 모습이 될 것이다. 뉴스에서는 해먼드의 부유한 사업가인 휘트니 켈로그 2세가 유괴되어 부상을 입었다고, 혹은 그에 대한 살해 시도가 이루어졌다면서, 폭스파이어라 불리는 갱단 소속의 십 대 소녀 네 명이 현재 *법망을 피해 도주 중이라고* 보도될 것이다.

저 운전 난폭하게 하는 것 좀 봐! 33번 도로 북쪽에서 104번 도로 동쪽을 거쳐 39번 도로 북쪽과 동쪽을 지나 플래츠버그로 가는 길에 있던 운전자들에게 말도 안 되는 칠을 해놓은 낡은 닷지 승용차가 눈에 띈다. 플래츠버그에 사는 렉스의 할머니는 소녀들을 받아줄 것이다. 할머니는 경찰에 신고하지 않을 것이고 우리를 숨겨줄 것이다. 그럼 우리는 밤에 국경을 건너 캐나다로, 퀘벡으로 가는 거다. 거기서는 사람들이 프랑스어를 쓴다. 아무도 우릴 기다리지 않고 아무도 우리를 모르는 그곳에서 프랑스어를 배우는 거다.

닷지 자동차는 스프래그빌을 지난 곳에서 오후 8시에 도로에서 목격된다. 틴틴 폴스 너머에서 9시에 목격된다. 오팔색이 감도는 오렌지색 창백한 하늘이 지평선에 번지면서 이내 땅거미가 내려앉는다.

그 누가 제아무리 사이렌을 울리며 쫓아와도, 잡히지 않을 거다.

그 누가 쫓아오건, 우릴 잡으려면 타이어라도 쏴야 할 거다.

그들을 발견한 건 뉴욕 주 경찰관이다. 그는 자동차의 속력을 잰 다음 쫓아가기 시작한다. 발견 장소는 애디론댁 산맥 서쪽 언덕에 있는 뉴튼 폴스에서 남쪽으로 12마일 지점으로, 39번 도로 북쪽이다. 시원한 초여름 밤, 보름달이 구름에 얼룩져 있다. 이 정신없이 덜컹거리며 내달리는 자동차는 제한 속도를 22마일이나 초과하면서 뒤쪽 배기관에서 불꽃을 토해내고 있다. 차체 양쪽에는 청동색과 금색이 섞인 지그재그 모양의 번개가 그려져 있다.

추적은 9마일에 걸쳐 이루어진다.

라이트닝 볼트는 아무리 구슬려도 좀체 시속 63마일을 넘는 법이 없었던 차다. 그런데 지금 놀랍게도, 기적이 분명한데, 파르르 떨리고 있는 빨간색 속도계 바늘이 68마일을 넘어 70마일, 73마일로 움직이고 있다…… 렉스는 운전대를 꽉 잡는다. 몸 전체로 전율하는 이 차의 힘을 실감한다. 아스팔트 도로 위에서 차체를 버티고 있는 타이어의 힘을 느낀다. 마치 라이트닝 볼트가 스스로의 의지로 이 밤을 뚫고 달리는 것 같다. 지금 쫓아오는 게 누구든 렉스를 잡고 싶다면 총으로 타이어를 쏴야할 것이다.

차는 구불구불한 시골길로 접어든다. 길 한쪽에는 빽빽한 숲이 들어서있고, 맞은편에는 덤불이 우거진 땅이 있다. 젠장. 왼쪽 헤드라이트가 나갔다. 하지만 라이트닝 볼트는 멈추지 않을 것이다.

경찰차가 뒤에 바짝 붙는다. 이제 사이렌 소리가 크게 들린다. 귀가 멍멍할 정도다.

시속 79마일, 80마일…… 라이트닝 볼트가 앞으로 돌진한다. 차 안이 소녀들의 겁에 질린 비명으로 가득하다. 오로지 렉스 새도프스키만이 침묵을 지킨다.

사고가 일어난 곳은 오샤와 개울 위 다리다.

주 경찰이 라이트닝 볼트를 따라붙는 동안, 그들은 어둠 때문에 보이지 않는 개울 위에 세워진 폭이 좁고 난간이 낮은 다리에 접근한다. 그는 이 길을 잘 알고 있고 길이 위험하다는 것도 알고 있기 때문에 브레이크를 걸기 시작하고, 라이트닝 볼트를 모는 운전자도 차가 뒤집혀 날아가버릴 것 같은 다리를 보고 브레이크를 걸기 시작한다. 운전자가 브레이크를 밟는다. 하지만 경사로를 올라갈 때 그 낡은 차가 길에 흩어져 있던 자갈에 미끄러지며 걷잡을 수 없이 흔들리며 들썩거리는데, 그 모습이 마치 죽음의 신처럼 보인다. 70피트 뒤에 있던 주 경찰은 끔찍한 충돌 사고를 예상하며 마음을 단단히 먹는다. 라이트닝 볼트의 뒷부분이 들리는 걸 보자 소름이 쫙 끼친다. 길게 늘어진 슬로우 모션이 악몽이라도 꾸는 것처럼 이어진다. 지금껏 그가 봤던 그 어떤 자동차와도 다른, 현란한 페인트칠을 한 자동차가 녹슨 철제 난간에 부딪혀 미끄러지자 금속이 긁히는 새된 소리가 난다. 차가 다리를 벗어나 달려가면서 오른쪽 뒷부분 펜더가 떨어져나가지만, 그 외에는 기적적으로 멀쩡한 상태로 미친 듯 좌우로 흔들리며 나아가다가 타이어 중 하나가 총에 맞기라도 한 것처럼 홱 방향을 튼다. 그때 경찰차 앞바퀴가 자갈을 밟는다. 육중한 경찰차가 미끄러진다. 차체의 오른쪽 뒷부분이 미끄덩 돌면서 돌연 충격이 가해진다. 차가 콘크리트 교대에 충돌하면서 금속이 새된 비명을 지른다…… 결국 멈춘 건 주 경찰이다. 치욕적인 판단 착오다. 그는 비처럼 쏟아진 유리 조각 사이에서, 다친 이마에서는 피를 흘리며, 멍한 상태로 무전기를 더듬어 찾아 지원을 요청한다. 이제는 사라져버린 도주자들의 차가 어떤 모양인지 설명하려 노력한다.

그 차는 다시는 발견되지 않는다. 법 집행기관이 파악할 수 있는 한에서는 그렇다.

에필로그

절대, 절대 말하면 안 돼, 매디-멍키. 말했다간 죽음이야. 하지만 이제 나는 내가 아는 건 다 말했다. 혹은 거의 다.

매디의 오래된 노트를 폭스파이어의 고백에 옮겨 적으면서, 나는 노트를 페이지마다, 항목마다 파기했다. 주먹을 쥐며 페이지를 구겼다. 불에 더 쉽게 탈 수 있도록.

폭스파이어 이후의 내 인생은 평화로웠다. 평범한 미국적 삶이라 할 수 있을 것이다. (심지어 잠시 결혼생활도 했다. 3년 동안. 칼텍*에서 천체물리학을 전공하던 대학원생과.) 다만 내가 종사하는 일은 평범치 않은데, 누군가 내게 직업이 뭔지 묻고, 내가 대답하면, 그들은 날 재미있다는 듯 바라보다 이렇게 묻는다. 뭘 하신다고요?

* Cal Tech. 캘리포니아 공과대학.

436

나는 열여덟 살에 해먼드를 떠났다. 렉스와 폭스파이어를 잃은 내 마음은 찢어질 듯 아팠다. 운 좋게도 나는 장학금을 받아 해먼드에서 아주 멀리 떨어진, 누구도 폭스파이어라는 이름을 모르고 그에 대해 들어봤을 것 같지도 않은 곳에 있는 대학으로 갔다. 물론 나도 해먼드 경찰과 FBI 요원들에게 며칠 동안 심문을 받았고, 몇 달 동안 '청소년 당국'에 출두해야 했다. 하지만 나는 어떤 혐의로도 기소되지 않았다. 왜냐하면 매들린 페이스 워츠는 그 악명 높은 휘트니 켈로그 2세의 납치와 몸값 요구 사건에 직접적으로도 간접적으로도 연루된 사람이 아니었으니까.

그녀에게는 다행스럽게도, 매디 워츠는 그 일이 일어나기 전에 폭스파이어에서 추방되었다. 법적으로 볼 때는 그게 그녀를 구원한 셈이었다.

나는 해먼드로 딱 네 번 돌아왔다. 가장 최근에 방문했을 때, 아마 내 생각에는 이게 마지막이 될 것 같은데, 나는 해먼드 공립 도서관과 카운티 법정을 찾아가 옛날 신문과 기록에서 폭스파이어 최후의 시기였던 1956년 5월과 6월 사이 일어난 일에 대한 기초적인 공식 진술들을 모았다. 당시 내가 전혀 몰랐던 일들이 많았다. 이를테면, 경찰과 FBI는 납치가 일어났다는 사실을 즉시 파악했는데도, 이 사건을 '조직범죄단과 손을 잡은 고위급 노조 간부들'의 음모라고 믿었다. 그저 켈로그 가문에서 돈을 뜯어내려는 수작이 아니라, 켈로그 씨처럼 노조의 요구에 저항했던 다른 미국 사업가들을 위협하고 겁주기 위해 저지른 짓이라는 것이었다! J. 에드거 후버* 본인이 신문에다 그렇게 말을 했다.

납치 과정에서 드러난 참으로 '아마추어적'인 특징, 이를테면 중간에 전화 연락이 뚝 끊긴 일도 경찰은 수사를 혼선에 빠뜨리기 위한 의도적

* 미 연방수사국(FBI) 국장.

인 전략이라고 해석했다.

지역 신문 중 하나에 다음과 같은 헤드라인이 적혀 있었다.

공산주의자의 음모로 보이는
켈로그 납치 사건

이런 헤드라인도 있었다.

국제적 적화 테러리스트들과 연계된
지역 소녀 갱단

렉스가 이걸 봤다면 엄청 웃어댔을 게 분명했다!

휘트니 켈로그 2세와 그의 가족에 대한 기사도 재빨리 훑어보았다. 나는 켈로그 씨가 기독교에 '귀의'했다는 이야기 따위는—'진정한 기독교 정신: 그리스도는 당신 마음에 있습니다'—읽고 싶지 않았고, 그의 딸 메리앤이 자기가 렉스 새도프스키를 얼마나 '신뢰'했는지, 그런데 어떻게 '배신을 당했는지' 이야기하는 기사도 읽고 싶지 않았다.

죄책감이 느껴졌다. 메스꺼울 정도의 죄책감. 매디 워츠는 유괴범이 아니었지만, 나는 폭스파이어가 성공하길 바랐다.

네 명의 '도망자'가 탈출하길 바랐었다.

경찰은 이내 골디를, 그다음에는 라나를 찾아냈다. 둘은 각자 수백 마일 떨어진 곳에 살고 있었고, 서로의 소재를 전혀 몰랐을 뿐 아니라 렉스와 V. V.에 대해서도 아는 게 없었다. 골디는 뉴욕 홀스헤즈에서 체포되었는데, 가명을 쓰면서 주유소에서 기름 넣는 일을 하고 있었다. 라나는 올버니에서 체포되었다. 그녀 역시 가짜 이름을 썼고, 머리를 쥐갈색으로 염색한 채 아르메니아인 바텐더와 같이 살고 있었다. 하지만 경찰은 렉스 새도프스키를 찾지 못했다. V.V.도 발견하지 못했다. 라이트닝 볼트도 못 찾았다.

어쩌면 렉스와 V.V.는 캐나다 국경을 넘은 게 아닐까? 아무도 못 찾을 곳에 라이트닝 볼트를 숨겨 놓은 다음 걸어서 도주한 걸까?

렉스의 할머니는 소녀들이 자길 찾아온 적이 없다고 부정했고, 그들이 그랬다는 증거도 없었다. 플래츠버그에 사는 동네 사람 누구도 라이트닝 볼트 같은 차는 본 적이 없다고 주장했다. 그런 차가 누구네 집 앞 차도에 주차되어 있는 게 안 보였다면 장님일 거라면서.

그래서 렉스와 V.V.는 법망을 피해 도주 중인 수배자로 남게 되었다. 당국은 그들을 찾고 있다는 사실을 몇 달 동안 널리 알렸다. 어쩌면 몇 년 동안 그랬는지도 모르겠다. 수백 건의 가짜 단서와 목격담이 나왔지만 소녀들은 끝내 발견되지 않았고, 내가 아는 거라고는 (납치는 연방 범죄다) 그들이 지금까지도 수배자로 남아 있다는 사실이다.

"매디? 세상에, 매디 워츠 맞지?"

몸을 돌리자 예쁜 당근 색깔의 머리칼을 한 여자가 보였다. 내 또래로 보이는 이십 대 후반의 젊은 여자로, 살집 잡힌 넉넉한 몸에 창백한 피부에는 주근깨가 나 있었고, 당근 색깔 머리칼의 아기를 태운 유모차를 밀고 있었다. 리타 오헤이건이었다. 11년 동안 만난 적 없던 리타. 리타가 가까이 있다는 낌새를 챘다면 아마 나는 다른 길로 건너갔을 것이다. 이런 만남을 원천봉쇄했을 것이다. 하지만 막상 그녀를 보자 그런 생각은 머릿속에서 날아가 버렸고, 우리는 서로 얼싸안은 채 페어팩스 길바닥

에서 눈물을 터뜨렸다. 리타의 어린 아들이 우리를 보며 입을 헤 벌리고
는 손가락을 빨았다.

누가 우리 모습을 봤다면 오랫동안 헤어졌다 만난 자매인 줄 알았을
것이다.

리타는 같이 집에 가자고 끈질기게 권했다. 큰애는 학교에 있고 콜리
스는 여섯 시나 되어야 돌아올 것이었다. 밀린 얘기가 정말 많잖아. 리타
가 말했다. 내가 해먼드를 떠난 뒤로 참 오랜 세월이 흘렀으니!

그녀와 콜리스 코너는 결혼해서 페리 가에 있는 새 아파트에 살았다.
그는 가전제품 매장에서 제품 판매와 수리 일을 하고 있었다. 그녀가 콜
리스와 결혼했다는 건 알고 있었다. 그 문제 터지고 나서 바로였던가?

'문제'란 폭스파이어의 해산, 체포, 추문을 뜻하는 것이었다.

코너의 아파트에 올라가 거실에 앉아 있으니 리타가 커피를 내왔다.
그런 다음 맥주를 들고 왔다. 우리는 앉아서 커피와 맥주를 마시며 그간
의 소식을 교환했다. 주로 리타가 말을 했다. 그녀는 말하는 게 기분이
좋은 듯했고, 나와 얘기하게 돼서 흥분하고 있었다. 몇 번씩 내 쪽으로
몸을 기울여서 마치 내가 진짜인지 확인하겠다는 듯 내 팔을 만지면서
마치 언니가 꾸짖기라도 하듯 한마디 톡 쏘았다. "나 너 거의 못 알아봤
다, 매디. 정말 달라졌네."

나는 쑥스러운 듯 웃었다. 어떤 면에서 달라 보이냐는 질문은 하고 싶
지 않았다.

리타가 한숨을 쉬며 덧붙였다. "하긴 우리 다 달라진 것 같아. 그래야
겠지."

1968년 6월이었다. 나는 잠깐 있다 갈 생각으로 해먼드에 돌아온 상황
이었다. 옛 폭스파이어 자매들 중 누구도 만날 의향이 없었고, 몇몇 이름

들을 찾으려고 전화번호부를 뒤지고 싶지도 않았다.

나는 내가 더 이상은 감상적인 사람이 아니라 믿었다. 나는 내가 상처에 맞서 심장을 단단히 굳혔다고 믿었다.

직장에서 자기가 그런 일, 사람들이 암석 조각을 관찰하고 수량화한다고 일컬을 일을 하고 있다는 사실을 깨닫게 되면, 심장이 *단단해지리라*고 보는 게 자연스러워 보인다. 그렇지 않은가? 아무래도 어느 정도는 부지불식중에 단단해지지 않았을까?

매디, 너는 내 심장이야.

누구도 내게 다시는 그런 말을 하지 않았다.

누구에게도 내게 그런 말을 할 구실을 주지 않았다. 다시는.

리타가 호기심에 차서, 하지만 솜씨 좋게 꼬치꼬치 캐물었다. 너 지금 어디 사니? 내가 결혼은 했는지, 가족은 있는지, 그래서 자기처럼 '정상적'으로 살아가는지 궁금하다는 소리였다. 나는 결혼은 했지만 오래 가지는 않았다고 대답했다. "그냥 잘되지 않더라고. 그래도 다행히 아이는 없었어." 나는 이 말을 할 때 리타가 안됐다는 표정으로 날 보지 않길 바랐다. 어머니에게 아이보다 더 의미 있고 소중하며 자기 영혼을 규정짓는 존재가 뭐가 있겠나. "지금은 뉴멕시코 퀸시에 살아. 거기 천문대에서 일하거든. 내 일이 좋긴 한데 일이 좀 외롭긴 해. 어쩌면 나도 가끔 외롭지 않나 싶고. 하지만 행복하기도 해."

"오, 매디. 그렇다니 정말 기뻐." 리타는 기쁜 듯 보였고, 이 사실에 나는 놀랐다. "우리 중에…… 그 애를 빼면……." 그녀가 말끝을 흐리면서 시선을 재빨리 옆으로 돌렸다. 우리 둘 다 '그 애'의 이름을 댈 수 있었지만 굳이 말할 필요를 느끼지 못했다. "네가 가장…… 다른 아이였거든."

기억이 났다. 예전에 골디가 매디는 뭐랄까, 우리 쪽 사람 같지가 않아,

라고 말하던 걸 엿들었던 일이. 그 말이 뼛속까지 사무쳤던 것이.

나는 재빨리 화제를 바꿨다. 전 멤버들에 대해 묻자 리타는 자기가 알고 있는 걸 죄다 줄줄 설명했다. 이야깃거리가 정말 많았고, 대부분은 빠른 속도로 달리는 자동차의 차창 밖 풍경처럼 내 곁을 흐릿하게 스쳐갔지만 바이올렛 칸 이야기는 귀에 딱 들어왔다. "오, 개야 아주 잘살지." 리타가 어깨를 으쓱하며 말했다. "아버지하고 삼촌이 무슨 큰 건설업체를 운영하는 아들이랑 결혼했어. 집안 남자들 중에 고등학교도 졸업한 사람이 하나 없지만 어쨌든 부자야. 근데 바이올렛이 집을 어디 구했는지 알아? 메리디언에 구했다?" 그 이야기가 무슨 뜻인지 깨닫는데 잠시 시간이 걸렸다. 메리디언 대로는 젤리프 플레이스를 가로지른다.

이야기가 이 지점까지 흘러가자 리타가 물었다. 거의 수줍은 듯이. "소식 들은 거 전혀 없니? 그 애한테서?"

나는 재빨리 말했다. "아니. 넌?"

"나도. 전혀 없어." 리타가 그리운 듯 희미하게 미소를 띠며 잠시 말을 멈췄다. "그 애에 대해서 들은 말도 전혀 없고. 다만……." 그녀가 다시 말을 멈추며 부드럽게 숨을 들이쉬었다. 나를 바라보는 시선 또한 다정했다. 거기에는 마치 오래된 옛 연인들처럼 서로 은밀한 것을 공유하는 듯한 분위기가 담겨 있었다.

우리는 그때까지 한 시간도 넘게 이야기를 나누던 중이었고, 맥주도 두 잔째 비웠으며, 처음 얘기를 시작했을 때처럼 서로가 불편하지도 않았다. 당근 색깔 머리를 한 아가가 우리에게서 몇 피트 떨어져 있는 아기 놀이울 속에서 혀짤배기소리로 혼자 즐겁게 중얼거렸다. 그 광경을 보자 슬퍼지면서도 또한 미소를 짓고 싶어졌고, 그러면서 감상적인 생각이 들었다. 리타의 아들은 결코 폭스파이어에 대해 모르겠지. 렉스 새도프스키에 대해 어렴풋하게라도 알게 될 일은 없겠지. 어머니가 소녀였을 때 렉스가 그녀의 인생을 바꿔버렸다는 걸, 그래서 자기가 태어나는 게 가능했다는 사실도 결코 모르겠지. 그때 리타가 어린 소녀처럼 흥분하여 중얼거렸다. "어, 저기, 보여줄 게 있어, 매디, 너한테 말할 게 있거든. 아는 사람이 많지 않은 일이야."

그녀의 눈에 담긴 표정을 보자 나는 재빨리 잔을 내려놓았다. 힘이 빠지는 것 같았다.

이 시간 내내 우리 둘 다 그녀의 이름을 입 밖에 내지 않았다. 나는 차마 속삭일 수도 없었다. 렉스, 라고.

리타가 서둘러 방을 나가더니 신문에서 잘라내 여러 번 접은 기사를 들고 돌아왔다. 그녀가 내 옆에 놓인 소파 쿠션에 종이를 올려놓고는 펴면서 말했다. "세상에, 매디! 어느 날 밤에 내가 우연히 신문에서 이걸 봤어. 몇 년 전이었는데, 정말 우연이었다? 왜냐하면 나는 정치나 뭐 그 비슷한 기사에 전혀 관심이 없거든. 근데 신문 1면에 이게 실린 걸 본 거야. 내가 생각했지, 오, 맙소사. 그 애야." 그녀가 잘라낸 신문기사를 내게 보여줬다. 마치 그게 정말 소중하고 깨지기 쉬운 물건이라도 되듯. "매디, 그 애 맞지, 그렇지?"

나는 신문에 실린 사진을 빤히 바라보았다. 뻣뻣한 턱수염을 기른 군복 차림의 형체가 보였다. 피델 카스트로*였다. 높이 솟은 단상에 올라 쿠바의 아바나 광장에 모인 엄청난 수의 군중들에게 연설을 하고 있었다. 신문 맨 위에 인쇄된 발행 날짜는 1961년 4월 22일. 피그스 만 침공**

* 쿠바 정치가. 1976부터 2008년까지 쿠바를 통치하였고 2016년 11월 사망하였다.
** 1961년 4월 17일, 케네디 정부의 지원을 받은 반(反)카스트로 성향의 쿠바 난민들이 카스트로 정부를 전복시키기 위해 쿠바 남부를 공격하였다가 실패한 사건.

이 실패한 직후였다. 사진 맨 바깥쪽, 거의 테두리를 벗어나다시피 한 지점에 누가 봐도 미국인으로 보이는 형체가 찍혀 있었다. 큰 키에, 호리호리한 몸에, 금발에, 남자인가? 여자? 셔츠와 바지를 입고, 홀린 듯 연설을 듣고 있는 분노한 구경꾼들에 동조하면서 팔을 휘둘러댔다. 렉스 새도프스키.

혹은 쌍둥이처럼 꼭 닮은 다른 사람.

"매디? 맞지? 아냐?"

나는 대답을 하지 못하고 창가로 가 오려낸 기사를 빛에 비춰보면서 더 자세히 살펴보았다.

리타가 초조하게 웃었다. 그녀가 병에 남아 있던 맥주를 각자의 잔에 부어 비우며 재잘거렸다. "내가 애들 몇몇한테 이거 보여줬거든. 우리 더 이상은 그렇게 자주 만나진 않아. 하지만 어쨌든 내가 걔들한테 보여줬어. 그런데 알고 보니 토니 르페브르도—토니 기억해? 걔 리치 라이트하고 결혼했어—신문에서 사진을 봤다는 거야. 렉스라는 걸 알아봤지만 무서워서 아무한테도 말 못했대. FBI가 나타나서 자길 체포할까 봐! (네 생각엔 그 사람들이 그럴 거 같니? 이렇게 시간이 지났는데?) 콜리스, 그이한테는 이 기사에 대해 입도 뻥긋 안 했어. 그이는 이거 박박 찢어버렸을 걸. 렉스 진짜 싫어했으니까."

그러다 그녀는 다시 생각해보고는 재빨리 말했다. "그래도 그이 진짜 자상해. 내가 만난 사람 중 제일 자상한 남자야. 실제로 그 추잡한 일이 벌어지고 나서 내 인생을 구해줬고. 내가 꼬마였을 때 너희들이 그랬던 것처럼."

나는 현미경만 있으면, 이라고 생각하고 있었다. 현미경만 있으면 신문 사진을 확대해서 볼 수 있는데. 아니, 될 리가 없잖아. 얼빠진 생각 좀 하지 마. 당연히 될 수가 없지. 사진을 이루는 작은 점들을 확대하면 점 사이 공간도 확대되잖아.

리타가 사색에 잠기며 말했다. "골디와 라나가 유죄를 인정한 건 잘한 일 같아. 사람들도 그렇게 말했고. 걔네 둘 다 지금 출소해서 나와 있다는 얘기 들었니? 하지만 이 근방에 살진 않아……." 그녀의 목소리가 잦아들었다. 그녀가 잔에서 맥주를 홀짝였다. 그러더니 살짝 불안한 듯 말했다. "어떻게 생각해, 매디? 너 너무 조용하다. 그 애 맞지? 그렇지?"

내 눈이 촉촉해졌다. 더 이상 사진을 볼 수가 없었다.

내 목소리가 떨렸다. "오, 리타, 애, 나 진짜로 모르겠어."

리타가 실망하여 날카로운 웃음을 터뜨렸다. "아, 젠장, 난 알겠는데!"

그게 뉴욕 주 해먼드 시를 마지막으로 방문한 건 아니었다. 하지만 아는 사람을 만난 일은 그때가 마지막이었다.

그날을 돌이킬 때 기억나는 건 거의 없다. 왜냐하면 일단 어떤 장소를 떠나면, 거기서 추방당하면, 그곳을 다시 찾는 모든 방문은 하나의 경험으로 녹아들어, 이내 꿈처럼 애달고 아리송한 얼룩으로 변하기 때문이다.

내가 거기서 생생히 기억하는 거라고는 해먼드 신문에서 오려낸 기사 조각뿐이다. 낡아서 바스락거리는, 여러 번 접힌 기사조각. 나는 그 사진 속 인물이 아마도 렉스 새도프스키였을 거라고 생각한다. 다른 누가 어찌 그렇게 눈에 띄겠나. 그렇게 곧은 자세로, 그렇게 팽팽히 긴장하여 서 있는 모습이 마치 모든 감각을 날카롭게 깨운 채 몸 전체로 연설을 듣고 있는 것 같았다. 이게 내 상상이 아니라면, 내 깊은 그리움으로 인해 날조해낸 모습이 아니라면 말이다. 리타 오헤이건이 신문에 점점이 인쇄된 그 작은 구멍들을, 그 빛의 원자들을 합쳐서 인간의 형상으로, 얼굴로, 어찌어찌 인식할 만한 이목구비로, 또는 인식한다고 믿는(인식이란 즉시 아는 것이고, 그건 인간의 뇌가 부리는 신경학적 재주 혹은 뇌의 기적이다. 그렇게 우리는 무언가를 보면서 *안다*.) 이목구비로 만들어내어 그걸 바라보며 그리워한 것과 마찬가지로, 나 또한 그런 모습을 상상하고 꾸며낸 게 아니라면 말이다.

만약 렉스가 1961년 4월 22일 쿠바의 아바나에 있었다면, *지금*은 어디 있을까?

이 얘기는 해둬야겠다. 나는 하루 일과의 거의 대부분 동안 현미경으로 사진들을 훑으며 보낸다. 흐릿한 신문기사 사진이 아니라 세부가 정교하게 찍혀 있는 태양의 사진이다. 평범한 현미경이 아니라 입체 현미경을 사용한다. 성능이 무척이나 뛰어나서 태양계의 평면 너머 우주 깊은 곳까지 들어가는, 시간을 거슬러 올라가는 관찰이 가능한 현미경 말이다. 공간과 시간을 비행하며 누비다 보면 가끔 어지러워진다. 내가 보는 하늘은 하얀 하늘, 음화(陰畫)의 하늘이다. 반대로 별들은 검은 점이고, 우주에 얼어붙어 있지만, 내가 필름을 앞에서 뒤로, 뒤에서 앞으로 움직이면 별들도 움직인다. 나는 검은 점들을, 흐릿한 형태와 얼룩과 별 모양 구름을, 임박한 재난을 발견하려는 눈으로 (그걸 막아낼 힘은 없어도) 꼼꼼히 뜯어본다. 불안정한 궤도를 그리는 소행성들, 잠재적인 '지구 횡단자'들이 마치 목성과 화성의 궤도 사이를 떠다니고 있는 주소행성대(主小行星帶)를 벗어나겠다는 방약무인한 천문학적 생각이라도 떠올린 것처럼 날아다닌다.

천문학자라서 이러고 있는 게 아니다. 나는 천문학자가 아니다. 아이오와 대학의 학사 학위가 있을 뿐이다. 하지만 나는 천문학자의 조수고, 꽤나 신뢰받고 인정받는 조수 중 한 명이다. 뉴멕시코 퀸시 산 천문대의 조수 봉급은 그럭저럭이긴 해도, 나는 내 일에 진지하게 임하고 있다. 참으로 이론적인 일이고, 참으로 고요한 일이다. 짐작건대 이 일에는 신비주의적 요소가 있다. 나는 하늘의 똑같은 부분을 찍은 필름을 나란히 늘어놓고 그 안에서 움직임을 찾는다. 빛을 찾는 눈, 음(陰)의 빛을 찾는 눈, 임박한 꿈 같은 혼란을 찾는 눈, 재난을 불러일으키는 암석 조각을 찾는 눈으로.

지금의 내 인생과 소녀였을 때의 내 삶 사이에 이어지는 부분이 있다 해도 나는 그게 뭔지 모르고, 알고 싶지도 않다. 시간이 지날수록 나는 인간의 동기에 대한 관심이 인간의 행동, 즉 *살아 있음*에 대한 관심보다 줄어든다. 어쨌거나 별들에게는 아무 동기도 없다. 심지어는 별들이 죽어 떨어지는 것조차도 *살아 있음*에 순수하게 봉사하는 것이다.

매디 워츠는 페어팩스 애비뉴에서는 똑똑한 소녀였지만, 그 애는 별들이 영구히 존재한다고 믿는, 그래서 별들은 지상의 것들이 제아무리 변해도 늘 *저기에* 있다고 스스로에게 말하는 실수를 저질렀다. 그러다 얼마 안 있어 별들은 당연히 영구히 존재하지 않으며 심지어는 늘 *저기에* 있지도 않다는 사실을 배우게 된다. 그거야말로 가장 아이러니한 사실이다. 감탄해 마지않는 천국의 빛이 사실은 오래전에 화석이 되어버린 빛이라는 사실. 지금 응시하고 있는 것이 헤아릴 수 없이 먼 과거라는, 즉 오래전 종말을 맞은 별이라는 사실.

심지어 우리 태양계 집안의 별인 태양조차도 8분 전 과거의 별이다. 이른바 룩백 *타임*이라는 것인데, 시간과 빛이 벌이는 이 곡예, 이 역설에 대해서는 생각하지 않는 게 최선이다. 내 말은, 어떤 감정을 품고 그걸 생각해서는 안 된다는 것이다. 아무리 조그만 감정이라도.

돌아보면 이 폭스파이어의 고백을 정리한 지난 몇 달은 내게 있어 진실한 노력을 기울인 시간이었다. 오랜 세월 동안 느끼지 못했던, 혹은 느끼고 싶지 않았던 그 모든 것들. 지금 이 일에 착수했던 것은 내가 이제 쉰살이기—*쉰 살이 된 매디-멍키!*—때문이다. 지금 이 일에 착수했던 것은 내가 이제는 룩백 *타임*을 관찰할 수 있는 적절한 망원경을 갖고 있기 때문이다. 전에는 갖지 못했던 도구를.

이제 고백은 끝났다. 매디의 낡은 노트는 파기되었다. 내 생각에 이제 내게는 남은 시간이 하나도 없다.

렉스 새도프스키, 그녀가 사는 시간은 어떤 시간일까?

그녀에게—너 말이야, 렉스—조금이라도 남은 시간이 있을까?

폭스파이어의 초창기에 렉스와 대화를 나눈 적이 있었다. 당시 우리 둘은 각자 자기 집에서 살고 있었다. 렉스는 아버지와, 나는 어머니와. 대화의 주제는 그 나이 대 애들이 할 수 있는 가장 짜릿하면서도 불온한 것들이었고, 우리는 딱 우리 둘만 있고 아무도 우리 얘기를 엿들을 수 없을 때 그런 주제에 대해 대화를 하곤 했다. 렉스는 자기는 결단코 신과 신에 대한 온갖 헛소리들을, 또는 '영혼의 불멸' 따위를 믿지 않는다고 했다. 렉스는 우리 모두가 그렇게 중요한 존재라는 것도 말이 안 된다고 했다. 나는 내 마음이 얼마나 떨리는지 숨기려 노력하며 말했다. "그럼 너는 우리에게 영혼이 있다는 것도 안 믿겠네?" 렉스가 웃으며 말했다. "아마 우리에게 영혼이야 있겠지. 하지만 그게 우리 존재가 영원히 지속된다는 의미일 이유는 없잖아? 마치 불꽃처럼, 타오르는 동안만 존재해도 정말 충분한 거야. 그렇지 않아? 설사 불꽃이 꺼지는 때가 온다고 해도."

옮긴이의 말

반세기가 넘는 세월 동안 70권 이상의 장편과 단편집, 시집, 에세이집, 평론집 등을 썼고, 순문학과 범죄문학과 공포문학 서가에 작품이 고루 꽂혀 있는, 존재 그 자체가 문학인 작가에 대해 이 자리에서 덧붙일 말은 많지 않다. 조이스 캐롤 오츠의 대표작들은 그동안 꾸준히 번역되어왔고, 여성, 폭력, 광기, 사회, 가족 등의 주제를 탐구하는 작품세계 또한 이제는 많이 알려져 있다.

오츠가 1993년에 발표한 스물두 번째 장편 『폭스파이어』 역시 그녀의 문학적 개성이 선명한 소설이다. 세상, 특히 남성이 휘두르는 폭력에 맞서 단결한 소녀들이 자신들만의 규율을 세우고 반격에 나서 승리를 거두지만 한계에 봉착하여 붕괴한다. 한계는 외부에서 부과된 것이기도 하지만 동시에 내부에서 자라난 것이기도 하다. 세계는 가차 없지만 소녀들도 서툴고 미숙하다.

소설은 이 붕괴의 과정을 불타는 얼음처럼 그려낸다. 문장은 마른 들판에 걷잡을 수 없이 번지는 불길마냥 타오르는데 시선은 냉정하다. 예리한 관찰에는 상실감과 향수가 배어 있다. 희열과 회한이 교차하는 와중에 1950년대 미국 뉴욕 주 북부 소도시의 가난한 동네 소녀들이 맺은 연대는 필연에 가까운 파국을 향해 한 걸음씩 나아간다.

작가 오츠와 가장 가까운 인물은 화자인 매디 워츠이지만, 작품의 심장은 '렉스' 새도프스키다. 소설의 피는 그녀에게서부터 돌기 시작한다. 강한 의지로 뭉친 이 놀라운 소녀는 빼어나게 형상화된 캐릭터가 그렇듯 단어 몇 개로 요약하기 어렵다. 렉스가 페이지에 나타날 때마다 아이와 어른, 소녀와 여성, 이성과 광기, 통찰과 무지, 분노와 행복, 사랑과 증오가 충돌하며 불꽃을 튀긴다.

렉스라는 인물의 매력, 그리고 싸우는 소녀들이 내뿜는 강렬함 때문에 이 소설이 영화 제작자의 책상에 두 번이나 올라간 것인지도 모른다. 『폭스파이어』는 각각 1996년과 2012년에 영화화되었다. 1996년 작에서는 아직 스타로 발돋움하기 전이던 안젤리나 졸리가 렉스 역을 맡았다. 번역 중에 본 것은 2012년 작품으로, 신인 배우들이 캐스팅되었고 소설의 작중 배경과 비슷한 장소에서 다큐멘터리에 가까운 건조한 톤으로 촬영되었다.

마지막으로, 소설의 무대인 해먼드 시는 오츠가 만들어낸 가상의 장소로, 뉴욕 주 북서부에 위치한 도시 록포트(Lockport)를 모델로 했다. 록포트는 오츠가 태어난 곳이다.

2017년 7월
최민우

옮긴이 **최민우**

2012년 계간 「자음과모음」 신인문학상을 받았고, 소설집『머리검은토끼와 그 밖의
이야기들』이 있다.『제인 오스틴의 연애수업』『분더킨트』『뉴스의 시대』『오베라는
남자』『지미 헨드릭스』등을 번역했다.

폭스파이어

ⓒ 조이스 캐롤 오츠, 2017

초판 1쇄 인쇄일 2017년 7월 18일
초판 1쇄 발행일 2017년 7월 25일

지은이 조이스 캐롤 오츠
옮긴이 최민우
펴낸이 정은영
편집 최성휘

펴낸곳 ㈜자음과모음
출판등록 2001년 11월 28일 제2001-000259호
주소 (04083) 서울시 마포구 성지길 54
전화 편집부 (02)324-2347, 경영지원부 (02)325-6047
팩스 편집부 (02)324-2348, 경영지원부 (02)2648-1311
이메일 literature@jamobook.com

ISBN 978-89-544-3785-1 (03840)

이 도서의 국립중앙도서관 출판시도서목록(CIP)은 서지정보유통지원시스템 홈페이지
(http://seoji.nl.go.kr)와 국가자료공동목록시스템(http://www.nl.go.kr/kolisnet)에서
이용하실 수 있습니다.(CIP제어번호: CIP2017016165)